KB117988

# 악몽과 몽상 1

이 도서의 국립중앙도서관 출판예정도서목록(CIP)은
서지정보유통지원시스템 홈페이지(http://seoji.nl.go.kr)와
국가자료공동목록시스템(http://www.nl.go.kr/kolisnet)에서 이용하실 수 있습니다.
(CIP제어번호: CIP2019006868)

# 악몽과 몽상 1

스티븐 킹 단편집

이은선 옮김

STEPHEN KING

엘릭시르

차례

# 서문

★★★

신화, 믿음, 신심 그리고

『리플리의 믿거나 말거나』

어렸을 때 나는 남에게 들은 이야기, 읽은 이야기, 내 과열된 상상력이 만들어낸 이야기를 모두 믿었다. 덕분에 잠을 설친 게 하루 이틀이 아니었지만 내가 사는 세상이 다채로운 색상과 결로 채워졌으니 평생 단잠을 이루지 못하더라도 후회하지 않는다. 이 세상에는 상상력이 둔하거나 완전히 죽어서 정신적으로 색맹과 유사한 환경에서 사는 사람들이 있다는 사실을, 단지 그런 사람들이 있는 정도를 넘어 사실상 많다는 사실을 나는 심지어 그때부터 알아차렸다. 나는 그들을 불쌍하게 여겼다. 상상력이 부족한 사람들은 대부분 어처구니없는 공포에 시달릴 뿐 아니라 모든 방면에서 어수룩하기 짝이 없는 나를 동정하거나 업신여긴다는 건 꿈에도 모르고서 말이다. "저 아이는 팥으로 메주를 쑨다고 하면 평생 그런가 보다 할 거야." 그중 몇 명은 이렇게 생각했을 것이다(우리 어머니는 분명 그랬을 것이다).

그들의 생각도 틀린 말은 아니다. 솔직히 고백하자면 나는 지금도 달라지지 않았다. 내 아내는 자기 남편이 스물한 살이라는 꽃다운 나이에 처음으로 대통령 선거권이 주어졌을 때 리처드 닉슨을 뽑았다고 주변 사람들에게 폭로하며 요즘도 재미있어한다. "닉슨이 우리를 베트남에서 탈출시킬 방법이 있다고 했거든요." 그녀는 희희낙락 눈을 반짝이며 이렇게 얘기한다. "그런데 스티브는 그 말을 믿었대요!"

그렇다. 스티브는 그 말을 믿었다. 스티브는 사십오 년에 걸쳐 별난 인생을 사는 동안 그것 말고도 여러 가지를 믿었다. 예컨대 길모퉁이마다 서 있는 산타를 보면 진짜 산타가 없다는 걸 알 수 있지 않으냐고 해도 우리 동네에서 마지막까지 못 미더워한 아이가 나였다(나는 아직도 그게 훌륭한 논리라고 생각하지 않는다. 제자가 백만 명이면 스승이 없다는 말과 같지 않은가). 나는 오렌 삼촌이 텐트 칠 때 쓰는 쇠못으로 그림자를 떼어낼 수 있다고 했을 때도, 숙모가 미래의 묏자리를 닭이 지나갈 때마다 몸에 닭살이 돋는 거라고 했을 때도 곧이곧대로 믿었다. 내 인생의 행로를 감안했을 때 나는 와이오밍주 구스왈로에 있는 로디 이모네 헛간 뒤편에 묻힐 운명이었다.

나는 학교 운동장에서 들은 얘기도 전부 믿었다. 피라미 수준의 거짓말이건 고래 수준의 거짓말이건 내 입장에서는 똑같았다. 어떤 아이는 철길에 십 센트짜리 동전을 올려놓으면 맨 처음 지나가는 열차가 그것 때문에 탈선하게 된다고 딱 잘라서 얘기했다. 또 다른 아이는 철길에 십 센트짜리 동전을 올려놓으면 지나가는 열차에 완벽하게 짜부가 돼서—그 아이가 정확히 '완벽하게 짜부가 된다'는 표현을 썼다—열차가 지나가고 난 다음에 집어보면 일 달러짜리 은화 크기의 말랑말랑하고 거의 투명에 가까운 동전으로 변해 있을 거라고 했다. 나는 양쪽 말을 모두 믿었다. 철길에 십 센트짜리 동전을 올려놓으면 동전은 완벽하게 짜부가 되고 그걸 짜부라뜨린 열차는 탈선할 거라고 생각했다.

내가 코네티컷 주 스트랫퍼드의 센터스쿨과 메인 주 더럼의 더럼 초등학교를 다니는 동안 들은 학교 괴담은 주제가 다양했다. 골프공은 가운데에 부식성 독극물이 들어 있다고 했고, 유산이 되면 가끔 흉측한 기형아가 산 채로 태어나서 '전문 간호사'라는 불길한 호칭으로 불리는 의료계 인력이 숨통을 끊어야 된다고 했고, 검은 고양이가 내 앞을 지나갔을 때 얼른 집게손가락과 새끼손가락을 들어서 악마의 눈을 만들지 않으면 그날 안으로 죽을 가능성이 크다고 했고, 보도블록의 실금을 밟으면 어쩌고저쩌고도 있었다. 보도블록에 얽힌 괴담이 아무 죄도 없는 아이 어머니들의 척추에 미칠 수도 있는 악영향에 대해서는 굳이 설명할 필요가 없을 것이다.

그 시절에 내가 놀랍고 신기한 사실들을 주로 접한 곳은 '리플리의 믿거나 말거나' 시리즈를 한데 엮어서 출간한 포켓북스의 책이었다. 나는 트럼프 카드 뒷면의 셀룰로이드를 벗겨서 관 속에 꾹꾹 다져넣으면 강력한 폭탄을 만들 수 있다는 것도, 두개골에 구멍을 뚫은 다음 양초로 막으면 일종의 인간 조명이 될 수 있다는 것도(그런 짓을 하는 사람이 과연 있겠느냐는 생각은 훨씬 나중에서야 들었다), 거인(키가 이 미터가 넘는 남자)과 요정(키가 삼십 센티미터도 될까 말까 한 여자)과 말로 표현할 수 없을 만큼 흉측한 괴물이 실제로 존재한다는 것도 다 이 책을 통해서 배웠는데…… 설명이 자상하리만치 자세하고 대개 그림이 곁들여진다는 것이 『리플리의 믿거나 말거나』의 특징이었다(나는 백 살이 되어서도 깨끗하게 밀어버린 머리 한가운데 양초를 꽂은 남자의 그림을 절대 잊지 못할 것이다).

그 시리즈는—적어도 내가 보기에는—지구상에서 가장 훌륭한 오락물이었고 뒷주머니에 넣어서 다닐 수 있고, 야구는 열리지 않고 모두들 모노폴리라면 지겨워하는 비가 오는 주말 오후에 흠뻑 빠져들 수 있다는 장점이 있었다. 그 책에 소개된 어마어마하게 신기한 물건들과 괴물 같은 인간들이 모두 진짜였을까? 내게는 진짜처럼 느껴졌다. 인간의 상상력이 형성된다는 여섯 살에서 열한 살까지의 결정적인 시기에는 정말이지 진짜처럼 느껴졌다. 십 센트짜리 동전으로 열차를 탈선시킬 수 있다고 믿었듯이, 골프공 안에 끈적거리는 독극물이 들어 있어서 조심하지 않으면 손이 잘릴 수 있다고 믿었듯이 나는 그들을 믿었다. 내가 엄청난 것과 시시한 것의 경계가 얼마나 희미한지 맨 처음 알아차린 것도, 그 둘의 공존이 삶의 일상적인 측면과 어쩌다 한 번씩 벌어지는 기이한 사건들을 동시에 상징한다는 사실을 깨달은 것도 『리플리의 믿거나 말거나』를 통해서였다. 잊지 말자, 지금 우리가 하는 이야기의 주제는 '믿음'이고 믿음은 신화의 요람이다. 리얼리티는 어쩔 거냐고? 뭐, 나로 말할 것 같으면 리얼리티 같은 건 우주 밖으로 꺼져도 된다고 생각하는 사람이다. 나는 작품 안에서 리얼리티를 옹호한 적이 없었다. 리얼리티와 상상력의 관계는 물푸레나무 말뚝과 흡혈귀의 관계와 비슷하다.

나는 신화와 상상력이 사실상 호환이 가능한 개념이고 믿음이 그

둘의 원천이라고 생각한다. 무엇을 믿는가 하는 것은 솔직히 별로 중요하지 않다고 본다. 유일신을 믿어도 좋고 여러 신을 믿어도 좋다. 아니면 십 센트짜리 동전이 화물열차를 탈선시킬 수 있다고 믿어도 좋다.

나의 이런 믿음은 신심과 전혀 별개의 문제였다. 그것만큼은 분명히 짚고 넘어가고 싶다. 나는 감리교 신자로 자랐고 어렸을 적에 배운 근본주의적인 가르침을 상당 부분 유지하고 있기 때문에 믿음이 신심과 전혀 상관없다는 발상이 최선의 경우에는 불손한 주장이고 최악의 경우에는 노골적인 신성모독이 될 수 있다고 믿을 만큼 어수룩하지 않다. 내가 온갖 희한한 것들을 믿는 이유는 그렇게 만들어졌기 때문이다. 어떤 사람들이 달리기 시합에 출전하는 이유는 빨리 달리도록 만들어졌기 때문이고, 농구를 하는 이유는 조물주가 그들을 이 미터가 넘는 장신으로 만들었기 때문이고, 칠판 앞에서 길고 복잡한 방정식을 푸는 이유는 숫자들이 서로 맞물려 있는 지점을 파악할 수 있도록 만들어졌기 때문이다.

그래도 어느 지점에서는 신심이 개입하기 마련이고, 나는 이보다 절대로 더 잘할 수 없다는 것을, 계속 고집을 부리다가는 내리막길을 걷는 수밖에 없는 것을 가장 진실한 마음 속 깊은 곳에서는 알면서도 같은 걸 계속 반복하는 것이 신심이 개입하는 지점이라고 생각한다. 피냐타*를 맨 처음 때릴 때는 잃을 게 없지만 두 번째로(그

* 아이들이 파티 때 눈을 가리고 막대기로 쳐서 터뜨리는 장난감과 사탕이 가득 든 통.

리고 세 번째…… 네 번째…… 서른네 번째로) 때릴 때는 실패하고 우울해질 위험성을, 상당히 명확한 장르에서 활동하는 단편 작가의 경우에는 자기 풍자로 빠질 위험성을 감수해야 한다. 하지만 우리들은 대부분 고집스럽게 반복하고 나이를 먹을수록 그러기가 점점 힘들어진다. 나도 이십 년 전, 아니 십 년 전이었다면 믿지 않았을 테지만 진짜 그렇다. 점점 힘들어진다. 나 같은 경우, 어떤 날에는 이 오래된 왕 워드프로세서가 약 오 년쯤 전부터, 그러니까 『다크 하프』 시절부터 전기가 아니라 백 퍼센트 신심으로 작동이 된 게 아닐까 하는 생각이 들 때도 있다. 하지만 상관없다. 화면 위로 낱말을 띄울 수만 있다면 원동력이 뭐가 됐든 무슨 상관일까.

이 단편집의 모든 작품은 믿음의 순간에 아이디어가 떠올랐고, 신심과 행복감과 장밋빛 환상이 분출되던 순간에 글로 옮겨졌다. 하지만 이런 긍정적인 감정에는 좀더 음산한 쌍둥이가 있고 실패에 대한 두려움은 그중에서도 최악이라고 볼 수도 없다. 내가 생각하기에 최악은 뭔가 하면, 나는 얘기가 끊겼을 때 흐르는 정적이 너무 섬뜩하기 때문에 할 얘기를 다해놓고도 계속 꽥꽥거리는 게 아닐까 하는 심란한 생각이다.

단편소설을 쓰려면 신심의 도약이 필수인데, 지난 몇 년 동안 그게 유난히 잘 안됐다. 요즘은 모든 원고가 장편소설이 되고 싶어 하고 모든 장편소설이 대략 사천 쪽 분량이 되고 싶어 하는 것처럼 느껴진다. 이 점을 지적한 평론가가 한두 명이 아니었고 그들의 논조는 호의적이지 않았다. 『스탠드』에서부터 『캐슬록의 비밀』에 이르기까지 분량이 긴 장편소설을 출간할 때마다 나는 너무 말이 많다는 비난에 시달린다. 그들의 서평에 일리가 있을 때도 있지만 토론과 이의 제기가 (내가 보기에) 곤혹스러울 정도로 자취를 감추었던 지난 삼십 년 동안 문학적인 거식증을 앓던 사람들의 악의적인 공격에 불과할 때도 많다. 미국 문학계에서 모르몬교회 집사처럼 행동하는 이들은 너그러운 자세를 의심스러워하고 짜임새를 질색하며 폭넓은 문학적인 시도를 대놓고 혐오한다. 그 결과 깎아놓은 손톱만큼 가볍고 의미 없는 니컬슨 베이커의 『복스』 같은 작품을 두고 열띤 논의와 분석이 이루어지고 그레그 매슈의 『하트 오브 더 컨트리』처럼 패기가 넘치는 미국 소설은 찬밥 취급을 당하는, 이상하고 재미없는 문학 풍토가 조성되고 있다.

하지만 지금까지 내가 한 얘기는 주제에서 벗어났을 뿐 아니라 우는소리에 가까운 여담이다. 평론가들에게 푸대접을 당하는 기분을 느껴본 적 없는 작가가 세상에 어디 있을까. 갑자기 딴 길로 새기 전에 내가 하려던 말은 무엇이었는가 하면 지난 몇 년 동안 나는 믿음의 순간을 구체적인 사물—그러니까 사람들이 읽고 싶어 할 단편소설—로 둔갑시키는 신심의 도약을 경험하기가 어려워졌다는 것이다.

"그럼 단편소설을 쓰지 않으면 되잖아." 그렇게 얘기할 사람도 있을지 모르겠다(『제럴드의 게임』에서 제시 벌링게임이 그런 경험을 했듯이 대개는 내 머릿속에서 들리는 얘기다). "예전이라면 모를까, 지금은 그걸로 돈을 벌지 않아도 되잖아."

맞는 말이다. 사천 단어짜리 걸작을 넘기고 받은 수표로 귓병이 난 아이의 약을 사거나 월세에 보태던 시절은 오래전에 지났다. 하지만 이건 황당한 수준을 넘어서 위험한 논리다. 나는 장편소설을 써서 돈을 벌 필요도 없다. 단순히 돈 때문이었다면 진작 때려치우고 짐을 쌌거나…… 카리브해의 어느 섬에서 일광욕을 하고 손톱을 얼마나 기를 수 있는지 관찰하며 여생을 보냈을 것이다.

하지만 번드르르한 가십지에서는 뭐라고 하건 내 목적은 돈이 아니고 콧대 높은 평론가들은 그렇게 믿고 싶을지 몰라도 나는 판매 부수에도 관심이 없다. 세월이 지나도 본질은 달라지지 않는 법이라 내 목적은 예나 지금이나 똑같다. 내 작품을 꾸준히 찾아주는 독자 여러분의 마음속으로 파고드는 것, 여러분을 꼼짝 못하게 사로잡고 여기서 한 걸음 더 나아간다면 화장실 불을 켜놓지 않고서는 잠을 잘 수 없을 만큼 무섭게 만드는 것이다. 먼저 있을 수 없는 걸 보고…… 그런 다음 그걸 말로 옮기는 것이다. 잠깐 동안만이라도 여러분도 내가 믿는 것을 믿게 만드는 것이다.

쑥스럽고 잘난 척하는 듯이 들릴 수도 있기 때문에 이런 말을 잘 하지 않지만 나는 요즘도 단편소설이 삶의 질을 높일 뿐 아니라 삶 자체를 구원하는 위대한 것이라고 생각한다. 비유적인 표현이 아니다. 훌륭한 글은, 훌륭한 단편소설은 상상의 뇌관을 때리는 공이다. 내가 생각하는 상상의 목적은 견딜 수 없는 상황과 삶의 항로에서 벗어날 수 있도록 우리에게 위안과 안식을 제공하는 것이다. 물론 이건 어디까지나 내 경험이지만 내가 어렸을 때는 무서운 상상을 하느라 밤잠을 설쳤을지 몰라도 어른이 돼서는 그 덕분에 미쳐 날뛰는 삭막한 현실을 헤쳐나갈 수 있었다. 만약 그 상상력으로 빚어진 작품을 읽고 나와 똑같은 효과를 경험하는 사람이 있다면 나는 진심으로 기뻐하고 진심으로 만족할 것이다. 이건 거금을 받고 영화 판권을 넘기거나 수백만 달러짜리 출간 계약을 맺는 걸로는 느낄 수 없는 감정이다.

그럼에도 불구하고 단편소설은 어렵고 힘든 장르이기에 세 번째 단편집을 출간할 수 있을 만큼 작품이 쌓였다는 사실이 기쁘고 신기할 따름이다. 게다가 타이밍도 기가 막힌 게, 나는 어렸을 때 인간은 칠 년을 주기로 새로워진다고, 모든 조직과 기관과 근육이 새로운 세포로 교체된다고 철석같이 믿었다(아마 『리플리의 믿거나 말거나』에서 그렇다고 했을 것이다). 내가 1992년 여름에 『악몽과 몽상』을 선보이기 칠 년 전에 두 번째 단편집 『스켈레톤 크루』가 출간됐었고 그 칠 년 전에 첫 번째 단편집 『스티븐 킹 단편집—옥수수밭의 아이들 외』가 출간됐었다. 무엇보다 가장 다행스러운 것은 신심의 도약으로 어떤 아이디어를 구현하기가 점점 힘들어지고 있지만(점프하는 데 필요한 근육도 하루하루 나이를 먹는다) 그래도 아직 불가능하지는 않다는 점이다. 그다음으로 다행스러운 것은 내 작품을 읽고 싶어 하는 사람들이 아직까지 존재한다는 점이다. 그러니까 여러분과 같은 꾸준한 독자들이 말이다.

수록작 중에서 가장 오래된 「익숙해질 거야」는 원래 《마시루츠》라는 메인 대학교 문학지에 실렸던 작품이지만…… 상당 부분 수정을 거쳐 제 틀을 갖추었다. 캐슬록이라는 저주받은 조그만 마을을 마지막으로 회고하는 작품으로 말이다. 가장 최근작인 「10시의 사람들」은 1992년 여름에 삼 일 동안 치열하게 작업한 결과물이다.

이 안에는 독특한 작품도 몇 편 수록되어 있다. 전무후무한 텔레비전 드라마의 원본. 왓슨 박사가 사건을 해결하는 셜록 홈스 이야기. 나와 맨 처음 만났을 당시 피터 스트라우브*가 살고 있었던 런던의 근교에서 펼쳐지는 크툴루 신화**. 리처드 버크먼 분위기의 하드보일드 '범죄' 소설. 원래는 바브러 크루거의 삽화와 함께 휘트니 미술관에서 한정판으로 출간됐던 「내 귀염둥이 조랑말」을 살짝 개작한 작품.

나는 오랜 고민 끝에 어린이와 야구를 주제로 쓴 「고개를 숙여」라는 장문의 논픽션도 수록하기로 했다. 원래는 《뉴요커》에 실렸고 지난 십오 년을 통틀어 가장 심혈을 기울였다고 말할 수 있는 작품이다. 노력이 질을 보장하는 것은 아니지만 그걸 집필하고 출간하는 과정에서 엄청난 만족감을 느꼈기 때문에 이 자리를 빌려서 소개하고자 한다. 서스펜스와 초자연적인 현상을 주로 다룬 작품집에 어울리지 않는 건 맞지만…… 일맥상통하는 부분도 있다. 짜임새는 같다. 믿기지 않는다면 여러분이 직접 확인해보기 바란다.

나는 케케묵은 이야기, 트렁크나 서랍 맨 밑바닥에 처박아둘 만큼 재미없는 이야기를 피하는 데 가장 각고의 노력을 기울이고 있다. 1980년인가부터 일부 평론가들은 내가 무슨 명단을 출간해도 백만 부가 팔릴 거라고 얘기하고 있지만 지금껏 내가 출간한 게 그런 명단이나 다름없다고 생각하는 사람들이 하는 얘기다. 내 작품

* 스티븐 킹과 『부적』을 공동 집필하기도 한 미국의 작가.
** 미국의 호러 작가 어거스트 덜레스가 만들어낸 용어. H.P. 러브크래프트의 작품을 기반으로 후대의 작가들이 보충한 일련의 신화 체계다.

을 재미있게 읽는 사람들은 다르게 생각할 테고 내가 이 작품집을 출간하면서 가장 염두에 둔 사람은 평론가가 아니라 그런 독자들이다. 그 결과 『스티븐 킹 단편집—옥수수밭의 아이들 외』에서 『스켈레톤 크루』로 이어지는 삼부작을 완성하는, 〈알라딘〉의 울퉁불퉁한 동굴과도 같은 단편집이 탄생됐다. 이 안에는 훌륭한 작품들만 모았다. 형편없는 작품들은 최대한 멀찌감치 치웠다. 만약 앞으로 또 다른 단편집이 출간된다면 거기에는 아직 집필되지 않은 작품, 아직 구상조차 되지 않은(그러니까 아직 믿음으로 잉태되지 않은) 작품들이 수록될 테고 2로 시작되는 해에 출간될 것이다.

이렇게 해서 스물 몇 편의 단편소설을(개중 일부는 아주 기묘한 내용을 담고 있다) 여러분 앞에 선보인다. 내가 한동안 진짜라고 믿었던 이야기도 있고 조금 섬뜩한 이야기도 있지만—하수구에서 튀어나온 손가락, 인간을 먹는 두꺼비, 굶주린 틀니— 함께 가면 별일 없을 것이다. 먼저 내가 외치는 구호를 복창해주기 바란다.

나는 동전으로 화물열차를 탈선시킬 수 있다고 믿는다.

나는 뉴욕시 하수도에 셔틀랜드 조랑말 크기의 쥐는 물론 악어들이 산다고 믿는다.

나는 텐트 칠 때 쓰는 쇠못으로 그림자를 떼어낼 수 있다고 믿는다.

나는 산타클로스가 있다고, 크리스마스 때 빨간 옷을 입고 돌아다니는 사람들은 그의 조수라고 믿는다.

나는 우리 주변에 보이지 않는 세계가 존재한다고 믿는다.

나는 테니스공 안에 독가스가 가득 들어 있다고, 그걸 반으로 갈랐을 때 나오는 가스를 마시면 죽을 수도 있다고 믿는다.

무엇보다도 나는 귀신이 있다고 믿는다, 귀신이 있다고 믿는다, 귀신이 있다고 믿는다.

자. 준비가 되었는가? 좋다. 여기 내 손을 잡아주기 바란다. 이제 출발이다. 길은 내가 안다. 여러분은 내 손을 꼭 잡고…… 믿기만 하면 된다.

메인 주 뱅고어에서

1992년 11월 6일

# 돌런의 캐딜락

★★★

아내의 복수를 위해 한여름에 사막을 파는 남자의 이야기.

1992년에 동명의 영화로 제작.

복수는 차갑게 식혀서 먹었을 때 가장 맛있다.

**스페인 속담**

나는 칠 년 동안 기다리며 지켜보았다. 그가 왔다갔다하는 것을 지켜보았다. 돌런. 나는 그가 보디가드를 양옆에 거느리고 항상 다른 여자와 팔짱을 끼고 근사한 식당으로 어슬렁어슬렁 들어가는 것을 지켜보았다. 나는 내 머리숱이 점점 적어지다 대머리가 되는 동안 그의 머리칼은 짙은 회색에서 멋들어진 은색으로 바뀌어가는 것을 지켜보았다. 그가 라스베이거스를 떠나 서부 해안으로 정기 순례에 나서는 것을 지켜보았다. 그랬다가 다시 돌아오는 것을 지켜보았다. 두 번인가 세 번은 그의 머리와 색이 같은 캐딜락 드빌 세단이 71번 도로를 쌩하니 달려 로스앤젤레스로 향하는 것을 옆길에서 지켜보았다. 그리고 그가 그 캐딜락을 타고 할리우드 힐스의 집을 나서 라스베이거스로 돌아가는 것을 지켜본 적도 몇 번 있었지만 많지는 않았다. 나는 학교 선생님이다. 학교 선생님은 몸값이 비싼 불량배처럼 운신이 자유롭지 못하다. 경제적인 측면에서 그렇다.

그는 내가 그를 지켜보고 있다는 것을 알지 못했다. 나는 그가 알아차릴 수 있을 만큼 가까이 다가간 적이 없었다. 나는 신중하게 접근했다.

그는 내 아내를 직접 죽였거나 제삼자를 통해 살해한 범인이다. 따지고 보면 그게 그거다. 자세한 정황을 듣고 싶다고? 나한테서 그 얘길 들을 일은 없을 것이다. 알고 싶으면 묵은 신문을 뒤져보기 바란다. 그녀의 이름은 엘리자베스다. 내가 몸담고 있었고 지금도 몸담고 있는 학교의 교사였다. 1학년 담임이었다. 아이들은 그녀를 무척 좋아했고 다들 이제는 십 대가 되었겠지만 그중 몇 명은 사랑했던 그 마음을 여전히 간직하고 있을 것이다. 나는 그녀를 사랑했고 당연히 지금도 마찬가지다. 그녀는 엄청난 미모를 자랑하지는 않았지만 매력적이었다. 말수는 없었지만 잘 웃었다. 나는 요즘도 꿈속에서 그녀를 만난다. 그녀의 적갈색 눈을 본다. 그녀가 아닌 다른 여자는 내게 없었다. 앞으로도 없을 것이다.

그는 도주범이었다. 돌런은 도주범이었다. 당신이 알아야 할 사실이 있다면 그것뿐이다. 엘리자베스는 때와 장소를 잘못 만나는 바람에 그의 도주 현장을 목격했다. 그녀가 경찰서를 찾아가자 그쪽에서 FBI로 보냈고, 그녀는 신문을 받고 증언을 하겠다고 했다. 그들은 그녀를 보호하겠다고 약속했지만 깜빡했든지 돌런을 과소평가했든지 둘 중 하나였다. 어쩌면 둘 다였을 것이다. 어느 쪽이었는지 모를 일이지만 어느 날 저녁에 그녀가 차에 타서 시동을 건 순간 다이너마이트가 폭발했고 나는 홀아비가 되었다. 나를 홀아비로 만든 원흉이 그였다. 돌런이었다.

증인이 사라지자 그는 풀려났다.

그는 그의 세계로 돌아갔고 나는 나의 세계로 돌아갔다. 그의 세계는 라스베이거스의 펜트하우스였고 나의 세계는 아무도 없는 성냥갑 주택이었다. 그의 세계에서는 모피와 스팽글이 달린 이브닝드레스로 휘감은 미녀들의 행진이 이어졌고 나의 세계에서는 정적이 이어졌다. 그가 회색 캐딜락을 네 대 갈아치우는 동안 나는 점점 망가져가는 뷰익 리비에라를 계속 타고 다녔다. 그의 머리가 은색으로 바뀌는 동안 내 머리는 그냥 없어졌다.

나는 지켜보았다.

나는 신중하게 접근했다……. 아, 그렇다마다! 아주 신중하게 접근했다. 나는 그의 정체와 그의 능력이 어느 정도인지 알고 있었다. 그는 내 꿍꿍이를 감지하거나 간파하면 나를 벌레처럼 밟아버릴 수 있었다. 그래서 나는 신중하게 접근했다.

삼 년 전 여름방학 때는 그를 따라서(조심스럽게 거리를 유지하며) 그가 뻔질나게 들락거리는 로스앤젤레스에 다녀왔다. 그가 근사한 자기집에서 파티를 여는 동안(그 거리 끝의 그늘 속에 몸을 숨기고 순찰차가 뻔질나게 등장하면 뒤로 몸을 숨겨가며 드나드는 사람들을 지켜보았다) 나는 옆방에서 라디오를 너무 시끄럽게 틀어대고 맞은편 토플리스 바의 네온등이 창문을 뚫고 번쩍거리는 싸구려 호텔에서 묵었다. 밤에 잠을 청하면 꿈속에 엘리자베스의 적갈색 눈이 등장했고 그녀가 살아 있는 꿈을 꾸고 일어나보면 가끔 얼굴에 마른 눈물 자국이 남아 있었다.

나는 하마터면 포기할 뻔했다.

그는 경계가 철저했다. 너무 철저했다. 어딜 가든 중무장한 고릴라 둘을 동반했고 캐딜락은 방탄이었다. 큼지막한 방사형의 타이어는 내정이 불안한 소국의 독재자들이 좋아하는 자기 봉합형이었다.

그러다 마침내 어떻게 하면 되겠는지 불현듯 아이디어가 떠올랐다. 하지만 아주 섬뜩한 사건이 벌어지고 난 이후의 일이었다.

나는 항상 최소 이 킬로미터, 어떨 때는 사 킬로미터, 또 어떨 때는 육 킬로미터씩 간격을 두고 그의 뒤를 쫓아서 라스베이거스로 돌아갔다. 동쪽으로 사막을 건너는 동안 그의 차는 가끔 지평선 위에서 반짝이는 한 조각 점에 불과할 정도로 멀어졌고 나는 그럴 때면 엘리자베스를 생각하며 그녀의 머리칼에 부딪힌 햇살이 어떻게 보였는지 떠올렸다.

나는 그때 한참 뒤에서 달리고 있었다. 주중이라 71번 도로가 아주 한산했다. 도로가 한산할 때는 추적에 위험이 따른다. 초등학교 교사라도 그건 안다. 나는 "전방 16km에 우회 도로"라고 적힌 표지판을 지났을 때 간격을 한층 더 넓혔다. 사막의 우회 도로에서는 속력이 거의 기어가는 수준으로 떨어지기 때문에 그의 운전기사가 울퉁불퉁한 저질 도로에서 몸을 사리는 바람에 회색 캐딜락의 꽁무니를 바짝 뒤쫓아가게 되는 사태는 피하고 싶었다.

다음번 표지판에는 "전방 5km에 우회 도로"라고 되어 있었고 그 밑에 이렇게 적혀 있었다. "전방에 발파 현장. 무선 통신기를 끄시

오."

나는 몇 년 전에 본 어떤 영화의 기억을 더듬기 시작했다. 그 영화에서는 무장 강도단이 가짜 우회 도로 표지판을 동원해 현금 수송 차량을 사막으로 유인했다. 속아넘어간 운전자가 아무도 지나다니지 않는 흙길로 방향을 틀자(사막에는 양들이 다니는 길, 목장과 연결된 길, 어디로 가는지 모를 오래된 길이 많았다) 강도단은 표지판을 치워서 제삼자의 진입을 차단한 다음 수송 차량을 포위하고 경호원들이 나올 때까지 마냥 기다렸다.

그들은 경호원을 살해했다.

그랬던 게 생각났다.

그들은 경호원을 살해했다.

우회 도로가 나오자 나는 그 길로 진입했다. 짐작했던 대로 길이 엉망이었다. 흙을 다져서 이 차로를 만들었는데 움푹 파인 곳이 하도 많아서 낡아빠진 내 뷰익이 덜커덩거리며 앓는 소리를 냈다. 완충기를 교체해야 하는데, 교사 입장에서는 재깍재깍 해결할 수 있는 부분이 아니었다. 내가 애도 없는 홀아비이고 복수를 상상하는 게 유일한 취미 생활인데도 그랬다.

뷰익이 덜거덕거리며 허우적허우적 달리는 동안 아이디어 하나가 머릿속에 떠올랐다. 다음번에 돌런이 라스베이거스에서 로스앤젤레스로 가거나 로스앤젤레스에서 라스베이거스로 돌아올 때 꽁무니를 쫓을 게 아니라 앞질러서, 영화에서 본 것처럼 가짜 표지판을 설치해 라스베이거스 서쪽의 산으로 둘러싸인 고요한 황무지로 유인하면 어떨까? 그런 다음 영화에서 강도단이 그랬던 것처럼 표지반을 치우고…….

나는 문득 현실로 돌아왔다. 돌런의 캐딜락이 그냥 앞도 아니고 내 바로 앞의 흙길 한편에 정차해 있었다. 자기 봉합형이라는 타이어에 펑크가 났다. 아니, 단순히 펑크가 난 게 아니었다. 터져서 절반이 날아갔다. 범인은 미니 전차 장애물처럼 지반 위로 고개를 내밀고 있는 V 자 모양의 뾰족한 돌이었다. 두 보디가드 중 한 명이 앞쪽에서 잭을 열심히 돌리고 있었다. 머리를 짧게 치고 돼지처럼 생긴 얼굴 위로 땀을 폭포수처럼 흘리는 흉측한 괴물 같은 보디가드는 바짝 붙어서 돌런을 보호하고 있었다. 이렇듯 사막에서조차 경계의 끈을 늦추지 않았다.

호리호리한 돌런은 윗단추를 푼 셔츠에 까만 바지를 입고 산들바람에 은발을 날리며 한쪽 옆에 서 있었다. 담배를 피우며 여기가 식당이나 연회장이나 거실이라도 되는 듯이 두 보디가드를 쳐다보고 있었다.

내 차의 앞유리창을 사이에 두고 그와 나의 시선이 만났다. 칠 년 전에(머리칼이 남아 있던 시절에!) 예심이 열렸을 때 아내 옆에 앉아 있었던 나를 보았을 텐데, 나를 알아본 기색 없이 시선을 돌렸다.

캐딜락을 따라잡았다는 공포가 순도 백 퍼센트의 분노로 대체됐다.

조수석 차창을 내리고 그쪽으로 몸을 기울여서 고함을 지르고 싶었다. 어떻게 감히 나를 잊을 수가 있냐? 어떻게 감히 나를 거들떠보지도 않을 수 있어? 아, 하지만 그건 정신 나간 짓거리일 게 분명했다. 그가 나를 잊어버려서 다행이었고 나를 거들떠보지도 않아서 고마웠다. 벽판 뒤에서 전선을 갉아먹는 쥐로 지내는 편이 나았다. 높다란 처마 밑에서 거미줄을 치는 거미로 지내는 편이 나았다.

땀을 뻘뻘 흘리며 잭을 돌리던 남자가 손을 흔들었지만 돌런에게만 상대를 거들떠보지도 않을 권리가 주어지는 건 아니었다. 나는 손을 흔드는 남자의 뒤편을 무심히 바라보며 그가 심장마비나 뇌졸중을 일으키길, 아니면 두 가지를 동시에 일으키길 빌었다. 나는 계속 앞으로 달렸지만 심장이 뛸 때마다 머리가 지끈거렸고 몇 분 동안 지평선 위의 산들이 두 개로 보였다가 심지어 세 개로 보였다가 했다.

총이 있었다면! 나는 생각했다. 총이 있었다면! 총만 있었다면 그의 썩어빠지고 한심한 인생을 그 자리에서 끝장낼 수 있었는데!

몇 킬로미터를 더 간 다음에서야 이성 비슷한 게 돌아왔다. 만약 총이 있었다면 나는 분명 죽음을 자초했을 것이다. 총이 있었다면 잭을 돌리던 남자가 손을 흔들었을 때 차에서 내려 황량한 풍경 사방으로 총을 난사했을 것이다. 그렇게 해서 누군가에게 부상을 입힐 수 있었을지 몰라도 결국에는 목숨을 잃고 얕은 무덤 속에 매장당했을 것이다. 돌런이 계속 아리따운 미녀를 데리고 다니고 회색 캐딜락을 타고 라스베이거스에서 로스앤젤레스로 순례를 떠나는 동안 사막의 짐승들은 내 유해를 파내 차가운 달빛 아래에서 유골을 두고 싸움을 벌였을 것이다. 엘리자베스를 위한 복수는 불가능했을 것이다. 완전히 불가능했을 것이다.

그와 함께 다니는 남자들은 살인 교육을 받았다. 나는 3학년을 가르치는 교육을 받았다.

이건 영화가 아니다. 나는 다시 고속도로로 진입해 "공사 구간 종료 감사합니다! 네바다 주"라고 적힌 주황색 표지판을 지나는 동안 그 사실을 상기했다. 내가 만약 현실과 영화를 착각하는 실수를 저질렀다면, 머리가 벗어져가고 근시인 3학년 교사가 공상이 아닌 실생활에서 더티 해리가 될 수 있다고 착각했다면 복수는 물 건너간 얘기가 됐을 것이다.

하지만 과연 복수를 할 수 있을까? 그럴 수 있을까?

가짜 우회 도로를 만들겠다는 발상은, 낡아빠진 뷰익에서 뛰어내려 세 명을 향해 총을 난사하겠다는 발상만큼이나 낭만적이고 비현실적이었다. 나로 말할 것 같으면 열여섯 살 이후로 총을 쏴본 적도 없고 권총을 써본 적은 더군다나 없었다.

그런 작전은 공범이 없는 이상 불가능했다. 내가 본 영화에서조차 그 부분은 분명하게 부각됐다. 그들은 여덟아홉 명이 두 그룹으로 나뉘어서 움직였고 무전기로 계속 연락을 주고받았다. 심지어 현금 수송 차량이 고속도로의 그 지점에 접근했을 때 주변을 통행하는 차량이 별로 없는지 위에서 확인하는 경비행기까지 동원했다.

과체중의 작가가 한 손에는 피냐콜라다를, 다른 손에는 펜텔 펜과 에드거 월리스*의 플롯 휠**을 들고 수영장 옆에 앉아서 쓴 시나리오인 게 분명했다. 그런데도 불구하고 그의 아이디어를 실현하는

* 영국의 추리소설가.

** 에드거 월리스가 고안한, 이야기를 만들어내는 장치. 가령 플롯을 어떻게 이어나가면 좋을지 판단이 서지 않을 때 플롯 휠의 바퀴를 돌려 창에 뜬 문구를 참고하는 식이었다.

데 소부대가 필요했다. 반면에 나는 혼자였다.

그 작전은 성공할 수 없을 것이다. 지난 몇 년 동안 여러 번 반복됐던 순간적인 착각에 불과했다. 돌런의 에어컨에 독가스를 넣으면 어떨까, 그의 로스앤젤레스 집에 폭탄을 설치하면 어떨까, 예를 들면 바주카포 같은 치명적인 무기를 입수해서 71번 도로를 타고 동쪽으로 라스베이거스를 향해 달리거나 서쪽으로 로스앤젤레스를 향해 달리는 그의 빌어먹을 회색 캐딜락을 불덩이로 만들어버리면 어떨까 생각했던 것처럼 말이다.

폐기 처분하는 게 최선이었다.

그런데 떨쳐지지가 않았다.

그를 고립시켜. 내 머릿속에서 엘리자베스를 대변하는 목소리가 계속 속삭였다. 경험 많은 양치기 개가 주인이 가리킨 암양을 무리에서 떼어내듯 그를 고립시켜. 아무도 없는 곳으로 그를 유인해서 죽여버려. 모두 죽여버려.

성공할 수 없을 것이다. 내가 다른 건 부인하더라도 돌런만큼 오랫동안 목숨을 부지한 작자라면 조심스럽게 갈고 닦은 생존 감각이, 어쩌면 피해망상 수준으로 갈고 닦은 생존 감각이 있을 거라는 사실만큼은 인정하는 수밖에 없었다. 그와 그의 부하들은 우회 도로 전략을 단박에 알아차릴 것이다.

하지만 오늘은 우회 도로로 진입했잖아. 엘리자베스를 대변하는 목소리가 대꾸했다. 망설이지도 않았어. 어린양처럼 순순히 갔어.

나는 돌런 같은 인간들은, 인간이라기보다 늑대에 가까운 그들은 위험을 감지하는 육감이라는 게 발달했다는 걸 알고 있었다(그렇다,

왠지 모르겠지만 알고 있었다!). 도로교통부 창고에서 진짜 우회 도로 표지판을 훔쳐다 알맞은 곳에 설치할 수는 있다. 심지어 형광 주황색 교통콘과 훈증기까지 몇 개 추가할 수 있다. 그래도 돌런은 불안해서 무대 위로 흘린 내 진땀 냄새를 맡을 수 있을 것이다. 방탄유리창을 뚫고 맡을 수 있을 것이다. 눈을 감으면 그의 머릿속이라는 음침한 구덩이 저 끝에서 흘러나오는 엘리자베스의 이름을 들을 수 있을 것이다.

엘리자베스를 대변하는 목소리가 잠잠해졌고 나는 녀석이 드디어 포기했나 보다고 생각했다. 그런데 라스베이거스가 사막 저 끝에서 파란색으로 부옇게 어른거리며 등장했을 때 녀석이 다시 입을 열었다.

그럼 가짜 우회 도로로 속이려고 하지 마. 목소리가 속삭였다. 진짜 우회 도로로 속이면 되잖아.

나는 핸들을 갓길 쪽으로 홱 돌리고 양쪽 발로 브레이크를 밟아 몸서리를 치며 차를 세웠다. 깜짝 놀라서 휘둥그레 뜬, 백미러 속의 내 눈을 쳐다보았다.

엘리자베스를 대변하는 목소리가 머릿속에서 웃음을 터뜨렸다. 광기 어린 격렬한 폭소였다. 잠시 후에는 나도 따라서 웃기 시작했다.

내가 나인스 스트리트 헬스클럽에 등록하자 다른 교사들은 웃었다. 그중 한 명은 내 얼굴에 모래를 뿌린 사람이라도 있느냐고 물었다. 나도 그들과 같이 웃었다. 계속 같이 웃기만 하면 나 같은 사람은 의심을 살 일이 없다. 게다가 웃지 못할 것도 없었다. 아내가 죽은 지 칠 년이 지났다. 이제 관 속에 남은 것은 한줌 흙과 머리칼과 뼈마디 몇 점뿐이다! 그러니 웃지 못할 것도 없었다. 나 같은 사람은 웃지 않으면 오히려 주변에서 무슨 일이 생겼는지 궁금해할 것이다.

나는 그해 가을과 겨울 내내 얼굴이 아프도록 그들과 같이 웃었다. 끊임없이 배가 고파도 계속 웃었다. 나는 뭐든 한 접시로 끝내고 야식도 맥주도 식전 진토닉도 끊었다. 붉은 살코기와 채소, 채소, 채소로 식단을 바꾸었다.

크리스마스에는 내게 노틸러스 헬스 기구를 선물했다.

아니다. 정확히 얘기하자면 엘리자베스가 크리스마스 선물로 내게 노틸러스 헬스 기구를 사주었다.

돌런을 관찰하는 횟수가 점점 줄었다. 운동을 통해 뱃살을 없애고 팔과 가슴과 다리 근육을 키우느라 바빴다. 하지만 계속 이런 식으로 살지는 못할 것 같다는 생각, 진정한 체력을 다시 키우는 건 불가능할지 모른다는 생각, 두 번째 접시와 커피 케이크와 가끔 커피에 넣어마시던 달짝지근한 크림 없이는 못살겠다는 생각이 드는 때도 있었다. 그럴 때면 그가 좋아하는 식당 건너편에 차를 세워두거나 그가 자주 드나드는 클럽에 들어가서, 그가 도도하고 차가운 금발 또는 깔깔대고 웃는 빨간 머리와 팔짱을 끼거나 두 여자를 한꺼번에 거느리고서 안개 같은 회색 캐딜락에서 내릴 때까지 기다렸다. 저기 등장했군, 나의 엘리자베스를 죽인 인간이, 비잔 정장을 으리으리하게 떨쳐입고 나이트클럽 조명에 금색 롤렉스 시계를 반짝거리며. 나는 피곤하고 기운이 빠지면 목이 타들어가는 사람이 사막의 오아시스를 찾아나서듯 돌런을 찾아갔다. 그의 독수를 마시고 나면 기운이 솟았다.

이월이 되자 나는 날마다 달리기 시작했다. 다른 교사들은 아무리 선크림을 발라도 벌겋게 벗어졌다가 다시 벌겋게 벗어지는 내 민머리를 보고 웃었다. 나는 두 번이나 기절할 뻔했고 달리기가 끝날 무렵이면 다리를 칼로 찌르는 듯이 쥐가 나서 한참 동안 몸서리를 쳐야 했음에도 불구하고 그들과 같이 웃었다.

여름이 다가오자 나는 네바다 고속도로 관리 공단에 입사 원서를 냈다. 시청의 고용 센터는 내 원서에 머뭇머뭇 도장을 찍어주고 하비 블로커라는 현장감독에게 나를 보냈다. 블로커는 키가 크고 네바다의 태양에 새까맣게 탄 남자였다. 청바지에 먼지투성이 워커를 신었고 소매를 자른 파란색 티셔츠를 입었다. 셔츠에는 "BAD ATTITUDE"라고 적혀 있었다. 근육은 큼지막하게 굽이치는 돌덩이였다. 그는 내 입사 원서를 들여다보더니 나를 보며 웃었다. 큼지막한 주먹 안에서 돌돌 말린 원서가 몹시 초라해 보였다.

"지금 장난하는 건가? 당연히 장난이겠지. 앞으로 자네가 상대해야 하는 건 사막의 태양과 사막의 열기야, 샌님이 들락거리는 태닝숍이 아니라. 어이, 친구. 본업이 뭐야? 회계사?"

"교사입니다. 3학년을 가르치고요."

"아이고, 선생님." 그는 다시 웃음을 터뜨렸다. "내 앞에서 꺼져주쇼, 엉?"

나에게는 회중시계가 있었다. 대륙횡단철도의 마지막 구간을 건

설한 증조할아버지에게 물려받은 시계였다. 우리 집안의 전설에 따르면 마지막으로 황금 대못을 박는 현장에 우리 증조할아버지가 있었다고 했다. 나는 그 시계를 꺼내서 블로커의 눈앞에 대고 대롱대롱 흔들었다.

"이거 보이죠? 팔면 육칠백 달러쯤 될 겁니다."

"뇌물인가?" 블로커는 다시 웃음을 터뜨렸다. 그는 웃음이 헤픈 남자였다. "악마와 거래하는 사람들이 있다는 얘기는 들었지만 뇌물까지 써가며 제 발로 지옥에 들어가려는 사람은 생전 처음 보는군."

이제 그는 동정 비슷한 게 어린 눈빛으로 나를 바라보았다.

"자네는 어떤 일을 하려고 하는지 안다고 생각할지 몰라도 전혀 아무것도 모른다고 보면 맞을 거야. 나는 칠월에 인디언스프링스 서쪽이 47도까지 올라가는 걸 본 적도 있어. 건장한 남자들도 비명을 지를 정도지. 자네는 건장한 남자가 아니잖아. 셔츠를 벗겨보지 않아도 자네 몸뚱이에는 샌님들이 헬스클럽에서 키운 근육 말고는 아무것도 없다는 걸 알 수 있는데, 사막에서 그런 건 통하지 않아."

"감독님께서 제 능력으로는 안 되겠다고 결론을 내리는 순간 당장 그만두겠습니다. 시계는 감독님께 그냥 드리고요. 군소리 없이."

"개뻥치시네."

나는 그를 쳐다보았다. 그는 한참 동안 나를 마주보았다.

"개뻥치는 게 아니로군."

그가 놀라워하는 투로 말했다.

"아닙니다."

"시계를 팅커한테 맡기겠나?"

그는 홀치기 염색한 셔츠를 입고 불도저 운전석 근처에 앉아서 맥도날드에서 사 온 과일 파이를 먹으며 우리 이야기를 듣고 있는 덩치 큰 흑인을 향해 엄지손가락을 까닥였다.

"믿을 만한 사람인가요?"

"두말하면 개소리."

"그럼 제가 감독님에게 꺼지라는 소리를 듣거나 구월이 돼서 학교로 복귀하기 전까지 그에게 맡기면 되겠군요."

"나는 뭘 걸면 되지?"

나는 그의 주먹에 쥐어진 입사 원서를 가리켰다.

"거기 서명해주세요. 그걸 거시면 됩니다."

"제정신이 아니로군."

나는 돌런과 엘리자베스를 생각하며 아무 대꾸도 하지 않았다.

"처음에는 허접한 잡일을 맡게 될 거야." 그가 경고했다. "트럭 짐칸에 실린 뜨거운 역청을 삽으로 퍼서 움푹 파인 곳에 붓는 일. 우라질 네 시계가 탐이 나서 그런 게 아니라—물론 내 차지가 되면 대환영이지만—신입은 누구나 그 일부터 하거든."

"좋습니다."

"어떤 일인지 알고서 하는 소리이길."

"압니다."

"아니." 블로커가 말했다. "모르고서 하는 얘기지. 하지만 알게 될 거야."

그의 말이 맞았다.

처음 몇 주에 대해서는 기억나는 게 거의 없다. 뜨거운 역청을 삽으로 떠서 구멍에 다져 넣고 트럭이 다음 구멍에서 멈추어 설 때까지 고개를 숙인 채 그 옆을 따라가던 기억밖에 없다. 가끔 일을 하다 보면 카지노에서 잭팟 터지는 종소리가 들렸다. 가끔은 내 머릿속에서 종소리가 들렸던 것 같기도 하다. 고개를 들어보면 하비 블로커가 도로를 달구는 열기로 번들거리는 얼굴을 하고 묘하게 동정어린 눈빛으로 나를 쳐다보고 있었다. 이따금 불도저 운전석에 캔버스 천으로 된 파라솔을 씌워놓고 앉아 있는 팅커를 돌아보면, 그는 내가 증조할아버지에게 받은 시계의 체인을 잡고 높이 흔들어서 햇빛을 받고 반짝이게 했다.

기절하지 않는 것, 정신을 붙잡고 있는 것이 관건이었다. 유월까지 버티고 칠월 첫 주가 됐을 때, 어느 날 점심시간에 블로커가 부들부들 떨리는 한쪽 손으로 샌드위치를 먹고 있는 내 옆에 와서 앉았다. 나는 가끔 밤 10시까지 몸을 떨었다. 더위 때문이었다. 몸을 떨거나 기절하거나 둘 중 하나였는데 돌런을 생각하면 어찌어찌 기절을 안 하고 계속 몸을 떨고 있을 수 있었다.

"어이, 친구. 아직도 힘이 부족해."

그가 말했다.

"맞아요. 하지만 제가 원래 어떤 사람이었는지 감안하셔야죠."

"돌아볼 때마다 네가 도로 한복판에 쓰러져 있겠거니 생각했는데 계속 버티네. 하지만 결국에는 쓰러질 거야."

"아뇨, 그럴 일은 없을 겁니다."

"아니, 쓰러질 거야. 삽을 들고 트럭 뒤에 계속 서 있으면 그럴 수밖에 없어."

"아니에요."

"어이, 친구. 가장 더운 기간이 아직 남았어. 팅크는 길바닥에다 달걀프라이를 해 먹을 수 있는 날씨라고 부르지."

"괜찮을 겁니다."

블로커는 주머니에서 뭔가를 꺼냈다. 증조할아버지 시계였다. 그는 그걸 내 무릎 위로 던졌다. "이 우라질 것 도로 가져가." 그는 넌더리 난다는 듯이 얘기했다. "가지고 싶지 않으니까."

"저랑 약속하셨잖습니까."

"취소하겠어."

"저를 자르면 중재위원회에 접수할 거예요. 제 원서에 서명하셨잖아요. 그때……."

"자르지 않아." 그는 시선을 돌렸다. "팅크더러 너한테 굴착기 운전하는 법을 가르쳐주라고 할 거야."

나는 뭐라고 하면 좋을지 알 수 없었기에 한참 동안 그를 쳐다보았다. 시원하고 쾌적한 내 3학년 교실이 그보다 더 멀게 느껴진 적이 없었고…… 블로커 같은 남자는 어떤 생각을 하는지, 어떤 의도로 어떤 말을 꺼내는지 여전히 전혀 알 길이 없었다. 그가 나를 존경하는 동시에 경멸한다는 건 알았지만 그가 왜 그런 양가감정을 느끼는지는 알 수 없었다. 신경쓸 필요 없잖아. 엘리자베스가 머릿속에서 얘기했다. 당신 상대는 돌런이야. 돌런을 기억해.

"왜 그러시는데요?"

나는 결국 이렇게 물었다.

그는 그 말에 나를 돌아보았다. 화가 난 동시에 재미있어하는 표정이었다. 하지만 분노가 가장 도드라진 감정이었다.

"어이, 너 대체 왜 그래? 날 뭘로 보는 거야?"

"그게 아니라……."

"그 빌어먹을 시계가 탐이 나서 너를 죽이려는 사람인 줄 알아? 그래?"

"죄송합니다."

"그래, 죄송해야지. 너처럼 한심한 병신 새끼는 내 평생 본 적이 없으니까."

나는 증조할아버지의 시계를 치웠다.

"어이, 친구. 너는 절대 강해질 수 없어. 태양이 내리쬐도 버티는 사람과 식물이 있는가 하면 시들어서 죽는 사람과 식물도 있거든. 너는 죽는 쪽이야. 너도 네가 그렇다는 걸 알면서 그늘로 피하려 하지 않다니. 왜 그러는 거야? 왜 이런 개고생을 사서 하는 거야?"

"저도 나름대로 이유가 있습니다."

"그래, 있겠지. 그리고 너를 방해하는 사람은 신세 조질 각오를 해야 할 테고."

그는 일어나서 저쪽으로 사라졌다.

팅커가 씩 웃으며 다가왔다.

"굴착기 운전법을 배울 수 있겠어?"

"아마도요."

내가 말했다.

"나도 그렇게 생각해. 저 돌대가리는 너를 좋아해. 어떤 식으로 표현하면 좋을지 몰라서 그렇지."

"저도 그런가 보다 했어요."

팅크는 폭소를 터뜨렸다.

"자네, 아주 만만찮은 씨방새로구먼."

"그건 제 희망사항입니다만."

나는 남은 여름 내내 굴착기를 운전했다. 그해 가을에 거의 팅크만큼 새까매진 얼굴을 하고 학교로 복귀하자 다른 교사들은 더이상 나를 보고 웃지 않았다. 내가 지나갈 때 가끔 곁눈질을 하긴 했어도 더이상 웃지는 않았다.

저도 나름대로 이유가 있습니다. 나는 그에게 이렇게 얘기했고 사실이었다. 일시적인 변덕을 부리느라 그 계절을 지옥에서 보낸 게 아니었다. 체력을 단련해야 했다. 사람을 묻을 무덤을 파는 데 그렇게까지 극단적인 조치는 취할 필요 없을지 몰라도 내가 염두에 둔 건 사람이 아니었다.

나는 그 빌어먹을 캐딜락을 묻어버릴 작정이었다.

이듬해 사월에 나는 네바다 주 고속도로위원회의 우편물 수신을 신청했다. 매달 《네바다 로드 사인》이라는 소식지가 내 앞으로 배달됐다. 계류중인 고속도로 개선 법안, 팔거나 구입한 도로 보수 장비, 모래 언덕 관리나 새로운 부식 방지 기술을 둘러싼 주 의회의 조치를 소개하는 기사들은 대부분 읽지 않고 건너뛰었다. 내 관심사는 항상 맨 마지막의 한 페이지 아니면 두 페이지였다. 일정이라고 된 이 부분에 다음달 도로공사가 있는 날짜와 현장이 적혀 있었다.

나는 특히 RPAV라는 약자 뒤에 따라오는 현장과 날짜에 관심이 있었다. RPAV는 도로 재포장 공사를 의미했고 하비 블로커와 함께 일을 했던 경험으로 미루어 보건대 이런 공사를 할 때 우회 도로를 만들어야 할 확률이 가장 높았다. 하지만 늘 그런 건 아니었다. 고속도로위원회에서 도로의 일부 구간을 폐쇄하는 것은 다른 대안이 없을 때만 취하는 조치였다. 하지만 나는 조만간 이 네 글자가 돌런의 종말을 의미할 수 있다는 생각을 했다. 단지 네 글자에 불과했지만 가끔 꿈속에 등장할 때도 있었다. RPAV.

쉬울 리도, 금세 이루어질 리도 없다는 건 알았다. 어쩌면 몇 년을 기다려야 할 수도 있고 그새 다른 사람이 돌런을 해치울 수도 있다. 그는 사악한 인간이었고, 사악한 인간들은 아슬아슬한 삶을 살기 마련이었다. 행성들이 어쩌다 한 번 합을 이루듯 서로 느슨하게 연결된 네 개의 궤도가 한데 합쳐져야 했다. 돌런의 여행과 내 방학 기간과 국경일과 삼 일 동안 이어지는 주말이.

몇 년을 기다려야 할 수 있었다. 어쩌면 불가능할 수도 있었다. 하지만 내 마음은 차분했다. 언젠가는 벌어질 일이라는 확신과 그때가 되면 나는 준비가 된 상태일 거라는 확신이 있었다. 과연 내 짐작이 맞아떨어졌다. 그해 여름도 그해 가을도 이듬해 봄도 아니었다. 하지만 지난 유월에 《네바다 로드 사인》을 펼쳤을 때 다음과 같은 일정이 나를 맞았다.

7월 1일~7월 22일 (미정):

71번 도로 708-760킬로미터 구간 (서쪽 방향) RPAV

나는 부들부들 떨리는 손으로 내 책상에 놓인 달력을 칠월로 넘겼고 7월 4일이 마침 월요일이라는 것을 확인했다.

네 개의 궤도 중에서 세 개가 맞아떨어진 셈이다. 그렇게 장기간 재포장 공사를 하려면 어딘가에 우회 도로를 만들 수밖에 없었다.

하지만 돌런…… 돌런은 어떻게 될까? 네 번째 궤도는 어떻게 될까?

내가 기억하기로 그가 7월 4일 주간—라스베이거스에서는 몇 안 되는 비수기였다—에 로스앤젤레스에 간 적은 세 번이었다. 세 번은 다른 도시에 갔었고—한 번은 뉴욕, 한 번은 마이애미, 한 번은 무려 런던이었다—남은 한 번은 라스베이거스에 남았다.

그가 만약 여행을 떠난다면…….

알아볼 방법이 있을까?

나는 한참 동안 열심히 궁리했지만 두 개의 장면이 계속 불쑥 떠올랐다. 첫 번째 장면에서는 땅거미가 질 무렵에 71번 도로를 타고 뒤로 길게 그림자를 드리우며 로스앤젤레스를 향해 서쪽으로 쌩하니 달리는 돌런의 캐딜락이었다. 차가 "전방에 우회 도로"라고 적힌 표지판을 지났다. 맨 마지막 표지판에는 차량에 장착된 무선 통신기를 꺼달라고 적혀 있었다. 캐딜락이 방치된 도로 보수 장비—불도저, 그레이더, 굴착기—를 지난다. 장비들이 방치된 이유는 작업 시간이 끝나서 그런 게 아니라 주말, 그것도 삼 일 동안 이어지는 주말이기 때문이다.

두 번째 장면은 모든 게 같지만 우회 도로 표지판만 없어졌다.

내가 치워버렸기 때문에 없어진 거다.

학기 마지막 날, 어떻게 하면 알아낼 수 있겠는지 방법이 문득 생각났다. 내가 학교와 돌런을 까맣게 잊은 채 꾸벅꾸벅 졸고 있다가 벌떡 일어나 앉으면서 책상 한쪽에 놓여 있던 꽃병(학생들이 학기말 선물로 사 온 사막의 예쁜 꽃이 꽂혀 있었다)을 쳐서 떨어뜨리자 바닥과 부딪히며 산산조각이 났다. 덩달아 졸고 있었던 학생 몇 명이 벌떡 일어나 앉았는데, 내 표정이 무서웠는지 티머시 유릭이라는 조그만 남자아이가 울음을 터뜨리는 바람에 달래주어야 했다.

시트. 나는 티머시를 달래며 생각했다. 시트하고 베갯잇하고 침구하고 은식기. 러그. 정원. 모든 게 완벽해야겠지. 그는 모든 게 완벽하길 바라겠지.

두말하면 잔소리다. 모든 걸 완벽하게 갖추는 것이야말로 캐딜락만큼이나 돌런에게 없어서는 안 되는 항목이었다.

내가 미소를 짓자 티머시 유릭도 마주 미소를 지었지만 나는 티머시를 향해 미소를 지은 게 아니었다.

엘리자베스를 향해 미소를 지은 것이었다.

그해에는 6월 10일에 방학이 시작됐다. 십이 일 뒤에 나는 비행기를 타고 로스앤젤레스로 갔다. 차를 빌려서 예전에 묵었던 싸구려 호텔에 체크인했다. 이후로 삼 일 동안 할리우드 힐스로 가 돌런의 집 앞에서 망을 보았다. 계속 죽치고 있지는 않았다. 부자들은 사람을 써가며 무단 침입자를 감시한다. 그들이 위험인물로 밝혀지는 경우가 워낙 많기 때문이다.

나를 보면 알 수 있듯이.

처음에는 아무 낌새도 없었다. 집 유리창을 널빤지로 막지도 않았고 잔디가 제멋대로 자라지도 않았고—큰일날 말씀!—수영장 물은 누가 봐도 깨끗했고 염소 소독이 되어 있었다. 그런데도 쓰지 않는 빈집의 분위기가 느껴졌다. 커튼을 쳐서 여름 햇볕을 막았고, 중앙의 회차 지점에 세워져 있는 차도 없었고, 말총머리 청년이 이틀에 한 번씩 오전에 청소를 할 뿐 수영장을 쓰는 사람도 없었다.

망했다는 확신이 들었다. 그럼에도 나는 마지막 궤도가 맞아떨어지길 바라며 자리를 지켰다.

6월 29일, 내가 다시 일 년 동안 감시하고 기다리고 운동하고 하비 블로커 밑에서 굴착기를 운전해야 하는(그가 나에게 일을 다시 맡긴다는 전제 아래) 운명에 직면하려는 찰나, "로스앤젤레스 보안 서비스"라고 적힌 파란색 차가 돌런의 집 대문 앞에 멈추어 섰다. 제복을 입은 남자가 차에서 내려 열쇠로 대문을 열었다. 그가 차를 몰고 들어가서 모퉁이를 돌았다. 몇 분 뒤에 그는 걸어나와서 문을 닫고 열쇠로 잠갔다.

일상에 미세한 균열이 생겼다. 희미하게 깜빡이는 희망이 느껴졌다.

나는 다른 곳으로 자리를 옮겨서 거의 두 시간 동안 어찌어찌 시간을 때운 다음 다시 돌아가 이번에는 그 블록의 이쪽 끝이 아니라 저쪽 끝에 차를 세웠다. 십오 분 뒤에 파란색 밴이 돌런의 집 앞에 멈추어 섰다. 옆면에 "빅 조 클리닝서비스"라고 적혀 있었다. 심장이 벌렁거렸다. 나는 백미러를 들여다보았다. 내 손이 렌터카의 핸들을 얼마나 으스러져라 잡고 있었는지 기억이 난다.

밴에서 네 명의 여자가 내렸다. 두 명은 백인, 한 명은 흑인, 한 명은 멕시코계였다. 그들은 웨이트리스처럼 흰옷을 입고 있었지만 당연히 웨이트리스가 아니었다. 청소부였다.

그중 한 명이 버저를 누르자 경비원이 문을 열어주었다. 다섯 명이 서로 웃으며 대화를 나누었다. 경비원이 한 여자의 엉덩이를 만지려고 하자 여자가 깔깔대며 손을 때렸다.

한 여자가 밴에 다시 올라타서 회차 지점까지 몰고 갔다. 나머지는 자기들끼리 수다를 떨며 걸어갔고, 경비원은 문을 닫고 다시 잠갔다.

내 얼굴 위로 땀이 쏟아졌다. 마치 기름 같았다. 심장이 끊임없이 쿵쾅거렸다.

그들이 백미러의 시야에서 사라졌다. 나는 그 틈에 주위를 둘러보았다.

밴의 뒷문이 열렸다.

한 여자가 차곡차곡 쌓은 시트를 꺼냈다. 다른 여자는 수건을, 또 다른 여자는 진공청소기 한 쌍을 꺼냈다.

그들이 떼를 지어서 문 앞으로 걸어가자 경비원이 문을 열어주었다.

나는 차를 출발시켰지만 몸이 너무 심하게 떨려서 핸들을 제대로 돌릴 수가 없었다.

그들이 집을 활짝 열고 있었다. 그가 온다는 뜻이었다.

돌린은 해마다 캐딜락을 갈아치우지 않았고 이 년에 한 번씩 갈아치우지도 않았다. 그가 그해 유월이 거의 끝나갈 무렵에 타고 온 회색 캐딜락 드빌 세단은 삼 년 된 차였다. 나는 차의 치수를 정확하게 알았다. 내가 자료 분석원인 척 GM에 직접 편지를 보내자 회사에서 설명서와 그해 모델의 사양을 적은 자료를 보내주었다. 심지어 내가 반신용으로 우표를 붙여서 동봉한 봉투까지 돌려주었다. 대기업은 적자일 때라도 예의를 갖추는 모양이다.

나는 세 가지 수치—캐딜락의 가장 넓은 지점의 너비, 가장 높은 지점의 높이, 가장 긴 지점의 길이—를 라스베이거스 고등학교에서 수학을 가르치는 친구에게 들고 갔다. 앞에서 얘기한 걸로 기억하는데, 나는 만반의 준비를 갖추었고 그 만반의 준비가 육체적인 부분에 국한된 건 아니었다. 절대 아니었다.

나는 만일의 경우라는 가정 아래 내 고민을 상담했다. SF 소설을 쓰려고 하는데 정확한 수치를 알고 싶다고 했다. 나는 심지어 소설을 구성하는 그럴듯한 요소까지 몇 가지 생각해놓았다. 내 창의력에 스스로 살짝 놀랄 정도였다.

내 친구는 외계인의 정찰 차량 속도를 어느 정도로 설정할 생각인지 궁금해했다. 예상치 못한 질문이었기 때문에 나는 그게 중요한 문제냐고 물었다.

"당연히 중요하지. 엄청 중요하지. 네 이야기 속의 정찰 차량을 함정 속으로 정확히 빠뜨리려면 함정의 크기가 딱 맞아떨어져야 하거든. 네가 준 수치는 5.2미터 곱하기 1.5미터야."

나는 정확한 건 아니라고 얘기하려고 했지만 그가 이미 입을 열었다.

"대충 그렇다는 거야. 포물선을 계산하기 쉽게."

"포물선?"

"추락의 포물선."

그는 같은 말을 다시 한번 반복했고 나는 간담이 서늘해졌다. 복수의 일념에 불타는 사람이 사랑에 빠질 수밖에 없는 용어였다. 음산하고 잔잔하게 불길한 분위기를 풍겼다. 추락의 포물선.

나는 캐딜락이 들어갈 만한 무덤을 파면 그걸로 충분하겠거니 생각하고 있었다. 그런데 친구의 얘기를 듣고 보니 무덤으로서 제 몫을 하기 전에 함정의 역할을 소화해야 했다.

그의 말로는 형태도 중요하다고 했다. 내가 구상한 참호 형태로는 성공하지 못할 수도 있었다. 사실 성공할 가능성보다 실패할 가능성이 더 높았다. "정찰 차량이 참호 입구에 정확히 부딪히지 않으면 안으로 푹 빠지지 않을 수도 있어. 비스듬히 미끄러져 내려가다가 멈추면 외계인들이 조수석 문을 열고 기어나와서 네 영웅들을 처치할 거야." 그는 입구를 넓혀서 구멍을 깔때기 모양으로 파는 것이 해결책이라고 했다.

속도 문제도 있었다.

돌런의 캐딜락 속도가 너무 빠르고 구멍이 너무 짧으면 그냥 날아올라 착지하다가 차체나 타이어가 구멍의 저쪽 가장자리에 부딪힐 것이다. 그러면 차체가 뒤집히겠지만 구멍 속으로 빠질 가능성은 없었다. 거꾸로 캐딜락의 속도가 너무 느리고 구멍이 너무 길면 바퀴가 아니라 앞 범퍼로 바닥에 착륙할 테고 그것 역시 벌어지면 안 될 사대였다. 60센티미터의 트렁크와 뒤 범퍼가 땅 밖으로 솟은 캐딜락을 묻는 것은 두 다리를 허공으로 내민 남자를 묻으려는 것처럼 어림없는 일이었다.

"그러니까 정찰 차량의 속도를 어느 정도라고 할 거야?"

나는 얼른 계산했다. 뻥 뚫린 고속도로에서 딜런의 기사는 시속 95킬로미터에서 105킬로미터 사이를 유지했다. 내가 일을 저지르려는 구간에서는 그보다 천천히 달릴 것이었다. 우회 도로 표지판은 치울 수 있을지 몰라도 도로 보수 장비를 감추거나 공사의 흔적을 모두 지울 수는 없었다.

"약 20룰."

그는 미소를 지었다.

"지구어로 번역하면?"

"시속 80킬로미터라고 보면 될 거야."

"아하."

그는 당장 계산자로 계산에 착수했고, 나는 눈을 반짝이며 웃는 얼굴로 그의 옆에 앉아서 근사한 용어를 떠올렸다. 추락의 포물선.

그는 거의 곧바로 고개를 들었다.

"있잖아, 정찰 차량의 크기를 바꾸면 어떨까?"

"응? 왜?"

"5.2미터에 1.5미터면 정찰 차량치고 제법 크잖아." 그는 웃음을 터뜨렸다. "거의 링컨 마크 IV에 가까운걸?"

나도 웃음을 터뜨렸다. 우리는 같이 웃었다.

나는 여자들이 시트와 수건을 들고 집안으로 들어가는 것을 확인한 다음 비행기를 타고 라스베이거스로 돌아갔다.

집 현관문을 열고 거실로 들어가서 수화기를 들었다. 손이 살짝 떨렸다. 나는 거의 구 년 동안 처마 밑의 거미나 벽판 뒤의 쥐처럼 기다리며 예의 주시했다. 엘리자베스의 남편이 아직까지 자신에게 관심을 기울이고 있다는 걸 돌런이 전혀 눈치채지 못하게 했다. 나는 라스베이거스로 돌아오는 길에 퍼져버린 캐딜락 앞을 지나면서 전혀 무표정한 그의 눈빛을 보고 분노했지만 사실 당연한 보상이었다.

하지만 이제 나는 모험을 감행해야 했다. 내 몸이 하나이기 때문에, 돌런이 확실히 등장할지, 언제 우회 도로를 잠시 사라지게 만들어야 할지 파악하는 것이 필수이기 때문에 그랬다.

나는 비행기를 타고 집으로 돌아오는 길에 좋은 방법을 생각해놓았다. 먹힐 것 같았다. 먹히게 만들 작정이었다.

로스앤젤레스 전화번호 안내 서비스에 빅 조 클리닝 서비스의 전화번호를 문의했다. 알아낸 번호로 전화를 걸었다.

"저는 레니 케이터링에 근무하는 빌이라고 하는데요." 내가 얘기했다. "할리우드 힐스 애스터 드라이브 1121번지에서 토요일 저녁때 파티가 열리거든요. 혹시 클리닝 서비스 직원분에게 돌런 씨 댁의 레인지 위 찬장에 대형 펀치볼이 있는지 확인 부탁드려도 될까요?"

전화를 받은 남자 직원이 잠깐 기다리라고 했다. 나는 기다렸지만 한없이 시간이 흐를수록 그가 수상한 낌새를 느끼고 다른 전화로 전화국에 레니 케이터링의 연락처를 문의하는 게 분명하다는 확신이 점점 더 짙어졌다.

마침내—아주, 아주 한참 만에—그가 돌아왔다. 당황스러워하는 목소리였지만 상관없었다. 내가 원하는 게 딱 그런 목소리였다.

"토요일 저녁요?"

"네, 그쪽에서 원하는 만큼 큰 펀치볼을 구하려면 여기저기 수소문해야 하는데 그 댁에 있을 것 같아서요. 확인차 전화드린 겁니다."

"저기요, 우리 스케줄 표에 따르면 돌런 씨는 일요일 오후 3시 이후에 도착한다고 되어 있어요. 직원을 시켜서 펀치볼이 있는지 확인하는 거야 별일 아닌데, 이 부분부터 먼저 정리해야겠어요. 돌런 씨는 개판을 용납하실 분이 아니거든요, 욕을 써서 미안하지만……."

"저도 전적으로 동의합니다." 내가 얘기했다.

"……그러니까 그분이 하루 일찍 도착한다면 지금 당장 청소부를 몇 명 더 보내야 해요."

"제가 다시 한번 확인해볼게요." 내 옆 테이블에 3학년 읽기 교재로 쓰는 『모든 곳으로 가는 길』이 놓여 있었다. 나는 책을 집어서 수화기 가까이 대고 책장을 몇 장 넘겼다.

"아니, 이런. 제가 착각했네요. 손님들을 초대하는 날이 일요일 저녁이에요. 저를 한 대 때리고 싶으시겠어요."

"그럴 리가요. 저기, 다시 잠깐 기다려주시겠어요? 청소부한테 연락해서 펀치볼이 있는지……."

"아뇨, 일요일이면 괜찮아요. 글렌데일에서 열리는 결혼식 피로

연에 쓰인 펀치볼이 일요일 오전이면 수거되거든요."

"그렇군요. 알겠습니다." 편안하고, 아무 의심이 없고, 두 번 생각하지 않을 사람의 말투였다.

내가 바라기로는 그랬다.

나는 전화를 끊고 가만히 앉아서 최대한 꼼꼼하게 머릿속으로 따져보았다. 3시에 로스앤젤레스에 도착하려면 일요일 10시쯤에는 라스베이거스에서 출발해야 했다. 그럼 11시 15분에서 11시 30분 사이에 우회 도로 인근을 지날 테고 그 시간대에는 지나가는 차량이 거의 없을 것이다.

이제 상상을 접고 행동으로 옮길 때라는 결론을 내렸다.

광고를 뒤져서 몇 군데 전화를 돌린 다음 나가서 내 경제적인 능력으로 감당할 수 있는 다섯 대의 중고차를 살펴보았다. 엘리자베스가 살해당한 해에 출하된 낡아빠진 포드 밴으로 결정했다. 대금은 현금으로 결제했다. 통장에 남은 돈이 257달러뿐이었지만 전혀 불안하지 않았다. 집으로 가는 길에 대형 할인 매장만큼 넓은 대여점에 들러서 내 신용카드를 담보 삼아 휴대용 공기압축기를 대여했다.

금요일 늦은 오후부터 밴에 짐을 실었다. 곡괭이, 삽, 압축기, 손수레, 공구 상자, 쌍안경, 고속도로 관리 공단에서 빌린 착암기와 아스팔트를 자를 때 쓰는 화살촉 모양의 각종 부가 장치. 큼지막한 정사각형의 모래색 캔버스 천, 둘둘 말린 길쭉한 캔버스 천—지난해 여름에 내가 특별히 준비한 물품이었다—1.5미터 길이의 얇은 버팀목 21개. 그리고 마지막으로 공업용 대형 스테이플러.

사막이 시작되는 곳에 다다르자 쇼핑센터에 차를 세우고 번호판을 훔쳐서 내 밴에 달았다.

라스베이거스 서쪽으로 122킬로미터 지점에서 주황색 표지판이 맨 처음 등장했다. '전방에 도로공사중·주의 운전 바람.' 거기서 1.5킬로미터쯤 더 갔을 때 내가 한참 전부터 기다리고 있었던 표지판이 등장했다. 나는 의식하지 못했을지 몰라도 엘리자베스가 죽은 이후로 줄곧 기다리던 표지판이었을 것이다.

10KM 전방에 우회 도로

그 지점에 도착해 상황을 살피는 동안 어스름이 어둠으로 짙어졌다. 내가 미리 계획을 세워놓았다면 나았을지 몰라도 별 차이는 없었을 것이다.

두 오르막 사이에서 우회전을 하니 우회 도로가 등장했다. 원래는 울타리 옆길이었는데 좀더 많은 교통량을 감당할 수 있도록 고속도로 관리 공단에서 평평하게 다지고 넓혀놓은 듯했다. 자물쇠가 채워진 강철 상자 안에서 웅웅거리며 돌아가는 배터리를 동력 삼아 깜빡이는 화살표가 우회 도로의 위치를 알렸다.

우회 도로 너머에서는 두 번째 오르막의 정상을 향해가던 고속도로가 두 줄로 세워놓은 교통콘에 가로막혔다. 그 너머에 (1차로는 깜빡이는 화살표를 못 보고 2차로는 교통콘을 치고 지나가도 모를 만큼 멍청한 운전자가 있는 모양이다) 옥외 광고판만큼이나 큼지막한 주황색 표지판에 "도로 폐쇄· 우회 도로 이용 바람"이라고 적혀 있었다.

하지만 여기서는 우회 도로의 존재 이유가 명확하지 않았고 그래서 다행이었다. 돌런이 함정의 냄새를 손톱만큼이라도 느끼는 건 내가 바라는 바가 아니었다.

나는 잽싸게 밴에서 내려—목격자가 없어야 했다—십여 개의 교통콘을 겹쳐 쌓아서 밴이 지나갈 수 있을 만한 통로를 만들었다. 도로 폐쇄 표지판을 오른쪽으로 끌고 가서 치운 다음 다시 밴으로 달려가 그 틈새로 밴을 몰고 갔다.

뒤에서 달려오는 차 소리가 들렸다.

나는 교통콘을 집어서 최대한 잽싸게 제자리로 갖다놓으려고 했다. 그 와중에 두 개가 떨어져 도랑으로 굴러갔다. 나는 헉헉대며 교통콘을 쫓아갔다. 어두워서 보지 못하고 돌부리에 걸려 대자로 넘어졌지만 얼굴에 흙을 묻힌 채 한쪽 손바닥에서 피를 뚝뚝 흘려가며 벌떡 일어났다. 차가 점점 가까워졌다. 조만간 그 차가 우회 도로 진입로 직전의 오르막길을 넘으면 청바지에 티셔츠를 입고 교통콘을 제자리에 갖다놓으려는 남자의 모습과 네바다 주 고속도로 관리공단 소속이 아닌 이상 어떤 차량도 진입할 수 없는 곳에서 공회전 중인 남자의 밴이 상향등 불빛에 비쳐 보일 게 분명했다. 나는 마지막 교통콘을 놓고 표지판 쪽으로 달려갔다. 너무 세게 끌어당기는 바람에 표지판이 휘청거렸다. 하마터면 쓰러질 뻔했다.

점점 다가오는 차량의 전조등이 동쪽으로 가는 오르막길을 환히 비추기 시작했을 때 문득 네바다 주 경찰차일 게 분명하다는 생각이 들었다.

표지판은 원래 위치로 돌아갔다. 정확히 원래 위치는 아닐지 몰라도 비슷했다. 나는 밴으로 달려가서 올라타고 다음번 오르막길을 향해 차를 놀았다. 그 자리에서 막 빠져나왔을 때 뒤편의 오르막길 위로 쏟아지는 전조등 불빛이 보였다.

전조등도 켜지 않고 어두운 데 서 있는 내 밴이 보였을까?

그렇지 않을 것 같았다.

나는 좌석에 기대고 앉아서 눈을 감고 두근거리는 심장이 진정되길 기다렸다. 덜커덩거리며 우회 도로를 쌩하니 달리는 차 소리가 점점 멀어지자 두근거림이 가라앉았다.

나는 이렇게 우회 도로 뒤에 안전하게 숨었다.

작업을 시작해야 할 때였다.

오르막길을 넘으면 평평한 직선 도로가 길게 이어진다. 그 직선 도로의 3분의 2가 더는 존재하지 않았다. 흙더미와 으스러진 자갈로 길고 넓게 덮였다.

그들이 그걸 보고 차를 멈출까? 차를 돌릴까? 아니면 우회 도로 표지판이 없었으니 길이 있을 거라고 믿고 계속 달릴까?

이제 와서 그런 걱정을 하기에는 이미 늦었다.

나는 직선 도로가 시작되는 곳에서 이십 미터, 끝나는 곳까지 사백 미터 정도 남은 지점을 선택했다. 길가에 밴을 세우고 뒤로 가서 뒷문을 열었다. 널빤지 두어 장을 챙기고 끙끙대며 장비를 꺼냈다. 그런 다음 숨을 돌리며 차가운 사막의 별을 올려다보았다.

"시작한다, 엘리자베스." 나는 별에 대고 속삭였다.

차가운 손이 뒷덜미를 쓰다듬는 듯한 느낌이 들었다.

압축기의 소음이 어마어마했고 착암기는 그보다 더 심했지만 어쩔 도리가 없었다. 자정 전에 1단계 작업을 끝낼 수 있기만을 바랄 따름이었다. 그보다 더 오래 걸린다면 압축기 연료가 모자를 테니 이러나저러나 난감했다.

하지만 상관없었다. 누군가가 소음을 듣고 어떤 바보가 한밤중에 착암기를 돌리는지 궁금해할지 모른다고 걱정하기보다 돌런을 생각해야 했다. 회색 캐딜락 드빌을 생각해야 했다.

추락의 포물선을 생각해야 했다.

나는 수학 교사인 친구가 얘기한 수치를 감안해서 흰색 분필과 공구 상자에 있는 줄자로 먼저 무덤의 테두리를 표시했다. 이 작업이 끝나자 너비 1.5미터, 길이 13미터의 울퉁불퉁한 직사각형이 어둠 속에서 아른거리며 등장했다. 이쪽 입구가 나팔처럼 넓은 직사각형 모양이었다. 수학 교사인 친구가 모눈종이에 그려준 것과는 다르게 깔때기를 많이 닮지는 않았다. 일직선의 기다란 목구멍이 입을 벌리고 있는 것처럼 보였다. 저걸로 너를 집어삼켜줄 테니 오히려 더 잘됐네. 나는 생각하며 어둠 속에서 미소를 지었다.

나는 60센티미터 간격을 두고 직사각형 위에 선을 스무 개 더 그렸다. 마지막으로 정중앙에 세로로 선을 하나 긋자 거의 정사각형에 가까운, 60센티미터 곱하기 75센티미터 크기의 격자무늬가 마흔두 개 탄생했다. 맨 끝에 달린 삽 머리 모양이 마흔세 번째 구획이었다.

나는 소매를 걷어붙인 다음 압축기의 시동을 걸고 첫 번째 사각형부터 작업에 돌입했다.

기대 이상으로 작업 속도가 빨랐지만 바라던 만큼은 아니었다. 언제 바란 대로 된 적이 있었던가? 중장비를 쓸 수 있었다면 좀더 나았겠지만 그건 나중을 위해 아껴두어야 했다. 자정이 지나도 작업은 끝나지 않았고 새벽 3시에 압축기 연료가 다 떨어졌을 때도 마찬가지였다. 나는 이런 사태가 벌어지면 밴의 연료를 끌어다 쓰려고 기름펌프를 들고 왔다. 하지만 연료 주입구 뚜껑을 열었더니 기름 냄새가 강타했고 나는 그냥 뚜껑을 다시 닫고 밴의 뒷자리에 똑바로 드러누웠다.

오늘밤은 더이상 무리였다. 작업용 장갑을 꼈는데도 양손이 큼지막한 물집으로 뒤덮였고 대부분 진물이 흐르기 시작했다. 압축기의 일정하고 가차없는 진동 때문에 온몸이 떨렸고 내 팔은 미쳐버린 소리굽쇠 같았다. 머리가 지끈거렸다. 이도 지끈거렸다. 허리가 끊어질 것 같았다. 등뼈 가득 유릿가루가 채워진 느낌이었다.

스물여덟 개의 사각형을 해치웠다.

스물여덟 개.

남은 게 열네 개였다.

그리고 그건 시작에 불과했다.

안되겠어, 나는 생각했다. 불가능해. 할 수가 없는 일이야.

그 차가운 손길이 다시금 느껴졌다.

할 수 있어, 여보. 할 수 있어.

귓속에서 울려대던 소음이 좀 가라앉았다. 어쩌다 한 번씩 차가 달려오는 소리가 들렸지만…… 고속도로 관리 공단에서 공사 현장 우회용으로 만들어놓은 환상 도로에 진입하면 웅웅거리는 수준으로 찾아들었다.

내일은 토요일이다. 아니, 오늘이 토요일이다. 돌런은 일요일에 등장할 예정이다. 시간이 부족했다.

할 수 있어, 여보.

폭탄이 터지자 그녀는 갈가리 찢겼다.

내가 사랑한 그녀는 경찰에게 어떤 광경을 목격했는지 솔직하게 얘기했다는 이유로, 위협당하길 거부했다는 이유로, 용감하게 나섰다는 이유로 갈가리 찢겼는데 돌런은 이십 년 묵은 스카치위스키를 마시고 손목에 찬 롤렉스 시계를 반짝거려가며 여전히 캐딜락을 타고 다녔다.

해낼 거야, 나는 생각했고 꿈도 꾸지 않는, 죽음과도 같은 잠 속으로 빠져들었다.

8시부터 얼굴 위로 작렬하는 태양에 눈을 떴다. 나는 일어나 앉았다가 비명을 지르며 욱신거리는 손을 허리로 갖다 댔다. 일을 하라고? 아스팔트를 열네 조각 더 자르라고? 나는 걸을 수조차 없었다.

하지만 그건 사실이 아니었다. 걸을 수는 있었다.

나는 셔플보드*를 하러 가는 나이 많은 노인처럼 밴으로 가서 글러브 박스를 열었다. 작업 다음날 아침에 대비해서 엠피린 진통제를 챙겨 왔다.

* 가늘고 긴 막대로 원반을 코트 위에서 밀어서 점수판에 넣어 점수를 겨루는 게임.

내가 아무렇지도 않을 수 있다고 생각했다니. 진심으로 그렇게 생각했다니.

하! 지나가던 개가 웃겠다.

나는 엠피린 네 알을 물과 함께 먹고 약이 뱃속에서 녹길 십오 분 동안 기다렸다가 말린 과일과 차가운 팝 타르트를 아침으로 게걸스럽게 해치웠다.

압축기와 착암기가 기다리는 곳을 내다보았다. 압축기의 노란색 케이스가 아침 태양에 벌써부터 지글지글 익은 듯했다. 정사각형 모양으로 깔끔하게 잘린 아스팔트가 도로 바닥의 절단면 양옆으로 압축기까지 이어졌다.

나는 그쪽으로 가서 착암기를 집고 싶지 않았다. 하비 블로커가 한 말이 생각났다. 어이, 친구. 너는 절대 강해질 수 없어. 태양이 내리쬐도 버티는 사람과 식물이 있는가 하면 시들어서 죽는 사람과 식물도 있거든……. 왜 이런 개고생을 사서 하는 거야?

"그녀가 산산조각이 났거든." 나는 쉰 목소리로 꺽꺽거렸다. "내가 사랑했던 그녀가 산산조각이 났거든."

'고, 베어스!*'나 '훅 뎀 혼스!**'에 버금갈 만한 응원 구호는 아니었지만 그래도 나는 기운을 차렸다. 밴의 연료 탱크에서 기름을 뽑아내자 맛과 냄새 때문에 구역질이 올라왔지만 오로지 의지 하나로 아침을 게우지 않고 버텼다. 나는 고속도로 관리 공단 직원들이 긴

* 버클리 대학교의 상징인 황금 곰을 응용해서 만든 구호.

** 텍사스 주립대학교의 마스코트인 황소를 응용해서 만든 구호.

주말을 맞아서 기계의 연료를 모두 비우고 퇴근했으면 어떻게 해야 하나 잠깐 걱정하다가 얼른 떨쳐버렸다. 내 능력으로 어쩔 수 없는 일을 걱정하는 건 의미가 없다. 낙하산이 아니라 양산을 들고 B-52 폭격기에서 뛰어내린 듯한 기분이 점점 더 심해지고 있었다.

연료통을 압축기가 있는 곳으로 들고 가서 탱크에 연료를 부었다. 압축기의 스타터 코드 손잡이를 오른손으로 잡고 그 위를 왼손으로 감싸야 했다. 코드를 당기자 압축기가 작동을 시작하면서 손의 물집이 몇 개 더 터졌고 주먹에서 걸쭉한 고름이 뚝뚝 떨어졌다.

절대 못 할 거야.

힘을 내줘, 여보.

나는 착암기 쪽으로 다가가 다시 시동을 걸었다.

처음 한 시간이 가장 힘들었지만 일정하게 쿵쿵거리는 착암기와 엠피린의 조합이 내 허리와 손과 머리와 모든 걸 마비시키는 듯했다. 11시가 됐을 때 마지막 아스팔트 블록의 절단을 마쳤다. 이제 팅커에게 배운 도로 보수 장비 점프스타트하는 법을 얼마나 기억하고 있는지 알아볼 시간이다.

나는 팔다리를 휘청거리며 비틀비틀 밴으로 돌아가 도로 공사 현장으로 2.5킬로미터를 달려갔다. 내 기계가 한눈에 들어왔다. 뒤편에 갈고리와 집게가 달린 케이스 조던 대형 굴착기였다. 135,000달러짜리 기관차였다. 내가 블로커 밑에서 운전했던 굴착기는 캐터필러사社의 제품이었지만 거의 비슷할 것이다.

바라건대.

운전석으로 올라가서 수동 변속기에 그려진 그림을 확인했다. 내가 몰았던 캐터필러와 똑같았다. 한두 번 시운전을 해보았다. 변속기에 모래가 들어가서 처음에는 좀 뻑뻑했다. 담당 기사가 모래 덮개를 씌워놓지 않았고 감독관도 그 부분을 확인하지 않았기 때문이다. 블로커였다면 확인했을 것이다. 그리고 긴 주말이건 뭐건 수당에서 오 달러를 제했을 것이다.

그의 눈빛. 감탄과 경멸이 섞여 있었던 그 눈빛. 그는 이런 임무를 어떻게 생각했을까?

신경쓸 필요 없다. 지금은 하비 블로커를 생각할 때가 아니다. 엘리자베스를 생각할 때다. 그리고 돌런을 생각할 때다.

강철로 된 운전석 바닥에 삼베 조각이 있었다. 나는 그 밑에 열쇠가 있을까 싶어서 삼베 조각을 들추어보았다. 두말하면 잔소리지만 열쇠는 없었다.

팅크의 목소리가 머릿속에서 들렸다. 염병할, 이런 건 애도 점프스타트할 수 있어, 흰둥이. 아무것도 아니야. 최소한 점화 스위치는 있을 거 아냐. 요즘 나오는 제품들은 다 그래. 여길 봐, 여길 봐. 아니, 열쇠 꽂는 데 말고. 열쇠도 없으면서 열쇠 꽂는 데는 왜 봐? 그 아래 여기. 전선들이 대롱대롱 매달려 있는 거 보이지?

팅커가 점프스타트하는 법을 가르쳐주었을 때 손가락으로 가리켜서 알려주었던 것처럼 대롱대롱 매달려 있는 전선들이 비로소 내 눈에 들어왔다. 빨간색, 파란색, 노란색 그리고 초록색이었다. 각 전선의 절연선을 이삼 센티미터 정도 잘라내고 뒷주머니에서 배배 꼬인 구리선을 꺼냈다.

좋아, 흰둥이. 잘 들어. 질문은 나중에 받을 테니까, 알았지? 빨간색과 초록색을 서로 묶어. 그건 잊어버리지 않겠지, 크리스마스를 연상하면 되니까. 그럼 시동은 해결이야.

나는 구리선으로 케이스 조던 굴착기의 빨간색과 초록색 전선을 한데 연결했다. 사막 바람이 불자 누가 탄산음료병 주둥이에 대고 입김을 분 것처럼 가느다랗게 부엉이 우는 소리가 들렸다. 목을 타고 흘러내린 땀방울이 셔츠 속으로 들어갔다가 중간에 멈추자 간지러웠다.

이제 파란색이랑 노란색이 남았지? 그 둘은 서로 묶지 말고 양쪽 끝을 살짝 대기만 해. 그리고 감전돼서 팬티에 지리고 싶지 않은 이상 절연선 벗긴 부분은 건드리지 마. 파란색과 노란색을 갖다 대면 시동이 걸릴 거야. 그럼 출발해. 그러고 나서 재미있게 탈 만큼 탔다 싶으면 묶었던 빨간색이랑 초록색을 풀어. 그러면 열쇠를 돌린 것처럼 시동이 꺼질 거야.

파란색과 노란색 전선의 끝을 맞붙였다. 큼지막한 노란색 불똥이 튀는 바람에 나는 움찔했고 덕분에 운전석 뒤편의 철제 기둥에 뒤통수를 부딪혔다. 나는 몸을 앞으로 숙여서 파란색과 노란색 전선을 다시 붙였다. 기침 소리를 내며 모터가 돌아가기 시작했고 굴착기가 움찔거리며 앞으로 요동을 쳤다. 나는 아주 기본적인 것만 갖추어진 대시보드 위로 내동댕이쳐졌고 왼쪽 얼굴을 레버에 부딪혔다. 우라질 기어를 중립에 놓는 걸 깜빡하는 바람에 한쪽 눈을 잃을 뻔했다. 팅크의 웃음소리가 들리는 듯했다.

기어를 중립에 놓고 다시 두 전선의 끝을 맞붙였다. 연속으로 부르릉거리며 시동이 걸렸다. 모터가 지저분한 갈색의 봉화 연기를 내뱉으며 기침을 했고 끊임없이 불어오는 바람에 연기가 흩어지도록 계속 털털거리만 했다. 나는 관리가 잘 안 돼서 그런 거라고 계속 내 자신을 다독였지만—기어에 모래 덮개를 씌우지 않는 사람은 뭐든 잊어버렸을 것이었다—걱정했던 것처럼 주말을 앞두고 연료통을 비운 게 분명하다는 확신만 점점 짙어졌다.

그런데 내가 포기하고 굴착기의 연료 탱크에 꽂아서 기름이 얼마나 남았는지 알아볼 만한 물건을 찾으려던 찰나(그래야 나쁜 소식을 더 정확하게 파악할 수 있잖아, 친구) 모터가 용트림과 함께 깨어났다.

나는 맞붙였던 전선을 놓고—파란색 전선의 끝에서 연기가 피어올랐다—스로틀을 열었다. 모터가 부드럽게 돌아가기 시작하자 기어를 1단에 넣고 방향을 돌려서 갈색의 기다란 정사각형 모양으로 깔끔하게 파놓은 고속도로 서쪽 차로 쪽으로 다시 되짚어가기 시작했다.

그날의 남은 시간은 포효하는 엔진과 작렬하는 태양으로 뒤덮인, 길고 환한 지옥이었다. 케이스 조던 기사는 기어에 모래 덮개 씌우는 건 깜빡해놓고 양산은 제대로 치웠다. 조물주가 가끔 장난을 칠 때도 있다. 왜 그러는지는 모르겠다. 그냥 그렇다. 그리고 내가 생각하기에 조물주는 특이한 유머 감각의 소유자다.

2시가 거의 다 됐을 때 아스팔트 조각들을 도랑에 모두 처박을 수 있었다. 집게로는 섬세한 운반이 절대 불가능했다. 맨 끝 쪽의 삽 머리 모양의 조각은 두 동강 낸 다음 내가 직접 끌고 가서 도랑에 버려야 했다. 집게를 썼다가는 부러질 수도 있었다.

아스팔트 조각을 모두 처분한 다음 굴착기를 다른 도로 보수 장비가 있는 곳으로 다시 몰고 갔다. 연료가 떨어져가고 있었다. 기름 펌프를 동원해야 할 때였다. 나는 밴 앞에서 굴착기를 세우고 펌프를 꺼냈다가…… 최면에 걸린 사람처럼 큼지막한 물통을 빤히 쳐다보았다. 펌프를 옆으로 내동댕이치고 밴의 뒷좌석으로 기어올랐다. 얼굴과 목과 가슴 위로 물을 부으며 기쁨의 비명을 질렀다. 물을 마시면 토할 게 분명하다는 걸 알았지만 어쩔 수 없었다. 나는 물을 마셨고 토악질을 했다. 일어나지도 못하고 한쪽으로 고개만 돌려서 토악질을 한 다음 게걸음으로 최대한 멀찌감치 도망쳤다.

그런 다음 다시 잠을 청했다. 눈을 떠보니 땅거미가 질 무렵이었다. 어디에선가 늑대 한 마리가 자주색 하늘 위로 다시 떠오른 달을 향해 짖고 있었다.

점점 죽어가는 햇빛에 비춰 보니 내가 파놓은 땅이 정말 무덤 같아 보였다. 전설 속에 등장하는 사람 잡아 먹는 거인의 무덤이었다. 어쩌면 골리앗의 무덤이었다.

안 되겠어. 나는 아스팔트 위에 뚫린 기다란 구멍을 향해 말했다.

부탁이야. 엘리자베스가 속삭였다. 힘을 내줘…… 나를 위해서.

밴의 글러브 박스를 열고 엠피린 네 알을 더 꺼내서 삼켰다. "당신을 위해서." 나는 말했다.

연료 탱크끼리 바짝 닿도록 불도저 옆에 케이스 조던을 주차하고 쇠지렛대로 양쪽 연료 탱크 뚜껑을 열었다. 불도저 기사가 모래 덮게 씌우는 건 깜빡해도 괜찮을지 몰라도 연료 뚜껑 잠그는 걸 깜빡해도 그냥 넘어갈 수 있을까? 요즘 경윳값이 일 달러 오 센트씩 하는 마당에 그럴 리 없었다.

나는 불도저의 연료를 굴착기로 옮기며 아무 생각도 하지 않고 점점 더 높이 솟아오르는 달만 쳐다보고 있으려고 했다. 잠시 후에 다시 아스팔트를 파헤쳐놓은 곳으로 가서 땅을 파기 시작했다.

달빛을 맞으며 굴착기를 운전하는 것이 이글거리는 사막의 태양을 맞으며 착암기로 아스팔트를 깨는 것보다 훨씬 쉬웠지만 구멍 바닥이 완벽한 경사를 이루도록 만전을 기했기 때문에 작업 진행 속도가 더뎠다. 들고 온 목수용 수평기로 수시로 확인해야 했다. 수평기로 확인하려면 굴착기를 멈추고 내려서 측정하고 다시 높은 운전석에 올라타야 했다. 평소 같으면 아무 문제 없었겠지만 자정 무렵에 다다르자 몸이 뻣뻣하게 굳어서 움직일 때마다 뼈와 근육이 비명을 질렀다. 허리 상태가 최악이었다. 내가 허리에 몹쓸 짓을 한 게 아닐까 걱정이 되기 시작했다.

하지만 그건—다른 모든 것과 더불어—나중에 고민할 부분이었다.

만약 깊이 1.5미터, 길이 13미터, 너비 1.5미터짜리 구멍을 파야 했다면 굴착기가 있건 없건 불가능한 작업이었을 것이다. 그를 우주로 날려보내거나 타지마할을 그의 위로 떨어뜨릴 방법을 연구하는 편이 차라리 나았을 것이다. 28세제곱미터가 넘는 흙을 파내야 그만한 구멍을 만들 수 있었다.

“못된 외계인들을 빨아들일 수 있게 깔때기 모양으로 만들어야 해.” 수학을 가르치는 내 친구는 이렇게 얘기했다. “그리고 추락의 포물선과 각도가 상당히 일치하는 빗면을 만들어야 하고.”

그는 또 다른 모눈종이에 그림을 그렸다.

“은하계의 반군인지 뭔지 모를 사람들이 원래 예상치의 절반만큼만 흙을 파내면 돼. 이 경우에는…….” 그는 연습장에 뭐라고 끼적이더니 얼굴을 환히 빛냈다. “15세제곱미터만 파면 되겠네. 이 정도는 껌이지. 혼자서도 할 수 있어.”

나도 한때는 그렇다고 믿었지만 열기와…… 물집과…… 체력 고갈과…… 끊임없이 욱신거리는 허리를 감안하지 않은 게 패착이었다.

길지 않게, 잠깐 숨을 돌리고. 참호의 경사를 측정하고.

그래도 생각했던 것보다는 괜찮지 않아, 여보? 그나마 바닥이 경반이 아니라 노반이라…….

구멍이 깊어질수록 무덤의 세로를 따라서 좀더 천천히 이동했다. 기어와 레버를 잡고 있는 손에서 이제는 피가 났다. 버킷이 바닥에 닿을 때까지 드롭 레버를 앞으로 끝까지 밀고. 버킷이 바닥에 닿으면 드롭 레버를 다시 당긴 다음 이번에는 요란한 신음 소리와 함께 전기자를 내미는 레버를 밀고. 기름기로 반짝이는 쇳덩이가 지저분한 주황색 케이스에서 빠져나와 버킷을 흙 속으로 미는 광경을 지켜보고. 버킷이 어쩌다 한 번씩 부싯돌을 긁고 지나가면 불꽃이 튀었다. 이제 버킷을 들고…… 별을 등진 시커먼 직사각형 모양의 그것을 돌려서(끊임없이 욱신거리는 목과 그보다 더 심하게 욱신거리는 허리를 애써 외면해가며)…… 도랑에 쌓아놓은 아스팔트 위로 흙을 쏟고.

걱정 마, 여보. 손은 작업을 끝내고 난 다음에 붕대를 감으면 돼. 그를 끝내고 난 다음에.

"그녀는 갈기갈기 찢겼어."

나는 쉰 목소리로 껙껙거리며 돌런의 무덤에서 흙과 자갈을 다시 이백 킬로그램 퍼내기 위해 버킷을 움직였다.

재밌는 일을 하고 있을 때는 시간이 얼마나 쏜살같이 흐르는지 모른다.

나는 동쪽을 희미하게 밝힌 몇 가닥의 첫 햇살을 확인하자마자 수평기로 바닥의 각도를 다시 한번 확인했다. 작업이 점점 막바지로 치닫고 있었다. 제시간 안에 끝낼 수 있을 것 같았다. 그런데 무릎을 꿇는 순간 허리에서 뭔가가 무너지는 게 느껴졌다. 딱 하는 조그맣고 둔탁한 소리가 났다.

나는 거친 비명을 토하며 좁고 경사가 진 바닥에 모로 쓰러졌다. 이를 드러내고 으르렁거리며 손으로 허리를 눌렀다.

최악의 통증이 차츰 사라지자 다시 일어설 수 있었다.

그래, 나는 생각했다. 됐어. 이제 끝이야. 시도는 좋았지만 이제 끝이야.

부탁이야, 여보. 엘리자베스가 속삭였다. 예전 같았으면 절대 믿지 못했겠지만 머릿속에서 들리는 목소리에서 불쾌한 기미가 느껴지기 시작했다. 소름이 끼칠 만큼 가차없는 분위기가 느껴지기 시작했다. 제발 포기하지 마. 제발 계속해줘.

계속 땅을 파라고? 걷지도 못하겠는데?

이제 정말 얼마 안 남았잖아! 목소리는 울부짖었다. 예전에는 엘리자베스를 대변하는 목소리였을지 몰라도 이제는 아니었다. 엘리자베스 자체였다. 정말 얼마 안 남았잖아!

나는 점점 밝아오는 여명 속에서 내가 파놓은 구멍을 쳐다보며 천천히 고개를 끄덕였다. 그녀의 말이 맞았다. 굴착기에서 저 끝까지 남은 거리가 1.5미터밖에 안 됐다. 길어야 2미터다. 하지만 가장 깊게 파야 하는 구간이었다.

할 수 있어, 여보. 나는 당신이 할 수 있다는 걸 알아. 나지막이 구슬리는 말투였다.

하지만 나는 그 목소리의 설득에 넘어가서 작업을 속행한 게 아니었다. 이렇게 먼지를 뒤집어 쓴 채 너덜너덜해진 손을 하고 고약한 냄새를 풍기며 덜덜거리는 굴착기 옆에 누워 있는 이 시각에 펜트하우스에서 잠을 자고 있을 돌런의 모습을 떠올리자 효과 만점이었다. 실크 잠옷 바지를 입고, 윗도리만 입은 금발을 옆에 거느리고 잠을 자고 있을 돌런.

유리를 끼운 차고의 특실에서는 일찌감치 짐을 싣고 기름을 채운 캐딜락이 대기하고 있을 것이다.

"좋아, 그럼."

나는 굴착기의 운전석으로 천천히 다시 올라가서 엔진 속도를 높였다.

나는 9시까지 작업을 한 뒤에 멈췄다. 다른 할 일들이 있는데 시간이 부족했다. 내가 비스듬하게 파놓은 구멍은 길이가 12미터였다. 그 정도면 충분할 것이다.

굴착기를 원래 있었던 자리로 몰고 가서 세웠다. 다시 쓸 일이 있어서 기름을 추가로 넣어야 하는데 그럴 시간이 없었다. 엠피린을 좀더 먹고 싶었지만 남은 게 별로 없었고 오늘 몇 시간 뒤와 내일 필요할 터였다. 그렇다, 내일. 내일은 월요일이자 찬란한 4일이었다.

나는 엠피린 대신 십오 분 동안 휴식을 취했다. 여유가 없었지만 그래도 억지로 쉬었다. 벌떡거리고 움찔거리는 근육을 달래며 밴에 똑바로 누워서 돌런을 상상했다.

그는 지금쯤 마지막으로 짐을 챙기고 있을 것이다. 살펴보아야 하는 서류, 세면도구, 어쩌면 책과 트럼프 카드까지.

이번에는 그가 비행기를 타고 가면 어쩌지? 머릿속 깊숙한 곳에서 들리는 사악한 속삭임을 막을 도리가 없었다. 내 입에서 신음소리가 새어 나왔다. 그는 지금까지 비행기를 타고 로스앤젤레스에 간 적이 없었다. 항상 캐딜락을 타고 갔다. 비행기를 좋아하지 않는 것 같았다. 하지만 가끔 비행기를 탄 적도 있고—한번은 런던까지 간 적도 있었다—그 생각이 머릿속을 맴돌자 벗겨진 피부처럼 간질거리고 욱신거렸다.

9시 30분에 나는 돌돌 말아놓은 캔버스 천과 대형 공업용 스테이플러와 버팀목을 꺼냈다. 날이 흐리고 조금 시원해졌다. 조물주가 가끔 은혜를 베풀 때도 있었다. 더 끔찍한 통증으로 아파하느라 그때까지 내 민머리를 잊고 있었는데, 손가락으로 머리를 건드렸다가 날카롭게 비명을 지르며 화들짝 손을 뗐다. 조수석 쪽에 달린 사이드 미러에 비춰보니 화가 난 것처럼 시뻘겠다. 자주색에 가까웠다.

라스베이거스에서는 돌런이 마지막으로 통화를 하고 있을 것이다. 기사가 캐딜락을 현관 앞으로 몰고 왔을 것이다. 그와 나 사이의 거리가 120킬로미터에 불과했고 조만간 캐딜락이 그 거리를 시속 95킬로미터의 속도로 좁히기 시작할 것이다. 정수리에 일광 화상을 입었다고 한탄하고 있을 때가 아니었다.

나는 일광 화상을 입은 당신 정수리를 사랑해, 엘리자베스가 내 옆에서 얘기했다.

"고마워, 베스."

나는 버팀목을 구멍 쪽으로 나르기 시작했다.

지금까지 땅을 팠던 것에 비하면 남은 작업은 간단했고 견딜 수 없을 정도로 아팠던 허리도 둔하게 욱신거리는 수준으로 잦아들었다.

하지만 나중에는 어쩌려고? 넌지시 묻는 속삭임이 들렸다. 나중에는 어쩌려고, 응?

나중 일은 어찌어찌 해결될 것이다. 함정이 거의 완성되어간다는 게 중요한 부분이었다.

버팀목이 구멍에 걸쳐지고도 조금 남는 길이라 아스팔트 옆면에 딱 맞게 끼워서 지붕을 만들 수 있었다. 밤이었으면 아스팔트가 단단해서 일이 힘들었겠지만 오전인 지금은 아스팔트가 진흙처럼 물렁물렁해서 식힌 엿 덩어리에 연필을 꽂는 느낌이었다.

버팀목을 모두 설치하자 내가 분필로 그린 원래 도면에서 정중앙의 선만 빠진 셈이 됐다. 나는 돌돌 말아놓은 캔버스 천을 좁은 쪽 입구에 놓고 그걸 묶어두었던 밧줄을 풀었다.

그런 다음 12미터짜리 71번 도로를 펼쳤다.

가까이서 보면 착시 현상이 완벽하지 않았다. 1, 2, 3열에서는 무대 분장과 세트 장식이 완벽해 보일 수가 없다. 하지만 몇 미터만 떨어져도 감쪽같았다. 71번 도로의 실제 노면과 같은 짙은 회색이었다. (서쪽을 바라보고 있었을 때를 기준으로) 캔버스 천의 왼쪽 저 끝에는 노란색의 점선이 있었다.

나는 지붕 위로 캔버스 천을 덮고 세로로 천천히 이동하며 버팀목에 스테이플러로 박아서 고정했다. 손이 말을 듣지 않으려고 했지만 살살 구슬렸다.

캔버스 천이 고정되자 밴으로 돌아가서 운전대를 잡고(앉았더니 또다시 잠깐이나마 근육이 고통스러운 경련을 일으켰다) 오르막길 꼭대기로 차를 몰았다. 거기서 울퉁불퉁하게 상처가 난 내 손을 무릎에 올려놓고 꼬박 일 분 동안 쳐다보았다. 그런 다음 차에서 내려 무심한 시선으로 71번 도로를 돌아보았다. 하나에 초점을 맞추지 말고 전체적인 그림, 그러니까 게슈탈트를 훑어보고 싶었다. 오르막을 넘었을 때 어떤 광경이 돌런과 부하들 앞에 펼쳐질지 그들의 시선으로 확인하고 싶었다. 그들 눈에는 얼마나 그럴듯하게 보일지—아니면 얼마나 이상하게 보일지—파악하고 싶었다.

기대 이상으로 훌륭한 광경이 나를 맞았다.

직선 구간의 저 끝에 보이는 도로 보수 장비가 내 구멍에서 나온 흙더미를 설명했다. 도랑에 버린 아스팔트 덩어리는 대부분 흙으로 덮였다. 거세어진 바람 때문에 흙이 날려서 몇 개가 드러나 보이기는 했지만 예전에 깔려 있었던 포장도로의 잔재인 듯 느껴졌다. 내가 밴 뒷자리에 실어서 들고 온 압축기는 고속도로 관리 공단의 장비처럼 보였다.

그리고 이 지점에서 보면 캔버스 천의 착시 현상이 완벽했다. 저 아래쪽으로 71번 도로가 아주 멀쩡하게 이어지는 듯이 보였다.

금요일에는 교통량이 많았고 토요일에는 제법 많았다. 우회 도로로 향하는 차량의 소음이 거의 끊임없이 이어졌다. 하지만 오늘 아침에는 지나가는 차량이 거의 없다시피 했다. 대부분 휴일을 보낼 목적지에 도착했거나 남쪽으로 65킬로미터 멀리 있는 주간 고속도로를 이용하기 때문이었다. 나로서는 잘된 일이었다.

나는 오르막길의 꼭대기에 가려서 보이지 않는 곳에 밴을 주차하고 10시 45분까지 엎드려 있었다. 그러다 대형 우유 트럭이 우회 도로를 향해 느릿느릿 지나자 밴을 후진하고 뒷문을 열어서 교통콘을 모조리 안으로 던져넣었다.

깜빡이는 화살표는 처치하기가 좀더 까다로웠다. 감전되지 않고 자물쇠로 잠긴 배터리 상자에서 그걸 분리시킬 방법을 찾을 수가 없었다. 하지만 표지판을 넣는 케이스 옆면에 달려 있는 플러그를 잠시 후에 발견했다. 거의 안 보이도록 고무링으로 감싸놓은 이유는 고속도로 표지판의 플러그를 뽑는 것이 재미있는 장난이라고 생각할지 모르는 공공 시설물 파괴자와 악동의 공격을 막기 위해서인 듯했다.

공구 상자에 망치와 끌이 있었고 네 번 세게 휘두르자 고무링이 찢어졌다. 펜치로 고무링을 뜯어내고 케이블을 꺼냈다. 깜빡이던 화살표가 꺼졌다. 나는 배터리 상자를 도랑에 넣어서 숨겼다. 그 자리에 서서 모래에 묻힌 배터리 상자의 콧노래를 듣고 있으려니 기분이 묘했다. 하지만 그 소리에 돌런이 생각났고 그러자 웃음이 터졌다.

돌런은 콧노래를 부르지 못할 것이다.

비명은 지를지 몰라도 콧노래는 부르지 못할 것이다.

화살표는 나지막한 철제 케이스에 네 개의 볼트로 고정되어 있었다. 나는 최대한 빨리 볼트를 풀면서 차 소리가 들리지 않는지 귀를 쫑긋 세웠다. 차가 한 대 지나갈 때도 됐지만 아직 돌런이 등장할 때는 아니었다.

이 소리를 듣고 내 안에 사는 비관론자가 다시 고개를 내밀었다.

돌런이 비행기를 타고 갔으면 어떻게 하지?

그는 비행기를 좋아하지 않아.

캐딜락을 타고 가긴 하지만 다른 길을 선택하면? 예를 들어 주간 고속도로를 선택하면? 오늘은 다들…….

그는 항상 71번 도로로 다녀.

그렇지. 하지만 만에 하나…….

"입다물어." 나는 쏘아붙였다. "입다물어, 이 망할 놈아. 염병할 입다물라고!"

흥분하지 마, 여보. 흥분하지 마! 전부 잘될 거야.

나는 화살표를 밴 뒷자리에 실었다. 타이어 옆면에 부딪히면서 전구가 몇 개 깨졌다. 철제 케이스를 그 위로 던지자 몇 개가 더 깨졌다.

이 작업이 끝나자 다시 오르막길로 올라가 정상에서 뒤편을 돌아보았다. 내가 화살표와 교통콘을 치웠다. 이제 남은 것은 주황색의 큼지막한 경고뿐이었다. '도로 폐쇄· 우회 도로 이용 바람'.

차가 한 대 달려오고 있었다. 돌런이 일찍 출발했다면 모든 게 수포로 돌아갈 수 있겠다는 생각이 들었다. 멍텅구리 운전자가 우회도로로 진입해버리면 나 혼자 이 사막에서 발광할 일만 남았다.

쉐보레였다.

두근거리던 심장이 가라앉았고 나는 몸서리를 치며 길게 숨을 내뱉었다. 하지만 이제는 안절부절못할 겨를이 없었다.

나는 위장 작업을 감상했던 곳으로 돌아가 그곳에 다시 밴을 주차했다. 뒷자리에 놓인 잡동사니 밑에서 잭을 꺼냈다. 비명을 지르는 허리를 잔인하게 무시하며 잭으로 밴의 뒤편을 들어서 그들이

(만약)

이 길로 지나간다면 보게 될 뒤 타이어에 달린 너트를 풀어서 타이어를 뒷자리로 던져넣었다. 전구가 몇 개 더 깨졌고 나는 타이어가 멀쩡하기만을 기도했다. 내게는 스페어타이어가 없었다.

나는 밴의 앞자리로 가서 오랜 친구 같은 쌍안경을 꺼내고 다시 우회 도로 쪽으로 돌아갔다. 최대한 빠르게 우회 도로를 지나서 다음번 오르막길 꼭대기까지 걸어갔다. 이번에는 어기적어기적 종종걸음을 치는 게 최선이었다.

꼭대기에 다다르자 쌍안경을 동쪽으로 돌렸다.

시계가 오 킬로미터였고 거기에서부터 동쪽으로 다시 삼 킬로미터 너머가 드문드문 보였다. 여섯 대의 차량이 기다란 줄에 마구잡이로 꿰어진 구슬처럼 한 줄로 달려오고 있었다. 첫 차는 닷선인지 스바루인지 모를 수입차였고 나와의 거리가 1.5미터도 안 됐다. 그 다음은 픽업트럭이었고 그다음은 머스탱 같아 보였다. 나머지는 사막 위에서 반짝이는 크롬과 유리에 불과했다.

첫 차가 다가오자—스바루다—나는 일어나서 엄지손가락을 내밀었다. 지금 이런 몰골의 나를 태워줄 거라고 생각하지 않았기 때문에 실망하지 않았다. 머리에 돈을 많이 들인 여자 운전자는 겁에 질린 눈빛으로 나를 흘끗 쳐다보더니 주먹을 쥐듯 얼굴을 찡그렸다. 그런 채로 언덕을 내려가 우회 도로로 진입했다.

"어이, 목욕 좀 해!"

삼십 초 뒤에는 픽업트럭 운전자가 나를 향해 이렇게 외쳤다.

그다음 차는 알고 보니 머스탱이 아니라 에스코트였다. 그 뒤로 플리머스, 위네바고가 이어졌다. 위네바고에서는 아이들이 베개 싸움을 하는 듯한 소리가 났다.

돌런은 흔적조차 보이지 않았다.

나는 손목시계를 확인했다. 오전 11시 25분이었다. 그가 이 길을 지나갈 거라면 조만간 등장할 것이다. 지금이 골든아워였다.

손목시계의 분침이 천천히 11시 40분을 향해가는데, 그는 여전히 흔적조차 보이지 않았다. 최신형 포드와 먹구름처럼 까만 장의차만 지나가고 끝이었다.

그는 오지 않을 거야. 주간 고속도로를 타고 갔을 거야. 비행기를 타고 갔든지.

아니야. 올 거야.

오지 않을 거라니까. 네가 걱정했던 것처럼 그가 수상한 냄새를 맡은 거지. 그래서 패턴을 벗어난 거야.

멀리서 햇빛을 받고 반짝이는 크롬 차체가 또 한 대 등장했다. 이번에는 차가 컸다. 캐딜락만큼 컸다.

나는 모래로 덮인 갓길에 팔꿈치로 딛고 엎드려서 쌍안경을 눈에 갖다 댔다. 그 차는 오르막 뒤로 사라졌다가…… 다시 등장해…… 커브 길을 돌아서…… 다시 나왔다.

과연 캐딜락이었지만 회색이 아니었다. 짙은 민트그린색이었다.

그 뒤로 내 인생을 통틀어 가장 괴로운 삼십 초가 지나갔다. 삼십 초가 삼십 년처럼 느껴졌다. 나의 일부분은 돌런이 캐딜락을 바꾼 게 분명하다고 단칼에, 완전히 딱 잘라서 결론을 내렸다. 그는 예전에도 그런 적이 있었고 초록색으로 바꾼 건 처음이었지만 그게 불법도 아니었다.

나의 또 다른 일부분은 라스베이거스와 로스앤젤레스를 오가는 고속도로와 샛길에서 발에 차이는 게 캐딜락이라고, 초록색 캐딜락에 돌런이 타고 있을 가능성은 100분의 1밖에 안 된다고 격렬하게 반박했다.

땀이 눈에 들어가서 시야가 흐려지자 나는 쌍안경을 내려놓았다. 이번에는 쌍안경이 문제를 해결하는 데 아무 도움이 되지 않을 것이었다. 누가 타고 있는지 확인할 수 있을 무렵에는 이미 엎질러진 물일 것이었다.

이러다 늦겠어! 얼른 내려가서 우회 도로 표지판을 치워! 그를 놓치게 생겼잖아!

지금 표지판을 치우면 누굴 함정에 빠뜨리게 되는지 알아? 자식들 만나고 손자들을 디즈니랜드에 데려가려고 로스앤젤레스로 가던 돈 많은 노인 둘을 빠뜨리게 되는 거야.

얼른 치워! 돌런 맞아! 기회는 단 한 번뿐이라고!

맞아. 기회는 단 한 번뿐이지. 그러니까 엉뚱한 사람을 잡는 데 쓰지 마.

돌런이라니까!

아니야!

"그만해." 나는 머리를 감싸며 앓는 소리를 냈다. "그만해, 그만해."

이제 엔진 소리가 들렸다.

돌런이야.

노인들이야.

미녀일까.

호랑이일까.

돌런이야.

노인들…….

"엘리자베스, 도와줘!"

나는 앓는 소리를 냈다.

여보, 그 남자는 평생 초록색 캐딜락을 타고 다닌 적이 없어. 앞으로도 그럴 일이 없고. 당연히 돌런이 아니지.

두통이 사라졌다. 나는 일어나서 엄지손가락을 내밀 수 있었다.

노인들도 아니고 돌런도 아니었다. 열두 명쯤 되어 보이는 라스베이거스의 코러스 걸과, 내가 그때까지 본 적 없을 만큼 커다란 카우보이모자와 포스터그랜트 선글라스를 쓴 영감이었다. 코러스 걸 한 명이 내 쪽으로 엉덩이를 내밀었고 초록색 캐딜락은 뒷바퀴로 드리프트를 해가며 우회 도로로 진입했다.

나는 기진맥진한 기분을 달래며 다시 천천히 쌍안경을 들었다.

그리고 그가 달려오는 것을 보았다.

막힘없이 보이는 이 길의 저쪽 끝에서 커브길을 돌아 나온 캐딜락은 착각의 여지가 없었다. 머리 위 하늘과 같은 회색이었지만 동쪽으로 굽이치는 칙칙한 갈색 땅과 선명한 대조를 이루며 도드라져 보였다.

그였다. 돌런이었다. 의구심과 망설임으로 얼룩졌던 기나긴 순간들이 순간, 아득하고 어리석게 느껴졌다. 이번에는 돌런이었고 나는 그 회색 캐딜락을 보지 않아도 알 수 있었다.

그가 내 냄새를 맡았는지 어땠는지 몰라도 나는 그의 냄새를 느꼈다.

그가 오고 있다는 걸 알았으니 욱신거리는 다리를 옮겨가며 달리기가 전보다 수월했다.

나는 큼지막한 우회 도로 표지판이 있는 곳으로 돌아가 글자가 적힌 쪽을 아래로 해서 도랑에 던졌다. 모래색 캔버스 천을 그 위에 덮고 모래를 발로 모아서 기둥을 덮었다. 가짜로 만든 도로처럼 감쪽같지는 않았지만 그래도 제 몫을 할 듯했다.

그런 다음 밴을 세워놓은 두 번째 오르막길을 달려 올라갔다. 이제는 밴도 그림의 일부분이었다. 새 타이어를 구하러 아니면 고칠 방법을 찾으러 주인이 잠깐 자리를 비운 차량.

나는 운전석으로 들어가 쿵쾅거리는 심장을 달래며 좌석 위로 길게 드러누웠다.

또다시 시간이 멈춘 듯이 느껴졌다. 그렇게 누워서 아무리 귀를 기울여도 엔진 소리가 들리지 않았다.

다른 길로 방향을 튼 거야. 막판에 그가 너의 냄새를 맡았거나…… 그 아니면 그의 부하가 수상한 기미를 느끼고…… 다른 길로 방향을 튼 거야.

나는 길고 느린 파장을 그리며 욱신거리는 허리를 붙들고 좌석 위에 누워서 그러면 소리가 더 잘 들리기라도 하는 듯이 눈을 질끈 감았다.

방금 전에 엔진 소리가 들리지 않았나?

아니었다. 이제는 어쩌다 한 번씩 모래를 날려서 밴의 옆구리를 때릴 만큼 거세게 부는 바람 소리였다.

오지 않아. 다른 길로 방향을 틀었거나 유턴했어.

그냥 바람 소리였다.

다른 길로 방향을 틀었거나 유턴…….

아니다, 그냥 바람 소리가 아니었다. 엔진 소리가 점점 커지다 몇 초 뒤에 차량 한 대가—딱 한 대가—내 옆을 쌩하니 지나갔다.

나는 일어나서 핸들을 부여잡고—뭐라도 잡아야 했다—앞유리창 너머를 뚫어져라 내다보았다. 눈이 튀어나올 지경이었고 혀는 이 사이에 갇혔다.

회색 캐딜락은 시속 80킬로미터 아니면 그보다 좀더 되는 속도로 언덕을 내려와서 평지를 향해 질주했다. 브레이크등이 켜진 적이 없었다. 막판까지 그랬다. 그들은 그걸 보지 못했다. 짐작조차 하지 못했다.

그 뒤로 다음과 같은 광경이 이어졌다. 갑자기 캐딜락이 도로 위가 아니라 도로를 가르며 달리는 것처럼 느껴졌다. 착시 현상이 어찌나 그럴듯하던지 내가 그걸 창조한 장본인인데도 불구하고 잠깐 혼란스러워서 아찔할 정도였다. 돌런의 캐딜락은 71번 도로에 휠캡까지 묻혔다가 문짝까지 묻혔다. GM에서 럭셔리 잠수함을 생산한다면 저런 식으로 물속으로 가라앉겠다는 엉뚱한 상상이 내 머릿속을 스치고 지나갔다.

캔버스 천을 받치고 있던 버팀목들이 차에 눌려서 딱 하고 부러지는 소리가 들렸다. 캔버스 천이 펄럭이고 찢어지는 소리가 들렸다.

모든 게 고작 삼 초 동안 벌어진 일이었지만 내 평생 잊지 못할 삼 초였다.

캐딜락의 지붕과 선팅이 된 유리창의 맨 위 오륙 센티미터 부분만 도로 위를 달리는 듯하게 보이더니 잠시 후 쿵 하는 단조로운 굉음과 유리 깨지는 소리, 차체 찌그러지는 소리가 났다. 엄청난 먼지구름이 허공으로 솟았다가 바람에 날려 흩어졌다.

나는 그곳으로 달려가고 싶었지만—당장 달려가고 싶었지만—먼저 우회 도로 표지판을 원위치로 돌려놓아야 했다. 방해꾼은 원치 않았다.

밴에서 내려 뒤로 돌아가서 타이어를 꺼냈다. 타이어를 바퀴에 넣고 손으로 여섯 개의 너트를 최대한 신속하게 조였다. 제대로 조이는 건 나중으로 미뤘다. 당장은 71번 고속도로에서 우회 도로가 갈라져 나오는 지점까지 밴을 몰고 갈 수만 있으면 됐다.

잭을 치우고 절뚝거리며 운전석 쪽으로 달려갔다. 거기서 잠깐 숨을 돌리며 고개를 모로 꼬고 귀를 기울였다.

바람 소리가 들렸다.

그리고 도로에 뚫린 기다란 직사각형 모양의 구멍에서 누군가가 고함 아니면…… 비명을 지르는 소리가 들렸다.

나는 씩 웃으며 다시 밴에 올라탔다.

음주운전자처럼 밴을 휘청거려가며 후진으로 잽싸게 비탈길을 내려갔다. 차에서 내려 뒷문을 열고 교통콘들을 다시 꺼냈다. 달려오는 차 소리를 들으려고 계속 귀를 쫑긋 세웠지만 바람이 너무 세게 불어서 별 소용이 없었다. 나를 치고 넘어가는 순간에야 차 소리가 들리지 않을까 싶었다.

나는 도랑 안으로 들어가다 넘어지는 바람에 엉덩방아를 찧은 채로 바닥까지 미끄러져 내려갔다. 모래색 캔버스 천을 치우고 큼지막한 우회 도로 표지판을 꼭대기까지 끌고 올라왔다. 표지판을 다시 설치한 다음 밴으로 돌아가서 뒷문을 쾅 닫았다. 화살표를 다시 설치할 생각은 없었다.

다음 오르막길로 밴을 몰고 가 우회 도로에서 보이지 않는 예전

그 자리에 주차한 다음 차에서 내려 이번에는 지렛대를 써서 뒤 타이어의 너트를 제대로 조였다. 고함소리는 멈추었지만 비명소리는 의심의 여지가 없었다. 좀 전보다 더 크게 들렸다.

나는 천천히 너트를 조였다. 그들이 빠져나와서 나를 덮치거나 사막으로 달아나지 않을까 걱정하지는 않았다. 그들은 빠져나올 방법이 없었다. 함정 작전이 완벽하게 성공을 거두었다. 캐딜락은 이제 구멍의 저쪽 끝에 똑바로 앉아 있었고 양옆으로 공간이 십 센티미터도 되지 않았다. 안에 앉아 있는 세 남자는 문을 열고 발조차 내밀 수가 없었다. 전동식 창문은 배터리가 박살난 엔진 안에서 짜부라진 플라스틱과 금속과 화학약품으로 전락했을 테니 창문도 열 수가 없었다.

기사와 조수석에 앉은 남자도 망가진 차체 안에서 짜부라졌을 수 있었지만 그건 내 알 바 아니었다. 내가 아는 한 누군가가 살아 있었고 돌런은 항상 뒷자리에 탔고 모범 시민답게 안전벨트를 잊지 않았다.

너트가 만족스러운 수준으로 조여지자 함정의 넓고 얕은 쪽으로 밴을 몰고 가 차에서 내렸다.

버팀목들이 대부분 완전히 자취를 감추었지만 일부는 쪼개진 채 구멍 밖으로 고개를 내밀고 있었다. 캔버스 천으로 만든 '도로'는 쭈글쭈글하고 너덜너덜하고 일그러진 채 구멍 바닥에 깔려 있었다. 꼭 뱀이 벗어던진 허물 같았다.

깊은 쪽으로 걸어가보니 돌런의 캐딜락이 나를 맞았다.

앞부분은 완전히 박살이 났다. 후드가 삐죽삐죽한 부채 모양으로 우글쭈글하게 집혀서 위로 솟았다. 엔진실은 금속과 고무와 각종 관이 뒤섞인 아수라장이었고 들이받힌 순간 산사태처럼 쏟아져 내린 모래와 흙으로 뒤덮였다. 쉭쉭거리는 소리가 들렸고 어딘가에서 액체가 흐르고 똑똑 떨어지는 소리도 들렸다. 부동액의 시원한 알코올 냄새가 코를 찔렀다.

처음부터 앞유리창이 걱정이었다. 앞유리창이 안쪽에서 박살나면 돌런이 꿈틀꿈틀 빠져나올 수 있는 여지가 생기기 때문이다. 하지만 괜한 걱정이었다. 앞에서도 밝혔다시피 이런 차는 별 볼 일 없는 독재자나 군부의 폭군에게 걸맞은 사양을 갖추고 있다. 그런 만큼 깨지지 않는 유리를 썼고 과연 유리창이 깨지지 않았다.

뒷좌석의 창문은 작기 때문에 더 튼튼했다. 돌런은 그걸 깰 수 없을 테고—내가 허락하는 시간의 한도 내에서는—감히 총을 쏴서 깨보겠답시고 덤빌 수도 없을 것이다. 근거리에서 방탄유리에 대고 방아쇠를 당기는 것은 러시안 룰렛이나 다름없었다. 총탄이 유리에 하얀색의 조그만 반점만 남기고 차 안의 어디로 튕겨져 나올지 알 수 없었다.

충분한 세상과 시간이 주어진다면 어떻게든 탈출할 방법을 생각해낼 수도 있겠지만 나는 그걸 허락할 생각이 없었다.

나는 흙을 차서 캐딜락 지붕 위로 쏟았다.

당장 반응이 왔다.

"도와주세요. 여기 갇혔어요."

돌런의 목소리였다. 다친 데가 없게 느껴졌고 섬뜩하리만치 침착했다. 하지만 드러나지 않도록 단단히 단속중인 공포의 기미가 느껴지자 하마터면 불쌍하다는 생각이 들 뻔했다. 한 명의 부하는 엔진 덩어리에 눌려서 신음하고 있고 다른 한 명은 죽었거나 정신을 잃은 가운데, 찌그러진 캐딜락 뒷자리에 앉아 있을 그의 모습이 그려졌다.

그러자 공감성 폐소공포증이라고 설명할 수밖에 없는 감정이 느껴지면서 잠깐 신경이 곤두섰다. 창문 버튼을 눌러보지만 아무 반응이 없겠지. 제대로 열리기도 전에 쿵 하는 소리와 함께 막힐 걸 뻔히 알면서도 문을 밀어보겠지.

나는 더이상 상상하지 않으려고 했다. 이건 그가 자초한 사태였다. 그렇지 않은가. 그가 자초한 사태였고, 그 대가를 톡톡히 치르고 있는 거였다.

"거기 누구십니까?"

"나야." 내가 대답했다. "나는 당신이 원하는 도움을 줄 수 있는 사람이 아니야, 돌런."

나는 모래와 자갈을 또다시 발로 차서 회색 캐딜락 지붕 위로 뿌렸다. 자갈이 다시 한번 지붕 위로 쏟아지자 부상자가 또다시 비명을 지르기 시작했다.

"내 다리! 짐, 내 다리!"

돌런의 목소리가 갑자기 경계하는 투로 바뀌었다. 밖에 있는 남자가, 위에 있는 남자가 그의 이름을 알았다. 그 말은 곧 매우 위험한 상황이라는 뜻이었다.

"지미! 내 다리뼈가 보여!"

"시끄러워."

돌런이 싸늘하게 말했다. 그런 식으로 전해지는 그들의 목소리를 듣고 있으려니 기분이 이상했다. 캐딜락의 트렁크 위편으로 내려가서 뒤 유리창으로 들여다볼 수도 있겠지만 얼굴을 갖다 댄다 한들 보이는 게 거의 없을 것이다. 앞에서 얘기했다시피 유리에 선팅이 되어 있었다.

그를 보고 싶은 생각도 없었다. 나는 그의 생김새를 알았다. 그런데 그를 볼 필요가 뭐가 있겠는가. 롤렉스를 차고 디자이너 청바지를 입고 있는지 확인하기 위해서?

"당신 누구야?"

그가 물었다.

"아무도 아니야. 당신을 그 자리에 처넣을 이유가 있는 사람일 뿐."

돌런이 섬뜩하고 으스스하게 느닷없이 물었다. "당신 이름이 로빈슨인가?"

나는 배를 한 대 얻어맞은 듯한 기분을 느꼈다. 가물가물한 이름과 얼굴들 속에서 그렇게 순식간에 정답을 알아내다니. 내가 그를 동물적인 본능을 갖춘 짐승이라고 생각했던가? 나는 그의 정체를 절반도 알지 못했다. 그의 정체를 알았다면 감히 이런 짓을 저지르지 못했을 테니 차라리 다행이었다.

"내 이름은 중요하지 않아. 하지만 이제 너는 사태를 파악했겠지?"

부상자가 다시 비명을 지르기 시작했다. 목젖을 부글거려가며 축축하고 우렁차게 고함을 질렀다.

"나 좀 여기서 꺼내줘, 지미! 나 좀 여기서 꺼내줘! 제발! 내 다리가 부러졌어!"

"시끄러워." 돌런이 말했다. 그러고 나서 이번에는 내게 얘기했다. "저 녀석이 비명을 지르는 바람에 뭐라고 하는지 못 들었는데."

나는 엎드려서 몸을 앞으로 내밀었다.

"이제 사태를……."

문득 할머니로 변장하고 빨간 모자에게 말을 거는 늑대의 모습이 떠올랐다. '그래서 네 말을 더 잘 들을 수 있잖니. 아가……. 조금만 더 가까이 오련?' 나는 제때 뒤로 물러섰다. 리볼버가 네 차례 발사됐다. 내가 있는 자리에서도 총성이 어마어마했다. 차 안에서는 귀가 먹먹했을 것이었다. 돌런의 캐딜락 지붕에 까만 눈동자가 네 개 뚫렸고 뭔가가 내 이마 바로 앞을 가르고 지나가는 게 느껴졌다.

"맞았나, 씨방새?"

돌런이 물었다.

"아니."

내가 대답했다.

부상자가 이제는 비명을 그치고 흐느껴 울기 시작했다. 그는 앞좌석에 앉아 있었다. 물에 빠져 죽은 사람처럼 핏기 하나 없는 그의 손이 힘없이 앞유리창을 때리다가 그의 옆에 고꾸라져 있는 사람을 때리는 게 보였다. 지미가 그를 꺼내줘야 하는데, 그는 피를 흘리고 있는데, 아픈데, 미쵸브리도록 아픈데, 견딜 수 없을 만큼 아픈데, 뉘우치지만, 그의 죄를 진심으로 뉘우치지만, 그래도 이건…….

요란한 총성이 두 번 더 들렸다. 앞좌석의 남자가 비명을 멈추었다. 두 손이 앞유리창에서 떨어졌다.

"자." 돌런이 거의 생각에 잠긴 투로 얘기했다. "이제 그는 고통에서 벗어났고 우리는 할 얘기를 할 수 있게 됐군."

나는 아무 말도 하지 않았다. 문득 어안이 벙벙해지면서 꿈을 꾸는 듯한 느낌이 들었다. 그가 방금 전에 사람을 죽였다. 사람을 죽였다. 내가 그렇게 신중에 신중을 기했음에도 그를 과소평가했고 그럼에도 불구하고 운 좋게 목숨을 부지했다는 생각이 다시금 고개를 들었다.

"너한테 제안을 하나 하고 싶은데."

돌런이 얘기했다.

나는 계속 침묵을 지키고…….

"어때?"

……또 지켰다.

"어이!" 그의 목소리가 살짝 떨렸다. "아직 거기 있으면 뭐라고 말 좀 해봐. 그런다고 돈이 드는 것도 아닌데."

"아직 있어." 내가 말했다. "네가 여섯 발을 쐈다는 걸 생각하고 있었어. 머지않아 너를 위해 한 발 남겨두지 않은 걸 후회하게 될 거라는 생각을. 하지만 총알이 여덟 개 들어 있었을 수도 있겠지. 아니면 재장전이 가능할 수도 있고."

이번에는 그가 아무 말도 하지 않을 차례였다. 그러고 나서 잠시 후.

"어쩔 생각이냐?"

"너도 이미 짐작했을 텐데. 내가 지난 서른여섯 시간 동안 전 세계를 통틀어 가장 긴 무덤을 팠거든. 너의 그 우라질 캐딜락과 함께 너를 묻어버릴 거야."

그의 목소리를 들어보면 공포의 고삐를 여전히 틀어쥐고 있었다. 나는 그 고삐를 끊어버리고 싶었다.

"내 제안을 먼저 들어볼 테냐?"

"들어볼게, 잠시 후에. 뭘 좀 가져올 게 있거든."

나는 밴으로 가서 삽을 꺼냈다.

아까 그 자리로 돌아가 보니 그가 끊어져버린 수화기에 대고 얘기하는 사람처럼 "로빈슨? 로빈슨? 로빈슨?" 하며 외치고 있었다.

"왔어." 내가 말했다. "얘기해. 들을 테니까. 네 얘기가 끝나면 내가 역제안을 할 수도 있어."

그는 좀더 명랑한 목소리로 이야기를 시작했다. 내가 역제안을 하겠다니 협상의 여지가 있다는 뜻이다. 협상의 여지가 있다면 그는 반쯤 탈출한 거나 다름없었다.

"나를 여기서 꺼내주면 백만 달러를 줄게. 하지만 중요한 건 뭔가 하면……."

나는 모래가 섞인 흙을 한 삽 퍼서 캐딜락의 트렁크 위로 부었다. 자갈들이 조그만 뒤 유리창에 맞고 요란한 소리를 내며 쏟아져 내렸다. 흙이 트렁크 뚜껑 틈새로 들어갔다.

"뭐하는 거야?"

그는 놀라서 날카롭게 물었다.

"사람이 한가하면 나쁜 짓을 한다잖아. 네 얘기를 듣는 동안 계속 바쁘게 움직이려고."

나는 흙을 다시 한 삽 떠서 부었다.

이제 돌런은 좀 전보다 다급해진 목소리로 좀더 빠르게 얘기를 했다.

"백만 달러에다가 어느 누구도 너를 건드리지 못하게 하겠다고 내 이름을 걸고 맹세할게……. 나도, 내 부하들도, 다른 사람의 부하들도."

이제는 내 손이 아프지 않았다. 놀라웠다. 나는 꾸준히 삽질을 했고 오 분 만에 캐딜락의 뒤편이 흙 속 깊이 묻혔다. 수작업으로 하는데도 흙을 퍼내는 것보다 채우는 편이 훨씬 쉬웠다.

나는 잠깐 멈추고 삽에 기대고 섰다.

"계속 얘기해봐."

"이봐, 이건 미친 짓이야." 이제 그의 목소리 사이로 파편처럼 반짝이는 공포의 기미가 느껴졌다. "이건 그냥 미친 짓이야."

"그건 맞아."

나는 말하고 흙을 다시 삽으로 펐다.

그는 어느 누구보다 길게 장황설을 늘어놓으며 나를 설득하고 구슬렸지만 뒤 유리창 너머로 모래와 흙이 쌓이기 시작하자 점점 횡설수설하며 했던 말을 반복하고 취소하고 말을 더듬기 시작했다. 한 번 조수석 쪽 문이 구멍 옆면에 바싹 닿도록 최대한 열린 적이 있었다. 마디에 시커멓게 털이 났고 두 번째 손가락에 큼지막한 루비 반지를 낀 손이 그 사이로 등장했다. 나는 얼른 네 번 삽질을 해서 문 틈새로 흙을 부었다. 그는 욕을 하며 잽싸게 문을 닫았다.

그러고 나서 잠시 후에 그가 무너졌다. 흙이 끊임없이 쏟아지는 소리가 그를 무너뜨렸을 것이다. 그럴 수밖에 없었다. 캐딜락 안에서는 그 소리가 얼마나 크게 들렸을까. 흙과 돌멩이가 지붕을 때리고 유리창을 타고 쏟아졌다. 그는 천이 씌워진 8기통짜리 연료 분사식 관 속에 자기가 앉아 있다는 사실을 마침내 깨달았을 것이다.

"나 좀 꺼내줘!" 그가 비명을 질렀다. "제발! 더는 못 견디겠어! 나 좀 꺼내줘!"

"내가 얘기하는 역제안을 들어볼래?"

"좋아! 좋아! 빌어먹을! 좋아! 좋아! 좋아!"

"비명을 질러. 그게 역제안이야. 내가 원하는 게 그거야. 나를 위해 비명을 지르는 거. 충분히 요란하게 비명을 지르면 꺼내줄게."

그는 귀청이 찢어지도록 비명을 질렀다.

"좋아!" 나는 진심을 다해 말했다. "하지만 충분하려면 아직 멀었어."

나는 다시 흙을 떠서 캐딜락 지붕 위로 뿌리기 시작했다. 해체된 흙덩어리가 앞 유리창을 타고 흘러내려 와이퍼 구멍을 채웠다.

그가 좀 전보다 더 요란하게 비명을 질렀다. 나는 후두가 파열될 정도로 크게 비명을 지르는 게 과연 가능할지 궁금해졌다.

"제법 훌륭한데!" 나는 얘기하고 속도를 두 배로 높였다. 허리가 욱신거리는데도 웃음이 나왔다. "어쩌면 성공할 수도 있겠어, 돌런. 어쩌면."

"오백만 달러."

이것이 그가 마지막으로 내뱉은, 무슨 소리인지 알아들을 수 있는 말이었다.

"됐어." 나는 대답하고, 삽에 몸을 기대고 지저분한 한쪽 손바닥의 불룩한 부분으로 이마의 땀을 닦았다. 이제는 흙이 차 지붕을 좌우로 거의 덮어서 폭발한 신성처럼 보이는가 하면…… 큼지막한 갈색 손이 돌런의 캐딜락을 움켜쥐고 있는 것처럼 보이기도 했다. "하지만 어디 보자, 1968년형 쉐보레 점화 스위치에 다이너마이트를 여덟 개 붙여놓은 만큼 큰 소리로 비명을 지르면 꺼내줄게. 내 말 믿어도 좋아."

그는 비명을 질렀고 나는 삽으로 흙을 퍼서 캐딜락 위로 쏟았다. 한참 동안 그는 제법 큰 소리로 비명을 질렀지만 1968년형 쉐보레 점화 스위치에 다이너마이트를 두 개 붙여놓은 수준이었다. 끽해야 세 개 붙여놓은 수준이었다. 그리고 캐딜락의 반짝이는 차체가 완전히 묻히고 내가 먼지를 뒤집어쓴 구멍 속의 혹을 내려다보며 잠깐 숨을 돌렸을 무렵에는 쉰 소리로 간간이 몇 번씩 꺽꺽거리는 게 전부였다.

손목시계를 확인했다. 방금 전에 1시를 지났다. 손에서 다시 피가 나기 시작했고 삽 손잡이가 미끌거렸다. 한 뭉치의 모래가 얼굴을 때리자 나는 움찔하며 뒤로 물러났다. 사막의 강풍이 유난히 듣기 싫은 소리를 냈다. 끊임없이 길게 윙윙거렸다. 멍청한 유령의 목소리 같았다.

나는 구멍 위로 허리를 숙였다.

"돌런?"

아무 대답이 없었다.

"비명을 질러야지, 돌런."

처음에는 아무 대답이 없다가 거칠게 짖는 소리가 몇 번 이어졌다.

만족스러웠다!

나는 밴으로 돌아가서 시동을 걸고 도로 공사 현장으로 2.5킬로미터를 이동했다. 가는 길에 밴의 라디오로 유일하게 수신이 되는 라스베이거스 WKXR 방송을 틀었다. 자신은 온 세상을 노래하게 만드는 곡을 쓴다는 배리 매닐로의 선언에 이어—나로서는 의구심이 드는 대목이었다—일기예보가 이어졌다. 강풍이 예보됐다. 라스베이거스와 캘리포니아를 연결하는 주요 도로에 주의보가 발령됐다. 라디오 진행자는 넓게 날리는 모래 때문에 앞이 잘 안 보일 수도 있지만 정작 조심해야 할 것은 속도와 방향이 갑자기 바뀌는 돌풍이라고 했다. 나는 바람에 밴이 좌우로 흔들리는 것을 느낄 수 있었기에 그가 무슨 말을 하는지 알았다.

내 케이스 조던 굴착기가 보였다. 나는 진작부터 그 녀석을 내 것으로 여기고 있었다. 나는 배리 매닐로의 노래를 흥얼거리며 올라타 파란색과 노란색 전선의 끝을 다시 맞붙였다. 부드럽게 시동이 걸렸다. 이번에는 잊어버리지 않고 기어를 중립에 놓았다. 제법인데, 흰둥이. 내 머릿속에서 팅크의 목소리가 들렸다. 하나씩 배워나가고 있어.

그렇다. 나는 계속 하나씩 배워나가고 있었다.

나는 모래 장막이 높고 날카로운 소리를 내며 사막을 가로지르는 광경을 구경하고 굴착기의 엔진이 덜덜거리는 소리를 들으며 잠깐 앉아서 돌런은 어쩌고 있을지 궁금해했다. 이러니저러니 해도 지금이 천금같은 기회였다. 뒤 유리창을 깨려고 하거나 조수석으로 넘어가서 앞유리창을 깨려고 하고 있을까? 내가 양쪽 유리창을 일 미터가 넘는 모래와 흙으로 덮어놓기는 했지만 그래도 아예 불가능한 일은 아니었다. 그가 지금쯤 얼마나 이성을 잃었는지에 따라 달라질 수 있는 문제인데, 그건 내가 알 수 없는 부분이었기 때문에 생각할 필요도 없었다. 그것 말고도 생각할 점들이 많았다.

나는 기어를 넣고 고속도로로 나서 구덩이 쪽으로 굴착기를 몰았다. 구덩이에 도착하자 조바심을 내며 종종걸음으로 달려가 아래를 내려다보았다. 돌런이 유리창을 깨고 기어나와서 캐딜락 흙더미의 앞쪽이나 뒤쪽에 사람 크기만 한 구멍이 뚫려 있을지 모른다는 생각이 들었다.

내 기초공사는 전혀 손상되지 않았다.

"돌런."

나는 내가 생각하기에 충분히 명랑한 목소리로 그를 불렀다.

아무 대꾸가 없었다.

"돌런!"

대꾸가 없었다.

자살한 거야. 이런 생각이 들자 메스꺼우면서도 씁쓸한 실망감이 느껴졌다. 어찌어찌 자살을 했든지 아니면 겁에 질려서 죽은 거야.

"돌런?"

흙더미에서 웃음소리가 들렸다. 밝고 활기 넘치는 백 퍼센트 진짜 웃음소리였다. 내 살덩이들이 나도 모르게 혹처럼 뭉쳐지는 게 느껴졌다. 실성한 사람의 웃음소리였다.

그는 쉰 목소리로 웃고 또 웃었다. 그러다 비명을 지르더니 다시 웃었다. 급기야는 이 두 가지를 동시에 했다.

나는 굴착기로 가서 블레이드를 내리고 그를 본격적으로 묻기 시작했다.

사 분 만에 캐딜락의 형체마저 사라졌다. 흙으로 가득찬 구멍만 남았다.

무슨 소리가 들린 것 같았지만 바람 소리와 일정하게 웅웅거리는 굴착기의 엔진 소리 때문에 무슨 소리인지 알 수가 없었다. 나는 무릎을 꿇었다. 그런 다음 구멍 안으로 고개를 넣고 길게 엎드렸다.

저 밑에서, 이 엄청난 흙더미 아래에서 돌런이 계속 웃고 있었다. 만화에서나 나올직한 소리로 웃고 있었다. 히-히-히, 아-하-하-하. 말이 몇 마디 섞인 것 같기도 했다. 확실하게 알 수는 없었다. 그래도 나는 미소를 지으며 고개를 끄덕였다.

"비명을 질러." 나는 속삭였다. "원하면 비명을 질러도 돼." 하지만 희미한 웃음소리만 계속 독가스처럼 스멀스멀 흘러나왔다.

문득 시커먼 공포가 나를 덮쳤다. 돌런이 내 뒤에 있다! 돌런이 어찌어찌 빠져나와서 내 뒤에 섰다! 고개를 돌릴 겨를도 없이 그가 나를 구멍으로 떨어뜨려서…….

나는 벌떡 일어나 짓이겨진 손으로 주먹 비슷한 걸 쥐고 홱 하니 몸을 놀렸다.

바람에 날린 모래가 나를 때렸다.

모래 말고는 아무것도 없었다.

나는 지저분한 반다나 두건으로 얼굴을 닦고 다시 굴착기에 올라타 작업을 재개했다.

해가 지기 한참 전에 구멍이 다 메워졌다. 캐딜락으로 채워진 공간이 있기 때문에 바람에 날렸는데도 흙이 남았다. 캐딜락이 금세…… 너무 금세 사라졌다.

나는 피곤하고 혼란스럽고 반쯤 정신이 나간 머릿속을 달래며 정확히 돌런이 묻힌 지점을 지나서 도로 쪽으로 굴착기를 몰고 갔다.

원래 있었던 자리에 굴착기를 세우고 셔츠를 벗어서 지문이 남지 않도록 운전석의 철제 부분을 모두 닦았다. 주변의 수백 군데에 지문이 남았을 텐데 왜 그랬는지 아직까지도 모르겠다. 그런 다음 거센 바람이 부는 가운데 짙은 갈색이 도는 회색빛으로 어두워져가는 땅거미를 가르며 밴으로 돌아갔다.

나는 뒷문을 열었다가 돌런이 쭈그리고 앉아 있는 것을 보고 비명을 지르고 한 손으로 얼굴을 가리며 휘청휘청 뒷걸음질을 쳤다. 심장이 터진 것 같았다.

밴에서 그 무엇도—그 누구도—뛰쳐나오지 않았다. 귀신이 나오는 집에 마지막으로 남은 덧문처럼 문짝만 바람에 날려서 쾅 하고 닫혔다. 결국 나는 쿵쾅거리는 심장을 달래며 살금살금 다가가 안을 들여다보았다. 안에는 내가 실어놓은 물건들밖에 없었다. 전구가 깨진 화살표 표지판, 잭, 공구 상자.

“정신 단단히 차려야겠다.” 나는 나지막이 중얼거렸다. “정신 단단히 차려야겠어.”

나는 엘리자베스가 ‘별일 없을 거야, 여보……’ 같은 말을 해주길 기다렸지만…… 바람 소리만 들릴 따름이었다.

나는 밴에 올라타서 시동을 걸고 구멍의 중간 지점까지 몰고 갔다. 거기가 내가 갈 수 있는 최대치였다. 바보 같은 생각이라는 걸 알면서도 밴에 돌런이 숨어 있다는 확신이 점점 커져만 갔다. 그의 그림자를 다른 그림자와 구분하느라 시선이 자꾸 백미러로 향했다.

전보다 더 거세진 바람이 밴을 용수철 위에 올려놓고 흔들었다. 바람에 실려서 전조등 앞으로 날린 사막의 흙먼지가 연기처럼 보였다.

결국 나는 길가에 밴을 세우고 내려서 모든 문을 잠갔다. 이런 날씨에 야외 취침을 시도하다니 미친 짓이라는 걸 알았지만 그 안에서는 잘 수가 없었다. 절대 그럴 수가 없었다. 그래서 침낭을 들고 밴의 밑으로 기어들었다.

나는 침낭의 지퍼를 올리자마자 오 초 만에 잠이 들었다.

뭐였는지 모를 악몽을 꾸고—손들이 등장한다는 것만 기억이 났다—눈을 떠보니 내가 생매장을 당한 상태였다. 코에도 귀에도 모래가 들어갔다. 목구멍에도 모래가 들어가서 숨이 막혔다.

나는 몸을 감싼 침낭이 흙인 줄 알고 비명을 지르며 일어나려고 버둥거렸다. 그러다 밴의 차대에 머리를 부딪히자 녹 부스러기가 토사처럼 쏟아졌다.

나는 몸을 굴려서 지저분한 납색 새벽으로 탈출했다. 몸이 빠져나오자마자 침낭이 민들레 홀씨처럼 멀리 날아갔다. 나는 놀라서 고함을 지르며 육 미터쯤 침낭을 쫓아가다가 최악의 실수를 저지르는 게 될 수 있음을 깨달았다. 시계가 기껏해야 십팔 미터밖에 안 됐고 어쩌면 그보다 더 짧을 수도 있었다. 도로가 군데군데 아예 사라졌다. 밴을 돌아보니 유령 도시의 흔적이 담긴 갈색 사진처럼 흐릿하고 거의 보이지 않았다.

나는 비틀비틀 밴을 세워놓은 곳으로 돌아가 열쇠를 찾아서 안으로 들어갔다. 그러는 내내 계속 모래를 뱉고 마른기침을 했다. 시동을 걸고 왔던 길을 천천히 되짚어서 달렸다. 일기예보를 기다릴 필요가 없었다. 오늘 아침에는 라디오 진행자가 날씨 얘기밖에 하지 않았다. 네바다 역사상 가장 심한 사막 폭풍이었다. 모든 도로가 폐쇄됐다. 부득이한 경우가 아닌 이상 외출을 자제하고 또 자제해야 했다.

찬란하게 빛나는 7월 4일이었다.

가만히 있어. 이런 때 밖으로 나가는 건 미친 짓이야. 모래 때문에 앞을 보지 못할 거야.

그건 감수할 수 있었다. 영원히 은폐할 수 있는 천금같은 기회였다. 그런 기회가 찾아올 줄은 상상조차 하지 못했는데, 찾아왔으니 놓치지 말아야 했다.

나는 담요를 서너 장 더 챙겨 왔다. 그중 하나를 길고 넓게 찢어서 머리에 둘렀다. 그렇게 실성한 베두인족 같은 차림새를 하고 밖으로 나섰다.

오전 내내 도랑에 버린 아스팔트 덩어리를 주워서 석수가 담을 쌓듯…… 아니면 틈새를 벽돌로 막듯 최대한 깔끔하게 다시 구덩이를 덮었다. 유물을 찾는 고고학자처럼 모래를 헤쳐가며 발굴해야 했고, 이십 분마다 밴에 가서 날리는 모래를 피하고 따끔거리는 눈을 쉬어야 했지만 아스팔트 블록을 주워서 옮기는 일 자체는 많이 힘들지 않았다.

구멍의 얕은 부분에 해당하는 서쪽부터 천천히 작업을 진행했고 오후 12시 15분에 다다르자—시작한 시각이 6시였다—이제 5.2미터 정도가 남았다. 그 무렵에는 바람이 잦아들기 시작했고 머리 위로 가끔 너덜너덜하게 조각난 파란 하늘이 보였다.

아스팔트 블록을 계속 옮겨서 놓고 또 옮겨서 놓았다. 이제 돌런이 있음직한 지점에 다다랐다. 그가 아직 살아 있을까? 캐딜락이 보유할 수 있는 공기가 얼마나 될까? 돌런의 일행이 두 명 다 숨이 완전히 끊겼다면 얼만큼의 시간이 지났을 때 거기서 더이상 사람이 살 수 없게 될까?

나는 맨 땅 옆에 무릎을 꿇었다. 케이스 조던의 바큇자국이 바람에 지워졌지만 완전히 지워지지는 않았다. 그 희미한 자국 아래 어딘가에 롤렉스를 찬 남자가 있었다.

"돌런." 나는 다정하게 그를 불렀다. "내가 생각이 바뀌어서 너를 꺼내주려고 해."

잠잠했다. 전혀 아무 소리도 들리지 않았다. 이번에는 분명 죽은 모양이었다.

나는 도랑으로 가서 네모반듯한 아스팔트 조각을 또 한 개 들고 왔다. 그걸 바닥에 놓고 일어서려는데, 흙을 뚫고 스멀스멀 올라온 희미한 키득거림이 들렸다.

나는 고개를 앞으로 내밀고 다시 쭈그리고 앉아서—머리칼이 남아 있었다면 내 얼굴 위로 쏟아졌을 것이다—그 자세를 유지하며 얼마 동안 그의 웃음소리를 들었다. 희미하고 아무 음색도 느껴지지 않았다.

웃음소리가 멎자 나는 다시 도랑으로 가서 네모반듯한 아스팔트 조각을 또 한 개 들고 왔다. 이번에는 노란 점선이 그려져 있었다. 꼭 하이픈 같았다. 나는 그 조각과 함께 무릎을 꿇었다.

"빌어먹을!" 그가 소리를 질렀다. "빌어먹을, 로빈슨!"

"맞아." 나는 웃으며 말했다. "빌어먹을 일이지."

나는 아스팔트 덩어리를 깔끔하게 옆선에 맞춰서 내려놓고 귀를 기울였지만 그의 목소리는 더이상 들리지 않았다.

나는 그날 밤 11시에 라스베이거스의 내 집으로 복귀했다. 열여섯 시간 동안 자고 일어나 커피를 끓이려고 부엌으로 걸어가다 어마어마한 요통이 덮쳐와 몸부림을 치며 현관 앞 복도에 쓰러졌다. 한 손으로 허우적허우적 허리를 짚고 다른 쪽 손을 씹으며 비명을 참았다.

나는 잠시 후에 욕실로 기어가—한번 일어나보려고 했더니 다시 벼락이 꽂혔다—세면대를 붙잡고 몸을 일으켜서 수납장에 넣어둔 두 번째 엠피린 통을 향해 손을 뻗었다.

엠피린을 세 알 씹어서 먹고 욕조 물을 틀었다. 바닥에 누워서 욕조에 물이 채워지길 기다렸다. 물이 채워지자 꿈틀거리며 잠옷을 벗고 어찌어찌 욕조 안으로 들어갔다. 꾸벅꾸벅 졸며 다섯 시간 동안 몸을 담갔다. 그러고 나왔을 때 걸을 수 있었다.

살짝.

척추 지압사를 찾아갔다. 그가 말하길 디스크가 세 군데 생겼고 척추 하단의 탈구가 심각하다고 했다. 그러면서 차력사의 대타로 서커스에 출연할 생각이었느냐고 물었다.

나는 정원의 흙을 파다가 이렇게 됐다고 했다.

그는 나더러 캔자스시티로 가야겠다고 했다.

나는 캔자스시티로 갔다.

거기서 수술을 받았다.

마취과 의사가 내 얼굴 위로 고무 컵을 씌웠을 때 쉭쉭거리는 내 안의 어둠 속에서 돌런의 웃음소리가 들렸고 나는 내가 죽을 운명임을 알았다.

회복실에는 연초록색 타일이 깔려 있었다.

"내가 살아 있나요?"

나는 껙껙대는 목소리로 물었다.

간호사가 웃음을 터뜨렸다. "아, 그럼요." 그가 손으로 내 이마를 짚었다. 내 이마는 정수리까지 이어졌다. "일광 화상이 심하네요! 아프지 않았어요? 아니면 아직 마취 기운에 취해서 잘 모르겠어요?"

"아직 마취 기운에 취해서 잘 모르겠어요. 내가 의식을 잃었을 때 뭐라고 하던가요?"

"네."

그가 대답했다.

온몸이 차갑게 식었다. 뼛속까지 차갑게 식었다.

"뭐라고 했어요?"

"이랬어요. '여기 어두컴컴해. 나 좀 꺼내줘!'"

그는 다시 웃음을 터뜨렸다.

"아."

그들은 그를 찾지 못했다. 돌런을 찾지 못했다.

폭풍 덕분이었다. 우연히 얻어걸린 폭풍 덕분이었다. 나는 어찌 된 영문인지 안다고 자부하지만 내 짐작이 맞는지 꼼꼼하게 체크해 보지는 않았다. 여러분도 내 심정을 이해하겠지만.

RPAV—기억하는가? 고속도로 관리 공단에서는 도로를 재포장하고 있었다. 우회 도로가 설치된 71번 도로의 구간이 폭풍으로 거의 묻혀버렸다. 일터로 다시 복귀했을 때 그들은 모래를 한꺼번에 치우지 않고 그때그때 치워가며 작업을 진행했다. 지나가는 차량을 걱정할 필요가 없었으니 모래를 한꺼번에 치울 이유가 없었다. 그래서 그들은 모래를 헤쳐가며 기존의 포장재를 뜯어냈다. 불도저 기사는 모래로 덮인 어느 구간—길이가 십이 미터쯤 되는 구간—의 아스팔트가 건드리기만 해도 거의 기하학적인 무늬에 가깝게 깔끔하게 해체된다는 걸 알아차렸을지 몰라도 아무 소리 하지 않았다. 어쩌면 그는 정신이 몽롱했을 것이다. 아니면 그날 저녁에 여자 친구와 만날 생각만 하고 있었을 수도 있다.

그 뒤로 자갈을 실은 덤프트럭과 스프레더, 롤러가 잇따라 등장했다. 그런 다음에는 뒤에 널찍한 분무기가 달린 대형 트럭이 녹아내리는 구두 가죽 비슷한 뜨거운 타르 냄새를 풍기며 등장했을 것이다. 새로 깐 아스팔트가 굳으면 선 긋는 기계가 등장할 테고, 운전자는 캔버스 천으로 된 큼지막한 양산을 쓰고 노란색 점선이 똑바른지 확인하느라 수시로 뒤를 돌아볼지 몰라도 그가 안에 세 사람이 타고 있는 회색 안갯빛 캐딜락 위를 지나는 줄은, 어두컴컴한 그곳에 루비 반지와 어쩌면 지금도 째깍거리며 움직이고 있을 금색 롤렉스 시계가 있는 줄은 몰랐을 것이다.

그 차가 평범한 캐딜락이었다면 이런 중장비들이 지나가는 동안 주저앉았을 것이다. 중장비가 휘청거리며 우두둑하는 소리가 났을 테고 그러면 그들은 뭐가—아니면 누가— 있나 싶어서 땅을 파보았을 것이다. 하지만 그 캐딜락은 차라기보다 탱크에 가까웠고 매우 용의주도했던 돌런의 성격 덕분에 지금까지 아무도 그를 발견하지 못했다.

물론 아마도 세미 트레일러의 무게를 못 이겨서 조만간 캐딜락이 주저앉을 테고, 그러면 그 뒤를 달리던 차량이 서쪽으로 향하는 도로가 넓게 움푹 꺼진 것을 보고 고속도로 관리 공단에 신고할 테고, 그러면 재포장 공사가 이루어질 것이다. 하지만 고속도로 관리 공단 인부들이 그 자리를 지키고 있다가 무거운 트럭이 지나가는 순간 도로 밑에 있던 속이 빈 물체가 주저앉는 걸 두 눈으로 목격하지 않는 이상 성에나 암염 돔의 붕괴나 사막의 지진 때문에 '늪지 현상'(그들은 그걸 이렇게 표현했다)이 벌어진 것으로 간주할 것이다. 공단 측에서 그 부분을 보수할 테고 일상은 계속 이어질 것이다.

그는 실종 신고됐다. 돌런은 실종 신고됐다.

눈물을 흘린 사람은 거의 없었다.

《라스베이거스 선》의 어느 칼럼니스트는 그가 지미 호파*와 어딘가에서 도미노 게임을 하거나 당구를 치고 있을지 모른다고 했다.

영판 틀린 말은 아니었다.

나는 별일 없이 지내고 있다.

허리는 웬만큼 괜찮아졌다. 무게가 십삼 킬로그램 이상 나가는 물건은 절대 혼자 들지 말라는 엄명이 내려졌지만 올해 맡은 3학년생들이 착해서 많은 도움을 받고 있다.

나는 새로 산 아큐라를 몰고 그 구간을 몇 번 왕복했다. 한번은 차를 세우고 내려서 (지나는 차량이 없는지 좌우로 확인한 다음) 그 지점이라고 생각되는 곳에 오줌을 싼 적도 있었다. 하지만 방광이 꽉 찬 느낌이었는데도 오줌발이 시원치 않았고 달리는 내내 백미러를 계속 확인했다. 계피색으로 까매진 거죽으로 미라처럼 팽팽하게 두개골을 덮고 머리칼 사이로 모래를 뒤집어쓴 그가 두 눈과 롤렉스

* 미국의 노동운동가. 1975년에 실종됐다.

시계를 반짝이며 뒷좌석에서 몸을 일으킬 게 분명하다는 어처구니 없는 생각이 들었기 때문이었다.

내가 71번 도로를 달린 것은 그때가 마지막이었다. 그 뒤로는 서쪽으로 갈 일이 생기면 주간 고속도로를 탔다.

엘리자베스는 어떻게 됐느냐고? 그녀 역시 돌런처럼 잠잠해졌다. 나로서는 다행스러운 일이다.

# 난장판의 끝

★★★

세계의 평화를 원했던 천재가
세상의 종말을 가져오다.

나도 전쟁의 종식, 인류의 타락, 메시아의 죽음을 주제로 책꽂이 한 칸을 통째로 차지하는 수천 페이지 분량의 대하소설을 선보이고 싶지만 여러분(이 작품을 읽을 '여러분'이 남아 있을지 모르겠지만)은 동결건조 버전으로 만족해야 할 것이다. 주사로 직접 투여하면 효과가 매우 빠르게 나타난다. 혈액형에 따라 사십오 분에서 두 시간 이내로 나타난다. 내 혈액형이 아마 A형일 텐데 그렇다면 시간적인 여유가 좀더 생기겠지만 망할, 정확하게 기억이 나지 않는다. 만약 내가 O형이라면 가상의 독자에게 고하노니 원고의 상당 부분이 미완성으로 남을 것이다.

어쨌든 최악의 경우를 가정하고 빨리 시작하는 게 좋겠다.

나는 지금 전기 타자기를 쓰고 있다. 바비의 워드프로세서가 더 빠르지만 발전기의 주파수가 너무 불규칙해서 서지* 보호기를 써도 믿을 수가 없다. 내게 주어진 기회는 한 번뿐이다. 거의 완성했는데 전압이 떨어지거나 서지 보호기로 막을 수 없을 만큼 전압이 높아져서 모든 데이터가 날아가면 안 될 일이다.

내 이름은 하워드 포노이. 프리랜서 작가였다. 내 동생 로버트 포노이가 메시아였다. 나는 네 시간 전에 로버트가 발명한 약을 그의 몸에 주입해서 죽였다. 동생은 그 무기를 '진정제'라고 불렀다. '엄청 심각한 실수'라고 부르는 편이 더 나았겠지만 엎지른 물은 주워 담을 수 없는 법이라고 아일랜드 사람들은 몇백 년 전부터 얘기해 왔고…… 그걸 보면 그들이 얼마나 밥맛인지 알 수 있다.

젠장, 이런 식으로 횡설수설할 때가 아닌데.

바비가 세상을 떠나자 나는 그를 누비이불로 덮고 하나뿐인 오두막집 거실 창문 앞에 앉아서 세 시간 동안 숲을 내다보았다. 예전에는 노스콘웨이의 눈부신 아크 나트륨등이 주황색으로 이글거리는 것을 볼 수 있었지만 지금은 아니다. 어린아이가 삼각형으로 잘라 놓은 시커먼 주름종이처럼 생긴 화이트 산과 무의미한 별빛뿐이다.

무선통신기를 켜서 네 개의 주파수대를 돌리다 정신 나간 인간과 맞닥뜨리자 꺼버렸다. 창문 앞에 앉아서 어떤 식으로 이 이야기를 전하면 좋을지 고민했다. 하지만 몇 킬로미터 멀리까지 이어지는 시커먼 소나무숲, 아무것도 없는 그곳으로 자꾸 시선이 향했다. 결국 나는 시간 낭비 그만하고 약을 맞아야겠다는 사실을 깨달았다. 젠장, 나는 원래부터 데드라인이 정해지지 않으면 일을 하지 못했다.

* 전류나 전압이 순간적으로 갑자기 높아지는 현상.

지금은 확실하게 데드라인이 생겼다.

우리 부모님은 우리처럼 똑똑한 아이들이 태어날 거라고 기대하지 않을 이유가 없었다. 역사를 전공한 아버지는 서른 살에 호프스트라 대학교의 정교수가 되었다. 그로부터 십 년 뒤에는 워싱턴에 있는 국립 문서 기록 관리청 소속 6인의 차장 가운데 한 명이 되었다. 동시에 그는 어마어마하게 멋진 남자였다. 척 베리가 발표한 모든 음반을 보유하고 있었고 블루스 기타를 연주하는 솜씨가 장난이 아니었다. 우리 아버지는 낮에는 기록을 관리하고 밤에는 록을 즐겼다.

어머니는 드루 대학교를 우등으로 졸업했다. 이때 받은 파이 베타 카파 클럽 열쇠를 펑키한 페도라에 가끔 꽂고 다녔다. 어머니는 워싱턴에서 잘나가는 공인회계사로 근무하다가 우리 아버지를 만나서 결혼했고 내가 생기자 일을 접었다. 나는 1980년에 태어났다. 어머니는 1984년부터 아버지의 몇몇 동료들을 대신해 세무 업무를 처리했는데 이 일을 '소소한 취미 생활'이라고 불렀다. 1987년에 바비가 태어났을 무렵에 어머니는 영향력 있는 인물 십여 명의 세금 관련 업무와 투자 포트폴리오와 유산 상속안을 관리하고 있었다. 그 십여 명이 누구였는지 이름을 댈 수도 있지만 어느 누가 관심이나 있을까. 그들은 지금쯤 죽었거나 침을 흘리는 백치가 되었거나 둘 중 하나다.

어머니가 '소소한 취미 생활'로 버는 일 년 수입이 아버지의 연봉보다 많았을 듯하지만 그건 전혀 문제가 되지 않았다. 부모님은 자기 자신에게 그리고 서로에게 만족했다. 나는 두 분이 옥신각신하는 건 수없이 보았지만 정식으로 싸우는 건 한 번도 본 적이 없었다. 어렸을 때 내가 느낀 친구들의 어머니와 우리 어머니의 유일한 차이점이라면 그들은 연속극을 틀어놓고 책을 읽거나 다림질을 하거나 전화 통화를 한 반면, 우리 어머니는 연속극을 틀어놓고 휴대용 계산기를 두드리고 초록색의 큼지막한 종이에 숫자를 적었다는 것뿐이었다.

지갑에 멘사 골드 카드를 넣고 다녔던 두 분이 보기에 나는 번듯한 아들이었다. 나는 공립학교에 다니는 내내 A학점과 B학점을 유지했다(내가 알기로 동생이나 나를 사립학교에 보내는 문제는 그때까지 한 번도 논의된 적이 없었다). 그리고 어렸을 때부터 별다른 노력을 기울이지 않아도 글을 잘 썼다. 나는 스무 살 때 처음으로 잡지에 원고를 팔았다. 독립전쟁 당시 미국군이 밸리 포지의 병영에서 어떤 식으로 겨울을 났는지를 다룬 작품이었고 항공사 잡지에 넘기는 조건으로 사백오십 달러의 고료를 받았다. 내가 사랑해마지않았던 아버지는 그때 받은 수표를 당신이 사겠다고 했다. 그 액수만큼 개인 수표를 써서 내게 주고 원고료 수표는 액자에 넣어서 자기 책상 위에 걸었다. 아버지는 말하자면 낭만적인 천재였다. 말하자면 블루스를 연주할 줄 아는 낭만적인 천재였다. 정말이지 그분만 한 아버지가 흔치 않았다. 물론 아버지와 어머니는 이 둥근 세상에 사는 대부분이 그랬듯이 고래고래 악을 쓰고 바지에 실례를 하다 작년 말에 세상을 떠났지만 나는 한순간도 부모님을 사랑하지 않은 적이 없었다.

나는 모든 면에서 부모님의 예상에서 벗어나지 않는 아이였다. 똑똑하고 착한 아들, 사랑과 확신이 충만한 환경에서 일찌감치 꽃을 피운 재능 있는 아들, 아버지와 어머니를 사랑하고 존경하는 믿음직한 아들이었다.

바비는 달랐다. 그는 어느 누구도, 심지어 우리 부모님 같은 멘사 출신도 예상할 수 없는 아이였다. 절대 예상할 수 없는 아이였다.

나는 바비보다 딱 이 년 먼저 기저귀를 뗐고 내가 동생을 앞지른 건 그것 하나뿐이었다. 하지만 나는 동생을 질투한 적이 없었다. 질투를 했다면 그건 마치 제법 쓸 만한 청소년 리그 소속 투수가 놀런 라이언이나 로저 클레멘스를 질투하는 거나 다름없었을 것이다. 어느 수준을 넘어서면 질투라는 감정을 유발하는 비교 행위가 저절로 멈추기 마련이다. 내가 직접 경험한 일이기 때문에 자신 있게 단언할 수 있다. 어느 수준을 넘어서면 그냥 뒤로 물러나서 섬광화상을 입지 않도록 눈을 가리게 되어 있다.

바비는 두 살에 글을 뗐고 세 살부터 짧은 글을 쓰기 시작했다('우리 개', '어머니와 함께 다녀온 보스턴' 이런 식이었다). 여섯 살짜리가 끙끙대며 연필을 놀린 것처럼 제멋대로이고 비뚤배뚤한 글씨체로 그런 글을 썼다는 자체만으로도 놀라웠지만 그게 다가 아니었다. 아직 제대로 발달하지 않은 운동 제어 능력이 선입견으로 작용하지 않도록 남의 손을 빌려서 옮겨 적으면 극도로 순진할지언정 똑똑한 5학년생이 쓴 글이라고 해도 믿길 정도였던 것이다. 동생은 현기증이 날 만한 속도로 단문에서 중문을 거쳐 복문으로 넘어갔고 섬뜩한 직감으로 주절, 종속절, 수식절을 이해했다. 가끔 문법이 뒤죽박죽이고 수식어의 위치가 잘못될 때도 있었지만 다섯 살 무렵에는 대부분의 작가를 평생 따라다니는 그런 결점을 상당 부분 보완했다.

그리고 바비는 두통이 생겼다. 부모님은 뇌종양 같은 병에 걸렸는지 걱정이 돼서 바비를 병원에 데려갔다. 병원에서는 꼼꼼하게 진찰하고 바비가 하는 말을 그보다 더 꼼꼼하게 들은 뒤 바비에게 딱 한 가지 문제가 있다면 스트레스라는 결론을 내렸다. 바비는 글을 쓰는 손이 머리의 속도를 따라가지 못한다는 데 엄청난 욕구 불만을 느끼고 있었다.

"이 아이는 정신적인 신장 결석을 앓고 있다고 볼 수 있습니다." 의사가 얘기했다. "두통약을 처방해드릴 수도 있지만 이 아이에게 정말로 필요한 건 타자기라고 봅니다." 그래서 우리 부모님은 바비에게 IBM을 사주었다. 일 년 뒤에 워드스타가 깔려 있는 코모도어 64를 크리스마스 선물로 사주자 바비의 두통이 멎었다. 다른 얘기로 넘어가기 전에 한마디만 덧붙이자면 동생은 이후로 삼 년 동안 산타클로스가 컴퓨터를 크리스마스트리 밑에 두고 간 거라고 믿었다. 이제 와 생각해보니 나는 그 점에 있어서도 바비를 앞질렀다. 나는 그보다 일찍 산타의 정체를 파악했으니 말이다.

그 시절에 대해서는 할 얘기가 너무 많고 그중 일부분은 소개를 해야겠지만 얼른, 간단하게 해야 한다. 데드라인. 아, 데드라인. 나는 예전에 '『바람과 함께 사라지다』 요약본'이라는 아주 재미있는 글을 읽은 적이 있었다.

"전쟁?" 스칼렛은 웃음을 터뜨렸다. "헐, 대박!"

쾅! 애슐리가 참전했다! 애틀랜타는 불에 탔다! 레트가 왔다가 갔다!

"헐, 대박." 스칼렛은 눈물을 흘리며 말했다. "고민은 내일 할 테야. 내일은 내일의 태양이 뜰 테니까."

나는 글을 읽었을 때 배를 잡고 웃었다. 그런데 이제 내가 비슷한 글을 써야 하는 상황이 되고 보니 별로 재미있게 느껴지지 않는다. 하지만 시작하겠다.

"기존의 검사로는 아이큐를 측정할 수 없는 아이라고?" 인디아 포노이는 헌신적인 그녀의 남편 리처드를 보며 미소를 지었다. "헐, 대박! 그 아이의 지성—멍청하다고 볼 수 없는 그 형의 지성까지 더불어—을 마음껏 키울 수 있는 환경을 만들어주자. 그리고 미국의 다른 평범한 아이들처럼 키우자!"

쾅! 포노이 형제는 쑥쑥 자랐다! 하워드는 버지니아 대학교를 우등으로 졸업하고 프리랜서 작가로 자리를 잡았다! 풍족하게 잘살았다! 수많은 여자들을 만났고 그중 상당수와 동침했다! 성적인 측면에서도 약물적인 측면에서도 어찌어찌 병치레를 모면했다! 미쓰비시 전축을 장만했다! 적어도 일주일에 한 번씩 집에 편지를 썼다! 출간한 두 권의 장편소설이 제법 괜찮은 성적을 거두었다! "헐, 대박." 하워드는 말했다. "살맛나네!"

바비가 어느 날 불쑥 유리 상자 두 개를 들고 (미치광이 과학자에 그 이상 어울릴 수 없는 분위기를 풍기며) 찾아오기 전까지만 해도 그랬다. 그가 들고 온 상자의 한쪽에는 꿀벌집이, 다른 쪽에는 말벌집이 들어 있었고, 바비는 멈퍼드 체육과라고 적힌 티셔츠를 뒤집어 입은 채였는데 인류를 말살하려는 순간을 앞두고 있었으면서 그보다 더 싱글벙글할 수가 없었다.

내 동생 바비 같은 위인—레오나르도 다빈치나 뉴턴, 아인슈타인, 어쩌면 에디슨 같은 위인—은 두세 세대에 한 명씩 태어난다. 그들은 하나의 공통점이 있다. 거대한 나침반처럼 한참 동안 정처 없이 왔다갔다하며 진북을 찾다가 가공할 만한 기세로 진북을 향해 돌진한다는 것이다. 돌진하기 전까지는 툭하면 희한한 짓거리를 저지르는데 바비도 예외는 아니었다.

바비는 여덟 살 때 당시 열다섯 살이었던 내게 와서 비행기를 발명했다고 한 적이 있다. 나는 바비를 알 만큼 알았기에 "헛소리"라며 방밖으로 내쫓지 않았다. 차고로 따라가보니 바비의 빨간색 아메리칸 플라이어 왜건 위에 합판으로 만든 희한한 장치가 놓여 있었다. 전투기 비슷하게 생겼지만 날개가 뒤쪽이 아니라 앞쪽으로 비스듬히 달려 있었다. 흔들 목마의 안장을 한가운데 얹어서 볼트로 고정시켜놓았다. 한쪽 옆에는 레버가 달려 있었다. 모터는 없었다. 바비의 말에 따르면 글라이더라고 했다. 그리고 워싱턴의 그랜트 공원에서 가장 가파른 캐리건스 언덕에서 자기를 밀어달라고 했다. 언덕 한복판에 노인들을 위해 만들어놓은 시멘트 길이 있었다. 그 길이 활주로가 될 거라고 했다.

“바비, 이 강아지 날개를 거꾸로 달았어.”

“아니야. 이런 식이라야 해. 〈와일드 킹덤〉에 매가 나온 걸 봤거든. 매는 먹이를 덮친 다음 날개를 거꾸로 돌려서 하늘로 날아올라. 날개가 이중 관절이야. 이런 식이라야 양력을 더 받을 수 있어.”

“그럼 공군에서 왜 이런 식으로 전투기를 만들지 않겠어?”

나는 미국과 러시아의 공군에서 그런 식의 전진익기를 이미 설계 중이라는 사실을 전혀 모르고서 이렇게 물었다.

바비는 어깨를 으쓱하고 그만이었다. 이유를 모를뿐더러 관심도 없는 거였다.

우리는 캐리건스 언덕으로 갔고 그는 흔들 목마의 안장에 올라타서 레버를 잡았다. “나를 세게 밀어줘.” 나도 익히 아는 광기로 그의 두 눈이 사정없이 반짝였다. 젠장, 바비는 아기 침대에 누워 지내던 시절부터 가끔 그런 식으로 두 눈을 반짝이곤 했다. 하지만 하늘에 대고 맹세하건대 그 물건이 정말로 효과 만점일 줄 알았다면 시멘트 길에서 내 동생을 그렇게 세게 밀지 않았을 것이다.

하지만 나는 몰랐기 때문에 동생을 우라지게 힘껏 밀었다. 바비는 이제 막 소몰이를 마치고 시원한 맥주를 마시러 시내로 향하는 카우보이처럼 함성을 지르며 내리막길을 질주했다. 할머니 한 명이 펄쩍 뛰어서 피했고, 보행 보조기 위로 허리를 숙이고 있던 할아버지가 하마터면 치일 뻔했다. 절반쯤 내려갔을 때 바비가 핸들을 당기자 내가 공포와 충격으로 눈을 휘둥그레 뜨고 지켜보는 가운데 깔쭉깔쭉한 합판으로 만든 비행기가 왜건에서 분리됐다. 처음에는 왜건 위로 십 몇 센티미터 떠 있는 수준이었고 조만간 내려앉을 듯이 보였다. 그런데 돌풍이 불자 보이지 않는 선이라도 연결된 것처럼 바비의 비행기가 날아올랐다. 아메리칸 플라이어 왜건은 콘크리트 길을 달려서 덤불에 처박혔다. 바비는 순식간에 삼 미터, 육 미터, 십오 미터 위로 올라갔다. 가파르게 상승 곡선을 그리는 비행기를 타고 명랑하게 함성을 지르며 그랜트 공원 상공을 누볐다.

나는 내려오라고 소리를 지르며 바비를 따라서 달렸다. 그 한심한 흔들 목마 안장에서 떨어져 나무나 공원을 수없이 장식한 동상에 내리꽂히는 광경이 섬뜩하리만치 선명하게 내 머릿속에 떠올랐다. 나는 남동생의 장례식을 그냥 상상한 게 아니라 실제로 참석한 거나 다름없었다.

"바비!" 나는 악을 썼다. "내려와!"

"이히이이이이이이!"

바비는 희미했지만 누가 들어도 희열에 찬 목소리로 마주 외쳤다. 체스를 두거나 프리스비를 던지거나 책을 읽거나 데이트를 하거나 달리던 사람들이 놀라서 하던 일을 멈추고 쳐다보았다.

"바비, 그 염병할 비행기에는 안전벨트가 없잖아!"

나는 고함을 질렀다. 내가 기억하기로 욕을 쓴 건 그때가 처음이었다.

"아아아무 이이이일 없을 거야아아아……."

바비는 있는 힘껏 외치고 있었지만 뭐라고 하는지 거의 들리지도 않았으니 나로서는 오싹할 뿐이었다. 나는 악을 쓰며 캐리건스 언덕을 달려 내려갔다. 뭐라고 고함을 질렀는지 기억은 나지 않지만 다음날에 나는 속삭이는 정도 이상으로 목소리를 크게 내지 못했다. 깔끔한 스리피스 정장을 입고 언덕 기슭에 놓인 엘리너 루스벨트 동상 옆에 서 있던 젊은 남자를 지나쳤던 기억은 난다. 그는 나를 쳐다보더니 일상적인 대화를 나누듯이 이렇게 얘기했다. "있잖니, 아무래도 내가 약에 취해서 엄청난 환각을 경험하고 있는 것 같아."

괴상망측하게 생긴 그림자가 파릇파릇한 공원 바닥을 미끄러지듯 움직이던 광경이, 잔물결을 일으키며 공원 벤치와 쓰레기통과 고개를 들고 구경하는 사람들을 가로지르던 광경이 기억이 난다. 내가 그걸 쫓아갔던 기억이 난다. 애초에 하늘을 날 이유가 없었던 바비의 비행기가 갑작스러운 돌풍에 뒤집혀 D 스트리트에서 짧지만 화려했던 비행을 마감했다는 내 얘기를 듣고 어머니가 어떤 식으로 얼굴을 일그러뜨리다가 울음을 터뜨렸는지 기억이 난다.

정말로 그런 식으로 마감됐다면 당사자 모두를 위해서 좋았을지 모르겠지만 사실은 그렇지가 않았다.

바비는 떨어져나가지 않도록 천연덕스럽게 우라질 꼬리를 붙잡고 캐리건스 언덕 쪽으로 다시 비스듬히 기수를 돌려서 그랜트 공원 한복판에 있는 조그만 연못을 향해 고도를 낮추었다. 호수 위로 1.5미터, 1.2미터 떠서 에어 슬라이드를 하다 새하얀 흔적을 두 줄기 남기며 깔깔대고 운동화로 수면을 갈랐다. 평소 현실에 안주하던 (그리고 과식하던) 오리들이 화가 나서 푸드덕거리며 꽥꽥대고 울었다. 바비가 호수 저쪽 끝, 정확히 말해서 두 벤치 사이로 착륙하며 비행기 날개가 부러졌다. 바비는 안장 밖으로 튕겨져나가 머리를 부딪혔고 요란하게 울음을 터뜨렸다.

바비와 같이 살면 이런 식이었다.

모든 게 그렇게 극적이지는 않았다. 사실 그런 일은 거의 없었다……. '진정제'가 등장하기 전까지는 그랬다. 그런데 그 일화를 소개한 이유는 이번만큼은 극단적인 케이스가 일상을 가장 잘 대변한다고 생각하기 때문이다. 바비와 같이 살면 끊임없이 머릿속이 혼란스러워졌다. 바비는 아홉 살 때부터 조지타운 대학교에서 양자물리학과 상급 대수 수업을 들었다. 하루는 바비가 우리 블록과 인근 네 개 블록의 라디오와 텔레비전을 자기 목소리로 도배한 적이 있었다. 다락방에서 발견한 구닥다리 휴대용 텔레비전을 광대역 라디오 방송국으로 개조한 것이었다. 구닥다리 흑백 제니스 텔레비전, 사 미터 길이의 하이파이 전선, 여기에 우리집 지붕 꼭대기에 설치한 옷걸이가 더해지자 짜잔! 그 뒤로 약 두 시간 동안 조지타운의 네 개 블록에서는 WBOB 방송만 들을 수 있었고…… 이 방송의 진행자였던 동생은 내가 쓴 단편소설의 일부분을 낭독하고, 바보 같은 우스갯소리를 늘어놓고, 유황 함유량이 높은 통조림 콩 때문에 우리 아버지가 매주 일요일 오전에 교회에서 수시로 방귀를 뀌는 거라고 설명했다. "하지만 대개는 아주 조용히 뀌세요." 바비는 대략 삼천 명 정도 되는 청취자들에게 얘기했다. "찬송가를 부르는 시간이 될 때까지 참았다가 결정타를 터뜨리실 때도 있고요."

이 사건을 언짢아했던 아버지는 연방통신위원회에 칠십오 달러의 벌금을 납부하고 이듬해 바비의 용돈에서 제했다.

바비와 같이 살면……. 이런, 내가 울고 있다. 이게 솔직한 감정일까 아니면 증상의 시작일까? 아마도 전자겠지만—내가 동생을 얼마나 사랑했는지 하늘도 알고 땅도 안다—그래도 조금 서두르는 게 좋겠다.

바비는 열 살에 사실상 고등학교를 졸업했지만 대학원은커녕 대학교 졸업장도 받지 못했다. 진북을 찾느라 머릿속에서 끊임없이 돌아가고 또 돌아가는 거대하고 강력한 나침반 때문이었다.

바비는 물리학에 푹 빠지는 시기를 거쳤고 그보다 짧은 기간 동안 화학에 미친 적도 있었지만…… 결국에는 진득하니 수학 문제를 풀 수가 없어서 손을 놓았다. 능력이 달렸던 게 아니라 자연과학이라고 불리는 모든 학문에 흥미를 느끼지 못했다.

열다섯 살 때는 고고학이었다. 바비는 노스 콘웨이에 있는 우리 여름 별장을 에워싼 화이트 산의 얕은 언덕을 샅샅이 뒤져서 화살촉, 부싯돌, 심지어 중석기 시대에 건설된 뉴햄프셔 중부의 동굴에서 오래전에 피웠던 모닥불의 숯 흔적을 바탕으로 그곳에서 거주했던 아메리칸 원주민들의 역사를 재구성했다.

하지만 그것 역시 시들해지자 이번에는 역사와 인류학 책을 읽기 시작했다. 열여섯 살 때 바비가 뉴잉글랜드 인류학자 원정대와 남아메리카 탐험을 다녀오겠다고 하자 어머니와 아버지는 어쩔 수 없이 허락을 내렸다.

그는 난생처음 새까맣게 탄 얼굴을 하고 오 개월 뒤에 돌아왔다. 키도 이 센티미터 자랐고 몸무게는 칠 킬로그램 빠졌고 말수가 많이 줄었다. 여전히 명랑했지만, 아니 마음만 먹으면 얼마든지 그럴 수 있었지만, 어떤 때는 옆에 있는 사람마저 전염시켰고 또 어떤 때는 지긋지긋하게 느껴졌던 어린아이 특유의 생동감은 사라지고 없었다. 어른이 된 것이다. 그리고 그는 내가 기억하는 한 난생처음으로 뉴스를 언급하기 시작했다. 그러니까 세상이 얼마나 흉흉한지 이야기하기 시작했다. 그때가 2003년이라 팔레스타인 해방 기구에서 파생된 '지하드의 아들들'이라는 조직(들을 때마다 펜실베이니아 서부에 있는 어느 가톨릭 공동체의 봉사 단체처럼 오싹한 느낌이 드는 이름이다)이 분사식 폭탄을 터뜨려 런던의 육십 퍼센트를 오염시키고 그 나머지는 아이를 낳기에(또는 쉰 살 너머까지 살기에) 지극히 적합하지 않은 환경으로 만든 해였다. 세데뇨 정부가 '소수'의 중화인민공화국(우리 정찰 위성에 따르면 만 오천 명 정도였다) 고문단의 입국을 허용하자 우리나라 정부에서 필리핀 봉쇄를 시도했다가 철수하지 않으면 싹 쓸어버리겠다는 중국 측의 장담이 농담이 아니고, 미국 국민들이 필리핀제도를 놓고 집단 자살할 생각이 없음이 분명해지자 후퇴한 해이기도 했다. 그리고 정신 나간 인간쓰레기들이—알바니아인들이었던 걸로 기억한다—베를린 상공에 에이즈 바이러스를 살포하려고 했던 해이기도 했다.

이런 뉴스를 들으면 누구든 우울해지기 마련이지만 바비의 경우에는 정신을 못 차릴 만큼 우울해했다.

"인간들은 왜 그렇게 못됐을까?"

바비가 어느 날 내게 이렇게 물은 적이 있었다. 뉴햄프셔의 여름 별장이었고 팔월 말이었고 짐을 대부분 상자와 여행 가방에 싸놓은 상태였다. 통나무집은 우리 모두 각자의 길로 뿔뿔이 흩어지기 직전이면 늘 그렇듯 구슬프고 휑한 분위기를 풍겼다. 내겐 그 길이 뉴욕이었고 바비에게는 다른 데도 아닌 텍사스 주 웨이코였다. 그는 여름 동안 거기서 사회학과 지질학 관련 서적을 읽었고—이 얼마나 황당한 조합인가!—실험을 몇 개 진행해보고 싶다고 했다. 그는 지나가는 말처럼 무심하게 그 얘기를 흘렸지만 나는 함께 지낸 지난 두어 주 동안 어머니가 묘한 눈빛으로 그를 찬찬히 살피는 것을 본 적이 있었다. 아버지와 나는 알아차리지 못했지만 어머니는 바비의 나침반 바늘이 드디어 흔들림을 멈추고 한곳을 가리키기 시작했다는 것을 깨달은 듯했다.

"왜 그렇게 못됐냐고? 내가 대답을 해야 하는 거야?"

"괜찮은 사람들도 있긴 해. 하지만 계속 이런 식이면 조만간 그들도 물들 거야."

"인간들은 천성대로 살아가기 마련이야. 인간들이 못된 짓을 하는 이유는 그렇게 태어났기 때문이지. 원망할 사람을 찾고 싶으면 조물주를 원망해."

"말도 안 돼. 그 말은 못 믿겠어. X염색체가 둘인 남자들이 어쩌고 했던 것도 결국에는 헛소리로 밝혀졌잖아. 그리고 경제적인 압박이나 가진 자와 못 가진 자의 갈등을 운운하지도 마. 그걸로도 모든 걸 설명할 수는 없으니까."

"원죄. 그걸로 설명하면 나는 수긍이 되던데. 쿵짝이 잘 맞잖아."

"글쎄. 어쩌면 원죄 때문일 수도 있겠지. 하지만 매개체가 뭘까, 형? 그 부분에 대해서는 고민해봤어?"

"매개체? 매개체라니? 무슨 소린지 모르겠네."

"물인 것 같아."

바비가 침울한 목소리로 말했다.

"뭐인 것 같다고?"

"물. 물에 든 것."

그는 나를 쳐다보았다.

"아니면 물에 들어 있지 않은 것."

다음날 바비는 웨이코로 떠났다. 나는 바비가 멈퍼드 셔츠를 뒤집어 입고 유리 상자 두 개를 들고 내 아파트로 찾아올 때까지 그를 다시 만나지 못했다. 그게 삼 년이 지난 후였다.

"안녕, 형."

바비는 안으로 들어와서 삼 일 만에 만난 사람처럼 아무렇지도 않은 듯이 내 등을 찰싹 때리며 말했다.

"바비!"

나는 소리를 지르며 양팔로 그를 덥석 끌어안았다. 딱딱한 모서리가 내 가슴에 부딪혔고 성난 벌들이 웅웅거리는 소리가 들렸다.

"나도 만나서 반가워." 바비가 말했다. "그런데 좀 살살해. 형 때문에 토박이들이 흥분하고 있어."

나는 얼른 뒤로 물러섰다. 바비는 들고 있던 큼지막한 종이봉투를 내려놓고 어깨에 멘 가방을 풀었다. 그런 다음 유리 상자를 조심스럽게 봉투에서 꺼냈다. 꿀벌들은 벌써 흥분을 가라앉히고 하던 일로 돌아갔지만 말벌들은 아직까지 언짢아하고 있다는 것을 알 수 있었다.

"알았어, 바비." 나는 그를 보고 씩 웃었다. 자꾸만 웃음이 났다.

"이번에는 뭐야?"

그는 가방 지퍼를 열고 투명한 액체로 반쯤 찬 마요네즈병을 꺼냈다.

"이거 보여?"

그가 물었다.

"응. 물 아니면 밀주 같은데?"

"믿길지 모르겠지만 사실 둘 다야. 웨이코에서 동쪽으로 육십오 킬로미터 가면 나오는 라플라타라는 조그만 마을의 우물에서 떠 왔고 이십 리터를 이렇게 농축했어. 내가 거기서 조그만 증류소를 돌리고 있는데 정부에서 불시 단속해봐야 소용없을 거야." 그는 원래부터 웃고 있었지만 이 말을 하는 동안 미소가 점점 더 커졌다. "왜냐하면 물밖에 없거든. 하지만 인류가 지금까지 본 적 없을 만큼 우라지게 훌륭한 밀주지."

"지금 무슨 소리를 하는 건지 전혀 모르겠다."

"그럴 줄 알았어. 하지만 알게 될 거야. 그거 알아, 형?"

"뭐?"

"인류라는 한심한 종족이 앞으로 육 개월 동안 멸망하지 않고 버티면 그 뒤로는 영원히 멸망할 일이 없을 거야."

바비가 마요네즈병을 들자 커다랗게 확대된 바비의 한쪽 눈이 병을 뚫고 어마어마하게 진지한 눈빛으로 나를 쳐다보았다.

"이건 엄청난 물건이야. 호모사피엔스가 걸린 최악의 병을 치료할 수 있는 약이거든."

"암 말이야?"

“아니.” 바비가 말했다. “전쟁. 술집에서의 몸싸움. 차를 타고 지나가면서 총을 난사하는 거. 화장실이 어느 쪽이야, 형? 볼일을 봐야겠는데.”

다시 나왔을 때 바비는 멈퍼드 티셔츠를 제대로 입었을 뿐 아니라 머리까지 빗었다. 보아하니 머리를 빗는 방식이 전과 다를 바 없었다. 바비에게는 수도꼭지 아래로 머리를 잠깐 들이밀었다가 손가락으로 전부 쓸어넘기는 게 머리를 빗는 거였다.

바비는 유리 상자를 보더니 꿀벌과 말벌들이 정상적인 상태로 돌아갔다고 선언했다. “하지만 말벌집은 ‘정상적’이라는 단어하고는 거리가 멀다고 볼 수 있어, 형. 말벌은 꿀벌이나 개미처럼 군집 생활을 하는 곤충이지만 꿀벌이 언제나 제정신이고 개미가 가끔 정신분열증을 일으킨다면 말벌은 완전 또라이거든.” 바비가 미소를 지었다. “우리 호모사피엔스처럼.” 그러면서 벌집이 담겨 있는 유리 상자 뚜껑을 열었다.

“저기 있잖아, 바비.” 내 미소가 지나친 함박웃음처럼 느껴졌다. “뚜껑 다시 닫고 무슨 일인지 설명부터 하면 어떨까? 시연은 나중으로 미루고. 여기 집주인은 엄청 좋은 사람이지만 관리인은 오디페로드 시가를 피우고 나보다 몸무게가 십사 킬로그램 더 나가는 떡대 좋은 레즈비언이거든. 그녀가…….”

“보면 형도 마음에 들 거야.” 바비는 내 얘기가 들리지도 않는 듯이 굴었다. 열 손가락으로 머리를 빗는 것만큼이나 익숙한 습관이었다. 바비는 몰상식하게 군 적은 없었지만 자기만의 세상에 푹 빠져 있을 때가 많았다. 내가 그를 막을 방법이 있었을까? 없었다. 동생을 다시 만나서 반가운 마음이 더 컸다. 뭔가 큰일이 터지겠다는 걸 그때 알아차렸지만 바비와 오 분 넘게 같이 있으면 최면에 걸렸다. 바비는 축구공을 들고 이번만큼은 틀림없다고 약속하는 루시였고 나는 그 공을 차려고 축구장을 가로질러서 달려가는 찰리 브라운이었다. "사실 형도 예전에 본 적 있을지 몰라. 잡지에도 가끔 사진이 실리고 야생동물을 소개하는 텔레비전 다큐멘터리 프로그램에도 나오고 그러거든. 사실 별거 아닌데, 사람들이 벌에 대해서 상당히 비논리적인 편견을 가지고 있기 때문에 대단해 보이는 거야."

희한하게도 바비의 말이 맞았다. 나는 전에도 그런 장면을 본 적이 있었다.

바비가 벌집과 유리 사이로 손을 집어넣었다. 십오 초도 안 돼서 살아 꿈틀거리는 까만색과 노란색의 장갑이 손을 덮었다. 당장 선명한 기억이 떠올랐다. 나는 발이 달린 잠옷을 입고 패딩턴 베어를 끌어안고 잠자리에 들기 삼십 분 전에(분명 바비가 태어나기 전이었을 것이다) 텔레비전 앞에 앉아서 벌들에게 얼굴이 뒤덮인 양봉업자를 보며 공포와 혐오와 매혹을 한꺼번에 느낀 적이 있었다. 벌들은 처음에는 교수형장에서 씌우는 두건 같았다가 그가 쓸어내리자 살아서 꿈틀거리는 섬뜩한 수염으로 변신했다.

바비는 갑자기 날카롭게 움찔하더니 씩 웃었다.

"한 녀석이 나를 쐈어. 먼길을 오느라 아직 흥분 상태인가 봐. 라플라타에서 웨이코까지 동네 보험사에서 일하는 아주머니의 비행기를 얻어 탔고—오래된 파이퍼 컵을 몰더라고—거기서 뉴올리언스까지 소형 통근용 여객기를 이용했거든. 이름이 에어 애스홀인가 그랬던 것 같은데. 마흔 번쯤 교통편을 갈아탔지만 이 녀석들을 미치게 만든 건 라가비지*에서 탄 택시였어. 독일군이 항복한 이후의 베르겐슈트라세보다 2번 애비뉴에 구멍이 더 많겠어."

"있잖아, 바비, 손을 빼는 게 좋지 않을까?" 나는 몇 마리가 상자에서 빠져나오는 순간을 계속 기다리고 있었다. 돌돌 만 잡지를 들고 몇 시간씩 쫓아다니며 추억의 교도소 영화에 나오는 탈옥수라도 되는 듯이 녀석들을 한 마리씩 내리치는 광경이 머릿속에 그려졌다. 하지만 한 마리도 빠져나오지 않았다. 아직까지는 그랬다.

"걱정 마, 형. 벌이 꽃을 쏘는 거 본 적 있어? 아니, 그런 소리 들어본 적 있어?"

"네가 꽃처럼 보이지는 않는다만."

그는 웃음을 터뜨렸다. "흥, 벌들은 꽃이 어떻게 생겼는지 알 것 같아? 노, 노! 천만의 말씀! 형이나 내가 구름에서는 어떤 소리가 나는지 모르는 것처럼 녀석들도 꽃이 어떻게 생겼는지 몰라. 녀석들은 내가 달짝지근하다는 것만 알아. 왜냐하면 내가 땀으로 수크로스 다이옥신을 배출하거든…… 다른 서른일곱 종의 다이옥신과 더불어서. 알려진 것만 서른일곱 종이야."

바비는 생각에 잠긴 듯 잠깐 하던 얘기를 멈췄다.

"솔직히 고백하자면 내가 오늘 저녁에 의도적으로 당분을 높이긴 했지. 비행기 안에서 초콜릿을 입힌 체리를 먹었고……."

* 라과디아 공항의 별명이다.

"으악, 바비, 그러지 마!"

"……그리고 여기까지 택시를 타고 오는 동안 맬로크림을 두어 개 먹었거든."

바비는 다른 손을 넣어서 벌들을 조심스럽게 쓸어내기 시작했다. 마지막 벌을 떼어내기 직전에 다시 한번 움찔하면서도 유리 상자 뚜껑을 다시 닫았다. 덕분에 내 마음이 상당히 편안해졌다. 벌에 쏘인 부분이 벌겋게 부어오른 게 보였다. 한 군데는 왼쪽 손바닥의 움푹 들어간 부분이었고 다른 한 군데는 오른쪽 손바닥의 저 끝부분, 수상학에서 '운명의 팔찌'라고 부르는 부분이었다. 바비가 벌에 쏘이기는 했지만 내게 뭘 보려주려고 했던 건지 알 수 있었다. 못해도 사백 마리는 됨직한 벌떼가 바비의 간을 보았다. 그중에서 바비를 쏜 녀석은 고작 두 마리에 불과했다.

바비는 청바지의 시계 주머니에서 핀셋을 꺼내 책상 쪽으로 다가왔다. 내가 당시 쓰고 있었던 왕 마이크로 옆에 놓인 원고 더미를 치우고 그 자리로 텐서 스탠드의 방향을 돌렸다. 조그맣고 눈부신 스포트라이트가 체리목을 비출 때까지 스탠드를 만지작거렸다.

"뭐 괜찮은 거 쓰고 있었어, 멍멍?"

바비가 지나가는 말처럼 물었고 나는 뒷덜미의 털이 곤두서는 걸 느낄 수 있었다. 나를 마지막으로 멍멍이라고 불렀던 게 언제였던가? 네 살 때? 여섯 살 때? 젠장, 모르겠다. 바비는 핀셋으로 조심스럽게 왼손을 건드렸다. 코털 비슷하게 생긴 조그만 것을 뽑아서 재떨이에 버렸다.

"《배니티 페어》에 실을 위작 관련 기사. 바비, 이번에는 도대체 무슨 일을 꾸미고 있는 거야?"

"다른 쪽은 형이 좀 빼줄래?" 바비는 내 쪽으로 핀셋과 오른손을 내밀며 미안하다는 듯이 미소를 지었다. "내가 그렇게 우라지게 똑똑하다면 양손잡이라야 하지 않나 하는 생각이 들지만 내 왼손은 아직도 여섯 살의 아이큐에서 벗어나지 못하고 있어."

내가 아는 그 바비였다.

나는 동생 옆에 앉아서 핀셋을 받아들고 그의 경우에는 운명의 팔찌가 아니라 파멸의 팔찌라고 불려 마땅한 손목 근처의 벌겋게 부은 곳에서 벌침을 뽑았다. 내가 그러는 동안 바비는 꿀벌과 말벌의 차이, 라플라타의 물과 뉴욕의 물의 차이, 자기 물과 내 약간의 도움만 있으면 어떤 식으로 모든 문제가 해결되는지에 대해 설명했다.

이렇게 해서 젠장, 결국 나는 미치도록 똑똑한 동생이 깔깔대며 들고 있는 축구공을 향해 마지막으로 돌진하는 신세가 됐다.

"벌들은 어쩔 수 없는 상황이 아닌 이상 쏘지 않아. 그러면 자기가 죽거든." 바비는 사무적인 투로 얘기했다. "예전에 노스 콘웨이에서 형이 원죄 때문에 인간들이 계속 서로를 살해하는 거라고 했던 거 기억나?"

"응, 가만히 있어."

"만약 원죄라는 게 있다면, 자기 아들을 십자가에 바칠 정도로 우리를 사랑하는 동시에, 바보 같은 년이 썩은 사과를 먹었다는 이유 하나만으로 우리를 로켓 썰매에 태워서 지옥으로 보내는 하느님이 존재한다면, 그렇다면 원인은 이거였어. 그가 우리를 꿀벌이 아니라 말벌처럼 만든 거지. 망할, 형, 뭐하는 거야?"

"가만히 있어. 그래야 이걸 빼낼 수 있지. 손을 막 흔들어야겠으면 기다릴게."

"알았어." 그 뒤로 내가 벌침을 뽑는 동안 바비는 비교적 가만히 있었다. "꿀벌은 생태계의 가미가제 조종사야, 멍멍. 유리 상자 안을 들여다보면 나를 쏘고 죽은 두 마리가 바닥에 쓰러져 있을 거야. 벌침은 낚시 바늘처럼 미늘이 달려 있어. 꽂히기 쉽게. 그걸 몸속에서 끄집어내느라 할복 자살을 하는 거야."

"으웩." 나는 얘기하고 두 번째 벌침을 재떨이에 버렸다. 미늘은 보이지 않았지만 어차피 현미경도 없었다.

"그래서 녀석들이 특별해지는 거지."

"그렇겠네."

"반면에 말벌은 침이 매끈해. 내키는 대로 수없이 쏠 수 있어. 세 번인가 네 번 쏘면 독은 없어지지만 마음만 먹으면 구멍은 계속 뚫을 수 있고…… 녀석들은 대개 그렇게 해. 특히 벽 말벌들은. 내가 저기 담아 온 녀석들이 벽 말벌이야. 저 녀석들은 진정제를 먹여야 해. 녹슨이라는 진정제를. 그러면 엄청난 숙취에 시달리는지 깨어났을 때 전보다 더 발광하더라."

바비가 침울한 눈빛으로 나를 쳐다보았고, 나는 그제야 바비의 눈 밑에 달린 짙은 갈색의 다크 서클을 발견하고 동생이 지금까지 본 적 없는 피곤한 상태라는 걸 깨달았다.

"그래서 인간들이 계속 싸우는 거야, 멍멍. 계속, 계속, 계속. 침이 매끈하기 때문에. 이제 이걸 봐."

바비는 자리에서 일어나 가방 앞으로 가서 안을 뒤지더니 점안기를 꺼냈다. 마요네즈 병을 열어서 점안기를 넣고 텍사스에서 증류했다는 물을 한 방울 빨아들였다.

바비가 말벌집이 든 유리 상자 쪽으로 건너가자 나는 상자의 뚜껑이 다르다는 걸 알아차렸다. 옆으로 여는 방식의 조그만 플라스틱 뚜껑이었다. 설명을 듣지 않아도 알 수 있었다. 꿀벌의 경우에는 얼마든지 뚜껑을 완전히 열어젖힐 생각이 있었다. 하지만 말벌의 경우에는 절대 그럴 일이 없었다.

바비가 까만 고무를 눌렀다. 물 두 방울이 벌집 위로 떨어지자 까만 반점이 생겼다가 곧바로 사라졌다.

"삼 분만 기다려."

"그게……."

"질문은 그만. 두고 보면 알아. 삼 분."

삼 분 동안 바비는 내가 위작을 주제로 쓴 기사를 읽었다. 스무 장이나 써놓은 기사인데도 뚝딱이었다.

"오케이." 바비가 원고를 내려놓으며 말했다. "상당히 잘 썼는데? 하지만 제이 굴드가 전용 열차 특실에 어떤 식으로 마네 위작을 걸어놓았는지 그 부분에 대해서 자료 조사를 좀더 해봐. 엄청 웃기는 얘기거든." 바비는 이런 얘기를 하면서 말벌집이 담긴 유리 상자의 뚜껑을 열었다.

"맙소사, 바비, 장난 집어치워!"

나는 고함을 질렀다.

"겁이 많은 건 여전하시네."

바비는 웃음을 터뜨리고 칙칙한 회색에 크기는 볼링공만 한 말벌 집을 상자에서 꺼냈다. 그러고는 양손으로 들었다. 집에서 나온 말벌들이 바비의 팔과 뺨과 이마에 앉았다. 한 마리는 내 쪽으로 날아와서 팔뚝에 앉았다. 손으로 찰싹 때리자 죽어서 카펫 위로 떨어졌다. 나는 무서웠다. 진심으로 무서웠다. 아드레날린으로 온몸의 신경이 곤두서고 눈알이 구멍 밖으로 튕겨져나가려고 하는 게 느껴졌다.

"죽이지 마. 갓난애를 죽이는 거나 다름없거든. 지금 얘네들이 그 정도로 아무 힘을 못 써. 중요한 건 그거야."

바비는 커다랗게 부푼 소프트볼이라도 되는 듯이 말벌집을 이 손에서 저 손으로 옮기다가 허공으로 던졌다. 나는 말벌들이 순찰에 나선 전투기처럼 거실을 천천히 날아다니는 광경을 바라보며 공포에 휩싸였다.

바비는 말벌집을 조심스럽게 다시 상자에 넣고 소파에 앉았다. 녀석이 자기 옆자리를 손으로 토닥이자 나는 최면에 걸린 거나 다름없는 상태로 그쪽으로 건너갔다. 말벌이 러그, 천장, 커튼 할 것 없이 온 사방에 있었다. 대여섯 마리는 대형 텔레비전 화면 위를 기어다니고 있었다.

내가 자리에 앉기 전에 바비가 소파 쿠션 위에 앉아 있던 두어 마리를 손으로 털었다. 말벌들은 쏜살같이 날아갔다. 다들 자연스럽게 날아다니고 자연스럽게 기어다니고 잽싸게 움직였다. 약물에 취한 것 같아 보이지 않았다. 말벌들은 바비가 얘기를 하는 동안, 씹어서 뱉은 종이처럼 생긴 자기집으로 돌아가는 길을 찾아서 기어 올라가 꼭대기에 뚫린 구멍 속으로 사라졌다.

"웨이코에 관심을 보인 사람은 내 이전에도 있었어." 그가 얘기했다. "미국에서 인구당 범죄율이 가장 높은 주에서 가장 범죄율이 낮은 손바닥만 한 지역을 통틀어 가장 큰 마을이거든. 텍사스 사람들은 총질을 정말 좋아해, 형. 주 차원에서 즐기는 취미 생활이나 다름없어. 남자들 절반이 무기를 들고 다녀. 포스워스에 있는 술집들은 토요일 밤이면 사격 연습장으로 변해. 모형 오리가 아니라 술꾼들을 쏜다는 것만 다를 뿐. 감리교 신자보다 전미총기협회 회원증을 들고 다니는 인간들이 더 많아. 텍사스 사람들만 서로 총질을 하거나 면도칼로 긋거나 너무 운다고 아이를 오븐에 넣는 건 아니지만 무기를 좋아하는 것만큼은 분명해."

"웨이코만 예외고."

내가 말했다.

"아, 거기 사람들도 좋아하는 건 마찬가지야. 서로를 겨누는 횟수가 한참 적을 뿐."

맙소사. 방금 전에 시계를 보고 시간을 확인했다. 한 십오 분 정도 글을 쓴 것 같은데 한 시간이 넘었다. 가끔 어마어마한 속도로 달릴 때 나타나는 현상이지만 지금은 세세한 부분까지 소개할 여유가 없다. 나는 여느 때와 다름없이 컨디션이 좋다. 목구멍의 세포막이 마르는 느낌도 없고 단어가 생각나지 않아서 끙끙대는 것도 없고 써놓은 글을 다시 훑어보니 평범한 오타와 오타 위에 다시 타자를 친 것 말고는 없다. 하지만 착각은 금물이다. 서둘러야 한다. "헐,

대박"이라고 스칼렛이 한 얘기도 있고 하니 말이다.

웨이코의 비폭력적인 분위기는 예전에도 사회학자들의 주도 아래 연구가 이루어지고 관심을 누린 적이 있었다. 바비가 말하길 웨이코와 그 비슷한 지역의 통계 데이터를 컴퓨터에 입력하면—인구 밀도, 평균 연령, 평균 경제 수준, 평균 교육 수준 그리고 수십 개의 다른 요인—어마어마하게 이례적인 결과가 도출된다. 학술 논문에는 유머가 등장하는 경우가 거의 없는데 이 주제와 관련해서 바비가 읽은 쉰여 편의 논문 중에서 "어쩌면 물속에 뭔가가" 있을지 모른다는 황당한 주장을 펼친 논문이 여러 편이었다.

"나는 그 농담을 진지하게 파헤쳐보기로 했어." 바비가 말했다. "실제로 여러 지방의 물속에 충치를 막는 성분이 있거든. 불소라고 하는 성분이."

그는 세 명의 조수를 거느리고 웨이코로 건너갔다. 조수 두 명은 사회학과 대학원생이었고 다른 한 명은 마침 안식년이라 모험을 펼칠 만반의 준비를 갖춘 지질학과 정교수였다. 바비와 사회학과 대학원생들은 육 개월 만에, 전 세계의 다른 곳에서는 볼 수 없는 평온의 파장을 도표로 설명하는 컴퓨터 프로그램을 만들었다. 바비는 조금 쭈글쭈글한 출력물을 가방에서 꺼내 왔다. 그 종이를 내게 건넸다. 마흔 개의 동심원이 그려져 있었다. 웨이코는 바깥쪽에서 여덟 번째, 아홉 번째, 열 번째 원 안에 있었다.

"이제 이걸 봐."

바비는 출력물 위에 투명한 종이를 겹쳤다. 거기에도 동심원이 그려져 있었다. 하지만 각 원마다 숫자가 적혀 있었다. 마흔 번째 원은 471. 서른아홉 번째 원은 420. 서른여덟 번째 원은 418. 그런 식이었다. 숫자가 작아지지 않고 커지는 곳도 있었지만 몇 군데뿐이었다(그리고 숫자도 아주 조금 커질 뿐이었다).

"이게 뭐야?"

"각 숫자는 그 원 안에서 벌어진 강력 범죄의 건수를 상징해." 바비가 말했다. "살인, 성폭행, 폭행, 구타, 심지어 기물 파손까지. 컴퓨터가 인구 밀도를 감안한 공식에 따라 부여한 숫자야." 그러면서 204라는 숫자가 적힌 스물일곱 번째 원을 손가락으로 톡톡 두드렸다. "예를 들어 이 지역의 총 인구는 구백 명이 안 돼. 이 숫자는 배우자 학대가 서너 건, 술집에서 벌어진 소동이 두세 건, 동물 학대가 한 건—내가 기억하기로는 노망난 농부가 돼지한테 화가 나서 암염을 뿌린 사건이었어—그리고 과실치사가 한 건."

가운데로 갈수록 숫자가 급격히 작아졌다. 85, 81, 70, 63, 40, 21, 5였다. 바비가 만든 평온의 파장 도표의 진원지에 해당하는 마을이 라플라타였다. 조용하고 조그만 마을이라고 표현해도 될 만한 곳이었다.

라플라타에 부여된 숫자는 0이었다.

"바로 여기야, 멍멍." 바비는 몸을 앞으로 숙이고 기다란 손을 마주대 신경질적으로 비볐다. "내 에덴 동산의 후보지. 만 오천 명의 인구 가운데 이십사 퍼센트가 흔히 인디오라고 불리는 혼혈이야. 모카신 공장이 하나, 조그만 모텔이 두어 개, 소규모 농장이 두어 개 있고. 일터는 그게 전부야. 유흥 시설로는 술집이 네 개, 조지 존스 노래 비슷하기만 하면 어떤 종류의 노래든 신청할 수 있는 댄스홀

두어 개, 자동차 극장이 두 개, 볼링장이 한 개 있고." 그는 말을 잠깐 끊었다가 덧붙였다. "양조장도 하나 있지. 테네시에서 그렇게 멀리 떨어진 곳에서 위스키를 만든 사람이 있을 줄은 몰랐는데."

한마디로(지금은 뭐든 한마디로 요약해야 하는 시점이다) 라플라타는 지역 일간지의 사건·사고 섹션에서 날마다 소개되는 일상적인 폭력 사건의 온상으로 알맞은 환경이었다. 그런데 실상은 그렇지 않았다. 동생이 건너가기 전까지 오 년 동안 벌어진 살인 사건은 딱 한 건뿐이었고 폭행은 두 건, 성폭행은 영 건, 아동 학대는 신고된 바가 없었다. 무장 강도는 네 건이었지만 모두 뜨내기의 소행이었고…… 살인과, 한 건의 폭행 사건도 마찬가지였다. 담당 보안관은 로드니 데인저필드*를 제법 많이 닮은, 뚱뚱하고 나이 많은 공화당원이었다. 그는 사실 동네 커피숍에서 하루 종일 넥타이 매듭을 잡아당기며 사람들에게 자기 아내를 데려가달라고 통사정하는 것으로 유명했다. 내 동생이 보기에는 단순히 재미없는 농담이 아니었다. 내 동생은 그 딱한 양반이 초기 치매 환자라고 확신했다. 부관은 그의 조카 한 명뿐이었다. 바비 말로는 그 조카가 그 옛날 〈히호〉 쇼에 출연했던 주니어 샘플스와 많이 닮았다고 했다.

"위치만 빼고 모든 면에서 라플라타와 비슷한 펜실베이니아의 다른 마을이었다면 그 두 사람은 십오 년 전에 이미 쫓겨났겠지. 하지만 라플라타니까 죽을 때까지 자리를 지킬 거야. 아마 자던 중에 죽

* 미국의 스탠드업 코미디언 겸 배우.

을 테고."

"무슨 실험을 한 거야? 어떤 식으로 진행했고?"

"뭐, 통계를 한데 취합한 이후에는 일주일 동안 그냥 빈둥거리면서 서로 쳐다보기만 했어." 바비가 말했다. "뭔가를 대비해서 준비는 하고 있었지만 이런 건 예상하지 못했거든. 심지어 웨이코에서 지냈어도 라플라타의 결과는 충격이었어." 바비는 계속 꼼지락거리며 손마디를 꺾었다.

"젠장, 네 그 버릇 정말 싫더라."

바비가 미소를 지었다. "미안, 멍멍. 아무튼 우리는 지질학 검사를 실시하고 현미경으로 물을 분석했어. 별 기대는 하지 않았지. 그 마을에는 집집마다 우물이, 그것도 깊은 우물이 있었고 붕사나 뭐 그런 게 없는지 정기적으로 수질 검사를 받았거든. 빤한 요인이 있었다면 오래전에 밝혀졌겠지. 그래서 초현미경으로 분석을 해봤더니 상당히 특이한 부분들이 드러나지 뭐야."

"특이한 부분들이라니?"

"원자 사슬이 끊긴 채로 역학 하부에서 전기 파동이 발생되고 정체불명의 단백질이 들어 있었어. 물은 사실 $H_2O$가 아니야. 황화물과 철분과 특정 지역의 대수층에 있는 뭔지 모를 성분이 더해지면 말이지. 그런데 라플라타의 물은…… 어떤 명예교수의 이름을 따서 긴 학명을 붙여야 할 정도였어." 그의 눈이 반짝였다. "하지만 가장 흥미로운 부분은 단백질이었어, 멍멍. 우리가 아는 한 그 단백질이 있는 다른 곳은 딱 한 군데뿐이거든. 인간의 뇌."

으윽.

시작됐다. 한 번 침을 삼키고 다시 삼키는데 목이 마르기 시작했다. 아직은 심하지 않지만 잠깐 하던 일을 멈추고 얼음물을 가지러 갈 만큼은 됐다. 이제 사십 분 정도 남았을 것이다. 아, 그런데 하고 싶은 얘기가 너무 많다! 그들이 발견한, 쏘지 않는 말벌들이 사는 벌집에 대해서, 바비와 조수 한 명이 목격한 가벼운 접촉 사고에 대해서. 두 명의 운전자 모두 남자였고 술에 취했고 스물네 살 정도 됐는데(사회학적으로 보았을 때 수컷 큰사슴이라고 생각하면 된다) 차에서 내리더니 악수를 하고 화기애애하게 보험회사 정보를 교환하고는 술을 한잔 더 마시러 가장 가까운 술집으로 가더라고 했다.

바비는 몇 시간 동안 그런 얘기를 늘어놓았다. 지금의 나보다 훨씬 긴 시간 동안 그랬다. 결론은 간단했다. 마요네즈병에 담긴 그거였다.

"이제 라플라타에 우리 증류소가 있어. 이게 우리가 증류한 작품이야, 형. 평화주의자의 밀주. 텍사스 그 지역의 지하 대수층이 깊지만 어마어마하게 넓더라. 빅토리아 호가 모호로비치치불연속면을 덮고 있는 구멍투성이 퇴적층에 스며들기라도 한 것처럼. 물 자체의 효과가 강력하긴 하지만 우리의 노력으로 내가 말벌들에게 뿌린 작품을 더 강력하게 만들 수 있었어. 큼지막한 강철 탱크에 담아놓은 게 거의 이만 삼천 리터야. 올해 말이면 오만 삼천 리터가 될 거야. 내년 유월이면 십일만 사천 리터가 될 테고. 하지만 그걸로는 부족해. 더 필요해, 속도도 높여야 하고. 또…… 운송의 문제도 따르지."

"그걸 어디로 옮긴다는 거야?"

"일단 보르네오로."

내가 제정신이 아니거나 바비의 말을 잘못 들은 줄 알았다. 진심으로 그런 줄 알았다.

"있잖아, 멍멍…… 미안. 하워." 바비는 다시 가방을 뒤졌다. 항공사진 몇 장을 꺼내 내게 건넸다. "알겠어?" 사진을 훑어보는 나를 향해 바비가 물었다. "얼마나 우라지게 완벽한지 알겠어? 꼭 하느님이 갑자기 평소와 다름없던 방송을 끊고 이렇게 외치는 것 같지 않아? '속보를 알려드립니다! 이번이 병신 여러분에게 주어진 마지막 기회라고 합니다! 이제 〈우리 생애 나날들〉 방송을 재개하겠습니다.'"

"네가 무슨 소릴 하는 건지 모르겠다. 그리고 뭘 보라는 건지도 모르겠고."

물론 나는 사진 속의 풍경이 뭔지는 알았다. 한가운데 산이 있고 기슭에 진흙으로 덮인 조그만 마을들이 자리잡은 섬—보르네오는 아니고 보르네오 서쪽의 굴란디오라는 섬이었다—이었다. 구름으로 덮여서 산은 잘 보이지 않았다. 내가 모르겠다고 한 건 뭐가 완벽하냐는 거였다.

"그 산은 섬하고 이름이 같아. 굴란디오야. 그 지방 사투리로 은총 아니면 운명 아니면 필연이라는 뜻이야. 그중에서 마음에 드는 걸로 고르면 돼. 로저스 공작 말로는 그 산이 지구상에서 가장 큰 시한폭탄이고…… 내년 시월에 터지게 되어 있대. 그보다 더 일찍 터질 수도 있고."

미치겠는 부분은 이거다. 이걸 속사포 랩처럼 쏟아내면 말도 안 되는 얘기가 돼버리는데, 내가 지금 그러려고 하고 있다는 것. 바비는 내가 육십만 달러에서 백오십만 달러 사이의 기금을 마련해서 다음과 같은 일을 처리해주길 바랐다. 1번, 최소 십구만 리터, 최대 이십육만 오천 리터에 해당하는 이 '고농축' 증류수를 한데 취합할 것. 2번, 비행기 착륙 시설이 있는 보르네오로 이 물을 공수할 것(굴란디오에 착륙할 수 있는 건 행글라이더뿐이다). 3번, 이 물을 배에 실어서 은총인지 운명인지 필연인지 모를 섬으로 옮길 것. 4번, 그걸 트럭에 싣고 1804년부터 휴면기로 접어든(1938년에 몇 번 연기를 뿜은 것 말고는) 화산 꼭대기로 가서 흙탕물이 고인 칼데라에 부을 것. 로저스 공작은 사실 지질학과 교수 존 폴 로저스였다. 그의 주장에 따르면 굴란디오는 단순히 분출하는 정도가 아니라 크라카타우가 19세기에 그랬듯이 폭발할 거라고 했다. 그러면 런던을 오염시켰던 분사식 폭탄은 어린애 폭죽처럼 보일 거라고 했다.

바비가 말하길 크라카타우의 잔해가 말 그대로 지구를 에워싸고 있다고 했다. 이 화산 폭발의 여파가 세이건 일당이 주장하는 핵겨울 이론에서 차지하는 비중이 컸다. 밴 앨런대*의 육십오 킬로미터 아래에서 부는 밴 앨런 기류와 제트기류를 타고 날린 화산재 때문에 이후 삼 개월 동안 해가 뜨고 질 때마다 지구 절반이 섬뜩하게 물들었다. 오 년 동안 전 세계적으로 기후가 달라져서 예전에는 아프

* 지구를 둘러싼 방사능 벨트.

리카와 미크로네시아 동쪽에서만 사라던 니파 야자가 갑자기 남아메리카와 북아메리카에 등장했다.

"북아메리카의 니파는 1990년 이전에 모두 죽었어." 바비가 얘기했다. "하지만 적도 아래에서는 잘 자라고 있지. 크라카타우가 거기다 씨를 뿌린 거야, 하위……. 나도 그런 식으로 라플라타의 물을 온 세상에 뿌리고 싶어. 비가 돼서 내리는 라플라타 물을 사람들이 맞았으면 좋겠어. 굴란디오가 폭발하면 비가 많이 올 거야. 저수지로 내리는 라플라타 물을 사람들이 마셨으면 좋겠고, 그 물로 머리를 감았으면 좋겠고, 그 물로 목욕을 했으면 좋겠고, 그 물에다 콘택트렌즈를 담갔으면 좋겠어. 매춘부들이 그걸로 뒷물을 했으면 좋겠어."

"바비." 나는 아니라는 걸 알면서도 이렇게 물었다. "너 미쳤구나?"

바비는 피곤한 듯 나를 보며 삐딱하게 웃었다.

"미친 건 내가 아냐. 미친 사람들을 보고 싶어? CNN을 켜봐, 멍…… 아니, 하위. 미친 사람들을 총천연색으로 볼 수 있을 거야."

하지만 나는 케이블 뉴스(내 친구 하나는 죽음을 부르는 거리의 악사라고 칭하는)를 틀지 않아도 바비가 무슨 소리를 하는 건지 알 수 있었다. 인도와 파키스탄이 일촉즉발이었다. 중국과 아프가니스탄도 마찬가지였다. 아프리카의 절반이 기근에 시달렸고 나머지 절반은 에이즈로 뒤덮였다. 멕시코에 공산당 정권이 들어선 이래 지난 오년 동안 텍사스와 멕시코의 접경에서 소규모 충돌이 끊이지 않았고, 사람들은 장벽을 보고 캘리포니아에서 티화나*로 건너가는 지점을 리틀 베를린이라고 부르기 시작했다. 무력의 과시가 점점 요란해지고 있었다. 작년 선달 그믐에 '핵을 책임지는 과학자들'은 암흑 시계를 자정 십오 초 전으로 맞추었다.

"바비, 모든 게 계획대로 이루어진다고 가정해보자. 그럴 수도 없고 그럴 리도 없지만 한번 가정해보자고. 장기적으로 어떤 결과가 나타날지 전혀 모르잖아."

바비가 뭐라고 얘기하려고 했지만 나는 손사래를 쳤다.

"모르면서 아는 척하려고 들지 마! 네가 이 평온의 파장 현상이라는 걸 발견해서 원인을 알아냈다는 건 인정할게. 하지만 탈리도마이드 얘기 들어봤니? 제산제와 수면제로 처방되던 그 끔찍한 약이 삼십 대 사이에서 암과 심장마비를 유발했잖아. 1997년에 개발된 에이즈 백신 기억 안 나?"

"하위?"

"덕분에 에이즈는 막았지만 피실험자들이 치료가 안 되는 간질병에 걸려서 십팔 개월 만에 모두 죽었잖아."

"하위?"

"그리고 또……."

"하위?"

나는 말을 멈추고 바비를 쳐다보았다.

* 멕시코와 미국 국경에 접하는 도시.

“이 세상에는.” 바비는 말문을 열었다가 멈추었다. 목울대가 움직였다. 눈물이 나오려는 걸 참고 있었다. “이 세상에는 영웅적인 조치가 필요해. 나는 장기적으로 어떤 결과가 나타날지 모르고 그걸 연구할 시간도 없어. 장기적인 전망이라는 게 없으니까. 어쩌면 이것으로 모든 난장판이 바로잡힐지 모르지. 아니면…….”

바비는 어깨를 으쓱하고 애써 미소를 지으며 나를 쳐다보았다. 눈물이 한 줄기씩 천천히 흘러내리자 두 눈이 반짝였다.

“아니면 말기 암환자에게 마약을 투여하는 게 될 수도 있고. 어느 쪽이 됐건 지금의 이런 사태는 막을 수 있을 거야. 전 세계의 고통을 종식할 거야.” 바비는 손금이 보이도록 손바닥을 펼쳐서 내 쪽으로 내밀었다. “도와줘, 멍멍. 제발 도와줘.”

그래서 나는 바비를 도왔다.

그리고 우리는 망했다. 쫄딱 망했다고 얘기할 수 있을 것이다. 그런데 진실을 공개하자면 나는 상관없다. 우리가 모든 식물을 죽였지만 온실은 살렸다. 언젠가는 그 안에서 다시 뭔가가 자랄 것이다. 바라건대.

다들 아직 내 얘기를 읽고 있을까?

머릿속의 톱니바퀴들이 조금씩 끈적거리기 시작했다. 몇 년 만에 처음으로 지금 하는 일에 대해서 고민하고 있다. 글쓰기라는 근육운동에 대해서. 처음부터 서둘렀어야 하는 건데.

됐다. 이제 와서 되돌릴 수도 없고.

우리는 해냈다. 증류한 물을 비행기에 실어서 굴란디오로 옮긴

다음 화산 측면에 원시적인 인양 장치—절반은 전동 윈치, 절반은 톱니 레일로 이루어진—를 설치하고 사만 오천 리터가 넘는 라플라타 물—뇌를 박살내는 증류수—을 칼데라의 부연 흙탕물 깊숙이 부었다. 이 모든 걸 팔 개월 만에 끝냈다. 육십만 달러가 들지도, 백오십만 달러가 들지도 않았다. 사백만 달러가 넘게 들었지만 그래도 그해 미국이 쓴 국방비의 16분의 1도 안 됐다. 무슨 수로 그 돈을 마련했느냐고? 시간이 좀더 있었다면 설명했겠지만 내 머릿속이 헝클어지고 있으니 그냥 지나가야겠다. 사실 대부분 내가 마련했다. 이런저런 방법을 동원해서. 솔찌키 나도 내가 그 돈을 모을 수 있을 줄 몰라따. 하지만 우리는 해냈고 세상은 무너지지 않았고 그 화산은—이름이 머였는지 기억이 나지 않지만 앞으로 도라가서 확인할 시간이 업따—제때 폭발했지만

잠깐

됐다. 조금 괜찮아졌다. 디기탈린. 바비가 그 약을 들고 왔다. 심장이 미친듯이 뛰고 있지만 이제 다시 머릿속이 맑아졌다.

화산—우리는 은총의 산이라고 불렀다—은 로저스 공작이 장담했던 대로 제때 폭발했다. 모든 개 하늘 위로 나라갔고 모든 이의 시선이 잠깐 동안 하늘로 향했다. 그리고 헐, 대박!

번갯불에 콩 구워먹듯 모든 일이 후딱 벌어졌고 모두들 다시 건강해졌다. 그러니까

잠깐

아 제발 이 글을 끝내야 하는데.

그러니까 모두들 얌전해졌다. 모두들 좀더 생각이 마나졋다. 세상이 바비가 그때 내게 보여준 별로 물지 않던 말벌처럼 변해가기 시작햇다. 삼년이 태평대처럼 지나갔다. 사람들이 엣날 영블러드가 부른 노래가사처럼 됏다. 자 여러분 이제 다가치 뭉칩시다. 히피들이 바라던 대로 평하와 사랑이 넘첫고

잠깐

큰 폭풍이 지나갔다. 심장이 귀를 뚫고 나오는 줄 알았다. 하지만 온 신경을 집중하면 내 모든 신경을 집중하면…….

그러니까 내 말은 태평성대 같았다는 거다. 삼 년이 태평성대 같았다. 바비는 연구를 개속햇다. 라플라타. 사회적 배경 기타 등등. 그 지역의 보안관을 기억하는가? 로드니 영블러드 흉내를 잘 냇던 나이 많고 뚱뚱한 공화당원. 바비가 로드니의 병을 뭐의 초기 증세라고 햇는지.

집중해 병신아

그 혼자만이 아니엇다. 알고 보니 텍사스의 그 일대에 똑같은 경우가 많았다. 그니까 전부 머리에 구멍이 나는 병이엇다. 바비와 나는 삼 년 동안 거기 잇엇다. 새로운 프로그램을 개발했다. 새로운 그

래프를 만들엇다. 나는 사태를 파악하고 여기로 돌아왓다. 바비와 조수들은 거기 계속 남앗다. 바비가 여기로 나를 찾아왓을 때 말하길 조수 한 명은 총으로 자살햇다고 햇다.

잠깐 또 폭풍이

됐다. 이번이 마지막이다. 심장이 너무 빠르게 뛰어서 숨을 쉴 수가 없다. 새 그래프, 마지막 그래프를 평온의 파장 그래프 위에 겹쳐 놓자 비로소 쾅 하고 눈앞에서 벼락이 쳤다. 평온의 파장 그래프를 보면 정중앙의 라플라타와 가까워질수록 폭력 사건의 숫자가 줄었다. 치매 그래프를 보면 라플라타와 가까워질수록 조기 발병 숫자가 늘었다. 그곳 사람들은 아주 점었을 때부터 아주 바보가타졌다.

나하고 바비는 이후로 삼 년 동안 패리에 물만 마시고 비가 오면 긴바지를 입으면서 최대한 몸을 사렸다. 모든 사람들이 바보가타지니까 전쟁이 멈첫고 내가 여기로 돌아온 이유는 내 동생 이름이 생각이 안 나는데

바비

바비가 오늘 저녁에 울면서 차자왓고 나는 바비에게 사랑한다고 말햇고 바비는 미안애 멍멍 미안애 나때메 온 세상이 바보 멍충이로 덮엿어라고 햇고 나는 온 세상이 시커먼 잿덩이가 되느니 바보 멍충이로 더피는 게 낫다고 말햇고 그는 우럿고 나도 울면서 바비 사랑해라고 햇고 그는 그 특별한 물약을 주사로 놔주겐냐고 햇고 나는 아라따고 햇고 그는 형이 쓸 거냐고 햇고 나는 그러타고 햇

고 그랬던 것 같긴 하지만 기억이 안난다 글자는 보이는데 무슨 뜻인지 모르게다

나는 바비가 잇지 걔 이름은 내 동생 이제 다써따 이걸 상자에 너야지 역시 바비야 고요한 공기 빵빵해서 아프로 백만 년 지나도 멀쩡해 잘햇어 잘햇어 동생아 이제 그만 해야겟다 잘햇어 바비 사랑해 너 잘못 아니야 사랑해

용서해

사랑해

(세상에) 죄를 지은

멍멍 포노이

# 어린아이들을 허락하라

★★★

옥수수밭의 사악한 아이들이 돌아온다!
초자연적이고 불가해한 악마성에 대한 탐구.

그녀의 이름은 시들리 씨였고 직업은 교사였다.

그녀는 칠판 꼭대기에 글을 쓰려면 팔을 있는 힘껏 뻗어야 할 만큼 키가 작았는데, 그런 그녀가 지금 칠판 꼭대기에 글을 쓰고 있었다. 그녀의 뒤에서 키득거리거나 귓속말을 하거나 손을 오므리고 과자를 먹는 아이는 없었다. 아이들은 시들리 씨의 직감이 얼마나 백발백중인지 알았다. 시들리 씨는 누가 뒷자리에서 껌을 씹고 누구 주머니에 장난감 총이 들어 있으며 누가 화장실에 가서 볼일을 보는 게 아니라 야구 카드를 바꾸려고 하는지 항상 간파했다. 꼭 조물주처럼 모든 걸 한눈에 알아차렸다.

머리가 희끗해져가는 그녀의 아픈 허리를 받치고 있는 보조기가 꽃무늬 원피스를 배경으로 도드라져 보였다. 그녀는 체구가 작고 끊임없이 통증에 시달리며 눈초리가 매서웠다. 아이들은 그녀를 두려워했다. 그녀의 세 치 혀는 운동장의 전설이었다. 그녀의 시선이 키득거리거나 귓속말을 한 아이에게로 향하면 아무리 튼튼한 무릎이라도 문어 다리처럼 무너질 수 있었다.

이제 그녀는 오늘 받아쓰기에 나오는 단어를 칠판에 적으며, 이 일상적인 행동 하나로 기나긴 교편 생활의 성과를 요약하고 확인하고 입증할 수 있겠다는 생각을 했다. 이렇게 안심하고 아이들에게 등을 보일 수 있지 않은가. "방학." 그녀는 딱딱하고 똑 부러지는 글씨체로 단어를 적으며 발음을 알려주었다. "에드워드, '방학'이라는 단어를 써서 문장을 만들어보겠니?"

"나는 방학 때 뉴욕에 다녀왔다." 에드워드는 높고 날카로운 목소리로 얘기했다. 그런 다음 시들리 씨에게 배운 대로 단어를 천천히 반복했다. "방-학."

"아주 잘했어, 에드워드."

그녀는 다음 단어로 넘어갔다.

두말하면 잔소리지만 그녀에게는 나름의 소소한 수법이 있었다. 그녀는 소소한 부분들도 큼지막한 부분들 못지않게 성공에 기여하는 바가 크다고 굳게 믿었다. 그녀는 이 원칙을 아이들에게 한결같이 적용했고 절대 실패한 적이 없었다.

"제인."

그녀는 조용히 이름을 불렀다.

읽기 책을 훔쳐보려던 제인이 죄지은 표정으로 고개를 들었다.

"그 책 당장 덮어주기 바란다." 책이 덮였다. 제인은 증오하는 눈빛으로 시들리 씨의 등을 노려보았다. "수업 끝 종이 친 뒤에도 십오 분 동안 책상에 그대로 앉아 있고."

제인의 입술이 떨렸다.

"네, 시들리 선생님."

그녀의 소소한 수법 가운데 하나가 안경을 용의주도하게 활용하는 것이었다. 두툼한 렌즈에 온 교실이 비쳐 보였고, 그녀는 못된 장난을 치다가 걸려서 죄인처럼 겁에 질린 표정을 짓는 아이들을 볼 때마다 희미한 희열을 느꼈다. 맨 앞줄에 앉아서 콧잔등을 찡그리는 로버트가 유령처럼 일그러진 채로 비쳐 보였다. 그녀는 아무 말도 하지 않았다. 아직은 하지 않았다. 조금만 더 여지를 주면 로버트는 자멸할 것이다.

"내일." 그녀는 또박또박 발음했다. "로버트, '내일'이라는 단어를 써서 문장을 만들어보겠니?"

로버트는 문제를 받아들고 미간을 찡그렸다. 구월 말의 햇볕이 내리쬐는 교실은 잠잠하고 나른했다. 문 위에 달린 전자 시계가 수업 끝 종이 울리는 시각까지 삼십 분밖에 남지 않았다며 버저를 울렸고 꼬맹이들이 맞춤법 교재를 앞에 두고 꾸벅꾸벅 졸지 않는 유일한 이유는 시들리 씨의 등에서 뿜어져 나오는 불길한 협박의 분위기 때문이었다.

"기다리고 있는데, 로버트."

"내일 나쁜 일이 벌어질 거다." 로버트가 말했다. 쓰인 단어 자체에는 악의가 없었지만 엄격한 교사라면 누구나 그렇듯 일곱 번째 감각이 발달한 시들리 씨는 그 문장이 전혀 마음에 들지 않았다. "내-일." 로버트는 마무리를 지었다. 두 손을 포개서 단정하게 책상 위에 올려놓은 채 콧잔등을 다시 찡그렸다. 입가를 살짝 올리며 미소까지 지었다. 시들리 씨는 왠지 모르겠지만 문득 로버트가 그녀의 안경 수법을 아는 게 분명하다는 확신이 들었다.

좋아. 그렇단 말이지.

그녀는 로버트를 칭찬하지 않고 꼿꼿하게 세운 몸으로 하고 싶은 말을 전하며 다음 단어를 쓰기 시작했다. 그녀는 한쪽 눈으로 유심히 관찰했다. 조만간 로버트는 자신이 어떤 행동을 하는지 그녀가 정말로 아는지 확인하기 위해 혀를 내밀거나, 모르는 아이가 없는(심지어 요즘은 여학생들도 아는 눈치다) 그 손가락 욕을 할 것이다. 그랬다가 벌을 받을 것이다.

안경에 비친 로버트의 모습은 작고 유령처럼 일그러져 보였다. 그녀는 쓰고 있는 단어를 한쪽 눈꼬리로만 곁눈질하며 살폈다.

로버트가 달라졌다.

잠깐 보았을 뿐이지만, 섬뜩하리만치 언뜻 보았을 뿐이지만 로버트의 얼굴이 뭔가…… 다른 걸로 바뀌었다.

그녀는 항의하듯 허리를 강타하는 요통을 거의 느끼지 못한 채 하얗게 질린 얼굴로 홱 하니 몸을 돌렸다.

로버트는 묻는 듯한 눈빛으로 싹싹하게 그녀를 쳐다보았다. 두 손은 깔끔하게 포개놓았다. 오후가 되면 머리칼이 뻣뻣하게 일어나는 현상이 뒤통수에서부터 이미 시작됐다. 로버트는 겁에 질린 표정이 아니었다.

내가 상상한 거야, 그녀는 생각했다. 꼬투리를 찾는데 아무것도 없으니까 머리에서 만들어낸 거야. 참 손발이 잘 맞기도 하지. 하지만…….

"로버트?"

그녀는 권위적인 분위기를 풍기려고 했다. 목소리를 통해 실토하라는 무언의 압박을 주려고 했다. 하지만 뜻대로 되지 않았다.

"네, 시들리 선생님."

로버트의 눈은 천천히 흐르는 개울의 밑바닥에 깔린 진흙처럼 짙은 고동색이었다.

"아니다."

그녀는 다시 칠판 쪽으로 몸을 돌렸다. 나지막한 속삭임이 아이들 사이로 번졌다.

"조용!" 그녀는 쏘아붙이고 다시 몸을 돌려서 아이들을 마주보았다. "한 번만 더 시끄럽게 하면 전원 제인이랑 같이 남는 줄 알아!" 모든 아이들을 향해서 한 얘기였지만 그녀는 얘기하는 내내 로버트를 똑바로 쳐다보았다. 로버트는 어린애처럼 순진한 눈빛으로 그녀를 마주보았다. 저요? 저는 아니죠, 시들리 선생님.

그녀는 다시 칠판 쪽으로 몸을 돌려서 단어를 적기 시작했다. 이번에는 안경 너머를 곁눈질하지 않았다. 마지막 삼십 분이 느릿느릿 지나갔다. 로버트는 나가는 길에 묘한 눈빛으로 그녀를 쳐다보았다. 꼭 이렇게 묻는 듯했다. 우리 둘 사이에 비밀이 생겼죠?

그 눈빛이 그녀의 머릿속을 떠날 줄 몰랐다. 어금니 사이에 낀 조그만 로스트비프 힘줄처럼, 작지만 콘크리트블록만큼 크게 느껴지는 그것처럼 딱 들러붙었다.

5시에 혼자 저녁을 먹으려고(메뉴는 수란을 얹은 토스트였다) 자리에 앉는 순간에도 그녀는 그 생각을 했다. 그녀는 나이를 먹어가고 있었고 현실을 차분하게 인정했다. 은퇴할 나이에 비명을 지르고 발길질을 하며 교실에서 끌려 나오는 노처녀 선생이 될 생각은 없었다. 그런 선생들을 보면 돈을 잃고 있는데도 털고 일어나지 못하는 도박꾼이 연상됐다. 하지만 그녀는 잃고 있지 않았다. 그녀는 항상 돈을 따는 쪽이었다.

그녀는 수란을 내려다보았다.

그렇지 않은가?

그녀는 3학년 아이들의 말끔한 얼굴을 떠올렸고 로버트의 얼굴이 그중에서도 가장 도드라진다는 사실을 깨달았다.

그녀는 자리에서 일어나 전등을 하나 더 켰다.

잠이 들기 직전에 로버트의 얼굴이 눈앞에서 둥둥 떠다니며 그녀의 눈꺼풀 뒤편의 어둠 속에서 기분 나쁜 미소를 지었다. 그 얼굴이 바뀌기 시작하는데…….

뭘로 바뀌는지 미처 파악하기도 전에 어둠이 그녀를 집어삼켰다.

시들리 씨는 밤새 잠을 설쳤기 때문에 다음날 내내 폭발하기 직전인 상태였다. 그녀는 귓속말을 하거나 키득거리거나 쪽지를 넘기는 아이가 등장하길 기다렸다. 손꼽아 기다렸다. 하지만 교실은 조용했다. 아주 조용했다. 다들 묵묵히 그녀를 빤히 쳐다볼 따름이었고 그녀에게 꽂힌 아이들의 시선이 맹목적으로 기어다니는 개미처럼 느껴졌다.

그만! 그녀는 자기 자신을 준엄하게 나무랐다. 이제 막 사범대학을 졸업한 소심한 초보처럼 굴고 있잖아!

오늘도 하루가 느릿느릿 지나가는 듯이 느껴졌다. 마지막 종이 울렸을 때 그녀가 아이들보다 더 기뻐했다. 아이들은 남녀 키 순서대로 고분고분하게 서로 손을 잡고 문 앞에 일렬로 줄을 섰다.

"수업 끝."

말을 마친 그녀는 아이들이 비명을 지르며 복도를 지나 눈부신 햇살 속으로 나서는 소리를 들으며 씁쓸함을 달랬다.

그 아이가 달라졌을 때 내 눈에 보인 게 뭐였을까? 뭔지 몰라도 불룩했는데. 희미하게 반짝였고. 뭔가가 나를 빤히 쳐다봤어. 맞아, 빤히 쳐다보면서 씩 웃었는데 어린애가 아니었어. 나이가 많고 사악하고 그리고…….

"시들리 선생님?"

고개를 번쩍 들자 아! 하는 소리가 그녀도 모르게 목구멍에서 딸꾹질처럼 튀어나왔다.

해닝 씨였다. 그가 미안한 듯 미소를 지었다.

"제가 방해가 됐나 봐요."

"아니에요."

그녀는 의도했던 것보다 퉁명스러운 말투로 대답했다. 무슨 생각을 하고 있었던 걸까? 도대체 왜 이러는 걸까?

"여학생 화장실에 휴지가 있는지 확인 좀 해주시겠어요?"

"그러죠."

그녀는 양손으로 허리를 짚고 자리에서 일어났다. 해닝 씨는 동정하는 눈빛으로 그녀를 바라보았다. 집어치우시지, 그녀는 생각했다. 노처녀는 그러는 거 좋아하지 않아. 관심도 없고.

그녀는 해닝 씨를 지나서 복도를 따라 여학생 화장실로 향했다. 남학생들이 여기저기 긁히고 찍힌 야구 장비를 들고 낄낄거리며 걸어가다 그녀가 보이자 입을 꾹 다물고 죄인처럼 출입문을 빠져나갔다. 그리고 다시 고함을 지르기 시작했다.

시들리 씨는 미간을 찡그리고 아이들의 뒤통수를 바라보며 그녀 때는 아이들이 저렇지 않았다는 생각을 했다. 좀더 깍듯하거나—아이들은 어느 시대건 그런 적이 없다—연장자를 좀더 공손하게 대한 건 아니었다. 예전과 다른 부분은 위선이었다. 어른들 앞에서 미소를 띤 얼굴로 얌전히 있는 거였다. 사람을 기분 나쁘고 당황스럽게 만드는 무언의 경멸. 어떤 느낌인가 하면…….

가면을 쓰고 있는 듯한 느낌? 그건가?

그녀는 생각을 떨쳐버리고 화장실로 들어갔다. L 자 모양의 작은 공간이었다. 긴 면을 따라 변기가 배치되었고 짧은 면의 양쪽으로 세면대가 있었다.

그녀는 휴지걸이를 하나씩 확인하다 거울에 비친 자신의 얼굴이 언뜻 보이자 화들짝 놀라 거울을 유심히 들여다보았다. 거울 속의 모습이 마음에 들지 않았다. 전혀 마음에 들지 않았다. 자신이 이틀 전까지만 해도 없었던 표정을 짓고 있었다. 겁에 질려서 경계하는 표정을 짓고 있었다. 안경에 흐릿하게 반사됐던 로버트의 창백하고 공손한 얼굴이 그녀의 안으로 들어와 곪아가고 있다는 사실을 깨닫고 충격을 받았다.

문이 열렸다. 여학생들이 무슨 비밀 얘기를 하느라 키득거리며 들어오는 소리가 들렸다. 그녀가 모퉁이를 돌아서 그들을 지나치려는 찰나 그녀의 이름이 들렸다. 그녀는 세면대 쪽으로 돌아가 휴지 걸이를 다시 한번 확인했다.

"그랬더니 걔가……."

나지막이 키득거리는 소리.

"그 선생님도 알아. 하지만……."

다시 이어지는, 녹은 비누처럼 끈적끈적하고 나지막한 키득거림.

"시들리 선생님은……."

그만! 시끄러운 소리 그만!

그녀가 몸을 살짝 움직이자 그 또래 여학생답게 신이 나서 서로 부둥켜안고 있는 두 아이의 그림자가 보였다. 젖빛 유리를 거치며 흩어진 햇빛 때문에 흐릿하고 불분명하게 보였다.

또 다른 생각 하나가 그녀의 머릿속에서 스멀스멀 기어나왔다.

저들은 그녀가 여기 있는 걸 안다.

그렇다. 안다. 못된 계집애들은 그녀가 여기 있는 걸 안다.

그녀는 저들을 잡고 흔들어야 했다. 위아랫니가 서로 부딪히고, 키득거림이 울부짖음으로 바뀔 때까지 흔들고, 머리를 잡고 타일이 깔린 벽에 부딪쳐서 그녀가 여기 있는 걸 알았다는 자백을 받아내야 했다.

그때 그림자가 달라졌다. 뚝뚝 떨어지는 수지처럼 점점 늘어나 괴상망측한 곱사등이 비슷하게 변했다. 시들리 씨는 사기 세면대 쪽으로 움찔 뒷걸음질을 치며 점점 부풀어오르는 심장을 달랬다.

아이들은 계속 키득거렸다.

목소리도 달라져서 이제는 성별을 알 수 없었고 영혼도 느껴지지 않았나. 세나가 상당히, 상당히 사익했다. 남 생각 않고 재미있어 하는 그 과장스러운 목소리가 구정물처럼 그녀가 서 있는 모퉁이를 향해 느릿느릿 흘러왔다.

그녀는 곱사등이 그림자를 바라보다 비명을 질렀다. 비명소리는 그녀의 머릿속에서 점점 커지다 광기의 수준에 다다랐다. 그녀는 급기야 정신을 잃었다. 악마들의 웃음소리와도 같은 그 키득거림이 어둠 속까지 그녀를 따라왔다.

두말하면 잔소리지만 그들에게 사실대로 얘기할 수는 없었다.

시들리 씨는 눈을 뜨고 해닝 씨와 크로슨 부인의 걱정스러워하는 얼굴을 확인한 순간부터 그렇다는 걸 알았다. 크로슨 부인은 체육관 구급상자에서 들고 온 방향염을 그녀의 코밑에 대고 있었다. 해닝 씨는 호기심 어린 눈빛으로 시들리 씨를 쳐다보고 있는 두 여학생을 돌아보며 집에 가라고 했다.

여학생들은 그녀를 향해 미소를 짓고—우리에게 비밀이 있지 않으냐는 듯이 천천히—화장실에서 나갔다.

좋다, 그녀도 그들과의 비밀을 지킬 것이다. 당분간은. 실성했다고, 노망기가 벌써부터 그녀에게 마수를 뻗치고 있다고 사람들에게 오해를 사고 싶지는 않았다. 그녀도 그들의 게임에 장단을 맞출 것이다. 그들의 역겨운 진상을 폭로하고 뿌리째 뽑기 전까지는.

"미끄러진 모양이에요." 그녀는 침착하게 얘기하고 심하게 욱신거리는 허리를 무시하며 일어나 앉았다. "바닥에 물기가 있어서요."

"큰일날 뻔했네요." 해닝 씨가 말했다. "끔찍해라. 혹시……."

"에밀리, 넘어지는 바람에 허리를 삐끗했어요?"

크로슨 부인이 말허리를 잘랐다. 해닝 씨는 고마워하는 눈빛으로 그녀를 쳐다보았다.

일어서자 척추가 몸속에서 비명을 질렀다.

"아뇨. 넘어지면서 척추에 살짝 기적적인 현상이 벌어졌나 봐요. 지난 몇 년을 통틀어서 허리가 이렇게 괜찮은 적이 없었어요."

"의사를 불러서……."

해닝 씨가 운을 뗐다.

"괜찮아요."

시들리 씨는 그를 보며 차갑게 미소를 지었다.

"교무실에 가서 택시 불러드릴게요."

"그럴 필요 없어요." 시들리 씨는 얘기하고 여학생 화장실 문을 열었다. "나는 늘 버스를 타고 다녀요."

해닝 씨는 한숨을 쉬고 크로슨 부인을 쳐다보았다. 크로슨 부인은 눈을 부라리며 아무 말도 하지 않았다.

다음날 시들리 씨는 방과후에 로버트를 남게 했다. 그가 그런 벌을 받을 만한 잘못을 저지르지 않았기 때문에 억지로 꼬투리를 잡았다. 그녀는 양심의 가책을 느끼지 않았다. 그는 어린 남학생이 아니라 괴물이었다. 그에게서 자백을 받아내야 했다.

허리가 지끈거렸다. 로버트는 그녀의 상태를 알았다. 그래서 그에게 도움이 될 거라고 생각했다. 하지만 아니었다. 그것이 그녀에게 유리한 측면 가운데 하나였다. 그녀는 지난 십이 년 동안 계속 요통에 시달렸고 이 정도로 심한 적도……. 뭐, 거의 이 정도로 심한 적도 많았다.

그녀는 문을 닫아서 그들 둘을 격리시켰다.

그녀는 잠깐 동안 가만히 서서 로버트를 빤히 쳐다보았다. 아이가 시선을 떨어뜨리길 기다렸다. 하지만 로버트는 시선을 떨어뜨리지 않았다. 그녀를 마주보았고 희미한 미소가 입가에 번지기 시작했다.

"왜 웃니, 로버트?"

그녀는 나지막이 물었다.

"모르겠는데요."

로버트는 이렇게 대답하고 계속 웃었다.

"이유를 얘기해주기 바란다."

로버트는 아무 말도 하지 않았다.

그리고 계속 웃었다.

밖에서 아이들이 노는 소리가 꿈결처럼 멀게 느껴졌다. 벽시계가 최면을 걸듯 웅웅거리는 소리만 진짜 같았다.

"우리는 인원이 제법 많아요."

로버트가 날씨 얘기를 하듯 불쑥 말을 꺼냈다. 이번에는 시들리 씨가 침묵을 지킬 차례였다.

"이 학교에만 현재 열한 명이에요."

못된 것 같으니라고. 그녀는 경악하며 생각했다. 정말 못된 것 같으니라고.

"거짓말을 하면 지옥에 간다." 그녀는 분명하게 얘기했다. "요즘은 자기…… 자기 새끼들한테…… 그런 교육을 시키지 않는 부모가 많다는 걸 안다만 진짜야, 로버트. 거짓말을 하면 지옥에 가지. 여자건 남자건."

미소가 점점 번져서 로버트의 얼굴이 여우처럼 변했다.

"내가 변하는 거 보고 싶으세요, 시들리 선생님? 바로 앞에서 보고 싶으세요?"

시들리 씨는 등줄기를 따라 소름이 돋는 것을 느낄 수 있었다. "나가." 그녀는 퉁명스럽게 얘기했다. "내일 어머니나 아버지 모시고 와라. 이 문제를 제대로 해결할 수 있게." 됐다. 다시 유리한 고지를 점령했다. 그녀는 로버트가 얼굴을 일그러뜨리며 눈물을 흘리길 기다렸다.

오히려 로버트는 점점 크게 미소를 지었다. 이제는 이가 보일 정도였다. "발표 비슷하지 않겠어요, 시들리 선생님? 로버트는, 저 말고 다른 로버트는 발표를 좋아해요. 지금은 제 머릿속 아주, 아주 깊숙이 숨어 있지만." 로버트의 입가가 까맣게 탄 종이처럼 말렸다. "가끔 걔가 막 뛰어다니면…… 간지러워요. 걔가 꺼내달래요."

"나가."

시들리 씨는 멍하니 얘기했다. 웅웅거리는 시계 소리가 아주 크게 느껴졌다.

로버트가 달라졌다.

얼굴이 녹은 밀랍처럼 갑자기 한데 뭉뚱그려지더니 두 눈은 칼로 찌른 달걀노른자처럼 납작하게 퍼졌다. 코는 점점 넓어지면서 구멍이 크게 벌어졌고, 입은 사라졌다. 머리가 길게 늘어나며 머리칼은 갑자기 온 사방으로 뻗어서 움찔거렸다.

로버트가 킥킥거리기 시작했다.

동굴에서 울리는 듯한 소리가 코가 있던 곳에서 천천히 흘러나왔고 코가 얼굴의 아래 절반을 삼키자 콧구멍이 중앙의 시커먼 구멍과 합쳐져서 소리를 지르는 커다란 입처럼 변했다.

로버트가 계속 킥킥거리며 자리에서 일어났다. 그의 뒤에서 다른 로버트, 이 외계인에게 자리를 빼앗긴 진짜 로버트의 산산조각 난 마지막 잔해가 공포에 질려서 내보내달라고 미친듯이 울부짖는 것만 그녀의 눈에 들어왔다.

그녀는 도망쳤다.

그녀가 비명을 지르며 복도를 달리자 늦게까지 남아 있던 학생들이 영문을 모르겠다는 듯 휘둥그레진 눈으로 쳐다보았다. 해닝 씨가 자기 교실 문을 벌컥 열고 내다보았을 때, 그녀는 유리로 된 넓은 현관문을 박차고 나가서 눈부신 구월의 하늘을 배경으로 허수아비처럼 미친듯이 손을 흔들고 있었다.

그는 목울대를 위아래로 흔들며 그녀의 뒤를 쫓아 달려나갔다.

"시들리 선생님! 시들리 선생님!"

로버트가 교실 밖으로 나와서 호기심 어린 눈빛으로 지켜보았다.

시들리 씨는 아무 소리도 듣지 못하고 아무것도 보지 못했다. 비명소리를 뒤로 길게 늘어뜨리며 타닥타닥 계단을 내려오고 인도를 가로질러서 차도로 뛰어들었다. 귀청을 때리는 요란한 경적 소리와 함께 버스가 달려왔다. 버스 기사의 얼굴은 공포로 석고 마스크처럼 굳었다. 에어브레이크가 끼이익하며 성난 용처럼 날카로운 소리를 냈다.

시들리 씨는 쓰러졌다. 거대한 바퀴가 보조기로 감싼 그녀의 가녀린 몸과 겨우 이십 센티미터 거리를 두고 연기를 피워 올리며 부르르 멈추어 섰다. 그녀는 부들부들 떨며 도로에 엎드린 채로 사람들이 몰려드는 소리를 들었다.

몸을 뒤집어보니 아이들이 그녀를 내려다보고 있었다. 파놓은 무덤가에 모인 조문객처럼 조그만 원형으로 빽빽하게 그녀를 에워싸고 있었다. 무덤의 머리 쪽에 로버트가 첫 삽을 떠서 그녀의 얼굴 위로 흙을 뿌리려는 교회 무덤지기처럼 근엄한 표정으로 서 있었다.

멀리서 버스 기사가 떨리는 목소리로 종알거렸다.

"미친 게 아니고서야……. 맙소사, 십오 센티미터만 더 갔어도……."

시들리 씨는 아이들을 빤히 쳐다보았다. 그들의 그림자가 그녀를 덮었다. 모두 무표정했다. 몇 명은 살짝 비밀스러운 미소를 짓고 있었다. 시들리 씨는 조만간 다시 비명을 지르게 생겼다는 걸 알았다.

그때 해닝 씨가 단단한 올가미를 뚫고 들어와 아이들을 내쫓았다. 시들리 씨는 힘없이 흐느껴 울기 시작했다.

그녀는 한 달 동안 3학년 교실을 비웠다. 그녀가 몸이 안 좋다고 침착하게 얘기하자 해닝 씨가 유명한 의사에게 가서 상담을 받아보라고 했다. 시들리 씨는 그것만이 합리적이고 이성적인 판단이겠다고 동의했다. 학교 이사회에서 그녀의 사직을 바란다면 마음은 정말 아프겠지만 당장 사직서를 제출할 의향이 있다고도 덧붙였다. 해닝 씨는 불편한 기색을 보이며 그럴 필요는 없을 것 같다고 했다. 결과적으로 시들리 씨는 시월 말에 교실로 복귀했고, 다시 게임에 응할 마음의 준비는 되어 있었지만 이제는 게임의 방식을 알지 못했다.

처음 일주일 동안은 예전처럼 행동했다. 이제는 모든 학생이 속내를 드러내지 않는 적대적인 눈빛으로 그녀를 대하는 듯이 느껴졌다. 로버트가 앞줄에 앉아서 그녀를 보며 쌀쌀맞게 웃었지만 그녀는 나무랄 엄두가 나지 않았다.

한번은 운동장에 나가서 노는 시간에 로버트가 피구공을 들고 웃으며 그녀에게 걸어온 적이 있었다. "이제는 우리 숫자가 너무 많아서 선생님도 믿기지 않을 거예요. 다른 사람들도 마찬가지고요." 그는 어마어마하게 교활한 윙크로 그녀를 망연자실하게 만들었다. "선생님이 다른 사람들한테 얘기하더라도 안 믿을 거라고요."

그네를 타던 여학생이 운동장을 가로질러서 시들리 씨의 눈을 쳐다보며 비웃었다.

시들리 씨는 로버트를 내려다보며 잔잔하게 미소를 지었다.

"어머, 로버트, 그게 무슨 소리일까?"

로버트는 여전히 웃는 얼굴로 다시 피구를 하러 갔다.

시들리 씨는 핸드백에 총을 넣고 학교에 갔다. 오빠의 총이었다. 오빠 짐이 벌지 전투 직후에 죽은 독일군에게서 빼앗은 총이었다. 짐이 죽은 지도 이제 십 년이 지났다. 최소 오 년 동안 열어보지 않은 상자를 열어보니 총이 얌전히 담겨서 칙칙하게 반짝이고 있었다. 탄약 클립도 마찬가지였다. 그녀는 짐에게 배운 대로 조심스럽게 장전했다.

그녀는 아이들을 향해, 특히 로버트를 향해 사근사근하게 미소를 지었다. 로버트가 미소로 화답하자 그의 살갗 바로 아래에서 더러운 진흙처럼 꿈틀거리고 있는 부연 외계인이 그녀의 눈에 보였다.

그녀는 로버트의 몸속에 뭐가 살고 있는지 알 수 없었고 관심도 없었다. 진짜 로버트가 지금쯤은 영영 사라졌기만을 바랄 따름이었다. 살인을 저지르고 싶지는 않았다. 교실 안에서 그녀를 보며 키득거려서 비명을 지르며 길거리로 뛰쳐나가게 만든 그 더럽고 꾸물거리는 것 안에서 사느라, 진짜 로버트가 이미 죽었거나 실성했을 거라고 결론을 내렸다. 따라서 그가 살아 있더라도 고통을 끊어주는 것이 자비를 베푸는 일이 될 것이었다.

"오늘은 시험을 볼 거야."

시들리 씨가 말했다.

아이들은 앓는 소리를 내거나 불안한 듯 꼼지락거리지 않았다. 그녀를 쳐다보고 그만이었다. 저울추 같은 아이들의 시선이 느껴졌다. 무겁고 숨이 막혔다.

"아주 특별한 시험을. 한 명씩 등사실로 가서 시험을 볼 거야. 그런 다음 사탕 먹고 오늘 수업은 그걸로 끝. 좋지 않니?"

아이들은 공허한 미소만 지을 뿐 아무 말도 하지 않았다.

"로버트, 너부터 갈까?"

로버트는 일어나서 예의 그 미소를 살짝 지었다. 대놓고 그녀를 향해 콧잔등을 찡그렸다.

"네, 시들리 선생님."

시들리 씨는 핸드백을 챙겼다. 두 사람은 닫힌 문 뒤에서 아이들이 나른하게 책을 낭송하는 교실들을 지나서 소리가 울리는, 아무도 없는 복도를 따라 걸었다. 등사실은 화장실을 지나 복도 맨 끝에 있었다. 이 년 전에 방음 공사를 마쳤다. 큼지막한 등사기가 하도 오래돼서 소음이 어마어마했다.

시들리 씨는 등뒤로 문을 닫고 잠갔다.

"아무도 네 소리를 들을 수 없어." 그녀는 침착하게 얘기했다. "너도 이것도."

로버트는 천진난만하게 미소를 지었다. "우리는 엄청 많아요. 여기보다 훨씬 많아요." 그는 깨끗하게 씻은 조그만 손을 등사기의 용지 트레이에 얹었다. "변하는 거 다시 보여드릴까요?"

그녀가 뭐라고 대꾸하기도 전에 로버트의 얼굴이 어른거리며 아래에 있는 섬뜩한 괴물로 바뀌기 시작했다. 시들리 씨는 총을 쏘았다. 한 번. 머리를 향해 쏘았다. 로버트는 종이가 차곡차곡 쌓인 책꽂이에 부딪혀 스르르 바닥으로 쓰러졌고 오른쪽 눈 위에 까맣고 동그란 구멍이 뚫려서 죽은 어린 남학생이 되었다.

아주 애처로워 보였다.

시들리 씨는 숨을 헐떡이며 내려다보았다. 그녀의 두 뺨엔 핏기가 없었다.

웅크린 형체는 꼼짝하지 않았다.

인간이었다.

로버트였어.

아니야!

전부 너의 착각이었어, 에밀리. 너의 착각이었다고.

아니야! 아니야, 아니야, 아니야!

그녀는 다시 교실로 가서 한 명씩 데리고 나왔다. 도합 열두 명을 살해했고 더 죽일 수도 있었는데 하필 크로슨 부인이 작문 용지를 가지러 들어왔다.

크로슨 부인의 눈이 접시만 해졌다. 한쪽 손이 슬금슬금 올라가서 입을 틀어쥐었다. 그녀는 비명을 질렀다. 시들리 씨가 다가가 한 손을 어깨 위에 올려놓았을 때도 계속 비명을 지르고 있었다. "어쩔 수 없었어요, 마거릿." 그녀는 비명을 지르는 크로슨 부인에게 얘기했다. "끔찍하긴 해도 어쩔 수 없었어요. 모두 괴물이거든요."

화사한 옷차림의 크로슨 부인은 등사기 주변에 뿔뿔이 흩어져 있는 조그만 시신들을 빤히 쳐다보며 계속 비명을 질렀다. 시들리 씨에게 손이 잡혀 있던 여자아이가 한 음으로 쭉 비명을 지르기 시작했다.

"와아아아아— 와아아아아— 와아아아아—."

"변신해." 시들리 씨가 말했다. "크로슨 부인이 볼 수 있게 변신해. 어쩔 수 없는 선택이었다는 걸 보여줘."

여자아이는 무슨 소리인지 이해하지 못한 듯 계속 흐느껴 울기만 했다.

"이 망할 것아, 변신하라니까!" 시들리 씨가 소리를 질렀다. "이 더러운 년아, 꿈틀꿈틀 지저분하게 기어다니는 비정상적이고 더러운 년아! 변신해! 이 빌어먹을 것아, 변신하라고!" 그녀가 총을 들었다. 여자아이가 움찔한 순간 크로슨 부인이 고양이처럼 달려들었다. 시들리 씨의 허리가 버티지 못하고 무너졌다.

재판은 열리지 않았다.

신문에서는 재판을 요구했다. 자식을 잃은 부모들은 발작적으로 시들리 씨에게 불리한 증언을 쏟아냈다. 도시 전체가 멍한 충격으로 주저앉았지만 결국에는 이성론이 득세해 재판은 열리지 않았다. 주의회에서는 교원 자격시험의 강화를 요구했다. 섬너 스트리트 학교는 일주일의 애도 기간을 가지며 문을 닫았다. 시들리 씨는 오거스타에 있는 주니퍼 힐로 조용히 떠났다. 그녀는 심층 분석을 거쳐 가장 최근에 개발된 약물을 투여받았고 날마다 작업치료를 받았다. 일 년 뒤에는 철저한 통제 아래 집단치료를 받았다.

그의 이름은 버드 젠킨스였고 직업은 정신과 의사였다.

그는 클립보드를 들고 이중 거울 앞에 앉아서 유치원으로 꾸민 방을 쳐다보았다. 저쪽 벽에서 암소가 달을 넘고 쥐가 시계를 달려 올라가고 있었다. 시들리 씨는 이야기책을 들고 휠체어에 앉아 있었다. 사람을 잘 믿는 중증 발달 지체 아동들이 그녀를 에워싸고 있었다. 아이들은 그녀를 향해 미소를 짓고 침을 흘리며 때로는 축축한 손가락으로 건드렸다. 옆쪽 유리창 앞에서는 직원들이 위험한 징조가 보이는지 예의 주시하고 있었다.

버디가 생각하기에 그녀는 한동안 훌륭한 반응을 보였다. 이야기

책을 읽어주었고 한 여자아이의 머리를 쓰다듬었고 어린 남자아이가 장난감 블록에 걸려서 넘어지자 달래주었다. 그러다 뭔가 심란한 광경을 보았는지 눈살을 찌푸리며 아이들에게서 시선을 돌렸다.

"여기서 내보내주세요."

시들리 씨는 누구에게라고 할 것 없이 단조로운 목소리로 나지막이 중얼거렸다.

직원들이 그녀를 데리고 나갔다. 버디 젠킨스는 눈을 동그랗게 뜨고 공허한, 왠지 모르게 속을 알 수 없는 눈빛으로 그녀의 뒷모습을 바라보는 아이들을 관찰했다. 한 명이 미소를 지었고 다른 한 명은 장난스럽게 손가락을 입안에 넣었다. 여자아이 둘은 서로 끌어안고 키득거렸다.

그날 밤에 시들리 씨는 깨진 거울 조각으로 목을 그었다. 버디 젠킨스는 아이들을 관찰하는 시간이 점점 늘어났다. 그러다 아이들한테서 시선을 뗄 수 없는 지경에 이르렀다.

# 나이트 플라이어

★★★

피와 내장 냄새를 쫓는 기자 디스의 위험천만한 취재 기록.

1997년에 동명의 영화로 제작.

# 1

메릴랜드 공항에서 살인 사건이 벌어졌을 때 디스는 비행기 조종사 자격증까지 있는데도 크게 관심을 기울이지 않았다. 세 번째와 네 번째 희생자가 연달아 등장한 다음에서야 그는 《인사이드 뷰》 독자들이 기대하는, 피와 내장이 한데 어우러진 냄새를 느꼈다. 여기에 싸구려 잡화점에 어울리는 그럴듯한 미스터리가 곁들여지면 판매 부수가 증폭할 가능성이 높아졌고 타블로이드업계에서 판매 부수의 증가는 단순히 사업의 핵심이 아니었다. 성배였다.

디스에게는 좋은 소식이 있는가 하면 나쁜 소식도 있었다. 좋은 소식은 뭔가 하면 그가 남들보다 먼저 취재에 착수했다는 것이었다. 그는 여전히 불패 신화를 이어나가고 있었고 여전히 챔피언이었고 여전히 우리 안의 으뜸 돼지였다. 나쁜 소식은 뭔가 하면 장미 꽃다

발이 사실은 모리슨의 몫이라는 것…… 아직까지는 그렇다는 것이었다. 편집국장 일 년 차인 모리슨은 베테랑 기자인 디스가 연기와 메아리만 남았다고 장담했는데도 그 우라질 사건을 파고들었다. 디스는 피 냄새를 먼저 맡은 쪽이 모리슨이라는 사실이 마음에 들지 않았고—사실상 끔찍했고—때문에 그를 살살 긁고 싶은, 누가 봐도 당연한 충동을 느꼈다. 그리고 그는 또한 그 방법을 알고 있었다.

"메릴랜드 주 더프리죠?"

모리슨은 고개를 끄덕였다.

"주요 언론사에서는 아직 아무도 모르고요?"

디스는 묻자마자 모리슨이 발끈하는 걸 보고 기분이 좋아졌다.

"연쇄살인범의 존재 가능성을 제기한 사람이 있느냐는 뜻에서 물은 거라면 없어."

그는 딱딱하게 대답했다.

하지만 금세 알려지겠지, 디스는 생각했다.

"하지만 금세 알려지겠지." 모리슨이 말했다. "사건이 한 번 더 터지면……."

"파일 좀 줘보세요."

디스는 섬뜩하리만치 깨끗한 모리슨의 책상에 놓여 있는 담황색 서류철을 가리켰다.

머리가 벗어져가는 편집국장이 그 위에 손을 얹었다. 디스는 두 가지 사실을 깨달았다. 모리슨이 파일을 넘기기는 할 테지만 그것은 그가 처음에 믿지 않았던 것과 내가 이 분야에서는 베테랑이라며 잘난 척했던 일에 대해 일말의 대가를 치른 다음의 얘기라는 것이었다. 우리 안의 으뜸 돼지도 가끔은 자기 주제를 다시금 상기하는 차원에서 꼬불꼬불한 꼬리를 꼬아야 할 때가 있는 법이다.

"자네는 자연사박물관에 가서 펭귄맨 만나기로 하지 않았나?" 모리슨이 물었다. 입꼬리를 올려서 희미하지만 누가 봐도 알 수 있는 사악한 미소를 지었다. "자기 종족이 인간이나 돌고래보다 더 똑똑하다고 생각하는 남자 말이야."

디스는 서류철과 그의 꺼벙해 보이는 아내 사진과 꺼벙해 보이는 세 명의 아이 사진 말고 유일하게 모리슨의 책상 위에 놓여 있는 물건을 가리켰다. "일용할 양식"이라고 적혀 있는 대형 철제 바구니였다. 그 안에는 디스의 트레이드마크나 다름없는 자홍색 종이 집게로 고정한 예닐곱 장의 원고와 "밀착 인화지 구부리지 마시오"라고 적힌 봉투가 들어 있었다.

모리슨은 서류철에서 손을 거두고(디스가 몸을 씰룩거리기만 해도 당장 다시 손을 얹을 듯한 분위기를 풍기며) 봉투를 열어서 흔들자 우표만 한 흑백사진으로 뒤덮인 종이가 두 장 나왔다. 사진마다 일렬로 길게 늘어서서 카메라를 조용히 쳐다보고 있는 펭귄들이 찍혀 있었다. 그 사진은 누가 봐도 섬뜩한 구석이 있었다. 머턴 모리슨의 눈에는 그들이 턱시도를 입은 조지 로메로의 좀비처럼 보였다. 그는 고개를 끄덕이고 사진을 다시 봉투에 넣었다. 디스는 대체로 모든 편집국장을 싫어했지만 적어도 모리슨은 공로를 인정해야 할 때는 인정할 줄 아는 편집국장이었다. 그건 보기 드문 특징이었지만 디스는 그가 나중에 온갖 질병에 시달리지 않을까 하는 생각이 들었다. 어쩌면 증상이 이미 시작됐는지도 모를 일이었다. 아직 서른

다섯 살도 되지 않았는데 머리털이 최소 칠십 퍼센트 벗어지지 않았는가 말이다.

"괜찮네." 모리슨이 말했다. "누가 찍은 거야?"

"저요." 디스가 말했다. "제 기사에 필요한 사진은 항상 제가 찍습니다. 국장님은 포토 크레디트도 확인 안 하세요?"

"응, 대개는 확인하지 않아."

모리슨은 대답하고 디스가 펭귄 이야기 꼭대기에 임시로 달아놓은 제목을 흘끗 확인했다. 조판팀의 리비 그래닛이 좀더 기발하고 흥미진진한 제목으로 바꾸겠지만—그게 그녀의 업무였다—디스의 감각은 헤드라인에서까지 발휘됐다. 그는 번지수와 건물까지는 아니더라도 도로명은 제대로 찾을 때가 많았다. '외계에서 건너온 북극의 지적 생명체' 이번 제목은 이거였다. 펭귄은 당연히 외계 생명체가 아니었고 모리슨이 알기로 그들이 사는 곳은 남극이었지만 그건 전혀 상관없는 부분이었다. 《인사이드 뷰》 독자들은 외계인과 지적 생명체라면 사족을 쓰지 못한다는 게(대다수가 스스로 외계인이라고 생각하며 지적 능력이 심각하게 떨어진다는 걸 느꼈기 때문일지 모른다) 중요했다.

"헤드라인이 조금 약하긴 해." 모리슨은 운은 뗐다. "하지만……."

"그건 리비의 몫이죠." 디스가 그를 대신해 말문을 맺었다. "그러니까……."

"그러니까?"

모리슨이 물었다. 금테 안경 뒤로 보이는 그의 눈은 커다랗고 파랗고 순진했다. 그는 다시 서류철 위에 한 손을 내려놓고 디스를 보고 웃으며 기다렸다.

"그러니까 제가 뭐라고 하길 바라십니까? 제 생각이 틀렸다고요?"

모리슨의 미소가 일이 밀리미터 정도 커졌다.

"자네 생각이 틀렸을 수도 있겠다고 하면 돼. 그거면 충분하리라 보네. 내가 얼마나 착한 사람인지 자네도 알잖아."

"네, 알다마다요."

디스는 이렇게 대꾸했지만 다행이라고 생각하고 있었다. 약간의 굴욕이야 감수할 수 있었다. 그의 배 위로 꿈틀꿈틀 기어 올라가지만 않으면 됐다.

모리슨은 서류철 위에 쫙 편 오른손을 얹고 앉아서 그를 쳐다보았다.

"알았어요. 제 생각이 틀렸을 수도 있겠네요."

"그걸 인정하다니 마음씨가 넓기도 하지."

모리슨은 파일을 건넸다.

디스는 덥석 파일을 낚아채 창가 의자로 들고 가서 펼쳤다. 통신사의 기사와 몇몇 소도시 주간지에서 오려낸 기사를 대충 모아놓은 것에 불과했지만 그걸 읽고 흥분이 극에 달했다.

지금까지 본 적 없는 기사잖아, 그는 곧바로 이런 생각이 들었다. 내가 왜 지금까지 이걸 포착하지 못했을까?

이유는 알 수 없었지만 이런 기사를 자꾸 놓친다면 타블로이드라는 우리 안의 으뜸 돼지가 맞는지 다시 생각해보아야 한다는 건 알았다. 그리고 또 한 가지. 그와 모리슨의 입장이 바뀌었다면(디스는 칠 년 동안 《인사이드 뷰》의 편집국장 자리를 한 번이 아니라 두 번 거절했다) 그는 모리슨이 파충류처럼 자기 배 위로 기어 올라오게 만든 다음에서야 파일을 내주었을 것이다.

지랄하시네, 그는 속으로 중얼거렸다. 문 바로 앞에서 그의 궁뎅이에 불을 질렀을 거면서.

자신이 번아웃 증후군에 시달리고 있는 건지 모른다는 생각이 디스의 머릿속을 스치고 지나갔다. 그도 알다시피 이 업계에서는 번아웃 증후군 발병 비율이 상당히 높다. 브라질의 마을이 통째로 실린 비행접시(대개 끈에 매달아서 초점이 맞지 않도록 흐릿하게 찍은 전구 사진을 첨부했다), 미적분 문제를 풀 줄 아는 개, 불쏘시개라도 되는 듯이 아이를 토막 살인한 백수 아빠 기사를 몇 년 동안 쓰다 보면 어느 날 갑자기 딱 하고 부러지게 되어 있다. 어느 날 저녁, 퇴근 후에 드라이클리닝 봉지를 머리에 감고 목욕을 한 도티 월시처럼.

바보 같은 소리 하지 마, 그는 속으로 중얼거렸지만 여전히 불안했다. 이 기사는 바로 눈앞에 떡하니 있었다. 도대체 어쩌다 그걸 놓쳤을까?

그는 모리슨을 올려다보았다. 모리슨은 의자를 뒤로 비스듬히 기울이고 깍지 낀 두 손을 배 위에 얹은 자세로 그를 쳐다보고 있었다.

"어때?" 모리슨이 물었다.

"그러게요. 엄청난 물건이 될 수 있겠어요. 그리고 그게 다가 아니에요. 제가 보기에는 진짜예요."

"진짜건 아니건 상관없어. 신문이 팔리는 데 도움이 되기만 한다면. 그걸로 신문을 엄청 많이 팔 수 있겠지? 안 그래, 리처드?"

"네." 그는 일어나 겨드랑이에 서류철을 꼈다. "이 녀석의 뒤를 캐야겠어요. 먼저 우리가 아는 메인에서부터."

"리처드?"

그가 문 앞에서 고개를 돌려보니 모리슨이 다시 밀착 인화지를 보고 있었다. 그걸 보며 미소를 짓고 있었다.

"이 중 제일 잘 나온 걸 그 배트맨 영화에 출연한 대니 드비토 사진 옆에 실으면 어떨까?"

"저는 찬성이에요."

디스는 대답하고 밖으로 나섰다. 갑자기 수많은 질문과 의구심이 고맙게도 한쪽 구석으로 사라졌다. 해묵은 피 냄새가 강렬하고 독하게 코를 다시 자극했고 당분간 그의 목표는 오로지 이 사건을 끝까지 추적하는 것이었다. 그 끝은 일주일 뒤, 메인도 메릴랜드도 아니라 그보다 훨씬 남쪽인 노스캐롤라이나에서 그를 찾아왔다.

## 2

여름이라 사는 게 수월하고 목화는 높이 자라서 여유가 넘쳐야 할 텐데 서서히 어두워져가는 긴 하루 동안 리처드 디스에게는 무엇이든 수월하지 않았다.

가장 큰 문제는 딱 한 개의 대형 항공사와 몇 군데 통근용 항공사와 수많은 경비행기에게 편의를 제공하는 조그만 윌밍턴 공항으로—아직—진입할 수가 없다는 사실이었다. 심한 뇌우세포가 이 일대를 수놓았고 그는 마지막 햇살이 사라지는 동안 불안정한 대기 안에서 오르락내리락하며 욕을 퍼부었다. 오후 7시 45분에서야 착륙 허가가 내려졌다. 정식 일몰까지 사십 분도 안 남은 시각이었다. 나이트 플라이어가 전통적인 규칙을 준수하는지 어쩐지 모르겠지만 만약 준수한다면 아슬아슬하게 피한 셈이다.

플라이어는 여기 있었다. 그것만큼은 디스도 장담할 수 있었다. 그는 알맞은 장소, 알맞은 세스나 스카이마스터를 발견했다. 그의 사냥감은 버지니아비치나 샬럿이나 버밍엄이나 그보다 더 남쪽을 선택할 수도 있었을 텐데 그러지 않았다. 디스는 그가 메릴랜드 주의 더프리를 출발한 이후에 여기로 건너오기 전까지 어디 숨어 있었는지 알지 못했고 관심도 없었다. 자신의 직감이 맞았다는 걸 확인한 것으로 충분했다. 그의 사냥감은 계속 동에 번쩍, 서에 번쩍하고 있었다. 디스는 지난주 내내 나이트 플라이어의 스타일과 맞아떨어지는 더프리 이남의 모든 공항에 몇 번씩 전화를 걸었다. 데이스 인 모텔의 전화기 버튼을 누르느라 손가락이 시큰거릴 때까지, 전화를 받는 상대방이 그의 집요함에 짜증을 내기 시작할 때까지 걸었다. 종종 그렇듯 결국 집요함이 성공을 낳았다.

온갖 경비행기들이 전날 저녁에 가장 가능성이 높은 곳곳의 비행장에 착륙했다. 세스나 스카이마스터 337이 없는 비행장이 없었다. 경비행기업계의 도요타와 같은 기종이었으니 당연한 노릇이었다. 하지만 전날 저녁, 윌밍턴에 착륙한 세스나 337기가 그가 찾던 비행기였다. 의심의 여지가 없었다. 그가 사냥감의 덜미를 잡았다.

정확히 잡았다.

"N471B, 벡터 ILS 34번 활주로." 무선기 저편에서 누군가가 그의 이어폰에 대고 끝을 길게 늘여가며 간결하게 전달했다. "기수 방향 160으로 비행할 것. 하강하되 고도 3,000을 유지하라."

"기수 방향 160. 고도 3,000 유지. 알았다."

"지상의 기상 상태가 아직까지 매우 안 좋다는 사실을 명심하기 바란다."

"알았다." 디스는 이렇게 대답하고는 '그런 소리를 하다니 윌밍턴 항공 교통 관제소입네 하는 맥주 통에 앉아 있는 촌뜨기도 웃긴 인간이네'라는 생각을 했다. 이 일대의 날씨가 좋지 않다는 것쯤은 그도 알고 있었다. 거대한 폭죽처럼 안에서 번개가 계속 번쩍거리는 소나기구름이 보이는데다 그는 지금까지 사십 분에 걸쳐 허공을 빙빙 도는 동안 쌍발 비치크래프트에 앉아 있는 게 아니라 믹서기 안에서 돌아가고 있는 듯한 기분을 느꼈다.

그는 자동조종장치를 끄고 조종간을 잡았다. 이제까지 자동조종장치를 켜놓고, 보이는가 하면 사라지는 노스캐롤라이나의 바보 같은 농지 위를 지나치게 오랫동안 빙글빙글 돌고 있었다. 높이 자랐거나 말거나 목화는 보이지 않았다. 지력을 다하고 웃자란 칡으로 덮인 담배밭만 드문드문 보일 따름이었다. 디스는 기수를 윌밍턴으로 돌리고 표시등과 항공 교통 관제소와 관제탑의 안내 아래 램프를 타고 정밀 접근 방식으로 착륙 시도를 할 수 있어서 행복했다.

그는 마이크를 집고 관제소의 촌뜨기에게 아래에서 무슨 섬뜩한 일 벌어진 거 없냐고 물을까 하다가—폭풍이 부는 어두컴컴한 밤은 《인사이드 뷰》의 독자들이 사랑해마지않는 설정이었다—마이크를 다시 제자리에 걸었다. 해가 지려면 아직 조금 남았다. 그는 워싱턴 국립공항에서 오는 동안 윌밍턴의 공식 시간대를 확인했다. 아니다, 그는 생각했다. 질문은 좀더 자제하는 편이 좋을지 모른다.

디스는 어렸을 때 그의 베개 밑에 25센트짜리 동전을 놓고 간 사람이 치아 요정이라고 믿지 않듯 나이트 플라이어가 진짜 흡혈귀라고 믿지 않았다. 하지만 그가 스스로 흡혈귀라고 믿는다면—디스가 장담컨대 그랬다—규칙을 따를 작정이었다.

결국에는 인생이 예술을 모방하는 법이다.

경비행기 조종사 자격증이 있는 드라큘라 백작.

솔직히 인류를 타도할 음모를 꾸미는 살인 펭귄보다는 훨씬 낫잖아, 디스는 생각했다.

꾸준히 하강하며 두툼한 적운을 가르자 비치가 덜커덩거렸다. 디스는 욕을 하며 기상 상태에 점점 불만을 표출하는 비행기의 균형을 잡았다.

네 심정이 내 심정이다, 디스는 생각했다.

시야가 다시 뚫리자 윌밍턴과 라이츠빌 비치의 불빛이 선명하게 보였다.

보나마나 세븐일레븐에서 장을 보는 뚱땡이들이 이 기사를 보고 좋아할 거야. 번개가 좌측에서 번쩍이는 순간 그는 생각했다. 야식으로 먹을 트윙키하고 맥주를 사러 나왔다가 이 기사를 보고 칠천억 부씩 사겠지.

하지만 그게 다가 아니었다. 그는 그 사실을 알고 있었다.

이 기사는…… 말하자면…… 우라지게 훌륭한 작품이 될 수 있었다.

이 기사는 진짜배기가 될 수 있었다.

그런 단어에 연연하지도 않던 시절이 있었는데 말이지, 그는 생각했다. 어쩌면 정말 번아웃 상태일지도.

하지만 큼지막한 헤드라인이 그의 머릿속에서 알사탕처럼 춤을 추었다. '《인사이드 뷰》 기자가 광기 어린 나이트 플라이어를 체포하다. 피를 마시는 나이트 플라이어 검거 과정을 독점 공개. 살인마 드라큘라는 "유혹을 견딜 수 없었다"고 선언.'

웅장한 오페라는 아니었지만—디스도 그건 인정하는 수밖에 없었다—그래도 노래는 노래였다. 그의 귀에는 새소리처럼 들렸다.

그는 결국 마이크를 들고 버튼을 눌렀다. 피를 마시는 친구가 저 아래에 있다는 걸 알았지만 확실하게 확인하지 않는 이상 마음을 놓을 수가 없었다.

"윌밍턴, N471B다. 메릴랜드에서 온 스카이마스터 337기가 아직 램프에 있나?"

지직거리는 소음 사이로 대답이 들렸다. "그런 것 같다. 현재 대화에 응할 수 없다. 하늘을 정리하느라."

"테두리가 빨간색으로 되어 있나?" 디스는 끈질기게 물어봤다.

대답을 못 들으려나 싶었던 것도 잠시. "빨간색 테두리 맞다. 통신 종료하라, N471B. 연방통신위원회 벌금을 물리기 전에. 오늘 튀겨야 할 생선이 너무 많은데 프라이팬이 부족하다."

"고맙다, 윌밍턴." 디스는 최대한 공손한 목소리로 이렇게 말했다. 그는 마이크를 걸고 가운뎃손가락을 들어 보였다가 이내 씩 웃었다. 구름 장막을 또다시 통과하느라 비행기가 덜컹거리는 것을 거의 느끼지도 못했다. 스카이마스터, 빨간색 테두리. 만약 관제탑의 멍청이가 그 정도로 바쁘지 않았다면 항공기 등록 기호를 물어보았을 테고 그 숫자가 N101BL였을 거라는 데 그의 내년 연봉을 걸 수 있다.

일주일. 맙소사, 고작 일주일이었다. 그 시간 만에 알아내다니. 그는 나이트 플라이어를 찾았고 아직 해가 지지도 않았다. 이럴 수도 있나 싶지만 현장에 출동한 경찰이 없었다. 출동한 경찰이 있었다면, 그들이 세스나를 예의 주시하고 있었다면, 하늘이 복잡하거나 말거나 날씨가 궂거나 말거나 관제소의 촌뜨기가 알려주었을 것이다. 세상에는 너무 훌륭해서 떠벌릴 수밖에 없는 정보도 있기 마련이다.

네놈의 사진을 찍어야겠다, 디스는 생각했다. 어스름 속에서 하얗게 반짝이며 점점 다가오는 불빛이 보였다. 네 이야기는 차근차근 듣고 먼저 사진부터 찍어야겠어. 딱 한 장이면 충분하지만 아무튼.

왜냐하면 사진이 있어야 진짜가 될 수 있기 때문이다. 초점이 안 맞는 흐릿한 전구도 아니고 상상으로 그린 스케치도 아니고 살아 있는 흑백의 진짜 사진. 그는 경보를 무시하고 좀더 가파르게 하강 곡선을 그렸다. 그의 얼굴은 창백하고 결연했다. 입술이 양옆으로 살짝 당겨져서 하얗게 반짝이는 조그만 이가 드러났다.

저녁노을과 계기판의 불빛이 한데 어우러져 리처드 디스는 마치 흡혈귀처럼 보였다.

## 3

《인사이드 뷰》와 상관없는 단어는 많았지만—예컨대 교양지라고 볼 수는 없었고 정확성이나 보도 윤리와 같은 사소한 문제에 지나치게 신경쓴다고 볼 수도 없었다—공포물을 정조준하고 있다는 것만큼은 분명했다. 머턴 모리슨이 살짝 밥맛이기는 해도(그 염병할 파이프 담배를 피우는 걸 보고 예상했던 만큼은 아니었지만) 한 가지 사실만큼은 인정하는 수밖에 없었다. 그는《인사이드 뷰》의 인기의 원동력을 잊지 않았다. 몇 양동이의 피와 한 움큼의 내장이라는 것을 말이다.

아, 물론 귀여운 갓난아이 사진과 심령술사의 예언, 맥주나 초콜릿이나 감자칩처럼 애먼 식품을 소개하는 기적의 다이어트 특집도 실렸지만 모리슨은 시대적인 분위기에서 상전벽해를 감지했고 스스로 판단한 신문의 나아갈 방향에 대해 한 번도 의문을 제기한 적이 없었다. 디스가 보기에 파이프 담배와 토 나오는 브러더스 오브 런던 트위드재킷에도 불구하고 모리슨이 지금까지 버틴 이유는 그 자신감 덕분인 듯했다. 모리슨은 1960년대의 히피족이 1990년대의 식인종으로 성장했음을 간파했다. 포옹 요법, 정치적인 올바름, '감정의 언어'가 지적인 상류층에서는 중요한 이슈일지 몰라도 예나 지금이나 대중들은 대량 살인, 스타들의 숨겨진 추문, 매직 존슨은 어쩌다 에이즈에 걸렸는지에 훨씬 더 관심이 많았다.

디스도 알다시피『이 세상의 눈부시게 아름다운 것들』에 환호하는 독자층이 분명 존재했지만, 우드스톡 세대가 흰머리와 제멋대로 나불대는 강퍅한 입가의 주름을 발견하기 시작한 이래『이 세상의 음산하고 섬뜩한 것들』에 환호하는 독자층이 다시금 성장주로 대두되고 있었다. 디스마저 직관의 천재로 인정하는 머턴 모리슨은 파이프 담배와 함께 구석진 사무실에 둥지를 틀고 일주일도 되지 않았을 때 전 직원과 비상근 시방 통신원들에게 보낸 그 유명한 제안서를 통해 자신의 의견을 분명하게 피력했다. 그는 취재하러 가는 길에 걸음을 멈추고 장미꽃 향기를 맡아도 좋지만 목적지에 도착하면 콧구멍을 벌리고—크게 벌리고—피와 내장 냄새를 찾아서 킁킁거리며 돌아다니라고 했다.

원래부터 피와 내장 냄새를 찾아다니게끔 만들어진 디스는 기뻤다. 지금 이렇게 윌밍턴을 향해 날아가고 있는 이유는 그의 코 때문이었다. 저 아래에 인간의 탈을 쓴 괴물이 있다. 스스로 흡혈귀라고 생각하는 남자가 있다. 디스는 그에게 걸맞은 이름을 골라놓았다. 귀한 동전이 주머니 안에서 이글거리듯 그 이름이 그의 머릿속에서 이글거렸다. 조만간 그는 그 동전을 꺼내서 쓸 것이다. 그러면 그 이름이 전국 슈퍼마켓의 계산대 앞 진열대에서 눈에 확 들어오는 육십 포인트 활자로 손님들을 향해 비명을 지를 것이다.

기대하시라, 선정적인 뉴스 사냥꾼과 숙녀 여러분. 디스는 생각했다. 당신들은 모르는 새 아주 끔찍한 인간이 당신들을 향해 다가가고 있으니. 그의 본명은 읽고도 잊어버릴 테지만 그래도 상관없다. 내가 지은 이름은 잭 더 리퍼*, 클리블랜드 토막 살인마**, 블랙 달리아***와 더불어 당신들의 기억 속에 남을 테니. 조만간 당신들 곁

* 1888년에 영국 런던에서 최소 다섯 명의 매춘부를 극도로 잔인하게 살해한 연쇄 살인범.

** 1930년대에 미국 클리블랜드에서 최소 열두 명을 살해하고 사체를 훼손한 살인범.

*** 1947년 미국 로스앤젤레스의 공원에서 상반신과 하반신이 분리된 채 발견된 엘리자베스 쇼트의 별명.

의 슈퍼마켓 계산대 앞으로 찾아갈 나이트 플라이어라는 이름은 기억 속에 남을 테니. 단독 기사, 단독 인터뷰……. 하지만 내가 가장 원하는 건 단독 사진인데.

그는 손목시계를 다시 한번 확인하고 눈곱만큼 긴장을 풀었다(그 정도가 최선이었다). 해가 질 때까지 아직 삼십 분이 남았고 그는 앞으로 십오 분 안에 빨간색 테두리가 그려진(그리고 그 비슷한 빨간색으로 꼬리에 N101BL이라고 적힌) 흰색 스카이마스터 옆에 착륙할 예정이었다.

나이트 플라이어는 시내거나 시내로 가는 길의 모텔에서 묵고 있을까? 디스는 아닐 거라고 내다보았다. 스카이마스터 337기는 가격이 비교적 저렴한데다 비슷한 비행기 중에서 객실 아래에 화물칸을 갖춘 유일한 기종이기 때문에 인기가 많았다. 구형 폭스바겐 비틀 트렁크만 한 크기지만 그래도 큼지막한 트렁크 세 개나 작은 트렁크 다섯 개를 넣기에 충분했고…… 프로 농구 선수가 아닌 이상 남자도 들어갈 수 있었다. 나이트 플라이어가 1번, 무릎을 턱까지 끌어올린 태아 자세로 자고 있거나 2번, 자기가 진짜 흡혈귀라고 생각할 만큼 제정신이 아니거나 3번, 이 두 가지 모두라면 세스나의 화물칸에 있을 것이었다.

디스는 3번에 돈을 걸었다.

고도계가 4,000피트에서 3,000피트를 향해 조금씩 움직이는 와중에 디스는 생각했다. 아니야, 너는 호텔이나 모텔을 선택하지 않았을 거야. 그렇지, 친구? 흡혈귀 행세를 하는 마당에 프랭크 시나트라의 노래 가사처럼 네 방식대로 하고 있겠지. 내 생각을 알려줄까? 나는 그 비행기의 화물칸을 열면 우선 무덤의 흙이 쏟아질 테고 (그렇지 않더라도 기사에는 그렇게 적힐 거라는 데 네 위 앞니를 걸어도 좋아) 네가 정장을 입고 있을 테니 그다음으로 턱시도 바지를 걸친 다리가 한쪽씩 차례대로 보이겠지, 안 그래? 아, 나는 친애하는 네가 격식을 갖춰 입었을 거라고, 살인마의 복장을 하고 있을 거라고 생각해. 내 카메라에는 필름을 자동으로 감는 오토 와인더가 장착돼 있으니 망토가 바람에 날리는 순간…….

저 아래에서 활주로를 양쪽으로 하얗게 비추던 섬광등이 꺼졌기 때문에 거기에서 그의 생각이 멈추었다.

## 4

이 녀석의 뒤를 캐야겠어요. 그는 머턴 모리슨에게 이렇게 얘기했었다. 먼저 우리가 아는 메인에서부터.

그로부터 네 시간도 지나지 않아 그는 컴벌랜드 카운티 공항에서 이즈라 해넌이라는 정비공과 이야기를 나누고 있었다. 해넌 씨는 술독에 빠져 있다가 얼마 전에 기어나온 듯한 인상이었다. 디스는 자기 비행기에서 소리를 지르면 들릴 만한 반경 안으로 해넌을 들이지 않았다. 그래도 예의를 갖춰서 그에게 충분히 관심을 기울였다. 그럴 수밖에 없었던 것이 중요할지도 모르는 사슬의 첫 번째 연결 고리가 이즈라 해넌이었다.

컴벌랜드 카운티 공항은 두 채의 퀀셋식 간이 건물과 열십자로 교차하는 두 개의 활주로를 갖춘 시골 경비행장치고 이름이 거창했다. 두 개의 활주로 가운데 한 곳에는 타르가 도포돼 있었다. 그는 비치 55기(이걸 장만하느라 진 빚에 파묻힐 지경이다)를 착륙시켰을 때 워낙 심하게 흔들렸던 것을 감안해 이륙할 때는 흙으로 덮인 활주로를 이용했고 그쪽은 여학생의 젖가슴처럼 부드럽고 단단한 것을 보고 흐뭇해했다. 이 경비행장에는 당연히 바람 자루가 있었고 당연히 아버지의 속옷처럼 누덕누덕했다. 컴벌랜드 카운티 공항 같은 곳에는 항상 바람 자루가 있었다. 하나뿐인 격납고 앞에 항상 세워져 있는 고물 복엽기처럼 그것 역시 경비행장의 애매모호한 매력 가운데 하나였다.

컴벌랜드 카운티는 메인 주에서 가장 인구가 많은 지역이었지만 소똥으로 덮인 공항이나…… 술독에 빠진 놀라운 정비공 이즈라를 보면 전혀 그런 티가 나지 않았다. 그가 남아 있는 여섯 개의 이를 모두 드러내며 씩 웃으면 제임스 디키의 영화 〈서바이벌 게임〉에 나오는 엑스트라 같았다.

비행장은 팰머스라는 부촌의 외곽에 있었고 돈 많은 여름 행락객들이 내는 이용료로 운영비의 대부분을 충당했다. 나이트 플라이어의 첫 번째 희생자였던 클레어 보위는 컴벌랜드 카운티 공항의 야간 항공 관제사였으며, 경비행장의 지분 4분의 1을 보유하고 있었다. 나머지 세 명의 직원은 정비공 두 명과 제2 지상 관제사였다(지상 관제사가 감자칩과 담배와 탄산음료도 판매했다. 게다가 디스가 입수한 정보에 따르면 피살자는 형편없는 치즈버거를 만들기도 했다).

그런가 하면 정비공과 관제사 들이 주유와 비행장 관리까지 맡았다. 관제사가 재니터 인 어 드럼 세제로 화장실 청소를 하다가 허둥지등 나와서 착륙 허가를 내리고 두 개로 이루어진 미로 중에서 활주로 하나를 임의로 지정하는 경우가 비일비재했다. 업무의 강도가 워낙 높다 보니 여름 성수기에는 가끔 야간 항공 관제사가 자정에서 오전 7시까지 일곱 시간밖에 못 자는 날도 있었다.

클레어 보위는 디스가 찾아가기 한 달쯤 전에 살해를 당했다. 디스는 모리슨의 얇은 사건 파일과 술독에 빠진 놀라운 정비공 이즈라의 훨씬 다채로운 윤색을 종합해 그림을 완성했다. 결정적인 정보원의 상태를 감안하더라도 칠월 초에 이 조그맣고 한심한 공항에서 아주 이상한 일이 벌어졌다고 단언할 수 있었다.

항공기 등록 기호가 N101BL인 세스나 337기가 7월 9일 동이 트기 직전에 무선으로 착륙 허가를 요청했다. 하나뿐이던 활주로 위로 어슬렁어슬렁 올라간 소들 때문에 가끔 조종사들이 어프로치를 포기해야 했던(그 당시에는 어프로치가 아니라 단순히 '착륙 시도'라고 불렀지만) 1954년부터 이 경비행장에서 야간 근무를 하고 있었던 클레어 보위가 일지에 기록한 바에 따르면 오전 4시 32분에 요청이 접수되었고 착륙 시각은 오전 4시 49분이었다. 조종사의 이름은 드와이트 렌필드였고 N101BL의 기점은 메인 주 뱅고어였다. 기록된 시각은 정확했다. 나머지는 개뻥이었지만(디스는 뱅고어에 확인했을 때 N101BL은 들어본 적 없다는 답변을 듣고 놀라지 않았다) 그게 개뻥이라는 걸 보위가 알았다 한들 별 차이는 없었을 것이다. 컴벌랜드 카운티 공항은 관리가 느슨했고 활주로 이용료만 받으면 그만이었다.

조종사가 밝힌 이름은 엽기적인 농담이었다. 드와이트는 드와이트 프라이라는 배우의 이름이었는데 드와이트 프라이는 모든 세대를 통틀어 가장 유명한 흡혈귀를 떠받들었던, 렌필드라는 침 흘리고 다니는 정신병자 역할을 맡은 적이 있었다. 하지만 디스가 짐작건대 유니콤으로 착륙 허가를 요청하면서 드라큘라 백작의 이름을 대면 아무리 여기처럼 나른하고 조용한 마을일지라도 의심을 살 수 있었다.

그건 추측일 뿐 백 퍼센트 장담할 수는 없었다. 공항은 활주로 이용료만 받으면 그만이었으니까. '드와이트 렌필드'는 지체 없이 현금으로 결제하면서 연료 탱크를 가득채워달라며 기름값까지 계산했다. 그가 건넨 돈이 보위가 작성한 영수증과 함께 다음날까지 금전등록기에 들어 있었다.

디스는 1950년대와 1960년대에 소규모 비행장에서 경비행기를 어떤 식으로 설렁설렁 관리했는지 알고 있었지만 나이트 플라이어의 비행기가 컴벌랜드 카운티 공항에서 얼마나 대충 절차를 밟았는지 알았을 때 깜짝 놀랐다. 지금은 1950년대도 1960년대도 아니었다. 지금은 약물 공포증의 시대였고, 대부분의 쓰레기들이 조그만 배를 타고 조그만 항구에 입항을 시도하거나 조그만 비행기…… 예를 들면 '드와이트 렌필드'의 세스나 스카이마스터 같은 그런 비행기를 몰고 조그만 비행장에 착륙을 시도했다. 아무리 활주로 이용료만 받으면 그만이라지만 디스였다면 만일의 경우에 대비해서라도 분실된 비행 계획서가 있는지 뱅고어에 확인했을 것이다. 하지만 보위는 그러지 않았다. 이 대목에 이르자 디스는 그가 매수된 게 아닌가 하는 생각이 들었지만 술독에 빠진 정보원은 클레어 보위가 아주 정직한 사람이었다고 주장했고, 디스가 나중에 만난 팰머스의 두 경찰관도 해넌의 판단을 뒷받침했다.

근무 태만이었을 가능성이 좀더 높았지만 따지고 보면 상관없었다. 《인사이드 뷰》 독자들은 사건의 추이와 원인을 둘러싼 난해한 질문에 관심이 없었다. 《인사이드 뷰》 독자들은 어떤 사건이 어느 정도 기간에 걸쳐 벌어졌고 피해자가 비명을 지를 시간이 있었는지 파악하는 데 만족했다. 그리고 당연히 사진이 있어야 했다. 그들은 사진을 원했다. 가능하다면 큼지막하고 매우 강렬한 흑백 사진—점으로 이루어진 소용돌이처럼 지면에서 튀쳐나와 전뇌에 각인될 듯한 그런 사진—을 원했다.

술독에 빠진 놀라운 정비공 이즈라는 '렌필드'가 착륙 이후 어디로 갔을 것 같으냐는 디스의 질문에 놀란 표정을 지으며 생각에 잠겼다.

"모르겠는데. 모텔로 갔겠지. 택시를 타고."

"몇 시에 출근했다고 하셨죠? 7시였다고 하셨나요? 7월 9일에?"

"응, 클레어가 퇴근하기 직전에 출근했지."

"그때 세스나 스카이마스터는 계류된 채 아무도 없었고요?"

"응, 지금 자네가 타고 온 비행기가 서 있는 바로 그 자리에 서 있었어." 이즈라가 손가락으로 가리키자 디스는 살짝 뒤로 물러났다. 정비공한테서 길비스 진에 오랫동안 절인 로크포르 치즈*와 비슷한

* 푸른 곰팡이가 있고 상한 냄새가 나는 프랑스산 치즈.

냄새가 났다.

"클레어가 그 조종사한테 택시를 불러줬는지 혹시 얘기하던가요? 모텔까지 타고 갈 택시 말이에요. 걸어서 갈 만한 거리에 숙소가 없어 보이는데."

"맞아." 이즈라는 맞장구를 쳤다. "제일 가까운 곳이 시 브리즈인데 삼 킬로미터 거리야. 어쩌면 그보다 더 될 수도 있고." 그는 까칠하게 수염이 난 턱을 긁었다. "하지만 클레어가 그 친구한테 택시를 불러줬다고 한 기억은 없어."

디스는 그래도 그 일대 택시 회사에 문의를 해야겠다고 기억 속에 새겼다. 그때까지만 해도 그는 앞뒤가 맞는 것 같은 추측을 하고 있었다. 그가 찾는 남자가 보통 사람들처럼 침대에서 잤을 거라고 말이다.

"리무진은요?"

디스가 물었다.

"아니." 이즈라는 확실하게 못을 박았다. "클레어는 리무진 얘기도 한 적 없어. 그자가 리무진을 타고 갔다면 분명히 얘기했을 텐데."

디스는 고개를 끄덕이고 근처 리무진 회사에도 문의해보기로 머릿속에 새겼다. 다른 직원들도 신문하겠지만 별다른 소득은 없을 듯했다. 이 주정뱅이 노인네가 전부였다. 그는 클레어가 퇴근하기 전에 같이 커피를 한 잔 마셨고 클레어가 그날 저녁에 출근했을 때 또 한 잔 마셨고 그것으로 끝인 듯 보였다. 나이트 플라이어를 제외하면 살아 있을 당시 클레어 보위를 마지막으로 만난 사람이 이즈라인 모양이었다.

과거를 반추하던 당사자는 능글맞은 눈빛으로 먼 곳을 응시하다 늘어진 턱살을 긁더니 충혈된 눈을 디스에게로 돌렸다.

"클레어가 택시나 리무진을 운운하지는 않았지만 한 얘기가 있긴 해."

"그래요?"

"그렇다니까." 그는 기름 얼룩이 진 작업복의 주머니를 열어서 체스터필즈 담뱃갑을 꺼내 담배 한 대에 불을 붙이고 노인네 특유의 음산한 기침을 했다. 그는 어설픈 여우 같은 표정을 지으며 피어오르는 연기 사이로 디스를 쳐다보았다. "별거 아닐 수도 있지만 별거일 수도 있어. 아무튼 클레어가 이상하다고 생각했던 건 맞아. 클레어는 헛소리를 늘어놓는 성격이 아니었거든."

"뭐라고 했는데요?"

"기억이 가물가물하네. 가끔 뭘 잊어버렸다가도 알렉산더 해밀턴* 얼굴을 보면 생각이 날 때도 있던데."

"에이브 링컨**은요?"

디스는 냉랭하게 물었다.

해넌은 잠깐 망설이다—아주 잠깐이었다—링컨도 그럴 때가 있다고 맞장구를 쳤고 이 양반의 초상화가 디스의 지갑에서 중풍에 걸린 이즈라의 손으로 넘어갔다. 디스가 보기에는 조지 워싱턴***의

* 십 달러짜리 지폐의 모델이다.
** 오 달러짜리 지폐의 모델이다.
*** 일 달러짜리 지폐의 모델이다.

초상화로도 효험이 있을 것 같았지만 이 노인네를 완전히 자기편으로 만들고 싶었고…… 어차피 경비로 처리하면 그만이었다.

"이제 얘기해보세요."

"클레어 말로는 그 남자가 꼭 근사한 파티에 참석하려는 사람처럼 보이더라고 했어."

"그래요? 어째서요?"

디스는 워싱턴으로 밀고 나갈 걸 그랬다는 생각을 했다.

"아주 멋들어지게 차려입었더라는 거야. 턱시도에 실크 넥타이에 기타 등등." 이즈라는 잠깐 말을 멈추었다. "클레어 말로는 심지어 큼지막한 망토까지 걸쳤더라고 했어. 안은 소방차처럼 시뻘겋고 겉은 너구리 똥구멍처럼 시커먼 망토를. 그게 뒤에서 펄럭이니까 우라질 박쥐 날개 같더라고 했지."

큼지막한 단어 하나가 적힌 빨간색 네온등이 디스의 머릿속에서 문득 깜빡거렸다. 그 단어는 빙고였다.

어이, 술독에 빠진 친구, 디스는 생각했다. 당신은 모르겠지만 방금 그 얘기 덕분에 당신이 유명해질지 몰라.

"클레어에 대해서만 궁금해하는구먼. 나는 뭐 희한한 거 본 적 없느냐고 묻지 않고."

"뭐 희한한 거 본 적 있으세요?"

"사실 있어."

"뭔데요?"

이즈라는 길고 누런 손톱으로 까칠하게 수염이 난 턱을 긁고 충혈된 눈으로 디스를 약삭빠르게 곁눈질하더니 담배를 한 모금 더

피웠다.

"또 그러시네."

디스는 이렇게 얘기했지만 링컨의 초상화를 한 장 더 꺼냈고 말투와 표정을 애써 사근사근하게 유지했다. 이제 활짝 깨어난 그의 직감이 술독에 빠진 정비공에게 쥐어짜낼 수 있는 정보가 아직 남았다고 속삭였다. 아직 그렇다고 했다.

"내가 들려주는 얘기에 비하면 너무 푼돈인 것 같은데." 이즈라가 나무라는 투로 얘기했다. "자네처럼 돈이 많은 도시 친구가 십 달러라니."

디스는 손목시계를 확인했다. 앞면에 반짝이는 다이아몬드가 박힌 묵직한 롤렉스였다.

"이런! 시간이 벌써 이렇게 됐네! 아직 팰머스 경찰서에는 다녀오지도 못했는데!"

그가 일어나려고 엉덩이를 들기도 전에 손가락 사이에 끼워져 있던 오 달러짜리 지폐가 해넌의 작업복 주머니 속에서 친구와 합류했다.

"좋아요, 할 얘기가 있으면 하세요." 서글서글하던 태도는 이제 온데간데없었다. "여기저기 다니면서 사람들도 만나봐야 하니까."

정비공은 생각에 잠긴 표정으로 늘어진 턱살을 긁으며 케케묵은 치즈 같은 입냄새를 조금씩 내뿜었다. 그러더니 마지못한 듯 말문을 열었다.

"스카이마스터 밑에 흙이 잔뜩 쌓여 있는 걸 봤어. 수화물 칸 바로 밑에."

"그래요?"

"응, 내가 흙을 챘거든."

디스는 기다렸다. 그의 주특기였다.

"지저분하더라고. 벌레들이 득시글거리고."

디스는 기다렸다. 바람직하고 쓸모 있는 정보였지만 이 노인에게 쥐어짤 거리가 아직 남아 있는 듯했다.

"그리고 구더기도. 구더기도 있었어. 시체가 묻혀 있기라도 했던 듯이 말이야."

디스는 그날 밤 시 브리즈 모텔에서 묵었고 다음날 아침 8시에 뉴욕 주 북부의 앨더턴으로 날아갔다.

## 5

사냥감의 이해 안 되는 여러 가지 행적 중에서 가장 곤혹스러웠던 부분이라면 그보다 더 느긋할 수 없다는 것이었다. 메인과 메릴랜드에서는 살인을 저지르기 전에 며칠 동안 머물러 있기까지 했다. 그가 유일하게 하룻밤 만에 떠난 곳이 있다면 클레어 보위를 해치우고 두 주 뒤에 들른 앨더턴이었다.

앨더턴의 레이크뷰 공항은 컴벌랜드 카운티 공항보다 더 작았다. 비포장 활주로 한 개와 페인트칠을 새로 한 헛간이나 다를 바 없는 관제소 겸 통신실뿐이었다. 계기 착륙 장치는 없었다. 하지만 큼지막한 위성 안테나가 있어서 이 비행장을 이용하는 촌뜨기 비행사들은 〈머피 브라운〉이나 〈휠 오브 포춘〉 같은 중요한 프로그램을 놓칠 걱정을 안 해도 됐다.

레이크뷰의 비포장 활주로가 메인의 활주로만큼 매끄러운 것 하나만큼은 디스의 마음에 들었다. 이러다 금세 익숙해지겠어. 디스는 비치를 깔끔하게 안착시키고 속도를 줄이면서 생각했다. 아스팔트와 쿵 하고 닿는 충격도 없고 파인 구멍 때문에 접지 후에 그라운드 루프*가 생길 일도 없고…… 그래, 금세 익숙해지겠어. 앨더턴에서는 대통령이나 대통령 친구의 초상화를 달라는 사람이 없었다. 앨더턴—인구가 천 명이 조금 못 된다—에서는 고인이 된 벅 켄덜과 함께 거의 자선사업처럼 레이크뷰 공항을 관리했던(적자를 면치 못했을 게 분명하다) 몇 명의 파트타임 직원들뿐 아니라 온 마을이 충격에서 헤어나오지 못했다. 게다가 이즈리 해넌 수준의 증인조차 마땅치 않아 붙잡고 얘기할 만한 사람이 없었다. 해넌은 눈빛이 게슴츠레하긴 했어도 기사에 쓸 만한 정보원이었건만.

"범인은 힘이 장사였을 거예요." 한 파트타임 직원은 디스에게 이렇게 얘기했다. "벅으로 말할 것 같으면 몸무게가 백 킬로그램 정도 되고 대개 서글서글했지만 성질을 건드리면 후회하게 만드는 사람이었거든요. 그가 이 년 전에 포킵시 순회 공연을 펼친 서커스단원이랑 권투 시합을 벌여서 때려눕히는 걸 본 적도 있어요. 물론 그런 시합이 불법이긴 하죠. 하지만 파이퍼 할부금을 갚아야 하는데 돈이 없었거든요. 그래서 서커스단 권투 선수를 때려눕혀서 받은

* 비행기가 이상 회전하는 현상.

이백 달러로 할부금을 갚았죠. 비행기를 압류당하기 이틀 전에."

파트타임 직원은 진심으로 괴로워하는 듯했고 디스는 카메라를 꺼내놓지 않은 걸 후회했다. 울상을 짓고 슬퍼하는 얼굴을 보았더라면 《인사이드 뷰》 독자들은 좋아했을 것이다. 디스는 고인이 된 벅 켄덜이 반려견을 키웠는지 알아보아야겠다고 기억에 새겼다. 《인사이드 뷰》 독자들은 고인이 기르던 반려견 사진도 좋아했다. 고인의 집 현관에 반려견을 앉혀놓고 '버피의 기나긴 기다림이 시작됐다' 비슷한 제목을 달아놓으면 그만이었다.

"정말이지 안타까운 일이네요."

디스는 공감하는 투로 이렇게 얘기했다.

파트타임 직원은 한숨을 쉬며 고개를 끄덕였다.

"범인이 뒤에서 덮쳤을 거예요. 내가 생각하기에는 그 방법밖에 없어요."

디스는 범인이 어느 방향에서 제러드 '벅' 켄덜을 덮쳤는지 알 수 없었지만 이번에는 피해자의 목을 땄다는 건 알았다. 이번에는 목에 구멍이 뚫렸고 그 구멍으로 '드와이트 렌필드'가 피해자의 피를 빨아먹은 것으로 추정된다는 건 알았다. 그런데 검시 보고서에 따르면 하나는 경정맥이 지나는 곳에, 또 하나는 경동맥이 지나는 곳에, 이렇게 구멍이 양쪽으로 뚫려 있었다. 그리고 벨라 루고시* 시절처럼 보일락 말락 하게 깨문 자국이 남은 것도, 크리스토퍼 리의 작품에

* 1931년 영화에서 드라큘라 백작 역할을 맡은 헝가리 출신의 배우.

서처럼 선혈이 낭자한 흔적이 남은 것도 아니었다. 검시 보고서에는 센티미터로 적혀 있었지만 디스는 그게 무슨 뜻인지 이해하고도 남았다. 모리슨이 포기라는 단어를 모르는 리비 그래닛을 동원해 검시 보고서의 무미건조한 용어를 아무리 다듬는다 한들 전부 드러낼 수 없는 진상을 파악했다. 범인의 치아가 《인사이드 뷰》가 사랑해마지않는 빅풋*에 버금가는 크기이거나 망치와 못이라는 평범한 도구를 이용해 켄덜의 목에 구멍을 뚫었거나 둘 중 하나였다.

'살인마 나이트 플라이어, 피해자의 몸에 못으로 구멍을 뚫고 피를 마시다.' 두 사람은 같은 날 다른 곳에서 같은 결론을 내렸다. 쓸 만한데?

나이트 플라이어는 7월 23일 오후 10시 30분 직후에 레이크뷰 공항에 착륙 허가를 요청했다. 켄덜이 착륙 허가를 내렸고 일지에 디스도 이제 익히 아는 항공기 등록 기호를 적었다. N101BL. '조종사 성명' 난에는 "드와이트 렌필드"라고, '항공기 제조사와 모델명' 난에는 "세스나 스카이마스터 337"이라고 적었다. 빨간색 테두리 얘기는 없었고 두말하면 잔소리지만 안은 소방차처럼 빨갛고 겉은 너구리 똥구멍처럼 까만 박쥐 날개 같은 망토 얘기도 없었다. 그래도 디스는 이 두 가지를 기정사실로 간주했다.

나이트 플라이어는 10시 30분 직후에 앨더턴의 레이크뷰 공항으로 날아와서 벅 켄덜이라는 건장한 사내를 죽이고 피를 마신 다

* 미국 서부에 산다는 전설의 유인원.

음, 제나 켄덜이 24일 오전 5시에 남편에게 갓 구운 와플을 먹이려고 찾아왔다가 피를 뽑힌 시신을 발견하기 전에 세스나를 타고 사라졌다.

디스는 레이크뷰의 금방이라도 쓰러질 듯한 격납고 겸 관제탑 앞에 서서 곰곰이 머릿속을 정리했다. 문득 피를 주면 오렌지 주스 한 잔과 고맙다는 인사뿐인데 피를 받으면—좀더 정확하게는 피를 마시면—헤드라인을 선물로 받는다는 생각이 들었다. 맛도 없는 커피를 땅바닥에 버리고 남쪽의 메릴랜드로 출발하려고 그의 비행기가 있는 쪽으로 발걸음을 옮기는데, 조물주가 당신의 왕국이라는 걸작을 마무리하는 단계에서 손을 살짝 떨었을 수도 있겠다는 생각이 리처드 디스의 머릿속을 스치고 지나갔다.

6

워싱턴 국립공항에서 이륙한 이래 두 시간 동안 고생을 했건만 상황이 놀라우리만치 갑작스럽게 심각해졌다. 활주로 조명이 꺼진 데다 그뿐만이 아니었다. 윌밍턴 절반과 라이츠빌 비치 전역이 어두컴컴했다. 계기 착륙 장치는 있었지만 디스가 마이크를 낚아채고 "무슨 일인가? 응답하라, 윌밍턴!"이라고 외쳐도 지직거리는 소음 사이로 유령처럼 멀리서 웅성거리는 몇몇 목소리만 들릴 뿐 아무 응답이 없었다.

그는 마이크를 다시 걸려다 고리를 놓쳤다. 구불구불한 선이 달린 끝 쪽이 쿵 하며 조종석 바닥에 부딪혔지만 디스는 신경쓰지 않았다. 마이크를 잡고 고함을 지른 건 조종사의 본능적인 반응에 불과했다. 그는 무슨 일이 벌어졌는지 서쪽 하늘로 지는 태양만큼—안 그래도 조만간 해가 지려고 하고 있었다—정확하게 알고 있었다. 번개가 공항 근처의 변전소를 직격한 모양이었다. 문제는 그럼에도 착륙을 강행해야 하는가였다.

"착륙 허가를 받았잖아요."

누군가가 얘기했다. 그러자 또 다른 누군가가 그건 말도 안 되는 자기 합리화라고 당장 반박했다(맞는 소리였다). 이런 상황에 대처하는 방법은 교습생 시절에 배웠다. 논리적으로 따져도 그렇거니와 책에서도 이럴 때는 다른 공항으로 기수를 돌려서 항공 교통 관제소와 연락을 취하라고 했다. 이처럼 혼란스러운 상황에서 착륙을 시도했다가는 법률 위반으로 엄청난 벌금이 부과될 수 있었다.

그렇지만 지금—지금 당장—착륙하지 않으면 나이트 플라이어를 놓칠 수 있었다. 그로 인해 인명 피해가(어쩌면 여러 명) 생길 수도 있었다. 이 점이 애초에는 안중에 없었지만…… 영감이 떠오르면 대개 그렇듯 큼지막한 타블로이드 서체가 그의 머릿속을 전광석화처럼 스치고 지나갔다. '용감무쌍한 기자가 미치광이 나이트 플라이어에게서 (가능한 한 큰 숫자가 들어갈 텐데 인간이 얼마나 맹신을 잘하는 존재인지 감안하면 숫자가 클 수밖에 없었다) 명의 목숨을 구하다.'

엿이나 먹어라, 관제소의 촌뜨기야. 디스는 34번 활주로를 향해 고도를 계속 낮추었다.

그의 판단에 힘을 실어주는 듯 활주로 조명이 갑자기 들어왔다가 다시 꺼졌다. 망막에 파란색 잔상이 남았다가 잠시 후에는 상한 아보카도 같은 토 나오는 초록색으로 색이 바뀌었다. 지직거리던 무전기에서 소음이 사라지더니 관제소의 촌뜨기가 외치는 소리가 들렸다.

"좌측으로, N471B. 피드먼트, 우측으로. 망할, 이런 망할, 공중 충돌이다, 공중 충돌……."

디스의 자기 보호 본능은 덤불에서 피 냄새를 맡은 동물처럼 벼려져 있었다. 그는 피드먼트 항공사 727기의 플래시라이트조차 보지 못했다. 관제소의 촌뜨기가 첫 번째 단어를 내뱉자마자 비치의 여건이 허락하는 한도 내에서 좌측으로 최대한 빡빡하게 선회하느라 정신이 없었다. 디스는 이 지랄맞은 폭풍을 뚫고 목숨을 부지하면 처녀의 그곳만큼 빡빡했노라고 기꺼이 증언할 수 있었다. 거대한 뭔가가 바로 위를 지나가는 게 언뜻 보이는 동시에 느껴졌다. 다음 순간 비치 55기가 매질을 당하자 지금까지 겪은 거친 바람은 유리나 다름없는 수준이 되었다. 그의 가슴주머니에서 튀어나온 담배가 사방으로 흩뿌려졌다. 반쯤 어두워진 윌밍턴의 스카이라인이 미친듯이 기울었다. 뱃속이 심장을 목젖까지 꾹 밀어 올려서 입으로 뱉으려는 게 느껴졌다. 반질반질한 미끄럼틀을 쌩하니 타고 내려오는 어린애처럼 침이 한쪽 뺨 위로 흘렀다. 지도들이 새처럼 날아다녔다. 천둥으로 포효하던 대기에 이제는 제트기의 굉음까지 더해졌다. 4인승 객실의 창문 하나가 깨지자 요란하게 쏟아져 들어온 바람이 높고 날카로운 천식 환자 소리를 내며 고정되지 않은 물건들을 토네이도처럼 휩쓸었다.

"기존 고도를 유지하라, N471B!"

관제소의 촌뜨기가 악을 썼다. 디스는 방금 전에 약 0.5리터의 뜨거운 소변으로 이백 달러짜리 바지를 더럽혔음을 깨달았지만 관제소의 촌뜨기는 사각팬티에 약 한 트럭 분량의 초코바를 싸질렀을 것 같은 강렬한 예감이 든다는 데서 일말의 위안을 얻었다. 악을 쓰는 품새를 들어보니 그랬을 듯했다.

디스는 스위스 아미 나이프를 들고 다녔다. 오른쪽 바지 주머니에서 칼을 꺼내 왼손으로 조종간을 잡고 왼쪽 팔꿈치 바로 위쪽을 셔츠 위로 그어서 피를 냈다. 그런 다음 곧바로 왼쪽 눈 바로 아래쪽을 살짝 그었다. 칼을 접어서 조종석 문짝의 고무줄 달린 맵 포켓에 넣었다. 나중에 깨끗하게 씻어야 해, 그는 생각했다. 깜빡했다가는 엄청 골치 아파질 거야. 하지만 그는 깜빡하지 않을 테고, 나이트 플라이어가 어떤 식으로 처벌을 면했는지 감안했을 때 그도 괜찮을 것이었다.

활주로 조명이 다시 켜졌다. 아예 들어온 거면 좋겠지만 깜빡이는 걸로 보건대 발전기로 전력을 공급하는 모양이었다. 그는 34번 활주로 쪽으로 다시 비치의 기수를 돌렸다. 왼쪽 뺨을 타고 흐른 피가 입가에 닿았다. 그는 조금 빨아먹고 피가 섞인 분홍색 타액을 상승 속도계에 대고 뱉었다. 좋은 기회를 절대 놓치지 말 것. 직감을 따르면 집으로 귀환하게 되어 있었다.

그는 손목시계를 확인했다. 이제 일몰까지 십사 분밖에 안 남았다. 그는 마이크가 손에 닿을 때까지 손가락 사이로 선을 당겼다. 마이크를 쥐고 송신 버튼을 눌렀다.

"내 말 잘 들어라, 이 튀겨 먹어도 시원찮을 개자식아." 그는 이와 잇몸이 맞닿는 지점까지 입술을 당기고 이렇게 얘기했다. "똥만 든 네 머리통이 제때 돌아가지 않는 바람에 ATC* 콜을 못 받아서 내가 하마터면 딸기잼이 될 뻔했잖아. 여객기에서는 몇 명이 딸기잼 신세를 면했는지 나는 모르지만 너는 알 테지. 조종실 승무원들도 알 테고. 그들이 살아 있는 이유는 항공기 기장이 차차차를, 나는 지르박을 제대로 출 줄 알았기 때문인데 나는 지금 구조적, 육체적 손상을 입었다. 지금 당장 착륙 허가가 떨어지지 않더라도 나는 착륙을 할 거야. 딱 한 가지 차이점이 생긴다면 내가 허가 없이 착륙해야 하는 상황이 벌어지는 경우 FAA** 공판정에 너를 세울 거라는 거. 내 선에서 먼저 네 머리와 똥구멍의 위치를 바꾼 다음에. 알겠냐, 개생아?"

지직거리는 소음으로 채워진 정적이 한참 동안 이어졌다. 그러다 상대방은 우렁차게 "어이, 거기!"를 외쳤던 본인 맞나 싶을 정도로 조그만 목소리로 이렇게 얘기했다. "34번 활주로에 착륙을 허가한다, N471B."

디스는 미소를 짓고 활주로 쪽으로 방향을 맞췄다.

그는 마이크 버튼을 누르고 얘기했다.

"내가 욕을 하고 소리를 질렀네. 미안하다. 거의 죽을 뻔했을 때만 그러는데."

* Air Traffic Control. 항공 교통 관제.

** Federal Aviation Administration. 연방 항공국.

지상에서는 아무 대꾸도 없었다.

“아무튼 지랄맞게 고맙다.”

디스는 얘기하고 손목시계를 흘끗 확인하고 싶은 충동을 자제하며 고도를 낮추었다.

## 7

디스는 강심장이었고 그걸 자랑스럽게 여겼지만 자기 자신까지 속일 필요는 없었다. 더프리에서 진상을 파악했을 때는 솔직히 소름이 돋았다. 나이트 플라이어의 세스나가 또다시 7월 31일 하루 온종일 램프에 세워져 있었지만 그건 소름의 시초에 불과했다. 그의 충성스러운《인사이드 뷰》독자들이 원하는 것은 물론 피바다고 영원히 그럴 수밖에 없을 테지만 시간이 지나면 지날수록 피바다는 (레이와 엘런 사치 부부의 경우에는 피바다의 부재라고 봐야겠지만) 이 이야기의 단초에 불과했다. 선혈의 아래에 어두컴컴하고 이상한 동굴들이 있었다.

디스는 8월 8일에 더프리에 도착했고 그 무렵에는 일주일 간격으로 나이트 플라이어를 쫓고 있었다. 그는 살짝 맛이 간 그 친구가 습격 도중에는 어디에 가는지 다시금 궁금해졌다. 디즈니 월드? 부치 가든? 애틀랜타에 가서 브레이브스 경기를 볼까? 추격이 한창인 지금 상황에서 비교적 중요하지 않은 부분이었지만 나중에는 값진 정보가 될 수 있었다. 가장 큰 날고기 덩어리를 소화한 뒤에도 그 맛을 다시금 느낄 수 있게 만드는, 나이트 플라이어의 이야기를 몇 번 더

우려먹을 수 있게 만드는 언론계의 햄버거 헬퍼*가 될 수 있었다.

그런데 이 사건에는 동굴이 여러 개 있었다. 그 안으로 떨어지면 영영 빠져나올 수 없는 어두컴컴한 공간들이 있었다. 황당하면서도 뻔한 소리처럼 들리겠지만 더프리에서 벌어진 사건의 전반을 파악하기 시작했을 무렵부터 디스는 사실일지 모른다는 생각이 커져갔고…… 그 말인 즉, 이 사건의 그 부분은 지면에 소개될 일이 없다는 뜻이었다. 개인적인 사안이라 그런 건 아니었다. 디스의 딱 하나뿐인 철칙에 위배되기 때문이었다. 지면에 소개하는 내용을 믿지 말고, 그가 믿는 걸 지면에 소개하지 말라는 것. 덕분에 그는 주변 사람들이 실성해가는 와중에도 오랜 세월 동안 이성의 끈을 놓지 않을 수 있었다.

그는 워싱턴 국립공항—제대로 된 공항은 오랜만이었다—에 착륙해 더프리까지 백 킬로미터를 이동하는 데 필요한 차를 빌렸다. 레이 사치와 그의 아내 엘런이 없으면 더프리 비행장도 없는 거나 다름없기 때문이다. 기계를 만지는 데 소질이 있는 엘런의 여동생 레일린을 제외하면 직원은 그 둘뿐이었다. 비행장에는 흙 위로 기름을 뿌린 활주로 한 개와(기름을 뿌린 이유는 먼지를 가라앉히고 잡초가 자라는 걸 막기 위해서였다) 사크 부부의 주거 공간이었던 제트에어 트레일러하우스와 맞붙어 있는 옷장만 한 크기의 관제소가 있었다. 그들 부부는 둘 다 퇴직자이자 조종사였고 더할 나위 없이 건강

* 기본 재료와 양념 분말이 들어 있어서 간단하게 한끼를 해결할 수 있게 출시된 인스턴트 제품.

했다. 무엇보다 결혼한 지 거의 오십 년이 지났는데도 여전히 서로를 미칠듯이 사랑했다.

게다가 그들 부부는 비행장을 드나드는 경비행기를 면밀히 감시했다. 그들은 마약과의 전쟁에 관심이 지대했다. 외동아들이 훔친 비치 18기에 아카풀코 골드*를 일 톤도 넘게 싣고 플로리다 에버글레이즈 습지에서 장애물이 없어 보이는 물 위로 착륙을 시도하다가 죽었기 때문이었다. 장애물이 없어 보이던 그곳에…… 그루터기가 하나 있었다. 비치는 거기에 부딪혀 물 위에서 데굴데굴 구르다 폭발했다. 상심이 컸던 부모는 믿고 싶지 않았겠지만 더그 사치는 밖으로 튕겨져 나갔을 때 몸에서 연기가 나고 그을었을지 몰라도 살아 있었을 것이다. 하지만 악어들에게 잡아먹혔고 일주일 뒤에 마약 단속국에 발견됐을 때 남은 거라고는 절단된 두개골과 구더기가 뀐 살덩이 몇 점, 까맣게 탄 캘빈 클라인 청바지, 뉴욕의 폴 스튜어트에서 산 스포츠 코트가 전부였다. 스포츠 코트 주머니에 이만 달러가 넘는 현금이 들어 있었다. 다른 주머니에는 거의 삼십 그램에 가까운 페루산 코카인 덩어리가 들어 있었다.

"마약이랑 그걸 파는 개새끼들이 우리 아들을 죽였어."

레이 사치는 수차례 이렇게 얘기했고 엘런 사치는 언제든 그 말을 두 번, 세 번 반복할 의향이 있었다. 디스도 귀에 딱지가 앉도록 들었다시피(신기하게도 더프리 주민들은 거의 만장일치로 사치 부부의

* 멕시코산의 고급 마리화나.

죽음이 '마약 조직의 소행'이라고 믿었다) 마약과 마약상을 향한 그녀의 증오심보다 더 큰 것은 아들을 잃은 슬픔과 그 아들이 그런 인간들의 유혹에 넘어갔다는 당혹감뿐이었다.

아들이 죽은 뒤로 사치 부부는 마약 운송과 눈곱만큼이라도 연관이 있는 사람이나 비행기가 지나가는지 눈에 불을 켜고 감시했다. 메릴랜드 주 경찰은 그들이 허위 경보를 울리는 바람에 헛걸음을 한 적이 네 번 있었지만 덕분에 세 명의 잔챙이와 두 명의 거물을 체포했기 때문에 개의치 않았다. 맨 마지막에 체포된 거물은 순도 백퍼센트의 볼리비아산 코카인을 13.5킬로그램 싣고 있었다. 그런 실적을 거두면 승진이 보장됐기 때문에 허위 경보 몇 번이야 용서할 수 있었다.

더프리를 비롯해 미국 전역의 비행장과 공항에 항공기 등록 기호와 생김새가 전달된 이 세스나 스카이마스터가 착륙한 시점은 7월 30일 아주 늦은 밤이었다. 조종사는 자기 이름이 드와이트 렌필드라고 했고 기점은 델라웨어 주 베이쇼어 공항이라고 했지만 그곳에서는 '렌필드'라는 이름도, 꼬리에 N101BL이라고 적힌 스카이마스터도 본 적 없다고 했다. 그는 살인범일 가능성이 농후했다.

"그가 여기로 왔다면 지금쯤 철창 신세를 지고 있었을 텐데 말이죠."

베이쇼어 관제소 직원은 디스와 전화 통화를 하던 도중에 이렇게 얘기했지만 디스는 과연 그랬을까 싶었다. 그렇다, 과연 그랬을까?

나이트 플라이어가 더프리에 착륙한 시각은 오후 11시 27분이었고 '드와이트 렌필드'는 사치 부부의 일지에 이름을 적었을 뿐 아니라 트레일러하우스에 가서 맥주 한잔 마시며 TNT에서 재방송되는 〈건 스모크〉를 같이 보자는 레이 사치의 초대까지 수락했다. 엘런 사치는 다음날 더프리 미용실 주인에게 간밤에 있었던 일을 전부 얘기했다. 미용실 주인 셀리다 매캐먼은 디스에게 그녀가 엘런 사치의 가까운 친구였다고 했다.

엘런이 어때 보였느냐고 디스가 물었을 때 셀리다는 잠깐 망설이더니 이렇게 대답했다. "살짝 꿈을 꾸는 것 같아 보였어요. 일흔이 코앞인 나이인데 짝사랑에 빠진 여고생처럼. 혈색이 어찌나 좋던지 화장을 한 줄 알았다니까요? 그러다 파마를 시작했을 때 알아차렸죠. 그녀가…… 그러니까……." 셀리다 매캐먼은 어깨를 으쓱했다. 어떤 식으로 표현하면 좋을지 몰라서 그런 거였다.

"붕 뜬 상태였다고요?"

디스가 넌지시 묻자 셀리다 매캐먼은 웃으며 박수를 쳤다.

"붕 뜨다! 맞아요! 역시 작가는 다르네요!"

"아, 제가 글 하나는 기가 막히게 쓰거든요."

디스는 사근사근하고 따뜻해 보이길 바라며 미소를 지었다. 한때는 거의 시시때때로 연습했었고 지금도 그가 집이라고 부르는 뉴욕의 아파트 침실 거울을 보며, 실질적인 집이라 할 수 있는 호텔과 모텔의 거울을 보며 상당히 정기적으로 연습하는 미소였다. 효과가 있었는지 셀리다 매캐먼도 선뜻 미소로 화답했지만 사실 디스는 평생 자신을 사근사근하고 따뜻한 사람이라고 여겨본 적이 없었다. 어렸을 때는 그런 감정이 존재하지 않는다고 믿었다. 그런 감정은 가면이자 사회적인 관습일 뿐이었다. 하지만 나중에는 자기 생각이 틀렸다는 결론을 내렸다. 그가 "《리더스 다이제스트》식 감정"이라고 여겼던 것들이 대부분의 사람들에게는 진짜였다. 심지어 전설 속의 빅 보스인 사랑이라는 감정마저 그런 듯했다. 그가 이런 감정들을 느낄 수 없는 건 누가 봐도 안타까운 일이었지만 그렇다고 세상이 끝난 건 아니었다. 세상에는 암 환자도 있고 에이즈 환자도 있고 기억력이 뇌를 다친 앵무새 수준인 사람들도 있었다. 그렇게 생각하면 간지러운 감정 몇 개 느끼지 못하는 것쯤은 별일 아니었다. 가끔 얼굴 근육을 제대로 늘려주면 그걸로 충분했다. 그러면 안 될 것도 없었고 간단했다. 볼일을 본 다음 지퍼 올리는 걸 기억할 수 있다면 필요할 때 따뜻하게 미소를 짓는 것도 기억할 수 있다. 그도 오랜 세월을 거쳐 터득했다시피 이해한다는 미소야말로 면담에서 동원할 수 있는 가장 훌륭한 무기였다. 어쩌다 한 번씩 그의 내적 관점은 뭐냐고 묻는 목소리가 머릿속에서 들렸지만 디스는 내적 관점에 관심이 없었다. 그는 기사를 쓰고 사진을 찍으면 그만이었다. 그는 예전부터 글솜씨가 더 나았고 앞으로도 그럴 거라는 걸 알았지만 사진이 더 좋았다. 사진을 만지는 게 좋았다. 사람들이 맨얼굴을 온 세상 앞에 드러내거나 아니라고 할 수 없을 만큼 분명한 가면을 쓰고 있는 순간을 어떤 식으로 포착했는지 확인하는 게 좋았다. 무엇보다도 가장 잘 찍힌 사진에서는 사람들이 항상 놀라고 충격받은 표정을 짓고 있다는 게 좋았다. 그들이 허를 찔린 것처럼 보인다는 게 좋았다.

누가 캐물으면 그는 사진으로 필요한 내적 관점을 모두 충족시킬 수 있다고, 여기서 피사체는 아무 상관없다고 얘기할 것이다. 중요한 건 살짝 맛이 간 친구 나이트 플라이어와, 일주일쯤 전에 그가 어떤 식으로 레이와 엘런 사치 부부의 삶 속으로 침투했는가 하는 것이었다.

비행기에서 내린 플라이어는 빨간색 테두리가 그려진 연방 항공국 안내문이 붙어 있는 사무실로 들어갔다. 그 안내문에는 항공기 등록 기호가 N101BL인 세스나 스카이마스터 337기에 두 사람을 살해한 위험 인물이 타고 있다고 적혀 있었다. 그리고 이 남자는 드와이트 렌필드라는 이름을 쓸 수 있다고 했다. 스카이마스터가 착륙했을 때 드와이트 렌필드는 자기 이름을 적고 아마 자기 비행기 화물칸에서 다음날을 보냈을 것이다. 그렇다면 예리한 사치 부부는 어떻게 했을까?

그들은 아무 말도 하지 않았다. 아무 행동도 하지 않았다.

알고 보니 아무 행동도 하지 않은 건 아니었다. 레이 사치는 뭔가를 했다. 같이 〈건 스모크〉 재방송을 보며 맥주를 마시자고 나이트 플라이어를 집으로 초대했다. 그를 오랜 친구처럼 대했다. 그리고 다음날, 엘런 사치는 미용실에 예약을 잡아서 셀리다 매캐먼을 놀라게 했다. 엘런은 원래 시계처럼 정확하게 간격을 지키는 손님이었는데, 평소보다 아무리 못해도 두 주는 빨리 연락을 했기 때문이었다. 요구 사항도 평소와 다르게 분명했다. 평소처럼 머리만 자르는 게 아니라 파마를 하고 거기다…… 살짝 염색까지 하고 싶다고 했다.

"젊어 보였으면 하더라고요."

셀리다 매캐먼은 디스에게 얘기하고 한쪽 뺨에 흐른 눈물을 손등으로 훔쳤다.

하지만 엘런 사치의 행동은 남편에 비하면 아무것도 아니었다. 그는 워싱턴 국립공항의 연방 항공국에 연락해 당분간 더프리를 운영중인 비행장 명단에서 제외한다는 노탐*을 발령해달라고 했다. 그러니까 차양을 내리고 가게 문을 닫겠다는 뜻이었다.

그는 집으로 가는 길에 더프리 텍사코에 들러 주유를 하면서 사장인 놈 윌슨에게 독감에 걸린 것 같다고 했다. 놈은 디스에게 그 말마따나 레이가 독감에 걸린 줄 알았다고 했다. 얼굴이 창백하고 힘이 없었고 갑자기 실제보다 더 나이들어 보였다.

정신을 바짝 차리고 불을 지켰던 두 사람은 그날 밤 불에 타서 죽었다. 조그만 관제실에서 발견된 레이 사치는 목이 잘려서 저쪽 구석에 내동댕이쳐져 있었다. 너덜너덜하게 잘린 목으로 서서 무슨 구경거리라도 있는 듯 멀건 눈을 동그랗게 뜬 채 열린 문을 쳐다보고 있었다.

그의 아내는 트레일러하우스의 침실에서 발견됐다. 그날 밤에 처음 꺼낸 듯이 멀끔한 실내복을 입고 침대에 누워 있었다. 부보안관(이십오 달러가 들었으니 술독에 빠진 놀라운 정비공 이즈라보다 훨씬 몸값이 비쌌지만 그만한 가치가 있었다)도 디스에게 얘기했다시피 그녀는 나이가 많았지만 누가 봐도 잠자리를 염두에 둔 차림새였다. 디스는 비음이 섞인 서부 시골 억양이 마음에 들어서 수첩에 적어놓았다. 대못 크기의 큼지막한 구멍이 하나는 경동맥에 또 하나는 경

* 항공 당국에서 전하는 공지 사항.

정맥에 뚫려 있었다. 표정은 차분했고 눈은 감았고 손은 가슴 위에 올려놓았다.

온몸의 피가 거의 다 빠져나가다시피 했지만 베개와 그녀의 배 위에 펼쳐놓은 책에는 몇 방울밖에 묻지 않았다. 책은 앤 라이스가 쓴 『뱀파이어 레스타』였다.

나이트 플라이어는 어떻게 됐느냐고?

7월 31일일 자정 직전 아니면 8월 1일 새벽에 멀리 날아가버렸다. 새처럼.

혹은 박쥐처럼.

## 8

디스는 정식으로 해가 지기 칠 분 전에 윌밍턴에 터치다운할 수 있었다. 그는 눈밑에서 입안으로 흘러들어가는 피를 계속 뱉으며 속도를 줄였다. 그때 시야가 가려질 정도로 강렬한 파란색과 흰색의 번개가 내리꽂히는 것을 보았다. 그 뒤를 이어서 지금까지 들어본 적 없을 만큼 어마어마한 천둥소리가 들렸다. 피드먼트 727기를 아슬아슬하게 피했을 때 별 모양으로 금이 갔던 객실의 또 다른 창문이 기침을 하며 싸구려 다이아몬드를 안으로 분수처럼 뿜어내자 그의 주관적인 느낌이 아니었음이 입증되었다.

그의 눈앞이 환해지면서 34번 활주로 좌측으로 보이는 정육면체 모양의 납작한 건물에 벼락이 꽂혔다. 그러자 건물이 하늘로 불기둥을 쏘아올리며 폭발하는데, 눈이 부시기는 했지만 도화선 역할을 한 벼락의 강도에 비하면 아무것도 아니었다.

꼬맹이 핵폭탄으로 다이너마이트 막대에 불을 붙인 것 같네. 디스는 당혹스러워하면서 이렇게 생각하다 깨달았다. 발전기. 그 건물이 발전기였다.

불어온 돌풍에 촛불이 꺼지듯 조명들이, 활주로 입구를 표시하는 흰색 등도, 활주로 출구를 표시하는 적색 등도 갑자기 모두 다 나갔다. 디스는 어둠에서 어둠을 향해 시속 백삼십 킬로미터도 넘는 속도로 질주하는 꼴이 됐다.

공항의 메인 발전기를 무너뜨린 폭발의 여파가 비치를 주먹처럼 강타했다. 단순히 강타한 정도가 아니라 주먹을 빙빙 돌려서 펀치를 날렸다. 비치는 다시 지상에 발이 닿았음을 인지하지 못하고 놀라서 우측으로 쌩하니 도망쳐 날아올랐다가 내려와서 오른쪽 바퀴로 착륙 유도등인가 싶은 뭔가를 밟아가며 위아래로 들썩들썩 달렸다.

좌측으로 기수를 틀어! 그의 머릿속에서 누군가가 외쳤다. 좌측으로 기수를 틀어, 이 병신아!

디스는 하마터면 그럴 뻔했지만 좀더 냉정한 누군가가 고개를 들었다. 이 정도 속력에서 조종간을 왼쪽으로 돌렸다가는 땅바닥을 데굴데굴 구르기 십상이었다. 탱크에 남은 연료가 거의 없어서 폭발할 가능성이 적긴 해도 아예 없는 건 아니었다. 아니면 뒤틀린 채로 두 동강 나서 리처드 디스의 하반신이 조종석에서 움찔거리는 동안, 상반신은 무슨 경품이라도 되는 듯 잘린 내장을 뒤로 늘어뜨리고 특대 사이즈 새똥인 양 콩팥을 콘크리트 위에 떨어뜨려가며 다른 방향으로 날아갈 수 있었다.

버텨야 해! 그는 자기 자신에게 고함을 질렀다. 버터야 해, 이 개자식아, 버텨야 해!

잠시 후에 뭔가가 폭발하자—여유가 생겼을 때 추측하기로는 발전기의 보조 LP 탱크가 아닌가 싶다—비치가 우측으로 더욱 심하게 흔들렸지만 덕분에 꺼진 착륙 유도등에서 벗어나 왼쪽 바퀴로는 34번 활주로의 가장자리를, 오른쪽 바퀴로는 유도등과 활주로 오른편의 도랑 사이를 아슬아슬하게 밟아가며 비교적 매끄럽게 달릴 수 있었다. 비치가 여전히 몸서리를 쳤지만 심하지는 않았고 그는 유도등을 밟는 바람에 오른쪽 바퀴 하나가 펑크가 났다는 걸 깨달았다.

속도가 점점 줄고 있다는 것, 자신이 지상의 존재로 변신했음을 비치가 드디어 알아차렸다는 것이 중요한 부분이었다. 디스가 긴장의 끈을 놓기 시작했을 때 널찍한 동체 탓에 조종사들이 뚱보 앨버트라고 부르는 리어젯이 앞에서 어렴풋이 등장했다. 5번 활주로를 향해 천천히 이동하다 말도 안 되게 가로로 서버린 것이었다.

디스는 리어젯을 향해 돌진하다 불을 밝힌 창문과 정신병원에서 마술 쇼를 구경하는 바보들처럼 입을 떡 벌리고 그를 쳐다보는 사람들의 얼굴이 보이자 앞뒤 따질 겨를도 없이 오른쪽으로 조종간을 완전히 돌렸다. 약 사 센티미터 간격으로 리어젯을 피하는 데 성공했지만 비치를 도랑으로 처박았다. 희미한 비명소리가 들리긴 했어도 사실 디스는 바로 앞에서 폭죽이 연속으로 터지는 것처럼 들리는 굉음 말고는 아무것도 느끼지 못했다. 보조날개는 접혔고 엔진은 회전속도가 떨어지고 있는데도 비치가 속절없이 다시 하늘로 날아오르려 했다. 2차 폭발 이후 꺼져가는 빛 속에서 경련을 일으키듯 펄쩍 점프를 하더니 유도로를 가로로 미끄러지듯 움직였다. 축전지로 모서리의 비상등을 밝힌 일반 항공 터미널이 언뜻 보였고, 소나기구름 사이로 고개를 내밀고 섬뜩한 주황색으로 지는 태양을 배경으로 시커먼 주름 종이처럼 보이던 비행기들—그중 한 대는 나이트 플라이어의 스카이마스터일 게 확실했다—도 보였다.

넘어간다! 디스는 속으로 비명을 질렀다. 비치는 영락없이 뒤집히려는 참이었다. 왼쪽 날개가 터미널에서 가장 가까운 유도로와 부딪히자 불똥이 분수처럼 쏟아졌고 부러진 날개 끝 부분은 마찰열 때문에 희미하게 불이 난 축축한 덤불 속으로 데굴데굴 굴러갔다.

그러다 어느 순간 비치가 잠잠해졌다. 무전기를 뚫고 포효하는 백색소음과 깨진 병들이 객실 카펫 위로 치이익 하며 내용물을 쏟아내는 소리와 디스의 심장이 미친듯이 쿵쾅거리는 소리 말고는 아무것도 들리지 않았다. 그는 비상 탈출 버튼을 내리쳐서 안전벨트를 풀고, 살았는지 죽었는지 모를 몽롱한 상태로 비상구를 향해 걸음을 옮겼다.

그는 그 뒤로 벌어진 일을 사진처럼 선명하게 기억하지만 비치가 유도로 위에서 미끄러지다 리어젯 쪽으로 궁둥이를 내밀고 한쪽으로 기울며 멈추어 선 순간부터 터미널에서 맨 처음 비명소리가 들린 순간까지는 카메라를 가지러 달려간 기억밖에 없었다. 디스에게 마누라와 가장 비슷한 물건이 니콘 카메라였다. 열일곱 살 때 톨레도의 전당포에서 산 걸 지금까지 계속 쓰고 있었다. 렌즈를 몇 개 추가하긴 했지만 본체는 예나 지금이나 같았다. 달라진 게 있다면 일을 하다 보니 긁히거나 찌그러진 곳이 있다는 것뿐이었다. 카메라는 조종석 뒤편의 고무줄이 달린 주머니에 들어 있었다. 그는 카메라를 꺼내서 온전한지 확인했다. 그런 다음 목에 둘러매고 비상구 위로 허리를 숙였다.

그는 레버를 밀고 아래로 뛰어내렸다가 다리가 풀리는 바람에 하마터면 넘어질 뻔했다. 카메라가 콘크리트로 된 유도로에 부딪히기 전에 얼른 잡았다. 천둥소리가 다시 들렸지만 이번에는 저멀리서 무섭지 않게 으르렁거리기만 할 뿐이었다. 그의 얼굴을 건드리는 산들바람이 다정한 손길처럼 느껴졌지만…… 아랫도리는 서늘했다. 디스는 얼굴을 찡그렸다. 비치와 피드먼트 제트기가 하마터면 서로 부딪힐 뻔했을 때 그가 어떤 식으로 바지에 실례를 했는지 기사로 소개될 일은 없을 것이다.

그때 일반 항공 터미널에서 가느다랗고 날카로운 비명소리가 들렸다. 고통과 공포가 한데 뒤섞인 비명소리였다. 디스는 얼굴을 한 대 얻어맞기라도 한 듯 정신을 차렸다. 다시 목표에 집중했다. 손목시계를 확인했다. 시계가 죽어 있었다. 충격으로 고장났거나 멎었거나 둘 중 하나였다. 태엽을 감아야 하는 구닥다리 시계였는데, 마지막으로 태엽을 감은 게 언제였는지 기억이 나지 않았다.

해가 넘어가고 있는 걸까? 우라지게 어두컴컴한 건 맞지만 소나기구름이 공항 주변을 빽빽하게 덮고 있어서 확실하게 알 수 없었다. 해가 넘어가고 있는 걸까?

다시 비명소리와 함께—아니, 비명소리가 아니라 절규였다—유리 깨지는 소리가 들렸다.

디스는 일몰 여부는 이제 중요하지 않다는 결론을 내렸다.

그는 발전기의 보조 탱크는 여전히 불길에 휩싸였고 공기에서도 기름 냄새가 난다는 생각을 하며 달렸다. 좀더 빨리 달려보려고 해도 시멘트 반죽 속에서 달리는 것처럼 느껴졌다. 터미널이 점점 가까워지기는 했지만 속도가 더뎠다. 성에 못 미쳤다.

"제발 이러지 마요! 제발 이러지 마요! 제발 이러지 마요! 제발 이러지 마요!"

뱅글뱅글 허공으로 솟구치던 비명소리가 인간이 내는 소리라고 할 수 없는 끔찍한 울부짖음에 의해 끊겼다. 그럼에도 뭔가 인간적인 구석이 있다는 것이 가장 끔찍한 부분이었다. 시커먼 무언가가 팔다리를 마구 흔들어 주차장을 마주보는 쪽 벽에 달린 유리창—그쪽 벽은 거의 전면이 유리였다—을 좀더 깨뜨리더니 밖으로 몸을 날리는 광경이 터미널의 모서리에 달린 비상등의 희미한 불빛에 비쳐 보였다. 그것은 쿵 하는 질척한 소리와 함께 램프 위로 떨어져 몸을 굴렸다. 이제 보니 어떤 남자였다.

폭풍은 지나갔지만 어쩌다 한 번씩 여전히 번개가 번쩍거렸다. 디스는 숨을 헐떡이며 주차장으로 달려 들어간 끝에 꼬리에 N101BL이라고 당당하게 적힌 나이트 플라이어의 비행기를 드디어 마주할 수 있었다. 불빛이 희미해서 글자와 숫자가 검게 보였지만 그는 빨간색이라는 걸 알았고 사실 크게 상관없었다. 카메라에는 고감도 흑백 필름이 들어 있는데다 필름 속도에 비해 조도가 너무 낮을 때만 터지는 똑똑한 플래시가 장착돼 있었다.

스카이마스터의 화물칸이 시체의 입처럼 벌려져 있었다. 그 밑에 잔뜩 쌓인 흙더미 속에서 뭔가가 꿈틀거리며 움직였다. 디스는 이

걸 보고 재차 확인한 뒤 끼이익 하며 멈추어 섰다. 이제는 공포와 더불어 미친듯이 날뛰는 희열이 그의 심장을 가득채웠다. 모든 게 이런 식으로 한곳에서 만나다니 이 얼마나 근사한 일인가!

맞아, 디스는 생각했다. 운이 좋아서 그랬다고 하지는 마. 감히 그러지는 마. 직감 덕분이라고 하지도 마.

그렇다. 그는 운이 좋아서 에어컨이 낑낑대며 돌아가는 개 같은 모텔 방에 처박혀 있었던 것도 아니었고 직감을 느꼈기 때문에—정확히 직감이라고 할 수는 없었다—파리똥만 한 전국의 비행장으로 수십 통 전화를 돌려서 나이트 플라이어의 항공기 등록 기호를 몇 번이고 반복해서 물어본 게 아니었다. 그건 순전히 기자로서의 본능이었고 그 모든 노력이 이 자리에서 결실을 맺으려 하고 있었다. 평범한 결실이 아니었다. 이야말로 잭팟이자 노다지이자 전설 속의 빅 보스였다.

그는 입을 벌리고 있는 화물칸 앞에 끼이익하고 멈추어 서서 카메라를 들려고 했다. 그러다 하마터면 줄에 목이 졸릴 뻔했다. 그는 욕을 했다. 줄을 풀었다. 카메라를 겨누었다.

터미널 쪽에서 다시 비명소리가 들렸다. 여자 아니면 아이가 지르는 비명이었다. 디스는 들은 체 만 체했다. 그곳에서 살육이 자행되고 있다는 생각은 이야깃거리가 더욱 풍성해지겠다는 생각으로 꼬리를 물었다. 화물칸과 꼬리에 적힌 번호가 확실히 담기도록 세스나의 사진을 잽싸게 세 번 찍는 동안 그런 생각마저 사라졌다. 오토 와인더가 윙윙거렸다.

디스는 다시 달렸다. 유리창이 또 깨졌다. 또 다른 누군가가 기침약 비슷하게 시커멓고 끈적끈적한 액체로 가득채워진 헝겊 인형처럼 날아왔고 이번에도 쿵 하는 소리가 났다. 우왕좌왕하는 움직임과 망토 비슷하게 펄럭이는 무언가가 디스의 눈에 보였지만…… 아직 거리가 멀어서 확실히 알 수 없었다. 그는 몸을 돌렸다. 비행기 사진을 두 장 더 찍었다. 이번 샷은 아주 깨끗했다. 입을 벌리고 있는 화물칸과 흙더미가 분명하고 확연하게 신문에 실릴 것이다.

그는 빙그르르 방향을 돌려서 다시 터미널을 향해 달렸다. 그의 무기가 구닥다리 니콘 카메라뿐이라는 생각은 전혀 하지 못했다.

그는 십 미터 앞에서 걸음을 멈추었다. 세 명의 시신이 주변에 쓰러져 있는데, 둘은 각각 성인 남자와 여자였고 나머지 한 명은 체구가 작은 여자거나 열세 살쯤 된 아이였다. 머리가 잘려나갔기 때문에 알 수가 없었다.

디스는 카메라를 들이대고 잽싸게 여섯 장을 찍었다. 플래시가 번쩍이며 하얗게 터졌고 오토 와인더가 만족스러운 듯이 조그맣게 윙윙거렸다.

그는 꼬박꼬박 숫자를 셌다. 필름은 모두 서른여섯 장이었다. 그는 지금까지 사진을 열한 장 찍었다. 따라서 스물다섯 장이 남았다. 바지 주머니에 필름이 한 통 더 있었지만…… 필름을 갈아 끼울 틈이 있을까 싶었다. 그럴 수 있을 거라고 믿지 말아야 했다. 반드시 이런 사진은 기회가 왔을 때 단단히 붙잡아야 했다. 이건 순전히 패스트푸드 잔치였다.

디스는 터미널에 다다르자 홱 하니 문을 열었다.

# 9

디스는 지금까지 산전수전을 다 겪었다고 생각했지만 이런 광경은 본 적이 없었다. 절대 본 적이 없었다.

몇 명이야? 그의 이성이 요란하게 물었다. 몇 명이야? 여섯 명? 여덟 명? 아니면 열두 명?

알 수 없었다. 나이트 플라이어가 이 조그만 민간 항공기용 터미널을 도살장으로 만들어놓았다. 시신과 신체 일부분이 온 사방에 널려 있었다. 디스는 까만색 컨버스 운동화를 신고 있는 한쪽 발이 보이자 사진을 찍었다. 너덜너덜하게 뜯긴 몸통이 보이자 사진을 찍었다. 기름 얼룩이 묻은 정비공 작업복을 입은 남자는 아직 살아 있었고 순간 그는 컴벌랜드 카운티 공항에서 만났던 술독에 빠진 놀라운 정비공 이즈라인가 하는 섬뜩한 착각을 했지만 이 남자는 머리가 벗어져가는 수준이 아니었다. 목표를 완전히 달성했다. 남자의 얼굴은 이마에서 턱까지 널찍하게 벌어져 있었다. 반 토막이 난 코를 보았을 때 디스는 어처구니없게도 구워지고 잘려서 빵 속에 들어갈 준비를 마친 프랑크푸르트 소시지를 떠올렸다.

디스는 그것도 찍었다.

갑자기 그의 머릿속에서 누군가가 잡아떼기는커녕 못 들은 척하기도 불가능하리만치 단호한 목소리로 됐어! 하고 고함을 질렀다.

됐어, 그만해, 이제 끝이야!

벽에 화살표가 그려져 있고 그 아래에 "공중화장실은 이쪽으로"라고 적혀 있었다. 디스는 카메라를 펄럭이며 화살표가 가리키는 방향으로 달려갔다.

어쩌다 보니 남자 화장실이 먼저 나왔지만 외계인 화장실이었어도 디스는 상관하지 않았을 것이다. 그는 귀에 거슬리는 쉰 목소리로 꺼이꺼이 울고 있었다. 그것이 자신에게서 나오는 소리라니 믿기지가 않았다. 눈물을 흘리다니 오랜만의 일이었다. 마지막으로 울었을 때 그는 어린아이였다.

디스는 쾅 소리를 내며 화장실 안으로 들어가 스키를 타듯 통제 불능으로 미끄러지며 두 번째 세면대 모서리를 붙잡았다.

그 위로 허리를 숙이자 모든 게 걸쭉하고 냄새가 코를 찌르는 홍수처럼 쏟아져 나와 일부는 도로 얼굴로 튀었고 일부는 거울에 갈색 덩어리로 들러붙었다. 모텔 방에서 전화기 위로 어깨를 움츠리고 먹었던 치킨 크리올—이걸 먹자마자 대박 정보를 입수해 비행기를 타러 달려갔다—냄새가 느껴지자 디스는 과부하가 걸려서 톱니바퀴를 내동댕이치려는 기계처럼 귀에 거슬리는 소리를 내가며 요란하게 다시 토악질을 했다.

맙소사, 그는 생각했다. 빌어먹을 맙소사, 이건 인간이 아니야, 인간일 수가…….

그때 그 소리가 들렸다.

지금까지 못해도 천 번은 들었던 소리, 미국 남자라면 평생 일상적으로 들었던 소리인데…… 이번에는 경험한 적도 없고 믿기지도 않을 정도로 스멀스멀 밀려드는 공포와 두려움이 그를 덮쳤다.

누군가가 소변기에 대고 볼일을 보는 소리였다.

하지만 토사물로 얼룩진 거울을 통해 세 개의 소변기를 살펴도 아무도 보이지 않았다.

디스는 생각했다. 흡혈귀는 거울에 비치지…….

그 순간 그는 불그스름한 액체가 가운데 소변기를 맞히는 것을 보았고, 액체가 소변기를 타고 흐르는 것을 보았고, 기하학적으로 배치된 바닥의 구멍 속으로 소용돌이치며 들어가는 것을 보았다.

소변 줄기가 허공을 가르지는 않았다. 죽은 소변기에 부딪힌 다음에서야 그의 눈에 보였다.

그제야 시야에 들어왔다.

디스는 그대로 얼어붙었다. 입과 목구멍과 코와 콧구멍이 치킨 크리올의 맛과 냄새로 진동하는 가운데 세면대 가장자리를 붙잡고 서서 바로 뒤에서 벌어지는, 믿기지 않지만 일상적인 광경을 지켜보았다.

내가 지금 흡혈귀가 오줌 싸는 광경을 보고 있구나, 그는 어렴풋이 생각했다.

끝도 없이 이어지는 듯했다. 소변기에 부딪힌 다음에서야 눈에 보이는 핏빛 소변이 빙글빙글 배수구를 향해 내려갔다. 디스는 속을 게워낸 세면대를 양쪽으로 부여잡고 작동이 중단된 거대한 기계 속에서 옴짝달싹 못 하게 된 톱니바퀴가 된 기분을 느끼며 거울에 비친 광경을 물끄러미 들여다보았다.

나는 이제 거의 죽은 목숨이야, 그는 생각했다.

거울에 비친 크롬 손잡이가 저절로 내려갔다. 요란한 물소리가 났다.

디스는 부스럭거리고 펄럭이는 소리를 듣고 망토 소리라는 것을 알았다. 여기서 몸을 돌리면 좀 전에 한 생각에서 '거의'가 삭제된다는 것도 알았다. 그는 손바닥으로 세면대 가장자리를 꽉 물고 그 자리에서 꼼짝하지 않았다.

나이를 알 수 없는 나지막한 목소리가 그의 바로 뒤에서 들렸다. 목소리의 주인공이 어찌나 가까이 있는지 차가운 입김이 뒷덜미로 느껴질 정도였다.

"내 뒤를 밟고 있었지?" 나이를 알 수 없는 목소리가 물었다.

디스는 앓는 소리를 냈다.

"맞아." 디스가 아니라고 대답하기라도 한 듯 나이를 알 수 없는 목소리는 이렇게 얘기했다. "나는 너를 알아. 너에 대해서 전부 알아. 이제 내 말 잘 들어라, 호기심 많은 친구야, 딱 한 번만 얘기할 테니까. 나를 더이상 따라다니지 마."

디스는 다시 개처럼 앓는 소리를 냈고 물줄기가 바지를 타고 흘러내렸다.

"카메라 열어."

나이를 알 수 없는 목소리가 말했다.

내 필름! 디스의 머릿속 한구석에서 이런 외침이 들렸다. 내 필름! 남은 게 그것뿐인데! 남은 게 그것뿐인데! 내 사진들!

망토가 박쥐처럼 건조하게 펄럭이는 소리가 또 들렸다. 디스는 아무것도 볼 수 없었지만 나이트 플라이어가 좀더 가까이 다가왔다는 것을 느낄 수 있었다.

"얼른."

남은 게 필름밖에 없지는 않았다.

그의 목숨도 있었다.

변변한 건 못 됐지만.

디스는 홱 하니 몸을 돌려서 거울은 보여주지 않는, 보여줄 수 없는 광경을 마주하는 자신의 모습을 그려보았다. 살짝 맛이 간 그의 친구 나이트 플라이어, 피와 살점과 뜯겨 나온 머리칼 뭉텅이로 범벅이 된 섬뜩한 그 녀석을 마주하는 자신의 모습을 그려보았다. 오토와인더가 윙윙거리는 가운데 사진을 찍고 또 찍는 자신의 모습을 그려보았다. 하지만…… 사진에서는 아무것도 보이지 않을 것이다.

전혀 아무것도 보이지 않을 것이다.

그들은 카메라에 찍히지도 않았다.

"당신, 진짜로군."

디스는 미동도 하지 않고 쉰 목소리로 꺽꺽거렸다. 두 손이 세면대 가장자리에 들러붙은 듯했다.

"너만큼 진짜지."

나이를 알 수 없는 목소리가 거친 소리로 대답하자 이번에 디스는 그의 숨결에서 케케묵은 지하실과 봉인된 무덤의 냄새를 느낄 수 있었다. "적어도 지금은. 이번이 마지막 기회다, 전기 작가가 되려고 하는 호기심 많은 친구. 카메라 열어……. 아니면 내가 열어줄까?"

디스는 아무 감각도 없는 손으로 니콘 카메라를 열었다.

공기가 웅웅거리며 디스의 싸늘한 얼굴을 스치고 지나갔다. 마치 면도날이 지나간 듯한 느낌이었다. 핏자국이 줄무늬처럼 남은 길고 하얀 손이 언뜻 보였다. 흙이 잔뜩 낀 우둘투둘한 손톱이 언뜻 보였다.

잠시 후 필름이 카메라에서 힘없이 풀려나왔다.

건조하게 펄럭이는 소리가 들렸다. 코를 찌르는 입냄새가 풍겼다. 그는 이러나저러나 나이트 플라이어의 손에 죽을 거라는 생각을 잠깐 했다. 하지만 남자 화장실 문이 저절로 열리는 게 거울에 비쳐 보였다.

그는 내가 필요 없는 거야, 디스는 생각했다. 오늘 저녁에 배불리 먹은 모양이지. 그는 곧바로 다시 토악질을 했다. 이번에는 거울 속에서 빤히 쳐다보고 있는 자기 얼굴에 대고 했다.

문이 공압관에서 바람 빠지는 소리를 내며 닫혔다.

디스는 이후 삼 분 정도 더 지나도록 그 자리에 서 있었다. 다가오는 사이렌 소리가 터미널 근처에 다다를 때까지 그 자리에 서 있었다. 비행기 엔진이 기침하고 포효하는 소리가 들릴 때까지 그 자리에 서 있었다.

세스나 스카이마스터 337기의 엔진 소리일 게 분명했다.

그런 다음 죽마처럼 느껴지는 다리를 움직여 화장실을 나섰다가 바깥쪽 복도의 맞은편 벽에 부딪히고 튕겨져 나와서 다시 터미널 쪽으로 걸음을 옮겼다. 피 웅덩이를 밟고 미끄러지는 바람에 하마터면 넘어질 뻔했다.

"꼼짝 마!" 뒤에서 경찰이 소리를 질렀다. "꼼짝 마! 움직이면 쏜다!"

디스는 몸을 돌리지도 않았다.

"기자다, 병신아."

그는 한 손으로는 카메라를, 다른 손으로는 신분증을 들어 보이며 말했다. 빛에 노출된 필름이 갈색의 기다란 색종이 조각처럼 대롱대롱 매달린 카메라를 들고 깨진 유리창 앞으로 다가갔다. 그리고 세스나가 5번 활주로 위에서 점점 속도를 높이는 광경을 바라보았다. 녀석은 이글거리는 발전기와 보조 탱크를 배경으로 까맣게 보이더니, 박쥐를 상당히 닮은 듯이 보이더니, 하늘로 날아올라 자취를 감추었고, 경찰이 벽으로 세게 내동댕이치는 바람에 코피가 났지만 그는 상관하지 않았고, 아무것도 상관하지 않았고, 가슴속에서 다시 흐느낌이 터지자 눈을 감았지만, 그래도 소변기를 때린 순간 시야에 들어온 나이트 플라이어의 핏빛 오줌 줄기가 빙글빙글 배수구로 내려가는 광경이 눈앞에 보였다.

그는 그 광경이 눈앞에서 영영 사라지지 않을 거라는 생각이 들었다.

# 팝시

★★★

악은 악으로 처단한다.

셰리던은 휑뎅그렁한 쇼핑몰 이 끝에서 저 끝까지 천천히 순찰할 때, "커즌타운"이라고 적힌 환한 표지판이 달린 정문을 열고 그 꼬맹이가 나오는 것을 보았다. 덩치 큰 세 살일까 싶은 남자아이였다. 다섯 살은 분명 넘지 않았다. 아이는 셰리던이 훈련을 거쳐 단박에 알아차릴 수 있게 된 표정을 짓고 있었다. 울음을 애써 참고 있지만 조만간 터뜨릴 게 분명한 표정이었다.

셰리던은 잠깐 걸음을 멈추고 가만히 밀려오는 자기 혐오감을 곱씹었지만…… 아이를 한 명씩 데리고 갈 때마다 그 기분은 조금씩 약해졌다. 처음에는 일주일 동안 잠을 설쳤다. 자칭 마법사라고 했던 덩치 크고 느끼한 터키인을 계속 떠올리며 그가 아이들한테 무슨 짓을 했을지 계속 궁금해했다.

"아이들은 보트를 타러 갑니다, 셰리던 씨."

터키인은 이렇게 얘기했지만 그의 발음을 그대로 옮기면 '아이도론 뽀오트 타로 캄니나, 셜던 쒸'였다. 터키인은 미소를 지었다. '질문은 그쯤 해두는 게 신상에 좋을 거요.' 아주 분명하게, 아무 억양도 없이 이렇게 외치는 미소였다.

셰리던은 더이상 아무것도 묻지 않았지만 궁금해하는 것까지 중단한 건 아니었다. 특히 일을 저지른 이후에는 더욱 그랬다. 이리저리 뒤척이며 예전으로 시간을 되돌릴 수 있으면 얼마나 좋을까, 유혹을 거부할 수 있으면 얼마나 좋을까 생각했다. 두 번째는 첫 번째만큼 괴로웠지만…… 세 번째는 조금 덜했고…… 네 번째부터는 배를 타고 어디로 가는 건지, 그 길의 끝에는 무엇이 기다리고 있을지 별로 궁금해하지 않았다.

셰리던은 쇼핑몰 바로 앞의 장애인 주차 구역에 밴을 세웠다. 밴 뒤편에는 주 정부에서 장애인들에게 발부하는 특수 번호판이 달려 있었다. 그 번호판을 달고 있으면 쇼핑몰 경비에게 의심을 살 일이 없고 장애인 주차 구역이 워낙 편리한데다 대체로 비어 있었기 때문에 천금의 가치가 있었다.

너는 찾으러 나설 생각이 없는 척하면서 꼭 하루나 이틀 전에 장애인 번호판을 달더라?

헛소리는 신경쓸 필요 없었다. 그는 난처한 상황이었고 저 아이를 통해 엄청난 문제를 해결할 수 있을지도 모른다.

그는 차에서 내려 한층 겁에 질린 표정으로 주위를 두리번거리고 있는 아이에게로 다가갔다. 그래, 셰리던은 생각했다. 다섯 살이네, 아니면 여섯 살일 수도. 너무 허약해서 그렇게 안 보이는 거지. 유리문을 통해 쏟아지는 눈부신 형광등 불빛 때문에 아이는 단지 겁에 질린 게 아니라 아픈 데가 있는 것처럼 창백해 보였다. 셰리던은 엄청난 공포 때문에 그런 거라고 추측했다. 셰리던은 지난 일 년 반 동안 거울을 볼 때마다 엄청난 공포가 어린 얼굴을 접했기 때문에 그 표정을 대개 알아차렸다.

아이는 희망이 어린 눈빛으로 지나가는 사람들, 뭘 사려고 열띤 표정으로 쇼핑몰 안으로 들어가는 사람들, 자기들은 만족스러워하는 표정이라고 생각할지 모르지만 사실은 약에 취한 듯 멍한 표정으로 봉투를 들고 나오는 여자들을 올려다보았다.

터프스킨 청바지와 피츠버그 펭귄스 티셔츠를 입은 아이는 도움이 될 만한 사람을, 그를 보고 문제가 생겼음을 알아차릴 사람을, 올바른 질문을 던져줄 사람을—꼬맹아, 아빠를 잃어버렸니? 정도면 충분할 것이었다—, 친구를 찾았다.

내가 있잖니, 셰리던은 아이에게 다가가며 생각했다. 내가 있잖니, 꼬맹아. 내가 너의 친구가 되어줄게.

아이에게 거의 다다랐을 때 정문을 향해 천천히 중앙홀을 가로지르는 쇼핑몰의 청원경찰이 그의 눈에 들어왔다. 아마도 담배를 찾는지 주머니에 손을 넣으려는 참이었다. 그가 나오면 아이를 볼 테고 셰리던의 확실한 기회는 날아가버릴 것이다.

젠장. 그나마 아이에게 말을 걸었다가 문밖으로 나온 경찰에게 들킬 일은 없었다. 그러면 문제가 훨씬 복잡해질 것이다.

셰리던은 살짝 뒤로 물러나 열쇠를 챙겼는지 확인하는 사람처럼 이 주머니, 저 주머니를 더듬었다. 그의 시선이 아이에게서 청원경찰에게로 갔다가 다시 아이에게로 돌아왔다. 아이는 울음을 터뜨렸다. 아직은 목놓아 울지 않았지만 빨간색 커즌타운 간판 때문에 분홍색으로 보이는 닭똥 같은 눈물이 매끈한 두 뺨 위로 흘러내리고 있었다.

안내 데스크 여직원이 청원경찰을 붙잡아 세워놓고 무슨 얘기를 건넸다. 여직원은 까만 머리의 미인이었고 스물다섯 살쯤 되어 보였다. 청원경찰은 모래색 금발에 콧수염을 길렀다. 경찰이 팔꿈치를 딛고 몸을 기울여서 그녀를 향해 웃어 보이자 셰리던은 잡지 뒤편에 실리는 담배 광고 같다고 생각했다. 살렘 스피릿. 내 럭키에 불을. 자신은 여기서 이렇게 죽어가는데 저들은 안에서 수다를 떨고 있었다. 퇴근하고 뭐해요, 새로 생긴 거기서 술 한잔할래요, 어쩌고저쩌고. 이제 그녀는 그를 보며 눈을 깜빡이고 있었다. 깜찍하기도 하지.

셰리던은 한번 밀어붙여보기로 불쑥 결단을 내렸다. 아이의 가슴이 들썩이기 시작했고, 아이가 목놓아 울자마자 누군가가 알아차릴 것이다. 경찰과 최소 이십 미터는 떨어져 있고 싶었지만 레지 씨에게 진 빚을 스물네 시간 안으로 해결하지 않으면 덩치 두엇이 그를 찾아와 즉석에서 양쪽 팔을 여러 군데 분질러놓는 수술을 거행할 것이다.

셰리던은 아이에게로 다가갔다. 그는 평범한 반후센 티셔츠와 카키색 티셔츠를 입은 거구의 남자, 넓고 평범한 얼굴이 일견 친절해 보이는 남자였다. 그가 무릎 바로 위를 손으로 딛고 허리를 숙이자 아이는 겁에 질린 창백한 얼굴을 셰리던 쪽으로 돌렸다. 아이의 눈은 에메랄드 같은 초록색이었다. 빛에 반사돼서 반짝이는 눈물 때문에 더 파래 보였다.

"꼬맹아, 아빠를 잃어버렸니?"

셰리던이 물었다.

"팝시요." 아이는 눈물을 닦으며 말했다. "파, 파, 팝시가 없어졌어요!"

이제 아이는 흐느껴 울기 시작했고 안으로 들어가려던 여자가 어렴풋이 걱정하는 눈빛으로 흘끗 돌아보았다.

"별일 아니에요."

셰리던이 얘기하자 여자는 가던 발걸음을 재촉했다. 셰리던은 아이의 어깨를 다정하게 한 팔로 감싸고 오른쪽으로…… 밴이 있는 쪽으로 살짝 돌렸다. 그런 다음 안쪽을 돌아보았다.

청원경찰은 안내 데스크 여직원의 바로 옆으로 얼굴을 갖다 대고 있었다. 오늘 저녁에는 그 아가씨의 럭키에 불을 붙이는 수준으로 끝나지 않을 듯했다. 셰리던은 긴장을 풀었다. 이런 순간에는 중앙 홀 바로 옆 은행에 무장 강도가 들더라도 청원경찰은 모를 것이다. 일이 수월하게 풀릴 듯이 느껴지기 시작했다.

"내 팝시 보고 싶어요!"

아이는 흐느껴 울었다.

"그렇겠지, 당연히 그렇겠지. 둘이서 같이 찾아보자. 걱정하지 마."

그는 아이를 오른쪽으로 좀더 돌렸다.

아이는 문득 희망이 어린 눈빛으로 그를 올려다보았다.

"정말요? 정말요, 아저씨?"

"그럼!" 셰리던은 대답하고 활짝 웃었다. "잃어버린 팝시 찾기…… 그게 이 아저씨의 주특기라고 볼 수 있거든."

"그래요?"

아이는 눈물을 흘리는 와중에도 살짝 미소를 지었다.

"그렇다마다." 셰리던은 대답하고 이제는 잘 보이지도 않는 청원경찰이(그 역시 우연히 고개를 들더라도 셰리던과 남자아이는 보이지 않을 것이다) 계속 다른 데 정신을 팔고 있는지 확인했다. 과연 그랬다. "네 팝시는 뭘 입고 있니?"

"양복을 입고 있어요. 거의 항상 양복을 입어요. 청바지 입은 건 딱 한 번밖에 못 봤어요."

아이는 자기 팝시에 대해서 셰리던이 모르는 게 없어야 하지 않느냐는 투로 얘기했다.

"까만 양복이겠지?"

아이는 눈을 반짝였다.

"팝시를 보셨군요! 어디서 보셨어요?"

아이는 눈물을 잊은 채 열띤 표정으로 정문을 향해 다시 걸음을 옮겼고 셰리던은 안색이 창백한 꼬맹이를 그 자리에서 당장 붙잡고 싶은 걸 참아야 했다. 그런 행동은 금물이었다. 소란을 일으키면 안 됐다. 사람들이 나중에 기억할 만한 짓을 벌이면 안 됐다. 아이를 밴에 태워야 했다. 밴의 유리창은 모두 선팅이 되어 있었고 앞유리창만 예외였다. 유리창에 코를 박지 않는 이상 안이 보이지 않았다.

아이를 먼저 밴에 태워야 했다.

그는 아이의 팔을 건드렸다.

"안에서 본 게 아니야, 꼬맹아. 저쪽에서 봤지."

그는 차량의 물결이 끝도 없이 이어지는 거대한 주차장 너머를 가리켰다. 반대편 끝에 진입로가 있었고 그 너머로 맥도널드의 노란색 이중 아치가 보였다.

"팝시가 왜 저길 갔대요?"

아이는 셰리던 아니면 팝시—아니면 양쪽 모두—가 실성한 거 아니냐는 듯이 물었다.

"나야 모르지." 셰리던은 말했다. 뻘짓은 접고 제대로 해치울 건지 장렬하게 망칠 건지 결정해야 하는 시점에 이르면 늘 그렇듯 머리가 특급열차처럼 째깍째깍 빠르게 돌아가기 시작했다. 팝시. 아빠가 아니라 팝시라고 했다. 아이는 분명히 그렇게 얘기했다. 팝시가 할아버지라는 뜻인가 보다. 셰리던은 결론을 내렸다. "하지만 분명히 너희 팝시였어. 까만 양복을 입은 나이 지긋한 남자. 하얀 머리에…… 초록색 넥타이……."

"팝시는 파란색 넥타이를 맸어요." 아이가 얘기했다. "내가 그걸 제일 좋아한다는 걸 알거든요."

"그래, 파란색이었을 수도 있겠다." 셰리던은 얘기했다. "이런 불빛 아래에서 보면 제대로 알 수가 없거든. 자, 내 차에 타라. 팝시가 있는 곳으로 데려다줄게."

"정말 팝시 맞아요? 왜냐하면 팝시가 저런……."

셰리던은 어깨를 으쓱했다. "네 팝시가 아닌 게 확실하면 너 혼자 찾아보는 게 좋겠다, 꼬맹아. 어쩌면 너 혼자서 찾을 수 있을지도 모르지." 그는 퉁명스럽게 밴을 향해 발걸음을 옮겼다.

아이는 미끼를 물지 않았다. 그는 돌아가서 다시 한번 꼬드겨볼까 고민했지만 이미 너무 오랫동안 그러고 있었다. 남들 눈에 보이는 접촉을 최소한도로 줄이지 않으면 이십 년 형을 자청하는 거나 다름없다. 다른 쇼핑몰로 자리를 옮기는 게 상책이었다. 스코터빌이나 아니면…….

"잠깐만요, 아저씨!" 겁에 질린 아이의 목소리였다. 운동화를 신고 가볍게 달려오는 소리가 들렸다. "잠깐만요! 내가 목이 마르다고 했기 때문에 팝시가 거기 가서 마실 걸 사 오려고 했나 봐요. 잠깐만요!"

셰리던은 웃는 얼굴로 몸을 돌렸다.

"널 두고 떠날 생각은 아니었어."

그는 아이를 밴으로 데려갔다. 이제 사 년 된 차였고 아무 특징 없는 파란색이었다. 그가 문을 열어주고 미소를 지어 보이자 아이가 미심쩍어하는 눈빛으로 그를 올려다보았다. 창백한 얼굴 위에서 헤엄을 치고 있는 초록색 눈이 《내셔널 인콰이어러》나 《인사이드 뷰》 같은 저질 주간지에서 광고하는 벨벳 페인팅의 비쩍 마른 모델처럼 큼지막했다.

"내 응접실로 올라타세요, 꼬마 친구."

셰리던은 얘기하고 완벽하게 자연스러운 함박웃음을 지었다. 그의 솜씨가 얼마나 늘었는지 생각해보면 조금 섬뜩했다.

아이는 올라탔다. 스스로는 모르고 있었지만 조수석 문이 닫힌 순간 아이의 운명은 브릭스 셰리던의 손으로 넘어갔다.

셰리던이 평생 골머리를 앓은 문제는 딱 하나였다. 그도 여느 남자들처럼 치맛자락이 날리는 소리와 매끈한 스타킹의 느낌을 좋아했지만 여자 문제는 아니었고, 저녁 때 반주로 두어 잔씩 마시기는 했지만 술 문제도 아니었다. 치명적인 단점이라고 볼 수도 있는 셰리던의 문제는 카드였다. 돈을 걸 수 있다면 어떤 카드든 상관없었다. 그는 지금까지 직장과 신용카드와 어머니에게 물려받은 집을 날렸다. 아직 철창신세는 진 적이 없었지만 레지 씨와 맨 처음 문제가 생겼을 때는 교도소가 차라리 휴식처가 될 수 있겠다는 생각이 들기도 했다.

그는 그날 밤에 살짝 이성을 잃었다. 그가 터득한 바에 따르면 차라리 일찌감치 돈을 날리는 편이 나았다. 일찌감치 돈을 날리면 기가 꺾여서 집으로 돌아가 텔레비전으로 레터먼을 보고 잠을 청하기 마련이다. 처음에 조금 따면 추격전을 벌이고 싶은 마음이 생긴다. 셰리던은 그날 밤에 추격전을 벌였고 만 칠천 달러의 빚을 떠안았다. 그는 믿기지가 않는 엄청난 액수에 흥분한 상태로 멍하니 집으로 향했다. 집으로 가는 차 안에서 레지 씨에게 칠백 달러도 칠천 달러도 아니고 만 칠천 달러의 빚을 졌다고 계속 되뇌었다. 그 생각이 날 때마다 피식 웃으며 라디오 볼륨을 높였다.

하지만 다음날 저녁에 두 명의 고릴라—돈을 갚지 않으면 그의 팔을 참신하고 흥미진진한 방식으로 부러뜨릴 게 분명한 녀석들이었다—에게 붙잡혀 레지 씨의 사무실로 끌려갔을 때는 웃음이 나지 않았다.

"갚을게요." 셰리던은 곧바로 주절주절 늘어놓았다. "갚을게요.

그럼요. 이삼일, 길어야 한 주, 최대 두 주만 시간을 주시면…….”

“그런 따분한 얘기 듣고 싶지 않아, 셰리던.”

레지 씨가 말했다.

“갚을…….”

“입다물어. 일주일 말미를 주면 네가 무슨 짓을 저지를지 내가 모를 줄 알아? 친구한테 이삼백 달러를 빌리겠지, 그럴 만한 친구가 남아 있다면. 그럴 만한 친구가 없으면 주류 전문점을 털겠지……. 그럴 만한 배짱이 있다면. 내가 보기에는 없을 것 같지만 아무튼 뭐든 가능해.” 레지 씨는 몸을 앞으로 숙여서 두 손으로 턱을 괴고 미소를 지었다. 테드 라피두스 향수 냄새가 났다. “그렇게 해서 이백 달러가 생긴다 치면 그걸로 네가 뭘 할까?”

“사장님께 드리겠죠.” 셰리던은 종알거렸다. 그는 눈물을 흘리기 일보 직전이었다. “당장 사장님께 드릴게요!”

“아니, 그러지 않을 거야. 그걸 도박판으로 들고 가서 불리려고 하겠지. 나한테는 개떡같은 변명만 늘어놓을 테고. 이번에는 네가 감당할 수 없는 일을 저질렀어, 친구. 절대 감당할 수 없는 일을.”

셰리던은 더이상 눈물을 참을 수가 없었다. 그는 흐느껴 울기 시작했다.

“이 친구들이 너를 한참 동안 입원시킬 수 있어.” 레지 씨는 생각에 잠긴 투로 얘기했다. “너는 양쪽 팔에 관을 하나씩 꽂게 될 거야. 그리고 코에도.”

셰리던은 대성통곡했다.

“변변치 않지만 내가 선물을 하나 하지.” 레지 씨는 책상 너머로 종이 한 장을 셰리던에게 건넸다. “이 남자랑 죽이 잘 맞을 것 같거든. 자칭 마법사라고 하는 남잔데, 너랑 똑같은 쓰레기야. 이제 나가봐. 그리고 네 장부를 책상 위에 올려놓고 있을 테니까 일주일 뒤에 다시 와. 그걸 해결하지 않으면 내 친구들이 작업에 들어갈 거야. 프로 레슬러 부커 T도 얘기하다시피 내 친구들은 일단 발동이 걸리면 만족할 때까지 멈추지 않지.”

터키인의 본명이 종이 위에 적혀 있었다. 셰리던은 그를 만나러 갔고 아이들과 뽀오트 얘기를 들었다. 마법사는 레지 씨의 장부에 적힌 금액보다 제법 많은 액수를 제시했다. 그때부터 셰리던은 쇼핑몰 주변을 순찰하기 시작했다.

그는 커즌타운 몰의 제1 주차장을 빠져나와서 오가는 차량을 살핀 다음 진입로를 가로질러서 맥도널드로 향하는 차로에 들어섰다. 아이는 청바지 무릎에 손을 얹고 보기 괴로우리만치 경계하는 눈빛으로 조수석 끝에 걸터앉아 있었다. 셰리던은 건물을 향해 다가가다 드라이브스루 차로를 크게 돌아서 계속 차를 몰았다.

“왜 뒤편으로 가세요?”

아이가 물었다.

“다른 쪽 입구로 들어가야 하거든. 걱정 마라, 꼬맹아. 저 안에서 그를 본 것 같으니까.”

“그래요? 진짜요?”

“응, 분명해.”

극도의 안도감이 아이의 얼굴을 휩쓸고 지나갔다. 순간 셰리던은 아이가 가엾어졌다. 망할, 그는 괴물도 정신병자도 아니었다. 하지만 빚은 매번 액수가 조금씩 커졌고 빌어먹을 레지 씨는 그가 자기 무덤을 파도록 내버려두는 데 조금도 양심의 가책을 느끼지 않았다. 이번에는 만 칠천 달러도 이만 달러도 심지어 이만 오천 달러도 아니었다. 이번에는 삼만 오천 달러라는 어마어마한 액수였고 돌아오는 토요일까지 갚지 않으면 그는 팔이 몇 군데 꺾일 각오를 해야 했다.

셰리던은 뒤편의 쓰레기 압축기 옆에 차를 세웠다. 이 근처에는 차를 세운 사람이 없었다. 다행이었다. 지도와 잡동사니를 보관하는 고무줄 달린 주머니가 문짝에 달려 있었다. 셰리던은 그 안으로 왼손을 넣어서 푸르스름한 철제 크리그 수갑을 꺼냈다.

"아저씨, 왜 여기서 차를 세웠어요?"

다시금 겁에 질린 목소리였지만 이번에는 공포의 성격이 달랐다. 어쩌면 복잡한 쇼핑몰에서 팝시를 잃어버린 것보다 더 끔찍한 일이 벌어질 수도 있다는 걸 문득 깨달은 목소리였다.

"차 세운 거 아니야." 셰리던은 느긋하게 얘기했다. 그는 두 번째로 이 일을 감행했을 때 깜짝 놀란 여섯 살짜리를 과소평가하면 안 된다는 깨달음을 얻었다. 두 번째 아이는 그의 불알을 걷어차고 거의 도망칠 뻔했다. "운전을 시작하면서 깜빡하고 안경을 쓰지 않았다는 게 생각났거든. 그랬다가는 면허가 취소될 수도 있는데. 저쪽 바닥의 안경집 안에 들어 있거든. 네 쪽으로 넘어갔네. 그거 좀 집어서 주겠니?"

아이는 아무것도 없는 안경집을 집으려고 허리를 숙였다. 셰리던은 그쪽으로 몸을 기울여서 아이의 뻗은 손에 최대한 깔끔하게 수갑을 채웠다. 그때부터 사달이 났다. 아무리 여섯 살짜리라도 과소평가하면 안 된다고 방금 전에 생각하지 않았던가. 꼬맹이는 셰리던도 직접 겪어보지 않았더라면 믿지 않았을 만큼 엄청난 괴력을 발휘하며 몸을 비틀고 얼룩이리 새끼처럼 반항했다. 숨을 헐떡이고 새 울음 비슷한 희한한 소리를 내며 날뛰고 반항하고 문을 향해 달려들었다. 문이 열렸지만 실내등은 켜지지 않았다. 두 번째 사냥 이후에 셰리던이 작동되지 않도록 만들어놓았다.

셰리던은 펭귄스 티셔츠의 둥근 옷깃을 잡고 아이를 다시 안으로 끌고 들어왔다. 조수석 옆에 특별히 설치한 막대에 수갑의 다른 쪽을 채우려고 했지만 실패했다. 아이는 그의 손을 두 번 물어서 피를 냈다. 맙소사, 이가 무슨 면도날 같았다. 어마어마하게 아팠고 서늘한 통증이 팔을 타고 올라왔다. 그는 아이의 입을 향해 주먹을 날렸다. 아이는 얼떨떨한 표정을 지으며 의자 위로 나자빠졌다. 셰리던의 피가 아이의 입술과 턱을 타고 티셔츠의 골지 무늬 네크라인 위로 뚝뚝 떨어졌다. 셰리던은 수갑의 다른 쪽을 막대에 채우고 의자 위로 털썩 몸을 던진 후에 오른 손등을 빨았다.

통증이 상당히 심각했다. 그는 입을 떼고 희미한 계기판 불빛에 손등을 비춰보았다. 손목 관절 바로 위까지 약 오 센티미터 길이로 얕고 너덜너덜하게 찢어져 있었다. 욱신거리며 피가 실개천처럼 졸졸 흘러나왔다. 그래도 아이를 다시 한 대 치고 싶은 충동이 느껴지지는 않았다. 터키인이 호들갑을 떨며 그러지 말라고 경고하기는 했지만, 느끼한 억양으로 "상품 해손하믄 가치 해손하는 고야"라고 얘기하기는 했지만, 터키인의 상품을 훼손하고 싶지 않아서 그런 건 아니었다.

그는 반항하는 아이를 나무라지 않았다. 그라도 그렇게 했을 것이었다. 하지만 상처는 최대한 빨리 소독해야 했다. 어쩌면 주사를 맞아야 할 수도 있었다. 인간에게 물리는 게 최악이라고 어딘가에서 기사를 읽은 적이 있다. 아이의 배짱 하나만큼은 인정하는 수밖에 없었다.

셰리던은 기어를 주행으로 바꾼 다음 햄버거 매장을 빙 돌고 드라이브스루 창문을 지나서 진입로로 돌아갔다. 좌회전을 했다. 터키인은 도시 외곽의 탤루다하이츠에 있는 목장 스타일의 대저택에서 살았다. 셰리던은 만일의 경우에 대비해 작은 길을 타고 갈 생각이었다. 거기까지 오십 킬로미터였다. 사십오 분 아니면 한 시간 거리였다.

그는 "아름다운 커즌타운 몰을 이용해주셔서 감사합니다"라고 적힌 푯말을 지나 좌회전을 하고 시속 육십오 킬로미터라는 규정 속도를 완벽하게 유지하며 기어갔다. 뒷주머니에서 손수건을 꺼내 오른 손등에 감고 터키인이 남자아이를 데려오면 주겠다고 약속한 사만 달러를 향해 전조등을 따라가는 데 집중했다.

"후회하게 될 거예요."

아이가 말했다.

셰리던은 상상을 하다 말고 짜증난 눈빛으로 아이를 돌아보았다. 상상 속에서 그는 스무 번 연속으로 돈을 땄고 이번에는 거꾸로 레지 씨가 안절부절못하고 그에게 굽실거리며 그만 좀 하라고, 어쩔 작정이냐고, 자기를 파산시킬 작정이냐고 애원했다.

아이는 다시 울고 있었고, 환한 불빛이 비치는 쇼핑몰에서 한참 멀리 왔는데도 눈물이 희한하게 분홍색으로 보였다. 셰리던은 이 아이에게 무슨 전염병이 있는 건 아닌가 하는 생각이 처음으로 들었다. 이제 와서 그런 걱정을 해봐야 이미 엎질러진 물이었으니 머릿속에서 떨쳐버렸다.

"우리 팝시한테 잡히면 후회하게 될 거예요."

아이는 구체적으로 설명했다.

"그래."

셰리던은 담배에 불을 붙였다. 그는 28번 주도에서 빠져나와 이차로짜리 이름 모를 아스팔트 도로로 접어들었다. 왼쪽으로는 습지가 길게 이어졌고, 오른쪽으로는 숲이 끝없이 펼쳐졌다.

아이는 수갑을 당기며 흐느껴 우는 소리를 냈다.

"그만해. 그래봐야 소용없다."

아이는 다시 수갑을 당겼다. 이번에는 끙끙대며 저항하는, 전혀 탐탁지 않은 소리가 들렸다. 그가 고개를 돌려 보니 놀랍게도 조수석 옆쪽에 달린 쇠막대—그가 직접 용접한 막대였다—가 일그러져 있었다. 젠장! 이만 면도날 같은 줄 알았더니 힘은 또 우라질 황소처럼 세구먼. 아파서 이 정도인데 컨디션이 정상인 날에 끌고 왔으면 어쩔 뻔했어.

그는 비포장 갓길에 차를 세웠다.

"그만해!"

"싫어요!"

아이가 다시 한번 수갑을 당기자 셰리던이 보는 앞에서 쇠막대가 조금 더 구부러졌다. 망할, 무슨 애가 저럴 수 있을까?

공포 때문이야. 그는 자문자답했다. 그래서 저럴 수 있는 거야.

하지만 이 단계에 이르렀을 때 다른 아이들은 이 아이보다 훨씬 겁에 질렸었지만 단 한 명도 이런 능력을 보인 적이 없었다.

그는 대시보드 중앙에 달린 글러브 박스를 열었다. 주사기를 꺼냈다. 터키인이 주면서 절대 필요한 경우가 아니면 쓰지 말라고 한 거였다. 그의 말로는 약을 쓰면(그는 '악을 쓰면'이라고 했다) 상품이 '해손'댈 수 있다고 했다.

"이거 보이지?"

아이는 눈물이 아른거리는 눈으로 주사기를 흘끗 곁눈질하고는 고개를 끄덕였다.

"이걸 쓸까?"

아이는 당장 고개를 저었다. 힘이 세건 아니건 아이답게 본능적으로 주삿바늘을 무서워하는 거였고 셰리던은 그 사실을 확인할 수 있어서 기뻤다.

"똑똑하네. 이걸 맞으면 너는 기절할 거야." 그는 말을 멈추었다. 이딴 소리를 늘어놓고 싶지 않았지만—망할, 똥구멍이 타들어가게 생겨서 그렇지 그도 원래는 착한 사람이었다—어쩔 수 없었다. "죽을 수도 있어."

아이는 입술을 떨며 공포로 백짓장처럼 변한 뺨을 하고서 그를 빤히 쳐다보았다.

"네가 더이상 수갑을 잡아당기지 않으면 나도 주사기 치울게. 알겠니?"

"알겠어요."

아이는 속삭였다.

"약속하는 거다?"

"네."

아이는 입술을 들어서 하얀 이를 드러내 보였다. 그중 하나에 셰리던의 피가 묻어 있었다.

"너희 어머니의 이름을 걸고 약속하는 거다?"

"나는 어머니가 있어본 적이 없는데요."

"젠장."

셰리던은 넌더리를 내며 밴을 다시 출발시켰다. 이제 아까보다 좀더 속도를 높였다. 대로에서 벗어나서 그런 것도 있지만 아이가 섬뜩했다. 셰리던은 아이를 얼른 터키인에게 넘기고 돈을 챙겨서 튀고 싶은 마음뿐이었다.

"우리 팝시는 정말 힘이 세요, 아저씨."

"그래?"

셰리던은 이렇게 묻고 생각했다. 그렇겠지. 그 집에서 집 기둥으로 벤치 프레스를 할 수 있는 사람이 너희 할아버지뿐일 테니까.

"팝시가 날 찾아낼 거예요."

"으흠."

"내 냄새를 맡을 수 있거든요."

셰리던은 그 말을 믿었다. 그도 아이의 냄새를 맡을 수 있었다.

공포에도 냄새가 있다는 건 지금까지 사냥을 하면서 터득했던 바지만 이 경우에는 황당했다. 아이한테서 땀, 흙 그리고 서서히 끓어오는 황산이 한데 섞인 냄새가 났다. 셰리던은 아이에게 뭔가 심각한 문제가 있다는 확신이 점점 강해졌지만…… 그건 조만간 그가 아니라 마법사가 고민할 문제가 될 테고 토가를 입은 그 노인들도 매수자 위험 부담의 원칙을 운운하지 않았던가. 씨부럴 매수자 위험 부담의 원칙이라고 말이다.

셰리던은 창문을 열었다. 왼쪽으로 늪지가 끝도 없이 이어졌다. 깨진 달빛 조각들이 고인 물 위에서 어른거렸다.

"팝시는 날아다닐 수 있어요."

"그렇겠지." 셰리던은 말했다. "나이트 트레인을 두어 병 마시고 나면. 그러면 지랄맞은 독수리처럼 잘 날 거야."

"팝시는……."

"팝시 어쩌고 하는 개소리는 그 정도면 충분하다, 꼬맹아. 알겠니?"

아이는 입을 다물었다.

육 킬로미터를 더 가자 왼쪽으로 이어지던 늪지가 아무것도 없는 넓은 호수로 확장됐다. 셰리던은 북쪽 호숫가를 따라 길게 뻗은 흙길로 핸들을 꺾었다. 여기서 서쪽으로 팔 킬로미터를 더 간 다음 우회전을 해서 41번 고속도로를 탈 테고 거기서 쭉 가면 탤루다하이츠였다.

그는 달빛을 받고 은빛의 납작한 종이처럼 보이는 호수를 흘끗 쳐다보았는데…… 어느 순간 달빛이 사라졌다. 뭔가로 가려졌다.

위에서 빨랫줄에 널린 큼지막한 시트가 펄럭이는 듯한 소리가 들렸다.

"팝시!"

아이가 외쳤다.

"입다물어. 저건 새야."

하지만 그는 오싹해졌다. 아주 오싹해졌다. 그는 아이를 쳐다보았다. 아이가 입술을 뒤로 당겨서 다시 이를 드러내고 있었다. 이가 아주 하얗고 큼지막했다.

아니다……. 큼지막한 게 아니었다. 큼지막하다는 건 알맞은 표현이 아니었다. 길다고 해야 했다. 특히 윗니의 양옆 두 개가 그랬다. 저걸…… 뭐라고 부르더라? 엄니.

액셀러레이터를 밟기라도 한 것처럼 철커덩거리며 그의 두뇌 회로가 갑자기 팽팽 돌아가기 시작했다.

내가 목이 마르다고 했거든요.

팝시가 왜 저런…….

(음식점? 아이가 음식점이라고 하려고 그랬을까?)

팝시가 날 찾아낼 거예요.

내 냄새를 맡을 수 있거든요.

팝시는 날아다닐 수 있어요.

무언가가 쿵 하는 묵직하고 투박한 소리와 함께 지붕 위에 내려앉았다.

"팝시!"

아이는 기뻐서 어쩔 줄 몰라 하며 소리를 질렀다. 셰리던은 더이상 앞을 볼 수가 없었다. 막으로 이루어지고 혈관이 펄떡거리는 거대한 날개가 앞유리창 이쪽 끝에서 저쪽 끝까지 덮었다.

팝시는 날아다닐 수 있어요.

셰리던은 비명을 지르며 그 뭔지 모를 것이 지붕에서 보닛 위로 굴러 떨어지길 바라고 브레이크를 세게 밟았다. 그의 오른쪽에서 또다시 끙끙대며 버티는 소리가 들리더니 이번에는 뚝 하는 날카로운 소리가 이어졌다. 잠시 후에 아이의 손가락이 그의 얼굴에 파고들어서 빰을 잡아 뜯었다.

"이 인간이 나를 훔쳐갔어요, 팝시!" 아이는 밴 지붕에 대고 새 같은 목소리로 빽 외쳤다. "나를 훔쳐갔어요, 나를 훔쳐갔어요, 이 나쁜 인간이 나를 훔쳐갔어요!"

꼬맹아, 너는 이해 못 하겠지, 셰리던은 생각했다. 나도 나쁜 사람은 아니야. 궁지에 몰려서 그렇지.

바로 그때 손이, 진짜 손이라기보다 맹금의 발톱에 가까운 그것이 옆 유리창을 부수고 셰리던의 손아귀에서 주사기를 낚아챘다. 그의 손가락 두 개도 주사기와 함께 날아갔다. 잠시 후에 팝시가 운전석 쪽 문짝을 통째로 뜯어내자 경첩이 뒤틀린 채로 반짝이는 아무 의미 없는 쇠붙이가 되었다. 겉은 검은색이고 안은 빨간색 실크로 된 펄럭이는 망토가 보였고 이 녀석의 넥타이는…… 사실상 크라바트*이긴 했지만 아이가 얘기한 대로 파란색이었다.

* 넥타이처럼 매는 남성용 스카프.

팝시가 재킷과 셔츠를 뚫고 어깨 살 깊숙이 발톱을 찔러 넣으며 셰리던을 차 밖으로 확 잡아당겼다. 초록색이었던 팝시의 눈이 핏빛 장미처럼 빨갛게 변했다.

"우리 손자가 닌자 터틀 피겨를 가지고 싶다고 해서 쇼핑몰에 갔지." 팝시가 속삭이자 파리 구더기가 끓는 고기 냄새가 났다. "텔레비전에서 광고하는 그거 말이야. 아이들이 죄다 그걸 가지고 싶어 하거든. 우리 손자를 건드리다니. 우리를 건드리다니."

셰리던의 몸이 헝겊 인형처럼 흔들렸다. 그가 비명을 지르자 다시 몸이 흔들렸다. 팝시가 아이에게 아직도 목이 마르냐고 묻는 소리가 들렸다. 아이는 그렇다고, 엄청 목이 마르다고, 나쁜 아저씨 때문에 겁을 먹었더니 목이 너무 마르다고 했다. 삐죽빼죽하고 두툼한 팝시의 엄지손톱이 셰리던의 눈앞에 잠깐 등장하는가 싶더니 턱 밑으로 사라졌다. 무슨 일이 벌어지고 있는지 미처 알아차리기도 전에 그의 목이 잘렸다. 눈앞이 시커멓게 어두워지기 전에 그가 마지막으로 본 것은 어린시절 더운 여름날 뒷마당의 수돗물을 마시려고 했을 때처럼 두 손을 오므리고서 쏟아지는 핏물을 받고 있는 아이의 모습과 할아버지의 사랑을 머금은 다정한 손길로 아이의 머리를 쓰다듬고 있는 팝시의 모습이었다.

# 익숙해질 거야

★★★

저주받은 마을 캐슬록에서 살아남은 사람들의 회고록.

1993년 로커스상 최고의 단편소설상 후보작.

뉴잉글랜드의 가을과 듬성듬성 난 돼지풀과 미역취 사이로 고개를 내민 얇은 흙이 아직 사 주나 남은 첫눈을 기다리고 있다. 지하 배수로는 낙엽으로 꽉 막혔고 하늘은 만년 회색으로 바뀌었다. 옥수숫대는 서서 죽는 기막힌 방법을 발견한 병사들처럼 일렬로 기우뚱하게 서 있다. 무름병 때문에 안으로 쪼그라든 호박들이 노파의 입냄새 비슷한 냄새를 풍기며 어스름한 헛간을 등지고 쌓여 있다. 이 시기에는 덥지도 않고 춥지도 않고, 새떼가 V 자를 그리며 남쪽으로 날아가는 하얀 하늘 아래, 헐벗은 벌판을 쉴 새 없이 누비는 흐릿한 공기뿐이다. 그 바람은 시골의 비포장 갓길에서 춤을 추는 수도승처럼 먼지를 일으키고, 빗이 가르마를 타듯 수확이 끝난 벌판을 가르고, 킁킁거리며 뒷마당에 세워진 고물 차를 향해 나아간다.

타운 로드 3번지에 있는 뉴올의 집은 캐슬록의 벤드라는 지역이 내려다보이는 위치에 있다. 이 집의 좋은 점을 찾아내기는 불가능하다. 섬뜩한 분위기를 풍기는 이유는 페인트칠이 모두 벗겨졌기 때문만은 아니다. 앞마당은 마른 흙무덤이라 서리가 내리면 훨씬 기괴한 형태로 바뀔 것이다. 언덕 기슭의 브라우니스 스토어에서는 가느다란 연기가 피어오른다. 한때는 벤드가 캐슬록에서 상당히 중요한 역할을 했지만 그건 한국이 전쟁의 후유증을 극복하던 시절의 얘기다. 브라우니스의 맞은편에 설치된 낡은 야외무대 위에서 어린 아이 둘이 빨간 소방차를 주거니 받거니 밀고 있다. 피곤하고 기운 없는 아이들의 얼굴은 노인의 얼굴과 거의 흡사하다. 아이들은 끊임없이 흐르는 콧물을 어쩌다 한 번씩 닦을 때만 멈춰가며 소방차를 밀고 있는데, 마치 손으로 공기를 가르는 듯이 보인다.

뚱뚱하고 얼굴이 벌건 할리 매키식이 지키고 있는 가게에서는 존 클러터벅과 레니 파트리지가 난롯가에 발을 걸치고 앉아 있다. 폴 콜리스는 카운터에 기대고 서 있다. 가게에서는 케케묵은 냄새가 풍긴다. 살라미와 파리 잡는 끈끈이와 커피와 담배, 땀과 짙은 갈색의 코카콜라, 후추와 정향과 정액처럼 생겼고 바르면 머리칼이 조각품처럼 바뀌는 오델 헤어 토닉. 1986년부터 걸려 있었던 콩 구워 먹기 행사를 알리는 포스터가 여전히 창문을 향해 기우뚱하게 매달려 있고 그 옆에는 1984년 캐슬 카운티 축제에 '컨트리 가수' 켄 코리보가 출연한다는 광고 포스터가 붙어 있다. 이 두 번째 포스터는 거의 십 년 동안 여름 햇빛과 더위에 시달린 탓에 켄 코리보(그 십 년의 최소 절반은 컨트리뮤직과 연이 없는 시간을 보냈고 지금은 체임벌린에서 포드 차를 판다)도 그에 발맞추어 빛이 바래고 열기에 구워진 듯해 보인다. 가게 뒤편에는 1933년에 뉴욕에서 출시된 거대한 유리 냉장고가 있다. 온 사방에 희미하지만 엄청난 원두 냄새가 드리워져 있다.

노인들은 아이들을 지켜보며 두서없이 나지막하게 중얼거린다. 올가을에 죽도록 술을 푸느라 정신이 없는 앤디를 손자로 둔 존 클러터벅은 쓰레기 매립지 얘기를 하고 있다. 여름에 쓰레기 매립지에서 썩은 내가 난다고 한다. 사실이기에 거기에 반박하는 사람은 아무도 없지만 지금은 여름이 아니라 가을이고 큼지막한 석유난로가 정신을 몽롱하게 만드는 온기를 뿜어내고 있기 때문에 다들 그 문제에 별 관심이 없다. 카운터 안쪽 벽에 달린 윈스턴 온도계가 28도를 가리킨다. 클러터벅의 이마에는 1963년에 교통사고를 당했을 때 머리를 부딪히면서 왼쪽 눈썹 위로 큼지막하게 움푹 파인 흉터가 남았다. 가끔 어린아이들이 만져봐도 되느냐고 묻는다. 클러터벅은 이마의 흉터가 중간 크기 텀블러와 용량이 비슷하다는 걸 못 믿는 여름 행락객들을 상대로 돈을 제법 벌었다.

"폴슨이네."

할리 매키식이 조용히 얘기한다.

낡은 쉐보레가 레니 파트리지의 고물차 뒤에 멈추어 선다. 옆면에 마스킹 테이프로 덕지덕지 종이 푯말을 붙여놓았다. 푯말에는 "게리 폴슨 골동품 등나무 의자 사고 팝니다"라는 문구와 함께 전화번호가 적혀 있다. 게리 폴슨이 천천히 차에서 내린다. 엉덩이에 큼지막한 주머니가 달린 빛바랜 초록색 바지를 입은 노인이다. 그는 울퉁불퉁한 지팡이를 끌고 내려서 문틀을 으스러져라 붙잡고 마음에 드는 각도로 바닥에 꽂힐 때까지 지팡이를 이리저리 움직인다. 지팡이의 시커먼 꼭대기에는 어린이용 자전거에서 떼어낸 손잡이가 플라스틱 콘돔처럼 부착되어 있다. 폴슨이 차에서 브라우니스 입구까지 조심스럽게 이동하는 동안 죽은듯이 꼼짝 않는 흙 위로 지팡이가 조그만 원을 그린다.

야외무대에 있던 아이들은 그를 올려다보고, 그의 시선을 따라서(두려워하는 듯한 눈빛으로) 언덕 위에 기우뚱하게 서서 타닥거리는 소리를 내고 있는 덩치 큰 뉴올 저택을 쳐다본다. 그런 다음 다시 소방차 쪽으로 시선을 돌린다.

조 뉴올은 1904년에 캐슬록에 집을 장만했고 1929년까지 그 집을 소유했지만 게이츠폴스라는 인근 공장 도시에서 돈을 벌었다. 뼈만 앙상했고 열병 환자처럼 벌건 그의 얼굴은 화가 난 것처럼 보였고 눈의 흰자위가 누렜다. 그는 옥스퍼드 퍼스트 내셔널 은행으로부터 벤드—이때만 해도 목재 가공과 가구 공장이라는 짭짤한 조합으로 제법 잘나가던 마을이었다—의 널찍한 노지를 매입했다. 은행이 카운티 보안관 니커슨 캠벨의 손을 빌려서 필 뷔드로에게 압류한 땅이었다. 이웃 주민들 사이에서 인기가 많았지만 바보로 간주됐던 필 뷔드로는 키터리로 슬그머니 거처를 옮겨서 이후 약 십이 년 동안 차와 오토바이를 만지작거렸다. 그런 다음 프랑스로 건너가 독일군과 싸우다 정찰 임무 도중에(전해지는 이야기에 따르면 그랬다) 비행기에서 추락해 죽었다.

뷔드로의 땅은 그동안 방치됐고 조 뉴올은 게이츠폴스의 셋집에 살며 돈을 벌었다. 그는 1902년에 방직 공장을 헐값에 사들였지만 공장을 파산 직전에서 건져낸 것보다 가혹한 해고 조치로 유명했다. 직원들은 그를 칼잡이 조라고 불렀다. 근무 교대 시간을 한 번이라도 어기면 어떤 핑계도 용납하지 않았으며 심지어 들어보지도 않고 단칼에 내쫓았기 때문이었다.

그는 1914년에 칼 스토의 조카 코라 레너드와 결혼했다. 코라가 칼의 하나밖에 안 남은 피붙이라 칼이 세상을 떠나면 제법 두둑한 몫이 그녀의 차지가 될 것이기 때문에 이 결혼에는—조 뉴올이 보기에—엄청난 메리트가 있었다(조가 그와 좋은 관계를 유지한다는 조건이 붙었다. 조는 한때 빌어먹을 꾀돌이라고 불렸지만 말년으로 접어들면서 조금 물렁해졌다는 평가를 받는 노인네의 심기를 거스를 생각이 전혀 없었다). 그 일대에는 헐값에 사서 분위기를 반전할 수 있을 만한 방직 공장들이 더 있었지만…… 지렛대로 쓸 만한 얼마간의 자금이 있을 때 가능한 얘기였다. 조에게는 금세 지렛대가 생겼다. 결혼한 지 일 년 만에 돈 많은 처삼촌이 세상을 떠난 것이다.

따라서 그 결혼에는 메리트가 있었다. 그렇다, 누가 봐도 그랬다. 하지만 코라 자체에게는 메리트가 없었다. 그녀는 골반이 놀라우리만치 넓고 엉덩이가 놀라우리만치 튼실한데 가슴은 남자애처럼 평평했다. 황당할 정도로 가느다란 목 위에 달린 거대한 머리를 희한하게 생긴 옅은 색의 해바라기처럼 끄덕이는 볼품없는 여자였다. 뺨은 밀가루 반죽처럼 늘어졌고 입술은 썰어놓은 간 같았다. 얼굴은 겨울 밤하늘에 뜬 보름달처럼 밋밋했다. 이월에도 원피스 겨드랑이에 짙은 얼룩이 커다랗게 남도록 땀을 흘려서 항상 눅눅한 땀 냄새를 풍기고 다녔다.

1915년에 조는 아내를 위해 뷔드로의 땅에 집을 짓기 시작했고 일 년이 지나자 완공한 듯 보였다. 집은 하얀색으로 칠했는데, 제각각 희한한 각도로 튀어나온 방이 모두 열두 개였다. 조 뉴올은 캐슬록에서 그다지 인기가 없었다. 돈을 다른 데서 벌었기 때문이기도 하고 직전에 거기 살았던 뷔드로가 워낙 두루두루 착했기 때문이기도 하지만(착한 것과 바보 같은 것은 한 세트라는 걸 잊으면 큰일난다는 듯이 사람들은 그가 바보 같긴 했다고 서로 기억을 환기했다) 가장 큰 이유는 외부 인력을 동원해 그 빌어먹을 집을 지었기 때문이었다. 배수구와 홈통을 시공하기 직전에 한 단어짜리 영어가 동반된 외설스러운 그림이 은은한 노란색 분필로 채광창이 달린 현관에 그려졌다.

1920년 즈음에 조 뉴올은 부자가 됐다. 게이츠폴스의 방직 공장 세 곳은 불난 집과 같았다. 세계대전의 부수 효과가 넘쳐났고 새롭게 부상한 (또는 부상중인) 중산층의 주문이 밀려들었다. 그는 집에 부속 건물을 추가하기 시작했다. 대부분의 마을 주민들은 불필요한 조치라고 여겼고—이러니 저러니 해도 거기 사는 사람이 둘뿐이지 않은가—이미 구제불능으로 흉측한 집에 흉측함만 더할 뿐이라고 생각했다.

조만간 식구가 한 명 늘어날 것이라는 소식이 게이츠폴스에서 드문드문 전해졌는데, 소문의 진원지는 당시 로버트슨 박사의 간호사였던 도리스 진저크로프트일 때가 많았다. 따라서 부속 건물은 자축의 의미였던 듯했다. 코라 레너드 뉴올은 육 년의 행복한 결혼 생활 끝에, 앞마당을 가로지르거나 가끔 건물들 너머 벌판에서 크로커스나 들장미, 야생 당근, 개불알꽃, 카스틸레야와 같은 꽃을 꺾을 때 먼발치에서 보인 게 전부였던 사 년의 벤드 생활 끝에, 아이를 품었다.

그녀는 브라우니스에서 장을 본 적이 없었다. 매주 목요일 오후에 세이츠 센터의 키티 코너 스토어에 갔다.

1921년 1월에 코라는 팔이 없는 괴물을 낳았다. 소문에 따르면 손가락까지 완벽하게 달린 조그만 손이 한쪽 눈구멍에 달려 있었다고 했다. 아이는 무심한 진통에 떠밀려 의식이 없는 벌건 얼굴로 세상의 빛을 본 지 여섯 시간도 안 돼서 세상을 떠났다. 조 뉴올은 그로부터 십칠 개월 뒤인 1922년 늦봄(메인 주 서부에 초봄은 없다. 늦봄과 그 이전의 겨울만 있을 뿐이다)에 부속 건물에 둥근 지붕을 얹었다. 그는 계속 외부에서 필요한 물품을 구입했고 빌 '브라우니' 매키식의 가게와는 관계를 맺으려고 하지 않았다. 그리고 벤드 감리교회의 문턱도 절대 넘지 않았다. 아내의 자궁에서 빠져나온 기형아는 고향이 아니라 게이츠폴스의 뉴올 묘지에 묻혔다. 조그만 비석에는 이런 문구가 적혔다.

> 새라 탬슨 태비사 프랜신 뉴올
>
> 1921년 1월 14일
>
> 주님께서 영면을 허락하시길

가게에서 사람들이 조 뉴올과 그의 아내와 그의 집에 대해 이야기하면, 아직 수염을 깎을 나이는 아니지만(그래도 성숙의 증거가 몸속에서 겨울삼을 사녀 기다리고 있었고 어쩌면 꿈까지 꾸고 있었다) 필요한 경우 채소를 쌓고 감자 더미를 길가 가판대로 나를 만큼은 자란 브라우니의 아들 할리가 옆에 서서 들었다. 화제는 대개 집이었다. 그 집은 감성에 대한 모욕이자 시각 공해로 여겨졌다. "하지만 익숙해질 거야." 클레이턴 클러터벅(존의 아버지였다)은 가끔 이렇게 얘기했다. 그 말에 대꾸하는 사람은 없었다. 아무 의미 없는 발언인 동시에…… 명백한 사실이기 때문이다. 브라우니스 앞마당에 서서 가령 산딸기의 계절에 가장 잘 익은 산딸기를 고르고 있으면 삼월의 눈보라를 앞두고 풍향계가 북동쪽을 가리키듯 언덕 비탈의 저택으로 시선이 향하게 되어 있었다. 조만간 쳐다볼 수밖에 없었고 그러기까지 걸리는 시간이 점점 짧아졌다. 클레이턴 클러터벅도 얘기했다시피 뉴올 저택에 익숙해질 수밖에 없기 때문이었다.

1924년에 코라가 지붕과 신축 부속 건물을 연결하는 계단에서 굴러 목과 허리가 부러졌다. 마을을 휩쓴 소문에 따르면(여신도회 구움 과자 바자회에서 시작된 소문이었을 것이다) 당시 그녀는 실오라기 하나 걸치지 않은 상태였다고 했다. 그녀는 기형으로 태어나 단명한 딸의 곁에 묻혔다.

조 뉴올—대부분의 주민들이 인정했다시피 누가 봐도 재수없는 유대인을 닮은 구석이 있었다—은 계속 떼돈을 벌었다. 그는 헛간 두 개와 축사 하나를 새로 만들었는데, 전부 신축 부속 건물을 통해 본채와 연결돼 있었다. 1927년에 완성된 축사는 용도가 금세 밝혀졌다. 조는 취미 삼아 농사를 지어보기로 마음을 먹은 모양이었다. 그는 미캐닉폴스의 업자에게 젖소 열여섯 마리를 샀다. 그 친구에게서 반짝거리는 새 착유기도 샀다. 배달 기사가 언덕을 올라가기 전에 시원한 에일 맥주를 한잔 마시려고 브라우니스에 들렀을 때 트럭 뒷칸에 실려 있는 착유기를 흘끗 들여다본 사람들 말로는 쇠로 만든 문어처럼 생겼다고 했다.

젖소와 착유기가 갖추어지자 조는 모턴에서 얼간이를 데려다 사업을 맡겼다. 냉혹하고 냉정한 사업가라는 소리를 듣던 그가 왜 그랬는지 아무도 영문을 알 수 없었지만—그의 지적 능력이 점점 떨어지고 있다는 것 말고는 설명할 방법이 없는 듯했다—그는 그렇게 했고 당연히 젖소들은 모두 죽었다.

카운티 검역관이 젖소를 살피러 찾아오자 조는 젖소들이 뇌수막염으로 죽었다고 적힌 수의사(나중에 주민들은 알 만하지 않으냐는 듯이 눈썹을 찡긋거리며 게이츠폴스의 수의사라고 얘기했다)의 진단서를 보여주었다.

"재수가 없었다는 말이죠."

조가 얘기했다.

"그걸 농담이라고 하시는 겁니까?"

"마음대로 생각하세요. 그래도 아무 문제 없으니까요."

"저 바보를 조용히 시킬 수 없을까요?"

카운티 검역관이 얘기했다. 진입로의 우편함에 기대고 서서 울부짖고 있는 얼간이를 보고 하는 말이었다. 통통하고 지저분한 그의 뺨을 타고 눈물이 흘러내렸다. 그는 모든 게 자기 잘못이라는 것을 아는 사람처럼 어쩌다 한 번씩 뒤로 물러나 자신을 세게 한 대 때렸다.

"저 사람도 아무 문제 없습니다."

"제 눈에는 이 집의 그 무엇도 아무 문제 없어 보이지 않는데요." 카운티 검역관이 말했다. "특히 열여섯 마리의 젖소가 똑바로 누워서 울타리 기둥처럼 네 다리를 뻗고 죽어 있잖습니까. 여기서 다 보여요."

"다행이로군요." 조 뉴올이 말했다. "이 이상은 접근하지 못하실 테니."

카운티 검역관은 게이츠폴스의 수의사가 작성한 진단서를 바닥으로 던지고 한쪽 부츠로 밟았다. 그러고는 조 뉴올을 쳐다보았다. 얼굴이 어찌나 시뻘게졌던지 코 양쪽의 혈관이 자주색으로 구불구불하게 튀어나왔다.

"젖소들을 보고 싶은데요. 접근이 불가능하다니 한 마리 끌고 나오시죠."

"싫습니다."

"그렇게 세상만사를 다 멋대로 주무를 수 있는 줄 아십니까, 뉴올 씨? 영장을 들고 오겠어요."

"그러시든지요."

검역관은 차를 타고 떠났다. 조는 그를 지켜보았다. 진입로 입구에서는 시어스와 로벅 카탈로그를 보고 주문한, 똥물이 튄 오버올을 입은 얼간이가 뉴올의 우편함에 기대고 서서 울부짖고 있었다. 그는 무더웠던 팔월의 그날 하루 종일 그 자리에 서서 다운증후군 환자처럼 평평한 얼굴로 누런 하늘을 올려다보며 고래고래 울분을 토했다. 게리 폴슨의 표현을 빌자면 "달빛을 맞은 송아지처럼 우렁차게" 그랬다.

카운티 검역관은 시로이스 힐 출신의 클렘 업쇼였다. 그 혼자였다면 흥분이 좀 가라앉았을 때 이 문제에서 관심을 거두었을지 몰라도 그가 그 자리에 임명되는 데 일조했던(그리고 대가로 상당한 양의 맥주를 요구했던) 브라우니 매키식이 그러면 안 된다고 설득했다. 할리 매키식의 아버지는 원래 앞잡이를 내세우지 않는 성격이었지만—그럴 필요가 없었다—조 뉴올의 사유재산에 관한 자기 생각을 밝히고 싶었다. 훌륭한 것이고 미국적인 것이지만 사유재산도 마을의 일부였다. 부잣집 나리들은 내킬 때마다 자기집을 넓힐 수 있을지 몰라도 캐슬록 사람들은 여전히 공동체를 먼저 생각한다는 사실을 조에게 알리고 싶었다. 그래서 클렘 업쇼는 당시 군청 소재지이자 영장 발부권이 있는 래커리로 갔다.

그가 그곳으로 건너가는 동안 대형 밴 하나가 울부짖는 얼간이를 지나 축사로 향했다. 클렘 업쇼가 영장을 들고 돌아왔을 때는 왕겨를 덮고 흐릿하고 멍한 까만 눈으로 그를 쳐다보는 젖소가 한 마리밖에 남아 있지 않았다. 클렘은 적어도 이 녀석만큼은 뇌수막염으로 죽었을 거라고 판단하고 떠났다. 그가 사라지자 밴이 다시 와서 마지막 남은 한 마리를 수거해 갔다.

1928년에 조는 부속 건물을 또 한 채 짓기 시작했다. 브라우니스에 모인 사람들이 조가 제정신이 아니라는 결론을 내린 게 그때였다. 똑똑한 건 맞지만 제정신이 아니었다. 베니 엘리스는 조가 딸아이의 한쪽 눈을 도려내고 다른 쪽 눈구멍에 달려 있었던 손가락을 절단해 '퍼블알데히드'라는 걸로 채운 병에 담가서 식탁에 보관중이라고 주장했다. 베니는 거대한 개미들이 알몸의 여인을 나르거나 그 비슷한 끔찍한 장면이 표지에 그려진 싸구려 공포물과 잡지의 열렬한 팬이었기 때문에 그런 병을 운운한 것은 독서 취향이 반영된 발상이었을 것이다. 그로부터 얼마 안 있어 벤드뿐 아니라 캐슬록 전역의 주민들이 그 말이 한 마디도 틀림없이 맞는다고 주장하기 시작했다. 조가 차마 입에 담을 수 있는 것들까지 병에 보관하고 있다고 주장하는 사람들마저 생겨났다.

두 번째 부속 건물은 1929년 8월에 완공됐고 그로부터 이틀 뒤 저녁에 전조등 대신 나트륨등을 단 고물차 한 대가 요동치며 조 뉴올의 진입로로 돌진해 부속 건물에 대고 냄새나는 큼지막한 스컹크 시체를 던졌다. 스컹크가 창문 위편에 철퍼덕 부딪히자 부채꼴 모양으로 튄 피가 유리창에 한자 비슷한 무늬를 남겼다.

그해 구월에 게이츠폴스에 있는 뉴올의 주력 공장 소면실에서 불이 나 오만 달러의 피해가 발생했다. 시월에는 주식시장이 붕괴했다. 십일월에 조 뉴올은 최근에 만든 부속 건물의 미완성된 어느 방—침실로 꾸미려고 한 방 같았다—에서 목을 매 자살했다. 갓 자른 나무의 수액 냄새가 아직까지 코를 찌르는 방이었다. 그를 발견한 사람은 게이츠밀스의 부공장장이자 이제는 결핵에 걸린 코커스패니얼이 뱉어놓은 토사물보다도 가치가 떨어지는 월 스트리트 상품에 조와 함께 투자했던 클리블랜드 토벗이었다. 그의 시신을 거둔 카운티 검시관은 클렘 업쇼의 형제인 노블이었다.

조는 십일월의 마지막 날에 아내와 아이 곁에 묻혔다. 혹한의 화창한 날, 캐슬록에서 장례식에 참석한 사람은 헤이 앤드 피버디 장의차를 운전하는 앨빈 코이뿐이었다. 앨빈이 전하길 참석자 중에 너구리 모피 코트를 입고 검은색의 종 모양 모자를 쓴 날씬한 아가씨가 있었다고 했다. 앨빈은 브라우니스에 앉아서 통에 담긴 피클을 집어먹고 쓴웃음을 지으며 친구들에게 재즈 베이비라는 게 있다면 그 아가씨라고 얘기했다. 그녀는 코라 레너드 뉴올 쪽의 가족과 눈곱만큼도 닮지 않았고 기도하는 중에도 눈을 감지 않았다.

게리 폴슨이 아주 천천히 가게 안으로 들어와 등뒤로 조심스럽게 문을 닫는다.

"왔나." 할리 매키식이 아무 감정 없는 말투로 인사를 건넨다.

"어제저녁에 조합 회관에서 칠면조 땄다는 얘기 들었어." 클럿 영감이 파이프담배에 불을 붙일 준비를 하며 얘기한다.

"응." 여든네 살인 게리는 다른 친구들처럼 벤드가 지금보다 활기 넘쳤던 시절을 기억한다. 그는 두 번—엉망진창이었던 베트남 이전의 두 번—의 전쟁에서 두 명의 아들을 잃었다. 감당하기 힘든 일이었다. 말 잘 듣던 셋째 아들이 프레스크 아일에서 펄프재를 싣고 가던 트럭과 충돌해서 죽은 건 1973년의 일이었다. 그건 그나마 감당하기 수월했는데, 왜 그랬는지는 아무도 모를 일이다. 게리는 요즘 가끔 침을 흘리고 침이 턱을 타고 흐르기 전에 다시 빨아들이느라 입맛 다시는 소리를 자주 낸다. 그는 최근 들어 모르는 게 많아졌지만 노구로 말년을 보내는 게 얼마나 뭣 같은 일인지는 안다.

"커피 줄까?"

할리가 묻는다.

"됐어."

지지난해 가을에 희한한 교통사고를 당해 갈비뼈가 부러진 후유증을 아마도 죽을 때까지 극복하지 못할 레니 파트리지는 인생 선배가 지나가서 구석자리에 조심스럽게 앉을 수 있도록(게리가 1982년에 직접 등나무로 엮어서 의자의 앉는 부분을 만들었다) 발을 내린다. 폴슨은 입맛 다시는 소리를 내며 침을 빨아들이고 울퉁불퉁한 손으로 지팡이 꼭대기를 감싼다. 그는 피곤하고 초췌해 보인다.

"비가 허벌나게 오겠어." 마침내 그가 입을 연다. "심하게 욱신거리네."

"올가을은 날이 궂네."

폴 콜리스가 얘기한다.

정적이 흐른다. 난로의 온기가, 할리가 죽거나 막내딸이 독립하면 그전에라도 문을 닫을 가게 안을 가득채우고 노인들의 뼈를 감싸보려고 애를 쓰며 지저분한 유리창을 향해 쿵쿵거리는 소리를 낸다. 유리창에 달린 구닥다리 포스터는, 1977년에 모빌이 떼어 가기 전까지 주유 펌프가 있었던 마당을 내다보고 있다. 그들 대부분은 자식들이 좀더 돈벌이가 되는 동네로 이사 가는 걸 지켜본 경험이 있다. 이 가게만 해도 이제는 동네 주민 몇 명과 칠월에도 보온 내복을 입고 난롯가에 앉아 있는 노인들을 신기하게 여기는 여름 관광객이나 지나가던 길에 어쩌다 한 번씩 들를 뿐, 장사라고 할 만큼 팔리지 않는다. 클럿 영감은 새로운 사람들이 여기로 찾아올 거라고 항상 주장했지만 지난 이삼 년 새 상황이 그 어느 때보다 안 좋아져서 우라질 마을 전체가 죽어가고 있는 듯이 느껴진다.

“빌어먹을 뉴올 저택에 새로운 부속 건물을 누가 짓고 있는 거야?”

한참 만에 게리가 묻는다.

노인들은 게리를 돌아본다. 클럿 영감이 긁어서 들고 있던 성냥이 파이프담배 위에 신비롭게 머물며 나무를 태워서 까맣게 만든다. 황이 발린 끝부분이 회색으로 변하며 오그라든다. 마침내 클럿 영감은 성냥을 재떨이에 버리고 파이프를 빼끔빼끔 빤다.

“부속 건물?”

할리가 묻는다.

“응.”

클럿 영감의 파이프에서 흘러나온 파란색 연기 장막이 난로 위로 피어올라 촘촘한 어망처럼 퍼진다. 레니 파트리지는 고개를 들어 턱밑 살을 팽팽하게 당기고 건조하게 부스럭거리는 소리를 내가며 손으로 목을 천천히 쓸어내린다.

“내가 아는 사람 중에는 없는데.”

할리가 얘기한다. 적어도 이 동네에서 이름이 알려진 사람 중에는 없다는 말투다.

“1981년 이후로 그 집을 사겠다는 사람이 그들 앞에 나타난 적이 없잖아.”

클럿 영감이 얘기했다. 클럿 영감이 말하는 그들이란 기본적으로 서던 메인 위빙과 서던 메인 은행이지만 그뿐만이 아니다. 매사추세츠의 이탈리아 놈들까지 통칭하는 용어다. 조가 스스로 목숨을 끊은 지 약 일 년이 지났을 때 서던 메인 위빙이 조의 방직 공장 세

곳과 언덕 비탈의 저택을 인수했다. 브라우니스의 난롯가에 둘러앉은 사람들이 보기에 그 이름은 연막 장치에 지나지 않거나…… 그들이 법이라고 부르는 것을 대변한다. '그녀가 접근 금지 명령을 신청하는 바람에 이제 그는 법에 의해 아이들을 만날 수가 없다'라고 할 때의 법 말이다. 이들은 그들의 삶과 친구들의 삶에 안 좋은 영향을 미치기 때문에 법을 혐오하지만 법을 이용해서 사악한 방법으로 돈을 더 많이 벌려고 하는 사람들의 이야기에 끊임없이 매료된다.

서던 메인 위빙, 즉 서던 메인 은행, 즉 매사추세츠의 이탈리아 놈들은 죽어가는 방직 공장을 살려놓은 조 뉴올 덕분에 한참 동안 재미를 보았지만, 브라우니스에서 하루 종일 시간을 때우는 노인들의 흥미를 자극하는 부분은 그들이 무슨 수를 써도 집을 처분하지 못하고 있는 현실이다. "손끝에 들러붙어서 아무리 털어도 떨어지지 않는 코딱지 같잖아요." 언젠가 레니 파트리지가 이렇게 표현하자 그들은 일제히 고개를 끄덕였다. "심지어 메이든과 리비어의 스파게티 먹는 돼지들도 그 맷돌을 어쩌지 못하고 있어요."

클럿 영감이 손자 앤디와 사이가 어그러진 것도 조 뉴올의 꼴 보기 싫은 저택 때문이다. 물론 언제나 그렇듯 다른 개인적인 문제들이 수면 밑에서 소용돌이치고 있었던 건 사실이다. 하지만 이제는 둘 다 홀아비가 된 할아버지와 손자가 시내에 있는 손자의 집에서 상당히 근사한 저녁을 먹고 난 이후에 얘기가 불거졌다.

당시만 해도 아직 경찰서에서 잘리지 않았던 앤디는 서던 메인 위빙과 과거 뉴올의 땅은 오래전부터 아무 관계가 없었다고, 벤드에 있는 저택의 실소유주는 서던 메인 은행이고 그 둘은 전혀 별개의 회사라고 (다소 건방지게) 할아버지에게 설명하려고 했다. 존은 앤디에게 그걸 믿으면 바보라고 했다. 은행과 방직 회사는 둘 다 매사추세츠 이탈리아 놈들의 얼굴 마담이라는 걸, 둘의 차이점은 단어 몇 개뿐이라는 걸 모르는 사람이 없다고 했다. 할아버지는 그들이 좀더 확연한 연결 고리를, 그러니까 법이라는 연결 고리를 어마어마한 서류로 숨기고 있는 거라고 설명했다.

손자는 그 말을 듣고 웃음을 터뜨리는 실수를 저질렀다. 할아버지는 얼굴을 붉히며 냅킨을 접시 위로 던지고 일어났다. "웃어라." 그는 얘기했다. "어디 한번 계속 웃어봐라. 못 할 것도 없지. 주정뱅이가 잘 알지도 못하는 걸 두고 웃는 것보다 유일하게 잘하는 건 잘 알지도 못하는 걸 두고 우는 것뿐이잖니." 그 말에 앤디가 발끈하며 자신이 술을 마시는 이유는 멀리사 때문이라고 하자 존은 손자에게 언제까지 죽은 아내 탓을 할 거냐고 물었다. 앤디는 그 말을 듣고 하얗게 질린 얼굴로 할아버지에게 나가라고 했다. 존은 그 집에서 나온 이후로 두 번 다시 발걸음을 하지 않았다. 그러고 싶은 마음도 없다. 독설은 둘째치고 지금처럼 손수레에 몸을 싣고 지옥으로 전진하는 앤디를 더이상 두고 볼 수 없기 때문이다.

추측이 됐건 뭐가 됐건 이것만큼은 아무도 부인할 수 없다. 언덕비탈의 집이 텅 빈 지 이제 십일 년째고 그동안 거기서 산 사람이 아무도 없었고 이 지역 부동산업체를 통해 그 집을 어떻게든 팔아보려고 하는 기관이 서던 메인 은행이라는 것.

"집을 사겠다고 마지막으로 나선 사람이 뉴욕 북부 출신 아니었나?"

폴 콜리스가 묻는데, 워낙 말수가 없는 친구라 다들 그를 돌아본다. 심지어 게리마저 그런다.

"맞아." 레니가 얘기한다. "괜찮은 부부였는데. 남자가 축사를 빨간색으로 칠해서 무슨 골동품 가게로 꾸미려고 하지 않았나?"

"그렇지." 클럿 영감이 얘기한다. "그런데 그들이 보관하던 총을 아들이 건드리는 바람에……."

"사람들이 그렇게 우라지게 생각이 없다니까……."

할리가 끼어든다.

"죽었나?" 레니가 묻는다. "그 아들 말이야."

정적이 질문을 맞이한다. 아무도 모르는 듯하다. 한참 만에, 거의 마지못한 듯이 게리가 입을 연다.

"아니. 하지만 앞을 못 보게 됐지. 그 가족은 오번으로 이사했어. 아니면 리즈일 수도 있고."

"괜찮아 보이는 부부였는데 말이지." 레니가 말한다. "나는 그들이 잘 해결할 수도 있겠다고, 진심으로 그렇게 생각했어. 하지만 그들은 집에 집착했지. 자기들이 외지인이라 마가 꼈다며 다들 딴죽을 거는 거라고 생각했고." 레니는 생각에 잠긴 표정으로 잠깐 얘기를 멈춘다. "지금쯤 그게 아니라는 걸 깨달았겠지……. 어디서 사는지 모르겠지만."

정적이 흐르고 그동안 노인들은 뉴욕 북부 출신의 그 가족을 생각한다. 아니면 점점 상태가 안 좋아지는 자신들의 신체 기관과 감각 기관에 대해 생각하는지도 모를 일이다. 난로 뒤편의 어두침침한 곳에서 기름이 꾸르륵거린다. 그 너머 어디에선가 가만히 있지 못하는 가을바람에 덧문이 쿵쿵대며 앞뒤로 박수를 친다.

"지금 신축 건물이 지어지고 있어." 게리가 얘기한다. 누가 아니라고 반박이라고 한 듯이 조용하지만 단호하게 못을 박는다. "리버 로드를 지나다 봤어. 뼈대는 거의 완성됐던데. 그 우라질 게 길이 삼십 미터, 너비 구 미터를 목표로 삼고 있는 것 같더라고. 지금까지 본 적이 없는 건물인데 말이지. 괜찮은 단풍나무를 쓰는 것 같던데. 요즘 같은 때 어디서 그렇게 괜찮은 단풍나무를 구했을까?"

아무도 대꾸를 하지 않는다. 아무도 모른다.

마침내 폴 콜리스가 조심스럽게 묻는다.

"혹시 다른 집을 보고 착각한 건 아니겠지, 게리? 혹시……."

"아니면 내 손에 장을 지지겠어." 게리는 좀 전처럼 조용하지만 보다 단호하게 못을 박는다. "뉴올의 집이야. 뉴올의 집에 새 부속 건물이 벌써 뼈대까지 만들어졌어. 의심스럽거든 나가서 직접 확인해보든지."

그렇게 얘길 하니 더이상 할말도 없고…… 그들은 그를 믿는다. 하지만 폴도 어느 누구도 달려나가서 뉴올의 집에 새 부속 건물이 추가되고 있는지 고개를 길게 빼고 확인하지 않는다. 중요한 문제라고 생각하기에 섣불리 나서지 않으려 한다. 시간이 좀더 흐른다. 할리 매키식은 시간이 펄프재라면 그들 모두 부자가 됐을 거라는 생각을 여러 번 한다. 폴은 오래된 수냉식 탄산음료 보관함으로 가서 오렌지 크러시를 꺼낸다. 그가 육십 센트를 건네자 할리는 매출난에 입력한다. 그는 금전등록기를 다시 쾅 소리 나게 닫으며 가게 안의 분위기가 왠지 모르게 달라졌다는 사실을 깨닫는다. 의논해야 하는 다른 문제들이 있다.

레니 파트리지가 기침을 하더니 얼굴을 찡그리며 절대 붙지 않는 갈비뼈 주변을 손으로 살짝 누르고 게리에게 데이너 로이의 장례식이 언제냐고 묻는다.

"내일." 게리가 얘기한다. "고램이야. 아내가 거기 묻혔잖아."

루시 로이는 1968년에 세상을 떠났다. 1979년까지 게이츠폴스의 US 집섬(그들은 일상적으로, 아무 편견 없이 그 회사를 US 잡섬이라고 불렀다)에서 전기 기술자로 근무했던 데이너는 이틀 전에 대장암으로 세상을 떠났다. 그는 평생을 캐슬록에서 살았고 사람들에게 즐겨 얘기했다시피 팔십 년 동안 코네티컷에 사는 이모를 만나러 한 번, 펜웨이 파크로 보스턴 레드삭스 경기를 보러 갔을 때 한 번("그런데 그 건달 새끼들이 졌지 뭐야"라고 항상 덧붙였다), 뉴햄프셔 주 포츠머스에서 열린 전기 기술자 컨벤션에 참석하느라 한 번, 이렇게 세 번 말고는 메인 주를 벗어난 적이 없었다. "우라질 시간 낭비였어." 데이너는 컨벤션을 두고 항상 이렇게 얘기했다. "술 마시고 여자들한테 집적거리는 게 전부였는데, 수작을 걸기는커녕 쳐다볼 만한 여자도 없더라니까." 데이너는 이들의 친구였다. 그들은 데이너가 떠났다는 데 슬픈 한편으로 의기양양한 묘한 감정을 느낀다.

"병원에서 창자를 일 미터 넘게 제거했다고 하더군." 게리가 다른 친구들에게 얘기한다. "소용이 없었지. 암이 온몸에 퍼진 상태였거든."

"데이너는 조 뉴올을 알았지." 레니가 갑작스럽게 얘기한다. "자기 아빠가 조의 집에 전선을 설치하러 갔을 때 따라갔으니까. 기껏해야 여섯 살 아니면 여덟 살이었겠지만. 데이너가 한 번은 조에게 사탕을 받은 적이 있는데 아빠 트럭을 타고 집으로 가는 길에 버렸다고 얘기한 적이 있어. 맛이 시큼하고 이상했다면서. 그러고 나서 나중에 공장이 전부 재가동되기 시작했을 때—아마 1930년대 중반이었을 거야—그가 전선을 다시 설치하는 작업을 맡았고. 기억하지, 할리?"

"응."

데이너 로이를 거쳐 조 뉴올로 다시 화제가 옮겨지자 그들은 말없이 앉아서 그 둘에 얽힌 일화가 있는지 기억을 더듬는다. 마침내 말문을 연 클럿 영감이 뜻밖의 얘기를 꺼낸다.

"그 집에 스컹크를 던진 사람이 데이너 로이의 형 윌이었어. 아마 그럴 거야."

"윌이었다고?" 레니는 눈썹을 추켜세운다. "윌 로이는 그런 짓을 저지르기에는 너무 성실한 성격이었잖아."

게리 폴슨이 나지막이 중얼거린다.

"맞아, 윌이었어."

그들은 게리를 쳐다본다. 게리가 말을 잇는다.

"그리고 아빠랑 같이 찾아간 날 데이너에게 사탕을 준 사람은 부인이었고. 조가 아니라 코라였다고. 그리고 데이너는 여섯 살 아니면 여덟 살이 아니었어. 스컹크 투척 사건은 증시 폭락 즈음이었고 그 무렵 코라는 저세상 사람이었거든. 아니야, 데이너가 당시 일을 조금 기억할지 몰라도 기껏해야 두 살이었을 거야. 그 사탕을 받은 게 1916년 무렵이었지. 에디 로이가 그 집 전기 공사를 한 게 1916

넌이있으니까. 데이너는 한 번 다녀온 게 전부야. 프랭크—십 년인가 십이 년 전에 죽은 둘째 말이야—가 당시 여섯 살 아니면 여덟 살쯤 됐겠네. 코라가 동생한테 무슨 짓을 했는지 프랭크가 봤다는 것까지는 나도 알지만 그가 언제 윌한테 얘기했는지는 모르겠어. 상관없긴 하지만. 결국 윌은 복수를 하기로 결심했지. 그 무렵 부인은 죽고 없었으니까 조가 아내를 위해 지은 집에다 복수를 한 거야."

"그건 됐고." 할리가 넋을 잃은 투로 얘기한다. "부인이 데이너한테 무슨 짓을 했는데? 내가 궁금한 건 그거야."

게리는 차분하게, 거의 신중하다 싶을 정도로 설명한다. "어느 날 밤에 프랭크가 몇 잔 걸쳤을 때 한 얘기로는 부인이 한 손으로 사탕을 건네면서 다른 손은 막냇동생의 기저귀 안에 넣었다고 했어. 그가 보는 앞에서."

"설마!"

클럿 영감은 자기도 모르게 충격을 받은 목소리로 외친다.

게리는 누렇게 바래가는 눈으로 그를 쳐다보기만 할 뿐 아무 말도 하지 않는다.

다시 정적이 흐른다. 바람 소리와 박수를 치는 덧문 소리만 들릴 뿐이다. 야외무대에서 놀던 아이들은 소방차를 들고 다른 데로 자리를 옮겼다. 깊이를 알 수 없는 오후가 계속 이어지는 가운데 햇살은 앤드루 와이어스의 그림에서처럼 하얗고 고요하고 바보 같은 의미로 가득하다. 땅은 빈약한 수확을 포기하고 눈이 내리기만을 부질없이 기다린다.

게리는 데이너 로이가 콧구멍 주변으로 딱딱하게 굳은 까만 코딱지를 달고 햇볕을 쪼인 생선 같은 냄새를 풍기며 죽을 날을 기다리던 컴벌랜드 기념 병원의 병실에 대해 얘기하고 싶다. 서늘했던 파란색 타일, 머리를 뒤로 묶어서 망을 씌운 간호사들, 대개 다리가 예쁘고 젖가슴은 탱탱하며 1923년이 실제로 있었던 해라는 걸, 늙은이들의 삭신을 괴롭히는 통증만큼이나 진짜라는 걸 전혀 상상조차 하지 못할 만큼 젊은 그들에 대해 얘기하고 싶다. 부도덕한 시대와 몇몇 부도덕한 곳에 대해 일장 연설을 늘어놓고, 캐슬록이 마침내 뽑힐 준비가 된 썩은 이와 비슷해진 이유를 설명하고 싶다. 무엇보다도 데이너 로이는 누군가가 가슴속에 가득 쑤셔넣은 건초를 헤치고 숨을 쉬려고 하는 것 같았다고, 벌써부터 썩기 시작한 것 같았다고 그들에게 알려주고 싶다. 그럼에도 어떤 식으로 운을 떼면 좋을지 알 수 없기에 아무 말도 하지 않고, 침을 빨아들이며 침묵을 지킨다.

"조를 좋아한 사람은 없었어." 클럿 영감은 이렇게 얘기하고…… 잠시 후에 갑자기 얼굴을 환히 밝힌다. "그런데 아뿔싸, 다들 익숙해져버렸지 뭐야."

다른 사람들은 아무 대꾸도 하지 않는다.

그로부터 십구 일 뒤, 첫눈이 쓸모없는 땅을 뒤덮기 일주일 전에 게리 폴슨은 놀랍도록 선정적인 꿈을 꾸는데…… 사실은 대부분이 기억이다.

1923년 8월 14일에 게리 마틴 폴슨은 아버지의 농장에서 쓰는 트럭을 타고 뉴올의 집 앞을 지나다 우연히 신입로 끝에 놓인 우편함에서 몸을 돌리는 코라 레너드 뉴올과 맞닥뜨렸다. 그녀는 한 손에 신문을 들고 있었다. 게리를 보더니 빈손을 내려서 홈드레스 치맛자락을 잡았다. 그녀는 웃지 않았다. 창백하고 공허한 달덩이 같은 얼굴로 치마를 걷어올려 성기를 드러냈다. 그는 주변 남자아이들이 열심히 떠들어대는 그 신비로운 부위를 그전까지 본 적이 없었다. 그녀는 여전히 정색을 한 채 진지하게 그를 바라보았고 입을 떡 벌리고 놀란 표정으로 지나가는 그를 향해 골반을 왔다 갔다 움직였다. 그 옆을 지나가던 순간 그의 손이 무릎으로 떨어졌고 잠시 후에 그는 플란넬 바지에 대고 사정을 했다.

그가 처음으로 느낀 오르가슴이었다. 그 뒤로 그는 1926년에 틴 다리 밑에서 샐리 오울렛을 시작으로 오랜 세월 동안 상당수의 여자들과 사랑을 나누었지만 오르가슴의 순간에 다다르면 어김없이 코라 레너드 뉴올이 보였다. 후끈한 암회색 하늘을 등지고 우편함 옆에 서 있었던 그녀가, 치맛자락을 들어서 둥그스름하게 나온 크림색 배 아래로 거의 없는 거나 다름없었던 불그스름한 덤불을 드러냈던 그녀가, 세상에서 가장 맛있게 보드라운 코랄

(코라)

핑크색으로 점점 옅어져가던 살짝 벌어진 빨간 입술이 보였다. 하지만 문란하게 부푼 배 밑으로 보인 음문 때문에 그 오랜 세월 동안 사정하는 순간 모든 여자가 코라로 보인 건 아니다. 그게 유일한 이유는 아니다. 그 기억이 떠올랐을 때 그가 항상 욕망으로 이성을 잃었던 이유는(그리고 사랑을 나눌 때 그 기억을 떠올릴 수밖에 없었던

이유는) 자신을 향해 한 번, 두 번, 세 번…… 펌프질을 하던 그녀의 골반 때문이었다. 그것과, 모든 젊은 남자들의 얼마 안 되는 성적 지식과 욕망의 총체라도 되는 듯 백치인가 싶을 정도로 심하게 감정을 드러내지 않던 그녀의 표정 때문이었다. 빽빽한 갈망의 어둠, 오직 하나뿐인 한정판, 은은하게 빛나는 에덴의 코라 핑크.

그 경험—결정적인 경험이라는 게 바로 이런 것 아닐까—이 성생활을 규정하고 제한했지만 그는 거나하게 취했을 때 몇 번 유혹을 느끼기는 했어도 아무한테도 얘기하지 않았다. 혼자만의 비밀로 간직했다. 그 꿈을 꾸는 순간, 소뇌의 조그만 혈관이 터져서 엉겨붙자 거의 구 년 만에 처음으로 완벽하게 발기가 되며 그는 조용히 숨을 거둔다. 덕분에 팔에 말랑말랑한 관을 꽂고 소변 줄을 달고, 머리는 하나로 묶어서 망을 씌우고 젖가슴이 탱탱한 말수 없는 간호사들과 더불어 사 주 또는 사 개월 동안 마비 환자로 누워 지내는 신세를 면한다. 그가 꿈결에 세상을 떠나자 성기가 시들고 꿈은 어두컴컴한 방에서 텔레비전을 껐을 때 브라운관에 남는 잔상처럼 희미해진다. 하지만 그가 숨을 헐떡이며 선명하게 마지막 한 마디를 내뱉었을 때 친구 중 누군가 곁에 있었다면 영문을 몰라 했을 것이다.

"달!"

그가 고향에 묻힌 다음날, 뉴올 저택의 신축 부속 건물에 둥근 지붕이 씌워지기 시작했다.

# 움직이는 틀니

★★★

강도질하는 히치하이커 VS. 움직이는 틀니

모래폭풍 속에서 벌어진 혈전의 승자는?

진열대를 들여다보고 있자니 삼등분한 소년 시절의 가운데 부분을 지저분한 유리 너머로 들여다보는 느낌이었다. 이런 것에 매료되었던 일곱 살부터 열네 살까지를 말이다. 호건은 밖에서 점점 거세게 윙윙거리는 바람 소리와 모래가 투둑투둑 깔깔하게 유리창을 때리는 소리도 잊고 좀더 가까이 몸을 숙였다. 진열대는 근사한 잡동사니들로 가득했다. 대부분 타이완 아니면 한국에서 만들어진 제품이겠지만 개중 최고는 뭔지 분명했다. 그는 그렇게 큰 '움직이는 틀니'를 본 적이 없었다. 거기다 발이 달린 것도 본 적 없었다. 만화에 나오는 것처럼 큼지막한 주황색 신발에 흰색 각반까지 두르고 있다니 정말 짱이었다.

호건은 고개를 들고 카운터 뒤편에 서 있는 뚱뚱한 여자를 쳐다보았다. 그녀는 "네바다는 주님의 나라"라고 적힌 티셔츠(어마어마하게 큰 그녀의 젖가슴 위에서 글자가 부풀었다 꺼지길 반복했다)와 마대자루나 다름없는 청바지를 입고 있었다. 금발의 긴 머리를 운동화 끈으로 묶은 핼쑥한 젊은 남자에게 담배를 팔고 있었다. 얼굴이 영리한 실험실 쥐처럼 생긴 그 남자는 지저분한 한쪽 손으로 열심히 세어가며 잔돈으로 담뱃값을 치르고 있었다.

"저기요."

그녀가 호건을 흘끗 쳐다보았다. 잠시 후에 요란한 소리와 함께 뒷문이 열렸다. 입과 코를 반다나 두건으로 가린 빼빼 마른 남자가 들어왔다. 바람이 불면서 사막의 모래가 사이클론처럼 그를 감쌌고 벽에 압정으로 박힌 밸보린 달력 속의 깜찍한 미녀가 덜커덩거렸다. 새롭게 등장한 인물은 손수레를 밀고 있었다. 철망으로 된 우리 세 개가 그 안에 쌓였는데, 맨 위쪽 우리에는 타란툴라가, 그 아래 우리에는 방울뱀 한 쌍이 들어 있었다. 뱀들이 흥분한 상태로 방울을 흔들며 빠르게 똬리를 감았다 풀었다 했다.

"젠장, 문 닫아, 스쿠터. 예의라는 것도 몰라?" 카운터 뒤편에서 여자가 고함을 질렀다.

그는 날리는 모래 때문에 벌겋게 성이 난 눈으로 그녀를 흘끗 쳐다보았다. "이 여자가, 작작 좀 해라! 문 닫을 손이 없는 거 안 보여? 눈은 장식으로 달고 다녀? 망할!" 그는 손수레 너머로 손을 뻗어 쾅 하고 문을 닫았다. 춤을 추던 모래가 죽은 듯이 바닥으로 떨어졌다. 그는 계속 중얼거리며 손수레를 밀고 뒤편의 창고로 향했다.

"그게 마지막이야?"

"울프만 남았어." 그는 '우프'라고 발음했다. "주유 펌프 뒤편의 별채에 넣으려고."

"어림도 없는 소리!" 거구의 여자는 쏘아붙였다. "울프가 제일 인기가 많은 구경거리라는 걸 잊었어? 여기로 데려와. 라디오에서 그러는데 바람이 앞으로 점점 더 심해질 거래. 한참 더."

"지금 누굴 바보 취급하나." 빼빼 마른 남자(호건이 보기에는 남편인 듯했다)는 양손을 허리에 얹고 서서 시들한 반항조로 그녀를 쳐다보았다. "눈이 삐꾸가 아닌 이상 딱 봐도 미네소타 카이도그*구먼."

세찬 바람이 신음 소리를 내며 '스쿠터스 잡화점&미니 동물원'의 처마를 훑고 지났고 창문을 향해 마른 모래 몇 움큼을 던졌다. 과연 모래바람이 점점 심해지고 있어서 호건으로서는 차를 몰고 빠져나갈 수 있기만을 바랄 따름이었다. 리타와 잭에게 7시까지, 늦어도 8시까지 돌아가겠다고 약속한데다 그는 약속을 지키는 걸 좋아하는 사람이었다.

"아무튼 신경써서 처리해."

거구의 여자는 이렇게 얘기하고 짜증난 기색으로 실험실 쥐를 닮은 남자 쪽으로 고개를 돌렸다.

"저기요."

호건은 다시 한번 불렀다.

"잠깐만 기다려요, 금방 갈게요."

스쿠터 부인이 말했다. 손님이라고는 호건과 실험실 쥐를 닮은

* 암코요테와 수캐 사이에서 태어난 잡종.

남자뿐인데 성격 급한 손님들에게 파묻혀서 죽게 생긴 사람 같은 말투였다.

"10센트 모자라는데, 젊은 친구." 그녀는 카운터에 놓인 동전들을 잽싸게 훑어보고는 금발의 청년에게 말했다.

청년은 순진한 표정으로 눈을 휘둥그레 뜨고 그녀를 빤히 쳐다보았다.

"저를 못 믿으시는 거예요?"

"로마의 교황이 메리트 100을 피우는지 모르겠다만 교황이 왔대도 나는 안 믿어."

눈을 휘둥그레 뜬 순진한 표정이 사라졌다. 실험실 쥐를 닮은 아이는 잠깐 뚱하니 역겨워하는 표정을 지었다가(호건은 그 표정이 아이에게 훨씬 잘 어울린다고 생각했다) 천천히 다시 주머니를 뒤지기 시작했다.

포기하고 나가자, 호건은 생각했다. 지금 나서지 않으면 폭풍이 불든 안 불든 8시까지 로스앤젤레스에 도착하지 못해. 여긴 서행 아니면 정지, 둘밖에 없는 곳이야. 기름 넣고 계산도 했으니까 선수 친 김에 폭풍이 더 심해지기 전에 얼른 다시 출발해.

그는 좌뇌의 훌륭한 충고를 하마터면 따를 뻔했지만…… 진열대에 있는 움직이는 틀니를, 만화 스타일의 큼지막한 주황색 신발을 신은 움직이는 틀니를 보고 말았다. 거기다 흰색 각반이라니! 그게 진짜 대박이었다. 잭이 보면 좋아할 거야. 그의 우뇌가 속삭였다. 그리고 우리 까놓고 얘기해보자, 빌. 잭이 갖기 싫다고 하면 네가 가지면 되잖아. 나중에 움직이는 점보 틀니를 다시 볼 수 있을지 모르지만 그 틀니에도 주황색의 큼지막한 발이 달려 있을까? 글쎄, 과연 그럴까?

그는 우뇌의 말을 들었고…… 그 뒤로 모든 게 줄줄이 이어졌다.

머리를 하나로 묶은 아이는 계속 주머니를 뒤졌다. 허탕을 칠 때마다 뚱한 표정이 점점 짙어졌다. 호건은 담배를 좋아하지 않았지만—아버지가 하루에 두 갑씩 피우다 폐암으로 죽었다—이러다가는 앞으로 한 시간 동안 기다려야 할 것 같은 예감이 들었다.

"어이! 학생!"

아이가 두리번거리자 호건은 그를 향해 25센트 동전을 튀겨서 날렸다.

"와! 고맙습니다!"

"별말씀을."

아이는 우람한 스쿠터 부인과의 계산을 마치고 담배를 한쪽 주머니에, 거슬러 받은 15센트를 다른 쪽 주머니에 넣었다. 그는 호건에게 거스름돈을 주겠다고 하지 않았고 호건도 기대하지 않았다. 요즘은 이런 아이들 천지였다. 부평초처럼 떠다니며 이쪽 해안에서 저쪽 해안까지 고속도로를 어지럽혔다. 예전부터 항상 존재했을지 모르지만 호건이 느끼기에 특히 요즘 보이는 무리들은 지금 스쿠터가 창고에 들여놓는 방울뱀처럼 불쾌한 동시에 조금 무서웠다.

여기 같은 도로변의 조그맣고 시시한 동물원에서 기르는 방울뱀한테는 물려도 죽지 않는다. 일주일에 두 번씩 독을 뽑아서 그걸로 약을 만드는 병원에 넘기기 때문이다. 술꾼들이 매주 화요일과 목요일마다 혈장 은행을 찾는다고 장담할 수 있듯이 이것도 장담할 수 있었다. 하지만 지나치게 가까이 다가가서 성질을 건드리면 죽도록 아프게 물릴지도 모른다. 호건이 보기에는 그것이 요즘 도로를 누비는 젊은 무리들의 공통적인 특징인 듯했다.

스쿠터 부인이 카운터를 돌아 나오자 티셔츠에 적힌 글자가 위아래와 좌우로 들썩였다. "뭐 사려고요?" 그녀가 물었다. 여전히 말투가 공격적이었다. 서부 사람들은 친절하기로 유명하고 호건은 거기서 이십 년 동안 영업 사원으로 근무하며 과연 듣던 대로 그렇다는 느낌을 받은 적이 더 많았지만, 이 여자는 지난 두 주 동안 세 번 강도를 당한 브루클린 가게 주인만큼 매력적이었다. 호건이 짐작컨대 그녀 같은 부류가 도로의 아이들처럼 뉴 웨스트의 일부가 되어가고 있었다. 슬프지만 그게 현실이었다.

"저거 얼마예요?"

호건은 지저분한 유리 사이로 "걸어다니는! 점보 틀니"라고 적힌 푯말을 가리키며 물었다. 진열장은 중국산 손가락 운동 밴드, 매운맛 껌, 괴짜 박사님의 재채기 가루, 담배 폭탄(상자에는 "웃음이 터집니다!"라고 적혀 있지만 호건이 보기에는 입술이 터지지 않으면 다행이었다), 엑스레이 안경, 플라스틱 토사물(정말 진짜 같은!), 누르면 용수철이 튀어나오는 버튼과 같은 싸구려 잡동사니들로 가득했다.

"글쎄요." 스쿠터 부인이 말했다. "상자를 어디 뒀나 모르겠네."

진열장의 물건 중 움직이는 틀니만 상자에 들어 있지 않았다. 틀니는 크기가 정말 점보였다. 그가 메인에서 어린시절에 보고 넋을 잃었던 태엽식 틀니보다 다섯 배 컸으니 사실상 슈퍼 점보였다. 다리를 떼어내면 성경 속 쓰러진 거인의 치아 같았다. 앞니는 하얀색의 큼지막한 블록이었고 송곳니는 비현실적으로 빨간 플라스틱 잇몸에 꽂힌 텐트용 말뚝 같았다. 한쪽 잇몸에 태엽 감개가 삐죽 박혀 있었다. 이빨들은 두툼한 고무줄로 단단히 조여져 있었다.

스쿠터 부인은 움직이는 틀니에 쌓인 먼지를 불어서 털고 이리저리 돌려보다가 가격표를 확인하기 위해 주황색 신발 바닥을 들여다보았다. 없었다. "모르겠네요." 그녀는 짜증난 목소리로 중얼거리고 가격표를 떼어낸 것 아니냐고 의심하는 듯이 호건을 쳐다보았다. "이런 쓰레기를 사다 놓을 사람은 스쿠터밖에 없는데. 노아의 방주 시절부터 여기 있었던 물건이거든요. 그이한테 물어봐야겠어요."

호건은 갑자기 이 여자와 스쿠터스 잡화점&미니 동물원이 지긋지긋해졌다. 근사한 틀니고 잭이 보면 분명 좋아하겠지만 그는 늦어도 8시까지 가겠다고 약속한 터였다.

"됐습니다. 저는 그냥……."

"그거 원래 15달러 95센트 받던 거예요, 믿길지 모르겠지만." 스쿠터가 뒤에서 얘기했다. "플라스틱이 아니라 철제를 하얗게 칠한 거거든요. 제대로 작동했다면 물렸을 때 정말 아팠을 텐데…… 이 여자가 이삼 년 전에 진열장 안을 청소하다 바닥에 떨어뜨리는 바람에 망가졌어요."

"아." 호건은 실망한 목소리로 얘기했다. "안타깝네요. 발이 달린 건 처음 봤거든요."

"요즘은 그렇게 나온 거 많아요. 라스베이거스하고 드라이 스프링스의 장난감 가게에서 샀아요. 하지만 이렇게 큰 건 나도 본 적이 없어요. 악어처럼 딱딱거리는 소리를 내면서 마룻바닥을 걸어다니는 걸 보면 그렇게 재미있을 수가 없었는데. 마누라가 떨어뜨렸으니 뭐, 어쩌겠어요."

스쿠터는 그녀를 흘끗 쳐다보았지만 그녀는 창밖에서 부는 모래바람을 내다보고 있었다. 호건은 그녀의 표정을 읽을 수가 없었다. 슬픈 표정일까 넌더리를 내는 표정일까 아니면 양쪽 모두일까?

스쿠터는 다시 호건 쪽으로 시선을 돌렸다. "원하시면 3달러 50센트에 드릴게요. 안 그래도 잡동사니들을 정리하는 중이거든요. 카운터 안쪽에다 비디오 대여 코너를 만들려고요." 그는 창고 문을 닫았다. 반다나를 당겨서 먼지투성이 셔츠 앞섶에 늘어뜨려 놓았다. 얼굴이 초췌하고 비쩍 말랐다. 사막에서 까맣게 탄 피부 밑에 숨어 있는 중증 질환의 그림자가 느껴졌다.

"그러면 안 되지, 스쿠터!"

거구의 부인이 쏘아붙이며 그를 향해 몸을 돌리는데…… 거의 덮치려는 것처럼 보였다.

"시끄러워. 골이 울리잖아."

"내가 아까 울프……."

"마이라, 녀석을 저 창고에 다시 넣고 싶으면 당신이 직접 가서 끌고 와." 그가 아내에게 다가가자 놀랍게도—호건은 사실 깜짝 놀랐다—그녀가 꼬리를 내렸다. "그래봐야 미네소타 카이도그잖아. 손님, 3달러만 내세요. 그럼 그 움직이는 틀니 드릴게요. 1달러 더 내시면 마이라의 우프도 얹어드려요. 5달러 주시면 이 가게를 통째로 넘기고요. 고속도로가 뚫린 뒤로 개똥값도 못 받게 됐거든요."

장발족은 문 옆에 서서 호건의 돈을 보태서 산 담뱃갑의 비닐을 뜯으며 비열한 호기심이 어린 표정으로 이 조그만 코미디를 구경하고 있었다. 회색이 섞인 초록색 작은 눈을 번뜩이며 스쿠터와 그의 아내를 번갈아 쳐다보았다.

"닥쳐." 마이라가 퉁명스럽게 얘기했다. 이제 보니 금방이라도 울음을 터뜨릴 기세였다. "당신이 싫다고 하면 우리 아기, 내가 데려올 거야." 그녀가 씩씩대며 옆을 지나치자 바위만 한 한쪽 젖가슴이 하마터면 스쿠터를 칠 뻔했다. 만약 거기에 맞았더라면 왜소한 남자는 나가떨어졌을 것이다.

"저기. 저 그냥 갈게요."

"이런, 젠장." 스쿠터가 말했다. "마이라는 신경쓰지 마세요. 내가 암에 걸린 뒤로 달라졌어요. 저런 식으로 받아들이지 못하는 걸 내가 뭐 어쩌겠어요. 그 망할 이빨 들고 가요. 그걸 보면 좋아할 아들이 있는 눈친데. 어쩌면 톱니가 살짝 어긋난 것에 불과할 수도 있어요. 솜씨 좋은 사람이 고치면 다시 철커덕철커덕 걸어다닐 거예요."

그는 속절없이 생각에 잠긴 표정으로 주변을 두리번거렸다. 장발족이 문을 열고 나가자 밖에서 바람이 짤막하고 가느다랗게 비명을 질렀다. 구경거리가 끝났다고 생각한 모양이다. 통조림과 반려견 사료를 양쪽에 거느린 가운데 통로에서 고운 모래 구름이 소용돌이쳤다.

"예전에는 나도 솜씨가 좋았는데 말이죠."

스쿠터가 털어놓았다.

호건은 한참 동안 아무 대꾸도 하지 않았다. 뭐라고 하면 좋을지 단 한 마디도 생각이 나지 않았다. 그는 긁힌 자국들로 덮여서 부연 진열장에 놓여 있는 점보 틀니를 내려다보며 정적을 깰 방법을 필사적으로 찾다가(이제는 스쿠터가 바로 앞에 서 있었기 때문에 큼지막하고 시커먼 그의 눈이 고통과 약에 취해 번득이고 있다는 걸 느낄 수 있었다. 다본 진통제일까 아니면 모르핀일까?) 맨 처음 생각난 말을 불쑥 내뱉었다.

"허, 제 눈에는 멀쩡해 보이는데요."

그는 움직이는 틀니를 집어들었다. 과연 철제였고—다른 재료라고 하기에는 너무 무거웠다—그는 살짝 벌어진 턱 사이를 들여다보았다가 메인 태엽의 크기를 보고 깜짝 놀랐다. 턱을 위아래로 벌리는 것은 물론이고 걸어다니게 하려면 그 정도 크기는 되어야 하는 모양이었다. 스쿠터가 뭐라고 했던가. 제대로 작동했다면 물렸을 때 정말 아팠을 텐데. 호건은 두툼한 고무줄을 조심스럽게 잡아당겨보다가 벗겨냈다. 고통으로 얼룩진 스쿠터의 시커먼 눈을 피하느라 계속 틀니에 시선을 고정하고 있었다. 그는 태엽 감개를 잡고 마침내 슬쩍 고개를 들었다. 다행스럽게도 비쩍 마른 남자는 이제는 미소를 머금고 있었다.

"돌려봐도 될까요?"

"그럼요. 움직이게 해봐요."

호건이 씩 웃으며 감개를 돌렸다. 처음에는 아무 문제가 없었다. 철컥거리며 톱니바퀴 돌아가는 소리가 연속으로 이어졌고 태엽이 감기는 게 보였다. 그러다 세 바퀴째 돌아갔을 때 안에서 퐁! 하는 소리가 들리더니 감개가 구멍 안에서 마냥 헛돌았다.

"알겠죠?"

"네."

호건은 틀니를 카운터에 내려놓았다. 틀니는 비현실적인 주황색 발을 딛고 가만히 서 있기만 했다.

스쿠터가 앙다물려 있는 왼쪽 어금니 사이로 굳은살이 박인 손끝을 쑤셔넣었다. 턱이 벌어졌다. 주황색 한쪽 발이 올라가더니 느릿느릿 반걸음 앞으로 움직였다. 그러다 동작을 멈추고 옆으로 쓰러졌다. 움직이는 틀니는 단절된 삐딱한 미소를 지으며 태엽 감개를 딛고 황무지 한복판에서 휴식을 취했다. 일이 초가 흐르자 천천히 딸깍거리는 소리를 내며 큼지막한 이빨들이 다시 맞물렸다.

호건은 평생 예감이라고는 느껴본 적이 없었는데, 순간 섬뜩하면서 오싹할 정도로 선명한 예감 하나가 퍼뜩 머릿속을 가로질렀다. 앞으로 일 년이 지나면 이 남자는 땅속에 묻힌 지 팔 개월째가 될 거야. 누군가가 그의 관을 꺼내서 뚜껑을 열어보면 이렇게 생긴 치아가 에나멜로 만든 덫처럼 말라버린 해골 밖으로 고개를 내밀고 있을 거야.

그는 변색된 틀에 박힌 시커먼 보석처럼 반짝이는 스쿠터의 눈을 흘끗 쳐다보았고 여기서 빠져나가는 게 선택하고 말고 할 문제가 아님을 깨달았다. 그건 필연이었다.

"자." 그는 말했다(스쿠터가 악수를 청하는 일은 없길 속으로 미친듯이 빌었다). "이제 그만 가봐야겠네요. 몸조리 잘하세요."

스쿠터는 손을 내밀었지만 악수를 하기 위해서가 아니있다. 고무줄로 움직이는 틀니를 다시 감싼 다음(어차피 작동도 안 되는데 뭐하러 그러는지 호건으로서는 알 수 없는 일이었다) 만화처럼 우스꽝스럽게 생긴 발을 똑바로 세워서 긁힌 자국으로 덮인 카운터 너머로 내밀었다. "고마워요." 그가 말했다. "그리고 이건 가져가요. 공짜로 드릴게요."

"아……. 말씀은 감사하지만 그래도……."

"괜찮아요." 스쿠터가 말했다. "가져가서 아들 줘요. 작동하지 않더라도 자기 방 책꽂이에 세워놓고 보면서 좋아할 테니까. 남자애들이 어떤지 알거든요. 아들 셋을 키워서."

"저한테 아들이 있는 줄 어떻게 아셨어요?"

스쿠터는 눈을 찡긋거렸다. 섬뜩한 동시에 안쓰러워 보였다.

"얼굴에 씌어 있어요. 자, 들고 가요."

바람이 다시 불었다. 이번에는 목조건물이 신음 소리를 낼 정도로 거셌다. 모래가 유리창을 때리는 소리가 싸라기눈 내리는 소리비슷했다. 호건은 플라스틱 발을 잡고 움직이는 틀니를 들었고 무게에 다시금 놀라워했다.

"자요." 스쿠터가 카운터 아래에서 자기 얼굴만큼 구깃구깃하고 우글쭈글한 종이봉투를 꺼냈다. "여기 넣어서 가요. 그렇게 근사한 스포츠 코트 주머니에 이런 이빨을 넣으면 스타일이 안 살잖아요."

그는 신체 접촉을 최대한 피하고 싶어 하는 호건의 심정을 이해하는 듯 봉투를 카운터에 내려놓았다.

"고맙습니다." 호건은 움직이는 틀니를 봉투에 넣고 윗부분을 돌돌 말았다. "잭도 고마워할 거예요. 제 아들요."

스쿠터가 미소를 짓자 종이봉투에 든 틀니처럼 진짜 같지 않은 (하지만 그렇게 큼지막하지는 않았다) 치아가 드러났다. "뭘요, 돌풍에서 벗어날 때까지 운전 조심해요. 언덕에 다다르면 안심해도 될 거예요."

"네." 호건은 헛기침을 했다. "정말 감사합니다. 얼른…… 음…… 나으셨으면 좋겠네요."

"그럼 좋겠죠." 스쿠터는 담담하게 얘기했다. "하지만 그럴 가능성은 없을 것 같네요."

"음, 그렇군요." 호건은 대화를 어떤 식으로 마무리지으면 좋을지 아무 생각이 나지 않는다는 데 낭패감을 느꼈다. "잘 지내세요."

스쿠터는 고개를 끄덕였다.

"손님도요."

호건은 입구 쪽으로 철수해 문을 열었다가 바람이 그의 손에서 문을 낚아채 벽을 때리려고 하는 통에 단단히 붙잡아야 했다. 고운 모래가 얼굴을 쓸고 지나가서 호건은 실눈을 떴다.

그는 밖으로 나서 등뒤로 문을 닫았다. 근사한 스포츠 코트 옷깃으로 입과 코를 가린 채 현관을 가로지르고 계단을 내려가 주유기 바로 너머에 주차한 맞춤형 닷지 캠핑용 밴 쪽으로 다가갔다. 바람이 머리칼을 당겼고 모래가 뺨을 찔렀다. 운전석 쪽으로 돌아가려는데 누가 팔을 잡아당겼다.

"아저씨! 저기요, 아저씨!"

그는 몸을 돌렸다. 얼굴이 핼쑥하고 쥐를 닮은 그 금발 아이였다.

티셔츠와 빛바랜 501 청바지만 걸치고서 불어오는 바람과 모래에 맞서 몸을 웅크리고 있었다. 아이의 뒤에서 스쿠터 부인이 개 목걸이를 단 지저분한 짐승을 창고 뒷문 쪽으로 끌고 가고 있었다. 울프라는 미네소타 카이도그는 굶주린 저먼 셰퍼드 새끼 같았다. 그마저도 형제들 중에서 제일 왜소한 녀석이었다.

"왜?"

호건은 이유를 알면서 큰 소리로 물었다.

"저 좀 태워주시면 안 돼요?"

아이가 바람 소리 너머로 외쳤다.

호건은 원래 히치하이커를 태우지 않았다. 오 년 전의 어느 날 오후부터 그랬다. 그날 그는 토노파 외곽에서 어린 여자아이를 태웠다. 길가에 서 있는 아이는 유니세프 포스터에 나오는 슬픈 눈빛의 부랑아 같은 분위기를 풍겼다. 일주일 전에 집에서 불이 나는 바람에 어머니와 마지막 남은 친구를 떠나보낸 그런 아이 말이다. 그런데 차에 태우고 보니 얽은 피부와 오랜 시간 약물에 찌든 광인의 눈빛을 하고 있었다. 그때는 이미 엎질러진 물이었다. 그녀는 그의 얼굴에 권총을 들이대며 지갑을 내놓으라고 했다. 오래돼서 녹이 슨 권총이었다. 손잡이에 감아놓은 절연 테이프는 너덜너덜했다. 장전이 되어 있을지, 장전이 되어 있다 한들 발사가 될지 의심스러웠지만…… 호건에게는 로스앤젤레스에 두고 온 처자식이 있었고 독신이었다고 해도 140달러에 목숨을 걸 일은 없었다. 그 당시에는 막 새로운 일을 시작한 시점이라 140달러의 가치가 지금보다 훨씬 컸지만 그래도 마찬가지였다. 그는 아이에게 지갑을 건넸다. 그즈음 그녀의 남자친구가 호건의 밴(맞춤용 닷지 XRT의 근처에도 오지 못하는 포드 이코노라인이었다) 옆에 파란색의 지저분한 셰비 노바를 대 놓은 상태였다. 호건은 운전면허증과 리타와 잭의 사진은 두고 가면 안 되느냐고 물었다. "엿이나 드세요, 꽃미남 아저씨." 그녀는 이 말과 함께 지갑으로 그의 얼굴을 세게 한 대 때린 다음 내려서 파란 차를 향해 달려갔다.

히치하이커는 골칫덩어리였다.

하지만 폭풍이 점점 심해졌고 아이는 재킷조차 없었다. 아이에게 뭐라고 해야 할까? 엿이나 드세요, 바람이 좀 잠잠해질 때까지 도마뱀들이랑 바위 밑으로 기어들어가 계시죠?

"그래."

"고맙습니다! 정말 고맙습니다!"

아이는 조수석 쪽으로 달려가 문을 열려다가 잠겨 있는 것을 깨닫고는 어깨를 귀 근처까지 웅크린 채 가만히 서서 기다렸다. 불어온 바람이 셔츠 뒷자락을 돛처럼 부풀리자 뼈만 앙상하고 군데군데 여드름이 난 등이 언뜻 드러났다.

호건은 운전석 쪽으로 돌아가며 스쿠터스 잡화점&미니 동물원을 흘끗 돌아보았다. 스쿠터가 창가에 서서 그를 내다보고 있었다. 그가 손바닥을 보이며 엄숙하게 한쪽 손을 들었다. 호건도 답례로 한 손을 들어 보이고 열쇠를 구멍에 넣어서 돌렸다. 그는 차문을 열고 파워 윈도 스위치 옆에 있는 문 열림 버튼을 누른 뒤 아이에게 타라고 손짓했다.

그런 다음 양손으로 차문을 붙잡고 닫아야 했다. 바람이 밴을 에워싸고 포효하자 차체가 좌우로 살짝 흔들렸다.

"와우!" 아이는 탄성을 내뱉으며 손가락으로 씩씩하게 머리칼 사이를 문질렀다(머리를 묶은 신발끈이 풀려서 떡 진 머리가 일직선으로 어깨를 덮었다). "무슨 폭풍이 이래요? 진짜 너무하다!"

"그러게."

호건이 말했다. 브로셔에서 캡틴 체어라고 즐겨 표현하는 앞좌석 사이에 콘솔이 있었다. 호건은 한쪽 컵 홀더에 종이봉투를 넣었다. 그런 다음 시동을 걸었다. 기분 좋게 으르렁거리며 바로 시동이 걸렸다.

아이는 자리에 앉은 채로 몸을 돌려서 뒤편을 살폈다. (접어서 의자로 만들어 놓은) 침대, 조그만 LP 가스레인지, 호건이 갖가지 샘플을 담아놓은 수납함 몇 개가 있었고 맨 뒤에는 간이 화장실이 달려 있었다.

"제법 근사하네요!" 아이가 외쳤다. "편의 시설도 있고." 그는 호건을 다시 흘끗 쳐다보았다. "어디까지 가세요?"

"로스앤젤레스."

아이는 씩 웃었다. "와, 잘됐다! 저도요!" 그는 방금 전에 산 메리트 담뱃갑을 꺼내더니 톡톡 두드려서 담배 한 대를 꺼냈다.

호건은 전조등을 켜고 기어를 주행으로 바꾼 참이었다. 하지만 기어를 다시 주차로 바꾸고 아이를 돌아보았다.

"몇 가지 분명하게 정리하고 출발하자."

아이는 눈을 휘둥그레 뜨고 순진한 표정을 지었다.

"네, 형님. 좋아요."

"첫째, 나는 원래 히치하이커를 태우지 않아. 몇 년 전에 호되게 당한 적이 있거든. 그게 예방주사나 다름없었지. 너를 샌타클라라 언덕까지 태워다 주겠지만 그걸로 끝이야. 그 맞은편에 새미스라고 화물차 휴게소가 있거든. 고속도로 바로 옆이지. 거기서 헤어지는 거다. 알겠니?"

"네, 좋아요. 그럼요."

아이는 여전히 눈을 휘둥그레 뜨고 있었다.

"둘째, 담배를 피워야겠거든 지금 이 자리에서 당장 헤어질 거다. 그것도 알겠니?"

언뜻 아이의 다른 표정이 드러났다(호건은 만난 지 얼마 되지 않았지만 아이에게는 표정이 그 두 개뿐일 거라고 장담할 수 있었다). 음흉하고 경계하는 표정이었다. 하지만 아이는 이내 웨인즈 월드에서 뛰쳐나온 천진난만한 도망자처럼 다시 순진한 척 눈을 휘둥그레 떴다. 그는 담배를 귀 뒤에 꽂고 빈손을 호건에게 보여주었다. 그가 손을 들자 왼쪽 이두근에 손으로 새긴 문신이 호건의 눈에 들어 왔다. DEF LEPPARD 4-EVER.

"담배는 노노. 알겠어요."

"그래, 빌 호건이다."

그는 손을 내밀었다.

"브라이언 애덤스에요." 아이는 말하고 호건의 손을 잠깐 잡았다.

호건은 기어를 다시 주행으로 바꾸고 46번 도로를 향해 천천히 움직이기 시작했다. 그러는 동안 대시보드에 놓인 카세트 케이스에 잠깐 시선이 향했다. 브라이언 애덤스의 〈레클리스〉였다.

그래, 너는 브라이언 애딤스고 나는 사실 돈 헨리야. 다음 앨범에 쓸 아이디어를 얻느라 스쿠터스 잡화점&미니 동물원에 잠깐 들른 거고. 그렇지?

그는 불어오는 모래 때문에 벌써부터 눈에 힘을 주어가며 고속도로로 진입했다. 토노파 외곽에서 그의 지갑으로 얼굴을 때린 다음 도망쳤던 여자아이를 다시 떠올렸다. 아주 안 좋은 예감이 들기 시작했다.

거센 돌풍이 차를 동쪽 방향의 차로로 밀어붙이려고 하는 중이라 그는 운전에 집중했다.

그들은 한참 동안 아무 말 없이 달렸다. 호건이 도중에 오른편을 쳐다보니 아이는 의자에 기댄 채 눈을 감고 있었다. 자고 있는지, 졸고 있는지, 대화를 나누고 싶지 않아서 자는 척하고 있는지 모를 일이었다. 상관없었다. 호건도 대화를 나누고 싶은 마음이 없었다. 무엇보다 미국의 어디에서 왔는지 모를 브라이언 애덤스 씨에게 할 얘기가 없었다. 이 젊은 애덤스 씨는 라벨이나 호건이 판매하는 바코드 리더기에 관심이 없을 게 분명했다. 그뿐 아니라 호건은 밴이 차로 밖으로 벗어나지 않도록 붙잡고 있는 것만으로도 버거웠다.

스쿠터 부인이 경고했던 것처럼 폭풍이 점점 심해지고 있었다. 도로는 골이 진 황갈색의 모래로 가로 덮인 희미한 유령과 같았다. 이런 모래 더미가 과속방지턱 역할을 해서 시속 40킬로미터 이하로 엉금엉금 기어가야 했다. 어느 지점부터 모래가 좀더 고르게 펼쳐져 노면을 아예 덮어버리자 호건은 시속 25킬로미터로 속도를 늦추고, 도로변을 따라 늘어선 반사 기둥을 맞고 튕겨져 나오는 희미한 전조등 불빛으로 앞을 비춰가며 더듬더듬 길을 찾았다.

이글거리는 동그란 눈이 달린 선사시대의 유령처럼 느껴지는 자동차나 트럭이 어쩌다 한 번씩 휘몰아치는 모래를 뚫고 맞은편에서 등장했다. 한번은 대형 모터보트만큼 큼지막한 고물 링컨 마크 IV가 46번 도로 한복판으로 달려온 적이 있었다. 호건은 경적을 울리며 오른쪽으로 핸들을 틀었다. 타이어를 빨아들이는 모래가 느껴졌다. 입술이 뒤로 당겨지며 속절없이 으르렁거리는 표정이 등장하는 것도 느껴졌다. 이러다 도랑으로 처박히겠다는 생각이 든 순간, 링컨이 자기 차로로 방향을 틀었고 호건은 그 옆을 아슬아슬하게 지나갈 수 있었다. 그의 범퍼가 마크 IV의 뒷범퍼를 끼이익하며 긁고 지나가는 소리가 들린 것도 같았지만 바람이 쉴 새 없이 비명을 질러대고 있었으니 착각일 가능성이 높았다. 운전자가 언뜻 보이기는 했다. 대머리의 노인이 운전대를 잡고 똑바로 앉아서 광기가 느껴지는 눈빛으로 불어오는 모래 사이를 뚫어져라 쳐다보고 있었다. 호건은 그를 향해 주먹을 휘둘렀지만 영감은 시선을 돌리지도 않았다. 내가 있는 줄도 몰랐겠지, 호건은 생각했다. 나를 치고 지나갈 뻔했다는 건 물론이고.

몇 초 동안 호건은 하마터면 도로 밖으로 튕겨져 나갈 뻔했다. 오른쪽 바퀴가 모래 속으로 더 깊숙이 파묻히고 밴이 기울어지는 게 느껴졌다. 그는 본능적으로 핸들을 왼쪽으로 세게 틀고 싶었다. 하지만 한 장밖에 안 남은 깨끗한 셔츠의 겨드랑이가 땀으로 축축해지는 것을 느끼며 계속 액셀러레이터를 밟고 오른쪽으로 차를 몰았다. 마침내 바퀴가 모래 속으로 파묻히는 느낌이 줄어들면서 밴이 다시 중심을 잡는 게 느껴졌다. 호건은 길게 한숨을 내뱉었다.

"형님, 운전 잘하네요."

그는 운전에 집중하느라 동행의 존재를 잊고 있었다. 깜짝 놀란 나머지 하마터면 핸들을 왼쪽으로 끝까지 돌릴 뻔했다. 그랬다면 다시 위험해졌을 것이다. 고개를 돌려보니 금발의 아이가 쳐다보고 있었다. 회색이 섞인 초록색 눈이 불안하리만치 반짝거렸다. 졸린 기미가 전혀 없었다.

"운이 좋았을 뿐이야. 잠깐 차를 댈 만한 곳이 있으면 대겠지만…… 나는 이 길을 알거든. 새미스까지 냅다 달리든지 퍼지든지 둘 중 하나지. 언덕에 도착하면 괜찮아질 거야."

거기까지 백십 킬로미터를 가는 데 세 시간이 걸릴 수도 있다는 얘기는 하지 않았다.

"저기요, 영업 사원이죠?"

"보다시피."

그는 아이가 입을 다물어주었으면 했다. 운전에 집중하고 싶었다. 앞에서 안개등이 부연 모래를 뚫고 누런 유령처럼 어른거렸다. 그 뒤를 이어서 캘리포니아 번호판이 달린 Iroc-Z가 등장했다. 밴과 Z가 요양원 복도에서 마주친 노파처럼 서로를 엉금엉금 지나쳤다. 아이가 귀에 꽂아두었던 담배를 꺼내 만지작거리는 게 호건의 곁눈으로 보였다. 브라이언 애덤스란 말이지. 이 아이는 왜 가명을 댔을까? 요즘도 꼭두새벽에 텔레비전을 틀면 볼 수 있는 고릿적 흑백 범죄 영화 속 한 장면 같았다. 외판원(아마도 레이 밀랜드가 배역을 맡은)이 갭스나 디스나 뭐 그런 데 있는 교도소에서 얼마 전에 탈옥한 젊고 터프한 전과자(아마도 닉 애덤스가 배역을 맡은)를 태우는데…….

"뭘 파는데요?"

"라벨."

"라벨이요?"

"응. 바코드가 입력된 라벨. 까만색 줄무늬 안에 사전에 설정된 번호가 들어 있는 조그만 사각형이야."

놀랍게도 아이는 고개를 끄덕였다.

"알아요. 슈퍼마켓에서 눈알처럼 생긴 기계로 그걸 찍으면 마술을 부린 것처럼 금전등록기 위로 가격이 뜨잖아요."

"응. 마술도 아니고 눈알도 아니지만. 레이저 리더야. 내가 그것도 팔거든. 큰 거랑 휴대용이랑 둘 다."

"짱이네요, 형씨."

아이의 말투에서 빈정거리는 기미가 희미하기는 해도…… 분명하게 느껴졌다.

"브라이언."

"네?"

"내 이름은 빌이다. 저기요도 아니도 형님도 아니고 형씨는 더군다나 아니고."

시간을 거슬러 올라가서 아이가 태워달라고 했을 때 딱 잘라 거절했으면 좋았겠다는 마음이 점점 더 커졌다. 스쿠터 부부는 나쁜 사람들이 아니었다. 오늘 저녁에 폭풍이 잦아들 때까지 아이더러

가게에 있으라고 했을 것이다. 어쩌면 스쿠터 부인은 그에게 5달러를 주면서 타란툴라와 방울뱀과 놀라운 미네소타 카이도그 우프를 맡겼을 수도 있었다. 호건은 회색이 섞인 초록색 눈이 점점 더 싫어졌다. 조그만 돌멩이처럼 얼굴을 누르는 시선이 느껴졌다.

"알았어요, 빌. 라벨 파는 빌 형씨."

빌 호건은 아무 대꾸도 하지 않았다. 아이는 깍지를 낀 손을 뒤로 구부려서 관절을 꺾었다.

"뭐, 우리 엄마가 늘 하던 소리가 생각나네요. 별거 아닐지 몰라도 밥벌이는 밥벌이라고. 그렇죠, 라벨 파는 형씨?"

호건은 애매하게 툴툴거리며 운전에 집중했다. 그가 실수를 저질렀을지 모른다는 예감이 확신으로 굳어졌다. 그 여자아이를 태웠을 때는 하느님이 보우하사 봉변을 면할 수 있었다. 부탁드립니다, 그는 기도했다. 이번 한 번만 더 보살펴주세요, 네? 제가 이 아이를 오해한 거면 더 좋고요. 저기압이고 바람이 심하게 부는데다 흔하다면 흔할 수 있는 이름을 같이 쓰는 가수가 있다는 사실 때문에 피해망상을 일으킨 거면 말이죠.

반대편에서 거대한 맥 트럭이 달려왔다. 라디에이터 그릴 꼭대기에 달린 은색 불도그가 흩날리는 모래를 빤히 쳐다보는 것 같았다. 호건은 길가에 쌓인 모래가 타이어를 다시 텁석 쥐려는 게 느껴질 때까지 핸들을 오른쪽으로 틀었다. 기다란 은색 상자처럼 생긴 맥 트럭이 호건의 왼쪽을 완전히 가렸다. 둘 사이의 간격이 십오 센티미터밖에 되지 않았고—어쩌면 그보다 더 안 됐을 수도 있다—트럭의 차체가 끝도 없이 이어지는 듯했다.

트럭이 마침내 사라지자 금발의 아이가 물었다.

"능력이 제법 좋은가 봐요, 빌. 이런 장비를 갖추려면 적어도 큰 거 서른 장은 들었을 텐데. 그런데 왜……."

"그보다 훨씬 덜 들었다." '브라이언 애덤스'는 날카로워진 그의 말투를 알아차렸는지 어땠는지 몰라도 그의 귀에는 분명하게 느껴졌다. "대부분 내가 직접 설치했거든."

"아무튼 쫄쫄 굶고 다닐 정도는 아니잖아요. 왜 이 개떡같은 날씨에 편안하게 하늘로 날아다니지 않아요?"

그건 템피에서 투손까지 아니면 라스베이거스에서 로스앤젤레스까지 끝도 없이 이어지는 텅 빈 고속도로를 달릴 때 호건도 가끔 궁금해하는 질문이었다. 라디오에서는 쓰레기 같은 신스팝 아니면 지긋지긋한 올드팝만 흘러나오고, 베스트셀러 오디오북도 마지막 테이프까지 끝나버리고, 보이는 것이라고는 정부 소유의 기나긴 도랑과 관목지뿐일 때 궁금해질 수밖에 없는 질문이었다.

고객들이 거주하며 상품 판매가 이루어지는 시골을 누비고 다녀야 그들과 그들에게 필요한 부분을 제대로 파악할 수 있기 때문이라고 대답할 수도 있었지만 사실 맞는 말이기는 해도 진짜 이유는 아니었다. 샘플이 담긴 상자는 부피가 너무 커서 비행기 좌석 아래에 넣을 수 없기 때문에 부쳐야 하는데 그러자면 골치가 아플뿐더러 컨베이어 벨트 앞에 서서 나오길 기다리는 것도 일이라고(한번은 탄산음료 라벨 5000개가 든 상자를 부쳤다가 애리조나 주 힐사이드가 아니라 하와이 주 힐로로 날아간 적도 있었다) 대답할 수도 있었다. 이 역시 맞는 말이기는 했지만 진짜 이유는 아니었다.

진짜 이유는 뭔가 하면 1982년에 그가 타고 가던 웨스턴 프라이드 통근용 여객기가 리노에서 이십칠 킬로미터 북쪽으로 가면 나오는 구릉지대에 추락한 적이 있었기 때문이다. 열아홉 명의 승객 중 여섯 명과 승무원 두 명이 사망했다. 호건은 목뼈가 골절돼서 사 개월 동안 침대 신세를 진 후에는 십 개월 더, 아내 리타가 아이언 메이든*이라고 부른 묵직한 보조기를 차고 지냈다. 사람들이 말하길 (그 사람들이 누군지는 모르겠지만) 말에서 떨어지면 곧바로 다시 타야 된다고 했다. 윌리엄 I. 호건이 단언컨대 그건 헛소리였다. 그는 바륨을 두 알 먹고 손마디가 하얘지도록 팔걸이를 붙잡아가며 뉴욕에서 치러진 아버지의 장례식에 다녀왔을 때 말고는 두 번 다시 비행기를 타지 않았다.

그는 이런 생각을 하다 말고 퍼뜩 정신을 차렸을 때 두 가지 사실을 깨달았다. 하나는 맥 트럭이 지나간 이후로 이 고속도로를 그가 독차지하고 있다는 거였고, 또 하나는 그 아이가 상대를 불안하게 만드는 그 눈으로 쳐다보며 대답을 기다리고 있다는 거였다.

"예전에 통근용 여객기를 타고 가다가 사고를 당한 적이 있거든. 그 이후로 엔진이 고장나면 갓길로 피할 수 있는 교통수단만 타고 다녀."

"안 좋은 일을 여러 번 당했네요, 빌 형씨." 진심도 아니면서 안타까워하는 척하는 말투였다. "미안해서 어쩌나. 이제 안 좋은 일을

* 안쪽에 못이 박힌 중세의 고문 기구.

또 한 번 당하게 생겼는데." 찰칵하는 날카로운 쇳소리가 들렸다. 호건이 고개를 돌려보니 놀랍게도 아이가 이십 센티미터짜리 날이 반짝이는 잭나이프를 들고 있었다.

이런 젠장, 호건은 생각했다. 칼이 옆에 있는데도, 그의 눈앞에 있는데도 별로 겁이 나지 않았다. 그저 지긋지긋할 뿐이었다. 이런 젠장. 집까지 450킬로미터밖에 안 남았는데. 망할.

"차 옆으로 세워, 빌 형씨. 천천히."

"원하는 게 뭐야?"

"진짜로 궁금해서 물은 거라면 보기보다 멍청하네." 아이는 입가에 얼핏 미소를 머금었다. 그가 팔을 움직이자 손으로 새긴 문신이 꿈틀거렸다. "내가 원하는 건 네 돈이지. 그리고 굴러다니는 이 방석집도 갖고 싶은데, 잠깐 동안은. 하지만 걱정 마. 여기서 조금만 더 가면 화물차 휴게소가 나오거든. 새미스라고, 고속도로 근처야. 차를 얻어 탈 수 있을 거야. 너를 신발 바닥에 묻은 개똥인 양 쳐다보며 그냥 지나가는 사람들도 있을 테고 물론 살짝 애걸복걸해야겠지만 그래도 차를 얻어 탈 수 있을 거야. 이제 차를 옆으로 세워."

놀랍게도 호건은 지긋지긋한 동시에 화가 났다. 그 여자아이에게 지갑을 빼앗겼을 때도 화가 났었나? 솔직히 기억이 나지 않았다.

"개수작 집어치워라." 그는 아이를 돌아보며 말했다. "네가 태워달랄 때 차를 태워줬잖아, 넌 애걸복걸하지도 않았는데. 내가 아니었다면 너는 아직까지도 거기서 모래를 먹어가며 엄지손가락을 들고 서 있었을 거다. 그러니까 그거 옆으로 치우지 그래? 우리 둘이서……."

아이가 칼을 앞으로 휘두르지 호건은 타는 듯한 고통이 오른손을 실처럼 가르는 것을 느낄 수 있었다. 밴이 휘청거렸다가 모래로 된 과속방지턱을 또 하나 타고 넘으면서 몸서리를 쳤다.

"차 세우라고 했다. 라벨 파는 형씨야, 곱게 걸어서 나갈래 아니면 네가 판다는 가격 읽는 기계를 똥구멍에 처박고 목이 잘린 채로 제일 가까운 도랑에 누워 있을래? 내가 뭐 하나 알려줄까? 나는 로스앤젤레스까지 가는 내내 줄담배를 피울 거고 매번 너의 우라질 대시보드에 대고 끌 거야."

호건은 손을 흘끗 내려다보았다. 새끼손가락 마지막 마디에서부터 엄지손가락 아랫부분까지 사선으로 피가 맺혀 있었다. 다시금 화가 치밀었다. 이번에는 명백히 분노였고 지긋지긋한 마음이 남아 있었다 한들 이성을 잃은 빨간 눈 한복판에 묻혀버렸다. 그는 리타와 잭의 사진을 떠올리며 분노에 휩쓸려서 정신 나간 짓을 저지르기 전에 감정을 가라앉히려고 했지만 그들의 모습은 흐릿하고 초점이 맞지 않았다. 그의 머릿속에 선명하게 떠오른 것은 엉뚱한 이미지였다. 토노파 외곽에서 맞닥뜨렸던 여자아이, 포스터 속의 슬픈 아이 같은 눈빛을 하고서는 입으로는 으르렁거리며 "엿이나 드시죠, 꽃미남 아저씨"라고 말하며 그의 지갑으로 얼굴을 때린 여자아이의 얼굴이었다.

그가 액셀러레이터를 밟자 밴의 속도가 빨라졌다. 빨간 바늘이 50을 넘었다.

아이는 놀란 표정과 어리둥절한 표정과 화난 표정을 연달아 지었다.

"뭐하는 거야? 차 세우랬잖아! 무릎 위로 내장을 쏟아내고 싶어?"

"모르겠는데." 호건은 액셀러레이터 페달에서 발을 떼지 않았다. 이제는 바늘이 65 바로 위에서 흔들거렸다. 밴이 모래언덕을 연속으로 넘으며 열병에 걸린 개처럼 몸서리를 쳤다. "원하는 게 뭐냐, 꼬맹아? 목뼈 한번 부러져볼래? 핸들을 홱 돌리기만 하면 되는데. 나는 안전벨트를 맸거든. 이제 보니까 너는 깜빡했네?"

아이의 회색 섞인 초록색 눈이 이제는 접시만 해졌고 공포와 분노의 조합으로 번들거렸다. 차를 세워야지. 그 눈은 이렇게 얘기하고 있었다. 내가 칼을 들이대고 있는데 내 말을 들어야지. 그것도 모른단 말이야?

"네가 이 차를 어디다 처박을 리 없지."

아이가 말했지만 호건의 귀에는 자기 자신에게 확신을 심어주려는 말투처럼 들렸다.

"어째서?" 호건은 다시 아이를 돌아보았다. "결국 나는 멀쩡히 걸어서 나갈 테고 이 밴에는 보험이 들어 있거든. 그러니까 어디 네 마음대로 해봐라, 이 병신아. 응?"

"너……." 아이는 말문을 열었다가 눈을 휘둥그레 뜨며 호건에게 모든 관심을 잃었다. "조심해!" 그가 비명을 질렀다.

호건이 얼른 시선을 다시 앞으로 돌려보니 네 개의 새하얗고 거대한 전조등이 휘날리는 파편을 뚫고 그를 향해 달려오고 있었다. 휘발유 아니면 프로판 가스를 실은 유조차였다. 자동차 경적이 화난 슈퍼 거위처럼 울부짖는 소리가 허공을 갈랐다. 빵! 빵! 빠앙!

호건이 아이를 상대하는 동안 밴이 중앙선을 넘어간 모양이었다. 이번에는 그가 도로 한복판을 달리고 있었다. 그는 오른쪽으로 홱 하니 운전대를 틀었지만 소용없다는 걸, 이미 늦었다는 걸 알았다. 하지만 마크 IV와 맞닥뜨렸을 때 호건이 그랬던 것처럼 달려오던 트럭이 길가로 바짝 움직였다. 두 차량이 숨을 토할 공간도 없이 날리는 모래를 뚫고 서로 쌩하니 지나쳤다. 호건은 오른쪽 바퀴가 다시 모래 속으로 먹혀 들어가는 걸 느꼈고 이번에는 도로 밖으로 튕겨나가지 않을 재간이 없음을 깨달았다. 시속 70킬로미터로 달릴 때는 그럴 수밖에 없었다. 큼지막한 철제 탱크(옆면에 "카터스 농장 용품&유기농 비료"라고 적혀 있었다)의 흐릿한 형체가 시야에서 사라지는 동안 핸들이 그의 손안에서 풀리며 오른쪽으로 점점 더 끌려가는 게 느껴졌다. 그리고 아이가 칼을 들고 앞으로 움직이는 것이 곁눈으로 보였다.

너 왜 그래, 미쳤어? 그는 아이에게 소리를 지르고 싶었지만 입 밖으로 냈다 한들 바보 같은 질문이었다. 그 아이는 제정신이 아니었다. 회색 섞인 초록색 눈만 봐도 그렇다는 걸 알 수 있었다. 애초에 그 아이를 태운 호건도 제정신이 아니었던 게 분명하지만 이제 그런 건 아무 상관 없었다. 그에게는 해결해야 하는 상황이 있었고 꿈을 꾸는 거라고 착각하는 여유를 부렸다가는, 단 일 초만이라도 그런 생각을 했다가는 목은 잘리고 눈알은 대머리수리들에게 파먹힌 모습으로 내일 아니면 모레 발견될 것이었다. 이건 실제로 벌어지고 있는 일이었다. 실제 상황이었다.

아이는 호건의 가슴에 칼을 꽂으려고 용을 썼지만 그 무렵에는 밴이 이미 기울기 시작해 모래로 꽉 막힌 도랑 속으로 점점 깊숙이 빠져 들어가고 있었다. 호건은 핸들에서 손을 완전히 놓고 뒤로 움찔하며 칼날을 피했다. 무사히 피했다고 생각한 순간, 목 옆을 타고 흐르는 뜨끈한 피가 느껴졌다. 칼이 그의 오른쪽 빰을 턱에서부터 관자놀이까지 갈랐다. 그가 오른손을 허우적거리며 아이의 손목을 잡으려고 했을 때 밴의 왼쪽 앞바퀴가 공중전화만 한 바위에 부딪혔다. 밴이 이 근본 없는 아이가 좋아함직한 영화 속의 스턴트 차량처럼 요란하게 뒤집히며 높이 날아올랐다. 네 바퀴 모두 속도계에 따르면 여전히 시속 50킬로미터로 돌아가는 가운데 밴은 공중제비를 넘었다. 호건은 가슴과 배를 아프도록 조이는 안전벨트를 느낄 수 있었다. 비행기 사고가 재현되는 거나 다름없었다. 그는 그때처럼 지금도 이것이 실제 상황이라니 믿기지가 않았다.

아이는 칼을 쥔 채 위쪽과 앞쪽으로 내동댕이쳐졌다. 밴의 위아래가 뒤바뀌자 아이의 머리가 지붕에 맞고 튕겨져 나왔다. 호건은 아이가 왼손을 미친듯이 흔드는 걸 보고 지금도 그를 찌르려 하고 있다는 놀라운 사실을 깨달았다. 아이는 역시 방울뱀이었다. 그 점에 대해서는 호건의 짐작이 맞았지만 주머니에 든 독을 한 번도 짜낸 적 없는 방울뱀이었다.

밴이 사막의 저반을 들이받자 짐칸이 떨어져나갔고 아이의 머리가 이번에는 좀 전보다 더 세게 지붕에 부딪혔다. 칼이 아이의 손에서 떨어졌다. 밴 뒤편의 수납장이 열리면서 샘플 책자와 레이저 라벨 리더가 온 사방으로 흩뿌려졌다. 호건은 인간의 것이 아닌 비명소리를 어렴풋이 인식하며—XRT의 지붕이 도랑 저편의 까끌까끌

한 사막 표면을 쓸고 지나가며 길게 울부짖는 소리였다—생각했다. 누가 오프너로 따면 깡통 안에서 이런 현상이 벌어지겠구나.

앞유리창이 박살나자 지그재그로 수없이 금이 가서 부예진 유리창이 안으로 축 늘어졌다. 호건은 눈을 감고 손으로 얼굴을 감쌌다. 밴이 이번에는 호건의 쪽으로 쿵 쓰러지며 구르자 운전석 유리창이 박살나면서 돌멩이와 흙이 쏟아져 들어왔다. 밴은 비틀거리며 다시 똑바로 서서 아이의 쪽으로 구를 것처럼 기우뚱했지만…… 그러다 말고 멈추었다.

호건은 눈을 휘둥그레 뜨고 의자 팔걸이를 붙잡은 채 클링온의 공격을 받은 커크 선장이 된 기분을 느끼며 오 초 정도 꼼짝 않고 앉아 있었다. 흙과 바스러진 유리가 무릎 위로 수북이 쌓여 있다는 것과 또 다른 뭔가가 있다는 걸 알았지만 그 뭔가의 정체는 알 수 없었다. 그리고 깨진 창문 너머로 흙바람이 계속 불어 들어오고 있다는 것을 알 수 있었다.

그때 빛의 속도로 날아온 무언가가 그의 시야를 잠시 가렸다. 하얀 피부와 갈색 흙과 벗겨진 관절과 빨간 피로 얼룩덜룩하게 이루어진 그것의 정체는 주먹이었고, 호건의 코를 정통으로 가격했다. 누군가가 머리에 대고 조명탄을 쏜 듯 즉각적이고 강렬한 고통이 느껴졌다. 하얀색의 거대한 섬광이 눈앞에서 번쩍여 호건은 잠시 아무것도 보이지 않았다. 눈앞이 서서히 보이기 시작했을 때 아이의 손이 느닷없이 목을 조이기 시작해 그는 숨을 쉴 수가 없었다.

그 아이는, 미국의 어디에서 왔는지 모를 브라이언 애덤스 씨는 앞좌석 사이의 콘솔 너머로 몸을 숙이고 있었다. 두피가 대여섯 군데 찢어지면서 흐른 피가 뺨과 이마와 코를 적셔서 출정을 앞두고 몸에 칠을 한 인디언 같았다. 그는 회색 섞인 초록색 눈을 광적인 분노로 이글거리며 그를 똑바로 쳐다보았다.

"너 때문에 내가 이 꼴이 됐잖아, 이 새끼야!" 아이가 고함을 질렀다. "너 때문에 내가 이 꼴이 됐잖아!"

호건은 뒤로 몸을 비튼 덕에 아이의 손에서 잠깐 힘이 풀리자 반 모금 숨을 쉴 수 있었지만 안전벨트가 계속 채워져 있었으니—게다가 느낌상 락이 걸려 있었다—어디로 피할 방법이 없었다. 아이는 당장 다시 달려들었고 이번에는 엄지손가락으로 그의 숨통을 꽉 눌렀다.

호건은 손을 들려고 했지만 아이가 철창처럼 단단한 두 팔로 막고 있었다. 팔을 쳐서 떼어내려고 해도 꿈쩍하지 않았다. 다시 한번 바람 소리가 들렸다. 이번에는 그의 머릿속에서 우렁차게 포효하는 바람 소리였다.

"너 때문에 내가 이 꼴이 됐잖아, 멍청한 새끼야! 피가 나잖아!"

아이의 목소리가 좀 전보다 멀게 들렸다.

나를 죽이려고 하잖아, 호건이 생각했을 때 이렇게 대답하는 목소리가 들렸다. 맞아. 엿이나 드시죠, 꽃미남 아저씨.

순간 분노가 되살아났다. 그는 흙과 유릿조각과 함께 무릎 위로 떨어진 뭔지 모를 것을 손으로 더듬어서 찾았다. 뭔지 기억이 나지 않는 큼지막한 게 들어 있는 종이봉투였다. 호건은 한 손으로 그걸 움켜쥐고 아이의 턱을 향해 주먹을 위로 피스톤처럼 뻗었다. 턱과 부딪히자 퍽 하는 둔중한 소리가 났다. 경악과 고통의 비명을 지르며 아이가 뒤로 쓰러지자 호선의 목을 쥐고 있던 손이 문득 풀렸다.

호건이 있는 힘껏 숨을 깊게 들이마시자 불을 꺼달라고 난리법석을 떠는 찻주전자 같은 소리가 났다. 이게 나한테서 나는 소리야? 맙소사, 이게 내 소리라고?

그는 다시 한번 숨을 들이마셨다. 날아다니는 흙먼지로 가득해서 목이 아프고 기침이 났지만 그래도 천국 같았다. 그는 자기 주먹을 내려다보았다. 이내 갈색 봉투 위로 선명하게 도드라진 틀니의 형체를 알아차렸다.

그때 느닷없이 움직임이 느껴졌다.

어쩐지 섬뜩하리만치 인간의 움직임처럼 느껴져 호건은 그의 손에 대고 말을 하려는 사람의 턱뼈를 쥡기라도 한 것처럼 비명을 지르며 봉투를 당장 내동댕이쳤다.

종이봉투는 비틀비틀 무릎을 딛고 일어서려는 '브라이언 애덤스'의 등에 맞고 카펫이 깔린 밴의 바닥으로 떨어졌다. 고무줄이 탁 하고 풀리는 소리에 이어서…… 턱이 철거덕거리며 열렸다 닫혔다 하는 소리가 들렸다.

어쩌면 톱니가 살짝 어긋난 것에 불과할 수도 있어요, 스쿠터는 그렇게 얘기했다. 솜씨 좋은 사람이 고치면 다시 철커덕철커덕 걸어다닐 거예요.

어디 세게 부딪히면 됐을지도 모르고, 호건은 생각했다. 내가 목숨을 부지하고 저 길로 다시 나설 수 있게 되면 스쿠터한테 얘기해야겠다. 고장난 움직이는 틀니를 고치고 싶으면 밴을 뒤집은 다음, 내 목을 졸라서 죽이려는 사이코 히치하이커한테 그걸 집어던지면

된다고. 땅 짚고 헤엄치는 것만큼 간단한 일이라고.

찢긴 갈색 봉투 안에서 틀니가 덜거덕덜거덕 탁탁거렸다. 옆면이 펄럭거리는 봉투는 마치 절단됐지만 죽기를 거부하는 간처럼 보였다. 아이는 봉투를 쳐다보지도 않은 채 반대편으로 기어갔다. 정신을 차리려고 머리를 좌우로 흔들며 밴의 뒤편을 향해 기어갔다. 엉겨붙은 머리칼에서 고운 물보라처럼 피가 흩날렸다.

호건은 안전벨트 버클을 찾아서 해제 버튼을 눌렀다. 아무 일도 벌어지지 않았다. 버클 정중앙에 달린 정사각형 버튼이 꿈쩍도 하지 않았다. 벨트는 여전히 허리춤 위로 튀어나온 중년의 뱃살을 세게 누르고 가슴을 대각선으로 조였다. 그는 벨트가 풀리길 바라며 좌석에 앉은 채 몸을 앞뒤로 흔들었다. 얼굴에서 더 많은 피가 쏟아졌고 뺨이 말라붙은 벽지 조각처럼 펄럭이는 게 느껴질 뿐이었다. 그는 충격을 뚫고 나오려는 공포를 느끼며 아이가 뭘 어쩌려는지 확인하려고 오른쪽 어깨 너머로 고개를 돌렸다.

아이는 못된 짓을 저지르려 하고 있었다. 밴의 저쪽 끝을 어지럽게 뒤덮은 사용 설명서와 브로셔 위에 놓여 있는 자기 칼을 발견한 것이다. 그는 칼을 잡고 얼굴을 덮고 있던 머리칼을 휙 넘긴 다음 어깨 너머로 호건을 돌아보았다. 그는 웃고 있었고, 그 웃는 얼굴에서 풍기는 뭔지 모를 것 때문에 호건의 불알이 단단해지는 동시에 쪼그라들어서 누가 그의 팬티 안에 복숭아씨를 쑤셔넣은 듯이 느껴졌다.

아, 여기 있었네! 아이의 웃는 얼굴은 이렇게 얘기하고 있었다. 한 일 초 아니면 이 초 동안 걱정했는데—진짜 심각하게 걱정했는데—이제 전부 잘 끝낼 수 있겠어. 잠깐 예정에 없던 사태가 벌어지긴 했지만 다시 원래 대본대로 돌아갔으니.

"거기 낀 모양이네, 라벨 파는 형씨?" 아이가 끊임없이 비명을 질러대는 바람 소리 너머로 물었다. "그렇지, 맞지? 안전벨트를 하길 잘했네, 그치? 내 입장에서는 얼마나 다행이야?"

아이는 일어서려고 했고 거의 성공할 뻔했지만 막판에 무릎이 꺾였다. 어찌나 호들갑스럽게 놀란 표정을 짓는지 다른 때 같았으면 우스꽝스럽게 느껴졌을 것이었다. 그는 피로 번들거리는 머리칼을 다시 한번 뒤로 넘긴 다음 인조 뼈로 만든 칼자루를 왼손에 쥐고 호건을 향해 기어오기 시작했다. 빈약한 이두근이 움직일 때마다 데프 레퍼드 문신이 오르락내리락거렸고, 그걸 본 호건은 마이라가 움직일 때마다 티셔츠에 적힌 네바다는 주님의 나라라는 문구가 꿈틀거렸던 게 생각났다.

호건은 양손으로 안전벨트 버클을 잡고 아이가 그의 숨통을 조였을 때처럼 온 힘을 다해 해제 버튼을 눌렀다. 아무 반응이 없었다. 벨트가 얼어붙었다. 그는 목을 빼고 다시 한번 아이를 쳐다보았다.

아이는 접이식 침대에 다다랐을 때 멈추어 서서 다시 호들갑스럽게 놀라는 표정을 지었다. 바로 앞, 그러니까 바닥에 놓인 뭔가를 쳐다보고 지은 표정이었다. 호건은 퍼뜩 움직이는 틀니를 떠올렸다. 그게 계속 덜거덕거리고 있었다.

마침 그가 내려다보았을 때 움직이는 점보 틀니가 찢긴 종이봉투의 입구를 헤치고 나와서 우스꽝스럽게 생긴 주황색 신발을 움직이며 행진을 시작했다. 어금니와 송곳니와 앞니가 위아래로 재빠르게 움직이며 칵테일 셰이커에 담긴 얼음 비슷한 소리를 냈다. 흰색의 근사한 각반까지 갖춘 신발은 회색 카펫을 따라서 거의 깡충깡충 뛰는 것처럼 보였다. 호건은 탭댄스를 추며 무대 저쪽까지 갔다가 돌아오는 프레드 아스테어, 겨드랑이에 지팡이를 끼우고 밀짚모자를 한쪽 눈 위로 멋들어지게 기울여 쓴 프레드 아스테어를 떠올렸다.

"이런, 망할!" 아이는 웃음을 터뜨리려고 했다. "아까 거기서 저걸 사겠다고 흥정을 벌이고 있었던 거야? 맙소사! 내가 널 죽여야겠다, 라벨 파는 형씨. 이 세상의 정의 구현을 위해서라도."

태엽 감개. 호건은 생각했다. 옆면에 달린 태엽 감개, 태엽을 감을 때 쓰는 그게…… 돌아가고 있지 않아.

그때 미래를 예언하는 장면 하나가 그의 머릿속을 또다시 번쩍 가르며 지나갔다. 그는 앞으로 어떤 일이 벌어질지 정확하게 알 수 있었다. 아이가 손을 내밀어 그 모형을 집을 것이다.

덜거덕거리며 걸어가던 모형이 갑자기 멈추었다. 턱을 살짝 벌린 채 조금 기울어진 밴의 바닥에 가만히 서 있었다. 눈이 없는데도 의아한 표정으로 아이를 올려다보는 것처럼 보였다.

"움직이는 틀니."

미국 어디에서 왔는지 모를 브라이언 애덤스 씨는 놀라워했다. 그는 호건의 예상처럼 오른손을 뻗어 모형을 움켜쥐었다.

"물어!" 호건은 외쳤다. "그 녀석의 우라질 손가락을 물어뜯어!"

깜짝 놀란 아이는 회색 섞인 초록색 눈을 휘둥그레 뜨며 홱 하니 고개를 들었다. 입을 떡 벌리고 놀라서 바보처럼 넋이 나간 표정으로 호건을 잠깐 쳐다보다 웃음을 터뜨렸다. 높고 날카로운 웃음소리가 밴을 헤집고 다니며 기다란 유령의 손처럼 커튼을 펄럭이는 바람 소리와 완벽한 한 쌍을 이루었다.

"물어! 물어! 물어어어어!" 아이는 그렇게 재미있는 농담은 처음 듣는다는 듯이 거듭 외쳤다. "이봐, 라벨 파는 형씨! 머리를 부딪힌 사람은 나 아니었어?"

아이는 잭나이프 손잡이를 이로 물고 왼쪽 집게손가락을 점보 치아 모형 사이로 쑤셔넣었다. "므어!" 그가 나이프를 이로 문 채 외쳤다. 키득거리며 거대한 턱 사이로 손가락을 꼼지락거렸다. "므어! 어이은, 므어!"

틀니는 꼼짝하지 않았다. 주황색 발도 마찬가지였다. 잠에서 깨면 꿈이 그렇듯, 미래를 예언하는 장면이 호건의 주변으로 와르르 무너졌다. 아이는 틀니 사이로 쑤셔넣었던 손가락을 다시 한번 꿈틀거린 다음 꺼내다 말고…… 고래고래 소리를 지르기 시작했다.

"썅! 썅! 야 이 씨!"

순간 호건의 심장이 두근거렸지만 알고 보니 아이는 비명을 지르면서 실제로는 웃고 있었다. 그를 비웃고 있었다. 틀니는 내내 미동조차 하지 않았다.

아이는 칼을 다시 손으로 잡고 틀니를 집어서 가까이 들여다보았다. 말을 안 듣는 학생에게 손가락질을 하는 선생님처럼 틀니를 향해 칼날을 흔들었다.

"물면 안 되지. 그건 아주 나쁜 짓……."

아이의 지저분한 손바닥 위에서 주황색 발 한쪽이 갑자기 한 걸음을 내디뎠다. 그와 동시에 턱이 벌어졌고 어떻게 된 영문인지 호건이 미처 파악하기도 전에 모형이 아이의 코를 물었다.

이번에는 브라이언 애덤스가 진짜로 비명을 질렀다. 아프기도 하고 깜짝 놀라기도 해서 지른 비명이었다. 아이는 오른손으로 쳐서 떼어내려고 했지만 틀니는 호건의 몸통을 조인 안전벨트처럼 코를 꽉 물고 있었다. 피와 찢긴 연골 조직이 송곳니 사이로 빨간 실처럼 새어 나왔다. 아이가 허리를 젖혀서 한동안 호건의 눈에는 버둥거리는 몸과 허우적거리는 팔꿈치와 허공으로 내지르는 발만 보였다. 잠시 후에 번뜩이는 칼날이 호건의 눈에 들어왔다.

아이가 다시 비명을 지르며 벌떡 일어나 앉았다. 긴 머리가 커튼처럼 얼굴을 덮었다. 움직이는 틀니만 특이하게 생긴 보트의 키처럼 툭 튀어나왔다. 아이는 어찌어찌 틀니와 코 사이로 칼날을 집어넣은 상태였다.

"죽여!" 호건은 쉰 목소리로 외쳤다. 그는 제정신이 아니었다. 자신이 제정신이 아니라는 걸 어느 정도 인식하고 있었지만 지금 중요한 건 그게 아니었다. "얼른! 죽여!"

아이가 화재 경보처럼 귀청을 찢는 비명을 길게 지르며 칼을 비틀었다. 칼날이 부러졌지만 그전에 턱을 일부분이나마 벌리는 데 성공했다. 틀니가 얼굴에서 분리돼 무릎 위로 떨어졌다. 코까지 뭉텅이로 딸려 나왔다.

아이는 고개를 흔들어서 머리칼을 뒤로 넘겼다. 짓이겨지고 남은 얼굴 한복판을 내려다보느라 회색 섞인 초록색 눈이 사시가 되었다. 입은 고통으로 일그러진 미소를 지었다. 목의 힘줄이 도르래 줄처럼 튀어나왔다.

아이가 틀니를 향해 손을 내밀었다. 틀니는 만화처럼 생긴 주황색 발을 딛고 뒤로 잽싸게 도망쳤다. 당장이라도 행진을 시작할 듯 위아래로 까딱거리며, 종아리에 엉덩이를 대고 앉아 있는 아이를 향해 씩 웃었다. 아이의 티셔츠 앞섶이 피로 흠뻑 젖었다.

아이가 뭐라고 외치자 호건은 자신이 제정신이 아닌 게 분명하다는 확신이 생겼다. 정신착란을 일으킨 게 아니고서야 그런 헛소리가 들릴 리 없었다.

"내 코 이이 내나, 이 개색이야!"

아이가 다시 손을 내밀자 이번에는 틀니가 덥석 낚아채려는 손을 피해 다리 사이로 돌진했다. 틀니가 물 빠진 파란색 청바지의 지퍼가 끝나는 불룩한 지점을 덥석 물자 퍽! 하는 살덩어리 소리가 났다.

브라이언 애덤스가 눈을 번쩍 떴다. 입도 쩍 벌렸다. 두 손을 어깨까지 올려서 쫙 펼치자 순간 〈엄마〉를 부르려고 준비하는 알 졸슨을 이상하게 흉내내려는 사람처럼 보였다.

"으악! 으악! 으아아아……."

주황색 발이 하일랜드 플링*이라도 추는 듯 재빠르게 펌프질을 했다. 점보 틀니의 분홍색 턱은 예스! 예스! 예스!라고 외치는 듯 위아래로 신나게 까딱거리다 이번에는 노! 노! 노!라고 외치는 듯 전과 다름없는 속도로 왔다갔다 흔들거렸다.

"아아아아아아아아……."

* 아주 빠른 스코틀랜드 독무.

아이의 청바지가 뜯기기 시작했고—소리를 들어보니 뜯기는 게 그것 말고 또 있었다—빌 호건은 정신을 잃었다.

그는 두 번 정신을 차렸다. 첫 번째는 폭풍이 밴을 관통하고 감싸며 여전히 울부짖고 있었고 날의 밝기가 거의 비슷했던 걸 보면 정신을 잃은 직후였던 모양이다. 그는 고개를 돌리려고 했지만 어마어마한 고통이 번개처럼 목을 타고 올라왔다. 물론 목이 삐끗해서 그런 거였고 어쩌면 그만하길 다행인데다…… 내일이면 좀더 괜찮아질 수 있다.

내일까지 자신이 목숨을 부지할 수 있을지 모르겠지만.

그 아이, 그 아이가 죽었는지 확인해야 해.

아니야, 그럴 필요 없어. 당연히 죽었겠지. 네가 살아 있는 걸 보면 알 수 있잖아.

뒤에서 새로운 소리가 들렸다. 이빨이 철커덕 탁 철커덕 하고 꾸준히 움직이는 소리였다.

너한테 다가오고 있어. 아이를 다 먹어치웠는데 아직 배가 안 차서 너한테 다가오고 있어.

그는 안전벨트 버클을 양손으로 다시 잡았지만 해제 버튼이 여전히 꼼짝하지 않았고 그걸 누를 만한 힘도 없었다.

이빨이 점점 가까워졌고—소리를 들어보니 이제는 운전석 바로 뒤에 있었다—호건은 정신이 몽롱한 와중에 끊임없는 발소리에서 라임을 읽었다. 철커덕 철커덕 철커덕 탁! 우리는 이빨, 우리가 왔다! 걸어갈게, 지켜봐. 씹어줄게, 지켜봐. 그를 먹어치웠고 이번엔

네 차례!

호건은 눈을 감았다.

덜거덕거리던 소리가 멎었다.

그칠 줄 모르는 바람 소리와, 모래가 XRT 밴의 움푹 꺼진 옆면을 탁탁 때리는 소리만 들렸다.

호건은 기다렸다. 한참, 한참 뒤에 한 번 덜컥 하는 소리에 이어 천이 찢기는 소리가 조그맣게 들렸다. 잠깐 정적이 흐르다 덜컥한 뒤에 천이 찢기는 소리가 반복됐다.

뭘 하는 거지?

세 번째로 덜컥하고 천이 찢기는 소리가 조그맣게 반복됐을 때 그는 운전석 뒤편이 살짝 움직이는 것을 느꼈다. 그제야 알아차렸다. 틀니가 운전석을 타고 그가 있는 곳을 향해 다가오고 있었다. 어찌어찌 운전석을 타고 그를 향해 다가오고 있었다.

틀니가 아이의 청바지 지퍼 바로 아래쪽의 불룩한 부분을 덥석 무는 광경이 떠오르자 호건은 다시 기절하려고 갖은 애를 썼다. 깨진 앞유리창으로 날아 들어온 모래가 뺨과 이마를 간질였다.

덜컥…… 찍. 덜컥…… 찍. 덜컥…… 찍.

마지막에는 아주 가깝게 들렸다. 호건은 내려다보고 싶지 않았지만 어쩔 수가 없었다. 오른쪽 엉덩이 너머, 시트 쿠션과 등받이가 만나는 곳에 활짝 웃고 있는 하얀 이빨이 있었다. 아직 보이지 않는 주황색 발을 딛고 앞니로 회색 시트커버를 조금씩 물어뜯어가며, 보고 있기 괴로울 만큼 천천히 위로 이동하는 중이었다.

이번에 틀니가 문 곳은 호건의 바지 주머니였고 그는 다시 의식을 잃었다.

두 번째로 정신을 차려보니 바람이 잦아들었고 어둠이 거의 내린 뒤였다. 공기가 사막에서 본 기억이 없는 묘한 자줏빛으로 물들어 있었다. 푹 꺼진 앞유리창 너머에서 구슬픈 소리를 내며 사막의 바닥을 휩쓸고 지나가는 모래가 도망치는 어린애 유령 같았다.

그는 어쩌다 이 지경에 다다랐는지 순간 아무 기억도 나지 않았다. 연료가 게이지의 8분의 1밖에 안 남았을 때 "스쿠터스 잡화점&미니 동물원·기름·간식·시원한 맥주·살아 있는 방울뱀을 구경하세요!'라고 적힌 도로변의 간판을 본 게 마지막으로 떠오르는 선명한 기억이었다.

그는 원하면 이런 기억상실 상태를 얼마간 유지할 수 있다는 걸 알았다. 유예를 주면 무의식이 위험한 기억을 영원히 차단할 수도 있었다. 하지만 기억하지 않는 쪽이 위험할 수도 있었다. 아주 위험할 수도 있었다. 왜냐하면…….

바람이 불었다. 모래가 심하게 꺼진 운전석 옆면을 요란하게 두드렸다. 그 소리가 마치

(틀니! 틀니! 틀니!)

처럼 들렸다. 허술했던 기억상실증의 표면이 산산이 부서지며 모든 게 쏟아져 내리자 호건의 온몸에서 핏기가 가셨다. 그는 틀니가 아이의 불알을 덥석 물었을 때 났던

(퍽!)

하는 소리가 떠오르자 날카롭게 꽥 하고 비명을 질렀고, 두 손으

로 사타구니를 감싸며 눈동자를 미친듯이 굴려 봉투에서 탈출한 틀니를 찾았다.

틀니는 보이지 않았지만 전과 다르게 손을 따라서 어깨를 움직이기가 수월했다. 그는 무릎을 내려다보며 사타구니를 감쌌던 손을 천천히 치웠다. 더이상 안전벨트가 그를 포로처럼 붙잡아놓고 있지 않았다. 두 동강이 난 채 회색 카펫 위에 놓여 있었다. 철제 로커가 여전히 버클에 끼워져 있었지만 로커 위로 빨간색의 너덜너덜한 천만 남았다. 벨트는 잘린 게 아니었다. 쓸려서 두 동강이 났다.

고개를 들어서 백미러를 보았을 때 또 다른 무언가가 눈에 들어왔다. 밴의 뒷문이 열려 있었고 아이가 있었던 곳의 회색 카펫 위에 사람 모양의 희미한 빨간색 테두리만 남았다. 미국 어디에서 왔는지 모를 브라이언 애덤스 씨는 사라지고 보이지 않았다.

움직이는 틀니도 마찬가지였다.

호건은 관절염이 심한 노인처럼 천천히 밴에서 내렸다. 머리를 완벽하게 꼿꼿이 들고 있으면 나쁘지 않았지만…… 깜빡하고 어느 쪽으로든 움직이면 목과 어깨와 등에서 연속으로 번개가 터졌다. 고개를 뒤로 돌리는 장면을 상상만 해도 견딜 수가 없었다.

그는 움푹 꺼지고 칠이 벗겨진 차 표면을 손으로 가볍게 쓸고 발밑에서 유릿조각이 으스러지는 소리를 들으며 천천히 밴 뒤편으로 걸어갔다. 운전석의 반대편 끝 쪽에 한참 동안 서 있었다. 모퉁이를 돌기가 두려웠다. 모퉁이를 돌면 아이가 왼손에 칼을 들고 쭈그리고 앉아서 공허한 웃음을 짓고 있을 것 같았다. 하지만 주위가 점점 어두워져가는데 니트로글리세린이 든 큼지막한 병이라도 되는 듯이 빳빳한 목 위에 머리를 얹고 마냥 서 있을 수는 없었다. 그는 이윽고 모퉁이를 돌았다.

아무도 없었다. 아이가 정말로 사라졌다. 언뜻 보기에는 그런 듯했다.

바람이 타박상을 입은 호건의 얼굴 주변으로 머리칼을 날리다 뚝 멎었다. 밴 뒤편으로 이십 미터쯤 되는 곳에서 뭔가가 세게 긁히는 소리가 들렸다. 그쪽으로 고개를 돌리자 바짝 마른 흙모래 더미 너머로 사라지는 아이의 운동화 밑창이 보였다. 운동화는 V 자 모양으로 힘없이 벌려져 있었다. 아이를 끌고 가는 뭔지 모를 것이 잠깐 숨을 돌리며 힘을 그러모으기라도 하듯 운동화가 움직임을 멈추었다가 이내 조그맣게 움찔거리며 다시 움직이기 시작했다.

끔찍하고 견딜 수 없을 만큼 선명한 그림이 호건의 머릿속에 불쑥 떠올랐다. 우스꽝스러운 주황색 발이 달린 틀니가 가장 멋진 캘리포니아 레이즌도 노스다코타의 파고에서 온 촌뜨기로 만들어버리는 끝내주는 각반을 두르고 저 흙모래 더미 가장자리에 서 있는 그림, 라스베이거스 서쪽의 이 황무지를 덮은 강렬한 자줏빛 하늘을 등지고 서 있는 그림이었다. 그 녀석은 아이의 긴 금발을 한 움큼 물고 있었다.

틀니가 뒷걸음질을 치고 있었다.

틀니가 미국 어디에서 왔는지 모를 브라이언 애덤스 씨를 끌고 가고 있었다.

호건은 니트로글리세린 같은 머리가 흔들리지 않게 꼿꼿이 유지하며 반대 방향으로 몸을 돌려서 도로를 향해 천천히 걸어갔다. 도랑을 건너는 데 오 분이 걸렸고 차를 얻어 타는 데 다시 십오 분이 걸렸지만 결국에는 해냈다. 그러는 동안 절대 뒤를 돌아보지 않았다.

구 개월이 지나서 유월의 청명하고 뜨거운 여름날, 빌 호건은 스쿠터스 잡화점&미니 동물원 앞을 우연히 지나치게 되었는데…… 이름이 바뀌었다. 간판에 이제는 "마이라스 플레이스"라고 적혀 있었다. 그리고 "기름·시원한 맥주·비디오"였다. 그 아래에 달을 보며 울부짖는 늑대—어쩌면 우프일 수도 있었다—그림이 그려져 있었다. 미네소타 카이도그 울프는 현관 지붕 그늘 아래에 놓인 우리 안에 누워 있었다. 뒷다리를 터무니없이 벌리고 주둥이는 앞발 위에 얹었었다. 호건이 기름을 넣으려고 차에서 내려도 일어나지 않았다. 방울뱀과 타란툴라는 흔적조차 없었다.

"안녕, 우프."

그는 계단을 올라가며 인사를 건넸다. 우리에 갇힌 녀석은 뒤로 드러누워서 길고 빨간 혀를 유혹하듯 입가로 늘어뜨리고 호건을 올려다보았다.

가게 내부가 전보다 넓고 깨끗해진 것처럼 느껴졌다. 호건이 짐작건대 바깥 날씨가 예전처럼 험상궂지 않아서 그렇게 느껴진 것일 수도 있었지만 그게 전부는 아니었다. 일단 유리창이 깨끗했다. 그것만으로도 엄청난 변화였다. 벽널도 아직까지 상쾌한 수액 냄새를 풍기는 소나무 판자로 바뀌었다. 뒤편에는 의자 다섯 개가 놓인 스낵바가 설치됐다. 신기한 잡동사니 진열장은 아직 있었지만 담배

폭탄, 누르면 용수철이 튀어나오는 버튼, 괴짜 박사님의 재채기 가루는 없었다. 비디오 케이스만 즐비했다. 손글씨로 이렇게 적혀 있었다. "19금은 뒷방에·19세 이하는 사절".

카운터를 지키는 여자는 호건에게 옆모습을 보이며 계산기를 두드리고 있었다. 처음에 호건은 스쿠터 부부의 딸인가 보다고 생각했다. 스쿠터가 얘기했던 아들 셋의 여자 형제인가 보다고 생각했다. 그런데 고개를 들었을 때 보니 스쿠터 부인이었다. 젖가슴이 하도 어마어마해서 '네바다는 주님의 나라' 티셔츠 솔기가 뜯어지려고 했던 그 여자라니 믿기지 않았지만 사실이었다. 스쿠터 부인은 살이 아무리 못해도 이십여 킬로그램은 빠진 듯했고 머리를 반짝반짝하게 윤기가 흐르는 황갈색으로 염색했다. 눈가와 입가의 주름만 여전했다.

"기름 넣으시게요?"

"네, 15달러어치요." 그가 20달러를 건네자 그녀는 금전등록기에 넣었다. "전에 왔을 때에 비해 많이 달라졌네요."

"스쿠터가 죽은 뒤로 달라진 게 많죠." 그녀는 맞장구를 치며 금전등록기에서 5달러를 꺼냈다. 그녀는 돈을 건네려다 그제야 그를 제대로 보고 멈칫했다. "혹시…… 작년에 그 폭풍이 닥친 날 하마터면 죽을 뻔했던 그분 아니에요?"

그는 고개를 끄덕이고 손을 내밀었다.

"빌 호건입니다."

그녀는 망설이지 않았다. 카운터 너머로 손을 내밀어 그의 손을 단단히 잡고 위아래로 한 번 흔들었다. 남편이 죽은 뒤로 성격이 좋아졌든지…… 아니면 갱년기가 드디어 끝난 것일 수도 있었다.

"바깥분 소식은 안타깝네요. 좋은 분 같았는데."

"스쿠터요? 맞아요, 병에 걸리기 전에는 괜찮은 인간이었죠." 그녀는 맞장구를 쳤다. "손님은 어때요? 다 나았어요?"

호건은 고개를 끄덕였다. "한 여섯 주 동안 경추 보조기를 달고 지냈지만 처음 있는 일도 아니었고 이젠 괜찮아요."

그녀는 그의 오른쪽 뺨을 따라 구불구불 이어지는 흉터를 쳐다보고 있었다. "걔가 그런 거예요? 그 아이가?"

"네."

"엄청 심하게 당했네."

"네."

"그 아이는 차가 뒤집혔을 때 다쳤고 사막으로 기어나갔다가 죽었다면서요?" 그녀는 예리한 눈빛으로 호건을 쳐다보고 있었다. "맞아요?"

호건은 살짝 미소를 지었다.

"거의요."

"이 일대를 담당하는 주 경찰관 J.T. 말로는 동물들이 걔를 아주 제대로 해치웠다던데. 사막쥐들이 그런 방면으로는 아주 예의가 없거든요."

"그건 전혀 몰랐어요."

"J.T.가 그러는데 걔 어머니가 왔어도 알아보지 못했을 거래요." 그녀는 작아진 가슴 위에 한 손을 얹고 진지한 눈빛으로 그를 쳐다보았다. "거짓말이면 내 손에 장을 지지겠어요."

호건은 호탕하게 웃음을 터뜨렸다. 폭풍이 쳤던 그날 이후로 몇 주가 지나고 몇 달이 지날수록 점점 더 자주 그렇게 웃음이 터졌다. 가끔 그날 이후로 삶을 대하는 자세가 조금 달라진 것처럼 느껴질 때도 있었다.

"그 아이 손에 죽지 않아서 얼마나 다행이에요?" 스쿠터 부인이 말했다. "하마터면 큰일날 뻔했잖아요. 주님께서 함께하셨나 봐요."

"그러게요." 호건은 맞장구를 쳤다. 그는 비디오 진열장을 내려다보았다. "잡동사니들을 치우셨네요."

"그 오래된 끔찍한 물건들요? 그럼요! 그이가 죽었을 때 맨 처음 한 일이……." 그녀의 눈이 갑자기 동그래졌다. "아, 맞다! 맙소사! 손님한테 줄 게 있어요! 깜빡했다면 스쿠터가 쫓아와서 나를 괴롭혔을 거예요!"

호건은 무슨 소리인지 알 수 없어서 미간을 찌푸렸지만 그녀는 이미 카운터 뒤편으로 갔다. 까치발을 하고 서서 담배 코너 위편의 높은 선반에서 뭔가를 꺼냈다. 점보 틀니인 걸 보고 호건은 조금도 놀라지 않았다. 그녀는 틀니를 금전등록기 옆으로 내려놓았다.

호건은 심오한 데자뷰를 느끼며 태평하게 웃는 표정으로 고정된 그 틀니를 쳐다보았다. 세상에서 제일 큰 움직이는 틀니가 우스꽝스럽게 생긴 주황색 신발을 딛고 산바람처럼 상쾌하다는 슬림 짐 진열대 옆에 서서 그를 올려다보며 씩 웃고 있는데, 이렇게 얘기하는 듯했다. 안녕! 나 잊어버렸어? 나는 내 친구를 잊어버리지 않았는데. 절대 잊어버리지 않았는데.

"폭풍이 가라앉은 다음날 현관에서 주웠어요." 스쿠터 부인은 웃음을 터뜨렸다. "그냥 가져가라면서 바닥에 구멍이 뚫린 봉투에 담아주다니 스쿠터다운 짓이지 뭐예요! 버리려고 했는데 그이가 손님한테 주라기에 여기 선반에 처박아뒀죠. 그이 말로는 한번 들렀던 외판원은 또 찾아올 거라더니…… 그 말이 맞았네요."

"그러게요." 호건은 맞장구를 쳤다. "그 말이 맞았네요."

그는 틀니를 집어서 살짝 벌어진 턱 사이로 손가락을 집어넣었다. 뒤편의 어금니를 손끝으로 쓰다듬는데, 미국의 어디에서 왔는지 모를 브라이언 애덤스 씨가 거듭 외치던 소리가 머릿속에서 들렸다. 물어! 물어! 물어어어어!

어금니에 그 아이의 핏자국이 칙칙한 적갈색으로 남아 있을까? 저 안쪽에 뭔가가 보이는 듯도 했지만 그림자에 불과할 수도 있었다.

"스쿠터가 손님한테 아들이 있다고 그러기에 챙겨뒀어요."

호건은 고개를 끄덕였다. "맞습니다." 그리고 그 아이에게는 아빠가 살아 있지. 내 손에 쥐어진 이 물건 덕분에. 문제는 이 녀석이 조그만 주황색 발을 움직여서 여기까지 걸어온 이유가 여기가 집이었기 때문일까 아니면…… 스쿠터와 같은 생각을 했기 때문일까? 살인범이 범행 현장을 다시 찾아가듯 외판원은 조만간 자기가 다녀갔던 곳을 찾게 되어 있다는 걸 알았기 때문일까?

"뭐, 아직도 그 물건에 관심 있다면 들고 가세요." 그녀가 말했다. 그녀는 잠깐 심각한 표정을 지었다가…… 웃음을 터뜨렸다. "젠장, 치워버렸어야 하는 건데 깜빡했지 뭐예요. 물론 지금도 고장 난 상태예요."

호건은 잇몸에 달린 태엽 감개를 돌렸다. 조그맣게 태엽 감는 소리를 내며 두 번 돌아가다가 구멍 안에서 하릴없이 헛돌았다. 고장난 것이다. 두말하면 잔소리였다. 움직여야겠다고 결심하는 순간까지 그럴 것이다. 문제는 녀석이 무슨 수로 이 가게로 돌아왔는지도 왜 돌아왔는지도 아니었다.

문제는 이거였다. 녀석이 원하는 게 뭐였을까?

그는 씩 웃고 있는 새하얀 철제 틀니 사이로 다시 손가락을 넣으며 속삭였다.

"물어. 물고 싶지 않니?"

틀니는 엄청 멋진 주황색 신발을 딛고 씩 웃으며 가만히 서 있을 따름이었다.

"대화 기능은 없을 것 같은데요."

스쿠터 부인이 얘기했다.

"그렇죠."

호건은 대답하며 문득 그 아이를 떠올렸다. 미국 어디에서 왔는지 모를 브라이언 애덤스 씨. 요즘은 그런 아이들이 많았다. 어른들도 마찬가지였다. 언제든 지갑을 빼앗아 '엿이나 드세요, 꽃미남 아저씨'를 날리고 도망칠 태세를 갖추고 부평초처럼 고속도로를 떠돌아다니는 인간들. (그처럼) 히치하이커를 사절하고 (역시 그처럼) 집에 도난 경보 시스템을 갖추어도 비행기가 가끔 추락하고 정신병자들이 언제 어디서 등장할지 모르며 항상 보험에 좀더 가입할 여지가 남아 있는 힘든 세상이었다. 이러니저러니 해도 그에게는 아내가 있었다.

그리고 아들도 있었다.

잭의 책상 위에 움직이는 점보 틀니를 놓아두면 좋을지도 모른다. 만일의 경우에 대비해서 말이다.

만일의 경우에 대비해서.

"챙겨주셔서 감사합니다." 그는 틀니의 발을 잡고 조심스럽게 들어올리며 말했다. "고장났더라도 아이가 보면 엄청 좋아할 거예요."

"고맙다고 인사를 받아야 할 사람은 내가 아니라 스쿠터죠. 봉투 드릴까요?" 그녀는 씩 웃었다. "비닐봉투 있어요. 구멍 절대 안 뚫린 거."

호건은 고개를 젓고 스포츠 코트 주머니에 틀니를 넣었다. "여기다 넣고 갈게요." 그는 말하고 그녀를 마주보며 씩 웃었다. "꺼내기 편하게요."

"좋을 대로 하세요." 그가 출입문을 향해 걸음을 옮기자 그녀가 그의 뒤통수에 대고 외쳤다. "나중에 또 들러요! 내가 치킨 샐러드 샌드위치를 기가 막히게 잘 만들거든요."

"그러실 것 같아요. 또 들를게요."

호건은 밖으로 나와 계단을 내려간 뒤 뜨거운 사막의 태양 아래 잠깐 서서 미소를 지었다. 기분이 좋았다. 요즘 들어 기분이 좋을 때가 많았다. 자연스러운 현상처럼 느껴질 정도였다.

그의 왼쪽에서 미네소타 카이도그 우프가 자리에서 일어나 우리 옆면의 열십자 모양 철조망 사이로 주둥이를 내밀고 짖었다. 호건의 주머니 안에서 틀니가 딸깍하고 한 번 이빨을 맞부딪혔다. 소리가 나지막했지만 호건의 귀에는 들렸고…… 녀석이 움직이는 게 느껴졌다. 그는 주머니를 토닥이며 나지막이 속삭였다. "긴장 풀어, 덩치."

그는 성큼성큼 마당을 가로질러 새로 산 쉐보레 밴의 운전석에 올라타 로스앤젤레스를 향해 출발했다. 리타와 잭에게 7시까지, 늦어도 8시까지 돌아가겠다고 약속했다. 그는 약속을 지키는 것을 좋아하는 남자였다.

# 헌사

★★★

훌륭한 소설을 쓴 작가들은 사람됨도 훌륭할까?

뉴욕에서 가장 오래되고 가장 으리으리한 호텔 중 한 곳으로 꼽히는 르팔레의 회전문과 도어맨과 리무진과 택시를 등지고 모퉁이를 돌면, 작고 아무 표시도 없고 대부분의 사람들이 잘 모르는 문이 하나 있었다.

마서 로즈웰은 어느 날 아침 7시 15분에 한 손에 캔버스 소재의 파란색 무지 토트백을 들고 미소를 띤 얼굴로 그 문 앞으로 다가갔다. 토트백은 늘 보던 거였고 미소는 그보다 훨씬 귀한 거였다. 그녀가 직장 생활에 불만이 있는 건 아니었다. 르팔레의 10층부터 12층까지를 총괄하는 수석 하우스키퍼 일자리를 하찮거나 보람 없는 일이라 여기는 사람도 있겠지만, 어렸을 때 앨라배마 주 바빌론에서 쌀가루나 밀가루 부대로 만든 원피스를 입고 자란 여자에게는 아주 중요하고 보람 있는 일자리였다. 하지만 직업이 뭐가 됐건, 정비공이 됐건 영화배우가 됐건 평범한 날의 출근길에는 평범한 표정을 싯기 마련이다. '나 아직 잠이 덜 깼이'라는 의미가 담긴 표정을 짓기 마련이다. 하지만 마서 로즈웰에게 그날은 평범한 날이 아니었다.

전날 오후 퇴근길에, 아들이 오하이오에서 보낸 소포를 발견했을 때부터 분위기가 달라지기 시작했다. 오랫동안 손꼽아 기다렸던 대망의 소포가 드디어 도착한 것이다. 그녀는 간밤에 토막잠을 잤다. 몇 번이고 자다 말고 일어나 아들이 보낸 게 진짜인지, 아직 거기 들어 있는지 확인해야 했다. 결국 그녀는 신부 들러리가 웨딩케이크 한 조각을 머리맡에 놓듯 그걸 베개 밑에 넣고 잠을 청했다.

이제 그녀는 호텔 정문에서 모퉁이를 돌면 나오는 조그만 문을 열쇠로 열고, 댄덕스 세탁물 카트가 일렬로 늘어선 밋밋한 초록색의 기다란 복도를 향해 계단을 세 칸 내려갔다. 카트마다 갓 빨아서 다려놓은 침구가 산더미처럼 쌓여 있었다. 복도가 깨끗한 빨래 냄새로 가득했고 마서는 그 냄새를 맡을 때마다 왠지 모르게 갓 구운 빵이 연상됐다. 희미한 배경음악 소리가 로비에서 울려왔지만 요즘 마서의 귀에는 업무용 엘리베이터가 웅웅거리는 소리와 주방에서 사기그릇이 달그락거리는 소리가 들리지 않듯 그 음악 소리도 들리지 않았다.

복도 중간에 "수석 하우스키퍼"라고 적힌 문이 있었다. 그녀는 그 안으로 들어가서 외투를 걸고, 모두 합해서 11명의 수석들이 커피도 마시고 수급 문제도 의논하고 끝없이 이어지는 서류도 작성하는 널찍한 공간을 가로질렀다. 큼지막한 책상과 한 면을 가득채운 게시판과 항상 꽁초로 넘쳐나는 재떨이가 있는 이 공간을 지나면

탈의실이 나왔다. 탈의실 벽은 평범한 초록색의 콘크리트 블록이었다. 긴 의자와 사물함이 있었고 두 개의 기다란 철제 막대에는 떼어 갈 수 없는 옷걸이가 줄줄이 달려 있었다.

탈의실 저쪽 끝에는 샤워실과 화장실 문이 있었다. 그 문이 열리면서 폭신한 르팔레 샤워 가운을 입은 다시 새거모어가 따뜻한 수증기와 함께 등장했다. 그녀는 마서의 환한 얼굴을 보자마자 두 팔을 벌리고 웃으며 달려왔다. "소포가 왔구나, 그치?" 그녀가 외쳤다. "소포를 받았구나! 얼굴에 씌어 있어! 확실하네, 확실해!"

울음보가 터질 줄은 몰랐건만 마서의 눈에서 눈물이 흘러나왔다. 그녀는 다시를 끌어안고 다시의 까맣고 축축한 머리에 얼굴을 묻었다.

"괜찮아." 다시가 말했다. "다 쏟아내도 돼."

"걔가 자랑스러워서 그래, 다시. 미치도록 자랑스러워서 그래."

"당연하지. 그래서 눈물이 나는 거고 울어도 괜찮아……. 하지만 눈물 그치자마자 구경하고 싶다." 그녀는 이렇게 얘기하고는 씩 웃었다. "그래도 네가 들고 있어. 그 보물단지를 내가 떨어뜨리면 너한테 눈알이 뽑힐 수도 있을 테니까."

그녀는 어마어마하게 성스러운 물건을 대하듯(마서 로즈웰에게는 정말 어마어마하게 성스러운 물건이었다) 공손하게 캔버스 천으로 된 파란색 토트백에서 아들의 첫 소설책을 꺼냈다. 박엽지로 꼼꼼하게 싸서 갈색 나일론 유니폼 밑에 넣어 왔다. 그녀는 다시가 보물을 감상할 수 있도록 박엽지를 조심스럽게 벗겼다.

다시는 세 명의 해병대가 그려진 표지를 유심히 들여다보았다.

그중 한 명은 머리에 붕대를 감고 포화가 퍼붓는 언덕 위로 돌진하고 있었다. 강렬한 주홍색으로 적힌 "영광의 불꽃"이 제목이었다. 그림 밑에는 이렇게 적혀 있었다. "피터 로즈월 장편소설".

"좋았어, 훌륭해, 끝내준다. 하지만 이제 다른 걸 보여줘!"

다시는 시시한 부분은 건너뛰고 본론으로 직행하고 싶어 안달이 목소리로 외쳤다.

마서가 고개를 끄덕이고 주저 없이 헌사 페이지를 보여주자 다시는 뭐라고 씌어 있는지 읽었다. "우리 어머니 마서 로즈월에게 이 책을 바친다. 엄마, 엄마가 없었더라면 나는 해내지 못했을 거예요." 활자로 찍힌 헌사 밑에 가늘고 비스듬하고 왠지 모르게 고풍스러운 필체로 이렇게 적혀 있었다. "진짜예요. 사랑해요, 엄마! 피트."

"어머나, 다정하기도 하지!"

다시는 이렇게 외치며 손등으로 까만 눈을 훔쳤다.

"다정하기만 한 게 아니야." 마서는 얘기했다. 그녀는 박엽지로 책을 다시 쌌다. "진짜라잖아." 그녀는 미소를 지었고 오랜 친구 다시 새거모어는 그 미소에서 사랑 이상의 것을 느꼈다. 승리의 희열을 느꼈다.

마서와 다시는 3시에 퇴근 카드를 찍고 나면 호텔의 라파티세리 커피숍에 종종 들렀다. 가끔 좀더 센 것이 필요하면 로비 바로 옆에 있는 르생크라는 조그만 포켓 바를 찾았는데, 르생크에 가야 하는 날이 있다면 바로 오늘이었다. 다시는 친구를 골드피시 크래커와 함께 칸막이 자리에 편안하게 앉혀놓고 그날 오후에 바 카운터를 맡은 레이와 잠깐 얘기를 나누었다. 마서는 그가 다시를 향해 씩 웃더니 고개를 끄덕이고 오른쪽 엄지손가락과 집게손가락으로 동그라미를 만드는 것을 보았다. 다시는 흡족한 표정을 지으며 칸막이 자리로 돌아왔다. 마서는 의심스러워하는 눈빛으로 그녀를 쳐다보았다.

"뭐야, 왜 저래?"

"두고 보면 알아."

오 분 뒤에 레이가 받침대에 놓인 은색 얼음통을 들고 와서 그들 옆에 내려놓았다. 안에 페리에주에 샴페인과 차갑게 얼린 잔 두 개가 들어 있었다.

"이게 뭐야?"

마서는 불안과 웃음기가 반씩 섞인 목소리로 물었다. 그녀는 놀란 눈으로 다시를 쳐다보았다.

"쉿."

다시가 속삭이자 마서는 고분고분하게 입을 다물었다.

레이가 코르크 마개를 따서 다시의 옆에 놓고 그녀의 잔에 샴페인을 조금 따랐다. 다시는 손사래를 치며 레이에게 윙크했다.

"두 분, 좋은 시간 보내세요." 레이는 얘기하고 마서에게 살짝 손키스를 날렸다. "그리고 아드님 축하드립니다." 마서가 어안이 벙벙해서 아무 말도 하지 못하는 사이 그는 멀찌감치 사라졌다.

다시가 두 잔 가득 샴페인을 따르고 자기 잔을 들었다. 마서도 잔을 들었다. 두 잔이 조심스럽게 서로 부딪혔다. "너희 아들의 창창한 앞날을 위해 건배." 다시가 얘기했고 두 사람은 샴페인을 마셨다. 다시가 마서의 잔에 대고 그녀의 잔을 다시 한번 기울였다. "그리고 너희 아들을 위해서도 건배." 두 사람은 또 한 모금 샴페인을 마셨고, 다시는 마서가 잔을 내려놓기 전에 세 번째로 잔을 부딪혔다. "그리고 모성을 위해 건배."

"아멘."

마서가 말했다. 그녀의 입은 미소를 짓고 있었지만 눈은 아니었다. 처음 두 번 건배를 했을 때는 샴페인에 살짝 입을 대기만 했던 그녀가 이번에는 잔을 비웠다.

다시가 샴페인을 병째로 주문한 이유는 단짝 친구와 함께 피터 로즈웰의 데뷔를 제대로 축하하기 위해서도 있었지만 그게 유일한 이유는 아니었다. 마서가 한 말이 무슨 뜻이었는지 궁금하기 때문도 있었다. '다정하기만 한 게 아니야. 진짜라잖아.' 그리고 의기양양한 표정을 지은 이유도 궁금했다.

그녀는 마서가 샴페인을 세 잔째 비울 때까지 기다렸다가 물었다.

"헌사를 두고 한 얘기 무슨 뜻이었어, 마서?"

"뭐가?"

"다정하기만 한 게 아니라 진짜라고 한 거."

마서가 아무 말 없이 한참 동안 자신을 쳐다보자 다시는 대답을 듣지 못하려나 보다고 생각했다. 하지만 그녀가 충격적일 만치 신랄한 웃음을 터뜨렸다. 적어도 다시가 느끼기에는 충격적이었다. 지금까지 아무리 힘들게 살았을지언정 명랑했던 마서 로즈웰이 그렇게 신랄할 수 있다니 상상하지 못했던 일이었다. 하지만 의기양양한 분위기는 그대로 남아서 불안한 대조를 이루었다.

"그 아이의 책은 베스트셀러가 될 테고 평론가들은 아이스크림이라도 되는 듯이 열렬한 반응을 보일 거야. 나는 그럴 거라고 믿어. 물론 피트가 장담하기는 했지만 그래서 그런 건 아니고…… 그 사람이 그랬기 때문에 믿는 거야."

"그 사람이라니?"

"피트 아빠."

그녀는 테이블 위에서 손깍지를 끼고 차분하게 다시를 바라보았다.

"하지만……." 다시는 말문을 열었다가 멈췄다. 두말하면 잔소리지만 조니 로즈월은 평생 책이라는 걸 출간한 적이 없었다. 차용증이나 담벼락에 이따금 스프레이 페인트로 써 갈긴 '내가 너네 엄마 따먹었다' 따위의 낙서가 조니의 스타일에 가까웠다. 마서의 말투는 마치…….

뭐 그렇게 어렵게 생각할 것 없어, 다시는 생각했다. 그녀가 무슨 뜻에서 한 말인지 알고도 남잖아. 피터를 임신했을 때 조니와 결혼한 상태였을지 몰라도 아이의 친아빠는 그보다 조금 더 똑똑한 인간이었다는 거.

하지만 앞뒤가 맞지 않았다. 다시는 조니를 만난 적이 없었지만 마서의 앨범에서 대여섯 장의 사진은 보았다. 한편 피터에 대해선 잘 알았다. 사실 피터가 고등학교 2, 3학년과 대학교 1, 2학년 때는 그녀의 아들처럼 여겼을 만큼 속속들이 알았다. 그런데 그녀의 부엌에서 수많은 시간을 보냈던 그 아이와 앨범 속의 남자가 얼마나 닮았는가 하면…….

"조니가 피트의 친아빠이긴 했지." 마서가 그녀의 생각을 읽은 듯이 얘기했다. "그 코랑 눈을 보면 알 수 있다시피. 하지만 피트의 진짜 아빠는 아니었어……. 뽀글이 남았어? 술술 넘어가네." 술에 살짝 취하자 숨어 있던 곳에서 기어나온 아이처럼 남부 억양이 마서의 말투에서 드러나기 시작했다.

다시는 남은 샴페인을 거의 다 마서의 잔에 따랐다. 마서는 손잡이를 잡고 잔을 들어서 샴페인을 들여다보며 실내로 스민 은은한 오후의 햇살이 황금색으로 바뀌는 광경을 감상했다. 그러다 샴페인을 조금 마시고 잔을 내려놓더니 좀 전처럼 신랄하고 귀에 거슬리는 소리를 내며 웃었다.

"내가 무슨 소릴 하는지 전혀 모르겠지?"

"응, 모르겠어."

"내가 얘기해줄게. 그동안 입이 근질거렸는데 이제 때가 됐어. 아이가 오랜 준비 기간을 잘 버티고 드디어 책을 출간했으니까. 아이한테 얘기할 수는 없지. 그건 절대 안 돼. 하기야 운 좋은 아들들은 엄마가 자길 얼마나 사랑하는지, 자길 위해 얼마나 많은 희생을 했는지 절대 알 리 없지, 안 그러니?"

"아마도. 마서, 무슨 얘기를 하려는 건지 모르겠지만 좀더 고민해보고……."

"맞아, 걔네들은 절대 모르지." 마서가 얘기하자 다시는 친구가 그녀의 말을 한마디도 듣지 않고 있다는 걸 깨달았다. 마서 로즈웰은 자기만의 세상에 떨어져 있었다. 그녀의 시선이 다시에게로 다시 돌아왔을 때 묘한 미소—다시의 마음에 들지 않는 미소였다—가 그녀의 입가를 스치고 지나갔다. "절대 모르지." 그녀는 했던 말을 반복했다. "나는 헌신이라는 단어가 무슨 뜻인지 알고 싶으면 아이 엄마한테 물어봐야 한다고 생각해. 너는 어떻게 생각해, 다시?"

다시는 뭐라고 하면 좋을지 알 수 없었기에 고개만 저었다. 하지만 마서는 다시가 전적으로 동의라도 한 듯 고개를 끄덕이고 이야기를 시작했다.

기본적인 사항들을 짚고 넘어갈 필요는 없었다. 두 여자는 르팔레에서 십일 년 동안 함께 근무했고 거의 그만큼의 시간 동안 단짝 친구로 지냈다.

그중에서도 가장 기본적인 사항을 꼽으라면 마서가 그다지 훌륭하지 못한 남자, 자기 부인보다 술과 약물에—지나가다 그의 방향에 대고 엉덩이를 흔든 여자는 말할 것도 없고—더 관심이 많은 남자와 결혼을 했다는 거라고 하겠다(그날 르생크에서 그 이야기를 듣기 전까지만 해도 다시는 그렇게 생각했다). 마서는 뉴욕에 온 지 몇 개월 안 돼서 아무것도 모르던 시절에 조니를 만났다. 결혼식을 올렸을 때는 임신 삼 개월이었다. 그녀는 다시에게도 누누이 강조했다시피 조니와의 결혼은 임신 여부와 관계없이 신중한 고민 끝에 선택한 길이었다. 마서는 자신을 버리지 않은 그가 고맙기는 했지만(만나는 여자 입에서 "나 임신했어"라는 소리가 나오면 오 분 안으로 쌩하니 도망칠 남자들이 부지기수라는 걸 모를 정도로 어수룩하지는 않았다) 그의 단점을 전혀 모르지는 않았다. 까만색 선더버드를 몰고 투톤의 윙팁 구두를 신고 다니는 조니 로즈웰을 그녀의 부모님이, 그중에서도 특히 아버지가 어떻게 생각할지 불 보듯 뻔했다. 윙팁 구두는 멤피스 슬림이 아폴로 극장에서 공연했을 때 신은 걸 보고 똑같은 디자인을 사서 신은 거였다.

첫 아이는 사 개월 만에 유산이 됐다. 그 뒤로 오 개월 정도 지났을 때 마서는 결혼 생활의 손익을—손실에 비중을 두고—따져보기로 마음먹었다. 조니는 밤늦게 들어오고 말도 안 되는 변명을 늘어놓고 주먹을 휘두르는 경우가 너무 많았다. 그녀도 표현했다시피 조니는 술에 취하면 자기 주먹과 사랑에 빠졌다.

"항상 외모는 멀끔했어." 그녀는 예전에 다시에게 이렇게 얘기한 적이 있었다. "하지만 아무리 외모가 멀끔해도 썩을 놈은 썩을 놈이지."

마서는 짐을 미처 싸기도 전에 또 아이가 생겼다는 걸 알았다. 이번에는 조니가 당장 강한 거부감을 보였다. 유산시키려고 빗자루 손잡이로 그녀의 배를 세게 때렸다. 그로부터 이틀 뒤에 그가 두어 명의 친구들—조니처럼 밝은 색상의 옷과 투톤 신발을 좋아하는 친구들이었다—과 함께 총을 들고 이스트 116번가의 주류 판매점을 털려고 했다. 가게 카운터 밑에 엽총이 있었다. 가게 주인이 총을 꺼냈다. 조니 로즈웰은 어디서 구했는지 알 수 없는, 니켈을 씌운 32구경을 들고 있었다. 그가 가게 주인을 겨누고 방아쇠를 당기자 권총이 폭발했다. 총신 조각 하나가 오른쪽 눈을 지나서 뇌를 뚫고 들어갔고 그는 즉사했다.

마서는 르팔레에서 임신 팔 개월까지 근무했지만(다시 새거모어가 입사하기 한참 전이었다) 프루 부인이 그러다 10층 복도나 세탁물 엘리베이터에서 애를 낳겠다며 집에 가라고 했다. "워낙 성실하니까 나중에 원하면 또 일을 맡길게." 로베르타 프루는 이렇게 얘기했다. "하지만 지금은 쉬는 게 좋겠어."

마서는 그녀가 시키는 대로 했고, 두 달 뒤에 아들을 낳아서 피터라고 이름을 지었다. 그리고 피터가 다 커서 『영광의 불꽃』이라는 책을 출간했고, 너나 할 것 없이—이달의 북 클럽과 유니버설 영화사까지—그 책으로 부와 명예를 거머쥘 수 있을 거라고 장담했다.

여기까지는 다시도 익히 아는 얘기였다. 나머지 부분—믿기지 않는 나머지 부분—은 그날 오후와 저녁에, 먼저 르생크에서 샴페인 잔을 앞에 두고 피터의 가제본 책이 든 캔버스 가방을 마서 로즈월의 발치에 두고 들었다.

"우리는 당연히 변두리에서 살았지."

마서는 샴페인 잔을 손가락 사이에 끼워서 빙글빙글 돌리며 내려다보고 있었다.

"스테이션 공원 근처의 스탠턴 스트리트에서. 그때부터 지금까지 거기서 살고 있어. 그 일대는 예전보다 엉망진창으로, 훨씬 엉망진창으로 변했지 뭐야. 심지어 그때도 별 볼 일 없는 동네였는데.

당시에 섬뜩한 할머니가 스테이션 공원 쪽 끝집에서 살았거든. 다들 마마 들로름이라고 불렀고 여기저기서 마녀라고 수군댔던 할머니였어. 나는 그런 걸 전혀 믿지 않았기 때문에 우리 부부랑 같은 건물에 사는 옥타비아 킨솔빙한테 인공위성이 지구 궤도를 날아다니고 이 세상 모든 질병의 치료제가 개발된 요즘 같은 시대에 어떻게 사람들이 그런 헛소리를 믿을 수 있느냐고 물었어. 옥타비아는 줄리어드를 졸업한 고학력자였는데 어머니랑 남동생 셋을 먹여 살리려고 110번가의 옆구리에서 살았거든. 내 말에 맞장구를 칠 줄 알았더니 웃으면서 고개를 젓지 뭐야.

'당신도 마녀를 믿는다는 거예요?' 내가 물었어.

'아뇨. 하지만 그 할머니는 믿어요. 남들하고 다르거든요. 자기가 마녀라고 주장하는 여자 천 명, 아니 만 명, 아니 백만 명 중에 진짜 마녀는 딱 한 명일지 모르죠. 그렇다면 마마 들로름이 바로 그 한 명이에요.'

나는 웃고 말았어. 마녀가 필요 없는 사람들은 그 단어를 듣고 웃을 수 있지. 기도가 필요 없는 사람들이 기도라는 단어를 듣고 웃을 수 있듯이. 내가 지금 얘기하는 시기는 결혼 초기야. 그때만 해도 나는 조니를 고칠 수 있을 줄 알았거든. 이해되지?"

다시는 고개를 끄덕였다.

"그러다 유산이 됐어. 조니가 가장 큰 이유였을 거야, 그 당시에는 나 자신에게조차 인정하고 싶지 않았지만. 그이가 날마다 나를 때렸고 날마다 술을 마셨거든. 돈을 주면 받아놓고 내 지갑에서 더 꺼내갔고. 내 지갑에 손대지 말았으면 좋겠다고 했더니 상처받은 표정을 지으면서 자기는 그런 짓 한 적 없다고 하더라. 정신이 멀쩡했을 때 말이야. 술에 취했을 땐 그냥 웃었고.

고향집에 있는 엄마한테 편지를 썼어. 속상하고 창피해서 편지를 쓰면서 울었지만 엄마 생각을 알고 싶었어. 엄마는 도망치라고, 병원이나 그보다 더 심각한 데로 끌려가서 감금당하기 전에 당장 뛰쳐나오라고 했어. 카산드라 언니(우리는 항상 키시라고 불렀지만)는 한술 더 떴지. 그레이하운드 버스표를 보내면서 봉투에 분홍색 립스틱으로 딱 두 마디를 적었거든. 당장 나와, 이렇게."

마서는 샴페인을 조금 마셨다.

"뭐, 나는 그 말을 듣지 않았어. 너무 품위 없어 보인다고 생각하면서. 사실은 어리석은 자존심 때문이었을 거야. 이러나저러나 상관없었지만. 나는 그이 곁에 남았어. 그러다 첫애를 유산한 뒤에 마마 들로름을 찾아갔다가 두 번째 임신이 됐는데…… 처음에는 그런 줄도 몰랐지. 입덧을 하지 않았거든. 뭐, 첫애 때도 입덧이 없긴 마찬가지였지만."

"임신을 했기 때문에 마마 들로름을 찾아간 게 아니었고?"

다시가 물었다. 그녀는 마서가 아이를 유산시킬 방책을 마련하려기 위해…… 아니면 아예 아이를 지우기 위해 마녀를 찾아갔을 거라고 생각하고 있었다.

"응. 옥타비아가 말하길 내가 조니의 외투 주머니에서 찾은 물건이 뭔지 마마 들로름은 분명히 알 거라고 해서 찾아간 거였어. 조그만 유리병에 든 흰색 가루가 뭔지."

"저런."

마서는 씁쓸한 미소를 지었다.

"상황이 심각해지려면 얼마나 심각해질 수 있는지 알아? 너는 알고 싶지 않을 수도 있겠지만 그래도 나는 얘기할 거야. 남편이 하는 일 없이 술만 마시면 심각한 거야. 하는 일 없이 술만 마시면서 때리기까지 하면 정말 심각한 거고. 선렌드 미켓에서 휴지를 살 수 있게 일 달러라도 있길 바라면서 남편의 외투 주머니를 뒤졌는데 숟가락이 든 조그만 유리병이 나오면 그보다 더 심각한 상황이라고 할 수 있지. 그런데 최악은 뭔지 알아? 그 조그만 병을 쳐다보면서 안에 든 게 헤로인이 아니라 코카인이길 바라는 거야."

"그걸 마마 들로름한테 들고 갔어?"

마서는 딱하다는 듯이 웃었다.

"병째로? 설마. 사는 게 별로 재미있지는 않았지만 죽고 싶지는 않았는걸. 그이가 집에 돌아왔을 때 이 그램짜리 병이 없어진 걸 알면 이 잡듯이 뒤져서 나를 찾아낼 텐데? 조금 덜어서 담배 비닐에 쌌지. 그걸 들고 옥타비아를 찾아갔더니 마마 들로름한테 물어보라고 해서 그녀를 찾아갔고."

"마마 들로름은 어떤 사람이었어?"

마서는 고개를 저었다. 마마 들로름이 어떤 사람이었는지, 3층에 있는 그녀의 아파트에서 보낸 삼십 분이 얼마나 희한했는지, 그 여자가 쫓아나올까 봐 경사가 미치도록 가파른 계단을 어떤 식으로 달리다시피 해서 밖으로 뛰쳐나왔는지 친구에게 정확히 설명할 재간이 없었다. 그녀의 아파트는 어두컴컴했고 양초와 묵은 벽지와 계피와 시큼한 향주머니 냄새가 진동했다. 한쪽 벽에는 예수가, 다른 쪽 벽에는 노스트라다무스가 걸려 있었다.

이윽고 마서는 말문을 열었다.

"운명의 여신이라는 게 있다면 아마 그녀였을 거야. 그녀가 몇 살이었는지 지금도 전혀 모르겠어. 일흔 살이었는지 아흔 살이었는지 백열 살이었는지. 옅은 분홍색 흉터가 코 옆면에서 이마를 지나 머리칼 속으로 이어졌어. 화상 같은 흉터가. 그래서 오른쪽 눈이 윙크를 하는 것처럼 아래로 처졌지. 그녀는 흔들의자에 앉아서 무릎 위에 뜨개질 거리를 올려놓고 있다가 내가 들어가니까 이러더라. '내가 할 얘기는 세 가지야, 아가씨. 첫째, 아가씨는 나를 믿지 않는다는 거. 둘째, 남편의 외투에서 찾은 병에 든 건 화이트에인절 헤로인이라는 거. 셋째, 지금 뱃속의 아들이 칠 주 됐는데 아이의 진짜 아빠의 이름으로 부르게 될 거라는 거.'"

주변 테이블에 앉은 손님이 있는지 확인하느라 두리번거린 마서는 여전히 아무도 없는 걸 보고 다행스러워하며, 말없이 넋이 나간 표정으로 그녀를 쳐다보고 있는 다시에게로 허리를 숙였다.

"나중에 정신이 돌아왔을 때 곰곰이 생각해보니까 처음 두 가지는 솜씨 좋은 마술사라면, 하얀 터번을 두른 독심술사인가 뭔가 하는 작자라면 누구든 알아맞힐 수 있는 거였어. 옥타비아 킨솔빙이 내가 갈 거라고 연락해서 찾아가는 이유를 얘기했을 수도 있으니까. 어려울 것도 없어! 마마 들로름 같은 여자한테는 그런 사소한 부분들이 중요하지. 마녀라고 소문을 내고 싶으면 마녀처럼 행동해야 하니까."

"그렇겠지."

"나더러 임신했다고 한 건 어쩌다 때려 맞힌 거였을 수 있어. 아니면…… 뭐랄까…… 보면 그냥 아는 여자들도 있잖아."

다시는 고개를 끄덕였다.

"우리 이모도 누가 임신하면 단박에 알아차렸어. 심지어 어떤 때는 당사자보다 먼저, 또 어떤 때는 사전 작업이 이루어지기도 전에 알아차렸다니까? 내 말 무슨 뜻인지 알지?"

마서는 웃음을 터뜨리고 고개를 끄덕였다.

"이모 말로는 체취가 달라진다더라." 다시는 말을 이었다. "코가 예민하면 어떤 때는 애가 생긴 바로 다음날 체취가 바뀐 걸 느낄 수도 있대."

"응. 나도 그런 얘기 들은 적 있지만 내 경우에는 그게 아니었어. 그녀는 그냥 알았어. 그리고 나도 개수작이라고 애써 무시하려고 했지만 속으로는 그녀가 안다는 걸 알았고. 그녀를 만나면 마술을 믿게 되더라. 적어도 그녀의 마술은 믿게 돼. 그 느낌이 가시질 않더라고. 눈을 떠도 사라지지 않는 꿈처럼, 사기꾼이 워낙 훌륭하면 주문이 풀리더라도 그에 대한 믿음은 사라지지 않는 것처럼."

"그래서 어떻게 했어?"

"응, 문 옆에 푹 꺼진 등나무 의자가 있었던 게 나로서는 다행이었어. 그 얘기를 들었을 때 눈앞이 깜깜해지면서 무릎이 꺾였거든. 어차피 어디 앉을 생각이긴 했지만 그 의자가 없었다면 바닥에 주저앉았을 거야.

그녀는 내가 정신을 추스를 때까지 기다리면서 뜨개질만 했어. 그런 반응을 수백 번 본 사람처럼. 아마 실제로 그랬겠지.

두근거리던 심장이 가라앉기 시작해서 말문을 열었는데 내 입에서 튀어나온 말이 이거였어. '남편 곁을 떠나려고요.'

'아니.' 그녀가 바로 대꾸하더라. '남편이 네 곁을 떠날 거야. 네가 남편보다 오래 살아. 그냥 붙어 있어. 돈이 좀 생겨. 남편이 아이 해칠 거라는 생각 들겠지만 그 사람 못 그래.'

'어떻게.' 나는 운을 뗐지만 할 수 있는 말이 그것밖에 없는 듯이 느껴져서 그 말만 계속 반복했어. '어떻게 어떻게 어떻게'. 오래된 존 리 후커의 블루스 레코드판처럼 말이야. 오래전에 태운 양초랑 부엌의 석유 냄새, 묵은 치즈처럼 시큼했던 말라붙은 벽지 냄새가 이십육 년이 지난 지금까지 기억이 나. 예전에는 하얀색이었겠지만 내가 찾아갔을 때는 묵은 신문처럼 노래진 조그만 물방울무늬의 낡은 파란색 원피스를 입고 있었던 그녀의 작고 연약했던 모습도 기억이 나고. 그녀는 체구가 워낙 작았지만 엄청난 기운이 느껴졌어. 꼭 너무너무 눈이 부신 빛처럼……."

마서는 자리에서 일어나 바 카운터로 가더니 레이와 얘기를 나누고 큼지막한 컵에 든 물 한 잔을 들고 돌아왔다. 그녀는 단숨에 컵을 거의 비웠다.

"물 마시니까 괜찮아?"

"응, 조금." 마서는 어깨를 으쓱하고 미소를 지었다.

"그때 얘기를 자꾸 들추어봐야 좋을 것 하나 없겠지. 그 자리에 있었다면 너도 느꼈을 거야. 너도 그녀를 느꼈을 거야.

'내가 어떻게 아는지, 네가 어쩌다 그런 촌구석 쓰레기랑 결혼했는지, 그딴 거 중요하지 않아.' 마마 들로름은 나한테 그렇게 얘기했어. '아이의 진짜 아빠를 찾는 게 중요하지.'

누가 그 말을 들었다면 내가 남편을 두고 바람을 피운 줄 알았겠지만 나는 그녀한테 화낼 생각조차 하지 못했어. 너무 어리둥절해

서 화낼 겨를도 없었거든. '그게 무슨 말씀이세요? 조니가 아이의 진짜 아빠인데요.'

그녀는 콧방귀 비슷한 걸 뀌더니 퓨우, 하고 숨을 토하는 듯이 나를 향해 손사래를 쳤어. '그자는 진짜 아빠하고는 전혀 상관없어.'

그러더니 그녀가 내 쪽으로 몸을 기울였고 나는 조금 겁이 나기 시작했어. 다 안다는 듯한 분위기를 물씬 풍겼는데 별로 느낌이 좋지 않았거든.

'여자 몸속에 들어서는 애기, 전부 남자들이 거시기에서 뿌린 걸로 생기는 거야, 아가씨.' 그녀가 얘기했어. '그건 알지, 응?'

의학책에는 그렇게 씌어 있을 것 같지 않았지만 그녀가 보이지 않는 손으로 내 머리를 잡고 움직이기라도 한 것처럼 고개가 위아래로 끄덕여지는 게 느껴졌어.

'맞아.' 그녀는 혼자 고개를 끄덕이며 중얼거렸지. '조물주가 그렇게 만들었어……. 마치 시소처럼. 남자 거시기에서 애기씨가 나오니까 애기들 대부분 남자 거야. 하지만 여자가 뱃속에 품고 낳고 키우니까 애기들 대부분 여자 거야. 원래 그런 식인데 모든 법칙에는 법칙을 증명하는 예외가 있고 이게 바로 그 예외야. 네 아이를 임신시킨 남자는 진짜 아빠가 되지 않을 거야. 옆에 붙어 있더라도 진짜 아빠는 되지 않아. 그 남자는 아이를 미워하고 한 살 되기 전에 죽도록 두들겨 패기 십상이야. 왜냐믄 자기 아들 아니라는 거 알거든. 남자들 그런 거 잘 모르고 못 보지만 아이가 영판 다르면 모를 수 없지……. 이 아이는 일자무식 조니 로즈웰하고 하늘하고 땅만큼 다를 거거든. 그니까 얘기해봐, 아가씨. 아이 진짜 아빠 누구야?'

이러면서 그녀는 내 쪽으로 몸을 기울이다시피 했어.

나는 고개를 저으면서 그게 무슨 소린지 모르겠다고 얘기하는 것 말고는 아무것도 할 수가 없었어. 하지만 속으로는—꿈속에서나 생각의 기회가 생기는 마음속 깊숙한 곳 말이야—알고 있었던 것 같아. 내가 이제 와서 기억을 왜곡하는 것일 수도 있지만 그건 아닐 거야. 순간 그의 이름이 내 머릿속을 스치고 지나갔던 것 같거든.

내가 말했지. '무슨 말씀을 하고 싶으신 건지 모르겠지만…… 저는 진짜 아빠가 됐건 가짜 아빠가 됐건 아는 게 아무것도 없어요. 아이가 생겼는지조차 잘 모르겠지만 생겼다면 조니의 아이일 수밖에 없어요. 왜냐하면 다른 남자하고는 같이 잔 적이 없거든요!'

그녀는 잠깐 뒤로 기대고 앉더니 미소를 지었어. 미소가 햇살처럼 환해서 불안했던 내 마음이 조금 가라앉았지. '겁 주려고 그랬던 거 아니야. 그럴 생각 전혀 없었어. 내 눈에 뭐가 보이는데 가끔 엄청 강할 때 있거든. 내가 차 끓여 올게. 그거 마시면 진정될 거야. 나한테는 특별한 차야.'

나는 차 안 마셔도 된다고 얘기하고 싶었지만 할 수가 없었어. 입을 여는 것 자체가 힘들게 느껴졌던데다 다리에 힘이 다 풀렸거든.

그 집에는 동굴만큼 어두컴컴하고 번들번들한 조그만 부엌이 있었어. 나는 문가의 의자에 앉아서 그녀가 찻잎을 떠서 이가 빠진 오래된 사기 주전자에 넣고 주전자를 가스레인지에 올려놓는 걸 구경했지. 그녀한테 특별한 것은, 그 번들번들한 부엌에서 만든 것은 뭐가 됐든 먹기 싫다는 생각을 하면서. 예의상 한 모금만 마시고 얼른 도망쳐서 두 번 다시 찾아오지 말아야겠다는 생각을 하면서.

그런데 그녀가 눈처럼 하얗고 조그만 사기잔 두 개랑 설탕이랑 크림이랑 갓 구운 롤빵을 쟁반에 담아서 들고 오더라. 그녀가 차를 따랐는데 향이 좋고 뜨겁고 진했어. 마시니까 정신이 번쩍 들었고 나도 모르는 새 차 두 잔에 롤빵까지 하나 먹었지 뭐야.

그녀도 차를 마시면서 롤빵을 먹었고 우리는 좀더 일반적인 대화를 나누었어. 동네 사람들 중에 누굴 아는지, 내가 앨라배마의 어디에서 살다 왔는지, 어디에서 장을 보는지, 기타 등등. 그러다 손목시계를 봤더니 한 시간 반이 지났더라고. 나는 자리에서 일어나려다 현기증이 나서 의자에 주저앉았어."

다시는 눈을 동그랗게 뜨고 마서를 쳐다보았다.

"'나한테 약을 먹였군요.' 겁이 났지만 그건 마음속 깊숙한 일부분에서만 느껴지는 감정이었어.

'나 너 돕고 싶어. 그런데 너, 내가 알아야 하는 거 얘기 안 하고 얘기하더라도 해야 하는 일 하지 않을 거야, 누가 억지로 시키기 전에는. 그래서 내가 그거 끓였지. 잠깐 잠이 들 거야, 그뿐이야. 하지만 잠들기 전에 아이의 진짜 아빠가 누군지 나한테 이름을 댈 거야.'

거실 창을 넘어 쏟아져 들어오는 도심 외곽의 온갖 소음을 들으며 푹 꺼진 등나무 의자에 앉아 있는데 그의 모습이, 지금 다시 너를 보듯 선명하게 떠오르지 뭐야. 그의 이름은 피터 제프리스였고 내가 흑인이라면 그는 백인이었고, 내가 키가 작다면 그는 키가 컸고, 내가 무식했다면 그는 배운 게 많았어. 우리는 그보다 더 다를 수 없을 만큼 달랐지만 한 가지 공통점이 있었어. 둘 다 앨라배마 출신이라는 거. 나는 플로리다 주하고 만나는 경계선 근처의 바빌론이라는 깡촌이 고향이었고, 그는 버밍엄이었어. 그는 나라는 존재가 있다는 것조차 몰랐지. 항상 이 호텔의 11층에 묵는 그에게 나는 객실을 청소해주는 흑인 여자일 뿐이었거든. 그리고 나로 말할 것 같으면 그를 신경쓰는 이유가 오로지 심기를 건드리지 않기 위해서였어. 그의 말투를 듣고 그의 행동을 보았기 때문에 어떤 인간인지 알았거든. 그는 흑인이 썼던 유리잔이라면 꼭 씻어야 직성이 풀리는 인간이었어. 나는 젊었을 때 그런 인간들을 워낙 많이 봤기 때문에 아무 감정도 없었지. 인간의 성격은 어떤 경계를 지나면 백인이건 흑인이건 상관이 없어져. 그는 개자식과에 속했고 그 과는 피부색에 상관없이 존재하니까.

그거 알아? 그는 여러모로 조니랑 비슷했어. 조니가 머리가 좋고 고등교육을 받았더라면, 조물주가 약물에만 반응하는 머리하고 여자의 젖은 밑에만 반응하는 코 대신 엄청난 재능을 선사했다면 그런 인간이 됐을 거야.

나는 피하려고 할 때 말고는 그를 신경쓴 적이 없었거든. 전혀 없었어. 그런데 마마 들로름이 내 쪽으로 몸을 숙였을 때, 그녀의 땀구멍에서 뿜어져 나오는 계피 향 때문에 질식하겠다 싶을 정도로 가까이 다가왔을 때 곧바로 떠오른 게 그의 이름이었어. '피터 제프리스.' 내가 얘기했지. '피터 제프리스, 앨라배마에서 책을 쓸 때 말고는 1163호에 묵는 남자. 그가 진짜 아빠예요. 하지만 그는 백인이라고요!'

그녀는 더 바짝 몸을 숙이고 얘기했어. '아니, 그렇지 않아. 하얀 남자는 없어. 그들이 머무는 내면은 모두 까매. 안 믿겠지만 진짜야. 내면은 모두 한밤중이고 조물주의 시간 중에 아무때야. 하지만 남자는 밤에서 빛을 만들어낼 수가 있기에 남자에게서 나와 여자의 몸속에 아이를 심는 그것이 흰색인 이유가 그 때문이지. 진짜 아빠는 피부색하고 상관없어. 이제 눈을 감아, 아가씨, 피곤하잖아. 너무 피곤하잖아. 자! 얼른! 자! 반항하지 말고! 마마 들로름은 너를 속이지 않아! 네 손에 뭐 쥐여줄 게 있을 뿐이야. 자……. 아니, 보지마. 그냥 받아서 손을 오므려.' 그녀가 시키는 대로 했더니 사각형의 뭔가가 느껴졌어. 유리 아니면 플라스틱 촉감의 사각형이.

'기억해야 하는 때가 되면 모든 걸 기억할 거야. 지금은 그냥 잠이 들면 돼. 쉬이이이…… 잠이 든다…… 쉬이이이…….'

나는 잠이 들었어." 마서가 얘기했다. "그다음으로 기억나는 건 악마가 쫓아오기라도 하는 듯이 계단을 달려 내려왔다는 거야. 뭘 피해서 도망치는 건지 기억나지 않았지만 상관없었어. 그냥 무작정 달렸어. 그 뒤로 딱 한 번 더 그 집을 찾아갔지만 그녀를 만나지는 못했지."

마서는 말을 하다 말고 멈췄다. 두 사람은 같은 꿈을 꾸다 방금 전에 깨어나기라도 한 듯이 주위를 두리번거렸다. 르생크가 손님들로 채워지기 시작했다. 5시가 다 돼서 퇴근길에 한잔하려는 회사 간부들이 어슬렁어슬렁 들어왔다. 둘 다 말로 표현하지는 않았지만 순간 다른 데로 가고 싶어졌다. 사복을 입고 있어도 서류 가방을 들고 주식이며 채권이며 채무 증서를 운운하는 이 남자들 사이에서 이질감을 느꼈다.

"집에 캐서롤이랑 맥주 여섯 개들이 한 세트 있는데." 마서가 문득 소심한 목소리로 말했다. "한쪽은 따뜻하게 데우고 다른 한쪽은 시원하게 얼릴게……. 네가 나머지 부분 듣고 싶다고 하면."

"허니, 나머지 부분을 안 듣고는 못 배기겠는데?"

다시는 말하더니 조금 신경질적으로 웃음을 터뜨렸다.

"나도 얘기 안 하고는 못 배기겠어."

마서는 대꾸했지만 웃지 않았다. 심지어 미소조차 짓지 않았다.

"남편한테 전화할게. 늦는다고."

"그래."

마서는 다시가 전화하는 동안 보물 같은 책이 잘 들어 있는지 핸드백을 한번 확인했다.

캐서롤을 둘이서 먹을 수 있을 만큼 먹고 각자 맥주를 한 병씩 마셨다. 마서는 정말 나머지 부분을 듣고 싶으냐고 한 번 더 다시에게 물었다. 다시는 그렇다고 대답했다.

"왜냐하면 듣기 껄끄러운 부분도 있거든. 그렇다는 걸 미리 솔직하게 공개할게. 독신 남자들이 체크아웃하면서 두고 가는 잡지들보다 더 심한 부분도 있어."

다시는 그녀가 어떤 잡지를 말하는지 알았지만 단정하고 깔끔한 친구가 그런 잡지에 실리는 사진들과 연관이 있을 거라고는 상상이 가지 않았다. 그녀는 각자를 위해 맥주를 새로 한 병씩 챙겨 왔다. 마서는 이야기를 이어갔다.

"나는 완전히 깨어나기 전에 집에 도착했어. 마마 들로름의 집에서 무슨 일이 있었는지 거의 기억이 나지 않았기 때문에 꿈을 꾸었다고 생각하는 게 가장 낫겠다는, 그리고 가장 안전하겠다는 결론을 내렸지. 하지만 조니의 병에서 슬쩍한 가루는 꿈이 아니었어. 담배 비닐에 싸인 채로 내 원피스 주머니 안에 들어 있었거든. 당장 그걸 버리고 마녀건 뭐건 신경 끄고 싶은 마음뿐이었어. 나는 조니의 주머니를 잘 뒤지지 않았을지 몰라도 그이는 툭하면 내 주머니를 뒤지곤 했거든. 혹시 일 달러라도 꼬불친 게 있을까 싶어서.

그런데 주머니 안에 가루 말고 다른 것도 들어 있었어. 그걸 꺼내서 본 순간 무슨 대화를 나누었는지 기억은 안 나도 그녀를 만난 건 분명하다는 사실을 알 수 있었지.

안이 들여다보이는 뚜껑이 달린 정사각형의 조그만 플라스틱 상자였어. 내용물이라고는 말린 버섯뿐이었지만 옥타비아가 그 할머니를 두고 했던 얘기를 듣고 났더니 평범한 버섯이 아니라 독버섯일 수도 있겠다는 생각이 드는 거야. 차라리 먹고 단박에 죽는 게 낫겠다 싶을 정도로 밤에 창자가 끊어지는 고통을 안기는 그런 독버섯 말이야.

그이가 코에 대고 킁킁거리는 그 가루랑 같이 변기에 넣고 물을 내리려고 했지만 막상 행동으로 옮기려니까 못 하겠더라. 마마 들로름이 옆에서 그러지 말라고 얘기하는 것 같았어. 진짜로 옆에 서 있으면 어쩌나 싶어서 거실 거울을 쳐다보지도 못했다니까?

결국에는 슬쩍한 가루만 부엌 개수대에 버리고 플라스틱 상자는 개수대 위 찬장에 넣었어. 까치발을 하고 서서 죽 밀어서…… 아마 끝까지 밀어넣었을 거야. 그러고는 완전히 잊어버렸지."

마서는 하던 얘기를 잠깐 멈추고 손끝으로 식탁을 신경질적으로 두드리다 말문을 열었다.

"피터 제프리스에 대해서 좀더 추가 설명을 해야겠다. 우리 아들이 쓴 소설의 내용은 베트남과 그 아이가 직접 겪은 군대의 실상이야. 피터 제프리스가 쓴 작품의 내용은 친구들이랑 파티를 벌이면서 취했을 때 항상 '빅 투'라고 표현했던 거였고. 그는 군 복무중이었을 때 첫 작품을 썼고 그걸 1946년에 출간했어. 제목은 『천국의 불꽃』."

다시는 한참 동안 아무 말도 하지 않고 친구를 쳐다보다가 물었다.

"그래?"

"응, 내가 무슨 말을 하려는 건지 이제 너도 눈치챘을지 모르겠다. 진짜 아빠라는 게 무슨 뜻인지 조금 파악했을지도. 『천국의 불꽃』, 『영광의 불꽃』."

"하지만 너희 아들이 이 제프리스라는 사람이 쓴 책을 읽었다면……."

"물론 그것도 가능성이 없는 얘기는 아니지." 이번에는 마서가 '퓨우' 하고 숨을 토하는 듯한 제스처를 보였다. "사실은 그게 아니지만 너를 애써 설득하려고 들지는 않을게. 얘기가 끝나면 네가 믿든 안 믿든 양단간에 결정이 날 테니까. 지금은 그냥 그 남자에 대해서 조금 설명을 하려는 거야."

"얘기해봐."

"나는 르팔레에서 일을 시작한 1957년부터 1968년 정도까지 그와 상당히 자주 마주쳤어. 그 무렵에 그는 심장과 간에 문제가 생겼는데 그렇게 술을 마시고 분별없이 굴었으니 그때까지 버틴 게 오히려 기적이었지. 1969년에는 대여섯 번밖에 오지 않았고 안색이 얼마나 안 좋았는지 기억해. 원래 통통하지도 않았는데 그즈음에는 살이 너무 빠져서 꼬챙이 같았어. 얼굴이 누렇게 뜨거나 말거나 계속 술을 마셨고. 그가 화장실에서 기침하고 토하고 가끔 아파서 우는 소리를 들으면서 나는 생각했지. 그래, 됐네. 됐어. 자기 몸에 무슨 짓을 하고 있는지 이제 깨달았겠지. 이제 그만하겠지. 그런데 아니더라. 1970년에는 딱 두 번 왔어. 간병해주는 남자의 부축을 받아가며. 누가 봐도 그러면 안 되는 몰골이었는데도 계속 술을 마셨고.

마지막으로 온 게 1971년 2월이었어. 간병인이 바뀌었더라고. 예전 간병인은 나가떨어진 모양이야. 그 무렵 제프리는 휠체어를 타고 다녔어. 청소를 하러 들어갔다가 욕실 샤워커튼 레일에 뭘 말리려고 널어놓은 걸 봤는데…… 요실금 팬티더라. 예전에는 인물이 훤했는데, 좋은 시절은 오래전에 끝이 났지. 마지막으로 몇 번 마주쳤을 때는 그냥 추레해 보였어. 무슨 뜻인지 알지?"

다시는 고개를 끄덕였다. 갈색 봉투를 겨드랑이에 끼거나 낡아서 후줄근한 외투 안에 쑤셔넣고 길거리를 천천히 기어다니는 그런 사람들이 있었다.

"그는 항상 크라이슬러 건물이 내다보이는 모퉁이의 1163호에 묵었고 나는 시중을 드는 데 이골이 나 있었어. 어느 정도 시간이 지나니까 그가 심지어 나를 이름으로 불렀지만 거기에는 아무 의미가 없었지. 나는 이름표를 달고 다녔고 그는 글을 읽을 줄 알았다는 뜻이라면 모를까. 그는 나를 제대로 쳐다본 적이 한 번도 없었을 거야. 그는 1960년까지는 체크아웃을 할 때 텔레비전 위에 항상 이 달러를 두고 갔어. 1964년까지는 삼 달러를 두고 갔지. 막판에는 오 달러가 됐고. 당시 기준으로는 상당히 후한 금액이었지만 그가 나한테 팁을 주는 건 아니었어. 그저 관례를 따른 것일 뿐. 그런 사람들한테는 관례가 중요하거든. 여자 앞에서 문을 잡아주듯이 팁을 주었을 뿐이야. 어렸을 때 젖니가 빠지면 베개 밑에 넣었듯이. 한 가지 차이점이 있다면 내가 치아 요정이 아니라 청소 요정이었을 뿐.

그는 거기서 출판사 사장이나 가끔 영화, 텔레비전 쪽 관계자들과 이야기를 나누었고 친구들—출판업자나 에이전트, 그와 같은 작가도 있었지—을 불러서 파티를 열었어. 늘 파티가 끊이지 않았어. 나는 대개 다음날 난장판을 치우면서 알게 됐지만. 빈 술병(대부분 잭대니얼스였지) 수십 개, 담배꽁초 수백만 개, 세면대와 욕조에는 젖은 수건, 여기저기 먹다 남긴 룸서비스. 한번은 왕새우가 한 접시 통째로 변기에 처박힌 걸 본 적도 있었어. 온 사방에 물컵 자국이었고 사람들은 대체로 소파와 바닥에서 코를 골고 있었지.

대개는 그랬지만 오전 10시 30분에 청소를 하러 들어갔을 때까지 파티가 한창인 경우도 있었어. 그가 문을 열어주면 나는 들어가서 그들을 피해가며 청소를 했지. 파티에서 여자를 본 적은 없었어. 오로지 남자뿐이었고 술을 마시면서 전쟁 얘기를 하는 게 전부였어. 어쩌다 참전하게 됐는지. 아는 사람 중에 누가 전사했는지. 전쟁중에 부인에게는 절대 얘기하지 못할 어떤 광경을 목격했는지(혹인 메이드는 주워들어도 상관없고 말이지). 자주는 아니고 가끔 거금이 걸린 포커를 칠 때도 있었는데 심지어 베팅을 걸고 판을 키우고 뻥카를 치고 죽으면서도 전쟁 얘기를 하더라. 백인 남자들이 진짜 술을 많이 마시면 그러듯이 얼굴이 시뻘게져서 셔츠를 열어젖히고, 넥타이를 풀고, 나 같은 여자는 평생 구경도 못 할 거금을 쌓아놓고 유리를 덮은 테이블에 둘러앉아서. 전쟁 얘기는 또 어떤 식으로 늘어놓았는지 알아? 젊은 여자들이 자기 애인이나 남자친구 얘기하듯 했다니까?"

다시는 제프리스가 유명한 작가였건 뭐건 쫓겨나지 않았다니 놀랍다고, 요즘은 호텔 측에서 그런 행위를 엄격하게 규제하는데다 예전에는 더 심했다고 들었는데 아니냐고 물었다.

"아냐, 아냐, 아냐." 마서는 살짝 미소를 지으며 말했다. "그건 오해야. 그 사람이랑 친구들이 록밴드 멤버처럼 객실을 다 부수거나 소파를 창밖으로 던지지는 않았어. 제프리스는 우리 아들처럼 일반 사병이 아니었어. 육군사관학교를 졸업하고 중위로 입대해서 소령으로 제대했지. 다들 우아하게 말을 타고 널찍한 집안 가득 오래된 그림들이 걸려 있는, 남부의 뼈대 있는 집안 출신의 교양인이었어. 넥타이를 네 가지 방법으로 맬 줄 알았고 숙녀의 손등에 입을 맞출 때 어떤 식으로 허리를 숙이면 되는지 알았고. 한마디로 수준 높은 인간들이었지."

그 단어를 내뱉는 순간 마서의 미소가 살짝 일그러졌다. 씁쓸한 비웃음으로 일그러졌다.

"그와 친구들이 가끔 시끄러운 적은 있었겠지만 소란을 피운 적은 없었고—시끄러운 거랑 소란을 피우는 거는 달라, 말로 설명은 잘 못하겠지만—통제 불능이 된 적은 한 번도 없었어. 만약 옆 객실에서 항의가 들어왔다면—모퉁이 스위트룸이라 연결된 객실이 하나뿐이었거든—프런트데스크에서 관례대로 제프리 씨의 객실로 연락해서 자제해달라고 얘기하는 수밖에 없었을 거야. 무슨 말인지 알겠지?"

"응."

"그뿐만이 아니야. 수준 높은 호텔은 제프리스 씨 같은 사람들의 편의를 도모할 수 있어. 그들은 여기서 보호를 받을 수 있거든. 파티도 벌이고, 술 마시고 카드 치고 어쩌면 약도 하면서 재미있는 시간을 보내고."

"그 사람이 약을 했어?"

"뭐, 나야 모르지. 나중에는 약을 엄청 많이 먹었지만 전부 처방약이었어. 내 말은 뭔가 하면 고급—남부의 백인 신사 기준에서 보았을 때 고급—은 고급을 부른다는 거야. 그는 오래전부터 르팔레를 애용했고 너는 그가 유명한 작가였기 때문에 호텔 측에서 귀빈으로 대우했다고 생각할지 모르겠지만 네가 나만큼 거기서 오래 근무하지 않았기 때문에 그렇게 생각하는 거야. 그가 유명한 작가인 것도 중요한 부분이긴 했지만 사실 그건 보너스에 불과했어. 그가 오랜 단골 고객이긴 하지만 그전에 포터빌 일대에 어마어마한 토지를 보유한 그의 아버지가 단골 고객이었다는 사실이 더 중요한 부분이었거든. 당시 호텔 경영진은 전통의 가치를 믿었어. 요즘 경영진도 말로는 그걸 믿는다며 자기들 편할 때만 그걸 지키겠지만 당시 경영신은 진심으로 믿었어. 제퍼슨 씨가 비밍엄에서 서던 플라이어를 타고 뉴욕으로 온다고 하면 그 모퉁이 스위트룸의 옆 객실은 만실이 되지 않는 이상 비워뒀어. 옆 객실 요금은 한 번도 청구하지 않았고. 그의 친구들에게 소음을 자제해달라고 요청하는 곤혹스러운 사태를 예방하기 위한 조치였거든."

다시는 천천히 고개를 저었다.

"놀랍다."

"못 믿겠어?"

"아니, 믿는데 그래도 놀랍다."

씁쓸한 비웃음이 마서 로즈웰의 얼굴에 재차 등장했다.

"고급을 위해서라면 뭐든 아깝지가 않았지……. 로버트 E. 리 휘하 남부 연맹의 부적을 위해서라면. 예전에는 그랬어. 흥, 심지어 나조차도 그가 창밖으로 이히 하고 외치거나 친구들한테 깜둥이 어쩌고 하는 우스갯소리를 늘어놓지 않는 수준 높은 인간이라는 걸 알았는걸.

착각하지 마, 그 역시 흑인을 혐오한 건 마찬가지였으니까. 그가 개자식과였다고 한 거 기억하지? 실은 혐오에 관한 한 피터 제프리스는 그 어떤 차별도 하지 않았어. 존 케네디가 죽었을 때 그가 마침 여기 있었는데 파티를 열지 뭐야. 친구들을 전부 초대해서 다음날까지 이어지도록. 그들이 늘어놓는 얘기를 듣고 있으려니 미치겠더라. 이 나라의 멀쩡한 백인 아이들은 모조리 비틀스를 틀어놓고 떡을 치고, 유색인종(그들은 흑인을 '유색인종'이라고 표현했어. 양심 있는 척 구는 게 얼마나 꼴 보기 싫었던지)들은 겨드랑이에 텔레비전을 끼고 미친듯이 거리를 질주해야 직성이 풀릴 그의 남동생까지 누가 처치해주면 얼마나 완벽하겠느냐고 그랬거든.

점점 더 심해지니까 내가 이러다 그에게 소리를 지르겠구나 싶더라. 아무 소리 하지 말고 얼른 청소나 하고 나가자고 계속 속으로 중얼거렸지. 다른 건 몰라도 저 남자가 피트의 진짜 아빠라는 걸 잊지 말라고. 피트가 이제 겨우 세 살이라 내가 일을 해야 하는데 입다물고 있지 않으면 잘릴 거라고.

잠시 후에 그중 한 명이 '바비*를 해치운 다음 계집애 같은 그 집 막둥이를 해치우자!'라고 했고 또 다른 한 명은 '그런 다음 그 집안의 아들들을 몽땅 해치우고 진짜 파티를 벌이자!'라고 했어.

'그래!' 제프리스 씨는 이렇게 외쳤어. '마지막 머리를 마지막 성벽 위에 얹은 다음 매디슨 스퀘어 가든을 빌려야 할 만큼 성대한 파티를 벌이자!'

그쯤 되니까 거기서 나오는 수밖에 없었어. 입을 꾹 다물고 있으려고 용을 썼더니 머리가 아프고 위경련이 생겼거든. 객실을 청소하다 말고 나온 건 그전에도 그 이후로도 없었던 일이지만 가끔은 흑인이라 좋을 때도 있어. 그는 내가 있는 줄도 몰랐고 나간 줄도 몰랐거든. 다들 그랬어."

씁쓸한 비웃음이 그녀의 입가를 맴돌았다.

"아무리 농담이라도 어떻게 그런 사람을 수준 높다고 할 수가 있

* 존 F. 케네디의 동생 로버트 케네디를 말한다.

어?" 다시가 물었다. "전후 사정이 어찌됐든 간에 어떻게 그런 사람을 태어나지도 않은 아이의 진짜 아빠라고 불렀니? 내가 보기에는 짐승 같은데."

"아니야!" 마서는 날카롭게 쏘아붙였다. "짐승 아니었어. 그는 남자였어. 어떤 점에서는, 대부분의 점에서는 나쁜 남자였지만 그래도. 비꼬는 의미가 아니라 진심으로 '수준이 높다'고 할 만한 부분이 있었어, 그가 쓰는 글을 통해서만 겉으로 드러났을 뿐."

"하!" 다시는 눈썹을 한데 모으고 경멸하는 눈빛으로 마서를 쳐다보았다. "그가 쓴 책을 읽었구나?"

"전부 읽었지. 내가 1959년 말에 하얀 가루를 들고 마마 들로름을 찾아갔을 때는 그가 쓴 책이 세 권밖에 안 됐는데 그중에서 두 권을 읽었어. 그 뒤로 차근차근 따라잡았지, 그가 글을 쓰는 속도가 내가 읽는 속도보다 느렸거든." 그녀는 씩 웃었다. "엄청 느린 거라고 보면 돼!"

다시는 미심쩍어하는 눈빛으로 마서의 책꽂이를 돌아보았다. 앨리스 워커와 리타 메이 브라운의 작품, 글로리아 네일러의 『린든 힐스』, 이슈미얼 리드의 『옐로백 라디오의 붕괴』가 있었지만 세 칸은 로맨스 소설과 애거사 크리스티 추리소설로 잠식되다시피 했다.

"전쟁소설은 네 취향이 아닌 것 같은데, 마서. 무슨 뜻에서 하는 얘긴지 알지 모르겠지만."

"당연히 알지." 마서는 자리에서 일어나 각자의 몫으로 맥주를 한 병씩 더 들고 왔다. "재미있는 게 뭔지 알아, 디? 그가 좋은 남자였다면 나는 아마 그의 작품을 한 권도 읽지 않았을 거야. 그보다 더 재미있는 게 뭔지 알아? 그가 좋은 남자였다면 그의 작품들이 그렇게 훌륭하지 않았을 거야."

"아주머니, 그게 무슨 소린가요?"

"나도 잘 모르겠다. 그냥 들어주라, 응?"

"알았어."

"뭐, 나는 케네디 암살 사건 전부터 그가 어떤 남자인지 알았어. 1958년 여름 무렵부터. 그가 인류 전반을 얼마나 경멸하는지 느꼈거든. 목숨이라도 내놓을 수 있는 자기 친구들 말고 나머지 다른 인간들 말이야. 모두들 돈을 한 푼이라도 더 주무를 방법을 찾느라 혈안이 되어 있다고, 그는 입버릇처럼 얘기했어. 모두들 주무르고 주무르고 또 주무를 생각밖에 없다고. 그와 친구들의 얘기를 들으면 돈을 주무르는 게 정말 나쁜 짓인 것처럼 느껴졌거든. 하지만 포커를 칠 때 보면 테이블 위에 돈을 잔뜩 쌓아놓더라? 내가 보기에 그들은 돈을 아무렇지 않게 주물렀어. 그는 물론이고 다들 한두 푼도 아니고 거금을 주물렀어.

그의 남부 신사 가면 밑에 숨겨진 추악한 면모가 얼마나 많았는지 몰라. 그는 선행을 베풀거나 세상을 발전시키려고 애를 쓰는 사람들을 세상에서 가장 웃기는 종족 취급했고, 흑인과 유대인을 혐오했고, 소련이 먼저 공격하기 전에 우리가 수소폭탄으로 그들을 싹 청소해야 된다고 생각했어. 그러면 안 될 것도 없지 않으냐면서. 그의 표현에 따르면 그들은 '인간 이하의 종족'이었거든. 그의 기준에서는 유대인, 흑인, 이탈리아인, 인디언, 아우터뱅크스에서 여름을 보내지 않는 집안이 모두 그 범주에 속하는 듯했지만.

그가 쏟아내는 그 무식하고 고상한 쓰레기 발언들을 듣고 있다 보면 자연스럽게 궁금해졌어. 그가 왜 유명한 작가인지…… 무슨 수로 유명한 작가가 될 수 있었는지. 평론가들이 그의 어떤 면에 매력을 느꼈는지도 알고 싶었지만 평범한 독자들이 그의 어떤 면에 매력을 느꼈는지가 훨씬 궁금했지. 출간되자마자 그의 책을 베스트셀러로 만드는 사람들 말이야. 결국 직접 알아보기로 마음먹고 공립 도서관에서 그의 첫 책 『천국의 불꽃』을 빌렸어.

벌거숭이 임금님 이야기에 나오는 그런 식의 작품일 줄 알았더니 아니더라고. 전쟁중에 다섯 남자에게 어떤 일이 벌어졌는지, 고향에 남겨진 그들의 아내와 여자친구들은 어떻게 됐는지를 담은 작품이었어. 표지를 보고 전쟁 이야기라는 걸 알았을 때는 친구들이랑 나누던 그 지긋지긋한 대화 비슷하겠거니 생각하면서 눈을 굴렸더니 말이야."

"그런데 아니었어?"

"처음 스무 쪽쯤 읽었을 때는 이렇게 생각했어. 그냥 그러네. 생각했던 것보다는 괜찮지만 아무 일도 벌어지지 않잖아. 그러다 또 서른 쪽을 읽은 뒤에는 그냥…… 그냥 넋을 잃었어. 정신을 차리고 보니 거의 자정이었고 이백 쪽까지 읽었더라고. 속으로 생각했지. 이제 그만 자야지, 마서. 지금 당장 자리에 누워야지, 금방 5시 30분이 될 텐데. 하지만 납덩이같은 눈꺼풀을 견뎌가며 마흔 쪽을 더 읽고 1시 십오 분 전에야 이를 닦았어."

이야기를 멈춘 마서는 살짝 찡그린 얼굴로 입술을 굳게 다문 채 기억을 더듬느라 흐릿해진 눈빛으로 어두워진 창문과 그 너머로 끝없이 이어지는 밤하늘을 쳐다보았다. 이내 고개를 살짝 저었다.

"하는 얘기를 들어보면 그 이상 재미없을 수가 없는 인간이, 어쩌면 그렇게 책장을 덮고 싶지 않고 끝이 나지 않았으면 하는 작품을 쓸 수 있는지 모르겠더라. 그처럼 형편없고 냉정한 인간이, 어쩌면 그렇게 죽었을 때 눈물을 흘리고 싶을 만큼 생생한 등장인물을 만들어낼 수 있는지도. 『천국의 불꽃』 거의 막판에, 전쟁이 끝난 지 한 달 만에 노아가 택시에 치여 죽었을 때 나는 실제로 눈물을 흘렸어. 제프리스처럼 뚱하고 냉소적인 인간이 현실도 아닌 일에, 그가 만들어낸 일에 그 정도로 격한 육체적인 반응을 이끌어낼 수 있다니. 그 책에는 또 다른 것도 있었어……. 일종의 햇빛 같은 것이. 고통과 불운으로 가득했지만 그 안에 감미로움이 있었어……. 그리고 사랑도……."

그녀가 깔깔대고 웃는 바람에 다시는 깜짝 놀랐다.

"당시에 호텔에서 근무했던 직원 중에 빌리 벡이라고 있었거든. 포덤 대학교 영문학과 학생인데 도어맨으로 일했어. 나랑 가끔 대화를 나눴는데……."

"우리 형제였어?"

"맙소사, 아니!" 마서는 웃음을 터뜨렸다. "르팔레에는 1965년까지 흑인 도어맨이 없었어. 흑인 포터나 벨보이나 주차 요원은 있었을지 몰라도 도어맨은 없었어. 부적절한 조치로 간주됐거든. 제프리스 씨처럼 수준 높은 인사들이 좋아하지 않았을 테니까.

아무튼 내가 빌리한테 실제로는 개똥만도 못한 인간의 글이 어쩌면 그렇게 훌륭할 수 있느냐고 물었거든. 그랬더니 빌리가 목소리

앏은 뚱뚱한 디세이 얘기 아느냐고 묻길래 나는 무슨 소리하는 건지 모르겠다고 했지. 그가 말하길 내 질문의 해답은 모르겠지만 자기 교수님이 토머스 울프를 두고 한 얘기가 있다고 했어. 책상 앞에 앉아서 펜을 들기 전에는 별 볼 일 없는 작가들—울프도 그중 한 명이었고—도 있다고. 그런 사람들에게 펜은 클라크 켄트의 공중전화부스와 같은 거라고. 그가 토머스 울프를 뭐에 비유했는가 하면……." 그녀는 머뭇거리다가 미소를 지었다. "성스러운 풍경 같다고 했어. 그 자체로는 아무것도 아니지만 바람이 불면 아름다운 소리를 낸다는 점에서.

내 생각에 피터 제프리스도 비슷했던 것 같아. 그는 수준 높은 인간이었고 수준 높게 자란 수준 높은 인간이 맞았지만 자기가 노력해서 얻은 성과가 아니었잖아. 조물주가 통장에 넣어준 걸 그냥 쓰기만 했을 뿐. 내가 못 믿을 얘기 하나 해줄까? 그의 작품을 두어 권 읽고 났더니 그가 불쌍하게 느껴지기 시작했지 뭐야."

"불쌍했다고?"

"응, 작품들은 그렇게 아름다운데 그걸 쓴 사람은 추악하기 그지없었으니까. 그는 정말이지 내 남편 조니하고 비슷했지만 어떻게 보면 조니가 더 운이 좋았지. 조니는 더 나은 삶을 꿈꾼 적이 없었는데 제프리스 씨는 그렇지 않았으니까. 그의 작품들이 그에게는 꿈이었고 꿈속에서는 깨어 있는 동안 조롱하고 비웃었던 세상을 믿을 수 있었지."

그녀는 다시에게 맥주 한 병 더 마시겠느냐고 물었다. 다시는 됐다고 했다.

"생각 바뀌면 얘기해. 생각이 바뀔지 몰라, 이제부터 지저분해질 테니까."

"그 남자에 대해서 한 가지 더." 마서가 말했다. "그는 성적인 매력은 없었어. 적어도 일반적인 기준으로는."

"네 말은 그가……."

"아니, 호모는 아니었어. 요즘 말로는 동성애자라고 해야 하나? 아무튼. 그는 남자들이 보기에 성적인 매력이 없었고 여자들 사이에서도 성적인 매력이 있다고 볼 수 없었어. 내가 오랜 세월 동안 그의 객실을 청소했지만 침실 재떨이에서 립스틱이 묻은 담배꽁초를 보았거나 베개에서 향수 냄새를 맡은 적이 두 번 아니면 세 번뿐이었거든. 그때 욕실에서 아이라이너도 봤어. 문 밑으로 들어가서 구석까지 굴러갔더라고. 콜걸이었겠지만(베개에서 풍긴 향기가 품위 있는 여자들이 뿌릴 만한 향수 냄새가 아니었거든) 그동안 두세 번이었다니 많다고는 볼 수 없지 않겠어?"

"그렇지." 다시는 대답하며 그녀가 침대 밑에서 찾은 수많은 팬티와 물을 내리지 않은 변기에서 둥둥 떠다니던 콘돔과 베개 위아래에서 본 인조 눈썹을 떠올렸다.

생각에 잠긴 마서는 잠깐 말없이 앉아 있다가 고개를 들었다.

"알았다! 그 남자는 자기 자신한테만 성적 매력을 풍겼어. 무슨 헛소리인가 싶겠지만 진짜야. 그가 성욕이 부족한 건 아니었어. 내가 시트를 수도 없이 갈았기 때문에 알아."

다시는 고개를 끄덕였다.

“그리고 욕실에 항상 조그만 병에 든 콜드크림이 있었어. 거기 아니면 침대 옆 테이블에. 물 뺄 때 그걸 썼나 봐. 피부가 쓸리지 않게.”

두 여자는 서로 쳐다보다가 발작적으로 쿡쿡거렸다.

“호모 아니었던 거 확실해?”

한참 만에 다시가 물었다.

“콜드크림이었다니까, 바셀린이 아니라.”

그게 결정타였다. 이후로 오 분 동안 두 여자는 눈물이 날 때까지 깔깔대고 웃었다.

하지만 정말로 재미있어서 그런 건 아니었다. 다시도 그렇다는 걸 알았다. 마서가 이야기를 잇자 그녀는 자신의 귀를 의심하며 잠자코 듣고만 있었다

“마마 들로름의 집에 다녀오고 한 주 아니면 두 주 지났을 때였어. 기억이 가물가물하다, 하도 오래된 일이라. 그 무렵에는 아이가 생겼다고 확신하고 있었어. 입덧을 하거나 그러지는 않았지만 느껴졌거든. 빤히 예상되는 곳에서 느껴지진 않아. 잇몸이랑 발톱이랑 콧날이 제일 먼저 사태를 파악한다고 할까. 오후 3시에 찹수이 같은 게 먹고 싶어져서 ‘뭐야? 이게 뭐지?’ 하는 느낌이라고 할까. 무슨 소린지 너는 알겠지만. 조니한테는 아무 소리하지 않았어. 언젠가는 밝혀야 할 테지만 겁이 났거든.”

“그럴 만도 했겠다.”

“어느 날 오후 늦게 제프리스 씨의 스위트룸 침실 청소를 하는 동

안 조니 생각을 하면서 어떤 식으로 임신 소식을 전하면 좋을지 고민한 적이 있었거든. 제프리스 씨는 외출하고 없었어. 아마 출판사 사장을 만나러 갔을 거야. 침대는 더블이었고 양쪽 자리 모두 어지럽혀져 있었지만 특별한 의미가 있는 건 아니었지. 그가 워낙 잠버릇이 고약했거든. 가끔 매트리스 밑에 끼워넣는 그라운드시트까지 빠져 있을 정도로.

아무튼 침대보하고 그 밑의 이불 두 장을 치우고—그는 추위를 잘 타서 이불을 있는 대로 덮고 잤거든—탑시트를 거꾸로 벗기기 시작하자마자 그게 내 눈에 들어왔어. 그 위에서 거의 말라붙은 그의 정액이.

나는 그걸 쳐다보면서…… 아, 얼마나 서 있었는지 모르겠다. 꼭 최면에 걸린 것 같았거든. 친구들이 모두 집으로 돌아가고 난 다음 거기 혼자 누워 있는 그의 모습이, 친구들이 남긴 담배 냄새와 자기 땀 냄새를 맡으며 누워 있는 그의 모습이 그려졌어. 똑바로 누워서 엄지 엄마와 네 손가락 딸들과 사랑을 나누는 모습도. 지금 다시, 너를 보듯 선명하게 보였어. 보이지 않은 게 있다면 그가 무슨 생각을 하고 있었는지, 머릿속으로 어떤 그림을 그리고 있었는지, 그것뿐이었는데…… 글을 쓰지 않는 그가 어떤 식으로 얘기하는 어떤 사람이었는지 감안하면 보이지 않은 게 다행이었지."

다시는 아무 말도 하지 않고 얼어붙은 채 마서를 쳐다보고 있었다.

"그다음으로 기억이 나는 건 어떤…… 어떤 감정이 나를 덮쳤다는 거야." 그녀는 말을 멈추고 잠깐 고민하더니 천천히, 신중하게 고개를 저었다. "어떤 충동이 나를 덮쳤다고 해야겠다. 오후 3시에 참수이를 먹고 싶거나 새벽 2시에 아이스크림이랑 피클을 먹고 싶은 것처럼…… 너는 뭐가 먹고 싶었어, 다시?"

"베이컨 껍질." 다시는 마비돼서 아무 감각도 느껴지지 않는 입술로 대답했다. "남편이 사러 나갔다가 구하지 못하고 대신 돼지 껍질을 한 봉지 들고 왔는데 내가 그야말로 흡입했지."

마서는 고개를 끄덕이고 이야기를 이어갔다. 삼십 초 뒤에 다시는 화장실로 달려가서 잠깐 참다가 마신 맥주를 모두 게워냈다.

좋게 생각해, 그녀는 힘없이 물 내리는 버튼을 찾으며 생각했다. 숙취 걱정할 필요 없잖아. 그 뒤를 이어서 곧바로 떠오른 생각이 있었다. 앞으로 그녀의 눈을 어떻게 쳐다본다? 무슨 수로 그런다?

걱정할 필요가 없었다. 몸을 돌리니 마서가 화장실 문 앞에 서서 걱정하는 눈빛으로 그녀를 쳐다보고 있었다.

"괜찮아?"

"응." 다시는 애써 미소를 지었다. 입가에 자연스럽게 미소가 지어지자 엄청난 안도감을 느꼈다. "나는…… 나는 그냥……."

"알아. 내 말 믿어, 나도 알아. 얘기 마저 끝낼까 아니면 이제 그만 들을래?"

"끝내." 다시는 딱 잘라 대답하고 친구의 팔을 잡았다. "하지만 거실에서. 냉장고 문 여는 건 고사하고 쳐다보기도 싫다."

"전적으로 동의."

잠시 후 그들은 허름하지만 편안한 거실 소파에 마주보고 앉았다.

"진짜 괜찮겠어?"

다시는 고개를 끄덕였다.

"알았어."

하지만 마서는 잠깐 아무 말 없이 앉아서 깍지를 끼고 무릎 위에 올려놓은 얇은 손을 내려다보며, 잠수함 사령관이 잠망경을 보고 거친 바다에서 행로를 정하듯 과거 안에서 행로를 정했다. 마침내 그녀는 고개를 들어 다시를 쳐다보고 이야기를 시작했다.

"그날 퇴근할 때까지 몽롱한 상태에서 근무를 했어. 무슨 최면에 걸린 것처럼. 사람들이 말을 걸면 대꾸는 했지만 유리벽을 사이에 두고 대화를 주고받는 느낌이었지. 최면에 걸린 거 맞아. 이렇게 생각했던 기억이 나. 그녀가 최면을 건 거야. 그 할머니가. 최면술사들이 공연에서 '누가 치클릿츠라고 하면 엎드려서 개처럼 짖습니다'라고 하면 최면에 걸린 사람이 십 년 후 치클릿츠라는 말을 듣고 그렇게 하듯이, 내게 최면 후 암시를 주입한 거야. 그 차에다 뭘 넣어서 나한테 최면을 건 다음 그렇게 하라고 얘기했겠지. 끔찍한 짓을 하라고.

왜 그랬는지도 알 수 있었어. 나무에 고인 물을 사마귀에 바르면 낫는다는 둥, 생리혈을 자는 남자의 발뒤꿈치에 한 방울 떨어뜨리면 그를 사랑에 빠뜨릴 수 있다는 둥, 철도 침목을 밟으면 어쩌고저쩌고한다는 둥, 미신을 믿기 때문이었어. 그런 할머니가 '진짜 아빠'라는 개념에 꽂혔는데, 최면까지 걸 줄 아는 거야. 그럼 나 같은 여자한테 최면을 걸어서 그런 짓을 저지르게 만들겠지. 바로 내가 저지른 짓 말이야. 왜냐하면 미신을 믿으니까. 그리고 나는 그녀가 얘기한 대로 아들한테 그의 이름을 붙였잖아, 안 그래? 그랬지.

제프리스 씨의 침실에서 그런 짓을 하기 전까지 마마 들로름의 집에서 있었던 일이 하나도 기억나지 않는다는 사실을 알아차리지 못했어. 그날 저녁에야 퍼뜩 생각이 났지.

그날 하루는 무사히 보냈어. 울지도 않고 소리를 지르지도 않고 투덜대지도 않고. 해가 질 무렵에 오래된 우물에서 물을 긷다가 우물 안에서 튀어나온 박쥐가 머리칼에 엉켰을 때 키시 언니가 나보다 더 난리법석을 부렸다고 보면 돼. 내 앞에 유리벽이 있는 듯한 느낌은 여전했지만 그뿐이라면 견딜 수 있겠다 싶었어.

퇴근을 했더니 갑자기 목이 마르지 뭐야. 내 평생 그렇게 목이 마른 적은 처음이었어. 목구멍 안에서 모래 폭풍이 부는 느낌이더라고. 물을 마시기 시작했지. 아무리 마셔도 부족하더라. 그러고 나서 침을 뱉기 시작했어. 뱉고 뱉고 또 뱉었어. 그다음엔 속이 메슥거려서 화장실로 달려가 거울을 들여다보며 내가 저지른 짓의 흔적이 남았는지 보려고 혀를 내밀었지만 당연히 아무것도 없었지. 나는 생각했어. 자! 이제 좀 괜찮아지겠지?

아니었어. 더 심해졌어. 나는 변기 앞에 무릎을 꿇고 아까 너처럼 했어. 훨씬 심하게. 이러다 기절하겠다 싶을 정도로 구역질을 했어. 울면서 용서해달라고, 정말 임신 초기라면 아이가 유산되기 전에 구역질을 멈추게 해달라고 하느님한테 빌었어. 잠시 후에 멍하니 손가락을 입에 물고 그의 침실에 서 있는 내 모습이 떠오르더라. 영화에 출연한 나를 보는 것처럼 내 모습이 실제로 눈앞에 보였어. 그러고 나서 또 구역질이 났고.

파커 부인이 소리를 듣고 문 앞에 와서 괜찮으냐고 물었어. 그제야 나는 정신을 좀 추스를 수 있었지. 그날 밤에 조니가 들어왔을 무렵에는 최악의 시기가 지난 뒤였어. 그는 술에 취해서 시비를 걸고 싶어 안달을 냈지. 빌미를 주지 않았지만 어쨌든 내 눈을 때리고 도로 나가버렸어. 때려준 게 고마울 지경이더라, 덕분에 다른 생각할 거리가 생겨서.

다음날 제프리스 씨의 스위트룸으로 들어가보니 잠옷 차림으로 응접실에 앉아서 노란색 메모장에 뭔가를 끼적이고 있더라고. 그는 여행을 다닐 때 큼지막한 빨간색 고무줄로 묶은 메모장 뭉치를 들고 다녔거든, 마지막 순간까지. 마지막으로 르팔레에 묵었을 때 메모장이 보이지 않길래 생을 정리하기로 결심했다는 걸 알았지. 안타까운 마음은 눈곱만큼도 느껴지지 않았지만."

마서는 자비나 용서와 거리가 먼 표정으로 거실 창문 쪽을 바라보았다. 심장이 없는 자의 차가운 표정이었다.

"그가 객실에 있는 걸 보고 나는 속으로 쾌재를 불렀어. 왜냐하면 청소를 나중으로 미룰 수 있다는 뜻이었거든. 그는 일을 할 때 메이드가 옆에 있는 걸 좋아하지 않았기 때문에 이본이 3시에 출근하면 그때 청소를 해달라고 할 줄 알았지.

내가 얘기했어. '나중에 다시 오겠습니다, 제프리스 씨.'

'그냥 지금 해요. 대신 조용히. 내가 지금 머리가 깨질듯이 아프고 아이디어가 봇물처럼 터지고 있어서 그 조합 때문에 죽겠으니까.'

다른 때 같았으면 분명 나중에 하라고 했을 텐데. 검둥이 할멈이 웃는 소리가 들리는 것 같더라고.

욕실에 들어가서 정리를 하고 수건을 갈고 비누를 새것으로 바꾸는 내내 생각했지. 최면에 걸릴 생각이 없는 사람한테 최면을 걸 방법은 없어, 이 할망구야. 그날 찻잔에 뭘 넣었는지 몰라도, 나더러 무슨 짓을 하라고 했는지 몰라도, 그걸 몇 번 반복해서 얘기했는지 몰라도, 내가 당신의 속셈을 간파했거든? 당신의 속셈을 간파하고 차단했거든?

침실로 들어가서 침대를 쳐다봤어. 귀신을 무서워하는 아이 앞에 등장한 옷장처럼 느껴질 줄 알았더니 그냥 침대더라. 내가 아무 짓도 하지 않을 거라는 걸 알았기에 얼마나 다행스러웠는지 몰라. 시트를 벗기면서 보니까 끈적끈적한 얼룩이 또 묻어 있었어. 그가 한 시간쯤 전에 발기한 상태로 일어나서 그걸 처리하기라도 한 것처럼 말이야.

나는 어떤 감정이 느껴지기를 기다렸어. 아무 감정도 느껴지지 않더라. 편지는 있는데 편지함이 없는 남자가 남긴 흔적에 불과했지. 너랑 내가 그전까지 수백 번 보았던 것처럼. 할망구는 마녀가 아니었어. 내가 임신을 했는지 안 했는지 몰라도, 했다면 조니의 아이였지. 같이 잔 남자가 그이뿐이었고 내가 백인 남자의 시트에서, 다른 어떤 곳에서라도 뭘 발견했든 그 사실에는 변함이 없었으니까.

흐린 날이었지만 내가 그 생각을 한 순간 하느님이 문제의 결론을 내리기라도 한 듯 태양이 고개를 내밀었지. 내 평생 그렇게 다행스럽다고 느낀 적이 없었어. 나는 거기 서서 모든 게 아무 문제 없다는 데 하늘에 감사했는데, 감사 기도를 드리는 내내 시트에 묻은 그걸, 남은 걸 모조리 입에 긁어 삼키고 있었지 뭐야.

또다시 내가 나를 구경하고 있는 듯한 기분이 들었어. 머릿속 어딘가에서 목소리가 들렸지. 또 그러다니 미쳤구나? 그가 바로 옆방에 있는데 그러다니 미쳐도 단단히 미친 거야. 지금 화장실을 쓰려고 이 방에 들어오면 네가 그러고 있는 걸 볼 텐데. 카펫이 워낙 두툼해서 그가 걸어오는 소리는 들리지도 않을 테고. 그럼 너는 르팔레에서 끝장이야. 뉴욕의 다른 대형 호텔에서도 마찬가지고. 이 도시에서 그런 짓을 하다가 걸린 여자는 두 번 다시 객실 메이드로 일하지 못할 거야, 적어도 웬만한 호텔에서는.

그래도 소용없었어. 나는 이제 됐다 싶을 때까지, 내 어떤 일부분이 만족할 때까지 계속하다가 자리에서 일어나 시트를 내려다보았지. 옆방에서는 아무 소리도 들리지 않았는데, 나는 그가 바로 뒤, 문 앞에 서 있구나 하는 생각이 들었어. 어떤 표정을 짓고 있을지도 알 수 있었어.

내가 어렸을 때 팔월마다 바빌론을 찾아오는 유랑 서커스단의 천막 뒤에서 기괴한 쇼를 벌이는 남자—내가 짐작하기로는 남자였어—가 있었거든. 어떤 사람이 구멍 속에 들어앉아 있는 그 남자가 인간과 유인원을 잇는 연결 고리라는 둥 장광설을 늘어놓은 다음 살아 있는 닭을 구멍 안으로 던지면 그 괴물이 입으로 닭의 목을 땄어. 한번은 우리 큰오빠—이름은 브래드퍼드였고 빌록시에서 교통사고로 죽었지—가 괴물을 구경하고 싶다고 한 적이 있었어. 아빠는 별 쓸데없는 소리를 다 듣겠다고 했지만 대놓고 붙잡지는 못했지. 왜냐면 그때 오빠는 19살이라 어른이나 다름없었거든. 오빠가 돌아오자 나하고 키시 언니는 어땠느냐고 물어볼 생각이었는데, 오빠의 표정을 보고 입을 다물었어.

고개를 돌려 문 앞에 서 있는 제프리스 씨를 마주하면 그런 표정을 짓고 있을 거라고 생각했어. 무슨 말인지 알겠지?"

다시는 고개를 끄덕였다.

"나는 그가 거기 있다는 걸 알았어. 그냥 알았어. 수석 메이드한테는 비밀로 해달라고 애원해야겠다고, 필요하면 무릎을 꿇고 매달려야겠다고 생각하며 용기를 내서 고개를 돌렸는데, 그가 없지 뭐야. 내 죄책감이 만든 환상이었던 거지. 문 앞으로 가서 밖을 내다보니 그는 응접실에서 노란 메모장 위에다 본 적 없는 속도로 글을 쓰고 있더라. 평소처럼 침대 시트를 갈고 환기를 시켰지만 내 앞에 유리벽이 있는 듯한 기분이 어느 때보다 강하게 느껴졌어.

갈고 난 수건과 침대 리넨은 규정대로 침실 문을 통해 복도로 들고 나왔지. 호텔에서 일을 시작하면서 제일 먼저 배운 게 지저분한 리넨을 스위트룸 거실로 들고 나오면 안 된다는 거였으니까. 그런 다음 그가 있는 곳으로 돌아갔지. 응접실을 나중에, 그가 일을 하지 않을 때 청소하겠다고 얘기하려고. 그런데 그를 보고 너무 놀라는 바람에 문 앞에서 걸음을 멈추고 빤히 쳐다보았지 뭐야.

그가 노란색 실크로 된 잠옷 바지가 펄럭거릴 만큼 빠른 속도로 뱅글뱅글 걷고 있었어. 머리칼 사이로 손을 넣어서 움켜잡고 이리저리 비틀어가며. 예전에 《새터데이 이브닝 포스트》에 실렸던 만화 속의 천재 수학자처럼 말이지. 두 눈은 엄청난 충격을 받은 사람처럼 광기 어린 눈빛이었어. 처음에는 내가 무슨 짓을 했는지 보고 역겨워서 반쯤 정신이 나간 줄 알았거든.

그런데 알고 보니 나하고는 전혀 상관없는 일이었어……. 적어도 그가 아는 한도 안에서는. 편지지나 베개를 좀더 갖다 달라거나 에어컨 설정을 바꿔달라는 부탁을 제외하면 그가 나한테 말을 건 것은 그때가 처음이자 마지막이었어. 어쩔 수 없는 선택이었지. 무슨 일이 벌어져서, 아주 큰일이 벌어져서 누군가에게 얘길 하지 않으면 돌아버리게 생겼으니.

'머리가 깨질 것 같아.' 그가 말했어.

'어떡해요, 제프리스 씨. 제가 가서 아스피린을…….'

'아니, 그런 두통이 아니야. 아이디어 때문에. 송어 낚시를 갔다가 청새치를 잡은 격이거든. 나는 직업이 작가야, 소설을 쓰지.'

'네, 그렇죠, 제프리스 씨. 저도 두 권 읽어봤는데 훌륭했어요.'

'훌륭했다고?' 그는 무슨 헛소리냐고 묻듯이 나를 쳐다보았어. '흠, 뭐, 고마운 얘기로군. 내가 오늘 아침에 눈을 떴을 때 떠오른 아이디어가 있었거든.'

그러셨겠죠, 나는 속으로 생각했어. 아이디어가 떠올랐겠죠. 시트 위로 넘칠 만큼 화끈하고 생생한 아이디어가. 하지만 아무것도 남지 않았으니 걱정 마세요. 나는 하마터면 깔깔대고 웃을 뻔했어. 다시, 내가 웃었더라도 그는 알아차리지 못했을 거야.

'아침을 주문했어.' 그는 문 옆에 있는 룸서비스용 카트를 가리키며 말했어. '아침을 먹으면서 아이디어에 대해 생각했지. 단편소설로 발전시킬 수 있을 것 같아서. 어떤 잡지가 있는데……《뉴요커》라고…… 뭐, 그건 됐고.' 나 같은 흑인 꼬맹이한테《뉴요커》라는 잡지에 대해 설명할 생각은 없었던 거지."

다시는 씩 웃었다.

"'그런데 말이야.' 그는 하던 얘기를 계속했어. '아침 식사를 마칠 때쯤 되니까 중편소설에 더 어울릴 것 같더란 말이지. 그러다가…… 대충 얼개를 잡기 시작해보니…….' 그는 높고 날카로운 웃음을 짤막하게 터뜨렸어. '이렇게 근사한 아이디어는 십 년 만에 처음이야. 어쩌면 전무후무한 기회일지도 몰라. 쌍둥이 형제가, 일란성은 아니고 이란성인데, 2차세계대전 때 서로 적으로 맞서 싸우는 게 가능한 일이라고 생각하나?'

'글쎄요, 태평양에서는 불가능하겠죠.' 다시, 여느 때 같았으면 그에게 대꾸를 할 엄두조차 내지 못했을 거야. 그 자리에 가만히 서서 입만 떡 벌리고 있었겠지. 하지만 여전히 유리벽에 가로막혀 있다고 할까 치과에서 맞은 마취 주사가 안 풀린 느낌이었거든.

그는 그렇게 재미있는 농담은 처음 들어본다는 듯이 껄껄대고 웃었지. '하하! 아니, 거기는 아니지, 거기서는 안 되지, 하지만 유럽 전선에서는 가능할지도 몰라. 벌지전투 때 서로 맞닥뜨리는 거지.'

'네, 그건…….' 나는 말문을 열었지만 그는 머리를 헤집어서 더 헝클어뜨리며 다시 응접실을 뱅글뱅글 걷기 시작했어.

'오르페움 서킷에서 상영하는 멜로드라마 같다는 건 알아.' 그가 얘기했지. '『두 깃발 아래』나 『아마데일』 같은 한심한 잡설이 될 수도 있고. 하지만 쌍둥이라는 설정을…… 논리적으로 설명하면…… 좋은 수가 생각나는데…….' 그는 내 쪽으로 홱 하니 몸을 돌렸어. '그러면 드라마틱한 효과가 있을 것 같나?'

'네.' 나는 대답했지. '자기들이 형제인 줄 모르는 형제 이야기는

누구든 좋아하니까요.'

'그렇지. 그리고 또 다른 게 있는데…….' 이내 그는 말을 하다 말고 멈췄어. 기괴한 표정이 그의 얼굴 위로 번졌지. 나는 무슨 표정인지 정확하게 알아볼 수 있었어. 얼굴에 셰이빙 크림을 바른 다음 전기 면도기를 갖다 대는 바보 같은 짓을 하다가 정신을 차린 사람의 표정이었거든. 그는 깜둥이 호텔 메이드한테 일생일대 가장 근사한 아이디어를 설명하고 있었던 거야. 〈엣지 오브 나이트〉*를 보며 걸작이라고 감탄할 깜둥이 호텔 메이드한테. 그는 내가 자기 작품을 두 권 읽었다고 한 걸 잊어버리고……."

"아니면 팁을 더 많이 받을 욕심에 알랑거린 거라고 생각했을 수도 있고."

다시가 중얼거렸다.

"맞아, 그런 식으로 생각하고도 남을 인간이지. 아무튼 자기가 누구를 붙잡고 얘기를 늘어놓고 있는지 퍼뜩 깨달은 표정이었어.

'여기 좀더 묵어야겠네. 데스크에 얘기해주겠나?' 그는 몸을 홱 돌려서 걸음을 옮기려다 룸서비스용 카트에 다리를 부딪혔지. '그리고 이 망할 것 좀 치워주고.'

'저는 나중에 다시 와서…….'

'응, 응, 응. 나중에 와서 뭐든 하고 싶은 대로 해. 지금은 전부 싹 치워줘. 자네도 나가주고.'

* 1950년대에서 1970년대까지 방영된 TV 미스터리·멜로 드라마

나는 그가 시키는 대로 했지. 응접실 문이 등뒤에서 닫히자 평생 그렇게 속이 후련했던 적이 없었어. 그리고 룸서비스용 카트를 복도 한쪽으로 밀고 갔지. 주스랑 스크램블드에그랑 베이컨을 먹었더라고. 카트를 놓고 걸음을 옮기려는데 접시에 남은 달걀과 베이컨 조금과 함께 한쪽 옆으로 치워져 있는 버섯이 눈에 들어왔어. 그걸 보는 순간 머리에서 불이 켜졌어. 그녀가, 마마 들로름 할망구가 조그만 플라스틱 상자에 넣어서 준 버섯이 생각난 거야. 그날 이후 처음으로. 원피스 주머니에 들어 있었던 그 상자를 어디다 두었는지 기억났어. 그의 접시에 있는 버섯도 생긴 게 똑같았어. 쪼글쪼글하게 말라 비틀어져서 평범한 버섯이 아니라 먹으면 속이 완전히 뒤집히는 독버섯처럼 생겼지 뭐야."

마서는 흔들림 없는 눈빛으로 다시를 쳐다보았다.

"그도 그걸 조금 먹었더라고. 내가 보기에는 절반 이상을."

"그날 프런트데스크 담당 직원은 버클리 씨였어. 그에게 제프리스 씨가 숙박 기간을 연장하고 싶어 한다는 얘기를 전했어. 버클리 씨는 전혀 아무 문제 없다고 했지, 원래는 그날 오후에 체크아웃할 예정이었는데도 말이야.

나는 룸서비스 주방으로 내려가서 베덜리아 애런슨—너도 베덜리아 기억할 거야—에게 그날 오전에 못 보던 사람이 이 근처에서 얼쩡거린 적 있느냐고 물었지. 베덜리아가 누구 얘기하는 거냐고 묻길래 정확하게는 모른다고 했어. 그녀가 '그건 왜, 메리?' 하길래 얘기할 수 없다고 했고. 그녀는 그런 사람 없었다고, 즉석 요리 담당을 꼬이지 못해 안달이 난 납품업체 직원까지 언제나처럼 똑같았다고 했어.

그 말을 듣고 내가 걸음을 옮기려고 했을 때 그녀가 '검둥이 할머니는 있었지만' 이러지 뭐야.

나는 몸을 돌려서 어떤 검둥이 할머니였냐고 물었지.

'길을 가다가 화장실이 급해서 들어온 것 같던데. 매일 한두 명 그런 사람이 있거든. 어떨 때 보면 검둥이들은 화장실이 어디 있느냐고 묻지도 않아. 아무리 잘 차려입어도 쫓겨나지 않을까 걱정이 돼서. 너도 알겠지만 그런 일이 비일비재하잖아. 아무튼 가엾은 할머니가 여기까지 흘러 들어와서는…….' 그녀는 말을 멈추고 나를 쳐다봤어. '괜찮아, 마서? 꼭 기절하려는 사람 같잖아!'

'기절하지 않아. 그 할머니가 뭘 어쨌어?'

'돌아다니면서 여기가 어딘지 모르는 사람처럼 아침 식사가 담긴 카트를 들여다보더라. 딱한 할머니였어! 못해도 여든 살은 되어 보이던데. 바람이 세게 불면 연처럼 하늘로 날아오를 것 같이 생겼고……. 마서, 이리 와서 좀 앉아. 너 지금 영화에 나오는 도리언 그레이의 초상화 같아.'

'생김새가 어땠는데? 얘기해봐!'

'얘기했잖아. 나이가 많았다고. 내 눈에 할머니들은 다 똑같이 보여. 다만 이 할머니는 얼굴에 흉터가 있었어. 머릿속까지 이어져서…….'

그 뒤로 뭐라고 했는지는 못 들었어. 그 순간 정신을 잃었거든.

호텔 측에서 조퇴를 시켜주었는데 집에 도착하자마자 다시 침을 뱉고 물을 벌컥벌컥 마시나 시난번처럼 변기에 대고 속을 진부 게워낼 것 같은 예감을 느꼈어. 하지만 잠깐 창가에 앉아서 길거리를 내다보며 나 자신을 나무랐지.

그녀는 나한테 단순히 최면을 건 게 아니었어. 그쯤 되니까 알겠더라. 최면보다 훨씬 강력한 거였고, 주술 같은 걸 믿어야 하는 건지는 모르겠지만 나한테 무슨 짓을 한 게 분명했어. 뭔지 몰라도 나는 적응하며 살아야 했어. 남편은 도움이라고는 손톱만큼도 안 되는데 아이가 태어날 가능성이 높았으니 일은 그만둘 수가 없었지. 심지어 층을 바꿔달라고 할 수도 없었어. 일 년이나 이 년 전이었으면 모를까, 나를 10층에서 12층 부수석 메이드로 승진시키는 얘기가 오가고 있다는 걸 알았거든. 그건 곧 월급이 오른다는 얘기였고 그보다 더 중요한 건 아이를 낳고 복직할 수 있는 가능성이 높다는 뜻이기도 했지.

우리 어머니가 늘 하던 얘기가 있어. 고칠 수 없으면 참아라. 그 할머니를 찾아가서 이걸 거두어달라고 부탁할까 고민도 했었지만 들어줄 것 같지 않더라. 그녀는 나를 위해서 그게 최선이라고 결정을 내린 거잖아. 내가 세상을 사는 동안 깨달은 게 한 가지 있다면 상대방이 그게 나를 돕는 길이라고 생각하는 한 그 고집을 꺾을 수 없다는 거야, 다시.

나는 그런 생각을 하며 길거리를 오가는 사람들을 내다보다가 깜빡 졸았어. 고작 십오 분 정도였지만 깨어났을 때 또 한 가지 깨달음을 얻었지. 그 할망구는 내가 두 번 저지른 짓을 반복하길 바라는데, 피터 제프리스가 버밍엄으로 돌아가면 방법이 없잖아. 그래서 룸서

비스 주방으로 들어가 그의 음식에 버섯을 넣었고 그는 버섯을 조금 먹은 덕분에 영감이 떠올랐던 거야. 그게 나중에 『안개 속의 소년들』이라고 엄청난 작품이 되었지. 그날 나한테 얘기했던 대로 쌍둥이 형제가 한 명은 미국군, 다른 한 명은 독일군으로 벌지전투에서 만난다는 내용이야. 그의 작품 중에서 가장 많이 팔렸고."

마서는 말을 멈추었다가 덧붙였다.

"그랬다는 건 그의 부고를 읽고 알게 됐어."

"그는 일주일 더 머물렀어. 내가 날마다 들어가보면 잠옷 차림으로 응접실 책상 앞에 허리를 숙이고 앉아서 노란색 메모장에 글을 쓰고 있었고. 내가 날마다 나중에 다시 오는 게 좋겠냐고 물으면 그는 침실을 청소하되 조용히 하라고 했어. 말하는 동안에 고개도 들지 않았지. 나는 이번만큼은 하지 않겠다고 날마다 다짐했고, 날마다 그게 따끈따끈하게 시트에 묻어 있었고, 내 모든 기도와 맹세는 날마다 창밖으로 날아갔고, 나는 그 짓을 반복하고 있었어. 식은땀을 흘리고 몸서리를 치고 버둥거리며 충동을 참으려고 했던 건 아니야. 그보다는 눈 한 번 깜빡이고 나면 어느새 일이 벌어지고 있었던 것에 가까웠지. 아, 그리고 들어갈 때마다 그가 죽겠다는 듯이 머리를 잡고 있었어. 얼마나 우스꽝스러운 커플이었니! 그는 내 대신 입덧을 하고 나는 그 대신 밤에 식은땀을 흘리니 말이야!"

"그게 무슨 소리야?"

"저녁때, 내가 하는 짓에 대해 곰곰이 생각하다 침을 뱉고 물을 마시고 한두 번 구역질을 했거든. 파커 부인이 하도 걱정하는 바람에 아이가 생겼는데 확실해질 때까지 남편한테는 비밀로 하고 싶다고 얘기를 하는 수밖에 없었어.

조니 로즈웰이 아무리 자기밖에 모르는 개자식이어도 다른 관심사가 없었다면 이상한 낌새를 알아차렸을 텐데, 친구들이랑 주류 전문점을 털 궁리를 하느라 정신이 없었지. 나는 그런 줄 전혀 몰랐어. 나를 건드리지 않는다는 걸 다행스럽게 여기기만 했을 뿐. 덕분에 사는 게 조금 편해졌거든.

어느 날 아침에 1163호에 들어갔더니 제프리스 씨가 없었어. 원고를 쓰고 그의 전쟁에 대해 고민하려고 짐을 싸서 앨라배마로 돌아간 거야. 아, 다시, 내가 얼마나 행복했는지 어떻게 말로 표현할 수 있을까! 부활한 나사로가 그런 심정이었을 거야. 그날 아침에는 마치 소설처럼 결국에는 모든 게 잘될지 모른다는 생각이 들었어. 조니한테 아이가 생겼다고 얘기하면 그가 정신을 차리고 약을 버리고 제대로 된 일자리를 찾을 거라고. 나한테는 쓸 만한 남편 노릇을, 자기 아들한테는 훌륭한 아비 노릇을 할 거라고. 아들일 거라고 그때 이미 확신한 참이었거든.

제프리스 씨의 침실로 들어가보니 평소처럼 침대가 난장판이었어. 담요는 발치에 던져져 있고, 시트는 공처럼 똘똘 뭉쳐져 있고. 나는 다시 꿈을 꾸는 듯한 기분을 느끼면서 시트를 벗겼어. 뭐, 괜찮아, 또 그래야 할지 모르지만…… 이번이 마지막이잖아. 이런 생각을 하면서.

알고 보니 마지막이 이미 끝난 모양이더라. 그 시트에는 그의 흔적이 남아 있지 않았거든. 마녀가 우리한테 무슨 주문을 걸었는지 몰라도 효력을 다한 거였어. 잘됐네. 나는 생각했지. 나는 아이를 낳을 테고 그는 책을 출간할 테고 우리 둘 다 그녀의 주술에서 벗어났잖아. 조니가 태어날 아이에게 좋은 아빠가 되어주기만 한다면 진짜 아빠가 누구건 손톱만큼도 관심 없어."

"나는 그날 저녁에 조니한테 얘기했어." 마서는 얘기하고 담담하게 덧붙였다. "너도 이미 짐작했겠지만 좋아하지 않았지."

다시는 고개를 끄덕였다.

"빗자루 손잡이로 나를 다섯 번쯤 때린 다음 구석에 쓰러져서 우는 나를 내려다보며 고함을 질렀어. '너 뭐야, 미쳤어? 애 같은 건 안 낳아! 이 여편네가 미쳐도 단단히 미쳤구먼!' 그러더니 몸을 돌려 나가버렸어.

나는 처음 유산됐을 때를 생각하면서 그대로 잠깐 누워 있었어. 당장이라도 배가 아플까 봐, 또 유산이 될까 봐 벌벌 떨면서. 병원으로 끌려가기 전에 그이한테서 도망치라고 했던 엄마의 편지와 봉투에 당장 나오라고 적어서 그레이하운드 버스표를 보낸 키시 언니가 생각났어. 이 아이마저 잃을 수는 없다는 결심이 서자 조니가 돌아오기 전에 짐을 싸서 도망치려고 일어났지. 그런데 옷장 문을 열자마자 마마 들로름이 생각나는 거야. 조니 곁을 떠날 생각이라고 했을 때 그녀가 했던 말 말야. '아니. 남편이 네 곁을 떠날 거야. 네가 남편보다 오래 살아. 그냥 붙어 있어. 돈이 좀 생겨. 남편이 아이 해칠 거라는 생각 들겠지만 그 사람 못 그래.'

옆에서 그녀가 뭘 찾아야 하는지, 어떻게 해야 하는지 가르쳐주는 듯했어. 옷장 안으로 몸을 숙였지만 내 옷을 꺼내려는 건 아니었어. 그이의 옷을 뒤져보니까 화이트에인절 병이 있었던 빌어먹을 스포츠 코트 주머니 안에 또 뭐가 있더라. 그이가 제일 좋아했던 외투였는데 조니 로즈웰의 모든 것을 알려주는 옷이라 할 수 있었지. 밝은색 새틴이었고…… 싼티가 났거든. 내가 싫어하는 옷이었고. 이번에 나온 건 약병이 아니었어. 한쪽 주머니에는 면도칼이, 다른 쪽 주머니에는 싸구려 권총이 있더라고. 총을 꺼내서 쳐다보는데, 제프리스 씨의 침실에서 느꼈던 기분이 느껴졌어. 깊은 잠을 자고 일어나자마자 뭔가를 하고 있는 듯한 기분이.

부엌으로 가서 스토브 옆의 손바닥만 한 조리대에 총을 내려놓았어. 머리 위 찬장 문을 열고 양념과 차 뒤편을 더듬었지. 처음에는 그녀한테서 받은 걸 못 찾아서 숨막히는 공포를 느꼈어. 꿈속에서 겁에 질린 듯한 느낌이더라. 그러다 손끝에 플라스틱 상자가 닿길래 꺼냈지.

뚜껑을 열고 버섯을 꺼냈는데 크기에 비해 너무 무겁고 따뜻해서 혐오스러웠어. 살아 있는 살덩이를 들고 있는 느낌이더라고. 제프리스 씨의 침실에서 내가 한 짓? 지금 이 자리에서 딱 잘라 말하는데, 그 버섯을 다시 집느니 그 짓을 이백 번 반복하겠어.

오른손으로 버섯을 쥐고 왼손으로 싸구려 32구경을 집었지. 그런 다음 오른손을 있는 힘껏 쥐었더니 손안에서 버섯이 찌그러드는 게 느껴지는데…… 믿기지 않겠지만…… 비명 비슷한 소리가 나는 거야. 믿어져?"

다시는 천천히 고개를 저었다. 솔직히 믿기는지 못 믿겠는지 알 수 없었지만 믿고 싶지 않은 것만큼은 분명했다.

"뭐, 나도 못 믿겠어. 하지만 비슷한 소리가 나더라니까? 너는 못 믿겠지만, 나는 두 눈으로 직접 봤기 때문에 믿을 수밖에 없는 일이 하나 더 있는데, 그게 피를 흘렸지 뭐야. 버섯이 말이야. 내 주먹에서 가느다랗게 뿜어져 나온 피가 권총에 튀는 걸 봤거든. 그런데 총신에 맞자마자 핏자국이 없어지더라고.

잠시 후에 피가 멈췄어. 피투성이이겠거니 생각하면서 손을 펼쳤지만 내 손가락 자국이 찍힌 쭈글쭈글한 버섯밖에 없더라. 버섯에도 내 손에도 그의 권총에도 그 어디에도 핏자국은 남지 않았어. 그러다 내가 선 채로 꿈을 꿨나 하는 생각이 들기 시작한 순간, 그 망할 게 내 손 위에서 움찔거렸어. 내려다보니까 그게 잠깐 버섯이 아니라 살아 있는 조그만 성기처럼 보이지 뭐야. 내가 쥐어짰을 때 거기서 흘러나온 피랑 그녀가 했던 말이 생각났어. '여자 몸속에 들어서는 애기, 전부 남자들이 거시기에서 뿌린 걸로 생기는 거야.' 그게 다시 꿈틀거렸고—진짜야—나는 비명을 지르면서 그걸 쓰레기통에 던졌어. 그때 조니가 계단을 걸어 올라오는 소리가 들리길래 그의 총을 들고 방으로 달려들어가 외투 주머니에 다시 넣었어. 그런 다음 옷을 입은 채, 심지어 신발까지 신고서 침대 위로 올라가서 이불을 턱까지 끌어당겼지. 그가 들어왔고 나는 그가 시비를 걸 작정이라는 걸 알 수 있었어. 한손에 카펫 먼지 터는 막대를 들고 있었지 뭐야. 어디서 구했는지는 몰라도 그걸로 뭘 하려는 건지는 알 수 있었지.

'아이는 안 낳아.' 그가 얘기했어. '너 이리 와.'

'그래. 아이는 낳지 않아. 그 물건도 필요 없으니까 치워. 당신이 이미 해결했으니까, 아무 짝에도 쓸모없는 개떡 같은 인간아.'

그런 소리를 하다니 위험부담이 따랐지만 그러면 그가 내 말을 믿을 것 같았고 예상은 맞아떨어졌지. 나를 때리려다 말고 취한 얼굴로 바보처럼 씩 웃더라. 나는 그때만큼 그를 증오한 적이 없었어.

'죽었어?'

'죽었어.'

'찌꺼기는 어디 있어?'

'어디 있겠어? 지금쯤이면 이스트 강까지 반쯤 떠내려갔겠지.'

그 말을 듣더니 나한테 다가와서 입을 맞추려고 하지 뭐야. 입을! 내가 고개를 돌리니까 그가 머리를 한 대 툭 쳤어.

'내 생각이 맞았다는 걸 두고 보면 알 거야.' 그가 얘기했지. '애를 낳을 시간은 나중에도 많아.'

그러더니 그이는 나갔어. 이틀 뒤 밤에 친구들과 함께 주류 판매점을 털려고 했다가 총이 얼굴 앞에서 폭발하는 바람에 죽었고."

"네가 그 총에 주문을 걸었다고 생각하는 거지?"

다시가 물었다.

"아니." 마서는 차분하게 대답했다. "그녀가 걸었지……. 나를 통해서. 내가 스스로 해결하려고 하지 않으니까 스스로 해결하게끔 만든 거야."

"그 총에 주문이 걸렸다고 생각하는 건 맞지?"

"생각하는 정도가 아니지." 마서는 차분하게 대답했다.

다시는 부엌에 가서 물을 마셨다. 갑자기 입안이 바짝 말랐다.

"이제 정말 끝이야." 그녀가 돌아오자 마서가 얘기했다. "조니는 죽었고 나는 피트를 낳았어. 더이상 일을 할 수 없을 만큼 배가 부르고 나서야 나한테 친구가 얼마나 많은지 깨달았고. 진작 알았더라면 조니 곁을 더 일찌감치 떠났을 텐데…… 아닐 수도 있지만. 우리는 어떻게 생각하고 어떻게 얘기할지 몰라도 세상일은 아무도 모르는 거니까."

"그게 다는 아니지?"

다시가 물었다.

"음, 두 개 더 있긴 해. 사소한 거."

하지만 다시가 보기에는 사소한 게 아닌 듯했다.

"피트를 낳고 사 개월쯤 지났을 때 마마 들로름을 다시 찾아갔거든. 내키지 않았지만 갔어. 이십 달러를 담은 봉투를 들고서. 여유가 없기는 했지만 왠지 몰라도 줘야겠다는 생각이 들었거든. 어두컴컴했어. 계단이 전보다 더 좁게 느껴졌고 올라가면 올라갈수록 그 집의 냄새가 진하게만 느껴지더라. 태운 양초와 말라붙은 벽지와 계피 향이 나는 차 냄새가.

꿈을 꾸는 듯한 느낌, 유리벽이 내 앞을 가로막고 있는 듯한 느낌이 마지막으로 들었어. 그녀의 집 앞에 도착해서 문을 두드렸지. 아무 대답이 없길래 문 아래로 봉투를 넣으려고 쪼그리고 앉았거든. 그랬더니 그녀도 쪼그리고 앉아 있기라도 한 듯이 문 바로 건너편에서 목소리가 들리지 뭐야. 가늘고 늙수그레한 목소리가 문 틈새로 흘러나왔을 때 내 평생 그렇게 놀란 적은 없었어. 꼭 무덤 속에서 누가 얘기하는 듯한 느낌이었거든.

'번듯하게 자랄 거야.' 그녀가 얘기했어. '자기 아빠처럼. 자기 진짜 아빠처럼.'

'제가 뭘 좀 들고 왔어요.' 내 귀에도 들릴락 말락 한 목소리로 말했지.

'넣고 가.' 그녀가 속삭이더라. 봉투를 반쯤 넣으니까 그녀가 저쪽에서 잡아당겼어. 봉투를 뜯는 소리가 들렸고 나는 기다렸지. 마냥 기다렸지.

'충분해. 이제 가서 잘 살아. 마마 들로름은 두 번 다시 찾지 말고, 알았지?'

나는 일어나서 잽싸게 달려나왔어."

마서는 책꽂이 앞으로 가서 양장본 한 권을 들고 왔다. 그 작품의 표지와 피터 로즈월이 쓴 작품의 표지가 얼마나 비슷한지 다시는 한눈에 알 수 있었다. 그 책은 피터 제프리스의 『천국의 불꽃』이었다. 표지에 적진을 향해 돌진하는 한 쌍의 병사가 그려져 있었다. 한 명은 수류탄을 들었고 다른 한 명은 M1 소총을 난사하고 있었다.

마서는 파란색 캔버스 토트백에서 아들의 책을 꺼내 박엽지를 벗기고 제프리스의 책 옆에 조심스럽게 내려놓았다. 『천국의 불꽃』과 『영광의 불꽃』. 나란히 놓고 보니 비교를 하지 않으려야 하지 않을 수가 없었다.

"이게 나머지 하나야." 마서가 얘기했다.

"그러게." 마서는 반신반의하며 얘기했다. "비슷해 보이긴 한다. 내용은 어때? 이게…… 그러니까……."

그녀는 혼란스러운 마음에 말을 멈추고 슬쩍 마서를 올려다보았다. 다행히 마서는 미소를 짓고 있었다.

"우리 아들이 그 재수없는 흰둥이의 책을 표절했느냐고 묻고 싶은 거지?" 마서가 전혀 악의 없는 투로 물었다.

"아니야!" 다시는 외쳤지만 너무 격렬한 감이 없지 않았다.

"둘 다 전쟁 얘기라는 거 말고는 비슷한 부분이 전혀 없어." 마서가 얘기했다. "얼마나 다르냐면……. 음, 검은색과 흰색만큼 다르다고 할까?" 그녀는 잠깐 말을 멈추었다가 덧붙였다. "하지만 비슷하게 느껴지는 부분이 어쩌다 한 번씩 있기는 해…… 언뜻언뜻 보여. 내가 햇빛 어쩌고 했잖아. 이 세상이 대개는 보기보다 훨씬 훌륭하다는 느낌, 특히 저 잘난 맛에 사느라 친절을 베풀 줄 모르는 인간들이 생각하는 것보다는 훌륭하다는 느낌말이야."

"그럼 너희 아들이 피터 제프리스한테서 영감을 받았을 수도 있지 않을까? 대학생 때 그의 작품을 읽었다든가……."

"물론이지." 마서가 얘기했다. "우리 피터는 제프리스의 작품을 읽었을 거야. 비슷한 사람들끼리 끌리는 그런 경우에 불과했을지 몰라도 그랬을 가능성이 크겠지. 하지만 그게 다가 아니야. 말로 설명하기는 좀더 어려운 뭔가가 있어."

그녀는 제프리스의 소설을 집어서 생각에 잠긴 표정으로 쳐다보다가 다시에게로 시선을 돌렸다.

"아들이 태어나고 일 년쯤 됐을 때 이 책을 샀거든." 그녀가 말했다. "서점에서 출판사로 특별 주문을 넣어야 했지만 절판되지는 않았더라고. 제프리스 씨가 호텔에 왔을 때 내가 용기를 내서 사인을 받을 수 있겠느냐고 물은 적이 있었거든. 귀찮아하지 않을까 생각했었는데 조금 으쓱했던 것 같아. 여길 봐."

그녀는 『천국의 불꽃』의 헌사 면으로 책장을 넘겼다.

다시는 활자로 찍힌 문구를 읽는 순간 섬뜩한 기시감을 느꼈다. "내가 아는 여성 중에서 가장 훌륭한 우리 어머니 앨시어 딕스몬트 제프리스에게 이 책을 바친다." 그리고 그 밑에 제프리스가 까만색 만년필로 적은 글씨는 희미해져가고 있었다. "내 뒤치다꺼리를 하면서 한 번도 군소리를 한 적 없는 마서 로즈웰에게." 그 밑에 그의 이름과 함께 1961년 8월이라고 적혀 있었다.

다시에게는 만년필로 적힌 헌사의 문구가 처음에는 모욕적으로 느껴졌다가…… 심뜩하게 다가왔다. 이유를 고민할 겨를도 없이 마서가 그녀의 아들이 쓴 『영광의 불꽃』 헌사 면을 펴서 제프리스의 책과 나란히 놓았다. 다시는 활자로 적힌 문구를 읽었다. "우리 어머니 마서 로즈웰에게 이 책을 바친다. 엄마, 엄마가 없었더라면 나는 해내지 못했을 거예요." 그 밑에 그가 가는 플레어 펜이 같은 것으로 이렇게 적어놓았다. "진짜예요. 사랑해요, 엄마! 피트."

이 문장을 읽은 건 아니었다. 쳐다보기만 했다. 다시의 시선은 1961년 8월에 쓴 헌사 면과 1985년 4월에 쓴 헌사 면 사이를 왔다갔다, 왔다갔다했다.

"너도 알겠지?"

마서가 나지막이 물었다.

다시는 고개를 끄덕였다. 그녀도 알 수 있었다.

가느다랗고 비스듬하며 고풍스럽게 앞으로 누운 글씨체가 양쪽 책 모두 같았고…… 사랑과 친밀감에 따르는 차이를 감안하면 서명도 마찬가지였다. 다시가 보기에는 메시지에서 풍기는 분위기만 다를 뿐이었지만, 그 다름이 검은색과 흰색만큼이나 선명했다.

# 움직이는 손가락

★★★

어떤 일은 그냥 일어나기도 한다. 이유란 없다.
평범함의 대명사 하워드, 그의 집 세면대에서
손가락이 기어 나온 일도 그렇다.

긁는 소리가 시작됐을 때 하워드 미틀라는 아내와 둘이 사는 퀸스의 아파트에 혼자 앉아 있었다. 그는 뉴욕에서 별로 유명하지 않은 공인회계사였다. 뉴욕에서 별로 유명하지 않은 치위생사로 일하는 바이얼릿 미틀라는 뉴스가 끝날 때까지 기다렸다가 길모퉁이 가게로 아이스크림을 사러 갔다. 뉴스 다음은 〈제퍼디〉 퀴즈쇼였는데 바이얼릿은 그 프로그램을 좋아하지 않았다. 그녀는 진행자 앨릭스 트레벡이 사기꾼 전도사처럼 생겼기 때문이라고 했지만 하워드는 진실을 알았다. 〈제퍼디〉를 보면 바보가 된 기분이 들기 때문이었다.

침실과 짧은 복도로 이어진 화장실에서 긁는 소리가 들리자마자 하워드는 긴장했다. 이 년 전에 자비로 굵직한 철망을 설치했으니 창문으로 약물중독자나 강도가 들어왔을 리는 없었다. 그보다는 생쥐가 세면대나 욕조를 긁는 소리에 가까웠다. 어쩌면 시궁쥐일 수도 있었다.

그는 소리가 사라지길 바라며 처음 몇 문제가 지나갈 때까지 기다렸지만 사라지지 않았다. 광고가 시작되자 그는 어쩔 수 없이 자리에서 일어나 화장실 문 앞으로 갔다. 문이 열려 있어서 긁는 소리가 더 잘 들렸다.

생쥐 아니면 시궁쥐인 게 분명했다. 조그만 발이 사기 재질에 부딪혀 달가닥거렸다.

"젠장."

하워드는 중얼거리며 부엌으로 들어갔다.

가스레인지와 냉장고 사이 조그만 공간에 청소 도구가 몇 개 있었다. 대걸레, 걸레가 가득 든 양동이, 손잡이에 쓰레받기가 매달린 빗자루. 하워드는 한 손으로 솔이 아래를 향하도록 빗자루를 들고 다른 손으로는 쓰레받기를 잡았다. 그런 다음 고개를 앞으로 뺐다. 귀를 기울였다.

탁탁, 탁탁, 틱틱탁탁.

소리가 아주 희미했다. 시궁쥐가 아닐 수도 있었다. 그의 머릿속에서는 상상의 나래가 펼쳐졌다. 그냥 시궁쥐가 아니라 못생기고 털이 수북하며 까만 눈은 단춧구멍 같고 긴 수염은 철사 같고 뻐드렁니가 V 자 모양의 윗입술 아래에서 삐죽 튀어나온 뉴욕 시궁쥐일 거라고 했다. 반항적인 시궁쥐일 거라고 했다.

소리가 미미하다 싶을 정도로 작았지만 그래도…….

그의 뒤에서 앨릭스 트레벡이 말했다.

"이 러시아의 광인은 총에 맞고 칼에 찔리고 목이 졸렸습니다…….

그것도 같은 날 밤에."

"정답은 레닌 아닐까요?"

한 참가자가 답했다.

"정답은 라스푸틴 아닐까요? 이 바보야."

하워드 미틀라는 중얼거렸다. 그는 빗자루를 쥔 손에 쓰레받기를 옮겨 잡고 빈손을 화장실 안으로 슬그머니 넣어서 불을 켰다. 안으로 들어가서, 철망으로 덮인 지저분한 창문 아래쪽 구석에 틀어박힌 욕조 쪽으로 잽싸게 이동했다. 그는 시궁쥐와 생쥐를 질색했다. 찍찍거리고 종종걸음 치는 (가끔 물기도 하는) 털북숭이 조그만 짐승이라면 질색했다. 하지만 우범 지역에서 어린시절을 보내며 깨달은 사실이 있다면 그런 녀석을 처치해야 하는 경우, 단김에 해치우는 편이 낫다는 것이다. 의자에 앉아서 못 들은 척해봐야 소용없었다. 바이얼릿이 뉴스를 보며 맥주를 두어 병 마셨으니 가게에 다녀오자마자 화장실부터 들를 게 분명했다. 욕조 안에 쥐가 있으면 그녀는 지붕이 떠나가라 소리를 지르고…… 그에게 남자답게 처치하라고 요구할 것이다. 당장 처치하라고 요구할 것이다.

욕조에는 손으로 들고 쓰는 샤워기 말고는 아무것도 없었다. 호스가 죽은 뱀처럼 에나멜 욕조 위에 널브러져 있었다.

하워드가 불을 켜고 안으로 들어왔을 때 끊겼던 긁는 소리가 다시 시작됐다. 그의 뒤였다. 그는 몸을 돌려서 세면대 쪽으로 세 발짝 걸음을 옮기는 동시에 빗자루를 들었다.

빗자루 손잡이를 잡은 주먹이 턱까지 올라오다 말고 얼어붙었다. 그의 모든 동작이 일시 정지됐다. 턱이 떡 벌어졌다. 그가 치약이 튄 세면대 위 거울에 비친 자신의 얼굴을 쳐다보았다면 혀와 입천장 사이에서 반짝이는, 거미줄처럼 가는 침 기둥을 볼 수 있었을 것이다.

손가락 하나가 세면대 구멍에서 고개를 내밀었다.

사람 손가락이었다.

녀석은 발각됐다는 걸 알아차리기라도 한 듯 잠깐 동안 꼼짝하지 않았다. 그러다 분홍색 사기 세면대를 벌레처럼 더듬으며 다시 움직이기 시작했다. 흰색 고무마개에 다다르자 더듬어서 넘고 다시 세면대로 내려갔다. 생쥐가 조그만 발로 긁는 소리가 아니었다. 손가락 끝에 달린 손톱이 원을 그리고 또 그리며 사기 세면대를 두드리는 소리였다.

놀란 하워드는 쇳소리 섞인 비명을 지르며 빗자루를 내던지고 화장실 문을 향해 달렸다. 어깨로 타일 벽을 때리고 튕겨져 나왔다가 다시 내달렸다. 이번에는 빠져나오는 데 성공했다. 하워드는 꽉 닫은 문을 등으로 세게 누르며 가쁜 숨을 몰아쉬었다. 심장박동이 세차고 단조로운 모스부호처럼 목 한쪽을 때렸다.

다시 정신을 차렸을 때 앨릭스 트레벡이 세 명의 참가자를 데리고 여전히 싱글 제퍼디를 진행중이었다. 그가 그 자리에 한참 동안 서 있었을 리 없었지만 서 있는 동안 시간의 흐름도, 거기가 어딘지도, 심지어 자신이 누군지도 잊어버렸다.

그를 그 상태에서 깨운 것은 더블 찬스 칸의 개봉을 알리는 전자음이었다. "분야는 우주와 항공입니다." 앨릭스가 얘기하고 있었다. "현재 누적 금액이 칠백 달러인데요, 밀드레드. 얼마를 걸고 싶으신가요?" 밀드레드가 뭐라고 중얼거렸지만 퀴즈쇼 진행자처럼 목청이 좋지 않아서 들리지가 않았다.

하워드는 막대처럼 느껴지는 다리를 움직여서 거실로 돌아갔다. 한 손에 계속 쓰레받기를 들고 있었다. 그는 쓰레받기를 잠시 쳐다보다가 카펫 위로 떨어뜨렸다. 쓰레받기가 카펫에 부딪히자 먼지 섞인 탁 소리가 났다.

“나는 그거 못 봤어.”

하워드 미틀라는 떨리는 목소리로 조그맣게 중얼거리고 의자에 털썩 주저앉았다.

“좋아요, 밀드레드. 오백 달러. 이 공군 시험장은 원래 마이록 성능 시험장이라는 이름으로 불렸는데요.”

하워드는 텔레비전을 응시했다. 한쪽 귀에 시계가 달린 라디오만 한 보청기를 달았고 칙칙한 갈색 머리에 체구가 작은 밀드레드는 골똘히 고민에 잠겼다.

“나는 그거 못 봤어.”

그는 좀더 확신이 담긴 목소리로 말했다.

“반덴버그…… 공군기지일까요?”

밀드레드가 물었다.

“에드워즈 공군기지다, 새대가리야.” 하워드가 말했다. 그리고 앨릭스 트레벡이 하워드 미틀라의 정답을 인정하는 동안 그는 다시 한번 중얼거렸다. “나는 그거 절대 못 봤어.”

하지만 바이얼릿이 조만간 돌아올 테고 그는 빗자루를 화장실에 두고 왔다.

앨릭스 트레벡이 참가자와 방청객들에게 누구든 참여할 수 있는 게임이라고 강조하며 다시 더블 제퍼디로 돌아가겠다고, 이 단계에서는 점수가 정말이지 순식간에 뒤바뀔 수 있다고 했다. 정치인이 등장해 자신이 당선되어야 하는 이유를 설명하기 시작했다. 하워드는 어쩔 수 없이 자리에서 일어났다. 이제는 다리가 뻣뻣한 막대보다 원래 자신의 다리에 더 가깝게 느껴졌지만 화장실에 다시 들어가고 싶지는 않았다.

어이, 그는 속으로 중얼거렸다. 간단하게 설명할 수 있는 현상이야. 이런 일들은 항상 그래. 너는 순간적으로 허깨비를 본 거야. 어쩌면 그런 경우가 비일비재할지 몰라. 네가 얘기를 많이 못 들은 이유는 사람들이 공개하길 꺼리기 때문이야……. 허깨비가 보이면 당황스럽잖아. 바이얼릿이 와서 화장실 바닥에 왜 빗자루가 있느냐고 물었을 때 네가 느낄 심정이 그 사람들 심정하고 비슷하지 않겠어?

"여러분." 텔레비전에서 정치인이 굵직하고 자신만만한 목소리로 말했다. "본론을 말씀드리자면 아주 간단합니다. 여러분은 정직하고 능력 있는 사람이 내소 카운티 기록청장으로 부임하길 바라십니까, 아니면 경험이라고는 일천한 저기 어느 시골의 청부업자가……."

"배관에서 공기 빠지는 소리였을 거야."

하워드는 소리 내어 말했다. 애초에 그를 화장실로 이끈 소리가 배관에서 바람 빠지는 소리와 조금도 비슷하지 않았음에도 다시 이성과 냉정을 되찾은 자신의 목소리를 들은 것만으로도 좀더 씩씩하게 걸음을 옮길 수 있었다.

게다가 바이얼릿이 조만간 돌아올 것이다. 지금 당장이라도 그럴 수 있었다.

그는 문 앞에 서서 귀를 기울였다.

탁탁, 탁탁, 탁탁. 지구상에서 가장 조그만 시각장애인이 세면대에 지팡이를 두드리며 바닥을 더듬고 주변 환경을 파악하는 소리처럼 들렸다.

"배관에서 공기 빠지는 소리라니까!"

하워드는 힘차게 선포하고 용감하게 화장실 문을 열었다. 허리를 숙여서 빗자루 손잡이를 잡고 얼른 문 밖으로 꺼냈다. 빛이 바래고 울퉁불퉁한 리놀륨이 깔려 있는, 통풍구가 열십자 모양의 거무칙칙한 철망으로 덮인 조그만 공간 안으로 두 발짝 이상 들어갈 필요도 없었다. 그는 세면대 쪽을 절대 쳐다보지 않았다.

그는 문 앞에 서서 귀를 기울였다.

탁탁, 탁탁, 틱틱탁탁.

그는 빗자루와 쓰레받기를 가스레인지와 냉장고 사이의 조그만 틈새에 넣고 거실로 돌아갔다. 잠깐 그 자리에 서서 화장실 문을 쳐다보았다. 문이 빼끔 열려 있어서 누르스름한 불빛이 짧은 복도를 부채꼴 모양으로 비추었다.

가서 불을 끄는 게 좋을 거야. 바이얼릿이 그런 걸 두고 얼마나 난리 부리는지 알잖아. 들어갈 필요도 없어. 문 틈으로 손을 넣어서 스위치를 내리기만 하면 돼.

하지만 스위치를 향해 내민 손을 뭔가가 건드리기라도 한다면?

저 손가락이 자신의 손가락을 건드리기라도 한다면?

아직도 소리가 들렸다. 그 소리에는 왠지 모르게 집요한 구석이 있었다. 사람을 미치게 만들었다.

탁탁, 탁탁, 틱틱탁탁.

텔레비전에서는 앨릭스 트레벡이 더블 제퍼디에 나오는 출제 분야를 설명하고 있었다. 하워드는 그쪽으로 건너가서 소리를 조금 키웠다. 그런 다음 의자에 앉아서 화장실에서 나는 소리를 전혀 듣지 못했다고 속으로 중얼거렸다.

배관에서 공기가 살짝 빠지는 소리 말고는 아무것도 듣지 못했다고 말이다.

바이얼릿 비틀라는 연약해 보일 정도로 조심스럽고 정확하게 움직이는 여자였지만…… 하워드는 그녀와 부부로 지낸 세월이 이십일 년이었기에 그녀에게 연약한 구석이라고는 전혀 없다는 걸 알았다. 그녀는 먹고 마시고 일을 하고 춤을 추고 사랑을 나누는 방식이 정확히 똑같았다. 콘 브리오*였다. 그녀는 초소형 허리케인처럼 아파트로 들이닥쳤다. 큼지막한 팔로 갈색 종이봉투를 한쪽 가슴에 대고 끌어안고 있었다. 그걸 들고 부엌으로 직행했다. 봉투 부스럭거리는 소리, 냉장고 문이 열렸다가 닫히는 소리가 들렸다. 그녀는 거실로 나와서 하워드에게 외투를 던졌다.

* '활기차게, 생기있게'라는 뜻의 음악 용어.

"이것 좀 걸어줄래? 오줌이 마려워서. 이러다 싸겠어! 휴!"

'휴!'는 바이얼릿이 좋아하는 감탄사였다. 고약한 냄새가 날 때 아이들이 터뜨리는 '퓨'라는 감탄사에 그녀 나름대로 라임을 맞춘 거였다.

"알았어."

하워드는 바이얼릿의 짙은 파란색 코트를 안고 천천히 자리에서 일어났다. 그의 시선은 복도를 지나 화장실로 들어가는 그녀에게서 떠날 줄 몰랐다.

"불 켜놓으면 전력 공사 좋은 일만 하는 거야, 하워드."

그녀가 어깨 너머로 외쳤다.

"일부러 켜놓은 거야. 당신이 오자마자 화장실 갈 줄 알고."

그녀는 웃음을 터뜨렸다. 옷을 부스럭거리는 소리가 들렸다.

"당신은 나를 너무 잘 안다니까. 남들이 보면 우리가 사랑하는 사인 줄 알겠어."

그녀에게 얘기해야지. 경고해야지. 하지만 그는 그럴 수 없다는 걸 알았다. 뭐라고 하겠는가. 조심해, 바이얼릿, 세면대 배수구에서 손가락이 나왔어, 물 마시려고 허리 숙였다가 그 손가락 주인한테 눈 찔릴지 몰라. 이렇게 얘기해야 할까?

배관에서 공기 빠지는 소리와 그의 쥐 공포증이 만들어낸 허깨비였다. 어느 정도 시간이 지난 뒤라 그런지 자신에게조차 그럴듯한 설명처럼 느껴졌다.

그래도 그는 바이얼릿의 외투를 안고 서서 그녀가 비명을 지르기를 기다렸다. 십 초에서 십오 초라는 기나긴 시간이 지났을 때 과연 그녀가 비명을 질렀다.

"맙소사, 하워드!"

하워드는 외투를 세게 끌어안으며 펄쩍 뛰었다. 진정세로 접어들었던 그의 심장이 다시 모스부호를 찍기 시작했다. 뭐라고 말을 하려고 했지만 목이 꽉 잠겼다.

"왜?" 마침내 그는 가까스로 물었다. "왜, 바이얼릿? 왜 그래?"

"수건! 수건 절반이 바닥에 떨어져 있어! 나 원 참! 이게 무슨 일이래?"

"글쎄."

그는 마주 외쳤다. 심장이 미친듯이 두근거렸고 뱃속 깊은 곳에서 치밀어오르는 메슥거리는 느낌이 안도감 때문인지 공포 때문인지 알 수 없었다. 화장실을 탈출하려다 벽에 부딪혔을 때 선반에 있던 수건들을 쳐서 떨어뜨린 모양이다.

"여기 귀신이 있는 거 아니야? 그리고 잔소리하긴 싫지만 당신, 변기 커버 내리는 걸 또 깜빡했네."

"아, 미안."

"그래, 당신은 항상 그 소리지." 그녀의 목소리가 흘러나왔다. "가끔 나를 빠뜨려서 죽이려는 거 아닌가 싶을 때도 있어. 진짜야!" 그녀가 쿵 하고 변기에 앉는 소리가 들렸다. 하워드는 쿵쾅거리는 심장을 달래며 그녀의 외투를 끌어안은 채 기다렸다.

"그는 한 게임당 가장 많은 삼진을 기록한 선수입니다."

앨릭스 트레벡이 문제를 읽었다.

"톰 시버일까요?"

밀드레드가 곧바로 달려들었다.

"로저 클레멘스다, 멍청아."

콰아아아아! 물 내리는 소리가 들렸다. 이제 그가 기다려왔던 순간이(하워드는 자신이 이 순간을 기다리고 있었다는 사실을 지금에서야 깨달았다) 임박했다. 정적이 영원히 끝나지 않을 것처럼 느껴졌다. 잠시 후 H라고 적힌 수도꼭지가 끼이익하며 돌아갔고(수도꼭지를 바꾼다는 것을 자꾸 잊어버렸다) 뒤이어 세면대 위로 물이 쏟아졌다. 곧 바이얼릿이 힘차게 손을 씻는 소리가 들렸다.

비명소리는 나지 않았다.

손가락이 없으니 그럴 수밖에 없었다.

"배관에서 공기 빠지는 소리였어."

하워드는 좀더 자신 있게 말하고 아내의 외투를 걸러 갔다.

바이얼릿이 치맛자락을 매만지며 나왔다. "아이스크림 사 왔어." 그녀가 말했다. "당신이 먹고 싶어 한 체리 바닐라로. 그전에 나랑 맥주 한잔하지 않을래, 하워드? 못 보던 게 있더라고. 아메리칸 그레인이라고 하던데. 들어본 적 없는 제품이지만 세일하길래 여섯 개들이 사 왔어. 저질러보지 않으면 아무것도 얻을 수 없다는 말도 있잖아, 안 그래?"

"하하하."

그는 콧잔등을 찡그리며 대꾸했다. 바이얼릿은 원래 말장난을 좋아했고 처음 만났을 때는 그게 귀엽게 느껴졌지만 세월이 흐르면서 식상해졌다. 그래도 이제 놀란 가슴이 진정되고 했으니 맥주가 딱인 듯했다. 하시반 바이얼릿이 새로 발견한 맥주를 따라주러 부엌으로 들어갔을 때 생각해보니 놀란 가슴은 전혀 진정되지 않았다. 세면대 구멍에서 고개를 내민 손가락, 살아서 움직이는 손가락을 본 것보다 허깨비를 본 게 차라리 낫겠지만 그것 역시 환영할 만한 소식은 아니었다.

하워드는 다시 의자에 앉았다. 앨릭스 트레벡이 파이널 제퍼디의 출제 분야가 1960년대라고 발표하는 동안 하워드는 지금까지 시청했던 텔레비전 프로그램 중에 간질 아니면 뇌종양 때문에 허깨비를 보는 인물이 등장했던 여러 작품을 곱씹어보았다. 기억이 나는 작품들이 많았다.

"있잖아." 바이얼릿이 맥주 두 잔을 들고 거실로 돌아왔다. "나는 그 가게 하는 베트남 사람들 싫더라. 앞으로도 좋아질 일이 없을 것 같아. 뱃속에 능구렁이가 들어앉은 것 같아서."

"능구렁이 짓 하는 걸 본 적 있어?"

하워드는 물었다. 그는 라 부부를 남다른 인물이라고 생각했지만…… 오늘 저녁에는 그러거나 말거나 상관없었다.

"아니." 바이얼릿이 대답했다. "전혀. 그래서 더 의심스러워. 게다가 계속 웃고 있잖아. 우리 아빠가 그랬거든, 웃는 사람은 믿지 말라고. 그리고 또…… 하워드, 괜찮아?"

"그런 말씀을 하셨다고?"

하워드는 모르는 척 지나가려고 어설픈 시도를 했다.

"여보, 당신 너무 이상하다. 얼굴이 백짓장처럼 하얘. 어디 아파?"

아니. 그는 이렇게 대답하는 상상을 했다. 어디 아픈 게 아니야.

그 정도가 아니야. 간질이나 심각한 뇌종양일지 몰라, 바이얼릿. 그 정도면 어디 아픈 거라고 할 수 없겠지?

"일 때문에 그런가 봐." 그는 말했다. "새로운 일 맡게 됐다고 얘기했지? 세인트앤 병원의 세무 신고를 맡게 됐다고."

"그게 왜?"

"생쥐 굴처럼 아주 엉망이거든." 이렇게 대답하고 났더니 화장실이 다시 생각났다. 세면대와 배수구가 생각났다. "수녀님들한테는 회계 장부를 맡기면 안 돼. 성서에 그렇게 적어놔야 해."

"래스롭 씨가 당신을 너무 혹사시키는 것 같아." 바이얼릿이 딱 잘라 말했다. "당신이 선을 긋지 않는 이상 계속 그럴 거야. 그러다 심장마비로 쓰러지고 싶어?"

"아니."

나는 간질이나 뇌종양도 걸리고 싶지 않아. 하느님, 제발 이번 한 번으로 그치게 해주세요. 네? 그냥 이번 딱 한 번 정신적으로 트림 비슷한 걸 한 거라고. 네? 제발요. 제발, 제발요. 간절히 기원합니다.

"당연하지." 그녀가 엄숙하게 말했다. "알린 캐츠가 요전번에 그러는데 오십 대 이하의 남자들은 심장마비를 일으키면 병원에서 멀쩡하게 퇴원하는 경우가 거의 없대. 당신은 이제 겨우 마흔한 살이잖아. 선을 그어야 해, 하워드. 만만하게 굴지 말고."

"그러게."

그는 침울한 목소리로 말했다.

앨릭스 트레벡이 다시 돌아와서 파이널 제퍼디 문제를 공개했다. "이 히피 집단은 작가 켄 키지와 함께 버스를 타고 미국 국경을 넘었습니다." 파이널 제퍼디 대마곡이 흘러나오기 시작했다. 두 남자 참가자가 열심히 답을 적고 있었다. 귀에 전자레인지를 꽂은 밀드레드는 멍한 표정을 짓고 있었다. 마침내 그녀도 뭔가를 끼적이기 시작했다. 누가 봐도 열의가 없어 보였다.

바이얼릿은 맥주를 크게 한 모금 들이켰다. "우와!" 그녀가 외쳤다. "괜찮네! 여섯 개에 2달러 67센트밖에 안 하는데!"

하워드도 조금 마셔보았다. 특별한 맛은 아니었지만 촉촉하고 시원했다. 진정 효과가 있었다.

남자 참가자들은 정답 근처에도 가지 못했다. 밀드레드도 틀렸지만 그래도 그녀는 비슷했다. "정답은 메리 멘 아닐까요?" 그녀는 이렇게 적었다.

"메리 프랭크스터스다, 바보야."

하워드가 말했다.

바이얼릿은 감탄하는 눈빛으로 그를 바라보았다.

"하워드, 당신은 모르는 문제가 없네."

"정말 그랬으면 좋겠다."

하워드는 한숨을 쉬었다.

하워드는 맥주를 별로 좋아하지 않았지만 그날 저녁에는 바이얼릿이 발굴한 제품을 세 캔이나 마셨다. 바이얼릿은 그가 이 맥주를 그렇게 좋아할 줄 알았다면 약국에 들러서 링거 줄을 사 올 걸 그랬다는 식으로 덧붙였다. 이것 역시 오랜 역사를 자랑하는 바이얼릿 특유의 농담이었다. 하워드는 억지 미소를 지었다. 사실 그가 맥주를 마신 이유는 금세 잠들고 싶어서였다. 일말의 도움을 받지 않으면 화장실 세면대에서 보았다고 착각한 것을 떠올리며 한참 동안 뒤척일 것 같아서 겁이 났다. 하지만 바이얼릿도 종종 얘기했다시피 맥주에는 '비타민 ㅅ'이 풍부했기 때문에 8시 반에 그녀가 잠옷으로 갈아입는다고 방으로 들어간 뒤에 하워드는 '소변'을 누러 어쩔 수 없이 화장실에 가야 했다.

그는 먼저 세면대 앞으로 다가가 안을 들여다보았다.

아무것도 없었다.

다행이었지만(뇌종양의 가능성이 있더라도 손가락이 실재하는 것보다는 허깨비를 본 쪽이 나았다) 배수구를 들여다보고 싶지는 않았다. 배수구 안쪽에는 원래 머리카락 뭉치나 떨어진 실핀이 걸리도록 십자 모양의 놋쇠 철망이 달려 있어야 하는데 오래전에 없어지고 지금은 강철 테두리가 변색된 시커먼 구멍만 남았다. 그것이 그를 빤히 쳐다보는 눈구멍처럼 느껴졌다.

하워드는 고무마개를 집어서 구멍을 막았다.

좀 나았다.

그는 세면대에서 걸음을 옮겨 변기 커버를 올리고(바이얼릿은 그가 볼일을 마치고 커버를 내려놓지 않으면 난리를 부리면서 자기는 커버를 올려놓을 필요성을 절대 못 느끼는 눈치였다) 용건을 해결했다. 그는 어마어마하게 급하지 않은 이상 당장 오줌을 누지 못하는 부류에 속했기 때문에(그리고 사람이 많은 공중화장실에서는 절대 볼일을 보지 못했다. 뒤에 줄지어 서 있는 사람들을 생각하기만 해도 회로가 닫혀버렸다) 변기를 조준하고 사격을 실시하는 사이의 몇 초 동안 거의 항상 반복하는 습관을 동원했다. 속으로 소수를 나열했다.

13에 다다라 오줌 줄기가 쏟아지려는 찰나 뒤에서 갑자기 날카로운 소리가 들렸다. 퍽! 고무마개가 구멍에서 빠져나오는 소리를 머리보다 먼저 인식한 방광이 당장(그리고 약간 고통스럽게) 입을 다물었다.

잠시 후에 손가락을 이리저리 꼬고 돌리며 손톱 끝으로 가볍게 사기 세면대를 두드리는 소리가 다시 시작됐다. 하워드의 피부가 싸늘하게 식으면서 몸을 제대로 감쌀 수 없는 지경으로 쪼그라드는 듯이 느껴졌다. 오줌 한 방울이 퐁 하고 변기 안으로 떨어졌고 등껍데기 안으로 숨은 거북처럼 손안에서 성기가 오그라드는 느낌이 전해졌다.

하워드는 비틀거리며 세면대 쪽으로 천천히 걸음을 옮겼다. 안을 들여다보았다.

손가락이 다시 등장했다. 아주 긴 것 말고는 별다를 게 없어 보였다. 이에 뜯기지도 비정상적으로 길지도 않은 손톱과 맨 위 두 마디가 하워드의 눈에 들어왔다. 그가 지켜보는 가운데 손가락이 끊임없이 세면대 여기저기를 두드리고 더듬었다.

하워드는 허리를 숙여서 세면대 밑을 살폈다. 바닥과 연결된 배수관은 지름이 칠팔 센티미터밖에 되지 않았다. 팔이 통과할 수 있을 만한 굵기가 아니었다. 게다가 트랩이 심하게 구부러져 있었다. 그렇다면 손가락은 어디 달려 있었을까? 어디 달려 있을 수 있었을까?

하워드가 다시 허리를 펴자 순간 머리가 목에서 떨어져 나와

붕 뜰 것 같은 기분이 느껴졌다. 눈앞에서 조그만 점들이 왔다갔다 했다.

이러다 기절하겠어! 그는 생각했다. 그는 선로 앞쪽에 문제가 생긴 걸 보고 겁에 질린 승객이 객차에 달린 비상 정지 줄을 당기듯 오른쪽 귓불을 세게 잡아당겼다. 현기증은 가셨지만…… 손가락은 그 자리에 있었다.

허깨비가 아니었다. 어떻게 그럴 수가 있을까? 손톱에 맺힌 조그만 물방울과 그 아래 가느다란 실 같은 흰 자국이 보였다. 비누였다. 확실했다. 바이얼릿이 볼일을 보고 손을 씻었다.

허깨비일 수 있어. 그럼. 비누랑 그걸 덮은 물방울이 보인다고 해서 상상이 아니라는 법은 없잖아? 그리고 내 말 잘 들어, 하워드. 네가 상상을 한 게 아니라면 저게 여기 뭐하러 등장했겠어? 애초에 무슨 수로 들어왔겠어? 그리고 바이얼릿은 왜 못 봤겠어?

그럼 그녀를 불러. 여기로 불러! 그의 이성이 지시를 내렸다가 100만분의 1초 만에 철회했다. 아냐! 부르지 마! 네 눈에는 계속 보이는데 그녀의 눈에는 보이지 않으면…….

하워드는 눈을 질끈 감고 번쩍이는 붉은 빛과 미친듯이 뛰는 심장으로만 이루어진 세상 속에 잠시 머물렀다.

눈을 다시 떴을 때도 손가락은 없어지지 않고 그대로였다.

"너 뭐냐?" 하워드는 꾹 다문 입술 사이로 속삭였다. "너 뭐야, 여기서 뭐하는 거야?"

맹목적으로 주변을 더듬던 손가락이 뚝 멈추었다. 빙그르르 돌아서 하워드를 똑바로 가리켰다. 하워드는 두 손으로 입을 막아 비명을 누르며 허겁지겁 한 발짝 뒷걸음질을 쳤다. 이 끔찍하고 넌더리 나는 녀석에게서 시선을 떼고 밖으로 달려나가고 싶었지만(바이얼릿이 뭐라고 생각하거나 얘기하거나 보거나 말거나) 잠깐 온몸이 마비되는 바람에 살아 숨쉬는 잠망경처럼 생긴 옅은 분홍색 손가락에서 시선을 뗄 수가 없었다.

잠시 후에 녀석이 두 번째 관절을 구부렸다. 구부러진 손끝이 사기 세면대에 닿았고 녀석은 다시 뱅글뱅글 바닥을 두드려가며 탐험을 재개했다.

"하워드?" 바이얼릿이 불렀다. "혹시 쓰러졌어?"

"나갈게!"

그는 비정상적일 만큼 명랑한 목소리로 외쳤다.

그는 오줌 한 방울이 섞인 변기의 물을 내린 다음 세면대와 멀찌감치 거리를 두고 문 쪽으로 걸음을 옮겼다. 그러다 거울에 비친 자신의 모습을 언뜻 보고 말았다. 눈은 접시만 했고 얼굴은 새하얬다. 그는 양쪽 뺨을 얼른 꼬집고, 한 시간이라는 짧은 시간 만에 그의 일생을 통틀어 가장 끔찍하고 알 수 없는 공간이 되어버린 화장실을 나섰다.

그가 뭣 때문에 화장실에서 오래 있었는지 궁금해진 바이얼릿이 부엌으로 들어가보니 하워드가 냉장고를 들여다보고 있었다.

"뭐 찾아?"

그녀가 물었다.

"콜라. 라 씨네 가게에 가서 하나 사 와야 할까 봐."

"맥주 세 캔에 체리 바닐라 아이스크림까지 한 접시 먹어놓고? 배 터지겠어, 하워드!"

"아니야, 설마."

그가 말했다. 하지만 방광 안에 든 걸 해결하지 않으면 그럴 수도 있었다.

"어디 아픈 데 없는 거 확실해?" 바이얼릿은 뜯어보는 듯한 눈빛으로 그를 살폈지만 말투는 좀 전보다 부드러워졌다. 살짝 걱정하는 투였다. "안색이 너무 안 좋아서 그래. 진짜로."

"음." 그는 머뭇머뭇 대답했다. "사무실에 독감 환자가 몇 명 생겼거든. 아마……."

"그 얼어죽을 콜라를 정 마시고 싶으면 내가 사다 줄게."

"아냐, 됐어." 하워드는 얼른 말허리를 잘랐다. "당신은 잠옷으로 갈아입었잖아. 봐, 나는 외투만 걸치면 돼."

"당신 마지막으로 종합 건강검진을 받은 게 언제였지? 하도 오래돼서 기억이 안 나네."

"내일 찾아볼게." 그는 어물쩍 대답하며 외투를 걸어놓는 조그만 현관으로 건너갔다. "보험 폴더에 있을 거야."

"꼭 찾아봐! 그리고 꼭 그렇게 나가야겠으면 내 목도리 하고 가!"

"그래, 좋은 생각이네."

그는 외투를 입고 부들부들 떨리는 손이 보이지 않도록 그녀를 등진 채 단추를 채웠다. 몸을 돌려보니 바이얼릿이 화장실 안으로 막 사라지고 보이지 않았다. 그는 몇 초 동안 넋을 빼놓고 서서 이번에는 그녀가 비명을 지르는지 귀를 기울였지만 세면대 물 트는 소리만 들릴 뿐이었다. 뒤를 이어서 바이얼릿이 여느 때처럼 곤 브리오로 이를 닦는 소리가 들렸다.

잠깐 더 그 자리에 서 있었는 사이에 이성이 문득 단호하고 간단명료하게 여섯 단어로 판결을 내렸다. 나는 지금 정신 상태가 이상해지고 있다.

그럴지도 모르지만…… 얼른 물을 빼지 않으면 낮 뜨거운 사태가 벌어지게 생겼다는 사실에는 변함이 없었다. 하워드는 적어도 그 문제는 해결할 수 있다는 데서 일말의 위안을 느꼈다. 그는 문을 열고 나가려다 말고 고리에 걸린 바이얼릿의 목도리를 집었다.

하워드 미틀라의 인생에 벌어진 이 놀라운 사건에 대해 언제 그녀에게 얘기할 참이야? 이성이 난데없이 물었다.

하워드는 그 생각을 차단하고 목도리 끝부분을 외투 옷깃 안으로 넣는 데 집중했다.

미틀라 부부의 집은 호킹 스트리트에 있는 구 층짜리 아파트의 4층이었다. 오른쪽으로 반 블록 가면 호킹 스트리트와 퀸스 불러바드가 만나는 모퉁이에 라스 24시간 식품점 겸 편의점이 있었다. 하워드는 왼쪽으로 꺾어서 아파트 건물 끝까지 걸어갔다. 거기에 건물 뒤편의 통풍 공간과 연결되는 좁은 골목길이 있었다. 골목길 양편에는 쓰레기통이 줄지어 늘어섰다. 그 사이 지저분한 공간에서 종종 노숙자들—몇 명이면 모를까, 모두 다 알코올중독자는 아니었다—이 신문지를 깔고 잠을 청했다. 오늘 저녁에는 이 골목길을 잠자리로 삼은 노숙자가 없다는 사실이 하워드로서는 더할 나위 없이 감사한 일이었다.

그는 첫 번째와 두 번째 쓰레기통 사이로 들어가 지퍼를 내리고 오줌 줄기를 콸콸 쏟아냈다. 처음에는 어찌나 시원하던지 그날 저녁에 겪은 시련에도 불구하고 행복할 지경이었지만, 오줌 줄기가 가늘어지자 자신의 처지가 느껴지면서 불안감이 스멀스멀 다시금 고개를 들었다.

그의 처지는 불안하기 짝이 없었다.

그는 따뜻하고 안전한 집을 두고, 보는 사람이 없는지 어깨 너머로 계속 흘끗거려가며 아파트 벽에 대고 볼일을 보고 있었다. 이렇게 속수무책일 때 마약중독자나 강도가 들이닥치면 끔찍하겠지만, 예컨대 2C에 사는 펜스터 부부나 3F에 사는 대틀바움 부부처럼 아는 사람이 등장하면 더 끔찍할 터였다. 그가 무슨 말을 할 수 있을까? 그리고 그 떠벌리기 좋아하는 얼리셔 펜스터는 바이얼릿에게 뭐라고 할까?

그는 용무를 마치고 지퍼를 올린 다음 골목길 입구로 돌아갔다. 양쪽 방향을 두고 신중하게 고민하다가 라스 편의점으로 가서 올리브색 얼굴로 웃고 있는 라 부인에게 펩시콜라 한 캔을 샀다.

"오늘 저녁에는 안색이 안 좋으시네요, 미트라 씨." 그녀가 여전히 미소를 띤 얼굴로 물었다. "괜찮으세요?"

아, 그럼요. 그는 생각했다. 이보다 더 괜찮을 수 없어요, 라 부인. 섬뜩한 일이 좀 생겨서 그렇지.

"세면대에서 감기가 살짝 옮았나 봐요." 그는 말했다. 그녀가 미소를 띤 얼굴로 미간을 찌푸리자 그는 그제야 자기가 뭐라고 했는지 알아차렸다. "내 말은, 사무실에서요."

"뜨근하게 주무셔야겠네요." 그녀가 말했다. 그녀의 천사 같은 이마 위에서 주름살이 펴졌다. "라디오에서 그러는데 추어진대요."

"고마워요."

그는 가게를 나섰다. 아파트로 돌아가는 길에 콜라를 따서 인도에 부었다. 적지가 되어버린 화장실을 감안했을 때 오늘밤에 가장 필요 없는 것이 수분 섭취였다.

집에 다시 들어가보니 침실에서 바이얼릿이 나지막이 코를 고는 소리가 들렸다. 맥주 세 캔에 금세, 효과적으로 꿈나라 여행을 떠난 것이다. 그는 빈 콜라 캔을 부엌 조리대 위에 놓고 화장실 문 앞에서 걸음을 멈추었다. 잠깐 망설이다가 나무문에 대고 귀를 기울였다.

탁탁탁탁, 틱틱틱틱, 탁탁.

"추잡한 개새끼 같으니라고."

그는 속삭였다.

하이파인스 캠핑장에서 이 주 동안 캠핑을 했을 때 엄마가 칫솔을 깜빡하고 싸주지 않았던 열두 살 이후 처음으로 하워드는 이를 닦지 않고 잠자리에 들었다.

그러고는 눈을 말똥말똥 뜨고 바이얼릿 옆에 누워 있었다.

손가락이 손톱으로 탁, 탁 탭댄스를 춰가며 화장실 세면대를 빙글빙글 끊임없이 탐사하는 소리가 들렸다. 양쪽 문을 모두 닫은 마당에 실제로는 들릴 리 없다는 걸 알았지만 들리는 기분이었고 그것 역시 안 좋은 현상이었다.

아냐, 그렇지 않아. 그는 속으로 중얼거렸다. 적어도 그게 너의 상상이라는 건 아는 거잖아. 손가락 그 자체만 확신을 하지 못할 뿐.

별다른 위안은 되지 않았다. 그는 여전히 잠을 이룰 수 없었고 사태를 해결할 길은 요원했다. 평생 핑계를 만들어가며 밖으로 나가 건물 옆 골목에서 볼일을 볼 수는 없었다. 적어도 마흔여덟 시간 동안만이라도 그런 생활이 가능할까 싶었다. 게다가 똥이 마려우면 어쩔 것인가? 그건 파이널 제퍼디에서 본 적 없는 문제임은 물론 정답이 뭐가 될지 전혀 알 수가 없었다. 아무튼 골목길은 아니었다. 그것만큼은 알 수 있었다.

어쩌면 말이야. 그의 머릿속에서 조심스럽게 속삭이는 목소리가 들렸다. 그 빌어먹을 것에 네가 익숙해질 수도 있어.

아니다. 말도 안 되는 얘기였다. 그는 바이얼릿과 결혼한 지 이십일 년이 되었지만 지금도 그녀가 화장실에 들어와 있으면 볼일을 보지 못했다. 회로에 과부화가 걸려서 차단돼버렸다. 바이얼릿은 그가 수염을 깎는 동안 아무렇지 않게 변기에 앉아서 볼일을 보며 스톤 선생의 병원에서 어떤 하루를 보냈는지 얘기할 수 있었지만 그는 그러지 못했다. 그럴 수 있는 성격이 아니었다.

손가락이 스스로 사라지지 않으면 성격을 바꿀 마음의 준비를 해야겠어. 목소리가 말했다. 왜냐하면 너의 기본적인 시스템을 일부 수정해야 할 것 같거든.

그는 고개를 돌려서 침대 곁 테이블에 놓인 시계를 흘끗 확인했다. 새벽 2시 십오 분 전이었고…… 우울하게도 다시 소변이 마려웠다.

그는 조심스럽게 일어나 침실 밖으로 나왔다. 닫힌 문 뒤에서 긁고 두드리는 소리가 끊임없이 들리는 화장실을 지나 부엌으로 들어갔다. 디딤대를 개수대 앞으로 옮긴 다음 밟고 올라가서 바이얼릿이 나오는 소리가 들리는지 귀를 쫑긋 세우며 수챗구멍을 조심스럽게 조준했다.

마침내 성공했지만…… 소수를 347까지 센 다음이었다. 역대 최장 기록이었다. 그는 디딤대를 치우고 힘없이 침대로 돌아가며 생각했다. 계속 이런 식으로 살 수는 없어. 조만간 해결해야지, 이렇게는 못 해.

그는 화장실 앞을 지나갈 때 문을 향해 이를 드러내고 으르렁거렸다.

다음날 아침 6시 30분에 알람이 울리자 그는 비틀비틀 침대에서 일어나 화장실로 들어갔다.

세면대에 아무것도 없었다.

"다행이다." 그는 떨리는 목소리로 나지막이 중얼거렸다. 무슨 성스러운 계시처럼 느껴질 만큼 어마어마한 안도감이 그를 훑고 지나갔다. "아, 다행……."

그의 목소리에 반응이라도 하듯 손가락이 장난감 상자 안에 든 용수철 인형처럼 톡 튀어나왔다. 세 번을 빠르게 돌고 나서 사냥감의 위치를 가리키는 아이리시 세터처럼 빳빳하게 손끝을 구부렸다. 그 끝으로 정확히 그를 겨누었다.

하워드는 윗입술을 빠르게 들썩여 자기도 모르게 으르렁거리며 뒷걸음질을 쳤다.

녀석이 구부린 손끝을 위아래, 위아래로 까딱이는 것이 마치…… 그를 향해 손이라도 흔드는 것 같았다. 굿모닝, 하워드, 여기 있으니까 정말 좋다.

"엿 먹어라."

그는 중얼거렸다. 그는 고개를 돌려서 변기를 마주보았다. 물을 빼보려고 필사적으로 노력했지만…… 아무 소용이 없었다. 갑자기 분노가 격렬하게 치밀어 올랐다. 몸을 돌려서 꼴 보기 싫은 세면대 침입자를 동굴에서 뜯어내 바닥에 내동댕이치고 맨발로 밟아버리고 싶은 충동이 느껴졌다.

"하워드?" 바이얼릿이 웅얼웅얼 그를 불렀다. 그녀가 문을 두드렸다. "끝났어?"

"응."

그는 평소와 다름없는 목소리를 내려고 갖은 애를 썼다. 변기 물을 내렸다.

바이얼릿은 그의 목소리가 평소와 다르더라도 알아차리거나 별로 신경쓰지 않았을 것이다. 그의 안색에 관심도 없었다. 뜻밖의 숙취로 괴로워하고 있었기 때문이다.

"최악은 아닌데 그래도 제법 심하네." 그녀는 웅얼거리며 그를 지나쳐서 잠옷을 올리고 변기에 털썩 주저앉았다. 한 손으로 이마를 받쳤다. "그 맥주는 두 번 다시 마시지 않겠어, 절대. 아메리칸 그레인 꺼져라. 비료는 홉을 키운 다음이 아니라 전에 쓰는 거라고 누가 그 회사에 알려줘야 하는 거 아니야? 꼴랑 세 캔 마시고 머리가 지끈거리다니! 맙소사! 뭐, 싼 게 비지떡이라잖아. 게다가 섬뜩한 라 부부가 파는 거였으니. 하워드, 아스피린 좀 줄래?"

"그래."

그는 조심스럽게 세면대로 다가갔다. 손가락이 보이지 않았다. 바이얼릿이 등장하자 기겁하고 도망친 모양이다. 그는 수납장에서 약병을 끄집어내 아스피린을 두 알 꺼냈다. 약병을 다시 집어넣는데, 배수구 밖으로 잠깐 고개를 내민 손가락 끝이 보였다. 0.5센티미터도 될까 말까 했다. 녀석은 다시 손을 살짝 흔드는 듯이 움직이고서는 쏙 들어갔다.

친구야, 내가 너를 없애주마. 문득 그런 생각이 들었다. 그 생각에 동반된 감정은 순수하고 단순한 분노였고 거기에서 그는 희열을 느꼈다. 아무렇지 않게 유빙을 부수고 조각내는 소련의 거대한 쇄빙선처럼 분노라는 감정이 갈피를 잡지 못하고 너덜거리는 그의 머릿속으로 파고들었다. 너를 해치우고 말겠어. 아직 방법은 모르지만 해내고 말겠어.

그는 바이얼릿에게 아스피린을 건네고 말했다.

"잠깐만 기다려. 물 갖다 줄게."

"괜찮아." 바이얼릿은 우울한 목소리로 중얼거리고 두 알을 한꺼번에 씹어 먹었다. "이렇게 먹어야 약효가 더 빨리 나타나."

"속이 뒤집힐 텐데."

하워드가 말했다. 이제 보니 바이얼릿과 같이 있으면 화장실이 별로 끔찍하게 느껴지지 않았다.

"상관없어." 그녀가 좀 전보다 더 우울한 목소리로 말했다. 그녀는 변기 물을 내렸다. "당신은 컨디션이 좀 어때?"

"별로야."

그는 솔직하게 얘기했다.

"당신도 그래?"

"숙취? 아니, 어제 얘기한 독감 바이러스 때문인가 봐. 목이 따끔거리고 손이 나."

"응?"

"열." 그가 말했다. "열이 난다고."

"그럼 집에서 쉬는 게 좋겠네."

그녀는 세면대 앞으로 가서 꽂아놓은 자기 칫솔을 꺼내 힘차게 이를 닦기 시작했다.

"당신도 그러는 게 좋지 않겠어?"

그가 물었지만 진심으로 바이얼릿도 집에서 쉬길 바란 건 아니었다. 그는 스톤 선생이 충치를 때우고 이를 뽑을 때 그녀가 바로 옆에서 거들고 있길 바랐다. 하지만 아무 소리도 하지 않으면 무신경하게 보이지 않겠는가.

그녀는 거울에 비친 그의 얼굴을 흘끗 쳐다보았다. 바이얼릿은 벌써부터 뺨에 조금씩 화색이 돌고 눈이 조금씩 반짝이기 시작했다. 그녀는 회복 속도도 콘 브리오였다. "숙취 때문에 출근 못 하겠다고 전화하는 날은 내가 술을 완전히 끊는 날이 될 거야." 그녀가 말했다. "게다가 병원에는 내가 있어야 해. 윗니를 통째로 뽑아야 하는 환자가 있거든. 지저분한 일이지만 누군가는 맡아서 처리해야 하니까."

그녀가 배수구 바로 위에 대고 치약을 뱉자 하워드는 넋을 잃은 채 생각했다. 다음번에 녀석이 고개를 내밀 때에는 치약이 묻어 있겠군. 맙소사!

"집에서 쉬어. 몸 따뜻하게 하고 물 많이 마시고." 바이얼릿이 말했다. 수석 간호사의 말투였다. 받아 적지 않을 생각이면 전부 외우는 게 좋을 거야, 라는 뜻이 담긴 말투였다. "밀린 책도 읽으면서. 말이 나온 김에 그 잘나신 래스롭 씨한테 당신이 없으면 왜 안 되는지 보여줄 수도 있겠네. 그에게 다시 한번 생각하는 기회를 주란 말이지."

"그거 괜찮은 생각이네."

하워드가 말했다.

그녀는 화장실에서 나가는 길에 그에게 입을 맞추고 윙크를 날렸다. "내 비록 수줍기로 유명한 바이얼릿*이지만 아무것도 모르는 바보는 아니야." 삼십 분 뒤에 그녀는 숙취를 까맣게 잊고 활기차게 노래를 부르며 버스를 타러 나섰다.

바이얼릿이 출근하자마자 하워드는 제일 먼저 디딤대를 부엌 싱크대 앞으로 끌고 가서 수챗구멍에 대고 볼일을 보았다. 바이얼릿이 집에 없으니 전보다 수월했다. 아홉 번째 소수인 23에 다다르자마자 시동이 걸렸다.

* 바이얼릿의 뜻인 제비꽃의 꽃말이 수줍은 사랑이다.

문제가 해결되고 적어도 앞으로 몇 시간 동안 걱정할 일이 없어지자 그는 다시 복도로 돌아가서 화장실 문 틈새로 고개를 들이밀었다. 손가락이 한눈에 들어왔고 그는 문제를 감지했다. 이 위치에서는 세면대에 시야가 가려지기 때문에 원래는 보이지 않아야 했다. 그런데 시야가 가려지지 않았다는 말은 곧…….

"거기서 뭐 하냐, 개새끼야?"

하워드가 쉰 목소리로 묻자 손가락은 바람을 느끼듯 듯 좌우로 꿈틀거리다 그를 향해 몸을 돌렸다. 예상했던 대로 치약이 묻어 있었다. 그가 있는 쪽을 향해 몸을 꺾었는데…… 세 군데가 꺾였다. 그것은 역시 있을 수 없는 일, 상당히 있을 수 없는 일이었다. 어느 손가락이건 세 번째 관절은 손등과 맞닿아 있지 않은가.

녀석이 점점 길어지고 있어. 이성이 조잘거렸다. 그게 어떻게 가능한지 모르겠지만 진짜야. 여기서 세면대 너머로 녀석이 보인다는 건 최소 칠 센티미터는 된다는 건데……. 어쩌면 그보다 더 될 수도 있어!

그는 살그머니 화장실 문을 닫고 휘청거리며 거실로 돌아갔다. 다리가 또다시 제대로 움직이지 못하는 막대로 변했다. 그의 머릿속 쇄빙선은 공포와 당혹감의 어마어마한 무게에 눌려서 납작하게 자취를 감추었다. 이건 빙산이 아니었다. 거대한 빙하였다.

하워드 미틀라는 의자에 앉아서 눈을 감았다. 평생 이렇게 외롭고 혼란스럽고 무기력한 기분을 느껴본 적이 없었다. 그렇게 한참 동안 앉아 있다 보니 의자 팔걸이를 붙잡고 있던 손가락에서 긴장이 풀리기 시작했다. 그는 간밤을 거의 뜬눈으로 지새웠다. 점점 길어지는 손가락이 그의 집 화장실에서 두드리고 원을 그리고, 원을 그리고 두드리는 동안 그는 깜빡 잠이 들었다.

꿈속에서 그는 〈제퍼디〉에 출연했다. 거금이 걸린 현재 버전이 아니라 낮에 하던 예전 버전이었다. 컴퓨터 화면에 표시되는 게 아니라 출연자가 정답을 외치면 게임판 뒤에서 담당자가 손으로 카드를 뽑았다. 앨릭스 트레벡 대신 머리를 올백으로 넘기고 파티장에서 내숭을 떠는 딱한 남학생처럼 미소를 짓고 있는 아트 플레밍이 진행자였다. 가운데 여자 출연자는 여전히 밀드레드였고 여전히 그녀는 귀에 위성 데이터 송수신기를 달고 있었지만 머리를 재클린 케네디처럼 부풀렸고 금속테 안경 대신 캣츠 아이 스타일의 안경을 썼다.

그를 비롯해서 모두 흑백이었다.

"좋습니다, 하워드 씨." 아트가 그를 가리켰다. 족히 삼십 센티미터는 됨 직한 집게손가락이 엽기적이었다. 교사의 지시봉처럼 가볍게 쥔 주먹 밖으로 손가락이 삐져나왔다. 손톱에 마른 치약이 묻어 있었다. "이제 하워드 씨가 선택하실 차롑니다."

하워드는 게임판을 보고 말했다.

"100점짜리 해충과 독사 선택하겠습니다."

100달러라고 적힌 정사각형이 치워졌고 아트가 문제를 읽었다.

"화장실 배수구에 있는 골치 아픈 손가락을 제거하는 가장 좋은 방법은?"

"정답은……." 하워드는 운을 뗐지만 머릿속이 하얬다. 흑백 스튜디오의 방청객이 아무 말 없이 그를 빤히 쳐다보았다. 흑백 카메라맨이 땀으로 얼룩진 그의 흑백 얼굴을 클로즈업으로 잡았다. "정답은…… 음……."

"서두르세요, 하워드 씨. 시간이 없습니다."

아트 플레밍이 하워드를 향해 엽기적으로 긴 손가락을 흔들며 답을 유도했지만 하워드의 머릿속은 백지나 다름없었다. 그는 문제를 놓칠 테고, 백 점을 감점당할 테고, 마이너스로 넘어갈 테고, 완벽한 패자가 될 테고, 한심한 백과사전 세트마저 받지 못할 테고…….

집 앞 도로에서 배달 트럭이 요란한 폭음을 냈다. 하워드는 벌떡 일어나다가 하마터면 의자에서 굴러떨어질 뻔했다.

"정답은 배수구 청소 용액 아닐까요?" 그는 비명을 질렀다. "정답은 배수구 청소 용액 아닐까요?"

두말하면 잔소리지만 그게 정답이었다. 그게 맞는 답이었다.

그는 웃음을 터뜨렸다. 오 분 뒤 외투를 걸치고 밖으로 나섰을 때도 계속 웃고 있었다.

하워드는 퀸스 불러바드의 해피 핸디맨 철물점 점원이 이쑤시개를 씹으며 카운터에 내놓은 플라스틱 병을 집었다. 앞면에 앞치마를 두른 여자가 만화로 그려져 있었다. 그녀는 한 손을 허리춤에 얹고 다른 손으로 배수구 청소 용액을 업소용 싱크대 아니면 오손 웰스사社의 비데에 붓고 있었다. 드레인이지. 라벨에 이런 선언이 적혀 있었다. "타사 제품 대비 두 배 강력한 효과! 욕실 세면대, 샤워실, 배수구를 단박에 뚫어드립니다! 머리카락과 기타 유기물을 분해해드립니다!"

"유기물이라." 하워드가 말했다. "그게 뭘 말하는 건가요?"

이마에 사마귀가 잔뜩 난 대머리의 점원은 어깨를 으쓱했다. 입에 문 이쑤시개가 이쪽 입가에서 저쪽 입가로 움직였다. "음식물 아닐까요? 하지만 나 같으면 이걸 물비누 옆에 두지 않겠어요."

"이걸로 씻으면 손에 구멍이 날까요?"

하워드는 겁에 질린 목소리처럼 들리길 바라며 이렇게 물었다.

점원은 다시 어깨를 으쓱했다. "예전에 팔던 가성소다가 든 제품보다는 효과가 덜하지만 그 제품은 이제 불법이거든요. 제가 생각하기에 구멍이 날 것 같진 않아요. 그래도 이거 보이죠?" 그는 짧고 뭉툭한 손가락으로 해골과 X 자로 놓인 뼈다귀가 그려진 독극물 로고를 톡톡 두드렸다. 하워드는 그 손가락을 유심히 들여다보았다. 그는 철물점까지 걸어오는 길에 손가락을 숱하게 관찰했다.

"네. 보이네요."

"멋져 보이라고 붙여놓은 건 아닐 테니까요. 집에 아이들이 있으면 아이들 손에 닿지 않는 곳에 두세요. 이걸로 입안을 헹구지도 마시고요."

그가 웃음을 터뜨리자 이쑤시개가 아랫입술에 매달린 채 위아래로 움직였다.

"알았어요."

하워드는 병을 돌려서 조그맣게 적힌 문구를 읽었다. 수산화나트륨과 수산화칼륨 함유. 접촉 시 심각한 화상을 입을 수 있음. 흠, 상당히 훌륭했다. 이 정도면 충분할지 알 수 없었지만 알아볼 방법이 있었다.

머릿속에서 미심쩍어하는 목소리가 들렸다. 너 때문에 그 녀석이 흥분하면 어쩌려고, 하워드? 그러면 어쩌려고?

그래서 뭐? 어차피 배수구 밖으로 나오지도 못하는걸.

그렇지……. 하지만 계속 자라는 것 같던데.

선택의 여지가 없잖아? 이 부분에 있어서만큼은 목소리도 아무 대꾸를 하지 못했다.

"이렇게 중요한 제품을 구입하시는데 재촉하면 안 되겠습니다만." 점원이 말했다. "오늘 아침에는 직원이 저 하나뿐인데 점검해야 할 송장이 있어서……."

"살게요." 하워드는 말하고 지갑을 꺼냈다. 그러는 동안 그의 시선에 포착된 물건이 있었다. "가을맞이 재고 정리"라고 적힌 푯말 아래에 진열된 물건이었다. "저것들은 뭐예요? 저기 저거요."

"저거요? 전기 전지가위요. 유월에 스물 몇 개 들여놨는데 하나도 안 팔렸어요."

"저거 하나 살게요."

하워드 미틀라는 말하며 미소를 지었다. 나중에 점원은 경찰에게 그 미소가 못마땅했다고 얘기할 것이다. 아주 못마땅했다고 말이다.

하워드는 집에 들어가서 새로 사 온 제품들을 부엌 조리대에 내려놓았다. 이것까지 동원할 필요는 없길 바라며 전기 전지가위가 든 상자는 한쪽으로 치웠다. 이것까지 동원할 일은 분명 없을 것이다. 그런 다음 드레인이지 병에 적힌 사용법을 꼼꼼하게 읽었다.

병의 4분의 1을 배수구에 천천히 붓고…… 십오 분 동안 그대로 둔다. 필요한 경우 같은 과정을 반복한다.

하지만 그럴 필요도 없을 것이다……. 그렇지 않을까?

하워드는 그럴 필요가 없도록 못을 박기 위해 반병을 붓기로 했다. 어쩌면 좀더 부을 수도 있었다.

그는 끙끙거린 끝에 안전 뚜껑을 열었다. 평소에는 온화한 표정만 짓던 얼굴로 언제 참호 밖으로 뛰쳐나가라는 명령을 받을지 모르는 병사처럼 엄숙한 표정을 짓고 하얀색 플라스틱 병을 앞으로 내밀고서 거실을 가로질러 복도로 들어섰다.

잠깐! 문손잡이를 잡으려는 순간 머릿속에서 외치는 목소리가 들리자 그의 손이 멈칫했다. 이건 미친 짓이야! 미친 짓이라는 걸 너도 알잖아! 너한테 필요한 건 배수구 청소 용액이 아니라 정신과 상담이야. 어디 소파에 누워서 화장실 세면대에 낀 손가락이 보인다는 상상을 한다고, 점점 자라는 손가락이 보인다는 상상을 한다고 얘기해. 그래, 그거다, 상상을 한다는 게 딱 맞는 표현이네.

"아니." 하워드는 단호하게 고개를 저었다. "절대 그럴 일은 없어."

이런 얘기를 정신과 의사에게 하다니……. 다른 사람한테 하다니 상상도 안 되는 일이었다. 래스롭 씨 귀에 들어가면 어쩔 것인가. 바이얼릿의 아버지를 통해 그의 귀에 들어갈 수도 있었다. 빌 디혼은 딘, 그린, 래스롭에서 삼십 년 동안 공인회계사로 근무했다. 그가 래스롭 씨와의 1차 면접을 주선했고, 환상적인 추천서를 써주었고…… 그를 직접 채용하지만 않았을 뿐 모든 편의를 제공했다고 볼 수 있었다. 이제는 은퇴했지만 존 래스롭과 여전히 자주 만났다. 바이얼릿은 남편이 정신과 상담을 받는다는 걸 알면(그로서는 그런 일을 그녀에게 숨길 도리가 없었다) 어머니에게 얘기할 것이다. 바이얼릿은 어머니에게 하지 않는 얘기가 없었다. 그러면 디혼 부인은 당연히 남편에게 얘기할 것이다. 그러면 디혼 씨는…….

하워드는 어느 으리으리한 클럽의 등받이가 높은 가죽 의자, 금색의 조그만 못대가리 비슷한 게 박혀 있는 의자에 앉아 있는 장인과 상사를 상상했다. 상상 속에서 그들은 셰리주를 마셨다. 래스롭 씨의 오른편 조그만 테이블 위에 커트 글라스 디캔터가 놓여 있었다. (하워드는 두 사람이 셰리주 마시는 걸 실제로는 본 적이 없었지만 이 소름 끼치는 장면에는 셰리주가 어울렸다.) 이제 칠십 대 후반으로 비틀비틀 접어들었고 분별력이 집파리에 버금가는 디혼 씨가 은밀하게 앞으로 몸을 숙였다. 존, 우리 사위가 어쩔 생각이라는지 아나? 글쎄, 정신과 상담을 받겠대! 자기집 화장실 세면대에 손가락이 있다면서. 혹시 무슨 약을 하는 건 아닐까?

하워드가 진심으로 그럴 수도 있다고 생각했던 건 아닐지 모른다. 가능성이 있을 수도 있지만, 이런 식이 아니라 다른 그림이 될 수도 있지만, 아닐 수도 있었다. 그래도 정신과 상담을 받는 건 상상이 가지 않았다. 하워드의 내면 중 어느 부분—아마도 남자들이 줄을 서 있는 공중 화장실에서는 볼일을 보지 못하게 만드는 부분과 이웃사촌일 것이다—이 거부했다. 그는 염소수염을 기른 정신과 의사가 질문 공격을 감행할 수 있도록 소파에 누워서 화장실 세면대에 손가락이 끼어 있다는 식으로 답변할 생각이 없었다. 그건 마치 지옥에서 열리는 〈제퍼디〉와 같았다.

그는 다시 문손잡이를 향해 손을 뻗었다.

그럼 배관공을 불러! 목소리가 절박하게 외쳤다. 그 정도는 할 수 있잖아! 배관공한테 뭐가 보이는지 얘기할 필요도 없어. 그냥 구멍이 막혔다고 하면 돼! 아니면 아내가 구멍에 결혼반지를 빠뜨렸다고 하든지! 아무 핑계라도 대!

하지만 어떤 면에서는 그게 정신과 상담보다 더 무의미한 선택이었다. 여긴 디모인이 아니라 뉴욕이었다. 세면대 배수구에 호프 다이아몬드를 빠뜨리더라도 일주일은 기다려야 배관공의 출장 서비스를 받을 수 있었다. 그는 앞으로 칠 일 동안 오 달러는 쥐여주어야 자동차용품 업체 달력이 걸린 지저분한 남자 화장실에서 용변을 해결하는 특권을 누릴 수 있는 주유소를 찾느라 퀸스 일대를 슬금슬금 돌아다닐 의향이 없었다.

그럼 얼른 해치워. 목소리는 포기하고 이렇게 얘기했다. 정 안 되겠으면 얼른 해치우기라도 해.

이 말에 갈팡질팡하던 하워드의 결심이 굳어졌다. 사실 그는 얼른 행동으로 옮기지 않으면, 계속 조치를 취하지 않으면 아예 아무 조치도 취하지 못하게 되는 건 아닐지 두려운 마음이 있었다.

가능할지 모르겠지만 기습 공격을 하자. 신발 벗어.

이건 아주 훌륭한 충고라는 생각이 들었다. 그는 당장 충고에 따라 구두를 한쪽씩 차례대로 벗었다. 용액이 튈 경우에 대비해서 고무장갑을 낄 걸 그랬다는 생각이 들자 바이얼릿이 요즘도 부엌 개수대 밑에 고무장갑을 두는지 궁금해졌지만, 상관없었다. 그는 난관을 해결하려고 마음먹은 참이었다. 지금 이 시점에서 고무장갑을 가지러 다녀오면…… 일시적으로 또는 영원히 용기를 잃을 수도 있었다.

그는 화장실 문을 열고 슬그머니 안으로 들어갔다.

미틀라 부부의 화장실은 유쾌한 공간이라고 할 수 없었지만 정오에 가까운 이 시각에는 제법 환했다. 그래서 시야가 문제가 되지는 않을 텐데…… 손가락이 흔적조차 보이지 않았다. 적어도 아직까지는 그랬다. 하워드는 배수구 청소 용액을 오른손으로 꽉 쥐고 까치발로 화장실을 가로질렀다. 세면대 위로 허리를 숙이고 빛바랜 분홍색 사기 세면대 한가운데 동그랗게 뚫린 시커먼 구멍을 들여다보았다.

하지만 어두컴컴하지는 않았다. 뭔가가 어둠을 뚫고, 좁고 축축한 관을 뚫고 그를 맞이하기 위해, 반가운 친구 하워드 미틀라를 맞이하기 위해 달려오고 있었다.

"받아라!"

하워드는 비명을 지르며 드레인이지 통을 세면대 위로 기울였다. 손가락이 고개를 내민 순간, 초록빛이 도는 파란색 용액이 배수구를 덮쳤다.

효과는 즉각적이고 섬뜩했다. 진득진득한 용액이 손톱과 손끝을 덮었다. 손가락은 배수구 주변이라는 한정된 공간을 미친듯이 뱅글뱅글 돌며 푸르스름한 초록색의 드레인이지를 부채꼴로 흩뿌렸다. 몇 방울이 하워드가 입고 있던 옅은 파란색 면 셔츠에 튀자 바로 구멍이 생겼다. 쉬익 하는 소리가 나면서 가장자리가 갈색으로 변했지만 좀 헐렁한 셔츠였기 때문에 가슴이나 배에 용액이 닿지는 않았다. 오른쪽 손목과 손바닥에도 몇 방울 묻었지만 그는 나중에야 알아차렸다. 아드레날린이 엄습하는 정도가 아니라 홍수처럼 범람했기 때문이었다.

손가락이 배수구에서 불쑥 튀어나왔다. 말도 안 되게 관절이 계속 이어졌다. 연기가 났고 뜨거운 바비큐 그릴 위에서 고무장화가 지글거리는 듯한 냄새를 풍겼다.

"받아라! 네 점심을 들고 왔다, 이 개새끼야!"

하워드는 비명을 지르며, 뱀 광주리 안의 코브라처럼 배수구 밖으로 삼십 센티미터 넘게 나온 손가락을 향해 청소 용액을 계속 뿌렸다. 플라스틱 병의 입구에 닿으려는 찰나 녀석은 몸서리를 치는 듯이 흔들거리더니 갑자기 방향을 바꿔서 배수구 안으로 쌩하니 들어갔다. 하워드는 세면대 위로 몸을 좀더 기울이고 하얀색의 그것이 어둠 저 깊숙한 곳으로 번쩍 하고 사라지는 광경을 바라보았다. 나른한 연기가 덩굴처럼 피어올랐다.

그는 심호흡을 하는 실수를 저질렀다. 드레인이지의 연기를 양쪽 허파 가득 들이마신 것이다. 갑자기, 견딜 수 없을 정도로 속이 메슥거렸다. 그는 세면대에 대고 격렬하게 토악질을 한 다음 계속 헛구역질을 하며 비틀비틀 뒷걸음질을 쳤다.

"성공이다!"

그는 기뻐서 어쩔 줄 모르며 고함을 질렀다. 부식성 화학약품과 살 타는 냄새의 조합으로 머리가 빙빙 돌았다. 그래도 행복해서 미칠 것 같았다. 그는 적과 맞서 싸웠고 하느님과 모든 성인의 이름을 걸고 맹세컨대 적을 무너뜨렸다. 무너뜨렸다!

“이얏호! 이얏—쓰펄—호! 성공이다! 성공…….”

다시 구역질이 났다. 그는 드레인이지 병을 쥔 오른손을 뻣뻣하게 내민 채 변기 앞에 기절하다시피 무릎을 꿇고 나서야 바이얼릿이 그날 아침에 왕좌에서 내려온 순간 변기 뚜껑과 커버를 모두 내렸다는 사실을 뒤늦게 깨달았다. 그는 분홍색의 복슬복슬한 변기 덮개를 토사물 범벅으로 만들고 그 위로 쓰러져 까무룩 정신을 놓았다.

정신을 잃은 시간은 얼마 되지 않았을 것이다. 화장실은 한여름에도 한낮의 햇빛을 만끽하는 시간이 삼십 분도 되지 않았다. 그 삼십 분이 지나면 다른 건물들이 직사광선을 가리기 때문에 다시 어두침침해졌다.

하워드는 천천히 고개를 들었다. 이마 선에서 턱선까지 끈적끈적하고 고약한 냄새를 풍기는 뭔가로 뒤덮였다는 사실을 알아차렸다. 이내 또 다른 사실도 알아차렸다. 달그락거리는 소리. 뒤에서 그 소리가 점점 다가오고 있었다.

그는 터질 듯한 모래주머니처럼 느껴지는 머리를 천천히 왼쪽으로 돌렸다. 눈이 천천히 휘둥그레졌다. 그는 숨을 삼키고 비명을 지르려고 했지만 목구멍이 막혔다.

손가락이 그를 향해 다가오고 있었다.

족히 이 미터는 넘었고 점점 더 길어지고 있었다. 열댓 개는 되어 보이는 관절을 꺾어 뻣뻣한 포물선을 그리며 세면대에서 빠져나왔다. 바닥에 다다르자 다시 몸을 구부렸다(이중 관절이다! 뒤숙박죽인 머릿속에서 누군가가 아득히 외쳤다). 그러고는 타일 바닥을 두드리고 더듬으며 그를 향해 다가오고 있었다. 변색이 된 마지막 이십 몇 센티미터 부분에서 연기가 났다. 손톱은 초록색이 도는 검은색으로 변했다. 첫 번째 관절 바로 밑에서 희끄무레하게 반짝이는 뼈가 보이는 것도 같았다. 심하게 화상을 입었지만 녹았다고 볼 수는 없었다.

"저리 가."

하워드가 속삭이자 관절이 달린 섬뜩한 물건이 순간 멈추었다. 정신병자가 섣달그믐에 준비한 파티용품 같았다. 잠시 후에 녀석이 다시 그를 향해 스르르 직진하기 시작했다. 맨 끝에 달린 대여섯 개의 관절이 구부러지며 하워드 미틀라의 발목을 감쌌다.

"안 돼!"

연기를 풍기는 수산화나트륨, 수산화칼륨 쌍둥이가 나일론 양말을 뚫고 살갗을 태우자 그는 비명을 지르며 있는 힘껏 발을 잡아당겼다. 손가락이 잠깐 저항했지만—힘이 엄청나게 셌다—마침내 풀려났다. 그는 큼지막한 토사물 덩어리가 묻은 머리칼을 눈앞에 늘어뜨린 채 문을 향해 기어갔다. 기어가는 동안 어깨 너머를 돌아보았지만 떡이 진 머리칼 때문에 앞이 보이지 않았다. 막혔던 가슴이 뚫리자 그는 연거푸 끔찍한 비명을 질렀다.

손가락이 잠시 보이지 않았지만 바로 뒤에서 탁탁탁탁거리며 빠르게 다가오는 소리는 들렸다. 그는 뒤를 돌아보려다 화장실 문 왼쪽 벽에 어깨를 부딪혔다. 선반에서 또다시 수건들이 쏟아졌다. 그가 대자로 쓰러지자마자 손가락이 다른 쪽 발목으로 달려들어서 검게 그은 뜨끈한 손끝으로 발목을 단단히 조였다.

녀석이 그를 세면대 쪽으로 끌고 가기 시작했다. 정말로 세면대 쪽으로 끌고 가기 시작했다.

하워드는 저음의 원초적인 울부짖음을 토하며—공인회계사의 깍듯한 성대에서 지금까지 나온 적 없는 소리였다—문 모서리를 향해 마구 버둥거렸다. 오른손이 모서리에 닿자 허둥지둥 있는 힘껏 잡아당겼다. 셔츠 자락이 모두 빠져나왔고 나지막이 뿌드득거리는 소리와 함께 오른쪽 겨드랑이 솔기가 터졌지만 그는 한쪽 양말의 아래쪽 절반이 너덜너덜해진 다음에야 풀려날 수 있었다.

그가 비틀거리며 일어나 뒤를 돌아보자 손가락이 더듬거리며 그를 향해 다시 다가왔다. 이제는 손톱이 깊게 갈라져서 피를 흘리고 있었다.

어이, 손톱 관리 좀 받아야겠어. 하워드는 생각하고 고뇌에 겨운 웃음을 터뜨렸다. 그런 다음 부엌으로 달려갔다.

누가 문을 두드렸다. 세게 두드렸다.

"미틀라! 어이, 미틀라! 무슨 일이야?"

같은 층에 사는 피니였다. 덩치 크고 시끄러운 아일랜드 출신의 술꾼이었다. 아니다, 덩치 크고 시끄럽고 오지랖 넓은 아일랜드 출신의 술꾼이었다.

"별일 아니야, 아일랜드 촌놈!" 하워드는 외치며 부엌으로 들어갔다. 그는 웃으며 이마를 덮은 머리칼을 휙 넘겼다. 머리칼은 뒤로 넘어갔다가 꾸덕꾸덕하게 덩어리진 채로 제자리로 돌아왔다. "별일 아니니까 내 말 믿어! 내 말 은행에 들고 가서 저금해도 돼!"

"방금 뭐라고 했냐?"

피니가 물었다. 공격적이었던 그의 말투에서 이제는 불길한 분위기마저 풍겼다.

"꺼져!" 하워드는 고함을 질렀다. "나 지금 바빠!"

"계속 그렇게 소란 피우면 경찰 부를 거야!"

"꺼지라고!"

하워드는 그를 향해 꽥꽥거렸다. 이것도 처음 있는 일이었다. 이마를 덮은 머리칼을 뒤로 넘기자 다시 철퍼덕! 하고 원래 그 자리로 내려왔다.

"내가 왜 네 헛소리를 들어야 하냐? 이 눈깔 네 개짜리 변태야!"

하워드는 토사물로 범벅이 된 머리칼을 손으로 헤집은 다음 프랑스 스타일의 제스처를 흉내내듯 눈앞에 대고 흔들었다. 짜잔! 하고 외치는 듯이 그랬다. 뜨끈한 액체와 볼썽사나운 덩어리들이 바이얼릿의 하얀 찬장 위로 흩뿌려졌다. 하워드는 그런 줄도 몰랐다. 흉측한 손가락에 한 번씩 붙잡힌 양쪽 발목이 불의 관을 쓰기라도 한 듯 화상을 입었다. 하워드는 그런 줄도 몰랐다. 그는 전기 전지가위가 담긴 상자를 잡았다. 아가리에 파이프 담배를 물고 웃으며 대저택만큼 널찍한 집 앞 울타리를 손질하는 아빠의 모습이 앞면에 그려져 있었다.

"안에서 마약 파티라도 벌이는 거야?"

피니가 복도에서 물었다.

"그만 사라지는 게 좋을 거야, 피니. 안 그러면 내 친구한테 소개한다!"

하워드는 마주 고함을 질렀다. 어마어마하게 재치 있는 농담처럼 느껴졌다. 그는 고개를 뒤로 젖히고 부엌 천장을 보며 요들송을 불렀다. 머리칼이 깃펜처럼 이상하게 삐죽삐죽 솟고 위액으로 번들거려서 브릴 헤어 크림과 격렬한 사랑에 빠진 남자처럼 보였다.

"좋아, 됐어." 피니가 말했다. "됐다고. 경찰 부른다."

하워드는 그가 뭐라고 하는지 듣지도 않았다. 지금은 데니스 피니를 신경쓸 때가 아니었다. 더 중요한 일이 있었다. 그는 전기 전지 가위의 포장을 뜯어내 이글거리는 눈빛으로 살피다 배터리 칸을 열었다.

"C 건전지로군." 그는 웃으며 중얼거렸다. "좋았어! 아주 좋았어! 아무 문제 없어!"

그가 개수대 왼쪽 서랍을 하도 세게 당기는 바람에 스토퍼가 떨어져나왔다. 서랍이 부엌 저편으로 날아가 레인지를 맞추고 와장창 쿵 하는 소리와 함께 리놀륨 바닥에 엎어졌다. 집게, 필러, 강판, 식칼, 쓰레기봉투 묶는 끈과 같은 잡동사니 속에 소중한 건전지가 있었다. 대부분 C 건전지와 사각형으로 된 9볼트 건전지였다. 하워드는 계속 웃으며—이제는 웃는 걸 멈출 수 없을 듯했다—무릎을 꿇고 잡동사니를 헤집었다. C 건전지 두 개를 집기 전에 식칼에 오른손바닥을 심하게 베었지만 배수구 청소 용액이 튀었을 때 화상을 느끼지 못했듯이 이것 역시 느끼지 못했다. 아일랜드 당나귀처럼 듣기 싫게 울부짖던 피니가 마침내 입을 다물자 톡톡 두드리는 소리가 다시금 하워드의 귀에 전해졌다. 하지만 이번에는 출처가 세면대가 아니었다. 절대 아니었다. 찢어진 손톱이 화장실 문 아니면…… 복도 바닥을 두드리고 있었다. 생각해보니 깜빡하고 문을 닫지 않았다.

"쓰펄, 무슨 상관이야?" 하워드는 이렇게 묻고 나서 비명을 질렀다. "쓰펄, 무슨 상관이냐고! 나는 널 처치할 준비가 됐다, 친구! 내가 침 좀 뱉고 껌 좀 씹으러 왔는데 껌이 다 떨어졌단 말이지. 너는 배수구 밖으로 고개를 내민 걸 후회하게 될 거야!"

그는 전지가위 손잡이에 달린 배터리 칸에 건전지를 넣고 스위치를 눌렀다. 아무 반응이 없었다.

"니미럴!"

하워드는 중얼거렸다. 그는 건전지 하나를 꺼내서 거꾸로 다시 넣었다. 스위치를 누르자 이번에는 날이 웅 하는 소리와 함께 움직이는데, 어찌나 빠르게 철컥거리는지 제대로 보이지도 않았다.

그는 부엌 문을 향해 걸음을 옮기다 스위치를 끄고 다시 조리대로 돌아갔다. 전투 준비를 하는 마당에 배터리 칸 덮개를 씌우느라 시간 낭비하고 싶지 않았지만 깜빡거리며 남아 있는 일말의 이성이 선택의 여지가 없다고 장담했다. 녀석을 상대하는 동안 손을 헛놀리는 바람에 건전지가 튕겨져 나오면 그의 처지가 어떻게 되겠는가? 총알이 없는 총을 들고 제임스 갱을 상대하는 거나 다름없을 것이다.

그는 배터리 덮개를 다시 씌우려다 맞지 않자 욕을 하며 반대 방향으로 돌렸다.

"너 기다려!" 그는 어깨 너머로 외쳤다. "내가 간다! 우리 아직 끝장을 보지 않았잖아!"

마침내 배터리 덮개가 탁 소리와 함께 닫혔다. 하워드는 전지가위를 앞에총 자세로 들고 거실을 성큼성큼 가로질렀다. 머리칼은 여전히 펑크록 스타일로 삐죽삐죽하게 솟았다. 한쪽 팔이 뜯기고 군데군데 타서 구멍이 난 셔츠는 동그랗고 조그만 배 위에서 펄럭였다. 그의 맨발이 리놀륨 바닥을 때렸다. 너덜너덜하게 남은 나일론 양말이 발목 언저리에서 흔들리며 대롱거렸다.

피니가 문 밖에서 고함을 질렀다.

"경찰 불렀다, 이 새대가리야! 알겠냐? 경찰 불렀다고! 나 같은 아일랜드 촌놈이 출동했으면 좋겠네!"

"뭐라고 씨부리는 거야?"

하워드는 대꾸했지만 사실은 피니에게 아무 관심도 없었다. 데니스 피니가 있는 곳은 다른 우주였다. 창공 밑에서 전해지는 쓰잘머리 없는 꽥꽥거림에 불과했다.

하워드는 텔레비전 쇼에 나오는 경찰처럼 화장실 문의 한쪽 옆에 섰다. 차이점이 있다면 소품을 잘못 건네받아서 38구경 대신 전지가위를 들고 있다는 것이었다. 그는 전지가위 손잡이에 달린 전원 버튼 위에 엄지손가락을 단단히 올려놓았다. 그러고 깊은 숨을 들이마시는데…… 이제 어슴푸레 빛나는 수준으로 전락한 이성의 목소리가 영영 사라지기 전에 마지막으로 생각할 기회를 제시했다.

세일 가격으로 산 전기 전지가위에 네 목숨을 맡겨도 될까?

"별 도리가 없어."

하워드는 중얼거리고 긴장한 미소를 지으며 안으로 돌진했다.

손가락은 여전히 화장실 안에서, 여전히 선달그믐 파티용품을 연상시키는 뻣뻣한 곡선을 그리며 세면대 밖으로 둥그스름하게 몸을 내밀고 있었다. 아무것도 모르는 채 지나가는 사람에게 불면 동그랗게 말려 있다가 방귀나 경적 소리를 내며 펼쳐지는 파티용품처럼 말이다. 녀석이 하워드의 구두 한 짝을 슬쩍했다. 구두를 집어서 타일 바닥을 심통 사납게 내리치고 또 내리쳤다. 이리저리 흩어진 수건으로 보았을 때 손가락이 수건들을 죽이려다 신발을 찾은 모양이다.

문득 묘한 희열이 하워드의 온몸으로 번졌다. 멍하고 지끈거리던 머릿속에서 초록색 불이 환하게 켜진 듯한 느낌이었다.

"내가 왔다, 이 바보야!" 그는 고함을 질렀다. "이리 와서 날 잡아보시지!"

손가락이 신발 위로 불쑥 고개를 내밀더니 관절로 흉측한 잔물결을 일으키며(관절 몇 개가 우두둑거리는 소리가 들렸다) 허공을 잽싸게 가르고 그를 향해 날아왔다. 하워드가 전원을 켜자 전지가위가 배고픈 듯 웅웅거리며 깨어났다. 지금까지는 모든 게 순조롭게 잘 되고 있었다.

화상으로 물집이 생긴 손끝이 얼굴 앞에서 흔들거리자 갈라진 손톱이 신비롭게 앞뒤로 펄럭거렸다. 하워드는 그곳을 향해 달려들었다. 손가락은 왼쪽으로 움직이는 척하다가 오른쪽으로 휙 꺾어서 그의 왼쪽 귀를 움켜쥐었다. 고통이 어마어마했다. 손가락이 귀를 떼어내려 하자 귀가 찢어지는 섬뜩한 느낌과 소리가 동시에 전해졌다. 그는 왼손으로 손가락을 움켜쥐고 전지가위를 들이댔다. 날이 뼈에 부딪히자 가위가 버거워했다. 고음으로 웅웅거리던 모터 소리가 거친 으르렁거림으로 바뀌었지만 원래 작고 단단한 나뭇가지를 자르도록 만들어진 가위라 아무 문제 없었다. 전혀 아무 문제도 없었다. 지금은 2라운드이자 더블 제퍼디라 점수가 급격하게 바뀔 수도 있는데, 하워드 미틀라가 점수를 쓸어모으고 있었다. 고운 안개처럼 피가 뿜어져 나왔고 손가락이 뒤로 물러났다. 하워드가 비틀거리며 쫓아가자 이십 센티미터쯤 되는 손가락 끝부분이 옷걸이처럼 그의 귀에 매달려 있다가 떨어졌다.

손가락이 그를 향해 달려들었다. 하워드가 고개를 숙이자 녀석은 머리 위로 지나갔다. 두말하면 잔소리지만 녀석은 앞을 보지 못했다. 그 점에서 하워드가 유리한 고지를 점령하고 있었다. 좀 전에 귀를 잡은 건 요행수였다. 그는 펜싱의 찌르기 동작처럼 가위를 잡고 돌진해 손가락을 다시 육십 센티미터 잘라냈다. 잘려 나온 손가락은 타일 바닥으로 떨어져 움찔거렸다.

남은 손가락이 후퇴를 시도했다.

"아니, 그러면 안 되지." 하워드는 숨을 헐떡였다. "그러면 안 되지. 절대 안 돼."

그는 세면대를 향해 달려가다 피 웅덩이를 밟고 미끄러지는 바람에 넘어질 뻔하다가 겨우 균형을 잡았다. 손가락은 한 마디씩 구멍 속으로 사라졌다. 하워드는 손가락을 붙들어두려고 했지만 그럴 수가 없었다. 기름이 발린 빨랫줄처럼 그의 손에서 화끈거리며 미끄러졌다. 그는 다시 가위를 내밀어 손아귀에서 빠져나가려는 마지막 구십 센티미터를 자르는 데 성공했다.

그는 세면대 위로 허리를 숙이고(이번에는 숨을 참고) 시커먼 구멍을 내려다보았다. 사라져가는 희끄무레한 것이 언뜻 보였다.

"아무때고 다시 와!" 하워드 미틀라는 고함을 질렀다. "아무때고 다시 와! 내가 여기서 기다리고 있을 테니까!"

그는 주위를 둘러보고 숨을 헉 내뱉었다. 화장실에서 여전히 배수구 청소 용액 냄새가 났다. 아직 할 일이 남은 마당에 이대로 방치할 수는 없었다. 온수 수도꼭지 뒤편에 포장지에 싸인 비누가 있었다. 하워드는 그걸 집어서 창문을 향해 던졌다. 비누는 유리창을 부수고 그 너머의 X 자 모양의 철망에 맞고 튕겨져 나왔다. 그는 철망을 설치했을 때가 기억났다. 얼마나 뿌듯했는지 기억났다. 온순한 회계사인 하워드 미틀라가 홈 스위트 홈을 관리하고 있었다. 이제 그는 홈 스위트 홈을 관리하는 것이 인생의 전부라는 사실을 알았다. 욕조에서 생쥐가 보이면 빗자루로 때려잡아야 할까 봐 겁이 나서 화장실에 들어가지 못하던 시절이 그에게 있었던가? 있었던 것 같지만 그 시절은, 그리고 그 시절의 하워드 미틀라는 오래전에 사라진 듯이 느껴졌다.

그는 천천히 화장실을 둘러보았다. 난장판이었다. 피 웅덩이와 손가락 두 토막이 바닥에 널브러져 있었다. 또 한 토막은 세면대에 비스듬히 세워져 있었다. 물보라처럼 뿜어져 나온 피가 벽에 부채꼴 모양으로 흩뿌려졌고 거울에 점점이 그림을 그렸다. 세면대에도 핏자국이 남았다.

"좋았어." 하워드는 한숨을 쉬었다. "얘들아, 청소 시간이다." 그는 전지가위를 다시 켜서 그가 다양한 길이로 절단한 손가락을 변기에 넣어서 물을 내릴 수 있도록 잘게 자르기 시작했다.

젊은 경찰관은 정말 아일랜드 출신이었다. 이름은 오배니언이었다. 그가 마침내 미틀라의 닫힌 아파트 문 앞에 도착했을 무렵에는 세입자 몇 명이 그의 뒤로 옹기종기 서 있었다. 화가 나서 붉으락푸르락하는 데니스 피니 말고는 모두 걱정하는 표정을 짓고 있었다.

오배니언은 문을 가볍게 노크했다가 쿵쿵 두드렸다가 결국 주먹으로 세게 쳤다.

"부수는 게 나을지 몰라요." 재비어 부인이 말했다. "7층에서까지 소리가 들리더라고요."

"이 인간은 미쳤어요." 피니가 말했다. "어쩌면 부인을 죽였을지 몰라요."

"아니에요." 대틀바움 부인이 말했다. "부인은 오늘 아침에 평소처럼 집을 나서는 걸 내가 봤어요."

"다시 돌아왔을 수도 있잖아요?"

피니 씨가 공격적으로 묻자 대틀바움 부인은 입을 다물었다.

"미터 씨?"

오배니언이 외쳤다.

"미틀라예요." 대틀바움 부인이 말했다. "L이 들어가요."

"이런, 젠장." 오배니언은 중얼거리고 어깨로 문을 강타했다. 문이 벌컥 열리자 그는 안으로 들어갔고 피니 씨가 그의 뒤를 바짝 따랐다. "선생님은 여기 계세요." 오배니언이 지시를 내렸다.

"무슨 소리예요." 피니가 말했다. 그는 온갖 도구들이 바닥에 흩뿌려져 있고 토사물이 찬장에 튄 부엌을 들여다보았다. 작은 눈이 호기심으로 반짝였다. "이 친구는 내 이웃이에요. 그리고 신고한 사람도 나잖아요."

"직통 전화로 경찰국장님한테 연락했대도 마찬가지예요. 나가주세요. 이 미틀 씨하고 같이 경찰서로 끌려가기 싫으면."

"미틀라라니까요."

부엌을 흘끗흘끗 돌아보던 피니는 마지못한 듯 현관문을 향해 슬금슬금 걸음을 옮겼다.

오배니언이 피니를 내쫓은 가장 큰 이유는 긴장한 자기 모습을 들키고 싶지 않았기 때문이었다. 난장판인 부엌은 그렇다 치고 냄새도 수상했다. 화학 실험실 비슷한 악취 아래에 다른 냄새가 깔려 있었다. 유감스럽지만 피 냄새일 수도 있었다.

그는 피니가 완전히 나갔는지, 외투를 걸어놓는 현관 입구에서 뭉그적거리고 있지 않은지 뒤를 흘끗 돌아본 다음 천천히 거실을 가로질렀다. 구경꾼들의 시선에서 벗어나자 멜빵을 풀어서 권총을 꺼냈다. 부엌으로 들어가 끝까지 살폈다. 아무도 없었다. 난장판이지만 아무도 없었다. 그리고…… 찬장에 튄 저건 뭘까? 장담할 수는 없었지만 냄새로 미루어 보았을 때…….

뒤에서 발을 질질 끌며 걷는 듯한 소리가 조그맣게 들리자 그는 생각을 중단하고 총을 들고 잽싸게 몸을 돌렸다.

"미틀라 씨?"

아무 대꾸가 없었지만 발을 질질 끌며 걷는 듯한 조그만 소리가 다시 들렸다. 복도 저편에서 나는 소리였다. 그렇다면 화장실 아니면 침실이다. 오배니언 경관은 총을 들어서 천장을 겨누며 그쪽으로 걸어갔다. 하워드가 전지가위를 들고 있었던 자세와 비슷했다.

화장실 문이 열려 있었다. 오배니언은 소리가 나는 곳이 여기라는 것을, 끔찍한 냄새를 풍기는 곳이 여기라는 것을 알았다. 그는 쭈그리고 앉아서 총구로 문을 열었다.

"맙소사."

그는 나지막이 중얼거렸다.

화장실이 바쁜 하루를 보내고 난 도살장 같았다. 벽과 천장에 튄 피가 진홍색 꽃다발 같았다. 바닥에는 여기저기 피 웅덩이가 있었고 곡선으로 된 세면대 안팎에 긁은 흔적이 남았다. 거기가 최악인 듯했다. 창문은 깨졌고, 배수구 청소 용액인 듯한 병이 나뒹굴었고 (지독한 냄새의 원인이 그것이었다), 남자용 구두 한 쌍이 서로 멀찌감치 떨어진 채 놓여 있었다. 한쪽은 심하게 흠집이 나 있었다.

문을 활짝 열자 남자가 보였다.

하워드 미틀라는 폐기 처분 작전을 완수한 뒤 욕조와 벽 사이 공간에 최대한 깊숙이 몸을 욱여넣었다. 전지가위는 무릎에 올려놓았지만 건전지가 다됐다. 이러니저러니 해도 뼈가 나뭇가지보다 튼튼한 모양이었다. 그의 머리칼은 여전히 삐죽빼죽하게 사방으로 솟아 있었고 뺨과 이마에는 밝은 핏자국이 얼룩덜룩하게 묻었다. 두 눈은 접시만 했지만 아무 표정도 없었다. 오배니언 경관이 필로폰 중독자와 코카인 중독자에게서 본 눈빛이었다.

이런 젠장, 그는 생각했다. 아까 그 사람 말이 맞았어. 부인을 죽인 거야. 누굴 죽이긴 한 거야. 그런데 시신은 어디 있지?

그는 욕조를 흘끗 쳐다보았지만 안이 들여다보이지 않았다. 가장 가능성이 높은 곳이었지만 화장실에서 유일하게 선혈이 낭자하지 않은 곳이기도 했다.

"미틀라 씨?"

그가 물었다. 하워드를 똑바로 겨누지는 않았지만 총구로 그 언저리를 가리켰다.

"네, 제가 미틀라인데요." 하워드는 공허하고 공손한 목소리로 대답했다. "공인회계사 하워드 미틀라입니다. 잘 부탁드립니다. 화장실 쓰러 오셨나요? 볼일 보세요. 이제는 신경쓸 일 없거든요. 문제가 해결된 것 같아요. 적어도 당분간은요."

"음, 무기를 치워주시겠습니까?"

"무기요?" 하워드는 그를 잠깐 멍하니 쳐다보다 알아들은 눈치를 보였다. "이거요?" 그가 전지가위를 들자 오배니언 경관의 총구가 하워드를 겨냥했다.

"네."

"그러죠." 하워드는 전지가위를 무심하게 욕조 안으로 던졌다. 배터리 덮개가 튕겨져 나오면서 덜거덕하는 소리가 났다. "상관없어요. 어차피 건전지도 다 됐거든요. 하지만…… 아까 화장실 쓰시라고 말씀드렸죠? 좀더 생각해보니 참으시는 게 좋겠어요."

"그래요?"

오배니언은 남자를 무장 해제시킨 뒤에 어떻게 하면 좋을지 전혀 알 수가 없었다. 피해자가 보였다면 훨씬 도움이 됐을 거라는 생각이 들었다. 이자에게 수갑을 채우고 지원 병력을 요청하는 게 좋지 않을까? 확실한 게 있다면 이 냄새나고 섬뜩한 화장실에서 나가고 싶다는 것뿐이었다.

"네. 생각해보세요, 경관님. 한 손에는 손가락이 다섯 개 달려 있잖아요…… 한 손에만요……. 그리고…… 일반적인 화장실 밑에 구멍이 얼마나 많이 뚫려 있을지 생각해보셨어요? 수도꼭지 구멍이 몇 갠지 세보셨어요? 내가 세보니까 일곱 개더라고요." 하워드는 잠깐 말을 멈추었다가 다시 이었다. "7은 소수예요. 1하고 자기 자신으로만 나누어지는 수란 말이죠."

"손을 제 쪽으로 내밀어주시겠습니까?"

오배니언 경관은 허리춤에서 수갑을 꺼내며 물었다.

"바이얼릿은 나더러 모르는 문제가 없다고 했어요." 하워드는 말했다. "하지만 그건 바이얼릿의 착각이에요." 그는 천천히 손을 내밀었다.

오배니언은 그의 앞에 무릎을 꿇고 앉아서 하워드의 오른쪽 손목에 얼른 수갑을 채웠다.

"바이얼릿이 누군데요?"

"아내요." 하워드가 말했다. 그는 반짝이는 멍한 눈으로 오배니언 경관의 눈을 똑바로 들여다보았다. "그녀는 화장실에 누가 있어도 볼일을 보는 데 아무 문제가 없었어요. 경관님이 있었더라도 마찬가지였을지 몰라요."

오배니언 경관의 머릿속에서 끔찍하지만 묘하게 그럴 듯한 발상이 고개를 들었다. 이 이상한 남자가 전지가위로 아내를 죽이고 배수구 청소 용액으로 시신을 녹였을지 모른다. 그가 용변을 해결해야 하는데 화장실에서 나가주지 않는다는 이유로 말이다.

그는 나머지 한쪽 수갑을 채웠다.

"아내를 죽이셨나요, 미틀라 씨?"

순간 하워드는 놀라움에 가까운 표정을 지었다. 그러다 다시 무감각한, 그 묘하고 부자연스러운 상태로 돌아갔다. "아뇨." 그가 말했다. "바이얼릿은 스톤 선생의 병원에 있어요. 거기서 어떤 환자의 윗니를 통째로 뽑고 있어요. 바이얼릿 말로는 지저분한 일이지만 누군가는 맡아서 처리해야 한대요. 내가 뭐하러 바이얼릿을 죽이겠어요?"

오배니언은 남자에게 수갑을 채우고 났더니 조금 마음이 편안해지고 조금 자신감이 생겼다.

"글쎄요, 누군가를 처치한 것처럼 보이는데요."

"손가락요." 하워드는 말했다. 그는 아직까지 손을 앞으로 내밀고 있었다. 빛이 반짝거리며 액상 은처럼 수갑 사이 체인을 따라 흘렀다. "하지만 한 손에 손가락이 여러 개 달려 있잖아요. 그 손의 주인도 있고." 하워드의 시선이 어둑어둑한 수준을 넘어선 화장실을 훑었다. 그림자로 안이 채워지고 있었다. "아무때고 다시 오라고 했어요." 하워드는 속삭였다. "히스테리 상태라 그랬어요. 생각해보니 나는…… 나는 감당하지 못하겠어요. 그 녀석은 커졌어요. 공기 중에 노출이 되니까 커졌어요."

뚜껑이 닫힌 변기 안에서 갑자기 물이 튀는 소리가 들렸다. 하워드의 시선이 그쪽으로 향했다. 오배니언 경관의 시선도 마찬가지였다. 다시 물이 튀는 소리가 났다. 송어 한 마리가 안으로 뛰어들기라도 한 듯했다.

"네, 나라면 화장실을 절대 쓰지 않겠어요." 하워드가 말했다. "나라면 저걸 누르고 있겠어요, 경관님. 최대한 오랫동안 저걸 누르고 볼일은 건물 옆쪽 골목길에서 해결하겠어요."

오배니언은 몸서리를 쳤다.

어이, 정신 차려. 그는 자기 자신을 준엄하게 꾸짖었다. 정신 차려. 그러다 너도 이자처럼 나사가 풀리겠어.

그는 일어나서 변기를 확인하려고 했다.

"안 좋은 선택이에요." 하워드가 말했다. "정말 안 좋은 선택이에요."

"이 안에서 무슨 일이 벌어졌던 겁니까, 미틀라 씨? 변기 안에는 뭘 넣으셨고요?"

"무슨 일이 벌어졌느냐고요? 마치…… 마치……." 하워드는 말끝을 흐리다가 미소를 지었다. 안도의 미소였지만…… 시선은 닫힌 변기 뚜껑으로 자꾸 향했다. "마치 〈제퍼디〉 같았어요." 그가 말했다. "사실 파이널 제퍼디 같았어요. 분야는 불가사의한 현상. '그러면 안 될 이유가 없기 때문이다'가 파이널 제퍼디의 정답이었죠. 파이널 제퍼디의 문제는 뭐였는지 아세요, 경감님?"

오배니언 경관은 넋을 잃은 표정으로 하워드에게서 시선을 떼지 못한 채 고개를 저었다.

"파이널 제퍼디의 문제는." 하워드는 하도 소리를 지르는 바람에 갈라지고 거칠어진 목소리로 말했다. "이거예요. '가끔 더할 나위 없이 착한 사람들에게 끔찍한 사건이 벌어지는 이유는 뭘까?' 그게 파이널 제퍼디의 문제예요. 고민을 엄청 많이 해야 할 거예요. 하지만 시간은 많아요. 구멍 근처에…… 가지만 않으면."

다시 물이 튀는 소리가 났다. 전보다 더 묵직했다. 토사물이 묻은 변기 커버가 위아래로 격렬하게 덜거덕거렸다. 오배니언 경관은 자리에서 일어나 그쪽으로 건너가서 허리를 숙였다. 하워드는 살짝 관심을 드러내며 그를 보았다.

"파이널 제퍼디예요, 경관님. 몇 점 거실래요?"

오배니언은 잠깐 고민하다가…… 변기 커버를 붙잡고 남은 점수를 모두 걸었다.

# 운동화

★★★

늘 똑같은 시간에 똑같은 화장실 칸에 들어가는 텔은
언제부턴가 자신과 이 시간을 공유하는
첫 번째 칸의 사람이 궁금해지기 시작했다.

존 텔은 타보리 스튜디오에서 일한 지 한 달이 지났을 무렵 처음으로 운동화의 존재를 인식했다. 한때 뮤직시티라고 불렸던 타보리 스튜디오는 로큰롤과 톱 40 리듬앤드블루스 초창기에 엄청 대단하게 여겨졌던 빌딩에 있었다. 당시에는 (배달 온 아이가 신은 거라면 모를까) 로비 이외의 층에서 운동화를 볼 일이 없었다. 하지만 그 시절은 지나갔다. 길고 좁은 주름바지와 앞코가 뾰족한 뱀가죽 구두를 신고 다니던 거물급 제작자들도 마찬가지였다. 운동화는 이제 뮤직시티의 유니폼을 구성하는 일부분이 되었기에, 텔은 맨 처음 운동화를 보았을 때 주인에 대해 부정적인 생각은 하지 않았다. 아, 한 번은 했다. 운동화를 새로 하나 장만하는 게 좋겠다는 생각. 샀을 때는 흰색이었을 텐데 지금 상태를 보면 아주 오래전 얘기인 듯했다.

조그만 공간에서 운동화를 처음 봤을 때 그가 알아차린 부분은 그게 전부였다. 그런 공간에서는 신발밖에 안 보이기 때문에 옆 사람을 신발로 판단하기 십상이었다. 텔은 3층 남자 화장실의 첫 번째 칸 문 밑으로 그 운동화를 보았다. 세 번째이자 마지막 칸으로 가는 길에 보았다. 그는 몇 분 뒤에 거기서 나왔을 때 손을 씻어서 말리고 머리를 빗은 다음 데드 비츠라는 헤비메탈 그룹의 앨범 믹싱 작업을 돕고 있는 F 스튜디오로 돌아갔다. 그 시점에서 운동화의 존재를 벌써 잊었다고 할 수도 없는 것이 애초부터 그 운동화는 그의 기억 회로에 흔적을 남기지도 않았다.

폴 재닝스가 데드 비츠 음반의 프로듀싱을 맡고 있었다. 그는 뮤직시티가 배출한 예전의 비밥 황제들만큼은 아니었지만—로큰롤은 이제 그렇게 전설적인 충성심을 유발할 수 있을 만큼 강력하지 않았다—상당히 유명했고 텔이 보기에는 현재 활동중인 로큰롤 프로듀서 중에서 최고였다. 이 수준에 근접한 프로듀서라고 해봐야 지미 아이오빈밖에 없었다.

텔은 콘서트 오프닝 축하 파티에서 그를 처음 만났을 때 파티장 저편에서부터 알아본 터였다. 머리는 이제 희끗희끗해졌고 잘생긴 얼굴의 날카로운 이목구비도 수척해졌지만 십오 년 전에 밥 딜런, 에릭 클랩턴, 존 레넌, 앨 쿠퍼와 전설적인 도쿄 음반을 녹음했던 그 사람이 분명했다. 텔이 앨범에 쓰인 특유의 사운드와 생김새로 정체를 파악할 수 있는 음반 프로듀서는 필 스펙터를 제하면 재닝스뿐이었다. 쇄골을 흔들 정도로 묵직한 타악기가 청명한 고음과 대조를 이루는 것이 그가 추구하는 사운드의 특징이었다. 도쿄 음반에서도 맨 처음에는 돈 매클레인의 쨍한 목소리가 귀에 들어오지만 최고음을 제거하면 덤불을 가르며 고동치는 순도 백 퍼센트의 샌디 넬슨이 들렀다.

텔은 평소 말수 없는 성격을 존경심으로 극복하고 파티장을 가로질러서 잠깐 혼자 서 있는 재닝스에게 다가갔다. 텔은 자기소개를 하면서 악수하고 기껏해야 형식적인 몇 마디를 잠깐 주고받으면 그만일 거라고 생각했다. 그런데 두 사람은 한참 동안 재미있는 대화를 나누었다. 두 사람이 같은 분야에서 일했고 공통적으로 아는 사람이 몇 명 있기는 했지만 요술과도 같았던 첫 만남에는 그 밖의 다른 요소가 있었다. 존 텔에게는 대화를 나눈다는 것 자체가 요술이나 다름없었는데, 폴 재닝스는 그가 대화를 나눌 수 있는 몇 안 되는 사람 가운데 한 명이었다.

대화가 거의 끝나갈 무렵, 재닝스가 그에게 일자리를 찾고 있느냐고 물었다.

"이 업계에서 안 그런 사람이 있을까요?"

텔은 반문했다.

재닝스는 웃으며 그에게 연락처를 알려달라고 했다. 텔은 연락처를 주었지만 큰 의미를 부여하지는 않았다. 예의상 묻는 것일 가능성이 크다고 생각했다. 그런데 재닝스는 삼 일 뒤에 전화해 데드 비츠의 첫 앨범을 믹싱하는 삼인조에 합류하겠느냐고 물었다.

"돼지 귀로 비단 지갑을 만들 수 없다는 속담이 있긴 하지. 하지만 애틀랜틱 레코즈에서 비용을 부담하고 있으니까 도전해보는 것도 괜찮을 거야."

존 텔은 사양할 이유가 없었기 때문에 당장 항해에 합류했다.

일수일 정도 지났을 때 그 운동화와 또다시 맞닥뜨렸다. 같은 신발이라고 결론을 내린 이유는 같은 장소, 그러니까 3층 남자 화장실 첫 번째 칸 문 밑에서 보았기 때문이다. 전에 보았던 그 운동화라는 데 의심의 여지가 없었다. 깊은 주름에 흙이 낀 흰색(한때였지만) 하이탑이었다. 그는 끈을 끼우는 구멍이 하나 빈 걸 보고 생각했다. 어이 친구, 눈을 반쯤 감고 신발끈을 맨 모양이로군. 그런 다음 (어렴풋하게 '그의' 자리라고 생각하는) 세 번째 칸으로 갔다. 이번에는 가는 길에 운동화를 훔쳐보았는데 이상한 점을 발견했다. 한쪽에 죽은 파리가 얹혀 있었다. 구멍 하나가 빈 왼쪽 운동화의 둥그스름한 앞코 위에서 가녀린 다리를 천장으로 뻗고 누워 있었다.

F 스튜디오로 돌아가보니 재닝스가 두 손으로 머리를 움켜쥐고 사운드보드 앞에 앉아 있었다.

"어디 아파요, 폴?"

"아니."

"무슨 문제 생겼어요?"

"나. 내가 문제야. 내가 문제를 일으켰어. 내 프로듀서 인생은 끝났어. 망했어. 문 닫았어. 종쳤어."

"그게 무슨 소리예요?"

텔은 주위를 두리번거리며 조지 롱클러를 찾았지만 보이지 않았다. 놀랄 일은 아니었다. 재닝스는 주기적으로 발작을 일으켰고 그런 기미가 보인다 싶으면 조지는 항상 자리를 피했다. 자신은 격한 감정의 분출을 감당하지 못한다고 했다. "나는 슈퍼마켓 개업식장에서 우는 사람이거든."

"돼지 귀로 비단 지갑을 못 만든다니까?" 재닝스는 주먹으로 믹싱룸과 연주실을 가르는 유리를 가리켰다. 꼭 '하일 히틀러'를 외치는 과거의 나치 같았다. "저 돼지들 귀로는 안 돼."

"힘내세요."

텔은 이렇게 얘기했지만 재닝스의 말이 백 퍼센트 맞는다는 것을 알았다. 네 명의 바보 같은 남자 쓰레기와 한 명의 바보 같은 여자 쓰레기로 구성된 데드 비츠는 개인적으로는 혐오스러웠고 음악적으로는 무능했다.

"얘한테 힘내라고 하지 그래?"

재닝스는 이렇게 말하며 그에게 가운데손가락을 들어 보였다.

"어우, 신경질적인 반응은 딱 질색인데."

재닝스는 그를 올려다보더니 피식 웃었다. 일 초 뒤에는 둘이서 같이 폭소를 터뜨렸다. 오 분 뒤에는 다시 작업을 시작했다.

믹싱 작업은 변변치 못하나마 일주일 뒤에 끝났다. 텔은 재닝스에게 추천서와 테이프를 부탁했다.

"좋아, 하지만 앨범이 나오기 전까지 누구에게도 테이프를 들려주면 안 되는 거 알지?"

"알아요."

"하긴 누구에게도 들려줄 이유가 없긴 하지. 이자들과 비교하면 버트홀 서퍼스가 비틀스처럼 들릴 지경이니."

"왜 그러세요, 그 정도로 나쁘진 않아요. 그렇다 한들 이제는 끝났고요."

그는 미소를 지었다. "맞아, 이걸로 끝이지. 내가 만약 이 업계에서 다시 일을 하게 되면 연락할게."

"그래주시면 감사하죠."

그들은 악수했다. 텔은 한때 뮤직시티로 지칭됐던 건물을 나서며, 3층 남자 화장실 맨 첫 번째 칸의 문 밑으로 보았던 운동화 생각은 하지 않았다.

이 업계에서 이십오 년 동안 일을 한 재닝스가 말하길 비밥(그는 절대 로큰롤이라고 하지 않고 비밥이라고 했다) 녹음에 관한 한 프로듀서들은 개털 아니면 슈퍼맨, 둘 중 하나라고 했다. 데드 비츠의 음반을 녹음하고 이후 두 달 동안 존 텔은 개털로 지냈다. 일이 들어오지 않았다. 슬슬 월세가 걱정되기 시작했다. 두 번이나 재닝스에게 연락을 할 뻔했지만 왠지 그러면 안 될 것 같았다.

그러다 〈대학살의 가라테 고수들〉이라는 영화의 음악 믹싱 담당이 관상동맥 혈전증으로 사망하자 텔은 육 주 동안 브릴 빌딩(브로드웨이와 빅 백드의 전성시대에는 틴 팬 앨리라고 불리던 곳이었다)으로 출근해 믹싱을 마쳤다. 저작권이 소멸된 대중적인 곡에 찌르릉거리는 시타르* 연주를 살짝 추가하는 수준의 작업이었지만 월세를 벌 수 있었다. 작업이 끝난 날 텔이 아파트로 들어서자마자 전화벨이 울렸다. 폴 재닝스가 요즘 《빌보드》 차트를 확인한 적 있느냐고 묻는 전화였다. 텔은 없다고 대답했다.

* 인도의 현악기.

"79위를 기록했어." 재닝스는 혐오스러워하는 동시에 재미있어하고 놀라워하는 목소리였다. "거기다 까만 점까지 찍혔더라고."

"뭐가요?" 텔은 질문을 하자마자 알아차렸다.

"〈땅속으로 다이빙Diving in the Dirt〉."

출시를 앞두고 있는 데드 비츠의 '죽을 때까지 때려Beat It 'Til It's Dead' 앨범의 수록곡이었고 텔과 재닝스가 보기에는 싱글의 자격을 눈곱만큼 갖춘 곡이었다.

"말도 안 돼!"

"내 말이 그 말이야. 게다가 그게 톱텐 안에 진입할 것 같은 황당한 예감이 든단 말이지. 뮤직비디오 봤나?"

"아뇨."

"엄청 웃겨. 밴드의 유일한 여자 멤버인 진저가 어딘지 모를 늪에서 오버올을 입은 도널드 트럼프처럼 생긴 남자랑 연주하는 장면으로 이루어져 있거든. 내 똑똑한 친구들이 보면 '복합적인 문화적 메시지'를 전한다고 할 거야." 그러고 나서 재닝스가 어찌나 껄껄대고 웃는지 텔은 수화기를 귀에서 멀찌감치 들고 있어야 했다.

재닝스는 진정이 되자 이렇게 얘기했다. "아무튼 앨범까지 톱텐 안에 들지 몰라. 플래티넘을 발라도 개똥은 개똥이지만 그래도 플래티넘이라는 명성은 어디 안 가잖아*. 주인님도 그거 아시쥬?"

"알죠." 텔은 책상 서랍을 열어서 믹싱 작업 마지막 날 재닝스에

* 백만 부 이상 팔린 앨범을 플래티넘이라고 지칭한다

게 받은 뒤로 들은 적 없는 데드 비츠 테이프가 잘 있는지 확인했다.

"그래, 요새 뭐하고 지내나?" 재닝스가 물었다.

"일거리를 찾고 있죠."

"나랑 다시 한번 같이 일해보겠나? 로저 달트리의 새 앨범을 맡았는데. 두 주 안으로 시작할 거야."

"맙소사, 좋죠!"

돈을 벌 수 있어서 좋았지만 그뿐만이 아니었다. 육 주 동안 데드 비츠와 〈대학살의 가라테 고수들〉에 매달려 있다가 더 후의 예전 리드싱어 앨범을 작업하면 추운 밤에 따뜻한 실내로 들어서는 느낌일 것이다. 그가 개인적으로는 어떤 사람일지 몰라도 노래 하나는 끝내줬다. 그리고 재닝스와 다시 작업하는 것도 훌륭한 경험이 될 것이다. "어디에서요?"

"예전 거기. 뮤직시티의 타보리."

"거기로 갈게요."

알고 보니 로저 달트리는 노래만 잘하는 게 아니라 어지간히 괜찮은 사람이었다. 텔은 앞으로 삼사 주 동안 행복한 시간을 보낼 수 있겠다는 생각이 들었다. 일거리가 생겼고 《빌보드》 차트에 41위로 데뷔한 앨범의 크레디트에 이름이 실렸고(싱글은 17위까지 올라갔고 계속 상승중이었다) 사 년 전에 펜실베이니아에서 뉴욕으로 건너온 이래 처음으로 월세 걱정을 하지 않을 수 있었다.

때는 유월이라 녹음이 우거졌고 아가씨들은 다시 짧은 치마를 입었고 세상이 살기 좋은 곳처럼 느껴졌다. 텔은 다시 폴 재닝스와 함께 일하기 시작한 첫날 오후 약 1시 45분까지 그런 기분이었다. 그런데 3층 화장실에 들어갔다가 첫 번째 칸 문 밑에서 하얀색이었던 그 운동화를 본 순간 기분이 갑자기 와르르 무너졌다.

그 운동화 아니야. 그 운동화일 리 없잖아.

그런데 그 운동화였다. 끈을 꿰지 않은 빈 구멍이 가장 결정적인 증거였다. 그 밖의 다른 부분도 모두 똑같았다.

텔은 '그의' 칸인 세 번째 칸으로 천천히 들어가서 바지를 내리고 앉았다. 화장실로 향하게 만든 욕구가 완전히 사라졌지만 놀랍지 않았다. 그는 가만히 앉아서 무슨 소리가 들리는지 귀를 기울였다. 신문 부스럭거리는 소리. 헛기침하는 소리. 젠장, 아니면 방귀 소리라도.

아무 소리도 들리지 않았다.

내가 여기 혼자 있기 때문에 그런 거지, 텔은 생각했다. 첫 번째 칸에 죽어 있는 남자를 제외하면.

화장실 출입문이 씩씩하게 쾅 열렸다. 텔은 하마터면 비명을 지를 뻔했다. 누군가가 콧노래를 흥얼거리며 소변기로 향했고 거기서 물 쏟아지는 소리가 들리기 시작하자 그럴듯한 설명이 떠오르면서 텔은 긴장을 풀 수 있었다. 황당할 정도로 단순하고…… 의심할 여지 없이 정확한 설명이었다. 손목시계를 흘끗 확인해보니 1시 47분이었다.

규칙적인 사람이 행복한 사람이다. 텔의 아버지가 입버릇처럼 한 얘기였다. 말수가 적은 편이었던 아버지의 그 말은('접시를 씻기 전에 손부터 씻어라'와 함께) 몇 개 안 되는 그의 격언이었다. 만약 규칙적인 일상을 얘기하는 거라면 텔은 행복한 사람이었다. 그는 날마다 거의 같은 시각에 변의를 느꼈는데, 그가 3번 칸을 좋아하듯 1번 칸을 좋아하는 운동화 친구도 마찬가지인 모양이었다.

만약 칸막이를 지나서 소변기로 가는 구조였다면 그 칸이 비어 있거나 다른 신발의 주인이 거기 앉아 있는 걸 자주 보았겠지. 남자 화장실에 있는 시신이 그 오랜 기간 동안 발견되지 않을 가능성이 얼마나 되겠어?

그는 마지막으로 화장실에 왔던 게 언제였는지 따져보았다.

약 사 개월 전이잖아.

정답은 0퍼센트였다. 죽은 파리를 보면 관리인이 화장실 청소에 안달복달하지 않는다는 걸 알 수 있었지만, 매일 아니면 이틀에 한 번꼴로 화장지 체크는 할 수밖에 없을 것 아닌가. 게다가 모든 걸 배제하더라도 사람이 죽으면 이내 냄새를 풍기기 마련이었다. 여기가 지구상에서 가장 향긋한 공간이라고 할 수는 없었고 복도 저편의 야누스 뮤직에서 일하는 뚱뚱한 친구가 다녀가면 사람이 살 수 없는 곳으로 변했지만 시신에서 풍기는 악취는 훨씬 더 요란할 것이다. 훨씬 더 현란할 것이다.

현란하다고? 현란하다고? 맙소사, 단어 선택하고는. 그리고 네가 어떻게 알아? 시신 썩는 냄새를 맡아본 적도 없으면서.

맞는 말이지만 그런 냄새를 맡으면 무슨 냄새인지 모를 수가 없을 것이다. 논리는 논리고 규칙성은 규칙성이고 그걸로 고민 해결이다. 그 남자는 야누스의 사무직원이거나 맞은편 스내피 카즈의 작사가일지도 모른다. 거기서 연하장에 쓸 문구를 생각하고 있을지도 모를 일이었다.

장미는 빨갛고 제비꽃은 파랗고

당신은 내가 죽은 줄 알았지만 그건 아니었고

나는 당신과 동시에 내 편지를 전하고!

후지네. 텔은 짧은 폭소를 터뜨렸다. 문을 쾅 열어서 텔이 거의 비명을 지를 만큼 놀라게 했던 남자가 세면대 앞으로 자리를 옮겼다. 그가 손을 씻느라 물을 찰박거리고 비누 거품을 내는 소리가 잠깐 끊겼다. 텔은 귀를 쫑긋 세우고 닫힌 칸막이 문 뒤에서 웃은 사람이 누군지, 장난인지 아니면 정신이 나간 건지 궁금해하는 뉴 페이스의 모습을 상상할 수 있었다. 뉴욕에는 정신 나간 인간들이 워낙 많았다. 혼잣말을 중얼거리거나 방금 텔이 그랬듯이 아무 이유 없이 웃는 사람들이 여기저기서 수시로 보였다.

텔은 운동화가 귀를 쫑긋 세운 모습을 상상해보려고 했지만 실패했다.

문득 더이상 웃고 싶지 않았다.

문득 그냥 나가고 싶어졌다.

하지만 손을 씻는 남자에게 얼굴을 보이고 싶지 않았다. 남자는 그를 쳐다볼 것이다. 잠깐이겠지만 그가 무슨 생각을 하는지 알아차리기에 충분할 것이다. 닫힌 화장실 칸막이 문 뒤에서 웃는 사람은 믿을 만한 사람이 아니었다.

화장실 바닥에 깔린 오래된 육각형 타일을 저벅저벅 밟는 소리, 홱 하고 문이 열렸다가 슈우욱 하고 닫히는 소리가 들렸다. 문을 쾅 하고 열 수는 있어도 공압관 때문에 쾅 하고 닫을 수는 없다. 그랬나 가는 3층 안내 데스크에 앉아서 카멜 담배를 피우며 《크랭!》 최신판을 읽고 있는 직원의 심기를 건드릴 수 있다.

맙소사, 이렇게 고요할 수가 있나! 저 남자는 왜 꼼짝도 하지 않을까? 살짝이라도 움직여야 하는 거 아닌가?

하지만 두툼하고 매끈하며 완벽한 정적, 죽어도 청각이 남아 있다면 관 속에서 들릴 직한 정적이 흘렀고 텔은 다시금 확신할 수 있었다. 논리고 나발이고 운동화가 죽었다고, 아무도 모를 오랜 시간 동안 죽어 있었다고, 죽은 채로 자리에 앉아 있어서 문을 열면 허벅지 사이로 두 손을 대롱대롱 늘어뜨리고서 구부정하게 앉아 있는, 이끼로 덮인 무언가가 보일 테고…….

순간 그는 큰 소리로 외칠 뻔했다. 어이, 운동화! 별일 없어?

하지만 운동화가 묻거나 짜증난 목소리가 아니라 개구리처럼 꺽꺽대는 목소리로 대답을 하면 어쩔 것인가. 죽은 사람을 깨우면 어쩌고 하는 얘기가 있지 않았나? 그리고 또…….

텔은 벌떡 일어나 변기 물을 내리고 바지 단추를 잠그고 칸막이에서 빠져나와 문 쪽으로 걸어가며 지퍼를 올렸다. 몇 초 지나면 이렇게 안절부절못했던 게 어이없게 느껴질 테지만 상관없었다. 하지만 첫 번째 칸막이 앞을 지나면서 문 밑을 흘끗 쳐다보고 싶은 걸 참지는 못했다. 끈을 한 군데 끼우지 않은 지저분한 흰색 운동화. 그리고 죽은 파리. 한두 마리가 아니었다.

내 칸에는 죽은 파리가 없었는데. 게다가 그 오랜 시간 동안 신발끈 구멍 하나를 빠뜨렸다는 걸 어떻게 모를 수가 있을까? 일종의 예술적인 선언 차원에서 그렇게 신고 다니는 걸까?

텔은 빠져나오다가 문에 세게 부딪혔다. 안내 데스크 직원은 별 볼 일 없는 인간(로저 달트리처럼 인간의 모습을 하고 있는 신적인 존재와 대조되는)을 대할 때 동원하는, 냉랭한 호기심이 어린 눈빛으로 그를 흘끗 쳐다보았다.

텔은 허둥지둥 복도를 지나 타보리 스튜디오로 향했다.

“폴?”

“왜?”

재닝스는 사운드보드에 시선을 고정한 채 대답했다. 조지 롱클러가 한옆에 서서 재닝스를 예의 주시하며 큐티클을 잘근잘근 씹고 있었다. 손톱이 생살과 찌릿찌릿한 신경 말단과 만나는 부분까지 닳아서 씹을 게 큐티클밖에 없었다. 그는 문 옆을 지키고 있었다. 재닝스가 고함을 지르기 시작하면 조지는 슬그머니 빠져나갈 것이다.

“저기 이상한 게 있는데요…….”

재닝스는 앓는 소리를 냈다.

“이상한 게 또 있어?”

“그게 무슨 말씀이세요?”

“이 드럼 트랙 말이야. 심각하게 엉망이라 구제할 방법이 있을지 모르겠거든.” 그가 토글스위치를 올리자 드럼 소리가 스튜디오를 쩌렁쩌렁 울렸다. “들리지?”

“스네어 드럼 말씀이세요?”

“당연히 스네어 드럼 얘기지! 다른 타악기에 비해 너무 튀는데

이대로 녹음을 끝냈잖아!"

"네, 하지만……."

"그래, 하지만 이런 우라질 썅! 나는 이런 개떡이 싫어! 트랙이 마흔 개야. 간단한 비밥을 담아야 하는 트랙이 염병할 마흔 개인데 어떤 바보 같은 기술자가……."

서늘한 바람처럼 사라지는 조지가 텔의 곁눈으로 보였다.

"폴, 이퀄라이제이션을 좀 낮추면……."

"이퀄이 이거랑 무슨 상관……."

"입닥치고 잠깐 들어보세요."

텔은 다른 어느 누구의 면전에 대고서는 할 수 없는 이 말을 달래는 투로 내뱉고 스위치를 조금씩 움직였다. 재닝스는 고함을 지르다 말고 귀를 기울이기 시작했다. 그가 질문을 했다. 텔이 대답을 했다. 그가 이번에는 텔이 대답할 수 없는 질문을 했지만 스스로 대답했고 갑자기 〈네게 대답해, 내게 대답해Answer to you, Answer to me〉라는 곡 앞에 새로운 가능성이 방대하게 펼쳐졌다.

폭풍이 지나간 것을 감지한 조지 롱클러가 잠시 후에 슬그머니 들어왔다.

텔은 운동화에 대해서 까맣게 잊었다.

운동화는 다음날 저녁 그의 머릿속에 다시 찾아왔다. 텔은 자기 집 화장실 변기에 앉아서 『현명한 피』를 읽고 있었고 침실 스피커에서는 비발디가 은은하게 흘러나오고 있었다(텔은 로큰롤 믹싱으로 먹고 살지만 가지고 있는 록 음반은 브루스 스프링스틴 두 장, 존 포거티 두

장, 이렇게 네 장뿐이었다).

그는 조금 놀라서 책을 읽다 말고 고개를 들었다. 어마어마하게 어처구니없는 질문이 퍼뜩 생각났다. 저녁에 똥을 싸는 게 얼마 만이니, 존?

알 수 없었지만 앞으로는 상당히 자주 그럴지 모르겠다는 예감이 들었다. 그의 습관이 최소 한 가지 이상 바뀔 조짐을 보였다.

십오 분 뒤에 읽던 책은 무릎에 방치하고 거실에 앉아 있었을 때 또 다른 생각 하나가 떠올랐다. 그날 3층 화장실에 한 번도 가지 않았다는 것이었다. 10시에 건너편 도넛 버드로 커피를 마시러 갔을 때 폴과 조지는 바 카운터에 앉아서 커피를 마시고 오버더빙 얘기를 하는 동안 그는 거기 화장실에서 볼일을 보았다. 그런 다음 점심시간에 브루 앤드 버거에서 얼른 화장실에 다녀왔고…… 늦은 오후에 엘리베이터 옆 우편함에 쑤셔넣기만 하면 되는 우편물 무더기를 들고 1층에 간 김에 거기 화장실을 썼다.

3층 남자 화장실을 피해 다닌 걸까? 무의식적으로 하루 종일 그러고 있었던 걸까? 그렇다는 데 당신의 운동화를 걸어도 좋다. 그는 귀신이 나온다는 집을 피하느라 하교 후에 한 블록을 뱅 돌아서 집으로 돌아가는 겁쟁이 아이처럼 그 화장실을 피해 다녔다. 무슨 역병이라도 되는 듯이 피해 다녔다.

"그래서 뭐, 어쩌라고?" 그는 큰소리로 외쳤다.

그래서 뭐, 어쩌라는 건지 정확하게 말로 표현할 수는 없었지만 지저분한 운동화 때문에 공중화장실을 피해 다니다니 아무리 여기가 뉴욕이라도 너무 실존주의적이기는 했다.

텔은 큰 소리로 또렷하게 외쳤다.

"이러면 안 돼."

그건 목요일 저녁의 일이었고 금요일 저녁에 벌어진 사건으로 모든 게 달라졌다. 그날 그와 폴 재닝스 사이의 문이 닫혔다.

텔은 낯가림이 심한 성격이라 친구를 쉽게 사귀지 못했다. 그는 펜실베이니아의 시골 마을에서 고등학교를 다니던 시절에 운명의 장난으로 기타를 들고 무대에 오른 적이 있었다. 그 뜻밖의 공간에 서게 된 이유는 새틴 새턴스라는 그룹의 베이시스트가 출연료를 많이 받을 수 있는 공연을 앞두고 살모넬라 식중독에 걸렸기 때문이다. 학교 밴드 멤버이기도 했던 리드 기타리스트는 존 텔이 베이스와 리듬 기타를 둘 다 칠 수 있다는 걸 알았다. 그는 덩치가 컸고 폭력을 행사할 가능성이 있었다. 존 텔은 체구가 작고 변변치 못하고 힘이 없었다. 리드 기타리스트는 병에 걸린 베이시스트의 악기를 들고 무대에 오를지 다섯 번째 프렛까지 똥구멍에 처박을지 둘 중 하나를 선택하라고 했다. 이날의 선택은 많은 사람들 앞에서 연주하는 것에 대한 그의 감정을 규정하는 데 엄청난 영향을 미쳤다.

하지만 세 번째 곡이 끝났을 무렵부터 그는 더이상 공포를 느끼지 않았다. 1부가 끝났을 무렵에는 임무를 완수했다는 걸 깨달았다. 그 첫 공연을 마치고 몇 년이 지났을 때 텔은 롤링스톤스의 베이시스트 빌 와이먼에 얽힌 일화를 들었다. 와이먼이 공연 도중에, 그것도 조그만 클럽이 아니라 대규모 공연장에서 깜빡 조는 바람에 무대에서 굴러떨어져 쇄골이 부러진 적 있다는 일화였다. 진위를 의

심하는 사람들이 많겠지만 텔이 보기에는 진짜인 것 같았고…… 그로 말할 것 같으면 어떻게 그런 일이 벌어질 수 있는지 이해할 수 있는 독특한 위치에 있었다. 록의 세상에서 베이시스트는 투명 인간이었다. 폴 매카트니와 같은 예외도 있었지만 그는 오히려 통례를 입증하는 예외였다.

화려하지 않은 직업이라 그런지 베이스 연주자는 만성적으로 공급 부족이었다. 새틴 새턴스가 한 달 뒤에 해체됐을 때 (리드 기타리스트와 드러머가 한 여자를 두고 주먹다짐을 벌였다) 텔은 새턴스의 리듬 기타리스트가 결성한 밴드에 합류했다. 그렇게 간단하고 조용하게 인생 행로가 결정됐다.

텔은 밴드에서 연주하는 게 좋았다. 단순히 파티에 참석하는 게 아니라 앞에서 모든 사람들을 내려다보며 파티 분위기를 주도할 수 있었다. 거의 보이지 않는 동시에 없어서는 안 되는 존재가 될 수 있었다. 어쩌다 한 번씩 코러스를 맡아야 할 때는 있었지만 연설 같은 건 아무도 기대하지 않았다.

그는 십 년 동안 그렇게 살았다. 학교 공부는 취미 생활이고 본업은 밴드에 소속된 집시였다. 그는 실력이 괜찮았지만 욕심이 없었다. 몸속에 불덩이가 없었다. 그는 결국 뉴욕의 세션업계로 흘러들어가 사운드보드를 만지작거리기 시작했고 유리창 저쪽의 삶이 더 적성에 맞는다는 사실을 깨달았다. 그러는 동안 그는 폴 재닝스라는 좋은 친구를 한 명 사귀었다. 워낙 순식간에 이루어진 일이었고 이 작업에 따르는 특유의 스트레스도 어느 정도 연관이 있었지만…… 그게 전부는 아니었다. 그가 보기에는 기본적으로 고독한 자신의 성향과 불가항력에 가까울 정도로 강한 재닝스의 성격, 이 두 가지 요소의 결합이었다. 그리고 금요일 저녁의 사건 이후로 텔이 깨달은 바에 따르면 조지도 그와 별반 다르지 않았다.

둘이서 맥매너스 펍의 뒤쪽 테이블에서 술을 마시며 믹싱 작업, 음반업계, 메츠, 기타 등등의 이야기를 나누고 있었을 때 재닝스가 느닷없이 오른손을 테이블 아래로 넣더니 텔의 사타구니를 살짝 잡았다.

텔이 하도 격하게 몸을 뒤로 빼는 바람에 테이블 한가운데에 놓인 양초가 넘어졌고 재닝스의 와인이 쏟아졌다. 웨이터가 와서 식탁보를 태우기 전에 양초를 다시 세우고 갔다. 텔은 충격으로 눈을 휘둥그레 뜨고 재닝스를 노려보았다.

"미안." 재닝스는 진심으로 미안해하는 표정이었지만…… 한편으로는 침착해 보이기도 했다.

"맙소사, 뭐예요!" 그는 생각나는 말이 그것밖에 없었고 대책이 없을 정도로 부적절하게 느껴졌다.

"나는 자네가 준비가 된 줄 알았어. 그뿐이야." 재닝스가 말했다. "좀더 은근하게 접근할 걸 그랬나?"

"준비가 됐다니요? 그게 무슨 말씀이에요? 뭐에 대한 준비요?"

"커밍아웃할 준비. 자네 스스로에게 커밍아웃을 허락할 준비."

"저는 그런 쪽 아니에요."

텔의 심장이 빠른 속도로 심하게 쿵쾅거렸다. 분노 때문이기도 했고 완강하게 확신하는 재닝스의 눈빛 때문이기도 했지만 가장 큰 이유는 낭패감이었다. 이로써 재닝스는 그의 삶에서 없는 사람이 되었다.

"이 얘기는 그만 접도록 하지, 응? 술 한 잔씩 더 주문하고 오늘 일은 없었던 셈 치자고."

자네 생각이 바뀔 때까지. 그의 완강한 눈빛은 이렇게 얘기하고 있었다.

이미 벌어진 일을 어떻게 없었던 셈 칠 수 있나요? 텔은 이렇게 묻고 싶었지만 참았다. 이성적이고 현실적인 측면을 담당하는 부분이 그러지 말라고…… 고약하기로 악명이 자자한 폴 재닝스의 성질을 건드리지 말라고 했다. 이러니저러니 해도 이건 훌륭한 일자리였고…… 일자리 그 이상이었다. 두 주 동안의 보수보다 더 유용한 것이 포트폴리오에 써먹을 수 있는 로저 달트리의 테이프였다. 처세술을 발휘해서 분노한 청년 역할은 아껴두는 편이 나았다. 게다가 분노할 거리도 없었다. 재닝스가 그를 성폭행한 것도 아니었다.

그건 사실 빙산의 일각에 불과했다. 빙산의 나머지 부분은 다음과 같았다. 늘 그렇듯 그는 입을 다물었다는 것. 그냥 다문 정도가 아니라 밑으로는 심장, 위로는 머리까지 끌어안고 아래윗니를 곰덫처럼 세게 맞물었다.

"알겠습니다." 그가 한 말은 이게 전부였다. "없었던 셈 치죠."

텔은 그날 밤에 잠을 설쳤고 겨우 잠들면 악몽에 시달렸다. 맥매너스에서 재닝스가 그를 더듬는 꿈을 꾸고 나면 화장실 칸막이 문 밑으로 운동화가 등장했고 텔이 문을 열어보면 폴 재닝스가 앉아 있었다. 알몸으로 죽었는데 성적 흥분 상태가 그 오랜 시간이 지난 뒤에도 유지되고 있었다. 폴의 입이 삐걱거리는 소리와 함께 벌어졌다. "그렇지. 준비가 된 줄 알고 있었다니까." 시신이 초록색의 썩은 공기를 내뱉으며 말했고, 텔은 이불을 몸에 둘둘 만 채 바닥으로 굴러떨어지는 바람에 눈을 떴다. 새벽 4시였다. 아침 첫 햇살이 창밖의 건물 틈새로 슬금슬금 고개를 내밀고 있었다. 그는 옷을 갈아입고 앉아서 출근 시간이 될 때까지 줄담배를 피웠다.

텔은 달트리의 데드라인을 맞추느라 주 6일 근무를 하다가 토요일 오전 11시 무렵에 소변을 보려고 3층 남자 화장실에 들어갔다. 문 바로 앞에서 관자놀이를 문지른 다음 칸막이들을 둘러보았다.

보이지 않았다. 각이 나오지 않았다.

그럼 상관하지 마! 신경 꺼! 오줌 싸고 그냥 나가!

그는 천천히 소변기 앞으로 가서 지퍼를 내렸다. 한참이 지난 다음에야 오줌이 나오기 시작했다.

그는 나가는 길에 걸음을 멈추고 예전 RCA 빅터 레코드의 강아지 모델 니퍼처럼 고개를 모로 꼬고 몸을 돌렸다. 모퉁이 너머로 천천히 걸어가서 첫 번째 칸의 문 아래가 보이자마자 걸음을 멈추었다. 이번에도 지저분한 흰색 운동화가 있었다. 한때 뮤직시티로 알려졌던 건물에 거의 아무도 없는데, 토요일 오전답게 텅 비었는데 운동화가 있었다.

텔의 시선이 칸막이 바로 앞을 날아다니는 파리 한 마리에 꽂혔다. 문 아래로 기어가서 운동화의 지저분한 앞코로 내려가는 녀석을 멍한 탐욕의 시선으로 지켜보았다. 거기서 녀석은 움직임을 멈추더니 그대로 거꾸러져서 운동화 주변으로 점점 쌓여가는 죽은 벌레들 사이로 굴러떨어졌다. 텔은 파리들 사이로 조그만 거미 두 마리와 큼지막한 바퀴벌레 한 마리가 뒤집힌 거북처럼 등을 대고 누워 있는 것을 보고 전혀 놀라지 않았다(적어도 그의 느낌상으로는 그랬다).

텔은 성큼성큼 가벼운 발걸음으로 남자 화장실을 나섰고 역대 가장 기이한 과정을 거쳐 스튜디오로 돌아갔다. 그가 걸어가는 게 아니라 강여울이 바위를 돌아서 흐르듯 건물이 그를 지나고 돌아서 흘러가는 것처럼 느껴졌다.

스튜디오에 가면 폴한테 몸이 안 좋다고 얘기하고 일찍 퇴근해야겠다, 이렇게 생각했지만 그러지 못할 게 분명했다. 폴은 오전 내내 뚱하니 변덕을 부렸고 텔은 자신이 일말의 원인을(어쩌면 전부일 수도 있었다) 제공했다는 걸 알았다. 폴이 앙심을 품고 그를 내칠 수도 있을까? 일주일 전만 해도 누가 그런 소리를 하면 웃었을 것이다. 일주일 전에 텔은 어른이 되는 동안 다져진 믿음을 고수하고 있었다. 친구는 진짜고 귀신은 가짜라고 믿고 있었다. 지금은 가정이 거꾸로 된 게 아닌가 하는 생각이 들기 시작했다.

"탕자가 돌아왔군." 텔이 스튜디오에 달린 두 개의 문 중에 '공기를 가두는 문'이라고 불리는 두 번째 문을 열자 재닝스가 뒤도 돌아보지 않고 얘기했다. "그 안에서 죽은 줄 알았어, 조니."

"아뇨." 텔은 말했다. "저는 아니에요."

그건 유령이었다. 텔은 달트리 믹싱 작업과 더불어 폴 재닝스와의 관계가 끝나기 전날 누구의 유령인지 알아냈지만 그사이 엄청 많은 일들이 벌어졌다. 알고 보면 모두 같은 맥락으로, 펜실베이니아 고속도로에 달린 조그만 구간 표지판과 같았다. 존 텔이 신경쇠약증을 향해 한 발짝씩 전진하고 있다고 적혀 있다는 점만 다를 뿐이었다. 그는 무슨 일이 벌어지고 있는지 알았지만 막을 도리가 없었다. 그 길을 운전해서 가는 게 아니라 다른 사람이 운전하는 차를 타고 가는 기분이었다.

처음에는 그의 행동 방침이 분명하고 단순했다. 그 화장실을 피하고 그 운동화와 관련된 모든 생각과 질문을 피하는 것이었다. 그냥 그 부분에 대해서 신경을 끄면 됐다. 상관하지 않으면 됐다.

그런데 그럴 수가 없었다. 운동화의 이미지가 엉뚱한 순간에 그를 덮치고 해묵은 상처처럼 그에게 달려들었다. 집에서 텔레비전으로 CNN이나 한심한 토크쇼를 보던 도중에 갑자기 파리들이나 화장지를 갈러 들어오는 관리인은 보지 못하는 것이 생각나서 정신을 팔고 있다가 시계를 보면 한 시간이 지나 있었다. 어떨 때는 그보다 많이 지나 있었다.

얼마 동안은 못된 장난일 거라고 확신했다. 물론 폴이 주범이었고 어쩌면 야누스 뮤직의 뚱뚱한 남자도 공범일지 몰랐다. 텔은 그 둘이 대화를 나누는 걸 상당히 자주 본데다 둘이서 그를 보고 웃은 적도 있었다. 카멜을 피우고 기운 없고 의심 많은 눈빛을 한 안내 데스크 직원도 한패거리일 가능성이 높았다. 조지는 폴이 아무리 동참하라고 들볶아도 비밀을 지킬 수 없는 성격이기 때문에 예외였지만 나머지는 누구든 가능했다. 텔은 로저 달트리도 끈을 잘못 꿴 흰색 운동화를 신고 앉아 있을지 모른다는 생각을 하루이틀 동안 한 적도 있었다.

그는 이런 생각들이 피해망상적인 상상이라는 걸 알았지만 안다고 해서 사라지는 건 아니었다. 그 생각들에게 저리 가라고 외치며 재닝스의 주도 아래 그를 내쫓으려는 일당이 있을 리 없다고 주장하면 그의 머릿속에서는 그래, 알았어, 내가 생각해도 그래, 라고 중얼거리지만 다섯 시간 또는 고작 이십 분이 지나면 시내 쪽으로 두 블록 거리에 있는 데스먼즈 스테이크 하우스에 모여 있는 그들의 모습이 그려지곤 했다. 폴, 줄담배를 피우고 헤비메탈을 좋아하는 안내 데스크 직원, 두꺼운 가죽옷을 걸친 사람들, 어쩌면 스내피 카즈의 그 비쩍 마른 친구까지 모두 모여서 새우 칵테일을 먹으며 술을 마셨다. 그리고 두말하면 잔소리지만 웃었다. 그를 운운하며 웃었다. 그러는 동안 그들이 번갈아 신는 지저분한 흰색 운동화는 쭈글쭈글한 갈색 봉투에 담겨서 테이블 아래를 지켰다.

텔은 갈색 봉투까지 눈에 선했다. 사태가 그 정도로 심각했다.

최악은 일시적인 그런 상상이 아니었다. 최악은 3층 화장실에 인력引力이 생겼다는 사실이었다. 그 안에는 강력한 자석이, 그의 주머니에는 쇳가루가 잔뜩 들어 있기라도 한 것 같았다. 예전에 누가 그런 소리를 했다면 그는 웃었을 것이다(인력을 운운한 사람의 표정이 아주 진지해 보였다면 속으로 웃었을 것이다) 정말 자석이 있어서 스튜디오나 엘리베이터에 가느라 화장실 앞을 지날 때마다 몸이 그쪽으로 살짝 틀어지는 듯했다. 고층 건물의 열린 창문 쪽으로 끌려가거나 권총을 들어서 삼키는 자신의 모습을 유체이탈이라도 한 듯 하릴없이 바라보는 것처럼 끔찍한 느낌이었다.

그는 다시 한번 들여다보고 싶었다. 한 번만 더 보면 끝장이라는 걸 알았지만 상관없었다. 다시 한번 들여다보고 싶었다.

그 앞을 지날 때마다 정신세계가 그쪽으로 틀어졌다.

그는 꿈속에서 칸막이 문을 열고 또 열었다. 들여다보기 위해서였다.

제대로 들여다보기 위해서였다.

게다가 아무한테도 얘기할 수 없을 듯했다. 누구라도 붙잡고 얘기하면 낫다는 건 알았다. 누군가의 귀에 대고 속삭이면 그것의 형태가 달라지고 어쩌면 붙잡을 수 있는 손잡이가 생길 수도 있다는 건 알았다. 그는 술집에 가서 옆에 앉은 남자와 대화를 나눠보려고 두 번 시도했다. 그가 생각하기에는 술집이야말로 가장 저렴하게 대화를 나눌 수 있는 곳이었다. 헐값에 대화를 나눌 수 있는 곳이었다.

첫 번째에는 그가 입을 열자마자 상대가 양키스와 조지 스타인브레너*를 주제로 일장 연설을 늘어놓기 시작했다. 스타인브레너가 뇌리에 제대로 박혔는지 다른 주제로는 단 한 마디도 대화를 나눌 수가 없었다. 텔은 금세 시도 자체를 포기해버렸다.

두 번째에는 건설 현장 인부처럼 생긴 남자와 제법 일상적인 대화의 물꼬를 트는 데 성공했다. 그들은 날씨와 야구를 거쳐(다행히 그는 야구에 미친 남자가 아니었다) 뉴욕에서 제대로 된 일자리를 찾

* 전 뉴욕 양키스 구단주.

기가 얼마나 힘든지로 넘어갔다. 텔은 땀이 났다. 시멘트가 가득 담긴 손수레를 밀고 얕은 오르막길을 올라가는 수준의 엄청난 육체노동을 하는 듯이 느껴졌지만 또 한편으로는 그럭저럭 괜찮게 대처하고 있는 것 같기도 했다.

건설 현장 인부처럼 생긴 남자는 블랙 러시안을 마시고 있었다. 텔은 맥주를 고수했다. 맥주를 마시는 만큼 땀으로 배출되는 것 같았지만 그래도 그가 남자에게 블랙 러시안을 두어 잔 사고 남자가 그에게 맥주를 두어 잔 사주고 나자 얘기를 꺼낼 용기가 생겼다.

“내가 정말 희한한 얘기 하나 들려드릴까요?”

“당신, 동성애자예요?” 텔이 얘기를 발전시키지도 못했는데 건설 현장 인부처럼 생긴 남자가 물었다. 그는 의자에 앉은 채로 몸을 돌려서 서글서글한 호기심이 어린 눈빛으로 텔을 쳐다보았다. “동성애자거나 말거나 아무 상관 없지만 왠지 그런 느낌이 들어서, 나는 그런 데 취미 없다고 얘기해야 하나 생각하고 있었거든요. 미리 솔직하게 얘기하는 게 좋지 않을까 해서 말이죠.”

“동성애자 아닙니다.”

“아, 그럼 정말 희한한 얘기가 뭔데요?”

“네?”

“좀 전에 정말 희한한 얘기가 있다면서요.”

“아, 뭐 그렇게 희한한 건 아니에요.” 텔은 손목시계를 흘끗 내려다보고 늦어서 이제 그만 가봐야겠다고 했다.

달트리 믹싱 작업이 끝나기 삼 일 전에 텔은 화장실에 가려고 F

스튜디오를 나섰다. 그는 이제 6층 화장실을 쓰고 있었다. 처음에는 4층, 그다음에는 5층 화장실을 썼지만 둘 다 3층 화장실 바로 위라 운동화 주인이 바닥을 뚫고 조용히 올라와서 그를 빨아먹는 듯이 느껴지기 시작했다. 6층 남자 화장실은 건물 반대편이라 문제가 해결된 듯했다.

안내 데스크를 거침없이 지나서 엘리베이터로 걸어가고 있었는데, 눈을 감았다가 떠보니 그가 엘리베이터 안이 아니라 3층 화장실 안에 있었고 뒤에서 슈우욱 하는 부드러운 소리와 함께 문이 닫히고 있었다. 그는 태어나서 그 정도로 겁에 질린 적이 없었다. 운동화 때문이기도 했지만 그보다는 자신이 삼 초에서 육 초 정도 의식을 잃었다는 게 더 컸다. 난생처음으로 그의 머릿속에서 합선이 일어났다.

천년만년 그 자리에 서 있었을 수도 있었지만 뒤에서 문이 벌컥 열리며 그의 등을 아프게 때렸다. 폴 재닝스였다. "미안, 조니. 자네가 이 안에서 명상을 하는 줄 전혀 몰랐네."

그는 대꾸도 기다리지 않고(텔이 나중에 생각해보니 혀가 입천장에 얼어붙어서 어차피 대꾸도 할 수 없었다) 칸막이 쪽으로 걸어갔다. 텔은 어찌어찌 첫 번째 소변기 앞으로 가서 지퍼를 내렸다. 오로지 밖으로 뛰쳐나가면 폴이 너무 재미있어할까 봐 그랬다. 불과 얼마 전까지만 해도 그는 폴을 친구라고, 적어도 뉴욕에서는 유일한 친구일지 모른다고 생각한 적이 있었다. 이제는 아니었다.

텔은 소변기 앞에 십 초 정도 서 있다가 물을 내렸다. 문 쪽으로 걸어가다 말고 걸음을 멈추었다. 몸을 돌려서 까치발을 하고 살금

살금 두 걸음 다가가 허리를 숙이고 첫 번째 칸 문 아래를 들여다보았다. 운동화가 보였다. 죽은 파리떼가 그 주변에 산더미처럼 쌓여 있었다.

폴 재닝스의 구찌 로퍼도 보였다.

이건 이중노출 아니면 옛날 〈토퍼〉라는 텔레비전 프로그램에 쓰인 가짜 유령 효과였다. 운동화 사이로 폴의 로퍼가 보이다가 운동화가 점점 짙어지면서 폴이 유령인 듯 로퍼 사이로 운동화가 보였다. 한 가지 차이점이 있다면 폴의 로퍼는 조금씩 움직이고 위치가 바뀌는 반면, 운동화는 꼼짝하지 않는다는 것이었다.

텔은 화장실을 나섰다. 두 주 만에 처음으로 머릿속이 평온해졌다.

다음날에 그는 진작 취했어야 하는 조치를 행동으로 옮겼다. 조지 롱클러와 같이 점심 식사를 하며 한때 뮤직시티라고 불렸던 건물에 얽힌 해괴한 소문이나 이야기를 들어본 적 없냐고 물은 것이었다. 왜 진작 그럴 생각을 하지 못했는지 모를 일이었다. 어제 그런 일을 겪으면서 뺨을 한 대 세게 맞거나 차가운 물을 얼굴에 뒤집어쓴 것처럼 정신이 번쩍 들었다는 것만 알 수 있을 따름이었다. 조지가 아는 게 아무것도 없을지 모르지만 있을 수도 있었다. 그는 최소 칠 년 동안 폴과 함께 일을 했고 뮤직시티에서 한 작업도 많았다.

"아, 그 유령 말이지?" 조지는 묻고 웃음을 터뜨렸다. 그들이 찾은 곳은 6번 가의 카틴스라는 델리 식당이었고 점심시간답게 시끌벅적했다. 조지는 콘비프 샌드위치를 한입 베어먹고 씹어서 삼킨 다음 병에 꽂힌 빨대 두 대로 크림소다를 마셨다. "누구한테 그 얘길 들었나, 조니?"

"아, 관리인한테요." 텔은 말했다. 그의 목소리에는 아무 변화가 없었다.

"직접 본 건 아니고?" 조지는 물으며 윙크를 했다. 폴과 오랫동안 함께 일을 한 보조의 기준으로 이 정도면 놀리는 것에 최대한 가까운 행동이었다.

"네." 사실이 그랬다. 그가 본 건 운동화뿐이었다. 그리고 죽은 벌레 몇 마리.

"지금은 많이 잠잠해졌지만 한동안은 너나 할 것 없이 그 얘기뿐이었지. 그가 어떤 식으로 그 건물에 출몰하는지 말이야. 그는 그 건물 3층에서 변을 당했대. 화장실에서." 조지는 손을 들어서 솜털이 난 양쪽 뺨 옆에 대고 흔들고 〈환상특급〉 주제가를 몇 마디 흥얼거리며 으스스한 분위기를 풍기려고 했다. 하지만 그런 표정을 짓는 데 실패했다.

"네. 저도 그랬다고 들었어요. 하지만 관리인이 그 이상은 함구하더라고요. 아니면 아는 게 거기까지인지 웃으면서 자리를 피했어요."

"내가 폴이랑 같이 작업하기 전에 있었던 일이야. 나도 폴한테 들었어."

"폴은 그 유령을 본 적 없대요?" 텔은 정답을 알면서도 물었다. 폴은 어제 그 유령을 깔고 앉았다. 지저분하더라도 더 정확하게 표현하자면 그 유령을 깔고 앉아서 똥을 쌌다.

"응, 그 얘기를 하면서 웃기만 했지." 조지는 샌드위치를 내려놓았다. "그 친구가 가끔 어떤 식인지 자네도 알잖아. 조금 모, 못되게 굴 때가 있지." 조지는 제삼자에 대해서 조금이라도 안 좋은 얘기를 할라치면 말을 살짝 더듬었다.

"알죠. 폴은 됐고 이 유령의 정체가 뭐예요? 어쩌다 그렇게 된 거예요?"

"아, 그냥 마약 밀매업자였어. 1972년인가 1973년인가 그랬을 거야. 폴은 그때 막 믹싱 일을 시작한 보조였고. 불황이 시작되기 직전이었지."

텔은 고개를 끄덕였다. 1975년부터 1980년 정도까지 록 산업은 무풍지대에 묶여 있었다. 아이들은 음반 대신 비디오 게임에 돈을 썼다. 전문가들은 1955년 이후 약 열다섯 번째로 로큰롤의 죽음을 선포했다. 하지만 다른 열네 번의 경우와 마찬가지로 로큰롤은 생생하게 살아 숨쉬는 시체였던 것으로 밝혀졌다. 비디오게임은 보합세를 유지했다. MTV가 치고 들어왔다. 새로운 스타들이 영국에서 건너왔다. 브루스 스프링스틴이 〈나는 미국에서 태어났지Born in the USA〉를 발표했다. 랩과 힙합이 돈과 관심을 모으기 시작했다.

"불황 이전에는 대형 공연이 있으면 음반사 중역들이 서류 가방에 코카인을 넣어서 백스테이지로 실어 날랐거든. 나는 당시 콘서트 믹싱을 맡고 있었기 때문에 직접 목격했지. 1978년에 죽었지만 내가 이름을 대면 자네도 알 만한 친구는 공연 전에 항상 소속 음반사로부터 올리브를 한 병씩 받았어. 리본까지 묶어서 예쁘장하게 포장한 병을. 하지만 물이 아니라 코카인이 담긴 올리브였지. 그는 그걸 술에 넣어서 마셨어. 포, 폭탄 마티니라고 하면서."

"어려웠겠어요."

"뭐, 그 당시에는 코카인을 비타민과 다를 바 없이 생각하는 사람들이 많았지. 헤로인하고 다르게 중독도 되지 않고 술하고 다르게 다음날 지, 지랄맞은 숙취도 없다면서. 이 건물이 약물 파티장으로 단골이었지. 엑스터시, 마리화나, 대마초도 있었지만 가장 잘 팔리는 상품은 코카인이었어. 그리고 이 남자는……."

"이름이 뭐였어요?"

조지는 어깨를 으쓱했다. "몰라. 폴은 얘기한 적 없었고 이 건물의 어느 누구한테서도 들은 적 없어, 내가 기억하기로는. 하지만 엘리베이터를 타고 오르내리며 커피, 도넛, 베, 베이글을 배달하는 식, 식당 배달원처럼 생겼을 거야. 커피 대신 약물을 배달했다는 것만 다를 뿐. 일주일에 두세 번씩 꼭대기 층까지 올라갔다가 내려왔다고 해. 외투를 팔에 걸치고 악어가죽으로 된 서류 가방을 그쪽 손에 들고. 푹푹 찌는 날에도 외투를 팔에 걸치고 다녔다더군. 수갑을 감추느라. 그래도 가끔은 어, 어, 어쩔 수 없이 보였을 거야."

"뭐가요?"

"수, 수, 수갑." 조지는 이 말과 함께 빵조각과 콘비프를 뿜었고 얼굴이 시뻘게졌다. "으악, 조니, 미안."

"괜찮아요. 크림소다 한 잔 더 드실래요?"

"응, 고마워." 조지는 진심으로 고마워하는 목소리였다.

텔은 웨이트리스에게 신호를 보냈다.

"그러니까 배달원이었단 말이죠." 그는 조지가 진정할 수 있도록 이렇게 중얼거렸다. 조지는 아직까지 냅킨으로 입가를 토닥이고 있었다.

"그렇지." 크림소다가 새로 나오자 조지는 조금 마셨다. "그가 8층에서 엘리베이터를 내렸을 때는 손목에 연결된 서류 가방 안에 약이 가득 들어 있었지. 다시 1층으로 내려와서 내렸을 때는 그 안에 돈이 가득 들어 있었고."

"연금술 이후로 가장 기발한 수법이었네요." 텔이 말했다.

"응, 하지만 결국에는 약발이 떨어졌어. 어느 날 3층에서 붙들렸으니까. 남자 화장실에서 죽임을 당했지."

"칼로요?"

"내가 듣기로는 어떤 사람이 문을 열어보니 그가 변기에 아, 앉아 있었고 눈에 연필이 꽂혀 있었다고 했어."

순간 공모자들이 식당 테이블 아래에 두었다고 상상했던 쭈글쭈글한 갈색 봉투처럼 연필이 텔의 눈앞에 생생하게 떠올랐다. 화들짝 놀란 동그란 동공에 공기를 가르고 꽂히는 뾰족한 베롤 블랙 워리어 연필. 눈알이 퍽 하고 터지는 소리. 그는 움찔했다.

조지는 고개를 끄덕였다. "끄, 끄, 끔찍하지? 하지만 진짜는 아닐지 몰라. 적어도 그 부분은. 누가 그냥 찔러서 죽였겠지."

"네."

"하지만 누군지 몰라도 뭔가 예리한 도구를 들고 왔을 게 분명해."

"그래요?"

"응, 왜냐하면 서류 가방이 사라졌거든."

텔은 조지를 쳐다보았다. 서류 가방도 보였다. 조지에게 나머지 이야기를 듣기 전부터 보였다.

"경찰이 출동해서 그 친구를 변기에서 끌어내니까 벼, 변기 안에 왼손이 들어 있었대."

"아."

조지는 자기 접시를 내려다보았다. 반 남은 샌드위치가 담겨 있었다. "배, 배, 배가 부르네." 그는 어색하게 웃었다.

스튜디오로 돌아가는 길에 텔이 물었다. "이 친구의 유령은…… 화장실에 출몰하는 건가요?" 그는 이렇게 물어놓고 느닷없이 웃음을 터뜨렸다. 오싹한 사연이기는 했지만 똥간에 출몰하는 유령이라니 우스꽝스러운 측면이 있었다.

조지는 미소를 지었다. "자네도 사람들이 어떤 식인지 알잖아. 처음에는 그렇다고들 했어. 그런데 내가 폴하고 같이 일을 시작했을 무렵부터 거기서 그 친구가 보인다고 하지 뭐야. 전부는 아니고 문 밑으로 운동화만 보인다고."

"운동화만 보인다고요? 에이, 말도 안 돼!"

"그러니까. 그래서 사람들이 지어냈거나 상상한 이야기라는 거야. 살아 있었을 당시에 그를 본 적 있는 사람들만 그런 소리를 했거든. 그가 운동화를 신고 다녔다는 걸 알았던 사람들만."

살인 사건이 벌어졌을 당시 펜실베이니아 시골의 무지렁이 소년이었던 텔은 고개를 끄덕였다. 그들은 뮤직시티에 도착했다. 로비를 가로질러서 엘리베이터를 향해 걸어가는 동안 조지가 말했다.

"하지만 이 업계가 얼마나 사람이 수시로 바뀌는지 알지? 오늘 보였던 직원이 내일이면 없잖아. 폴하고 과, 관리인 몇 명을 제외하면 그 당시 이 건물에서 근무했던 사람은 없을 텐데 그들이 그에게서 그 물건을 샀을 리 없지."

"그랬겠죠."

"응. 그러니까 그 이야기를 들려줄 만한 사람도 거의 없는 셈이고 요즘에는 그 친구가 보, 보인다는 사람도 없더군."

그들은 엘리베이터 앞에 다다랐다.

"조지, 폴하고 계속 같이 일을 하는 이유가 뭐예요?"

조지는 고개를 숙였고 귀 끝이 새빨개졌지만 이 갑작스러운 화제 전환에 놀란 눈치는 아니었다.

"왜? 폴이 나를 잘 챙겨주잖아."

둘이 동침하는 사이예요, 조지? 이런 궁금증이 고개를 들었다. 좀 전에 했던 질문에서 자연스럽게 파생된 궁금증이었지만 텔은 묻지 않았다. 감히 물을 수 없었다. 조지가 솔직하게 대답할 것 같았기 때문이었다.

텔은 모르는 사람들에게 말도 잘 걸지 못하고 친구도 거의 사귀지 못하는 성격인데도 불구하고 조지 롱클러를 와락 끌어안았다. 조지도 고개를 숙인 채 그를 마주 안았다. 잠시 후에 그들은 포옹을 풀었고 엘리베이터가 도착했고 믹싱 작업은 계속됐다. 다음날 저녁 6시 30분에 재닝스가 (일부러 텔이 있는 쪽을 외면하며) 서류를 정리하는 동안 텔은 하얀 운동화의 주인을 만나러 3층 남자 화장실로 들어갔다.

그는 조지와 대화를 나누는 동안 문득 깨달은 게 있었는데……
이런 강렬한 깨달음은 에피퍼니라고 해야 할지도 몰랐다. 어떤 깨달음이었는가 하면 용기를 내서 대면하지 않는 이상 자기를 쫓아다니는 유령을 없앨 도리는 없다는 것이었다.

이번에는 의식이 잠깐 끊기지도 않았고, 무섭다는 느낌도 없었다. 심장이 가슴을 저음으로 천천히 두드리는 소리만 꾸준히 이어질 따름이었다. 모든 감각이 예민해졌다. 소독약과 소변기에 들어 있는 분홍색의 고체 살균제와 오래된 방귀 냄새가 느껴졌다. 페인트에 실금이 간 벽과 이가 빠진 배관이 보였다. 첫 번째 칸으로 걸어가자 그의 구두굽이 공허하게 덜거덕거리는 소리가 들렸다.

운동화는 이제 죽은 거미와 파리 더미에 거의 묻혀 있다시피 했다.

처음에는 한두 마리밖에 없었지. 왜냐하면 운동화가 존재하기 전에는 벌레들이 죽을 일이 없었는데, 내 눈에 띈 다음부터 운동화가 존재하기 시작했으니까.

"왜 나야?"

그는 정적에 대고 또렷하게 물었다.

운동화는 꿈쩍하지 않았고 아무도 대답하지 않았다.

"나는 너를 모르고 만난 적도 없고 네가 팔았던 그런 물건을 하지 않을뿐더러 손을 댄 적도 없었어. 그런데 왜 나야?"

운동화 한 짝이 움찔했다. 죽은 파리들이 종이처럼 바스락거렸다. 운동화—끈이 잘못 꿰어진 쪽이었다—는 다시 잠잠해졌다.

텔은 문을 밀어서 열었다. 경첩 하나가 제대로 괴기스럽게 비명을 질렀다. 그리고 그것이 있었다. '오늘의 비밀 손님, 이름을 적어 주시죠*'. 텔은 생각했다.

오늘의 비밀 손님은 한 손을 힘없이 한쪽 허벅지 위에 올려놓고 변기에 앉아 있었다. 텔이 꿈속에서 보았던 모습과 비슷했지만 한 가지 차이점이 있다면 손이 하나밖에 없다는 것이었다. 나머지 한쪽 팔은 칙칙한 적갈색의 그루터기로 변했고 거기에도 파리가 몇 마리 들러붙어 있었다. 텔은 운동화의 바지를 본 적은 없다는 사실을 지금에서야 깨달았다(어쩌다 화장실 문 밑을 흘끗 쳐다보게 되었을 때 내려져서 신발 위로 뭉쳐진 바지를 보면 대책이 없을 정도로 우습거나 무방비하거나 기타 등등하게 느껴지지 않던가). 그가 바지를 보지 못한 이유는 허리띠가 채워지고 지퍼가 올라간 채로 제대로 입혀져 있기 때문이었다. 나팔바지였다. 텔은 나팔바지의 유행이 끝난 게 언제였는지 기억을 더듬어봤지만 떠오르지 않았다.

운동화는 나팔바지 위로 양쪽 플랩 포켓에 평화의 상징이 아플리케 처리된 파란색 샴브레이 워크 셔츠를 입고 있었다. 가르마는 오른쪽이었다. 가르마 위에서 죽은 파리 시체들이 보였다. 문 뒤편 고리에 조지가 얘기한 외투가 걸려 있었다. 쭈글쭈글한 어깨에 죽은 파리들이 누워 있었다.

경첩에서 난 것과 비슷하게 삐걱거리는 소리가 들렸다. 죽은 사

* 1950년대와 1960년대에 방영된 초대 손님 알아맞히기 퀴즈 쇼 〈왓츠 마이 라인〉의 진행자 멘트.

람의 목에 달린 힘줄에서 나는 소리였다. 운동화가 고개를 들었다. 이제 그가 그를 쳐다보았고, 텔은 오른쪽 눈에서 약 오 센티미터 길이로 삐져나온 연필만 다를 뿐 그가 매일 아침에 면도를 할 때 거울에서 맞닥뜨리는 얼굴이라는 걸 보고도 전혀 놀라지 않았다. 이제 보니 운동화가 그고 그가 운동화였다.

"네가 준비가 된 줄 알고 있었지."

그가 한참 동안 성대를 쓰지 않은 사람다운 쉰 목소리로 밋밋하게 얘기했다.

"안 됐어. 그러니까 꺼져."

"내 말은 진실을 파악할 준비 말이야."

텔이 텔에게 말했고 문 앞에 서 있던 텔은 변기에 앉아 있는 텔의 콧구멍에 하얀 가루가 동그랗게 묻어 있는 것을 보았다. 약을 몰래 판매하는 동시에 쓰기도 했던 모양이었다. 그는 잠깐 약을 하려고 이 안으로 들어왔다. 그때 누군가가 문을 열고 그의 눈에 연필을 꽂았다. 하지만 세상에 어떤 인간이 연필로 사람을 죽일까? 어쩌면 범죄를 저지른 동기가…….

"아, 충동이라고 보면 되겠지." 운동화가 쉰 목소리로 밋밋하게 얘기했다. "전 세계적으로 유명한 충동 범죄."

문 앞에 서 있던 텔은 조지가 어떤 식으로 생각할지 몰라도 그게 정확한 진단이라는 걸 알았다. 범인은 문 밑을 들여다보지 않았다. 운동화는 걸쇠로 문을 잠근다는 걸 깜빡했다. 이처럼 우연한 요소가 서로 만났을 때 다른 경우였다면 "죄송합니다"라고 중얼거리며 허둥지둥 문을 닫았을 것이다. 하지만 이번에는 다른 사태가 벌어졌다. 충동적인 살인으로 이어졌다.

"깜박하고 문 잠그는 걸 잊은 게 아냐." 운동화가 밋밋하고 허스키한 목소리로 말했다. "걸쇠가 고장난 거였지."

아, 그렇다, 걸쇠가 고장난 거였다. 하지만 상관없었다. 그렇다면 연필은? 화장실 문을 열었을 때 범인이 손에 들고 있었겠지만 살인 무기로 들고 있었던 건 아니었을 것이다. 담배나 열쇠 뭉치나 볼펜이나 연필처럼 만지작거릴 거리가 필요했기 때문에 들고 있던 것이었다. 연필은 두 사람 모두 전혀 짐작조차 하지 못했던 순간, 운동화의 눈에 꽂혔을 것이다. 범인은 그의 고객이었기 때문에 서류 가방 안에 뭐가 들었는지 알았고 피해자를 변기에 앉혀놓은 채 문을 닫고 건물을 빠져나가서…….

"다섯 블록 떨어진 철물점에 가서 쇠톱을 사 왔지."

운동화가 밋밋한 목소리로 말했다. 텔은 문득 상대가 더이상 그의 얼굴을 하고 있지 않다는 사실을 깨달았다. 이제는 서른 살쯤 되어 보이고 희미하게 아메리칸 원주민의 분위기를 풍기는 얼굴이었다. 텔은 붉은 기가 섞인 금발이었는데 이 남자도 처음에는 그래 보이더니 이제는 굵고 칙칙한 검은색 머리카락이었다.

그는 문득 또 다른 사실을 깨달았다. 꿈속에서 깨닫듯 깨달았다. 사람들은 유령과 맞닥뜨리면 맨 처음에는 항상 자신의 모습으로 인식한다. 왜 그럴까? 심해 다이버가 너무 빠르게 수면으로 상승하면 혈관 내로 질소 기포가 유입돼서 심한 통증을 느끼거나 목숨을 잃을 수도 있다는 걸 알기에 중간에 잠깐 쉬는 것과 같은 이유다. 그러니까 현실 잠수병이라는 것도 있기 때문이라고 할까.

"정상적인 수준을 넘어서면 인식이 달라지잖아, 안 그래?" 델은 쉰 목소리로 물었다. "요즘 내가 기묘한 일상을 보낸 이유가 그 때문이지. 내 안에서 뭔가가 준비를 하고 있었던 거야……. 너를 상대할 준비를."

죽은 남자는 어깨를 으쓱했다. 어깨에서 마른 파리들이 굴러떨어졌다.

"나야 모르지, 친구. 머리가 좋은 쪽은 너 아닌가?"

"좋아. 내가 설명하지. 그는 쇠톱을 사서 점원이 넣어준 봉투째 들고 왔어. 걱정은 조금도 하지 않았어. 만약 네가 발견됐다면 문 앞에 사람들이 구름떼처럼 모여 있을 거 아냐. 그걸 보면 단박에 알아차릴 수 있잖아. 어쩌면 경찰도 이미 출동했을지 모르고. 잠잠하면 들어가서 서류 가방을 챙기면 그만이었겠지."

"그는 먼저 체인을 끊어보려고 했어." 그가 쉰 목소리로 말했다. "그러다 안 되니까 톱으로 손을 잘랐지."

그들은 서로 쳐다보았다. 델은 문득 변기와 시신 뒤편의 지저분한 흰색 타일이 보였고…… 시신이 마침내 진짜 유령이 되어가고 있었다.

"이제 알겠어?" 그것이 델에게 물었다. "왜 너라야 했는지?"

"응, 네 얘기를 들어줄 사람이 필요했으니까."

"아냐, 역사는 개 같은 거야." 유령이 이렇게 말하고 미소를 짓는데, 미소가 어찌나 퀭하고 사악한지 델에게는 경악으로 다가왔다. "하지만 안다는 건 가끔 도움이 되지……. 살아 있는 경우에는." 그는 잠깐 말을 멈추었다. "네 친구 조지한테 중요한 걸 묻는 걸 깜빡했어, 텔. 그가 솔직하게 대답하지 않을 수도 있었지만."

"뭘 말이야?"

텔은 그렇게 물었지만 자신이 진심으로 알고 싶은지 확신이 없었다.

"그 당시 3층에서 내 가장 단골 고객이 누구였는지. 나한테 거의 팔천 달러를 쏟아부은 사람이 누구였는지. 개털이 된 사람이 누구였는지. 내가 죽고 이 개월 뒤에 로드아일랜드 재활 시설에 입원했다가 깨끗하게 퇴원한 사람이 누구였는지. 요즘은 하얀 가루 근처에도 가지 않는 사람이 누군지. 조지는 그 당시에 여기 없었지만 이 모든 질문의 정답을 알 거야. 사람들이 조지 옆에서는 그가 투명인간이라도 되는 듯이 대화를 나눈다는 걸 너도 느낀 적 있나?"

텔은 고개를 끄덕였다.

"그의 머릿속에서는 말을 더듬는 습관이 없어. 그는 분명 알 거야. 텔, 너한테 절대 얘기는 하지 않겠지만 그래도 알 거야."

얼굴이 다시 바뀌기 시작했다. 이번에는 그 태초의 안개를 뚫고 음침하고 이목구비가 뚜렷한 얼굴이 등장했다. 폴 재닝스의 이목구비가 등장했다.

"설마." 텔은 속삭였다.

"그는 삼만 달러도 넘게 챙겨 갔어." 폴의 얼굴을 한 죽은 남자가 말했다. "재활 시설 입원 비용을 충당하고도…… 돈이 많이 남아서 포기하지 않은 온갖 나쁜 습관을 즐길 수 있었지."

변기 위에 앉아 있었던 인물이 느닷없이 희미해지기 시작했다. 잠시 후에는 완전히 사라져서 보이지 않았다. 바닥을 내려다보니 파리들도 사라지고 없었다.

텔은 더이상 요의를 느끼지 않았다. 그는 조정실로 돌아가서 폴 재닝스에게 쓰레기 같은 새끼라고 말하고, 놀라서 어안이 벙벙해진 폴의 표정을 잠깐 감상한 다음 밖으로 나왔다. 다른 일거리가 있을 것이다. 그는 그렇다고 믿을 수 있을 만큼 실력이 좋았다. 그렇다는 걸 안다는 자체가 일종의 깨달음이었다. 오늘 처음으로 얻은 깨달음은 아니었지만 가장 최고의 깨달음이긴 했다.

아파트로 돌아간 그는 거실을 가로질러서 화장실로 직행했다. 요의가 다시 느껴졌지만, 사실 조금 급했지만 상관없었다. 그건 살아 있다는 또 다른 증거일 뿐이었다. “평범한 사람이 행복한 사람이다.” 그는 흰색 타일 벽에 대고 말했다. 그는 몸을 살짝 돌려서 변기 물탱크 위에 놓아둔 《롤링스톤》 이번 호를 집어서 랜덤 노츠 면을 읽기 시작했다.

# 밴드가 엄청 많더군

★★★

요절하거나 불행한 죽음을 맞은 록 스타들을 위해.

메리가 잠에서 깨어보니 그들은 어딘지 모를 곳을 달리고 있었다. 그녀는 길을 잃었다는 걸 알았고 클라크도 알았지만 처음에는 인정하려 들지 않았다. 그는 짜증났으니까 건드리지 말라는 표정을 짓고 저러다 사라지지 않을까 싶을 정도로 입을 점점 더 작게 오므리고 있었다. 그리고 클라크는 '길을 잃었다'고 표현하지 않을 것이다. '어디에선가 길을 잘못 들었다'고 할 테고 그 정도 인정하는 것만으로도 죽으려고 할 것이다.

그들은 전날 포틀랜드에서 출발했다. 클라크는 대기업으로 꼽히는 컴퓨터 회사 직원이었고 그들이 사는 포틀랜드 근교의 쾌적하지만 평범한 중상류층 도시—주민들 사이에서는 소프트웨어 시티라고 부르는 지역이었다—에서 벗어나 오리건을 느껴보자고 한 당사자였다.

"사람들이 그러는데 산골로 들어가면 풍경이 기가 막히대. 가서 한번 확인해볼래? 일주일 시간이 있는데 부서 이동이 예정돼 있다는 소문이 벌써부터 돌고 있거든. 지금 진짜 오리건을 보고 오지 않으면 앞으로 십육 개월이 내 기억 속에서 블랙홀로 존재할 거야."

그녀는 적극적으로 찬성했고(열흘 전부터 학교 방학이 시작된데다 맡아야 할 여름 수업도 없었다) 아무 계획 없이 무작정 떠나는 여행에 설레어했다. 즉흥적으로 떠난 휴가가 대부분 이런 식으로 길을 잃고 어딘지 모를 곳의 잡초 무성한 산골짜기에서 우왕좌왕하다가 끝났다는 사실을 까맣게 잊었기 때문이었다. 좋게 보면 짜릿한 모험이라고 볼 수도 있었지만, 그녀는 일월에 서른두 살이 되었다. 요즘 그녀가 생각하는 근사한 휴가지는 깨끗한 수영장과 침대에는 목욕가운이, 화장실에는 제대로 작동하는 헤어드라이어가 갖추어진 호텔이었다.

어제는 괜찮았다. 시골길이 하도 근사해서 심지어 클라크마저 그답지 않게 경외감에 입을 열지 못했다. 그들은 유진 바로 서쪽의 깨끗한 여인숙에서 묵었고 무려 두 번이나 사랑을 나누었고(그녀가 그걸 감당하지 못할 정도로 나이를 먹은 건 아니었다) 오늘밤은 클래머스폴스에서 보내기로 하고 아침에 남쪽으로 출발했다. 58번 오리건 주립 고속도로에서 하루를 시작한 것까지는 좋았는데 오크리지라는 마을에서 점심을 먹는 도중에 클라크가 SUV와 목재를 나르는 트럭으로 제법 혼잡한 고속도로 말고 다른 길로 가면 어떻겠냐고 했다.

"글쎄……." 메리는 남편에게서 그런 제안을 숱하게 들었고 후유증을 여러 번 겪은 적 있는 여자답게 애매한 반응을 보였다. "여기서 길을 잃으면 싫을 것 같아, 클라크. 아무것도 없어 보이는데."
그녀는 깨끗하게 손질한 손톱으로 "볼더크리크 야생 보호 구역"이라고 적힌 초록색 점을 톡톡 두드렸다. "야생이라고 하니까 주유소도 화장실도 호텔도 없다는 뜻이잖아."

"아, 걱정 마." 그는 먹던 프라이드 치킨 스테이크를 옆으로 치웠다. 주크박스에서는 스티브 얼 앤드 더 듀크스의 〈길 위에서의 6일Six days on the road〉가 흘러나왔고 흙먼지를 뒤집어쓴 창문 밖에서는 심심해 보이는 아이들이 스케이트보드로 턴과 팝아웃을 연습하고 있었다. 나이를 먹어서 이 마을을 영영 떠날 수 있을 때까지 시간을 때우는 것처럼 보였다. 메리는 그게 어떤 기분인지 알고도 남았다. "걱정할 것 없어. 58번을 타고 동쪽으로 몇 킬로미터 더 가다가…… 42번 주립 도로를 타고 남쪽으로 가면 돼……. 여기 보이지?"

"으응." 그녀의 눈에도 보였다. 58번 고속도로는 빨간색의 두툼한 선인 반면 42번 주립 도로는 검은색의 구불구불한 실선에 불과했다. 하지만 그녀는 미트로프와 매시드포테이토를 잔뜩 먹고 방금 염소를 삼킨 보아뱀 같은 기분이 들 때는 개척 본능이 도진 클라크와 왈가왈부하고 싶지 않았다. 그들이 몰고 온 근사한 벤츠의 조수석을 뒤로 젖히고 잠깐 눈을 붙이고 싶은 마음뿐이었다.

"그런 다음." 그는 계속 말을 이었다. "여기 이 길이 있잖아. 숫자가 적혀 있지 않은 걸 보면 아마 그냥 시골길이겠지만 토커티폴스까지 곧바로 이어지거든. 거기서 폴짝 97번 고속도로로 건너가는 거지. 어떻게 생각해?"

"그랬다가는 길을 잃을 거라고 생각해." 그녀는 나중에 후회하게 될 익살을 떨었다. "하지만 프린세스를 돌릴 수 있을 만큼 널찍한 공간만 찾을 수 있으면 문제없겠지."

"좋았어!" 그는 얼굴을 환히 빛내며 외치고 프라이드 치킨 스테이크를 앞으로 끌고 왔다. 굳어버린 그레이비소스에도 아랑곳하지 않고 식사를 이어갔다.

"으웩." 그녀는 한 손을 얼굴 앞에 대고 얼굴을 찡그렸다. "어쩜 그렇게 비위가 좋냐."

"맛있어." 클라크가 뭐라고 웅얼거리는지는 부인만 알아들을 수 있었다. "여행할 때는 현지 음식을 먹어야 하는 거야."

"누가 엄청 오래된 햄버거 위에 대고 재채기를 해서 가래를 뱉어 놓은 것 같잖아. 다시 한번 말하지만 으웩."

그들은 기분 좋게 오크리지를 출발했고 처음에는 모든 게 순조로웠다. 42번 주립 도로에서 빠져나와 클라크가 토커티폴스까지 곧바로 이어진다고 장담했던 번호 없는 도로로 진입할 때까지 아무 문제 없었다. 그 도로도 처음에는 전혀 문제가 없었다. 시골길이긴 했지만, 여기저기 파인데다가 여름인데도 땅이 얼어서 위로 솟아오른 42번 도로보다 상태가 훨씬 좋았다. 그들은 계기판에 달린 카세트플레이어에 번갈아 테이프를 넣어가며 신나게 달렸다. 클라크는 윌슨 피켓, 앨 그린, 팝 스테이플스 같은 가수들을 좋아했다. 메리의 취향은 정반대였다.

"그 백인 녀석들이 뭐가 그렇게 좋아?" 그녀가 요즘 가장 좋아하는 루 리드의 〈뉴욕New york〉을 넣자 그가 물었다.

"유부남들이잖아. 뭔 걱정이야?" 그녀가 되묻자 그는 폭소를 터뜨렸다.

십오 분 뒤 도로 분기점에 다다랐을 때 문제의 조짐이 보이기 시작했다. 양쪽 길 모두 그럴듯해 보였다.

"망할." 클라크는 차를 세우고 글러브 박스를 열어서 지도를 꺼냈다. 그는 지도를 한참 동안 들여다보았다. "저건 지도에 없었는데."

"뭐야, 또 시작이네." 메리가 말했다. 그녀는 예상치 못했던 분기점에서 클라크가 차를 세웠을 때 깜빡 잠이 들기 직전이었기 때문에 살짝 짜증이 났다. "내 생각을 얘기할까?"

"아니." 그도 살짝 짜증이 난 목소리였다. "하지만 내가 원하든 말든 당신은 당신 생각을 얘기하겠지. 혹시 모를까 봐 얘기하는데 당신 그런 식으로 눈을 부라리는 거 정말 싫어."

"그게 어떤 식인데?"

"저녁을 먹는 식탁 밑에서 방귀를 뀐 늙은 개 대하듯이 하잖아. 그래서 당신 생각은 뭔데? 얘기해봐. 내 돈 드는 것도 아니고."

"아직 시간 있을 때 돌아가자. 그게 내 생각이야."

"흠, 이제 '회개하라'라고 적힌 표지판만 있으면 딱이겠네."

"그거 웃으라고 한 얘기야?"

"글쎄."

그는 침울하게 중얼거리고 가만히 앉아서 벌레들이 치여 죽은 앞 유리창을 내다보았다가 지도를 자세히 들여다보기를 반복했다. 그들은 결혼한 지 십오 년이 지났고 메리는 그를 속속들이 알았다. 그는 예상치 못했던 분기점이 '나왔음에도 불구하고'가 아니라 '나왔기 때문에' 계속 가보자고 할 거라고 장담할 수 있었다.

클라크 윌링엄의 자존심이 걸려 있는데 물러설 리 없지. 그녀는 번져 나오려는 웃음을 가리려고 한 손을 입으로 가져갔다.

하지만 늦었다. 클라크가 한쪽 눈썹을 치켜세우고 그녀 쪽을 흘끗 쳐다보자 그녀는 문득 불쾌한 생각이 들었다. 오랜 결혼 생활 덕분에 그녀가 그를 동화책처럼 쉽게 읽을 수 있다면 그도 마찬가지일 것이었다. "왜?" 그가 가늘다 싶은 목소리로 물었다. 나중에 생각해보니 그의 입이 점점 오므라들기 시작한 게 바로 그 순간부터였다. 그녀가 잠이 들기 전부터였다. "뭐 할 얘기 있어?"

그녀는 고개를 저었다.

"그냥 헛기침하려고 그런 거야."

고개를 끄덕인 그는 점점 넓어져가는 이마 위로 안경을 올리고 코끝에 닿을 정도로 지도를 얼굴에 바짝 갖다댔다.

"흠. 왼쪽 길일 거야. 그쪽이 토커티폴스가 있는 남쪽으로 가는 길이니까. 다른 쪽 길은 동쪽으로 가거든. 목장길이나 뭐 그런 것일 테고."

"목장길인데 한가운데 노란색 선이 그어져 있다고?"

클라크의 입이 점점 오므라들었다.

"목장 주인들이 얼마나 잘사는지 알면 당신도 놀랄걸?"

그녀는 정찰대와 개척자들이 활약하던 시절은 오래전에 끝났다고, 자존심에 목숨 걸 필요 없다고 지적할까 하다가 간밤에 기분 좋게 두 탕이나 뛴 마당에 남편과 옥신각신하느니 오후의 햇볕을 쪼이며 잠깐 눈을 붙이는 게 낫겠다는 결론을 내렸다. 게다가 달리다 보면 어딘가에는 도착하지 않겠는가.

메리 윌링엄은 편안하게 마음먹고 미국의 마지막 위대한 고래에 대해 노래하는 루 리드의 목소리를 들으며 스르르 잠이 들었다. 클라크가 선택한 길이 이상해지기 시작할 무렵 그녀는 점심을 먹은 오크리지 카페로 돌아간 꿈을 꾸며 선잠을 자고 있었다. 꿈속에서 주크박스에 이십오 센트짜리 동전을 넣으려고 하는데 동전 넣는 구멍이 살덩이 비슷한 걸로 막혀 있었다. 주차장에서 놀던 아이 하나가 스케이트보드를 겨드랑이에 끼고 트레일블레이저스* 모자를 거꾸로 쓰고 그녀의 옆을 지나갔다.

이거 왜 이러니? 메리는 아이에게 물었다.

아이는 와서 한번 쓱 살펴보더니 어깨를 으쓱했다. 아, 별거 아니에요. 아줌마랑 다른 사람들을 위해 바쳐진 어떤 사람의 시신일 뿐. 지금 여기 이게 허접한 장치가 아니에요. 우리는 지금 대중문화를 얘기하고 있는 거라고요, 귀여운 아줌마.

그러더니 아이는 그녀의 오른쪽 젖가슴 끝부분을 기분 나쁘게 꼬집고 저쪽으로 걸어가버렸다. 주크박스를 돌아보니 피로 가득했고 인간의 내장과 의심스러우리만치 비슷한 시커먼 무언가가 둥둥 떠다니고 있었다.

루 리드 앨범은 이제 좀 자제하는 게 좋을지 모르겠다. 그녀가 생

* 오리건 주 포틀랜드를 연고지로 하는 NBA 농구팀.

각하자 유리 뒤편의 피 웅덩이에서 음반이 그녀의 생각을 읽기라도 한 듯 턴테이블을 향해 둥둥 떠가더니 루가 〈버스 한 대분의 믿음 Busload of faith〉를 부르기 시작했다.

메리가 점점 기분 나빠지는 꿈을 꾸는 동안 길은 점점 엉망이 되어가서 요철이 점점 늘어나다 나중에는 온통 요철로 뒤덮였다. 루리드의 긴 앨범이 끝나고 처음부터 다시 돌아가기 시작했지만 클라크는 그런 줄도 몰랐다. 하루를 시작할 당시 지었던 유쾌했던 표정은 완전히 사라지고 없었다. 그의 입은 장미 꽃봉오리 수준으로 오므라들었다. 메리가 깨어 있었다면 진작 그를 구슬러서 차를 돌렸을 것이다. 그는 그 사실을 아는 것처럼 그녀가 깨어나면 바스러진 노면의 표본이라 할 수 있는 이 좁은 길을 보고 그를 어떤 표정으로 쳐다볼지도 알았다. 이 길은 아주 선심을 쓰지 않는 이상 도로라고 할 수도 없었고 소나무숲이 양옆을 압박하며 울퉁불퉁한 타르를 그늘로 뒤덮었다. 그들이 42번 주립 도로에서 벗어난 이래 반대편에서 달려온 차가 한 대도 없었다.

그는 차를 돌려야 한다는 걸 알았다. 이상한 길을 따라 가더라도 목적지에 제대로 도착한 적이 한두 번이 아니었는데도(클라크 윌링엄은 자기 머릿속에 나침반이 들어 있다고 믿어 의심치 않는 수많은 미국 남자들 가운데 한 명이었다) 메리는 항상 잊어버렸다가 그가 이런 식으로 똥고집을 부리면 질색했다. 처음에 그는 토커티폴스가 나올 거라는 확신 아래, 나중에는 그러길 바라는 희망 아래 계속 밀어붙였다. 게다가 차를 돌릴 만한 곳이 없었다. 막무가내로 차를 돌렸다가는 프린세스의 휠캡이 도로라고 볼 수 없는 한심한 길 양옆의 진흙 도랑에 빠질 테고…… 얼마나 기다려야 견인차가 도착할지, 얼마나 멀리까지 걸어가야 견인차를 부를 수 있을지 아무도 알 수 없었다.

길이 또 한 번 갈라지면서 마침내 차를 돌릴 수 있을 만한 지점에 도착했지만 그는 계속 직진하기로 했다. 이유는 단순했다. 오른쪽 길은 한복판에서 잡초가 자라는 울퉁불퉁한 자갈길이었지만, 왼쪽 길은 넓고 밝은 노란색 선으로 분리된 번듯한 포장도로였다. 클라크의 머릿속에 든 나침반에 따르면 이 길의 방향이 남쪽이었다. 토커티폴스의 냄새가 느껴지다시피 했다. 앞으로 십오 킬로미터, 어쩌면 이십 킬로미터, 기껏해야 삼십 킬로미터였다.

최소한 차를 돌릴까 하고 고민을 하기는 했다. 나중에 그가 얘기했을 때 메리는 의심스러워하는 눈빛을 보였지만 진짜였다. 그가 직진하기로 결심한 이유는 메리가 꿈틀거리기 시작했고 차를 돌려서 그 울퉁불퉁하고 여기저기가 파인 길을 달리면 그녀가 깨어나서…… 그 예쁜 파란 눈을 동그랗게 뜨고 그를 쳐다볼 게 분명하기 때문이었다. 그냥 쳐다보기만 하겠지만 그것으로 충분했다.

게다가 모퉁이만 돌면 토커티폴스가 나올 텐데 한 시간 반 동안 왔던 길을 되짚어서 갈 필요가 뭐가 있겠어? 저 길을 봐. 저런 길이 설마 시나브로 이상해지겠어?

다시 프린세스의 기어를 넣고 왼쪽 길을 달리기 시작하자 아니나 다를까, 길이 시나브로 이상해졌다. 첫 번째 언덕을 넘었을 때 노란 선이 사라졌다. 두 번째 언덕을 넘었을 때 포장도로가 끝났고, 울퉁불퉁한 흙길 양옆에서 시커먼 숲이 전보다 더 강하게 압박했다. 태양이 엉뚱한 방향을 향해 저물어가는 것을 처음으로 느낄 수 있었다.

포장도로가 하도 갑작스럽게 끝나는 바람에 클라크는 프린세스를 새로운 지면 위로 살살 올려놓느라 브레이크를 밟는 수밖에 없었다. 스프링이 삐걱거리면서 요란하게 쿵 하는 소리가 나자 메리가 깼다. 그녀는 움찔하며 일어나 앉아서 눈을 휘둥그레 뜨고 주위를 두리번거렸다. "여기가……." 그녀가 말문을 연 순간 완벽한 오후의 정점을 찍으려는 듯 루 리드의 안개 자욱한 목소리가 점점 빨라지더니 〈좋은 저녁입니다. 발터하임 씨Good Evening, Mr. Waldheim〉 가사를 앨빈과 슈퍼밴드 속도로 쏟아냈다.

"악!"

그녀는 비명을 지르며 꺼냄 버튼을 눌렀다. 카세트 플레이어가 테이프와 갈색의 흉측한 태반을 잇달아 토해냈다. 반짝이는 테이프 뭉치였다.

프린세스가 거의 바닥이 안 보일 정도로 움푹 팬 구덩이를 지나가며 왼쪽으로 휘청거렸다가 폭풍 속에서 파도를 뚫고 나선형으로 움직이는 쾌속 범선처럼 위로 튕겨져 올라갔다.

"클라크?"

"아무 말도 하지 마." 그는 이를 악물고서 얘기했다. "길 잃어버린 거 아니야. 일이 분만 지나면 다시 포장도로로 바뀔 거야. 다음 언덕을 넘으면 그럴 수도 있고. 길 잃어버린 거 아니야."

메리는 꿈 때문에 심란한 마음을 달래며(무슨 꿈이었는지 기억이 나지는 않았다) 망가져버린 테이프를 무릎에 올려놓고 슬퍼했다. 새로 하나 사면 될 테지만…… 이 근처에는 파는 데가 없을 것이다. 그녀는 잔치에 참석한 굶주린 손님처럼 도로에 바짝 다가선 듯이 느껴지는 음침한 나무들을 바라보며 한참을 가야 타워 레코드 매장이 나올 거라는 생각을 했다.

그녀는 벌겋게 달아오른 클라크의 뺨과 거의 없어지다시피 한 입을 보며 당장은 입을 다물고 있는 편이 좋겠다는 결론을 내렸다. 그녀가 잠자코 있으면 도로라고 볼 수도 없는 한심한 길이 자갈 채굴장이나 유사 구덩이로 바뀌기 전에 그도 정신을 차릴지 몰랐다.

"게다가 차를 돌릴 수도 없어."

그녀가 차를 돌리자고 얘기라도 한 듯이 그가 말했다.

"그러게."

그녀는 애매하게 대꾸했다.

그는 시비를 걸고 싶은 건지, 아니면 그저 당황스러워하며 그녀가 너무 화가 나지 않았길 바라는 건지 알 수 없는 눈빛으로 그녀를 흘끗 쳐다보았다가 다시 앞유리창으로 시선을 돌렸다. 이제는 길의 한복판에서 잡초와 풀이 자랐고 길이 너무 좁아서 맞은편에서 차가 달려온다면 둘 중 하나가 후진을 해야 할 판이었다. 그게 다가 아니었다. 울퉁불퉁한 바큇자국 너머로 보이는 길이 점점 더 불길하게 느껴졌다. 볼품없는 관목들이 축축한 땅 위에서 서로 엎치락뒤치락 자리싸움을 하는 듯했다.

도로 어느 편에도 전봇대가 없었다. 그녀는 이 부분에 대해서 클라크에게 짚고 넘어가려다 입을 다물고 있는 편이 낫겠다고 결론을 내렸다. 그는 정적 속에 내리막 커브를 돌았다. 그는 분위기가 달라지길 바라고 또 바랐지만 웃자란 풀로 덮인 길이 계속 이어질 따름이었다. 오히려 좀 전보다 어렴풋하고 더 좁아져서 클라크가 즐겨 읽는 판타지 장편소설에 등장하는 그런 길 같았다. 테리 브룩스, 스티븐 도널드슨 그리고 두말하면 잔소리지만 이 작가들의 정신적인 아버지라 할 수 있는 J.R.R. 톨킨의 작품에서 등장인물들은(대개 발은 털이 북슬북슬하고 귀는 뾰족하다) 불길한 예감에도 불구하고 이렇게 버려진 길을 택하고 결국에는 트롤이나 장난꾸러기 요정이나 곤봉을 휘두르는 해골과 맞닥뜨렸다.

"클라크……."

"알아." 그는 왼손으로 운전대를 느닷없이 내리쳤다. 이 좌절 섞인 짧은 동작은 경적을 울리는 결과만 낳았다. "나도 안다고." 그는 온 도로(도로? 젠장, 이제는 오솔길이라는 단어도 과분했다)를 독차지하고 달리던 벤츠를 세워서 기어를 주차로 바꾸고 차에서 내렸다. 메리도 천천히 조수석에서 내렸다.

나무의 발삼 향이 상쾌했고 그녀는 엔진 소리(저멀리서 비행기 웅웅거리는 소리조차 들리지 않았다)나 인간의 음성으로 어지럽혀지지 않은 정적에도 아름다운 구석이 있다는 생각을 했지만…… 섬뜩한 구석도 있었다. 심지어 어두컴컴한 전나무 사이에서 째액! 하고 새가 우는 소리, 쏴아 하고 바람이 부는 소리, 프린세스의 디젤 엔진이 거칠게 웅웅거리는 소리마저 그들을 감싼 정적의 벽을 강화시켰다.

그녀는 프린세스의 회색 지붕을 지나 책망이나 노여움의 기미 없이 애원하는 눈빛으로 클라크를 바라보았다. 어떻게든 여기서 빠져

나가게 해주라. 알았지? 응?

"미안해, 여보." 그의 걱정스러운 표정은 그녀를 달래는 데 아무 도움이 되지 못했다. "정말 미안해."

그녀는 뭐라고 대꾸를 하려고 했지만 바짝 마른 목구멍에서 아무 소리도 나오지 않았다. 그녀는 헛기침을 하고 다시 시도했다.

"후진해서 가면 어떨까, 클라크?"

그는 잠깐 고민을 하다가—새가 다시 쨰액! 하고 지저귀자 숲속 더 깊은 곳에서 누군가가 화답하는 소리가 들릴 만큼의 시간이 흘렀다—고개를 저었다.

"그건 최후의 수단이야. 마지막 분기점까지 아무리 못해도 삼 킬로미터는 후진을 해야 하는데……."

"분기점이 한 개 더 있었다는 거야?"

그는 살짝 움찔하며 시선을 떨어뜨리고 고개를 끄덕였다. "후진하면…… 길이 얼마나 좁고 얼마나 진창인지 당신도 알잖아. 거기 빠지기라도 했다가는……." 그는 고개를 젓고 한숨을 쉬었다.

"계속 가자고?"

"아무래도 그래야지 싶어. 물론 길이 아주 엉망진창으로 바뀌면 시도해봐야겠지."

"그때쯤 되면 더 깊숙이 들어가는 거잖아, 안 그래?"

그녀가 생각하기에 아직까지는 힐난조의 말투를 제법 잘 참고 있었지만 점점 힘들어지고 있었다. 그녀는 그에게 상당히 화가 났고, 이 지경에 다다르도록 방치하고 응석을 받아주는 자기 자신에게도 화가 났다.

"그렇지. 하지만 이 형편없는 길을 몇 킬로미터 후진하느니 계속 달리다 보면 넓은 공간이 나올지 모른다는 데 한 표 던지겠어. 만약 후진을 해야 하는 상황이 되면 단계적으로 접근할 거야. 오 분 후진하고 십 분 쉬고 다시 오 분 후진하고 이런 식으로." 그는 어설프게 미소를 지었다. "상당한 도전이 될 거야."

"그래, 그렇겠지." 메리가 보기에 이런 상황은 도전이 아니라 골치 아픈 일이었다. "다음번 언덕을 넘으면 토커티폴스가 나올 거라고 믿고 있기 때문에 밀어붙이는 건 아니지?"

잠깐 그의 입이 완전히 사라졌고 그녀는 응당 이어질 분노의 폭발에 대비해 마음의 준비를 했다. 하지만 그는 어깨를 축 늘어뜨리며 고개를 젓고는 그만이었다. 순간 삼십 년 뒤 그의 모습이 그려지자 그녀는 어디인지 모를 시골길에서 오도 가도 못하게 되는 것보다 심한 공포를 느꼈다.

"아니. 토커티폴스는 포기해야 할 것 같아. 미국 여행길의 가장 큰 원칙 가운데 하나가 양쪽 어디에도 전봇대가 없는 길은 영판 소용없다는 거잖아."

그도 알아차린 사실이었다.

"가자." 그가 차에 올라타며 말했다. "이 상황에서 벗어날 수 있도록 죽어라 노력해볼게. 그리고 다음부터는 당신 말 들을게."

그래, 그래. 메리는 신기한 한편으로 지긋지긋한 분노를 느꼈다. 내가 그 소릴 한두 번 들어봤겠어? 그녀는 그가 기어를 주차에서 주행으로 바꾸려는 순간 그의 손 위에 자기 손을 올려놓았다. "당신이 그럴 거라는 거 알아." 이로써 그의 말을 약속으로 바꾸었다. "이제

이 궁지에서 탈출시켜줘."

"나만 믿어."

"그리고 조심해."

"그것도 나만 믿어."

그는 어렴풋한 미소로 그녀의 마음을 조금 풀어주고 프린세스의 변속기를 작동시켰다. 이 깊은 숲속과 전혀 어울리지 않는 큼지막한 회색 벤츠가 어두컴컴한 길을 천천히 기어가기 시작했다.

그들은 주행거리계상으로 1.5킬로미터를 더 달렸지만 달라지는 건 없었다. 비포장도로의 폭만 점점 좁아질 뿐이었다. 메리는 후줄근한 전나무들이 이제는 잔치에 참석한 굶주린 손님이 아니라 끔찍한 사고 현장에 모여든 호기심 많은 구경꾼 같다는 생각이 들었다. 길이 이보다 더 좁아지면 나뭇가지가 자동차 옆면을 요란하게 쓸고 지나가는 소리가 들릴 것이다. 그런가 하면 나무 아래의 땅은 퇴비 같은 수준을 지나 이제는 늪 같았다. 메리는 꽃가루와 솔잎으로 부예진 물이 군데군데 고여 있는 것을 볼 수 있었다. 심장은 지나치게 빠르게 뛰었고 클라크와 결혼하던 해에 영영 사라진 줄 알았던 손톱을 물어뜯는 버릇이 두 번이나 나왔다. 지금 진창에 빠지면 프린세스에서 밤을 보내야 할 가능성이 백 퍼센트라는 깨달음이 슬금슬금 찾아왔다. 게다가 이 숲에는 동물들이 살고 있었다. 숲속에서 녀석들이 부스럭거리는 소리가 들렸다. 곰인가 싶을 만큼 큰 소리도 있었다. 옴짝달싹 못하게 된 벤츠를 보며 서 있다가 곰과 맞닥뜨리는 상상을 하자 맛과 느낌 면에서 큼지막한 털 뭉치와 비슷한 게 치밀어 오르는 바람에 침을 삼켜야 했다.

"클라크, 포기하고 후진을 시도하는 게 낫겠어. 이미 3시가 지났고……."

"어?" 그가 앞을 가리켰다. "저거 표지판 아니야?"

그녀는 실눈을 떴다. 전면에서 숲이 울창한 언덕 꼭대기를 향해 오르막길이 이어졌다. 꼭대기 근처에 밝은 파란색의 직사각형이 세워져 있었다.

"그러게. 표지판이네."

"예스! 뭐라고 되어 있는지 보여?"

"응, 여기까지 올라왔으면 정말 새된 거임."

그는 재미있어하는 한편 짜증이 섞인 복잡한 눈빛으로 그녀를 노려보았다.

"아주 웃겼어, 메리."

"고마워, 클라크. 나도 노력중이야."

"언덕 꼭대기로 올라가서 표지판에 뭐라고 적혀 있고 그 너머에는 뭐가 있는지 확인하자. 아무 희망이 안 보이면 거기서 후진해보는 걸로. 어때?"

"좋아."

그는 그녀의 다리를 토닥이고 조심스럽게 전진했다. 이제 벤츠가 어찌나 천천히 움직이는지 길마루에 난 잡초가 차대에 대고 숨죽여 웃는 소리가 들릴 정도였다. 메리는 이제 표지판에 적힌 글이 보였지만 처음에는 잘못 본 거겠니 생각했다. 도무지 말이 되지 않았다. 하지만 표지판이 점점 가까워지는데도 문구가 달라지지 않았다.

"저기에 내가 생각하는 대로 적혀 있는 거 맞아?"

클라크가 그녀에게 물었다.

메리는 당혹감에 짧은 웃음을 터뜨렸다.

"응……. 하지만 누가 장난친 걸 거야. 당신 생각은 어때?"

"난 생각하는 걸 포기했어. 생각하면 자꾸 문제가 생겨서. 하지만 내 눈에 장난이 아닌 게 보이는데. 저것 봐, 메리!"

표지판에서 칠팔 미터 뒤로 언덕 꼭대기가 보였고 그 바로 앞에서 길이 극적으로 넓어지면서 포장도로와 노란 줄이 동시에 등장했다. 메리는 가슴에 얹혀 있던 근심이 바위처럼 굴러 떨어지는 것을 느낄 수 있었다.

클라크는 씩 웃고 있었다. "아름답지 않아?"

그녀도 씩 웃으며 행복하게 고개를 끄덕였다.

표지판에 다다르자 클라크가 차를 세웠다. 그들은 표지판을 다시 읽었다.

> 오리건 주 로큰롤헤븐에 오신 것을
> 환영합니다.
> 현대식 도시! 여러분도 만끽하세요!
> 청년 상공회의소·상공회의소· 라이온스· 엘크스.

"장난일 거야." 그녀는 같은 말을 반복했다.

"아닐 수도 있어."

"이름이 로큰롤헤븐인 마을이라고? 왜 이러세요오오, 클라크 씨."

"왜? 뉴멕시코에는 트루스오어컨시퀀시스*가 있고 네바다에는 드라이샤크가 있고 펜실베이니아에는 인터코스**라는 마을도 있어. 그러니까 오리건에 로큰롤헤븐이 있으면 안 될 이유가 없잖아?"

그녀는 까르르 웃음을 터뜨렸다. 안도감이 정말이지 어마어마했다.

"그거 당신이 지어낸 거지?"

"뭐?"

"펜실베이니아 주 인터코스."

"아니야. 예전에 랠프 긴즈버그가 거기서 《에로스》 잡지를 발송하려고 한 적이 있었어. 소인을 찍으려고. 그러다 연방 정부에 제재당했지. 진짜야. 그러니까 1960년대에 흙으로 돌아가자며 공동체 생활을 추구하던 히피들이 건설한 마을일 수도 있어. 라이온스니 엘크스니 청년 상공회의소니 하며 기득권층으로 넘어갔어도 마을 이름은 그대로 남은 거지." 그는 이 시나리오에 매력을 느꼈다. 재미있는 동시에 묘하게 달콤했다. "그건 중요한 문제가 아니라고 봐. 중요한 건 진정한 포장도로가 다시 등장했다는 거지. 차를 몰고 달릴 만한 그런 도로가."

그녀는 고개를 끄덕였다.

"그럼 계속 가보자……. 하지만 조심해."

"당연하지." 프린세스가 포장도로를 딛고 올라섰다. 아스팔트가

* 질문을 받고 답을 못하거나 틀린 답을 한 사람이 벌을 받는 게임.

** 성관계라는 뜻.

아니라 때우거나 이은 자국 없이 표면이 매끈했다. "조심성 하면 또 나잖……."

언덕 꼭대기에 다다르자 내뱉으려던 마지막 단어가 입안에서 사라졌다. 그는 안전벨트에 락이 걸릴 정도로 브레이크 페달을 세게 밟고 기어를 다시 주차로 옮겼다.

"맙소사!" 클라크가 외쳤다.

그들은 입을 떡 벌리고 공회전하는 벤츠에 앉아서 발아래로 펼쳐진 마을을 내려다보았다.

보조개처럼 생긴 작고 좁은 계곡에 완벽한 보석 같은 마을이 자리잡고 있었다. 메리가 보기에는 노먼 록웰의 그림이나 커리어 앤드 이브스사社*에서 출간한 조그만 마을의 그림과 꼭 닮은 곳이었다. 그녀는 지형 때문에 그렇게 보이는 거라고 자신을 설득하려고 했다. 계곡 속으로 구불구불 파고드는 길, 굵고 오래된 전나무가 외딴 벌판 너머까지 빽빽이 자란 덕분에 거무스름한 초록색의 숲으로 둘러싸인 마을. 단순히 지형 때문만은 아니었다. 메리가 생각하기에는 클라크도 알아차렸을 듯했다. 예를 들어 교회 뾰족탑만 해도 극단적으로 대칭이 딱 맞아서 하나는 마을 광장의 북쪽 끝에, 다른 하나는 남쪽 끝에 있었다. 동쪽의 적갈색 건물은 누가 봐도 학교였다. 꼭대기에는 종탑이, 한쪽 옆에는 위성 안테나가 달린 서쪽의 큼

* 미국의 역사, 풍습, 풍경을 판화로 제작한 회사.

지막한 흰색 건물은 전형적인 마을 회관이었다. 모든 집들이 2차세계대전 이전에 《새터데이 이브닝 포스트》나 《아메리칸 머큐리》 같은 잡지에 실린 광고 속 주택처럼 불가능하리만치 깔끔하고 아늑했다.

한두 군데 굴뚝에서 연기가 피어오르고 있어야 할 텐데. 메리는 생각했다. 조금 살펴보니 과연 그랬다. 그녀는 문득 레이 브래드버리의 『화성 연대기』에서 읽은 이야기가 생각났다. 제목이 「화성은 천국」이었는데, 거기서 화성인들은 모두가 품고 있는 가장 애틋한 고향의 이미지에 맞춰서 도살장을 감쪽같이 위장했다.

“차 돌리자.” 그녀는 불쑥 얘기했다. “조심조심 돌리면 이 정도 공간이면 충분하잖아.”

그는 천천히 고개를 돌려서 그녀를 바라보았다. 그녀는 그의 표정이 마음에 들지 않았다. 미쳤느냐고 묻는 듯이 빤히 쳐다보고 있었다.

“여보, 그게 지금 무슨…….”

“여기가 마음에 안 들어서 그래.” 그녀는 얼굴이 점점 달아오르는 게 느껴졌지만 밀어붙였다. “십 대에 읽은 섬뜩한 이야기가 생각나.” 그녀는 말을 멈추었다가 다시 이었다. “『헨젤과 그레텔』의 과자집도 생각나고.”

그는 특유의 어이가 없다는 눈빛으로 그녀를 계속 쳐다보았다. 그녀는 그가 마을로 내려갈 작정이라는 걸 알았다. 애초에 그들을 고속도로에서 이탈하게 만든 그 망할 테스토스테론이 문제였다. 젠장, 그는 탐험을 원했다. 그리고 두말하면 잔소리지만 기념품을 원했다. '로큰롤헤븐에 갔더니 밴드가 엄청 많더군'. 이런 깜찍한 문구가 적힌, 동네 드러그스토어에서 파는 티셔츠면 충분할 것이다.

"여보……."

그가 그녀를 꼬드기려고 죽도록 노력할 때 동원하는 부드럽고 다정한 목소리였다.

"아, 됐어. 나를 배려하는 마음이 있으면 차 돌려서 58번 고속도로로 돌아가줘. 그러면 오늘밤에 선물 줄게. 당신이 감당할 수만 있으면 두 번도 가능해."

그는 운전대에 손을 얹고 똑바로 앞을 쳐다보며 한숨을 쉬었다. 그러다 마침내 그녀를 쳐다보지도 않은 채로 이렇게 얘기했다.

"계곡 저편을 봐, 메리. 저쪽에 언덕으로 올라가는 오르막길 보이지?"

"응, 보여."

"저 길이 얼마나 넓은지 모르겠어? 얼마나 매끈한지? 얼마나 포장이 잘돼 있는지?"

"클라크, 그건……."

"저기 봐! 심지어 번듯한 버스도 보이는 것 같은데." 그는 오후의 햇살을 받아 쇠로 된 껍데기를 반짝이며 마을을 향해 느릿느릿 움직이는 노란색 벌레를 가리켰다. "이쪽 세계로 진입한 이래 처음 보는 차야."

"그래도……."

그가 콘솔 박스에 두었던 지도를 집어 들고 그녀에게로 고개를 돌렸다. 이제 보니 살살 꼬드기는 목소리가 사실은 그녀 때문에 폭발하기 직전인 속마음을 감추기 위해 동원된 도구였다.

"잘 들어, 당신. 똑똑히 잘 들어, 나중에 내가 물어볼 수도 있으니까. 여기서 내가 차를 돌릴 수도 있을지 모르지만 돌릴 수 없을지도 몰라. 넓긴 하지만 당신이 생각하는 것처럼 충분히 넓은지는 잘 모르겠거든. 그리고 땅도 상당히 질퍽질퍽해 보이고."

"클라크, 소리지르지 마. 머리가 아프려고 해."

그는 목소리를 조절하는 성의를 보였다.

"차를 돌린다 하더라도 58번 고속도로까지 가려면 아까 그 개 같은 길을 이십 킬로미터쯤 다시……."

"이십 킬로미터면 그렇게 멀지도 않네."

그녀는 딱 잘라서 얘기하려고 했지만 마음이 약해지는 걸 느낄 수 있었다. 그런 자신이 싫었지만 그런다고 달라지는 건 없었다. 남자들이 이런 수법으로 항상 원하는 걸 쟁취하는 게 아닌가 하는 불쾌한 생각이 들었다. 정당한 주장을 하는 게 아니라 집요하게 물고 늘어지는 수법으로 말이다. 그들은 축구를 하듯 말싸움을 하기 때문에 끝까지 버티면 온 마음에 스파이크 자국이 남았다.

"맞아, 이십 킬로미터면 그렇게 멀지도 않지." 그는 가장 논리적인 '내가 메리 당신을 목 졸라 죽이려는 건 아니잖아' 말투로 얘기했다. "하지만 58번 고속도로로 돌아간 뒤에 숲을 지나려면 팔십 킬로미터쯤 달려야 하는데?"

"우리가 무슨 열차 시간표에 맞춰서 가야 하는 것도 아니잖아!"

"그냥 열받아서 그래. 깜찍한 이름으로 불리는 멀끔한 마을을 내려다보자마자 〈13일의 금요일〉 xx편이 생각난다며 돌아가자고 하니까. 그리고 저기 저쪽 길이…….” 그는 계곡 너머를 가리켰다. “남쪽으로 가는 길이야. 저 길로 가면 여기서 토커티폴스까지 삼십 분도 안 걸릴 거야.”

“당신, 오크리지에서도 그렇게 얘기했잖아. 정체 모를 마법의 구간으로 진입하기 전에.”

그는 쥠쇠처럼 입술을 오므리고 그녀를 잠깐 더 쳐다보다가 기어를 잡았다.

“염병할. 그래, 차 돌리자. 하지만 가는 길에 차 한 대만 만나도 로큰롤헤븐까지 후진해야 해. 그러니까…….”

기어를 옮기려고 했을 때 그녀가 그날 들어 두 번째로 그의 손 위에 자기 손을 얹었다.

“직진하자.” 그녀가 말했다. “어쩌면 당신 말이 맞고 내가 바보같이 구는 걸지 모르잖아.” 이런 식으로 나가떨어지는 습성이 빌어먹을 유전자에 새겨진 거 아닌가 몰라, 그녀는 생각했다. 아니면 지금 너무 피곤해서 싸우고 싶지 않거나.

그녀가 손을 치웠다. 그는 가만히 그녀를 쳐다보았다.

“당신도 그렇게 생각한다면.”

그게 가장 어처구니없는 부분이었다. 클라크 같은 남자에게는 승리만으로는 부족했다. 투표 결과가 만장일치라야 했다. 그녀는 속으로는 다르게 생각하면서 말로는 만장일치를 외친 적이 한두 번이 아니었지만 이번에는 그럴 수가 없었다.

“그렇게 생각하지는 않아.” 그녀가 말했다. “나를 그냥 참고 견딘 게 아니라 내 말을 귀담아들었으면 당신도 알 텐데? 어쩌면 당신 말이 맞고 내가 바보같이 구는 걸지 모른다고 했잖아. 당신의 논리가 내 논리보다 더 앞뒤가 맞으니까, 적어도 그건 인정하니까 당신 뜻을 따르겠다는 거지만 그런다고 내 생각이 달라지지는 않아. 그러니까 이번에는 내가 치어리더 치마를 벗고 클라크 잘한다, 응원하지 않더라도 이해해줬으면 해."

"젠장!" 그가 말했다. 자신 없는 표정을 짓고 있어서 그답지 않게 어린애 같아 보였고 밉살스러웠다. "당신 지금 좀 저기압이구나. 그렇지, 꿀단지?"

"그런 것 같아." 그녀는 대답하면서 그 애칭이 얼마나 신경에 거슬리는지 들키지 않길 바랐다. 이러니저러니 해도 그녀는 서른둘이었고 그는 마흔하나였다. 그녀는 누군가의 꿀단지가 되기에는 나이가 조금 많았고 클라크도 꿀단지를 필요로 하기에는 나이가 조금 많았다.

그의 얼굴에서 심란한 표정이 가시며 그녀가 좋아하는 클라크, 더불어 남은 반생애를 보내고 싶은 남자로 돌아왔다. "하지만 당신, 치어리더 치마 입으면 귀여울 텐데." 그는 말하며 그녀의 허벅지 길이를 가늠하는 듯한 눈치를 보였다. "진짜로."

"클라크, 당신은 바보야."

그녀는 자기도 모르게 미소를 짓고 말았다.

"맞습니다, 마나님."

그는 말하고 프린세스의 기어를 넣었다.

마을에는 주변을 에워싼 벌판 몇 개라면 모를까, 외곽이 없었다.

그들은 좀 전까지만 해도 나무 그늘이 드리워진 음울한 시골길을 달리고 있었는데, 황갈색의 널찍한 벌판이 삽시간에 양쪽으로 등장했다. 그다음에는 조그맣고 깔끔한 집들이 지나갔다.

마을은 고요했지만 사람이 없지는 않았다. 차량 몇 대가 시내라고 할 수 있는 곳을 교차하는 너댓 개의 도로를 느긋하게 오갔고 행인 몇 명이 인도를 걸어갔다. 클라크는 웃통을 벗고 잔디밭에 물을 주며 올림피아 맥주 캔을 마시는 배불뚝이 남자에게 한 손을 들어서 경례했다. 감지 않은 머리를 어깨까지 지저분하게 늘어뜨린 배불뚝이 남자는 지나가는 그들을 쳐다보기만 할 뿐 화답하지 않았다.

중심가는 노먼 록웰의 분위기를 어찌나 지독하게 풍기는지 기시감이 느껴질 정도였다. 튼튼하게 자란 오크나무들이 인도에 그늘을 드리웠고 왠지 모르게 딱 알맞았다. 이 마을의 딱 하나뿐인 술집은 찾아가보지 않아도 이름이 듀 드롭 인일 게 분명했고 바 카운터 위에는 버드와이저 마스코트가 그려진 불 들어오는 시계가 걸려 있을 것이다. 주차 구획은 비스듬하게 그어져 있었다. 커팅 에지 이발소 앞에서는 빨간색과 하얀색과 파란색으로 이루어진 간판이 돌아가고 있었다. 상호가 듄풀인 약국 문 위에는 막자사발과 막자가 달려 있었다. 반려동물 용품점(쇼윈도에 "샴 고양이 있습니다"라고 적힌 푯말이 걸려 있었다)은 상호가 화이트 래빗이었다. 모든 게 어찌나 완벽한지 편안하게 볼일도 볼 수 있겠다 싶을 정도였다. 그중에서도 최고는 마을 한복판에 있는 광장이었다. 음악당 위의 당김줄에 푯말이 걸려 있는데, 거리가 백 미터나 되는데도 불구하고 메리는 거기에 뭐라고 적혔는지 아무 어려움 없이 읽을 수 있었다. "오늘 저녁에 공연이 열립니다"라고 적혀 있었다.

그녀는 문득 자신이 이 마을을 안다는 사실을 깨달았다. 심야 텔레비전 프로그램에서 숱하게 본 마을이었다. 이곳은 레이 브래드버리가 지옥처럼 묘사한 화성이나 『헨젤과 그레텔』의 과자집보다 〈환상특급〉의 여러 에피소드에서 사람들이 계속 맞닥뜨리는 기묘하고 이상한 마을을 훨씬 더 많이 닮았다.

그녀는 남편 쪽으로 몸을 기울이고 불길한 목소리로 나지막이 속삭였다. "우리는 지금 시각과 청각적인 차원이 아니라 심리적인 차원을 지나가고 있어, 클라크. 봐!" 그녀가 막연하게 손가락질을 하자 웨스턴 오토 앞에 서 있던 여자가 그걸 보더니 실눈을 뜨고 의심하는 눈빛으로 그녀를 흘끗거렸다.

"뭘?"

그는 다시 짜증난 말투였다. 이번에는 그녀가 무슨 말을 하려는 건지 정확히 알고 있기 때문에 짜증이 난 듯했다.

"저 앞에 표지판이 있잖아! 우리는 지금……."

"아, 그만해, 메리." 그는 말하고 중심가 중간의 빈 주차 구역으로 불쑥 핸들을 돌렸다.

"클라크!" 그녀는 거의 비명을 지르다시피 했다. "지금 뭐하는 거야?"

그는 로커부기 레스토랑이라는 별로 매력적이지 못한 이름으로 불리는 시설을 앞유리창 너머로 가리켰다.

"목말라서. 저기 가서 콜라 큰 거 하나 사가지고 올게. 당신은 같이 가지 않아도 돼. 그냥 여기 앉아 있어. 불안하면 문 다 잠그고."
그는 이렇게 얘기하며 운전석 쪽 문을 열었다. 그가 발을 밖으로 내딛기 전에 그녀가 어깨를 잡았다.

"클라크, 가지 마."

그가 돌아보자 그녀는 〈환상특급〉 얘기를 꺼내지 말았어야 했다는 걸 한눈에 알아차렸다. 틀린 말이 아니라 맞는 말이기 때문이었다. 마초 증세가 다시 도진 거였다. 그는 목이 말라서 차를 세운 게 아니었다. 이 조그맣고 섬뜩한 마을에 그도 오싹해졌기 때문에 차를 세운 거였다. 조금 오싹해졌는지, 많이 오싹해졌는지는 알 수 없었지만 그는 조금도 무섭지 않다고 확신하기 전에는 절대 움직이지 않을 것이다.

"얼른 다녀올게. 당신도 진저에일이나 뭐 마실래?"

그녀는 버튼을 눌러서 안전벨트를 풀었다.

"나는 혼자 있고 싶지 않다는 생각뿐이야."

그가 같이 가겠다고 할 줄 알았다는 듯이 거들먹거리는 표정으로 쳐다보자 그녀는 그의 머리칼을 몇 움큼 뽑고 싶어졌다.

"그리고 사태를 이 지경으로 몰고 온 당신을 발로 차주고 싶다는 생각이랑." 그녀는 거들먹거리던 그의 표정이 자존심에 상처를 받고 놀란 표정으로 바뀌는 걸 보며 기뻐했다. 그녀는 조수석 문을 열었다. "가자. 제일 가까운 소화전에 후딱 쉬하고 여기서 빠져나가자, 클라크."

"쉬를 하다니……? 메리, 그게 도대체 무슨 말이야?"

"탄산음료 마시자고!" 그녀는 소리를 질렀다. 소리를 지르는 내

내 즐거운 사람과 떠난 즐거운 여행이 금세 악몽으로 변할 수 있나는 데 놀라워했다. 길 건너편을 흘끗 쳐다보니 머리를 기른 젊은 남자 둘이 거기 서 있었다. 그들도 음료를 마시며 마을에 등장한 낯선 사람을 관찰하고 있었다. 그중 한 명은 닳아빠진 실크해트를 쓰고 있었다. 밴드에 꽂힌 플라스틱 데이지가 산들바람을 맞고 좌우로 까딱거렸다. 그의 일행은 옅어져가는 파란색 문신이 양쪽 팔 위를 꿈틀꿈틀 수놓고 있었다. 메리가 보기에는 동력 전달 장치와 데이트 성폭행의 묘미를 더 오랫동안 연구하고 싶어서 10학년 들어 세 번째로 학교를 자퇴한 아이들 같아 보였다.

희한하게 그들 역시 왠지 모르게 낯이 익었다.

그들은 그녀의 시선을 알아차렸다. 실크해트가 엄숙하게 한 손을 들고 그녀를 향해 손가락을 빙글빙글 돌렸다. 메리는 황급히 클라크 쪽으로 고개를 돌렸다. "얼른 시원한 거 사가지고 여기서 빠져나가자."

"그래. 그리고 나한테 소리지를 필요 없어, 메리. 당신 바로 옆에 있잖아. 그리고……."

"클라크, 맞은편에 있는 저 두 남자 보여?"

"두 남자라니?"

그녀가 다시 뒤를 돌아보니 실크해트와 문신이 마침 이발소 안으로 들어가고 있었다. 문신이 흘끗 어깨 너머를 돌아보았고 잘못 본 걸지 몰라도 그녀를 향해 윙크를 날리는 것 같았다.

"지금 이발소 안으로 들어가고 있는데, 보여?"

클라크는 쳐다보았지만 유리에 눈이 부시도록 반사된 햇살의 파편과 닫히는 문 말고는 아무것도 보이지 않았다. "그 사람들이 어쨌길래?"

"얼굴이 낯익어서."

"그래?"

"응, 그런데 내가 아는 사람들 중에 누군가가 오리건 주 로큰롤헤븐으로 이사 와서 거리의 건달이라는 보람찬 고소득 직종으로 전업하다니 상상이 잘 되지 않거든."

클라크는 폭소를 터뜨리고 그녀의 팔꿈치를 잡았다. "가자." 그는 말하고 로커부기 레스토랑으로 앞장섰다.

로커부기는 메리의 불안감을 달래는 데 많은 기여를 했다. 그녀는 점심을 먹은 오크리지의 침침하고 (다소 지저분했던) 간이 휴게소와 별반 다르지 않은 싸구려 식당이겠거니 생각했다. 그런데 로커부기는 햇살이 가득하고 쾌적한데다 펑키한 1950년대 분위기를 물씬 풍기는 식당이었다. 벽은 파란 타일로 덮였고, 크롬 재질의 파이 진열대에는 무늬가 새겨져 있고, 바닥에는 누르스름한 오크가 깔끔하게 깔렸고, 머리 위에서는 노 모양의 목재 선풍기가 빈둥빈둥 돌아가고 있었다. 빨간색과 파란색의 얇은 네온 튜브가 벽시계의 동그란 테두리를 감싸고 있었다. 〈청춘 낙서〉의 유물처럼 보이는 청록색의 레이온 유니폼을 입은 웨이트리스 둘이 식당과 주방 사이에 놓인 스테인리스스틸 창구 옆에 서 있었다. 한 명은 나이가 아무리 많아봐야 스무 살일 정도로 젊었고 생기 없이 예쁜 얼굴이었다. 숱이 많은 빨간색의 곱슬머리를 한 키가 작은 다른 여자는 불쾌한 동시에 절박하게 느껴지는 야한 분위기를 풍겼는데…… 그뿐만이 아니었다. 메리는 몇 분 만에 두 번째로 이 마을에 그녀가 아는 사람이 살고 있는 듯한 강렬한 예감을 느꼈다.

그녀와 클라크가 들어서자 문 위에 달린 종이 울렸다. 두 웨이트리스가 흘끗 쳐다보았다. "어서 오세요." 젊은 쪽이 말했다. "금방 갈게요."

"아니, 시간 좀 걸릴 거예요." 빨간 머리가 어깃장을 놓았다. "보시다시피 저희가 엄청 바쁘거든요." 그녀는 점심과 저녁의 딱 중간 시간대를 맞이한 조그만 마을의 식당이 그렇듯 손님이 아무도 없는 실내를 한 팔로 휙 가리키더니 자기가 한 농담에 자기가 깔깔대고 웃었다. 스카치위스키와 담배 때문인지 목소리처럼 웃음소리도 허스키하게 갈라졌다. 하지만 내가 아는 목소리야, 메리는 생각했다. 장담할 수 있어.

클라크를 돌아보니 다시 수다에 돌입한 두 웨이트리스를 최면에 걸린 사람처럼 빤히 쳐다보고 있었다. 그녀는 소맷부리를 당겨서 그의 주의를 돌렸다. 그가 왼쪽에 옹기종기 모여 있는 테이블 쪽으로 걸음을 옮기자 다시 소맷부리를 당겼다. 그녀는 바 카운터에 앉고 싶었다. 빌어먹을 탄산음료를 테이크아웃 잔에 받아들고 이 식당을 박차고 나가고 싶었다.

"왜 그래?"

그녀가 조그맣게 물었다.

"아무것도 아니야. 아마도."

"혀라도 삼킨 것 같은 표정을 짓고 있던데."

"일이 초 동안은 그런 느낌이었어."

그녀가 그게 무슨 뜻이냐고 물어보기도 전에 그는 주크박스 쪽으로 시선을 돌렸다.

메리는 바 카운터에 앉았다.

"금방 갈게요."

젊은 웨이트리스가 똑같은 말을 반복하더니 위스키 때문에 목이 쉰 동료가 하는 얘기를 들으려고 허리를 좀더 숙였다. 표정으로 보건대 상대방이 하는 얘기에 별 관심이 없는 눈치였다.

"메리, 이 주크박스 끝내준다!" 클라크가 신이 난 목소리로 외쳤다. "전부 1950년대 곡이야! 문글로스…… 파이브 새틴스…… 셰프 앤드 더 라임라이츠…… 라번 베이커! 맙소사, 라번 베이커가 부른 〈트위들리 디Tweedlee Dee〉라니! 어렸을 때 이후로 들은 적이 없는데!"

"허튼 데 돈 쓰지 마. 음료수 사러 들어온 거잖아."

"그렇지, 그렇지."

그는 록올라 주크박스를 마지막으로 한번 쳐다보고 짜증이 섞인 한숨을 토한 다음 그녀가 있는 바 카운터로 건너왔다. 메리는 소금통과 후추통 옆에 놓인 받침대에서 메뉴판을 꺼냈다. 미간을 찌푸리고 아랫입술을 내민 그의 얼굴을 보고 싶지 않기 때문이었다. 왜 이래, 그는 무언으로 이렇게 얘기하고 있었다(그녀가 생각하기에는 이것이야말로 결혼 생활의 미심쩍은 장기 효과였다). 당신이 자는 동안 내가 황야를 뚫고, 물소를 잡고, 인디언과 싸우고, 이렇게 훌륭한 오아시스로 당신을 안전하게 인도했는데 고맙다고 인사는 못할망정!

주크박스로 〈트위들리 디Tweedlee Dee〉 하나 못 듣게 하다니!

신경 끄자, 그녀는 생각했다. 금방 나갈 거니까 신경 끄자.

훌륭한 충고였다. 그녀는 메뉴판에 온 신경을 집중하는 것으로 충고를 실천에 옮겼다. 메뉴판은 레이온 유니폼, 네온 시계, 주크박스, (상당히 죽이기는 했지만 그래도 20세기 중반의 비밥 분위기라고 표현할 수밖에 없는) 전반적인 인테리어와 잘 어우러졌다. 핫도그는 핫도그가 아니라 하운드도그*였다. 치즈버거는 처비 체커**였고 더블 치즈버거는 빅 바퍼***였다. 이 음식점의 대표 메뉴는 푸짐한 피자였다. 메뉴판에 따르면 "(샘) 쿡 말고 모든 게 들어 있다"고 했다.

"멋지네. 파파우모우모우 어쩌고저쩌고."

"뭐라고?"

클라크가 묻자 그녀는 고개를 저었다.

젊은 웨이트리스가 앞치마 주머니에서 주문서를 꺼내며 다가왔다. 그들을 보며 미소를 지었지만 메리가 보기에는 형식적인 미소였다. 그녀는 피곤한 동시에 아파 보였다. 윗입술에 물집이 잡혔고 살짝 충혈된 눈을 좌우로 쉴 새 없이 움직였다. 그녀의 시선은 손님을 제외한 모든 곳을 훑었다.

"뭘 드릴까요?"

클라크가 메리의 손에 들린 메뉴판을 집으려고 했다. 그녀는 메

* 1956년에 엘비스 프레슬리의 싱글로 발표되면서 유명해진 명곡.

** 전 세계에 트위스트 붐을 일으킨 가수.

*** 1950년대에 활동한 로큰롤 스타.

뉴판을 멀찌감치 치우면서 말했다.

"펩시콜라 라지 사이즈하고 진저에일 라지 사이즈요. 테이크아웃으로요."

"체리파이를 드셔보세요!" 빨간 머리가 쉰 목소리로 외쳤다. 젊은 여자는 그 소리를 듣고 움찔했다. "릭이 방금 만들었거든요! 한 입 먹으면 여기가 천국인가 싶을 거예요." 그녀는 씩 웃으며 허리춤에 손을 얹었다. "뭐, 여기가 로큰롤헤븐이니까 천국이긴 하지만 무슨 얘긴지 아시죠?"

"고마워요." 메리가 말했다. "하지만 시간이 없어서……."

"네, 그럴게요." 클라크가 생각에 잠긴 듯 멍한 목소리로 말했다. "체리파이 두 조각 주세요."

메리가 발목을 세게 걷어찼지만 그는 알아차리지도 못하는 눈치였다. 이번에는 입까지 떡 벌리고서 빨간 머리를 빤히 쳐다보고 있었다. 빨간 머리는 그의 시선을 알아차렸지만 신경쓰지 않는 눈치였다. 한 손을 들어서 희한하게 생긴 머리를 느릿느릿 부풀렸다.

"탄산음료 두 개 포장, 파이 두 개는 여기서 드시는 걸로요." 젊은 웨이트리스가 말했다. 그녀는 가만히 있지 못하는 눈으로 메리의 결혼반지와 설탕통과 머리 위에 달린 선풍기를 살피며 어색한 미소를 지었다. "파이는 아이스크림을 얹어서 드릴까요?" 그녀는 허리를 숙여서 카운터에 냅킨 두 장과 포크 두 개를 놓았다.

"네……." 클라크가 말문을 열었지만 메리가 단호하게, 얼른 말허리를 잘랐다. "아뇨."

크롬으로 된 파이 진열대는 카운터 저쪽에 있었다. 웨이트리스가 그쪽으로 걸음을 옮기자마자 메리는 몸을 숙이고 날카롭게 속삭였다.

"당신 도대체 나한테 왜 이래? 내가 여기서 얼른 빠져나가고 싶어 하는 거 알면서!"

"저 웨이트리스. 저 빨간 머리 말이야. 혹시……."

"그 여자 그만 좀 쳐다봐!" 메리는 조그맣게 쏘아붙였다. "자습실에서 여학생 치마 속을 훔쳐보려는 남자애 같잖아!"

그는 간신히 시선을 거두었다.

"저 여자 재니스 조플린을 빼다 박지 않았어? 아니면 내 눈이 이상한 건가?"

깜짝 놀란 메리는 빨간 머리를 흘끗 쳐다보았다. 그녀는 창구를 사이에 두고 요리사에게 말을 거느라 저쪽으로 살짝 얼굴을 돌리고 있었지만 3분의 2는 보였다. 그걸로 충분했다. 그녀가 지금도 소장하고 있는 음반 재킷의 얼굴 위로 빨간 머리의 얼굴을 포개자 머릿속에서 딸깍하는 소리가 들리는 듯했다. 소니 워크맨을 가지고 있는 사람이 아무도 없었고 콤팩트디스크가 공상과학소설처럼 느껴지던 시절에 장만한 음반, 지금은 동네 주류 판매점에서 얻은 종이 상자에 넣어서 먼지 자욱한 다락방으로 치운 음반, 빅 브러더 앤드 더 홀딩 컴퍼니, 〈값싼 스릴Cheap Thrills〉, 〈진주Pearl〉 같은 제목이 적힌 음반. 그리고 재니스 조플린의 얼굴, 귀엽고 친근했지만 너무 일찍 나이를 먹어 거칠어지고 상해버린 그 얼굴. 클라크의 말이 맞았다. 그 여자는 해묵은 음반 재킷의 얼굴을 빼다 박았다.

그런데 얼굴만이 아니었다. 메리는 공포가 가슴속으로 치밀어 심장이 문득 가벼워지고 벌렁거리면서 위태로워지는 기분을 느꼈다.

그 목소리.

〈내 심장의 파편A Piece of My Heart〉 도입부에서 점점 힘을 주어가며 오싹하게 울부짖는 재니스의 목소리가 귓가에 맴돌았다. 그녀는 얼굴을 서로 겹쳤던 것처럼 애수와 술에 전 울부짖음 위로 스카치위스키와 말보로에 전 목소리를 겹쳤고, 만약 웨이트리스가 그 노래를 부른다면 고인이 된 텍사스 출신의 가수와 목소리가 똑같을 거라고 장담할 수 있었다.

왜냐하면 저 여자가 고인이 된 텍사스 출신의 그 가수이기 때문이지. 축하해, 메리. 서른두 살이 될 때까지 기다려야 하긴 했지만 그래도 성공했네. 드디어 네 생애 처음으로 유령을 보았잖아.

그녀는 반론을 제기하려고 했지만, 길을 잃은 스트레스를 비롯해 여러 가지 요인이 한데 어우러지면서 우연한 닮은꼴을 확대해석하게 된 거라고 자기 자신을 설득해보려고 했지만 이성적인 사고는 확실한 직감 앞에서 맥을 못 추었다. 그녀는 유령을 보고 있었다.

갑자기 그녀의 몸속에서 이상한 변화가 발생했다. 심장박동이 전력 질주하듯 빨라지는 바람에 올림픽 경기에서 모퉁이를 달려나온 선수가 된 것처럼 흥분됐다. 아드레날린이 쏟아지자 뱃속이 단단히 조여지는 동시에 브랜디를 삼킨 듯이 횡경막이 뜨거워졌다. 겨드랑이를 적시는 땀과 관자놀이를 적시는 물기가 느껴졌다. 그중에서도 가장 놀라운 부분은 이 세상 속으로 색상이 분출되면서 시계 테두리를 에워싼 네온 튜브와 스테인리스스틸로 된 주방 창구와 주크박스 안에서 돌아가는 색색의 물보라 등 모든 것이 비현실적인 동시에 너무나 현실적이게 느껴진다는 것이었다. 비단을 어루만지는 손길처럼 나지막하고 리드미컬하게 머리 위에서 공기를 가르는 선풍기 소리가 들렸고, 옆방의 보이지 않는 그릴에서 풍기는, 묵은 고기 구운 냄새가 느껴졌다. 동시에 그녀 자신이 바 의자에서 실신해 균형을 잃고 바닥으로 쓰러지기 직전이라는 게 문득 느껴졌다.

정신 똑바로 차려! 그녀는 속으로 미친듯이 외쳤다. 공황 발작이 일어났을 뿐이야. 유령이나 도깨비나 악마가 있는 게 아니라 그 옛날의 전신 공황 발작이 다시 찾아왔을 뿐이야. 예전에도 대학교에서 큰 시험을 앞두고 있었을 때, 교단에 선 첫 날, 학부모회 앞에서 마이크를 잡아야 했던 날에 그랬잖아. 너는 이 증상의 정체를 알고 어떻게 대처하면 되는지 알아. 여기서는 아무도 기절하지 않아. 그러니까 정신 똑바로 차려, 알겠어?

그녀는 운동화 안에서 발가락을 서로 겹친 다음 있는 힘껏 누르며 그 느낌에 집중했다. 실신이라는 문지방을 넘기 직전의 그 너무나 밝은 공간에서 벗어나 현실로 돌아오기 위한 노력의 일환이었다.

"여보?" 멀리서 클라크의 목소리가 들렸다. "괜찮아?"

"응, 괜찮아." 그녀의 목소리도 멀리서 들렸지만…… 십오 초 전에 말을 하려고 했더라면 그보다 더 멀게 들렸을 것이었다. 그녀는 겹쳐놓은 발가락을 계속 세게 누르며 웨이트리스가 두고 간 냅킨을 집어서 질감을 느껴보려고 했다. 그것 역시 그녀를 강렬하게 사로잡은 얼토당토않은(얼토당토않은 게 분명했다. 그렇지 않은가.) 공포에서 벗어나 현실 세상으로 돌아가기 위한 연결 고리였다. 그녀는 냅킨을 들어서 이마를 닦으려다가 아래쪽에 뭔가가 적혀 있는 것을 보았다. 연필 자국 때문에 얇은 종이가 살짝 불룩해졌다. 메리는 비뚤배뚤 적힌 메시지를 읽었다.

도망칠 수 있을 때 도망쳐요.

"메리? 그거 뭐야?"

입술에 물집이 생겼고 겁에 질린 두 눈을 가만히 둘 줄 모르는 웨이트리스가 파이를 들고 왔다. 메리는 냅킨을 무릎 위로 떨어뜨렸다. "아무것도 아니야." 그녀는 침착하게 대답했다. 웨이트리스가 그들 앞에 접시를 놓는 동안 메리는 그녀와 시선을 맞추려고 애를 썼다. "고마워요." 그녀가 말했다.

"별말씀을요."

아가씨는 중얼거리며 아주 잠깐 동안 메리를 똑바로 쳐다보았다가 다시 시선을 이리저리 하릴없이 돌렸다.

"파이에 대한 생각을 바꾼 모양으로군."

그녀의 남편이 가장 짜증나는 거들먹거리는 말투로 얘기했다. 여자들이란! 그 말투에는 이런 뜻이 담겨 있었다. 아, 여자들은 참 대단하지 않아? 어떨 때는 물가로 인도하는 정도로는 부족해서 머리를 아래로 눌러주어야 물을 마시게 할 수 있다니까? 그게 다 우리가 맡은 임무의 일부분이라고. 남자로 사는 게 쉽지 않은 일이지만 나는 겁나게 최선을 다하고 있어.

"그러게, 엄청 맛있어 보이네."

그녀는 차분한 자신의 목소리에 스스로도 놀라워했다. 그녀는 재니스 조플린을 닮은 빨간 머리가 그들을 예의 주시하고 있다는 걸 알았기에 그를 보며 환하게 미소를 지었다.

"아무리 생각해도 너무 닮았단……."

클라크가 다시 얘기를 꺼내자 이번에 메리는 그의 발목을 인정사정없이 걷어찼다. 눈을 튀어나올 듯이 동그랗게 뜨고 고통의 쉿소리를 내며 숨을 삼키는 그가 뭐라고 말을 꺼내기 전에, 그녀는 연필로 메시지가 적힌 냅킨을 손에 쥐어주었다.

그는 고개를 숙였다. 냅킨을 쳐다보았다. 메리는 이십 년쯤 만에 처음으로 정말로, 정말로 열심히 기도했다. 하느님, 그게 장난이 아니라는 걸 저이도 깨닫게 해주세요. 장난이 아니라는 걸 저이도 깨닫게 해주세요. 왜냐하면 저 여자는 재니스 조플린을 닮은 게 아니라 진짜 재니스 조플린이고 저는 이 마을에 대해서 안 좋은 예감을, 정말 안 좋은 예감을 느끼고 있거든요.

그가 고개를 들었고 그녀는 크게 실망했다. 영문을 몰라 하는 짜증난 표정이라면 모를까, 다른 표정은 없었다. 그는 무슨 말을 하려고 입을 벌렸다가…… 턱 관절에 달린 핀을 누가 뽑아버리기라도 한 듯이 입을 점점 더 크게 벌렸다.

메리는 그의 시선이 향한 쪽으로 고개를 돌렸다. 티끌 하나 없이 새하얀 옷을 입고 조그만 종이 모자를 한쪽 눈 위로 기울여 쓴 요리사가 주방에서 나와 팔짱을 낀 채 타일로 덮인 벽에 기대고 서 있었다. 그가 빨간 머리에게 뭐라고 얘기를 하고 있었고 젊은 웨이트리스는 옆에 서서 두려움과 피로가 한데 섞인 눈빛으로 그들을 쳐다보고 있었다.

여기서 조만간 탈출하지 못하면 저 아가씨의 눈빛에 피로만 남을 거야, 메리는 생각했다. 아니면 무감각만 남든지.

요리사는 믿기지 않을 만큼 외모가 준수했다. 너무 준수해서 정확한 나이를 알 수 없었다. 서른다섯 살에서 마흔다섯 살 사이가 아닐까 짐작할 수 있을 따름이었다. 빨간 머리처럼 그 역시 어디서 본 듯한 얼굴이었다. 그는 풍성하고 환상적인 속눈썹이 달렸고 미간이 넓은 파란 눈을 들어 그들을 흘끗 쳐다보고 언뜻 미소를 짓더니 다시 빨간 머리 쪽으로 주의를 돌렸다. 그가 무슨 말인가를 하자 그녀가 까마귀처럼 걸걸한 웃음을 터뜨렸다.

"맙소사, 릭 넬슨이잖아." 클라크가 속삭였다. "육 년인가 칠 년 전에 비행기 사고로 죽었으니 그럴 리 없고 그럴 수도 없는데 맞아."

메리는 빨간 머리의 웨이트리스가 몇 년 전에 죽은, 블루스계의 파워 보컬 재니스 조플린이라고 믿을 수밖에 없다는 걸 알면서도 잘못 본 게 분명하다고, 말도 안 되는 헛소리라고 못박으려 입을 열었다. 하지만 무슨 말을 꺼내기도 전에 또 머릿속에서 딸깍 하는 소리가 들렸다. 긴가민가한 닮은꼴의 정체를 분명하게 파악했을 때 났던 그 소리가 들렸다. 클라크가 먼저 낯익은 얼굴의 이름을 댈 수 있었던 이유는 그녀보다 아홉 살 많기 때문이었고, 릭 넬슨이 리키 넬슨이었고 〈비밥 베이비Be-Bop Baby〉나 〈론섬 타운Lonesome Town〉 같은 곡이 이제 고령으로 접어든 베이비 붐 세대를 겨냥한 추억의 명곡 채널에서 흘러나오는 케케묵은 유물이 아니라 현재 진행형 히

트곡이었던 시절부터 라디오를 듣고 〈아메리칸 밴드스탠드〉를 시청했기 때문이었다. 클라크가 먼저 알아차리긴 했어도 누군지 이름을 밝히면 그녀도 알아차리지 않을 도리가 없었다.

빨간 머리 웨이트리스가 뭐라고 했더라? 체리파이를 드셔보세요! 릭이 방금 만들었거든요!

거리가 오 미터가 안 되는 곳에서 비행기 사고로 죽은 희생자가 약물 과다 복용으로 죽은 중독자에게 농담—게다가 표정을 보면 지저분한 농담인 듯했다—을 하고 있었다.

빨간 머리가 고개를 젖히고 천장을 향해 다시금 쇳소리 섞인 폭소를 터뜨렸다. 요리사가 미소를 짓자 도톰한 입가 깊숙이 예쁘장하게 보조개가 패었다. 입술에 물집이 잡혔고 겁에 질린 눈빛을 하고 있는 젊은 웨이트리스는 이렇게 묻는 듯이 클라크와 메리 쪽을 흘끗거렸다. 이거 보여요? 이거 보고 있어요?

클라크는 뭔가를 얼떨결에 깨달은 듯한 심상찮은 표정으로 요리사와 웨이트리스를 멀뚱멀뚱 쳐다보고 있었다. 얼굴이 아래로 어찌나 길어졌는지 마치 유령의 집의 거울 속에 비친 모습 같았다.

저들이 저 표정을 알아차릴 거야, 이미 보았을지도 모르고. 메리는 생각했다. 그러면 이 악몽에서 탈출할 기회가 사라질 거야. 어이, 네가 얼른 이 사태를 해결하는 게 좋겠어. 문제는 어떻게 해결하면 되겠느냐는 거지.

그녀는 그의 손을 잡아 누르려고 손을 뻗었다가 그걸로는 턱을 늘어뜨린 표정을 바꾸기에 부족하겠다는 결론을 내렸다. 그녀는 대신 손을 좀더 쭉 내밀어서 그의 불알을…… 가능한 한도 내에서 가장 세게 움켜쥐었다. 클라크는 레이저를 맞은 사람처럼 홱 하니 그녀 쪽으로 몸을 틀다가 하마터면 의자에서 굴러떨어질 뻔했다.

"차에 지갑을 두고 왔네." 메리는 자신의 목소리가 귀에 거슬리고 너무 크게 느껴졌다. "가서 좀 갖다 줄래, 클라크?"

그녀는 입가에 미소를 머금고 온 정신을 집중해 그의 눈을 똑바로 쳐다보았다. 아마도 미용실에서 기다리는 동안 읽었을 법한 쓰레기 잡지인가 어딘가에서 한 남자와 십 년 내지 이십 년 동안 살다 보면 미미하게나마 텔레파시가 생긴다는 기사를 본 적이 있었다. 남편이 사전에 연락도 없이 상사를 집으로 데려오거나 남편이 퇴근길에 주류 판매점에서 아마레토를, 슈퍼마켓에서 휘핑크림을 사다 주었으면 할 때 아주 도움이 되는 능력이라고 했다. 이제 그녀는 그보다 훨씬 중요한 메시지를 자신의 모든 능력을 동원해서 전달하려고 노력했다.

가, 클라크. 제발. 내가 십 초 기다렸다가 달려갈게. 그때 당신이 시동을 걸고 운전석에 앉아 있지 않으면 우리가 여기서 인생을 조질 것 같은 예감이 느껴져.

이와 동시에 메리의 좀더 깊숙한 곳에서 이렇게 묻는 소심한 목소리가 들렸다. 이거 다 꿈이지, 그렇지? 내 말은 그러니까…… 꿈이지, 그렇지?

클라크는 고통스러운 눈물이 고인 눈으로 그녀를 신중하게 살폈지만…… 적어도 뭐라고 구시렁대지는 않았다. 그의 시선이 빨간 머리와 요리사 쪽으로 잠깐 향했다가 두 사람이 여전히 대화에 여념이 없는 걸 확인하고는(이제는 그녀가 우스갯소리를 늘어놓고 있는

늣했다) 다시 그녀에게로 향했다.

"아마 좌석 밑으로 들어갔을 거야." 그녀는 대꾸가 나오기 전에 크고 귀에 거슬리는 목소리로 얘기했다. "빨간색이고."

영원처럼 느껴지는 정적이 흐른 뒤에 클라크가 살짝 고개를 끄덕였다. "알았어." 그녀는 평소와 다를 바 없는 그의 말투에 찬양을 퍼붓고 싶었다. "내가 없는 동안 내 파이 슬쩍 먹을 생각 마."

"내 파이를 다 먹어치우기 전에 돌아오면 그런 걱정할 필요 없을 거야." 그녀는 체리파이를 한 조각 포크로 떼어내서 입에 넣었다. 아무 맛도 없었지만 미소를 지었다. 그렇다. 한때 사과의 여왕 축제의 뉴욕 주 우승자답게 미소를 지었다.

클라크가 의자에서 몸을 일으켰을 때 외부 어디에선가 앰프로 음량을 키운 기타 소리가 들렸다. 코드를 짚지 않고 그냥 가볍게 치는 소리였다. 클라크가 움찔하자 메리는 한 손을 잽싸게 뻗어 그의 팔을 붙잡았다. 진정되던 그녀의 심장이 다시 고약하고 섬뜩하게 전력 질주하기 시작했다.

빨간 머리와 요리사는 물론이고 유명 인사를 닮지 않은 그 젊은 웨이트리스까지 고맙게도 심드렁한 눈빛으로 로커부기의 유리창 쪽을 흘끗 쳐다보았다.

"놀랄 것 없어요." 빨간 머리가 말했다. "오늘 저녁 공연 준비를 시작한 거예요."

"맞아요." 요리사가 말했다. 그는 심장을 철렁 내려앉게 만드는 파란 눈으로 메리를 쳐다보았다. "이 마을에서는 거의 매일 저녁에 공연이 열리거든요."

네, 메리는 생각했다. 그렇겠죠. 당연히 그렇겠죠.

조물주의 음성 같은 높낮이 없는 목소리가 마을 광장에서 울려 퍼지는데, 어찌나 우렁찬지 창문이 덜컹거릴 정도였다. 메리는 록 공연장을 다닐 만큼 다녀본 사람답게 어디서 듣던 목소리인지 당장 알아차렸다. 조명이 꺼지기 전까지 앰프와 마이크로 이루어진 숲 사이를 제집처럼 누비며 지겨운 표정으로 무대 위를 어슬렁거리다 어쩌다 한 번씩 무릎을 꿇고 전선 두 개를 한데 합치던 긴 머리의 로드매니저를 연상시키는 목소리였다.

"마이크 테스트! 마이크 테스트, 하나, 둘, 셋!"

다시 기타 소리가 들렸다. 여전히 코드를 짚지 않았지만 이번에는 얼추 비슷했다. 이윽고 드럼 연주가 한바탕 이어졌다. 그런 다음에는 〈순간의 운명Instant Karma〉 코러스 부분의 빠른 트럼펫 리프가 가볍게 쿵쿵거리는 봉고 소리와 함께 이어졌다. 노먼 록웰의 마을 광장에 "오늘 저녁에 공연이 열립니다"라고 적힌 노먼 록웰의 플래카드가 걸려 있었고 뉴욕 주 엘마이라에서 어린시절을 보낸 메리는 그 시절에 무료 야외 공연을 숱하게 보러 다녔다. 밴드가 살짝 음정이 안 맞는 수자의 행진곡을 쿵짝거리고 동네 이발관 4인조(더하기 2)가 〈셰난도Shenandoah〉와 〈캘러머주에서 온 아가씨I've Got a Gal from Kalamazoo〉의 화음을 넣는 진정한 의미의 노먼 록웰 공연이었다.

로큰롤헤븐에서 열리는 공연은 그녀가 어렸을 때 땅거미를 등에 지고 친구들과 함께 폭죽을 흔들며 뛰어다녔던 공연과 전혀 다를 것 같았다.

여기서 열리는 야외 공연은 록웰보다 고야의 작품에 더 가까울 것 같았다.

“지갑 가지고 올게.” 그가 말했다. “파이 먹고 있어.”

“고마워, 클라크.” 그녀는 아무 맛도 없는 파이를 다시 한 조각 잘라서 입에 넣고 문을 향해 걸어가는 그를 지켜보았다. 과장스럽게 어슬렁어슬렁 걷는 그의 모습이 초조한 그녀의 눈에는 어처구니없고 다소 진저리나게 느껴졌다. 내가 유명한 송장들과 이 식당 안에 같이 있는 줄 전혀 모르겠네. 느긋하게 어슬렁거리는 클라크의 걸음걸이는 이렇게 얘기하고 있었다. 뭐라고? 걱정되냐고?

서둘러! 그녀는 소리를 지르고 싶었다. 살인청부업자처럼 으스대면서 걷지 말고 잽싸게 좀 움직이라고!

클라크가 문손잡이를 향해 손을 내밀었을 때 딸랑거리는 종소리와 함께 문이 열리면서 텍사스 출신 송장이 두 명 더 들어왔다. 검은 안경을 쓴 사람은 로이 오비슨이었다. 뿔테 안경을 쓴 사람은 버디 홀리였다.

내가 사귀었던 애인들은 모두 텍사스 출신이지*. 메리는 뜬금없이 이런 생각을 하며 그들이 남편을 붙잡고 끌고 가는 순간을 기다렸다.

“실례합니다.” 검은 안경을 쓴 사람은 깍듯하게 얘기하고 붙잡기는커녕 클라크가 지나갈 수 있도록 옆으로 비켜섰다. 클라크는 말

* 조지 스트레이트라는 컨트리 가수가 부른 〈내가 사귀었던 애인들은 모두 텍사스에 살고 있지(All my Exes Live in Texas)〉를 살짝 바꾼 것.

없이 고개만 끄덕이고—아무 말도 할 수 없었던 거라고 장담할 수 있었다—햇살이 비치는 밖으로 나섰다.

죽은 사람들 틈바구니에 그녀 혼자 남겨둔 채. 이 생각이 들자 자연스럽게 더 끔찍한 생각이 꼬리를 물고 이어졌다. 클라크가 차를 몰고 혼자 떠나버릴 거라는 생각이었다. 문득 그녀는 딱 잘라서 장담할 수 있었다. 그가 그럴 마음이 있거나 겁쟁이라서 그렇다기보다—지금 이 상황은 용기를 운운할 수준의 일이 아니었다. 그들이 바닥으로 쓰러져 횡설수설하며 침을 흘리지 않는 유일한 이유는 모든 게 너무 순식간에 벌어졌기 때문이었다—그러지 않고는 못 배길 것이기 때문이다. 클라크의 머릿속 맨 밑바닥에 사는 파충류가, 자기 보호를 책임지는 그 녀석이 진흙 속 구멍에서 슬금슬금 빠져나와 지휘관으로 나설 것이다.

여기서 도망쳐야 해, 메리. 머릿속에서 그녀의 파충류가 외쳤다. 녀석의 말투를 듣고 그녀는 더럭 겁이 났다. 지금 같은 상황에서 뜻밖에 이성적이었지만, 그 듣기 좋은 이성의 속삭임이 당장이라도 광기 어린 비명으로 바뀔 수 것 같았다.

메리는 카운터 아래편의 난간에 얹어놓았던 발을 한쪽 떼서 바닥으로 옮기며 도망칠 마음의 준비를 했다. 하지만 용기를 그러모으기도 전에 누군가가 가늘고 긴 손을 그녀의 어깨에 올려놓았다. 고개를 들어보니 버디 홀리가 다 안다는 듯이 미소를 짓고 있었다.

그녀는 게리 부시가 그의 역할을 맡은 영화를 본 적이 있었기에 그가 1959년에 죽었다는 사실을 알고 있었다. 1959년이면 삼십 년도 더 됐는데, 버디 홀리는 여전히 열일곱 살처럼 보이는 볼품없는 스물세 살이었다. 두 눈은 안경 뒤에서 춤을 추었고 후골은 막대에 매달린 원숭이처럼 위아래로 까딱거렸다. 흉측한 격자무늬 재킷을 입고 볼로 넥타이를 매고 있었다. 넥타이 고리는 크롬으로 된 큼지막한 황소 머리였다. 전형적인 촌뜨기의 얼굴과 취향이었지만 어딘지 모르게 교활하고 어두운 분위기를 풍겼다. 잠깐 동안 그녀의 어깨를 어찌나 세게 잡고 있었는지 손끝에 박인 딱딱한 굳은살이 느껴질 정도였다. 기타리스트의 굳은살이었다.

"안녕하세요, 귀여운 아가씨." 그의 입에서 정향 껌 냄새가 났다. 왼쪽 안경알에 지그재그로 은색 실금이 나 있었다. "이 동네에서 처음 뵙는 것 같네요."

놀랍게도 그녀는 파이를 다시 한 조각 포크로 찍어서 입으로 옮겼고 안에 든 체리 덩어리가 접시 위로 떨어져도 머뭇거리지 않았다. 그보다 더 놀랍게도 포크를 입에 넣으며 깍듯하게 살짝 미소를 지었다.

"맞아요." 어쩐지 그의 정체를 알아차린 티를 내지 말아야 할 것 같았다. 그녀와 클라크에게 주어진 일말의 기회마저 사라져버릴 수 있었다. "남편하고 둘이…… 지나가던 길에 들렀거든요."

클라크는 지금 얼굴 위로 땀을 흘려가며, 백미러에서 앞유리창으로 거기서 다시 백미러로 눈동자를 왔다갔다 굴려가며, 표지판에 적힌 제한속도를 필사적으로 지켜가며 여길 빠져나가고 있을까? 그러고 있을까?

아무 무늬가 없는 스포츠코트를 입은 남자는 큼지막하고 뾰족한 이를 드러내며 씩 웃었다. "아, 무슨 말인지 알아요. 여기 찍고 저기로 건너가는 식으로 지나가다 들렀다는 거죠? 내 말이 맞죠?"

"무슨 소스도 아니고 찍긴 뭘 찍어요." 메리가 새침하게 대꾸하자 새롭게 등장한 두 남자는 눈썹을 치켜 올리고 서로 쳐다보다가 껄껄대고 웃었다. 젊은 웨이트리스는 겁에 질린 충혈된 눈으로 그들을 번갈아 쳐다보았다.

"그 말 제법 웃겼어요." 버디 홀리가 말했다. "남편이랑 같이 좀 더 있다 가요. 최소한 오늘 저녁 공연은 보고 가요. 내 입으로 말하긴 뭣 하지만 엄청난 공연을 준비했거든요." 메리는 금이 간 안경알 뒤로 보이는 눈에 피가 그렁그렁 맺혀 있다는 걸 문득 깨달았다. 홀리가 함박웃음을 짓느라 눈이 감기자 새빨간 핏방울 하나가 눈꺼풀을 타고 넘어 눈물처럼 뺨을 타고 흘러내렸다. "그렇지 않아, 로이?"

"맞아요, 부인. 그렇답니다." 선글라스를 쓴 남자가 얘기했다. "직접 보고 확인하세요."

"그렇겠죠."

메리는 힘없이 얘기했다. 그렇다, 클라크는 떠났다. 그녀는 이제 그렇다고 확신했다. 테스토스테론의 제왕은 쏜살같이 달아났고 조만간 입술에 물집이 잡힌 젊은 웨이트리스가 그녀를 레이온 유니폼과 주문서가 있는 뒷방으로 안내할 것이다.

"동네방네 자랑할 만한 공연이에요." 홀리가 의기양양한 목소리로 얘기했다. "여기저기 말이에요." 그의 얼굴에서 흘러내린 핏방울이 조금 전까지 클라크가 앉아 있던 의자 위로 떨어졌다. "그때까지 있다 가요. 후회하지 않을 거예요." 그는 지원을 요청하는 뜻에

시 친구를 돌아보았다.

검은 안경을 쓴 남자는 요리사와 웨이트리스 옆에 있었다. 그가 빨간 머리의 허리춤에 손을 얹자 빨간 머리는 그의 손 위에 자기 손을 얹고 웃는 얼굴로 그를 올려다보았다. 이제 보니 그녀는 짧고 뭉툭한 손가락에 달린 손톱을 속살까지 잘근잘근 씹어놓았다. 로이 오비슨은 셔츠를 V 자 모양으로 헤쳐놓고 몰타 십자가를 걸고 있었다. 그가 고개를 끄덕이며 역시 미소를 날렸다. "같이 시간을 보냈으면 좋겠네요, 부인. 오늘 저녁뿐 아니라 계속요. 우리 고향에서는 그럴 때 철퍼덕 주저앉는다고 하는데."

"남편한테 물어볼게요."

그녀는 이렇게 얘기하는 자신의 목소리를 들으며 속으로 나머지 부분을 완성했다. 남편을 두 번 다시 볼 수 있을지 모르겠지만.

"그래요, 깜찍한 아가씨! 지금 당장 물어봐요."

놀랍게도 홀리는 이 말을 끝으로 그녀의 어깨를 마지막으로 한 번 꼭 쥐고 저쪽으로 걸어가 문까지 가는 길을 훤히 터주었다. 이보다 더 놀라웠던 게 있다면 벤츠 특유의 라디에이터 그릴과 보닛에 달아놓은 평화의 상징이 창밖으로 보인다는 사실이었다.

버디는 친구 로이 곁으로 가서 그에게 윙크를 날리고 (덕분에 다시 피눈물이 흘러나왔다) 재니스의 등뒤로 손을 뻗어 엉덩이를 움켜잡았다. 그녀가 발끈하며 비명을 지르자 입에서 구더기가 쏟아져 나왔다. 대부분 그녀의 발치로 떨어졌지만 몇 마리는 아랫입술에 매달려서 구역질나게 꿈틀거렸다.

슬픈 표정의 젊은 웨이트리스는 역겨운 듯이 얼굴을 찡그리고 손으로 얼굴을 가리며 고개를 돌렸다. 메리 윌링엄이 처음부터 그들에게 농락당하고 있었음을 문득 깨달은 순간, 도주는 치밀한 계획이 아니라 본능적인 반응이 되었다. 그녀는 의자에서 일어나 총알처럼 문을 향해 질주했다.

"저기요!" 빨간 머리가 외쳤다. "파이 계산 안 했잖아요! 탄산음료도! 이년아, 우리가 무슨 자선사업하는 줄 알아? 릭! 버디! 가서 잡아와!"

메리는 문손잡이를 붙잡았지만 손가락 사이로 미끄러지는 게 느껴졌다. 뒤에서 다가오는 발소리가 들렸다. 그녀는 다시 문손잡이를 붙잡았고 이번에는 돌리는 데 성공했다. 문을 어찌나 세게 열었던지 머리 위에 달려 있던 종이 떨어져나갔다. 마침 손가락 끝에 굳은살이 박인 가느다란 손이 그녀의 팔꿈치 바로 위쪽을 붙잡았다. 꽉 누르는 정도가 아니라 꼬집었다. 신경이 순식간에 임계점에 다다라 팔꿈치에서부터 왼쪽 턱까지 얇은 전선처럼 통증이 전해지더니 나중에는 팔이 아예 마비됐다.

그녀는 손잡이가 짧은 크로케 망치처럼 오른 주먹을 뒤로 휘둘러 사타구니 바로 위의 얇은 골반 뼈처럼 느껴지는 곳을 맞혔다. 죽어서도 통증을 느끼는지 아파하는 신음 소리가 들렸고 그녀를 잡은 손에서 힘이 풀렸다. 메리는 그의 손을 뿌리치고 공포의 빛 무리처럼 사방으로 머리칼을 날리며 뛰쳐나갔다.

이성을 잃은 그녀의 시선은 길가에 주차되어 있는 벤츠에서 떠날 줄 몰랐다. 그녀는 혼자 떠나지 않은 클라크에게 신의 가호를 빌었다. 게다가 그녀가 보낸 텔레파시를 하나도 남김없이 접수했는지 지갑을 찾느라 조수석 아래를 더듬는 게 아니라 운전대 앞에 앉아 있었고, 그녀가 로커부기에서 튀어나오자마자 시동을 걸었다.

꽃을 꽂은 실크해트를 쓴 남자와 문신을 한 친구가 다시 이발소 앞을 지키고 서서 메리가 조수석 문을 홱 하니 열어젖히는 광경을 무표정하게 구경했다. 그녀는 이제 실크해트가 누군지 알아볼 수 있었다. 레너드 스키너드 앨범을 세 장 가지고 있었기에 로니 밴잰트라고 장담할 수 있었다. 그 사실을 깨닫자마자 문신을 한 친구의 정체도 알 수 있었다. 이십 년 전에 오토바이를 타고 가다가 트레일러 아래로 미끄러져서 죽은 두에인 올먼이었다. 그가 청재킷 주머니에서 뭔가를 꺼내 깨물었다. 메리는 그게 복숭아인 걸 보고 전혀 놀라지 않았다*.

릭 넬슨이 로커부기에서 뛰쳐나왔다. 버디 홀리가 바로 뒤쫓아 나왔는데 얼굴 왼쪽이 온통 피투성이였다.

"타!" 클라크가 그녀를 향해 외쳤다. "쓰펄, 얼른 타, 메리!"

그녀는 조수석으로 곤두박질쳤다. 문을 미처 닫기도 전에 클라크가 후진을 하기 시작했다. 프린세스의 뒷바퀴가 울부짖으며 파란 연기구름을 내뿜었다. 클라크가 브레이크를 있는 힘껏 밟자 메리는 목이 부러질 듯한 기세로 내동댕이쳐져서 두툼한 대시보드에 머리를 부딪혔다. 그녀가 문을 닫으려고 뒤편을 더듬는 동안 클라크는 욕을 하며 기어를 주행 쪽으로 움직였다.

* 두에인 올먼이 리드 기타리스트로 활약했던 올먼 브라더스 밴드가 1972년에 발표한 음반이 '복숭아(Eat a Peach)'였다.

릭 넬슨이 프린세스의 회색 보닛 위로 몸을 날렸다. 두 눈이 이글거렸다. 비현실적으로 하얀 이를 드러내며 섬뜩하게 웃었다. 요리사 모자가 벗겨지는 바람에 밤색 머리칼이 번들거리는 소시지와 코르크 따개처럼 관자놀이 주변에서 대롱거렸다.

"공연 보러 와야 해!"

그가 고함을 질렀다.

"지랄하시네!"

클라크도 마주 고함을 질렀다. 그는 기어를 주행으로 바꾸고 액셀러레이터를 힘껏 밟았다. 평소에는 조용하던 디젤 엔진이 나지막이 비명을 질렀고 프린세스는 총알처럼 앞으로 튀어나갔다. 유령은 계속 보닛에 매달린 채 그들을 향해 으르렁거리며 웃었다.

"안전벨트 해!"

메리가 제대로 좌석에 앉자 클라크가 외쳤다.

안전벨트 버클을 낚아채서 채운 그녀는 보닛에 매달린 그것이 왼손을 뻗어 그녀 쪽에 달린 와이퍼를 잡는 광경을 경악하며 바라보았다. 그것이 자기 몸을 앞으로 끌어당기기 시작했다. 와이퍼가 부러졌다. 와이퍼를 흘끗 쳐다보더니 옆으로 내동댕이치고 클라크 쪽에 달린 와이퍼를 향해 손을 내밀었다.

손이 아직 와이퍼에 닿지 않았을 때 클라크가 이번에는 두 발로 브레이크를 밟았다. 메리의 안전벨트에 락이 걸리면서 왼쪽 가슴 아래쪽을 아프도록 파고들었다. 누군가가 내장을 목구멍으로 쑤셔 넣고 있기라도 한 듯 뱃속에서 소름 끼치는 압박이 느껴졌다. 보닛에 매달려 있던 그것은 길바닥으로 완전히 내동댕이쳐졌다. 으드득하고 뭔가가 부서지는 소리가 들렸고 그것의 머리 주변으로 별 모양으로 피가 튀었다.

뒤를 흘끗 돌아보니 다른 사람들도 차를 향해 달려오고 있었다. 증오와 흥분으로 얼굴이 마귀할멈처럼 일그러진 재니스가 맨 앞이었다.

앞쪽에서는 요리사가 꼭두각시 인형처럼 흐느적거리며 일어나서 앉았다. 여전히 히죽거리며 웃고 있었다.

하지만 이 톤에 집약된 독일의 공학 기술이 그를 쳐서 쓰러뜨렸다. 따닥 하는 소리가 들리자 그녀는 아이들 두엇이 낙엽 더미 위에서 뒹굴 때 나는 소리 같다는 생각을 했다. 이미 늦었지만, 한참 늦었지만 그녀는 손으로 귀를 막고 비명을 질렀다.

"신경쓰지 마." 클라크가 말했다. 그는 단호한 표정으로 백미러를 들여다보고 있었다. "많이 다치지 않은 모양이야. 다시 일어나고 있어."

"뭐라고?"

"셔츠에 타이어 자국만 남았을 뿐……." 그는 하던 이야기를 갑자기 멈추고 그녀를 쳐다보았다. "누구한테 맞았어, 메리?"

"응?"

"입에서 피가 나잖아. 누구한테 맞았어?"

그녀는 입가에 대고 눌러서 손가락에 묻은 자국을 쳐다보다가 맛을 보았다. "피 아니야, 파이야." 그녀는 자포자기한 듯 갈라진 목소리로 웃음을 터뜨렸다. "얼른 탈출하자, 클라크. 부탁이야, 얼른 탈출하자."

“두말하면 잔소리지.” 그는 아직까지 아무도 없는 널찍한 중심가로 다시 시선을 돌렸다. 이제 보니 광장에 기타며 앰프를 가져다 놓았을지 몰라도 전봇대가 없었다. 로큰롤헤븐 주민들이 어디에서 전기를 끌어다 쓰는지 전혀 알 길이 없었지만(뭐…… 전혀는 아닐 수도 있었다) 센트럴 오리건 전력 공사가 아닌 것만큼은 분명했다.

프린세스는 뒤로 밤색 매연가스를 내뿜어가며, 디젤 엔진답게 빠르지는 않지만 무식하리만치 힘차게 점점 속력을 높였다. 백화점, 서점, 로큰롤 럴러바이라는 출산 용품 전문점이 희미하게 메리의 옆을 스쳐 지나갔다. 록뎀 앤드 삭뎀 당구장 앞에서 갈색 곱슬머리를 어깨까지 기른 젊은 남자가 팔짱을 끼고, 회반죽을 바른 벽돌에 뱀가죽 부츠 한쪽을 대고 서 있었다. 묵직하고 뿌루퉁하게 잘생긴 얼굴을 보고 메리는 그의 정체를 단박에 알아차렸다.

클라크도 마찬가지였다. “리저드 킹*이 있었어.” 그가 아무 감정 없는 무미건조한 목소리로 얘기했다.

“알아, 나도 봤어.”

그렇다, 그녀도 봤다. 하지만 그들의 잔상은 그녀의 머릿속을 가득채운 가차 없는 광선에 쪼여 불이 붙은 마른 종이와 같았다. 공포가 너무 심해 그녀는 인간 돋보기가 된 듯한 느낌이었다. 여기서 탈출하면 이 특이하고 조그만 마을의 기억은 하나도 남지 않을 것이다. 바람에 날리는 잿가루가 될 것이다. 이런 건 그러기 마련이었다.

* 도어스의 리드 싱어였던 짐 모리슨의 별명.

이렇게 섬뜩한 잔상과 이렇게 섬뜩한 경험을 간직하고서 제정신을 유지할 수 있는 사람은 없다. 머릿속이 용광로로 변신해 기억이 만들어지자마자 바삭하게 구워버리기 마련이다.

사람들이 유령과 귀신이 나오는 집의 존재를 믿지 않는 호사를 누릴 수 있는 이유가 그 때문일 거야, 그녀는 생각했다. 고개를 돌려서 메두사의 얼굴을 보게 된 사람처럼 머릿속이 섬뜩하고 비이성적인 방향으로 흘러가면 기억을 잃어버리거든. 잊어버려야 하거든. 맙소사! 이 지옥에서 탈출하는 것 말고 또 한 가지 소원이 있다면 오늘 일을 잊어버리는 거야.

마을 저쪽 끝의 네거리에 있는 시티스 서비스 주유소 앞에 옹기종기 모여 있는 사람들이 보였다. 그들은 색이 바랜 평범한 옷을 입고 겁에 질린 평범한 얼굴을 하고 있었다. 기름때가 묻은 정비공 작업복을 입은 남자. 한때는 하얀색이었겠지만 지금은 칙칙한 회색이 되어버린 간호사 유니폼을 입은 여자. 여자는 교정용 신발을 신고 남자는 한쪽 귀에 보청기를 꽂고서 깊고 어두컴컴한 숲속에서 길을 잃은 어린애들처럼 서로 부둥켜안고 있는 나이 많은 커플. 메리는 설명을 듣지 않아도 이들이 그 젊은 웨이트리스처럼 오리건 주 로큰롤헤븐의 실제 주민이라는 걸 알 수 있었다. 그들은 식충식물에 붙잡힌 곤충처럼 붙잡혀 있는 것이었다.

"얼른 탈출하자, 클라크." 그녀가 말했다. "얼른." 무언가가 치밀어 올라 목젖을 때리자 그녀는 구역질이 나려는 줄 알고 손으로 입을 막았다. 그런데 구역질이 아니라 트림이었다. 로커부기에서 먹은 파이 맛이 나는 트림을 목젖이 화끈거릴 정도로 요란하게 토해냈다.

"무사히 빠져나갈 수 있을 거야. 걱정 마, 메리."

도로—마을의 끝이 눈앞에 보이기 시작하자 더이상 중심가로 여겨지지 않았다—왼쪽으로는 로큰롤헤븐 소방서가, 오른쪽으로는 학교(그녀는 공포가 극에 달한 상황인데도 불구하고 로큰롤 그래머스쿨이라고 불리는 배움의 요새에서 어쩐지 실존주의적인 분위기가 느껴진다는 생각을 했다)가 지나갔다. 아이 셋이 학교 옆 운동장에 서서 쌩하니 지나가는 프린세스를 무심한 눈빛으로 쳐다보았다. 노두에 기타 모양의 표지판이 꽂혀 있는 커브길이 전면에 등장했다. 안녕히 가십시오. 굿 나이트, 스위트하트, 굿 나이트*.

클라크가 프린세스의 속도를 유지한 채 커브 구간으로 들어섰다. 앞쪽에서 버스가 길을 막고 있었다.

그들이 마을로 진입했을 때 멀리서 보았던 노란색의 일반적인 스쿨버스가 아니었다. 수백 가지 색상과 수천 개의 사이키델릭한 이미지로 현란하고 어지럽게 수놓아진, 사랑의 여름**을 추억하는 특대형 기념품이었다. 창문은 나비 데칼코마니와 평화의 상징으로 뒤덮였다. 클라크가 비명을 지르며 브레이크를 밟는 순간에도 메리는 너무 빵빵하게 부풀려진 비행선처럼, 색칠된 버스 옆면에 둥둥 떠 있는 단어를 체념한 듯 무심하게 읽었다. 매직 버스.

클라크는 최선을 다했지만 멈출 수는 없었다. 프린세스는 바퀴

* 1950년대 중반에 발표된 노래 제목.

** 1967년에 샌프란시스코에서 벌어진 히피 운동.

에 락이 걸린 채 타이어에서 비친듯이 연기를 뿜어가며 시속 이삼십 킬로미터로 매직 버스를 향해 미끄러져 갔다. 벤츠가 홀치기 염색이 된 버스의 중앙에 부딪히자 쿵 하고 둔탁한 소리가 났다. 메리는 또다시 안전벨트에 몸이 묶인 채 앞으로 내동댕이쳐졌다. 버스는 앞뒤로 살짝 흔들릴 뿐이었다.

"후진해서 차를 돌려!"

그녀는 외쳤지만 이제 끝장이라는 예감에 숨이 막힐 듯했다. 프린세스의 엔진에서 거친 소음이 들렸고 찌그러진 보닛 앞면에서 김이 피어올랐다. 꼭 부상을 당한 용이 내뱉는 입김 같았다. 클라크가 기어를 후진에 넣자 프린세스는 물에 젖은 늙은 개처럼 부르르 떨며 두 번 폭발음을 내더니 이내 시동이 꺼졌다.

뒤에서 다가오는 사이렌 소리가 들렸다. 메리는 누가 이 마을의 순경을 맡고 있을지 궁금해졌다. 권위를 맹종하지 말라는 게 인생 모토였던 존 레넌은 아닐 테고 리처드 킹은 이미 당구를 즐기는 마을의 망나니 역할을 맡고 있었다. 그렇다면 누구일까? 그게 무슨 상관일까? 어쩌면 지미 헨드릭스일지 몰라. 그녀는 생각했다. 어이없는 발상일지 모른다. 하지만 그녀는 로큰롤에 대해 아는 것이 클라크보다 많았고 헨드릭스가 101공수사단에서 낙하산병으로 복무했다는 기사를 어디에선가 읽은 기억이 있었다. 다들 퇴역 군인이 경찰관으로 최고라고 하지 않던가?

너 지금 점점 미쳐가고 있어. 그녀는 속으로 중얼거리고 고개를 끄덕였다. 당연히 그럴 수밖에 없었다. 어떤 의미에서는 다행스러운 일이었다. "이제 어떡하지?" 그녀는 클라크에게 멍하니 물었다.

그는 운전석 쪽 문을 열었다. 차체가 살짝 찌그러져서 어깨로 밀어야 했다.

"뛰자."

"그래봐야 소용 있을까?"

"그 사람들 봤지. 그렇게 되고 싶어?"

이 말에 공포가 조금 되살아났다. 그녀는 안전벨트를 풀고 조수석 쪽 문을 열었다. 클라크가 프린세스를 빙 돌아와서 그녀의 손을 잡았다. 매직 버스 쪽으로 몸을 돌렸을 때 버스에서 내리는 사람을 보고 그는 그녀를 잡은 손에 으스러져라 힘을 주었다. 단추 몇 개를 푼 흰색 셔츠에 검은색 멜빵바지를 입고 눈을 완전히 감싸는 선글라스를 쓴 키가 큰 남자였다. 푸른빛이 도는 검은 머리를 오리 궁둥이처럼 풍성하고 완벽하게 빗어 넘겼다. 환영인가 싶을 정도로 잘생긴 얼굴은 착각의 여지가 없었다. 선글라스를 써도 감추어지지 않았다. 도톰한 입술이 벌어지며 교활한 미소를 살짝 지었다.

문에 로큰롤헤븐 경찰서라고 적힌 파란색과 흰색의 순찰차가 커브를 돌아 나와 프린세스의 뒤 범퍼와 몇 센터미터 간격을 두고 끼이익 멈추어 섰다. 운전석에 앉은 사람은 흑인이기는 했지만 지미 헨드릭스는 아니었다. 확실하지는 않았지만 메리가 보기에는 오티스 레딩인 듯했다.

선글라스에 청바지를 입은 남자가 허리띠 고리에 엄지손가락을 걸고 핏기 없는 두 손을 죽은 거미처럼 대롱대롱 늘어뜨린 채 그들 앞으로 와서 섰다. "안녕하시오?" 느릿느릿하고 살짝 냉소적인 멤피스 특유의 사투리는 누가 들어도 착각의 여지가 없었다. "우리 마을에 오신 걸 환영합니다. 잠깐 더 있다가 가셨으면 하는디요. 볼거리가 많지는 않지만 이웃 간의 정이 넘치고 서로 보살피는 마을이에요." 그는 무지막지하게 큼지막한 반지 세 개가 반짝거리는 한쪽 손을 내밀었다. "나는 여기 시장임다. 이름은 엘비스 프레슬리요."

여름 저녁, 황혼이 깃들었다.

마을 광장으로 들어선 메리는 어렸을 때 엘마이라에서 본 공연들이 다시금 떠오르며, 이성과 감정이 설치한 충격이라는 보호막을 뚫고 격렬한 향수와 슬픔이 밀려오는 것을 느꼈다. 분위기가 너무나 비슷한 동시에…… 너무나 달랐다. 폭죽을 흔드는 어린아이는 없었다. 광장으로 나온 열댓 명의 아이들은 무대와 최대한 멀찌감치 거리를 두고 옹기종기 모여서 잔뜩 긴장한 창백한 얼굴로 경계를 늦추지 않았다. 그녀와 클라크가 언덕으로 도망치던 길에 학교 운동장에서 본 아이들도 거기 있었다.

고풍스러운 분위기를 풍기는 브라스 밴드가 십오 분 아니면 삼십 분 뒤에 공연을 펼칠 준비를 하고 있지도 않았다. 공연장(메리의 눈에는 할리우드 원형극장만 해 보였다) 여기저기 흩뿌려진 장비와 부품을 보면 전 세계를 통틀어 가장 규모가 큰—그리고 앰프를 보면 가장 시끄러운—로큰롤 밴드라고 하기에 손색이 없었다. 어마무시한 구성으로 보건대 볼륨을 최대로 키우면 십 킬로미터 멀리 있는 유리창을 박살내고도 남을 듯했다. 그녀는 기타의 개수를 세보려다 열두어 개에서 그만두었다. 완벽한 드럼 세트가 네 개였고…… 봉고…… 콩가…… 리듬악기…… 코러스가 서게 될 원형의 돌출 무대 하며…… 마이크는 강철 숲을 이루었다.

광장도 접이식 의자로 가득채워졌지만—메리가 추산하기로는 칠백 개에서 천 개 사이였다—실제 관객은 기껏해야 오십 명 이하였다. 깨끗한 청바지와 주름이 생기지 않는 셔츠로 갈아입은 정비공이 보였다. 예전에는 예뻤을 창백한 얼굴을 하고 옆에 앉아 있는 여자는 부인인 듯했다. 간호사는 아무도 없는 긴 줄 한가운데에 혼자 앉아 있었다. 고개를 들고 남들보다 먼저 반짝이기 시작한 별들을 바라보고 있었다. 메리는 고개를 돌렸다. 뭔가를 서글프게 갈망하는 그녀의 얼굴을 계속 들여다보면 억장이 무너져버릴 것 같았다.

좀더 유명한 주민들은 아직 보이지 않았다. 당연히 그럴 수밖에 없었다. 다들 본업을 마친 후 무대 뒤에서 옷을 갈아입고 큐 사인을 체크하고 있을 것이다. 오늘 저녁의 성대한 공연 준비를 하고 있을 것이다.

클라크는 잔디로 덮인 가운데 통로의 4분의 1 지점에서 걸음을 멈추었다. 저녁 바람이 그의 머리칼을 헝클어뜨렸고 메리는 그걸 보며 밀짚처럼 푸석푸석하게 보인다는 생각을 했다. 클라크의 이마와 입가에 전에는 본 적 없는 주름이 새겨져 있었다. 그는 오크리지에서 점심을 먹은 뒤로 살이 십오 킬로그램은 빠진 듯했다. 테스토스테론의 제왕은 온데간데없었고 메리가 생각하기에 어쩌면 영영 자취를 감추었을 수도 있을 것 같았다. 그녀는 어느 쪽이 됐건 상관없었다.

말이 나왔으니 말인데 깜찍한 아가씨, 너는 어떻게 보일 것 같니?

"어디 앉을래?"

클라크가 물었다. 가늘고 무관심한 목소리였다. 여전히 꿈일지 모른다고 생각하는 사람의 목소리였다.

입술에 물집이 생긴 웨이트리스가 메리의 눈에 들어왔다. 그녀는 옅은 회색 블라우스에 면 치마를 입고 약 네 줄 앞 통로 쪽에 앉아 있었다. 어깨에 스웨터를 걸치고 있었다. "저기. 저 아가씨 옆에." 클라크는 아무 질문도 군소리도 없이 앞장섰다.

웨이트리스가 메리와 클라크를 돌아보았다. 메리는 그녀가 이제는 눈동자를 이리저리 굴리지 않는 걸 보고 다행이라는 생각을 한 순간, 이유를 깨달았다. 천지분간을 못할 정도로 약에 취한 상태이기 때문이었다. 메리가 생기 없는 눈빛을 마주하고 싶지 않아서 시선을 떨어뜨렸을 때 하얀 붕대를 두툼하게 감고 있는 웨이트리스의 왼손이 보였다. 메리는 그녀의 손가락이 한 개 아니면 두 개 잘렸다는 걸 알아차리고 경악했다.

"안녕하세요." 그녀가 인사를 건넸다. "나는 시시 토머스예요."

"안녕하세요, 시시. 나는 메리 윌링엄이에요. 이쪽은 남편 클라크고요."

"만나서 반가워요."

웨이트리스가 말했다.

"손이……."

메리는 뭐라고 하면 좋을지 알 수가 없어서 말끝을 흐렸다.

"프랭키 짓이에요." 시시는 분홍색 말을 타고 꿈길을 달리는 사람처럼 심드렁한 목소리로 말했다. "프랭키 라이먼요. 다들 그러는데 살아생전에는 그렇게 다정할 수가 없었는데 여기로 온 이후에 못되게 변했대요. 그가 맨 처음 여기로 건너온 사람들 중 한 명이었거든요……. 개척자라고 하던가? 나는 모르겠어요. 예전에는 다정했는지 모르겠다고요. 지금은 고양이 똥보다 더 상종하기 싫은 인간이라. 상관없어요. 두 분을 탈출시킬 수만 있다면 다음에도 또 그럴 거예요. 게다가 크리스털이 잘 챙겨주고 있거든요."

시시는 별을 구경하다 말고 그들을 쳐다보고 있는 간호사를 턱으로 가리켰다.

"크리스털이 아주 잘 챙겨줘요. 두 분도 원하면 도움을 요청하세요. 이 마을에서는 손가락을 잘리지 않아도 얼마든지 약에 취할 수 있어요."

"아내와 나는 약을 하지 않습니다."

클라크가 거만한 투로 말했다.

시시는 잠깐 동안 아무 말 없이 그를 바라보다가 말했다.

"하게 될 거예요."

"공연은 언제 시작하나요?"

메리는 충격이라는 보호막이 해제되기 시작하는 것을 느낄 수 있었지만 아직은 아무 감정도 느끼고 싶지 않았다.

"조만간요."

"얼마 동안 해요?"

시시는 거의 일 분 동안 아무 대꾸도 하지 않다가, 못 들었거나 질문의 뜻을 이해하지 못한 줄 알고 메리가 다시 물어보려고 했을 때 이렇게 대답했다. "아주 오랫동안요. 공연 자체는 자정이면 끝날 거예요. 이 마을의 규정상 그래요. 하지만…… 그 뒤로도 한참 동안 계속돼요. 왜냐하면 여긴 시간의 개념이 다르거든요. 가끔…… 흠, 어떻게 설명해야 하나…… 저 사람들이 많이 흥분하면 일 년이나 그 이상 계속될 때도 있어요."

메리의 팔과 등줄기를 타고 회색의 냉기가 스멀스멀 올라오기 시작했다. 그녀는 일 년 동안 록 공연장에 앉아 있으면 어떤 기분일지 상상해보려고 했지만 되지 않았다. 이건 꿈이고 너는 깨어날 거야. 그녀는 속으로 중얼거렸지만 밝은 대낮에 매직 버스 옆에서 엘비스 프레슬리의 얘기를 들었을 때는 설득력 있게 느껴졌을지 몰라도 지금은 그 기세와 설득력을 잃어가고 있었다.

"이 길로 죽 달려봐야 헛수고예요." 엘비스는 그렇게 얘기했다. "엄프콰 습지 말고는 아무 데도 갈 수가 없거든요. 거긴 길도 없고 포크 샐러드*라고 불리는 독초뿐이에요. 그리고 유사." 그가 잠깐 말을 멈추자 선글라스가 늦은 오후의 햇살을 받고 시커먼 용광로처럼 번들거렸다. "그리고 또 기타 등등."

"곰도 있죠."

오티스 레딩일지도 모르는 경찰관이 뒤에서 나섰다.

"곰, 그렇지." 엘비스는 맞장구를 치고 입꼬리를 들어서, 메리도 텔레비전과 영화에서 숱하게 보았던 알은체하는 미소를 지었다. "그리고 또 기타 등등."

메리는 말문을 열었다.

* 엘비스 프레슬리가 리메이크한 노래 중에 〈포크 샐러드 애니(Polk Salad Annie)〉라는 곡이 있다.

"남아서 공연을 보면……."

엘비스는 열심히 고개를 끄덕였다.

"공연! 맞아요, 남아서 공연을 꼭 봐야 해요! 진짜 끝내주거든요. 못 믿겠거든 직접 확인해보세요."

"백 퍼센트 진짜예요." 경찰관이 옆에서 거들었다.

"남아서 공연을 보면…… 끝났을 때 가도 되는 건가요?"

엘비스와 경찰관은 진지해 보이지만 웃음기가 느껴지는 눈빛을 서로 주고받았다. "아, 그게 말입니다, 부인." 왕년의 로큰롤의 황제가 말문을 열었다. "여기가 워낙 오지이다 보니 관객을 유치하기가 쉽지 않지만…… 우리 공연을 보고 나면 다들 좀더 있다가 가고 싶어 험니다…… 그래서 두 분도 좀더 있다가 가셨으면 좋겠는디요. 공연도 몇 개 보고 저희의 환대도 누리고 그라면서 말이지요." 그가 이마 위로 선글라스를 올리자 쭈글쭈글하고 아무것도 없는 눈구멍이 드러났다. 이내 엘비스 특유의 짙은 파란색 눈으로 다시 바뀌어서 관심 어린 눈빛으로 그들을 엄숙하게 바라보았다.

"어쩌면 여기 눌러앉기로 마음을 먹을지도 모르지요."

하늘을 수놓은 별의 숫자가 늘어났다. 이제 어둠이 내렸다. 무대 위에서는 밤에 피는 꽃처럼 은은한 주황색 스포트라이트가 마이크 스탠드를 하나씩 비추었다.

"그들이 우리한테 일을 할당했어요." 클라크가 심드렁한 목소리로 얘기했다. "그가 우리한테 일을 할당했어요. 시장 말이에요. 엘비스 프레슬리를 닮은 사람."

"진짜 엘비스예요."

시시 토머스가 말했지만 클라크는 계속 무대만 쳐다볼 따름이었다. 그는 그런 소리를 귀담아 듣기는커녕 생각할 마음의 준비조차 되지 않았다.

"메리는 내일부터 비밥 미용실로 출근하래요." 그는 하던 얘기를 계속했다. "영문학과를 졸업했고 교사 자격증도 있는데 앞으로 얼마나 오래될 지 모르지만 손님들 머리를 감기래요. 그러더니 나를 보고는 이러더군요. '선생은 우짤까? 댁은 멋을 잘허는지 모르겄네.'" 클라크가 시장의 멤피스 사투리를 살벌하게 흉내내자 몽롱하던 웨이트리스의 눈에 표정이 생기기 시작했다. 메리가 보기에는 공포의 표정인 듯했다.

"그런 식으로 비웃으면 안 돼요. 여기서 그랬다가는 문제가 생길 수 있어요……. 문제가 생기면 큰일이고요." 그녀는 붕대를 감은 손을 천천히 들었다. 클라크는 젖은 입술을 부들부들 떨며 빤히 쳐다보았고 그녀가 그 손을 다시 무릎에 얹자 이번에는 나지막한 목소리로 다시 말문을 열었다.

"나는 컴퓨터 소프트웨어 전문가라고 했더니 그가 이 마을에는 컴퓨터가 없다고 하더군요. '티켓트론 매장이 한두 군데 있으믄 좋기야 허겄지만'. 그러자 옆에 있던 남자가 웃으면서 슈퍼마켓 창고 담당이 공석이라고……."

눈부시게 하얀 스포트라이트가 무대 전면을 갈랐다. 버디 홀리의 옷차림이 얌전하게 느껴질 만큼 요란한 스포츠 코트를 입은 땅딸막한 남자가 엄청난 환호성을 잠재우기라도 하려는 듯 양손을 들고 스포트라이트 속으로 뚜벅뚜벅 들어섰다.

"저 사람은 누구예요?" 메리는 시시에게 물었다.

"왕년에 이런 공연을 숱하게 진행했던 디제이예요. 이름은 앨런 트위드인가 앨런 브리드인가 그렇고요. 이런 공연장에서 말고는 본 적이 거의 없어요. 술독에 빠져서 지내나 봐요. 하루 종일 잠만 자는 건 확실해요."

그녀가 그 이름을 내뱉자마자 메리를 감싸고 있던 보호막이 사라지면서 일말의 의구심마저 증발해버렸다. 메리와 클라크는 로큰롤 헤븐으로 우연히 들어섰지만 여기는 사실상 로큰롤헬이었다. 그들이 사악한 인간이라 이렇게 된 게 아니었다. 하늘에서 그들에게 벌을 내렸기 때문에 이렇게 된 것도 아니었다. 그들은 숲속에서 길을 잃었다는 이유 하나만으로 이렇게 되었는데, 숲속에서 길을 잃는 것은 누구에게나 벌어질 수 있는 일이었다.

"오늘 저녁, 성대한 공연이 여러분을 기다리고 있습니다!" 사회자가 마이크에 대고 우렁차게 외쳤다. "빅 바퍼…… 런던 타운에서 얼마전에 건너온 프레디 머큐리…… 짐 크로치…… 그리고 우리의 주인공 조니 에이스……."

메리는 웨이트리스 쪽으로 몸을 기울였다.

"여기서 지낸 지 얼마나 됐어요, 시시?"

"모르겠어요. 시간 감각을 잃어버리기 십상이거든요. 최소 육 년은 됐어요. 아니면 팔 년일 수도 있어요. 구 년일 수도 있고요."

"……더 후의 키스 문…… 스톤스의 브라이언 존스…… 슈프림스의 그 깜찍한 플로렌스 발라드…… 메리 웰스……."

메리는 가장 두려워하던 부분을 입 밖으로 꺼냈다.

“여기 왔을 때 몇 살이었어요?”

“캐스 엘리엇…… 재니스 조플린…….”

“스물세 살요.”

“킹 커티스…… 조니 버넷…….”

“지금은 몇 살이에요?”

“슬림 하포…… 밥 ‘베어’ 하이트…… 스티비 레이 본…….”

“스물세 살요.”

시시가 대답했다. 무대 위에서는 앨런 프리드가 거의 빈 마을 광장을 향해 계속 이름을 외치는 가운데 별이 뜨기 시작했다. 처음에는 백 개가, 그다음에는 천 개가, 그다음에는 이루 헤아릴 수 없을 만큼 많은 숫자가 난데없이 등장해 까만 하늘 온 사방에서 반짝거렸다. 그는 약물중독자, 알코올중독자, 비행기 사고 사망자, 총격 사고 사망자, 골목길에서 발견된 사람들, 수영장에서 발견된 사람들, 가슴에 운전대 기둥을 꽂고 머리가 잘린 채로 도로변 하수구에서 발견된 사람들의 이름을 외쳤다. 젊은이도 있고 나이든 이도 있었지만 대개 젊은이였다. 그가 로니 밴잰트와 스티스 게인스의 이름을 외치자 그녀의 머릿속에서 ‘우, 그 냄새, 그 냄새를 풍기지 않을 수 없나’ 하는 그들의 노래가 들렸고 그녀는 그 냄새를 분명하게 맡을 수 있었다. 이렇게 맑은 오리건의 공기 속에서도 그 냄새를 맡을 수 있었다. 그녀는 클라크의 손을 잡았지만 시체의 손을 잡은 것이나 다름없었다.

“자아아아아아아 그러어어어어어엄!” 앨런 프리드가 비명을 질렀다. 어두컴컴한 그의 뒤편에서 수십 개의 그림자가 로드 매니저의 손전등 불빛을 따라 무대를 향해 떼를 지어 걸어왔다. "파티를 즐길 준비되셨나요오오오오?"

광장을 드문드문 채운 관객들은 아무 대답도 하지 않았지만 프레드는 어마어마한 관중이 미친듯이 화답하기라도 한 것처럼 손을 흔들며 웃었다. 아직 날이 완전히 저물지는 않아서 손을 들어 보청기를 끄는 할아버지가 메리의 눈에 보였다.

"부기를 즐길 준비되셨나요오오오오?"

이번에는 화답이 이어졌다. 어두컴컴한 그의 뒤편에서 여러 대의 색소폰이 미친듯이 비명을 질렀다.

"그럼 시작합니다……. 로큰롤은 영원할 테니까요!"

조명이 켜졌고 밴드가 길고 긴 그날 저녁 공연의 첫 곡을 시작했다. 마빈 게이가 부르는 〈난 망했어 I'll be doggone〉이었다. 메리는 노래를 들으며 생각했다. 내가 걱정하는 게 그거야. 내가 걱정하는 게 바로 그거라고.

# 가정 분만

★★★

우유부단 매디, 안절부절 매디

좀비와 외계 벌레로부터 지구를 구하다!

매디 페이스는 세상의 종말이 닥쳤을지 모른다는 사실을 감안했을 때 자신이 처신을 잘하고 있다고 생각했다. 처신을 엄청 잘하고 있다고 생각했다. 사실상 이 세상의 어느 누구보다 모든 것의 종말에 제대로 대처하고 있다고 생각했다. 이 세상의 어느 임산부보다 제대로 대처하고 있다고 장담할 수 있었다.

대처하다니.

다른 누구도 아닌 매디 페이스가.

존슨 목사가 다녀간 뒤에 식탁 아래에서 먼지 한 톨만 보여도 잠을 이루지 못하는 매디 페이스가. 매디 설리번이던 시절에 메뉴판을 앞에 두고 얼어붙어서 어떨 때는 앙트레로 뭘 먹을지 삼십 분 동안 고민하느라 약혼자 잭을 환장하게 만들었던 매디 페이스가.

"매디, 그냥 동전을 던져서 결정하면 어떨까?" 한번은 송아지고기 찜 아니면 양갈비 둘 중 하나로 압축해놓고 계속 갈팡질팡하는 그녀를 보고 그가 이렇게 물은 적도 있었다. "내가 이 빌어먹을 독일 맥주를 벌써 다섯 병이나 마셨기 때문에 당신이 얼른 결정해주지 않으면 음식이 나오기도 전에 술에 취해서 테이블 밑으로 쓰러지게 생겼거든!"

그래서 그녀는 억지 미소를 지으며 송아지고기 찜을 주문했지만 차를 타고 집으로 가는 내내 양갈비가 더 맛있지 않았을까, 살짝 더 비싸긴 했지만 그게 훌륭한 선택이 아니었을까 고민했다.

하지만 잭의 청혼에 대처하는 데에는 아무 문제가 없었다. 얼른, 그것도 어마어마하게 안도하며 청혼을, 그리고 그를 받아들였다. 아버지가 돌아가신 이후에 매디와 그녀의 어머니는 메인 주 해변의 리틀톨 섬에서 목적 없이 우울하게 살고 있었다. "어디 쭈그리고 앉아서 바퀴에 기대면 되는지 내가 옆에서 알려주지 않으면 그 두 여자가 어떻게 살 수 있을지 도무지 모르겠다니까?" 남편이자 아버지였던 조지 설리번은 퍼지 술집이나 프라우트 이발소 뒷방에서 친구들과 함께 술을 마실 때면 입버릇처럼 이렇게 얘기했다.

아버지가 심장마비로 세상을 떠났을 때 매디는 열아홉 살이었고 41달러 50센트의 주급을 받으며 저녁에 마을 도서관을 관리했다. 어머니는 집안을 관리했지만 그것도 아버지가 (가끔은 귀에다 대고 아주 크게) 그녀의 임무를 일깨워주었을 때의 얘기였다.

그가 죽었다는 소식이 전해졌을 때 두 여자는 곤혹스러워하며 말없이 서로를 쳐다보았고, 이때 두 쌍의 눈은 똑같은 질문을 하고 있었다. 이제 뭘 어떻게 하지?

두 사람 모두 조지가 친구들에게 그런 소리를 한 줄 몰랐지만 그의 평가가 옳았다는 것을 뼈저리게 실감했다. 그들에게는 그가 필요하다는 것을 말이다. 그들은 일개 여성이었기에 그가 무엇을 해야 하는지뿐만 아니라 어떻게 해야 하는지까지 옆에서 알려주어야 했다. 당혹감에 말로 표현하지는 않았지만 사실이 그랬다. 그들은 앞으로 어떻게 살아야 할지 알 수 없었고 그들이 지금까지 조지 설리번의 편협한 사고방식과 기대치에 갇혀 지냈었다는 생각은 아예 하지 못했다. 두 사람 다 지능이 낮지는 않았지만 섬 여성이었다.

돈은 문제가 되지 않았다. 조지는 보험의 열렬한 신봉자였기 때문에 머차이어스의 빅 듀크스 빅 텐에서 볼링 시합을 벌이다 연장전 도중에 급사했을 때 그의 아내는 십만 달러가 넘는 보험금을 수령했다. 게다가 집이 있었고, 텃밭을 잘 가꾸어 가을에 텃밭의 채소를 잘 쟁여놓기만 하면 섬에서는 돈을 쓸 일이 별로 없었다. 문제는 중심을 맞출 곳이 없다는 것이었다. 문제는 조지가 (스페어 처리를 해주어야 팀이 승리할 수 있는 상황에서) 아일랜드 아모코 볼링 셔츠를 입은 채 19번 레인의 파울 선 위로 고꾸라졌을 때 삶의 구심점이 사라져버렸다는 것이었다. 아버지가 세상을 떠나자 매디와 어머니의 일상은 섬뜩하게도 흐릿한 반점이 되어버렸다.

자욱한 안개 속에서 길을 잃은 심정이야, 매디는 가끔 생각했다. 그런데 나는 길이나 집이나 마을이나 번개에 맞은 소나무 같은 지형지물을 찾는 게 아니라 바퀴를 찾고 있어. 바퀴를 찾으면 그 옆에 앉아서 어깨를 기대라고 나 스스로에게 얘기할 수 있을지 몰라.

마침내 그녀는 바퀴를 찾았다. 알고 보니 잭 페이스였다. 일설에 따르면 여자들은 아버지 같은 남자와 결혼하고 남자들은 어머니 같은 여자와 결혼한다는데, 이 개론이 모든 경우에 적용되지는 않겠지만 매디의 경우에는 그럭저럭 맞는 말이었다. 그녀의 아버지는 친구들 사이에서 두려움과 존경의 대상이었다. "조지 설리번한테 허튼 수작을 부릴 생각은 하지 마." 그들은 이렇게 얘기하곤 했다. "그 친구를 삐딱하게 쳐다보기만 해도 코가 날아갈 수 있어."

집에서도 마찬가지였다. 조지는 집안을 쥐고 흔들었고 어떨 때는 폭력을 행사했지만 뭐가 필요하고 뭐를 손에 넣어야 하는지 알았다. 포드 픽업트럭, 전기톱 또는 집에서 남쪽으로 팔천 제곱미터에 달하는 땅. 팝 쿡의 땅. 소문에 따르면 조지 설리번은 팝 쿡을 암내 진동하는 빌어먹을 영감탱이라고 표현했지만, 노인이 어떤 체취를 풍기든 간에 팔천 제곱미터의 땅에는 훌륭한 목재가 제법 많았다. 팝은 관절염이 본격적으로 심해지자 1987년에 육지로 거처를 옮겼기 때문에 그런 게 있는 줄 알지 못했다. 그리고 조지는 팝 쿡이라는 영감탱이가 그걸 모른다 한들 그로서는 전혀 손해를 볼 일이 없다는 것을, 팝에게 그런 게 있다고 알려주는 사람이 있으면 관절을 분리해버리겠다는 것을 리틀톨 섬에 공표하다시피 했다. 아무도 나서지 않았고 마침내 그 땅과 목재는 설리번 가족의 차지가 되었다. 물론 좋은 나무는 삼 년에 걸쳐 이미 실려 나갔지만 조지는 상관없다고 했다. 결국에는 본전을 뽑을 수 있다고 했다. 그게 조지의 주장이었고 그들은 그를 믿었고 그의 말을 믿었고 셋이서 땀을 흘렸다. 그가 바퀴에 어깨를 대고 이 망할 것을 밀어야 한다고, 꿈쩍하지 않을 테니 힘껏 밀어야 한다고 했다. 그래서 그들은 그렇게 했다.

당시에 매디의 어머니가 이스트헤드에서 나오는 길가에 가판대를 설치하고 직접 키운 채소를 팔면(물론 조지가 키우라고 한 거였다) 사 가는 관광객이 많았다. 그들은 어머니가 얘기한 '떼부자'는 아니었지만 그럭저럭 잘살았다. 바닷가재잡이가 신통치 않아서 팝 쿡에게 팔천 제곱미터의 땅을 살 때 진 대출금을 갚느라 허리띠를 더욱 졸라매야 했을 때도 그럭저럭 잘 살았다.

잭 페이스는 조지 설리번과 비교할 수 없을 만큼 다정했지만 딱 거기까지였다. 매디가 보기에는 결국 그도 저녁에 식은 음식을 내놓으면 팔을 비튼다든지 가끔 뺨을 때린다든지 대놓고 매질을 한다든지 하는 식의 이른바 길들이기에 돌입하지 않을까 싶었다. 애정이 식으면 말이다. 심지어 그녀는 그러길 바라고 기대하는 마음도 있는 듯했다. 여성 잡지에서 말하길 남자가 막강한 권력을 휘두르는 결혼생활은 옛날 얘기라고, 여자에게 손찌검을 하는 남자는 합법적으로 결혼한 남편이라 하더라도 폭행죄로 체포해야 된다고 했다. 매디는 미용실에서 가끔 이런 기사를 읽을 때마다 기자들이 연안 섬이라는 곳도 있다는 사실을 알고는 있는지 의심스러워졌다. 사실 리틀톨 섬이 배출한 셀레나 세인트 조지라는 작가가 한 명 있기는 했지만 그녀는 주로 정치에 대한 글을 썼고 딱 한 번 추수감사절 저녁을 먹으러 왔던 걸 제외하고는 오랫동안 섬에 온 적이 없었다.

"내가 평생 바닷가재 잡는 어부로 지내지는 않을 거야, 매디."

잭은 결혼하기 바로 전 주에 이렇게 얘기했고 그녀는 그를 믿었다. 일 년 전에 처음으로 데이트 신청을 했을 때(그녀는 말이 다 끝나기도 전에 좋다고 했고 너무 노골적이고 적극적인 자신의 목소리를 듣고 정수리까지 벌게졌다)였다면 "나가 평생 바닷가재 잡는 어부로 지내지는 않을 거"라고 했을 것이었다. 사소한 변화지만…… 차이는 어마어마했다. 그는 매주 아일랜드 프린세스호를 타고 퇴근한 뒤에 삼 일씩 야간학교에 다녔다. 하루 종일 통발을 걷느라 녹초가 됐을 텐데도 코를 찌르는 바닷가재와 소금 냄새를 씻고 뜨거운 커피와 함께 노도즈 각성제 두 알을 삼킨 뒤에 곧장 집을 나섰다. 어느 정도 시간이 흐르고 그의 결심이 얼마나 굳은지 확인이 되자 매디는 배에서 먹을 수 있게 뜨거운 수프를 끓여서 주었다. 그러지 않으면 프린세스호의 매점에서 파는 매콤한 저질 핫도그 말고는 먹을 게 없었다.

그녀는 가게에 진열된 깡통 수프를 보고 괴로워했던 기억이 났다. 종류가 너무 많았다! 그이가 토마토 수프를 좋아할까? 토마토 수프를 좋아하지 않는 사람도 있었다. 사실 물이 아니라 우유를 넣어서 끓였더라도 토마토 수프라면 질색하는 사람도 있었다. 그럼 야채 수프? 칠면조 수프? 닭고기 크림 수프? 그녀가 거의 십 분 동안 진열대를 하릴없이 두리번거리자 샬린 네도가 뭘 찾느냐고 물었다. 문제라면 빈정거리는 투로 물었다는 것이었고 내일 등교한 그녀가 친구들에게 오늘 있었던 일을 얘기하면 다 같이 여학생 화장실에 모여서 키득거릴 게 분명했다. 소심해서 슬픈 매디 설리번, 깡통 수프 같은 사소한 거 하나 결정하지 못해서 고민하다니! 그런 그녀가 무슨 수로 잭 페이스의 프러포즈를 받아들였는지가 그들로서는 의문이고 놀라운 일이었겠지만…… 바퀴를 찾아야 한다는 걸, 바퀴를 찾으면 언제 몸을 웅크리고 정확히 어느 지점을 밀어야 하는지 알려주는 사람이 있어야 한다는 걸 그들은 모르기 때문이었다.

매디는 수프를 사지 못하고 지끈거리는 머리를 달래며 가게를 나섰다.

그녀가 가까스로 용기를 내서 무슨 수프를 좋아하느냐고 물었을 때 잭은 이렇게 대답했다.

"치킨 누들. 깡통으로 파는 그런 거 말이야."

그것 말고 좋아하는 수프가 또 있었을까?

대답은 아니오였고 치킨 누들, 그것도 깡통으로 파는 그런 것만 좋아한다고 했다. 죽을 때까지 잭 페이스에게 필요한 수프는 그거 하나였고 죽을 때까지 매디에게 필요한 답변은 (적어도 수프에 관한 한) 그거 하나였다. 매디는 바로 다음날 홀가분한 마음으로 발걸음도 가볍게 뒤틀린 나무 계단을 올라가서 진열된 치킨 누들 깡통 수프를 네 개 샀다. 밥 네도에게 더 없느냐고 물었더니 창고에 한 상자가 있다고 했다.

그녀가 상자째 사겠다고 하자 밥은 놀라면서 트럭까지 상자를 옮겨주었지만 그 많은 걸 뭐에 쓰려고 그러느냐고 묻는다는 걸 잊어버렸다. 그 바람에 그날 저녁, 오지랖이 넓은 그의 아내와 딸에게 혼이 났다.

"당신은 나를 믿고 내 말을 기억하고 있기만 하면 돼." 결혼식을 올리기 직전, 잭은 이렇게 얘기했다(그녀는 그를 믿었고 그의 말을 절대 잊어버리지 않았다). "바닷가재 어부로 남지는 않을 거야. 우리 아버지는 나더러 바람만 잔뜩 들었다고 해. 아버지의 아버지, 그분의 아버지, 우라질 에덴동산까지 거슬러 올라가도 다들 통발 걷는 일로 충분했다면 나한테도 충분한 거라면서. 글치만, 아니, 그렇지만 나는 아니야. 나는 더 노력할 거야." 그녀를 바라보는 그의 눈빛은 결의로 가득한 단호한 눈빛이기도 했지만 희망과 자신감으로 가득한 애정 어린 눈빛이기도 했다. "나는 바닷가재 어부로 남지 않을 거고 당신도 바닷가재 어부의 아내로 남게 하지 않을 거야. 당신은 육지에 집을 가지게 될 거야."

"그래, 잭."

"그리고 우라질 쉐보레는 사지 않을 거야." 그는 숨을 크게 들이마시고 그녀의 손을 잡았다. "나는 올즈모빌을 살 거야."

그는 이 황당한 포부를 비웃을 테면 비웃어보라는 듯이 그녀의 눈을 똑바로 쳐다보았다. 당연히 그녀는 그런 반응을 보이지 않았다. 그날 저녁 들어 세 번째인가 네 번째로 그래, 잭이라고 했다. 그녀는 둘이 만난 일 년 동안 그 소리를 수천 번 반복했고 둘 중 한 명이, 아니면 가급적 둘이 한꺼번에 눈을 감음으로써 결혼 생활이 끝나는 날까지 백만 번쯤 반복해야 할 거라고 자신 있게 말할 수 있었다. 그래, 잭. 나란히 씌었을 때 이보다 더 아름다운 음악처럼 들리는 두 단어가 인류 역사상 존재한 적이 있었을까?

"나는 우라질 바닷가재 어부로 남지 않을 거야. 아버지는 어떻게 생각하든, 얼마나 비웃든 상관없어." 그는 비웃는다는 단어를 아주 의기소침하게 발음했다. "그래도 해내고야 말 테고 누가 날 도와줄 건지 알아?"

"응." 매디는 침착하게 대답했다. "바로 나."

그는 웃으며 그녀를 와락 끌어안았다.

"당신 정말 귀여워죽겠어."

동화책에 쓰이는 표현을 빌자면 이렇게 해서 그들은 결혼식을 올렸고 매디에게 있어 처음 몇 개월은, 어딜 가든 주변에서 "신혼부부 등장이오!" 하고 외쳤던 그 기간은 사실상 동화나 다름없었다. 잭에게 기댈 수 있고 잭의 도움 아래 결정을 내릴 수 있다는 게 가장 좋은 점이었다. 첫해에 그녀에게 주어진 최고의 난제는 거실에 어울리는 커튼 선택이었다. 카탈로그에 소개된 제품이 너무 많았고 그녀의 어머니는 아무 도움이 되지 못했다. 매디의 어머니는 화장지 브랜드조차 결정하지 못하는 성격이었다.

그것 말고는 즐겁고 안정적인 한 해를 보냈다. 겨울바람이 도마를 긁고 지나가는 칼날처럼 섬을 할퀴는 동안 푹신한 침대에서 잭과 사랑을 나눌 수 있어서 즐거웠고 그들에게 필요한 게 무엇이며 어떤 식으로 그걸 손에 넣을 생각인지 알려주는 잭이 있어서 안정적이었다. 사랑을 나누는 느낌이 어찌나 환상적이었던지 그를 떠올리기만 해도 가끔 다리에서 힘이 풀리고 뱃속이 간지러울 정도였지만, 무엇보다 그가 아는 게 많아서 그의 직감을 점점 더 믿을 수 있어서 한결 좋았다. 얼마 동안은 결혼 생활이 동화와도 같았다.

그러다 잭이 세상을 떠나면서 상황이 이상해지기 시작해졌다. 매디의 입장에서만 그런 게 아니었다.

모두의 입장에서 그랬다.

바깥세상이 이해할 수 없는 악몽 속으로 빨려 들어가기 직전에 매디는 아이가 생겼다는 걸 알았다. 그녀의 어머니는 늘 '수태'라는 표현을 썼는데, 매디는 그 단어를 들을 때마다 목에 낀 가래를 뱉을 때 나는 소리 같다는 생각을 했었다. 그 무렵 매디와 잭은 제니솔트 섬의 펄시퍼 부부의 옆집에서 살고 있었다. 제니솔트 주민들과 인근 리틀톨 주민들은 그 섬을 그냥 제니라고 불렀다.

두 달째 생리가 끊기자 그녀는 미친듯이 고민하다 나흘 밤 동안 잠을 설친 끝에 육지의 매켈웨인 선생에게 진찰을 받기로 했다. 이제 와 생각해보면 다행스러운 선택이었다. 만약 그녀가 다음 생리 예정일까지 기다렸다면 잭은 그 한 달의 희열을 맛보지 못했을 테고 그녀는 그의 관심과 배려를 누리지 못했을 것이다.

이제 와 생각해보면, 현재 그녀가 대처해나가고 있는 현실을 감안했을 때 그때 망설인 게 어이없게 느껴지지만 그녀도 마음속 깊숙이 알고 있었다시피 검사를 받으려면 엄청난 용기가 필요했다. 그녀는 좀더 확신할 수 있도록 아침에 좀더 분명하게 속이 울렁거리길 바랐다. 속이 메슥거려서 자다 말고 깰 수 있길 바랐다. 그녀는 잭이 일하러 나갔을 시각으로 예약을 잡았고 그가 일을 하는 동안에 다녀왔지만, 몰래 연락선을 타고 육지에 다녀온다는 건 있을 수 없는 일이었다. 양쪽 섬의 주민들과 너무 많이 마주쳤다. 얼마 전에 그의 아내를 프린세스호에서 만났다고 누군가가 잭에게 지나가는 말처럼 얘기할 테고 그러면 잭은 어쩐 일이었느냐고 물어볼 텐데, 헛다리를 짚었다가는 그에게 바보 취급을 당할 수 있었다.

하지만 헛다리가 아니었다. 그녀는 수태를 했고(심한 감기에 걸린 사람이 기침하는 소리처럼 들린대도 상관없었다) 잭 페이스는 정확히 이십칠 일 동안 첫 아이를 학수고대하다 집채만 한 놀에 쓸려 마이크 삼촌에게 물려받은 마이 레이디러브라는 바닷가재잡이 뱃전에서 추락했다. 데이브 이먼스가 우울한 목소리로 전한 바에 따르면 잭은 수영을 할 줄 알았기에 코르크처럼 수면 위로 고개를 내밀었다가 바로 그 순간 또다시 엄청난 놀이 들이닥치는 바람에 배와 정면으로 부딪혔다. 데이브는 더이상 아무 얘기도 하지 않았지만 매디는 섬에서 나고 자란 여자였기에 알았다. 그 배가 이름에 걸맞지 않게 남편의 머리를 쿵 하고 강타한 순간 그의 피와 머리칼과 뼈와, 어두운 밤에 그녀의 안으로 들어올 때마다 그녀의 이름을 몇 번이고 외치게 만들었던 뇌의 일부분까지 흩뿌려지면서 난 소리가 실제로 들리는 듯했다.

잭 페이스는 모자가 달린 묵직한 파카와 오리털 바지를 입고 부츠를 신은 채로 돌처럼 가라앉았다. 그들은 제니 섬 북단의 조그만 공동묘지에 빈 관을 묻었고 존슨 목사(제니와 리틀톨에서는 종교 선택권이 있었다. 감리교 신자가 되든지 신앙심을 잃은 감리교 신자가 되든지 둘 중 하나였다)가 지금까지 숱하게 그랬듯이 빈 관을 앞에 두고 예배를 집전했다. 장례식이 끝나자 매디는 언제 바퀴에 어깨를 대고 어디까지 밀어야 하는지는커녕 어디에 바퀴가 있는지조차 알려주는 사람 한 명 없는, 아이를 임신한 스물두 살의 미망인이 되었다.

처음에 그녀는 어머니가 있는 리틀톨로 돌아가서 산달까지 기다릴까 생각했지만 잭과 일 년을 지내는 동안 시야가 조금 트였기 때문에 어머니도 그녀만큼, 어쩌면 그녀보다 더 어찌할 바를 모르는 상태라는 걸 알 수 있었다. 돌아가는 게 과연 올바른 판단일지 의문스러웠다.

"매디." 잭이 그녀에게 몇 번이고 얘기했다(그는 죽긴 했지만 그녀의 머릿속에서는 그렇지 않은 듯했다. 그녀의 머릿속에서는 그 어떤 죽은 사람보다 생생하게 살아 있었다. 당시에 생각하기로는 그랬다). "당신이 결정할 수 있는 딱 한 가지가 있다면 바로 결정을 하지 않겠다는 거야."

어머니도 별반 나을 게 없었다. 매디는 통화를 할 때면 어머니가 집으로 돌아오라고 얘기해주길 바라고 기다렸지만 설리번 부인은 열 살이 넘은 상대에게는 이래라저래라 하지 못하는 성격이었다. "여기로 돌아와야 하는 거 아닐까?" 그녀가 한 번 머뭇거리며 이렇게 물은 적은 있었지만 매디로서는 그게 제발 집으로 돌아오라는 건지, 형식상 꺼낸 말인데 제발 덥석 물지는 말아달라는 뜻인지 알 수가 없었다. 그녀는 며칠 밤 동안 잠을 설치며 어느 쪽인지 결정해보려고 했지만 점점 더 헷갈리기만 할 따름이었다.

그러다 분위기가 묘해지기 시작해지자 제니에는 공동묘지가 조그만 것 하나밖에 없다는 사실이(그리고 수많은 무덤에 빈 관이 묻혀 있다는 것이 예전에는 안타깝게 느껴졌을지 몰라도 이제는 축복이자 은총으로 여겨졌다) 그보다 더 다행스러울 수 없게 다가왔다. 리틀톨에는 제법 넓은 공동묘지가 두 개 있었기 때문에 제니에 남아서 기다리는 편이 훨씬 안전할 것 같았다.

그녀는 거기 남아서 바깥세상이 명맥을 유지하는지 멸망하는지 두고 보기로 했다.

명맥을 유지한다면 산달을 기다려보기로 했다.

이제 그녀는 희미하게 다짐했다가도 일어난 지 한두 시간이 지나면 대개 꿈처럼 잊어버리며 평생 동안 소극적이고 순종적인 삶을 살다 마침내 현실에 대처해나가고 있었다. 그녀도 알다시피 남편의 죽음으로 시작해 펄시퍼 부부의 최첨단 위성 안테나를 통해 수신된 마지막 방송에 이르기까지 엄청난 충격이 잇따라 그녀를 강타했기 때문에 나타난 반응이라고 볼 수도 있었다. CNN 기자로 차출된 젊은 남자가 경악한 표정으로 미국 대통령과 영부인, 국무장관, 오리건 주 고위급 상원 의원이 백악관 이스트룸에서 좀비들에게 산 채로 잡아먹힌 것처럼 보인다는 소식을 전했던 것이다.

"다시 한번 반복합니다." 어쩌다 보니 마이크를 잡게 된 청년이 말했다. 이마와 뺨에 난 여드름이 성흔처럼 도드라져 보이는 가운데 그의 입과 뺨이 실룩거리기 시작했다. 두 손은 경련을 일으켰다. "다시 한번 반복합니다. 송장들이 삶은 연어와 체리 주빌리를 먹기 위해 백악관에 모인 대통령 부부와 수많은 유력 정치인을 방금 전에 점심으로 해치웠습니다." 청년은 미친듯이 웃다가 고 예일! 불라 불라!라고 고래고래 외쳤다. 그러다 화면 밖으로 뛰쳐나가자 매디가 기억하기로는 난생처음 CNN 뉴스 데스크가 빈자리로 남았다. 그녀와 펄시퍼 부부가 경악으로 벙어리가 된 가운데 뉴스 데스크가 사라지고 박스카 윌리 음반 광고가 흘러나왔다. 아무 가게에서나 파는 게 아니라 화면 하단에 보이는 800번으로 전화를 해야 살 수 있다고 했다. 매디가 앉아 있는 의자 옆의 작은 탁자 위에 체인 펄시퍼의 크레용이 놓여 있었다. 왜 그랬는지 아무도 모를 노릇이었지만 그녀는 펄시퍼 씨가 자리에서 일어나 아무 말 없이 텔레비전을 끄기 전에 크레용을 집어서 쪽지에 전화번호를 적었다.

매디는 그들에게 잘 자라고 하고 텔레비전 보면서 지피팝 팝콘도 잘 먹었다고 인사했다.

"매디, 정말 괜찮겠어요?" 캔디 펄시퍼가 그날 저녁 들어 다섯 번째로 물었고 매디는 그날 저녁 들어 다섯 번째로 괜찮다고, 잘 헤쳐나가고 있다고 대답했다. 캔디는 그렇다는 걸 알지만 예전에 브라이언이 쓰던 2층 방을 언제든 내줄 수 있다고 했다. 매디는 캔디와 포옹하고 뺨에 입을 맞춘 다음 그녀의 능력이 닿는 한도 내에서 최대한 우아하게 사양하고 마침내 도망쳤다. 그녀는 바람을 맞으며 집까지 팔백 미터를 걸어가서 부엌으로 들어섰을 때에야 800번으로 시작하는 전화번호가 적힌 쪽지를 들고 있다는 걸 알았다. 그 번호로 전화를 걸었지만 아무 응답이 없었다. 지금은 모든 상담원이 통화중이라고 녹음된 메시지가 흘러나오지도 않았고, 혼선이 됐음을 알리는 요란한 사이렌 소리가 들리지도 않았고, 붑이나 삑이나 딸깍이나 짤깍 하는 소리도 들리지 않았다. 잔잔한 정적만 이어질 따름이었다. 그때 매디는 종말이 다가왔거나 다가오고 있다고 확신했다. 800번으로 전화해서 아무 가게에서나 팔지 않는 박스카 윌리 음반을 주문할 수 없을 때, 그녀가 기억하는 한 난생처음으로 대기중인 상담원이 없을 때 세상의 종말은 기정사실이라고 볼 수 있었다.

부엌 벽에 달린 전화기 앞에 서 있는데 부풀어오른 배가 느껴지자 그녀는 자기가 그런 말을 하는 줄도 모른 채 난생처음 큰 소리로 외쳤다.

"가정 분만을 해야겠네. 하지만 아가, 네가 준비만 제대로 하면 아무 문제 없을 거야. 다른 방법이 없다는 것만 기억하면 돼. 가정 분만을 할 수밖에 없거든."

그녀는 공포가 들이닥치길 기다렸지만 잠잠했다.

"엄마가 알아서 잘 대처할 수 있어."

그녀는 말했다. 이번에는 확신에 찬 자신의 말투에서 위안을 얻었다.

아이.

아이가 태어나면 세상의 종말이 종말을 고할 것이었다.

"에덴."

그녀는 미소를 지었다. 다정한 미소, 성모마리아의 미소였다. 썩어가는 송장들(박스카 윌리도 그중 한 명일 수 있다)이 몇 명이나 비틀비틀 지상을 돌아다니든 상관없었다.

그녀는 아이를 낳을 테고 가정 분만을 완수할 테고 그러면 에덴의 가능성이 사라지지 않을 것이다.

이 사태가 맨 처음 보도된 곳은 피들디라는 인상적인 이름으로 불리는, 오지와 맞닿은 오스트레일리아의 어느 작은 마을이었다. 미국에서 걸어다니는 시체가 보인다고 맨 처음 보도된 곳은 그보다 더 인상적인 플로리다 주 섬퍼*였다. 맨 처음으로 기사가 실린 곳은 미국의 슈퍼마켓에서 팔리는 타블로이드 중에 가장 인기가 많은

* 영어로 섬퍼thumper는 어처구니없는 거짓말이라는 뜻이다.

《인사이드 뷰》였다.

'플로리다의 어느 조그만 마을에서 죽은 자가 되살아나다!' 헤드라인은 이렇게 외쳤다. 기사는 매디가 본 적 없는 〈살아 있는 시체들의 밤〉이라는 영화의 줄거리 설명과 함께 시작돼 〈마쿰바 러브〉라는 영화 얘기로 넘어갔다. 그것 역시 그녀가 본 적 없는 작품이었다. 기사에는 사진이 세 장 같이 실렸다. 그중 한 장은 〈살아 있는 시체들의 밤〉의 스틸이었고 정신병원에서 탈출한 것처럼 보이는 사람들이 한밤중에 외딴 농가 앞에 서 있었다. 또 하나는 〈마쿰바 러브〉의 한 장면으로, 비키니로 수박만 한 가슴을 가린 금발 여자가 가면을 쓴 흑인 남자처럼 보이는 사람을 향해 공포의 비명을 지르며 손을 흔들고 있었다. 세 번째가 플로리다 주 섬퍼에서 찍은 사진인 모양이었다. 성별을 알 수 없는 사람이 비디오 게임방 앞에 서 있는데 초점이 맞지 않아서 형체가 흐릿했다. 기사에서는 그자가 "수의를 걸치고 있다"고 했지만 지저분한 시트를 뒤집어쓴 사람이라고 볼 수도 있었다.

신경쓸 필요 없었다. 지난주에는 성가대 남자아이를 성폭행한 원숭이가 소개됐고 이번주에는 다시 살아난 송장이 소개됐으니 다음 주는 연쇄살인마 난쟁이 차례였다.

다른 지방에서도 그들이 출몰하기 시작했다. 지상파 방송에서 뉴스 영상이 처음으로 등장하고("자녀와 동반 시청은 삼가시기 바랍니다." 톰 브로코가 도입부에 진지한 목소리로 이렇게 얘기했다.) 말라 비틀어진 피부 사이로 뼈가 고스란히 보이는 썩은 괴물, 교통사고 사망자, 장의사에게 받은 분장이 벗겨진데다 찢어진 얼굴과 움푹 꺼진 두개골이 드러난 시체, 흙이 엉겨 까치집을 지은 머리카락 속에서 아직까지 지렁이와 딱정벌레들이 꿈틀꿈틀 기어다니는 여자, 멍청해 보이는 동시에 열심히 재고 따지는 바보처럼 교활해 보이는 얼굴들. 압축 포장돼서 "미성년자에게 판매 금지!"라고 적힌 주황색 스티커가 붙은 채로 팔리는《피플》잡지에 끔찍한 사진이 실렸다.

그러자 이것은 신경써야 하는 일이 되었다.

사실 군데군데 진흙이 묻은 브룩스 브러더스 양복 찌꺼기를 걸친 썩어가는 남자가 휴스턴 오일러스 미식축구 팀 티셔츠를 입고 비명을 지르는 여자의 목을 물어뜯는 광경을 목격하고 난 이후에는 상당히 신경써야 하는 일이 되었다.

그때부터 비난과 무력을 동원한 협박이 시작됐다. 삼 주 동안 전 세계가 돌이킬 수 없는 충돌을 향해 치닫는 두 핵 강대국을 구경하느라, 섬뜩한 나방들이 죽은 껍데기에서 탈피하듯 무덤에서 뛰쳐나온 시체들은 뒷전으로 밀려났다.

중국 텔레비전에 출연한 평론가들은 미국에 좀비가 없다고 단언했다. 중화인민공화국을 상대로 인도 보팔에서보다 더 끔찍한 (그리고 의도적인) 화학전을 감행하려는 용서받을 수 없는 범죄를 위장하기 위해 동원한 편의주의적인 거짓말이라고 했다. 무덤에서 뛰쳐나온 죽은 동지들을 열흘 안에 제대로 처리하지 않으면 보복을 감행할 거라고 했다. 미국 외교관들이 모조리 추방당했고 미국 관광객이 폭행으로 사망하는 사건이 몇 건 발생했다.

(조만간 좀비 특별식으로 전락할) 미국 대통령은 뭐 묻은 개(두 번째

임기 동안 못해도 이십 킬로그램은 쪘으니 뚱뚱한 개였다)가 뭐 묻은 개 나무라는 식으로 응수했다. 그는 국민들에게 미국 정부는 걸어다니는 시체들이 중국에서만 의도적으로 풀려났다는 반박할 수 없는 증거를 확보했다며, 눈꼬리가 찢어진 판다 두목이 팔천여 명의 살아있는 시신들이 궁극적인 집단주의를 찾아서 활보중이라고 주장하지만 우리 측에는 그 숫자가 마흔 명도 안 된다는 확실한 증거가 있다고 했다. 화학전이라는 극악무도한 짓을 저질러 동포를 잡아먹겠다는 충동 하나밖에 없는 충성스러운 미국인들을 부활시킨 쪽은 중국이라며 이 미국인들—그중 일부는 훌륭한 민주당원이었다—을 닻새 안으로 잠재우지 않으면 중국은 거대한 잿더미로 전락할 거라고 했다.

북미항공우주방위사령부가 데프콘 2단계였을 때 험프리 대그볼트라는 영국의 천문학자가 위성 아니면 생명체 아니면 뭔지 모를 것을 발견했다. 대그볼트는 전문 천문학자도 아니고 영국 서부에서 별을 관찰하던 일개 아마추어에 불과했지만 그가 전면 핵전쟁 내지는 수소폭탄 공방전에서 인류를 구했다고 볼 수 있었다. 비중격 만곡증과 심한 건선에 시달리던 사람이 일주일 만에 거둔 성과치고는 나쁘지 않았다.

런던의 왕립 천문대에서 대그볼트의 사진과 데이터를 정식으로 인정했음에도 불구하고, 처음에는 서로 으르렁대던 양국이 그의 발견을 믿지 않으려고 했다. 하지만 결국 미사일 격납고의 문이 닫혔다. 전 세계 각 지역의 망원경들이 마지못한 듯 스타 웜우드에 초점을 맞추었다.

《가디언》에 처음으로 사진이 실리고 삼 주도 되지 않았을 때 미국과 중국의 합동 우주 탐사기가 불청객 조사의 임무를 띠고 란저우 고원에서 발사됐다. 모두가 사랑하는 아마추어 천문학자와 비중격 만곡증과 기타 등등도 이 탐사기에 탑승했다. 사실 대그볼트는 이 임무와 불가분의 관계였다. 그는 전 세계적인 영웅이었고 윈스턴 처칠 이래 가장 유명한 영국인이었다. 발사 전날 기자에게 무섭지 않으냐는 질문을 받았을 때 대그볼트는 묘한 매력이 있는 로버트 몰리* 비슷한 웃음을 터뜨리고 정말이지 어마어마하게 큼지막한 코의 옆면을 문지르며 이렇게 외쳤다.

"무서워죽겠어요! 진짜로 무서워죽겠어요!"

알고 보니 그가 무서워죽을 만한 이유가 있었다.

모두가 무서워죽을 만한 이유가 있었다.

샤오핑-트루먼호로부터 수신된 메시지의 맨 마지막 육십일 초는 관련 3개국에서 언론에 유포할 수 없을 만큼 끔찍했기 때문에 공식 성명이 생략됐다. 두말하면 잔소리지만 그래도 상관없었다. 거의 이만 명에 달하는 아마추어 무선사들이 우주선을 주시하고 있었고 우주선이 침략을 당했을 때—다르게 표현할 말이 있을까?—그중 최소 만 구천 명이 녹음을 하고 있었다.

* 영국 출신의 배우.

중국인의 목소리: 벌레다! 엄청나게 커다란 공처럼 보이는데…….

미국인의 목소리: 으악! 조심해! 우리 쪽으로 오고 있어!

대그볼트: 뭐가 분출되고 있다. 좌측 창문이…….

중국인의 목소리: 뚫렸다! 뚫렸다! 제군들, 우주복을 착용해주기 바란다! (알아들을 수 없는 지껄임)

미국인의 목소리: ……먹어치우면서 들어오는 듯…….

중국인 여성의 목소리(쑹칭링): 아, 그만. 눈이 그만.

(펑)

대그볼트: 폭발로 감압이 발생했다. 셋……. 아니, 네 명이 죽었고 벌레들이…… 온 사방에서 벌레들이…….

미국인의 목소리: 얼굴 보호대! 얼굴 보호대! 얼굴 보호대!

(비명 소리)

중국인의 목소리: 우리 엄마 어디 있지? 아, 우리 엄마 어디 있지?

(비명 소리. 이 없는 노인이 매시드 포테이토를 빨아먹는 듯한 소리)

대그볼트: 선실이 벌레들로 가득찼다……. 벌레처럼 보이는데…… 그러니까 진짜 벌레들이—우리가 메인 위성으로 간주한—거기서 밀려나와서…… 그러니까 무슨 말인가 하면……. 선실이 둥둥 떠다니는 인체 부위들로 가득하다. 이 우주 벌레들은 산성 물질을 분비해…….

(이 시점에서 보조 로켓이 점화된다. 7.2초 동안 연소가 지속된다. 탈출하려는 시도였을 수도 있고 적 대장을 들이받으려는 시도였을 수도 있다. 둘 중 어느 쪽이었건 간에 작전은 실패로 돌아갔다. 연소실 자

체가 벌레들로 막힌 듯하고 린양 선장인지 누군지 모를 책임자가 막힌 연소실로 인해 조만간 연료 탱크가 폭발하겠다는 결론을 내리고 연소를 중단한다.)

미국인의 목소리: 으악, 녀석들이 내 머릿속으로 들어와서 빌어먹을 뇌를 갉아먹…….

(지지직)

대그볼트: 꼬리 날개 쪽 객실로 전략적 후퇴를 하는 것이 현명한 선택이라고 본다. 나머지 승무원은 모두 사망했다. 반론의 여지가 없다. 안타깝다. 용감한 동지들이었는데. 심지어 계속 코를 후비적거리던 그 뚱뚱한 미국인까지. 하지만 어떻게 보면…….

(지지직)

대그볼트: ……죽지 않은 쑹칭링이…… 아니, 쑹칭링의 잘린 머리가…… 방금 전에 내 앞을 둥실둥실 지나갔는데 눈을 깜빡였다. 나를 알아보고서…….

(지지직)

대그볼트: ……계속…….

(펑. 지지직)

대그볼트: ……온 사방이 뒤덮였다. 다시 한번 반복한다, 온 사방이 뒤덮였다. 꿈틀거리는 것들로. 그 녀석들…… 혹시 아는 사람이 있을지…….

(대그볼트가 비명을 지르며 욕을 하다가 그냥 비명만 지른다. 이 없는 노인 소리가 다시 들린다.)

(메시지 전송 종료)

샤오핑-트루먼호는 그로부터 삼 초 뒤에 폭발했다. 그 짧고 다소 측은한 충돌이 빚어지는 동안 스타 웜우드라는 별명이 생긴 거칠거칠한 공이 밀려나오는 광경을 지상에서 삼백여 대의 망원경이 지켜보았다. 그 마지막 육십일 초가 전송되기 시작했을 때 우주선은 벌레처럼 보이는 것들로 뒤덮이기 시작했다. 메시지 전송이 끝났을 무렵에는 탐사선 자체가 전혀 보이지 않고 거기 매달려서 꿈틀거리는 거대한 덩어리만 보였다. 탐사선이 폭발하고 몇 분 지났을 때 기상 위성이 떠다니는 잔해 사진을 한 번 찍었는데, 잔해 중 일부는 누가 봐도 그 벌레 덩어리였다. 그 사이를 부유하던 중국 우주복 차림의 다리 한쪽은 훨씬 간단하게 신원을 확인할 수 있었다.

어떻게 보면 이 모든 건 중요한 문제가 아니었다. 두 나라의 과학자와 정계 지도자들은 스타 웜우드의 위치를 정확히 알고 있었다. 점점 커지고 있는 오존층 구멍이었다. 거기서 뭔가를 내려보내고 있는데 그 뭔가가 꽃다발은 아니었다.

그다음 차례로 미사일이 동원됐다. 스타 웜우드는 아무렇지 않게 날아오는 미사일을 피하고 원래 자리로 돌아가서 구멍을 덮었다.

위성 안테나를 단 펄시퍼 부부의 텔레비전을 보면 일어나서 걸어다니는 시체들의 숫자가 점점 늘어났지만 한 가지 결정적인 변화가 있었다. 처음에는 좀비들이 가까이 접근한 사람만 물었는데, 펄시퍼 부부의 최첨단 소니 텔레비전에 흰색 줄무늬만 뜨기 시작한 몇 주 전부터는 시체들 쪽에서 살아 있는 사람들에게 접근을 시도했다.

물어뜯는 기분이 마음에 든다고 결론을 내린 듯했다.

그걸 파괴하려고 마지막으로 시도한 나라는 미국이었다. 대통령이 미국은 SDI 핵무기를 궤도로 발사한 적도 없고 앞으로도 절대 그럴 일이 없다고 한 예전 발언을 깡그리 무시하고 궤도 핵무기로 스타 웜우드를 공격해도 좋다고 승인한 것이다. 너나 할 것 없이 예전 발언을 무시했다. 성공을 기원하느라 다들 정신이 없었을 것이다.

시도는 좋았지만 안타깝게도 소용은 없었다. SDI 궤도선에서 미사일은 단 한 발도 발사되지 못했다. 전부 합해서 스물네 번의 시도가 완벽한 실패로 돌아갔다.

현대 과학기술은 개뿔이었다.

이 모든 충격이 지상과 천상을 덮친 이후에 제니 섬에 있는 조그만 공동묘지 문제가 대두됐다. 그것조차 매디에게는 대수롭지 않은 일처럼 느껴졌다. 직접적으로 경험한 게 아니기 때문이었다. 문명의 종말이 눈앞에 닥친 상황에서 섬이 나머지 세상과 고립되자—주민들이 보기에는 다행스러운 일이었다—과거의 생활 방식이 조용하지만 분명하게 고개를 들었다. 그즈음에는 주민들도 앞으로 어떤 일이 벌어질지 알고 있었다. 중요한 건 시점이었다. 그리고 그 사태가 닥쳤을 때 준비가 되었는지 여부였다.

여자들은 배제됐다.

두말하면 잔소리지만 보초 순번을 짠 사람은 밥 대거트였다. 거의 천 년 동안 제니의 행정 위원장을 맡고 있었으니 당연한 일이었다. 밥 대거트는 대통령이 사망하고 다음날(그와 영부인이 워싱턴 DC의 길거리를 멍하니 배회하며 소풍 도시락으로 닭다리를 뜯어먹는 사람들처럼 인간의 팔다리를 물어뜯을 수 있다는 얘기는 어느 누구도 꺼내지 않았다. 그 인간과 금발머리 아내가 민주당원이기는 했지만 감당하기 어려운 상상이었다) 남북전쟁 이후 처음으로 남자들로만 구성된 비상회의를 소집했다. 매디는 참석하지 않았지만 얘기를 들었다. 데이브 이먼스가 필요한 정보를 모두 알려주었다.

"여러분 모두 지금 어떤 상황인지 알고 계시리라 믿습니다." 밥이 얘기했다. 그는 황달에 걸린 사람처럼 얼굴이 노랬고 다들 기억하다시피 이 섬에 남은 딸 말고도 자식이 셋이나 더 있었다. 그 셋은 다른 지방…… 그러니까 육지에서 살았다.

하지만 젠장, 그런 식으로 따지면 모두에게 육지에 사는 친척이 있었다.

"제니에는 묘지가 하나뿐이죠." 밥이 하던 얘기를 계속했다. "아직은 아무 일도 벌어지지 않았지만 앞으로도 계속 그러라는 법은 없습니다. 아직 아무 일도 벌어지지 않은 곳이 많지만…… 일단 시작됐다 하면 순식간에 번지니까요."

중학교 체육관에 모인 남자들이 웅성웅성 맞장구를 쳤다. 그들 모두를 수용할 수 있을 만큼 넓은 곳이 체육관밖에 없었다. 그들은 전부 합해서 일흔 명 정도 됐고 이제 막 열여덟 살이 된 조니 크레인에서부터 올해 여든 살로 한쪽 눈이 의안이고 씹는 담배를 좋아하는 밥의 종조부 프랭크에 이르기까지 연령층이 다양했다. 물론 체육관에는 타구가 없었기 때문에 프랭크 대거트는 빈 마요네즈 병을 들고 왔다. 그가 병에 대고 담뱃진을 뱉었다.

"본론으로 들어가자꾸나, 바비." 그가 말했다. "공직에 출마하는 것도 아니면서 웬 시간 낭비냐."

또다시 여기저기서 웅성웅성 맞장구를 쳤고 밥 대거트는 얼굴을 붉혔다. 종조부는 그를 한심한 바보로 만드는 데 재주가 있었다. 그가 한심한 바보처럼 보이는 것보다 더 질색하는 게 있다면 바비라고 불리는 것이었다. 그는 젠장, 지역 유지였다. 그 노인네도 그가 부양하고 있었다. 빌어먹을 담배를 사다 바치는 사람이 그였다!

하지만 그런 말을 할 수는 없었다. 프랭크의 눈이 마치 부싯돌 같았다.

"알겠습니다." 밥은 퉁명스럽게 말했다. "자, 보초를 설 사람이 열두 명 필요합니다. 순번은 내가 몇 분 안으로 짤 겁니다. 네 시간 교대 체제로."

"나는 네 시간보다 훨씬 오랫동안 보초를 설 수 있어."

매트 아스놀트가 외쳤다. 데이브가 매디에게 들려준 바로는 회의가 끝난 뒤에 밥은 연금으로 먹고사는 매트 아스놀트 같은 백수가 자기보다 잘난 사람들이 모인 회의장에서 그런 식으로 큰소리를 낼 수 있었던 것도 그 노인네가 그를 바비라고 불렀기 때문이라고 했다. 섬에 사는 남자들이 전부 모인 앞에서 쉰 번째 생일까지 석 달이 남은 그를 애 대하듯이 했기 때문이라고 했다.

"그럴 수 있을 수도 있고 없을 수도 있겠지." 밥이 말했다. "하지만 못 믿을 인간들이 워낙 많아서. 보초를 서다가 잠들면 안 되거든."

"나는 절대……."

"누가 자네라고 했나?" 밥은 이렇게 얘기했지만 그를 염두에 두고 한 말일 수도 있다는 눈빛으로 매트 아스놀트를 바라보았다. "이건 어린애 장난이 아니야. 자리에 앉아서 입다물어."

매트 아스놀트는 대꾸를 하려고 입을 열었다가 프랭크 대거트 영감을 비롯해 다른 남자들을 둘러보고는 현명하게 입을 다물었다.

"집에 소총이 있는 분은 자기 차례일 때 들고 나오세요." 밥은 하던 이야기를 계속했다. 아스놀트가 꼬리를 내리자 기분이 조금 좋아졌다. "22구경은 말고요. 그보다 큰 게 없는 분은 여기서 한 자루씩 받아가세요."

"학교에서 총을 바로 옆에 쌓아두고 있었을 줄이야."

캘 파트리지의 말에 왁자지껄 웃음꽃이 피었다.

"지금은 아니지만 앞으로는 그렇게 될 겁니다. 왜냐하면 22구경보다 큰 소총을 소지하고 계신 분은 여기로 들고 오셔야 하거든요." 밥은 존 윌리 교장을 쳐다보았다. "교장실에 보관해도 될까요?"

윌리는 고개를 끄덕였다. 그의 옆에서는 존슨 목사가 보는 사람이 심란할 정도로 두 손을 비벼대고 있었다.

"말도 안 돼." 오린 캠벨이 말했다. "우리집에는 애들 엄마랑 어린 애들이 둘 있어요. 내가 보초를 서러 나갔을 때 송장들이 일찌감치 추수감사절 저녁을 먹겠답시고 들이닥치면 뭘로 방어하라고요."

"묘지만 제대로 감시하면 그럴 일 없어." 밥이 냉랭하게 대꾸했다. "권총을 소지한 분들도 있죠? 그건 필요 없습니다. 총을 쓸 줄 아는 여자가 있는지 파악해서 권총을 쥐여주세요. 여자들을 묶어서 한 자리에 모아놓을 생각이니까요."

"모여서 파티를 벌이면 되겠구먼."

프랭크가 낄낄거리자 밥도 미소를 지었다. 젠장, 진작 그럴 것이지.

"밤에는 불빛이 환하도록 트럭을 빙 둘러서 세워놓을 겁니다." 그는 아일랜드 아모코 사장인 소니 돗슨을 돌아보았다. 아일랜드 아모코는 제니에 하나밖에 없는 주유소였다. 소니의 주 고객은 자동차나 트럭이 아니라—섬에서는 차를 타고 돌아다닐 데도 별로 없었고 육지가 십 센트 더 저렴했다— 바닷가재잡이배와 여름에 임시 정박지를 만들어놓고 대여해주는 모터보트였다. "기름은 자네한테 맡기면 되겠지, 소니?"

"전표 끊어주나?"

"목숨을 구해줄게. 분위기가 정상으로 돌아오면, 그럴 수 있을지 모르겠지만, 보상을 받을 수 있을 거야."

소니는 주위를 두리번거리다 매서운 눈빛으로 도배가 된 걸 보고 어깨를 으쓱했다. 그는 살짝 볼멘 표정을 지었지만 데이브가 다음날 매디에게 얘기한 바로는 무엇보다도 혼란스러워하는 눈치였다.

"천오백 리터밖에 없는데. 대부분 경유고."

"이 섬에 발전기가 다섯 대 있잖아요." 버트 도프먼이 말했다(그가 입을 열면 너나 할 것 없이 경청했다. 이 섬의 유일한 유대인이라 약 오십 퍼센트의 확률로 맞아떨어지는 예언처럼 비현실적이면서도 두려운 존재로 인식됐다). "전부 경유를 쓰고요. 조명 설치는 내가 어찌어찌 해볼 수 있어요."

여기저기서 나지막이 중얼거렸다. 버트가 할 수 있다고 하면 할 수 있는 거였다. 그는 유대인 전기 기술자였고 연안 섬 주민들은 말로 표현하지는 않았지만 그게 최고의 조합이라고 굳게 믿었다.

"우라질 무대처럼 공동묘지를 환히 밝힙시다."

밥이 말했다.

앤디 킹스베리가 자리에서 일어났다.

"뉴스에서 들었는데 그 녀석들 머리를 맞히면 잠잠해질 때도 있고 그렇지 않을 때도 있다던데요."

"전기톱이 있잖아요." 밥이 싸늘하게 말했다. "죽지 않으려는 녀석들은…… 뭐, 움직이지 못하게 만들면 되지 않겠어요?"

순번을 정한 것 말고는 그날 나눈 이야기는 이게 전부였다.

엿새째 낮과 밤이 지나고 제니의 조그만 묘지 주변을 지키던 보초병들이 조금 한심한 기분이 들기 시작했을 무렵에("내가 지금 보초를 서는 건지 딸딸이를 치는 건지 모르겠네." 어느 날 오후에 열두 명의 남자들이 묘지 입구에 서서 라이어스 포커를 치던 도중에 오린 캠벨은 이렇게 얘기했다) 그 사태가 벌어졌고…… 일단 그 사태가 벌어지자 급속도로 진행됐다.

데이브가 매디에게 전한 바에 따르면 돌풍이 부는 날 밤에 굴뚝 속에서 바람이 울부짖는 소리가 들렸을 때 열일곱 살에 백혈병으로 죽은 포니어 부부의 아들(외아들이었고 이들 부부가 워낙 좋은 사람들이었기에 모두 안타까워했다)의 영원한 안식처를 표시한 묘비가 쓰러졌다. 잠시 후 두터운 이끼로 덮인 야머스 중학교 반지를 낀 너덜너덜한 손이 질긴 풀을 헤치고 나왔다. 그러느라 가운데 손가락이 뜯겨져나갔다.

가까운 만으로 밀려든 커다란 파도처럼(데이브는 산달이 된 임산부의 배에 비유하려다 얼른 생각을 바꿨다) 흙이 들썩거렸고 이윽고 그가 일어나 앉았지만 땅속에 묻힌 지 거의 이 년이 지났기 때문에 알아볼 수 없는 지경이었다. 나무가시들이 남은 얼굴에 박혀 있었고 반짝이는 파란색 천 조각들이 뒤엉킨 머리칼 속에 섞였다. "관 안감이었어." 데이브가 안절부절못하고 계속 뒤엉키는 자기 손을 내려다보며 그녀에게 말했다. "내 이름만큼이나 분명해." 그는 말을 멈추었다가 다시 덧붙였다. "마이크의 아버지가 그걸 보지 못했기 망정이지."

매디는 고개를 끄덕였다.

보초를 서고 있었던 남자들은 역겹기도 한데다 겁에 질려서 왕년의 고등학교 체스 챔피언 겸 올스타 2루수에게 총격을 개시해 되살아난 시신을 갈기갈기 찢었다. 공포로 이성을 잃고 난사된 다른 총알에 대리석이 뜯겼고 총격 파티가 벌어졌을 때 남자들이 옹기종기 모여 있었기 망정이지 밥 대거트가 원래 계획했던 대로 양쪽을 지키고 있었다면 서로 학살했을 공산이 컸다. 다행히 섬사람이 한 명도 다치지 않았지만 다음날 버드 미첨은 그의 셔츠 소매에 뚫린 다소 수상한 구멍을 발견했다.

"블랙베리 가시에 뜯긴 거겠지." 그가 말했다. "섬 그쪽에 블랙베리가 워낙 많잖아." 아무도 반론을 제기하지 않겠지만 구멍 주변의 검은 얼룩을 보고 겁에 질린 그의 아내는 상당히 굵은 가시에 찢겼나 보다고 생각했다.

포니어 부부의 아들은 쓰러져서 대부분은 잠잠히 누워 있고 일부분만 계속 움찔거렸지만…… 그즈음에는 지진이 거기에서만 벌어진 것처럼 온 공동묘지가 잔물결을 일으켰다.

동이 트기 약 한 시간 전에 벌어진 일이었다.

버트 도프먼이 트랙터 배터리에 사이렌을 달아놓은 터라 밥 대거트가 스위치를 올렸다. 이십 분 만에 마을의 남자들이 거의 대부분 공동묘지로 모였다.

데이브 이먼스는 시체 몇 구가 하마터면 도망칠 뻔했으니 우라지게 잘한 일이었다고 했다. 흥분이 가라앉은 순간 심장마비로 세상을 떠나기 전까지 두 시간 남은 프랭크 대거트가 서로한테 대고 총질을 하지 않도록 새로 온 남자들을 조직적으로 배치했고 마지막 십 분 동안 제니의 공동묘지에서는 불린 전투 비슷한 소리가 났다. 파티가 끝났을 무렵에는 화약 연기가 너무 자욱해서 몇 명이 켁켁거렸다. 시큼한 토사물 냄새가 포연보다 더 묵직했고…… 확실히 더 자극적이고 오래갔다.

그런데도 아직 몇 구가 부러진 허리를 움직이며 뱀처럼 꿈틀대고 꼼지락거렸다. 주로 죽은 지 얼마 안 된 시체들이 그랬다.

"버트." 프랭크 대거트가 불렀다. "전기톱 있나?"

"있어요." 버트가 말하고 헛구역질을 하자 나무껍질을 파고드는 매미처럼 왱왱거리는 소리가 그의 입에서 길게 새어 나왔다. 그는 꿈틀거리는 시신과 뒤집힌 묘비와 시신들이 몸을 일으키느라 입을 떡 벌리고 있는 무덤에서 시선을 뗄 수가 없었다. "트럭에요."

"기름 채워놨지?"

나이를 많이 먹어서 민숭민숭해진 프랭크의 두피 위로 파란색 핏줄이 불거져나왔다.

"네." 버트는 손으로 입을 막았다. "죄송해요."

"토하고 싶으면 내장이 뒤집어지도록 실컷 해." 프랭크는 씩씩하게 말했다. "하지만 톱 좀 들고 오면서 하면 좋겠는데. 그리고 자네…… 자네…… 자네…… 그리고 너……."

마지막 '너'는 조카 손자 밥을 부른 거였다.

"저는 못해요, 프랭크 할아버지."

밥은 메슥거리는 속을 달래며 말했다. 그는 주변을 두리번거리다 키가 큰 풀밭 위로 웅크리고 쓰러진 대여섯 명의 친구와 이웃 주민들을 발견했다. 죽은 게 아니었다. 기절한 거였다. 대부분 친척이 무덤 속에서 일어나는 걸 본 사람들이었다. 저쪽의 사시나무 아래에 쓰러진 벅 하크니는 죽은 아내를 갈가리 찢은 십자포화에 가담했다. 썩어서 벌레들로 가득한 뇌가 터진 순간 뒤통수에서 회색의 소름 끼치는 액체가 튀기는 걸 보고 기절했다.

"저는 못 해요. 저는……."

관절염으로 뒤틀렸지만 돌처럼 단단한 프랭크의 손이 밥의 얼굴을 후려쳤다.

"할 수 있고 하게 될 거다."

밥은 다른 남자들과 함께 갔다.

프랭크 대거트는 엄숙한 표정으로 그들을 쳐다보며 가슴을 문질렀다. 왼쪽 팔을 따라 팔꿈치까지 욱신거리며 고통스러운 경련이 시작됐다. 그는 늙긴 했어도 바보는 아니었기에 통증의 정체가 뭔지, 어떤 의미인지 정확하게 알고 있었다.

"그가 펑크가 날 것 같다고 하면서 자기 가슴을 두드리더라고." 데이브는 말을 이으며 왼쪽 젖꼭지 위편으로 불룩 솟은 근육 위에 한 손을 얹어서 어떤 식이었는지 보여주었다.

매디는 알겠다는 뜻에서 고개를 끄덕였다.

"그가 말했어. '만약 이 난장판이 정리되기 전에 나한테 무슨 일이 생기면 데이브, 자네하고 버트하고 오린이 뒤를 맡아줘. 바비는 착한 아이지만 잠깐 배짱이 죽었나 봐……. 그런데 자네도 알다시피 남자가 배짱을 잃으면 영영 되찾지 못할 수도 있잖아.'"

매디는 다시 고개를 끄덕이며 그녀는 남자가 아니라 얼마나 다행인지, 얼마나 얼마나 다행인지 모르겠다는 생각을 했다.

"우리는 그가 시킨 대로 했지." 데이브가 말했다. "난장판 정리 말이야."

매디는 세 번째로 고개를 끄덕였지만 이번에는 무슨 소리라도 냈는지, 데이브가 더이상 감당하지 못하겠으면 그만하겠다고 했다. 당장 그러겠다고 했다.

"감당할 수 있어요." 그녀는 조용히 말했다. "제가 얼마나 많은 걸 감당할 수 있는지 알면 놀랄 거예요, 데이브."

그 말을 듣고 그는 호기심 어린 눈빛으로 그녀를 흘끗 쳐다보았다. 매디는 자기 눈에 담긴 비밀을 그가 볼 수 없도록 시선을 돌렸다.

데이브는 그녀의 비밀이 뭔지 몰랐다. 제니의 어느 누구도 몰랐다. 그것이 매디가 원한 바였고 그녀는 그런 식으로 비밀을 간직할 생각이었다. 충격이라는 시퍼런 어둠 속에서 그녀가 잘 대처해나가는 척했던 때도 있었을지 모른다. 그런데 잘 대처하지 않으면 안 될 사건이 벌어졌다. 섬의 공동묘지가 시체를 토해내기 나흘 전, 매디 페이스는 단순한 선택의 기로에 놓였다. 제대로 대처하든지 죽든지, 둘 중 하나였다.

거실에 자리잡은 그녀는 이제는 그런 시절이 있었나 싶도록 아득하게 느껴지는 지난해 팔월에 잭과 함께 담근 블루베리 와인을 마시며 우스우리만치 진부한 짓을 했다. 다름 아닌 뜨개질을 했다. 아기 양말을 떴다. 달리 할 일이 없었다. 바다를 건너서 엘스워스 몰에 있는 위포크스 유아 용품점에 가려면 한참을 기다려야 될 듯했다.

그때 무언가가 창문에 부딪혔다.

그녀는 박쥐인가 보다고 생각하며 고개를 들었다. 그러다 들고 있던 뜨개바늘을 멈추었다. 그보다 훨씬 큰 무언가가 바람이 부는 어두컴컴한 창밖을 휙 지나간 것 같았다. 석유램프 불빛이 강해서 유리창에 그림자가 심하게 어른거리는 바람에 알 수가 없었다. 그녀가 불빛을 낮추려고 손을 뻗었을 때 다시 쿵 하는 소리가 났다. 유리창이 흔들렸다. 마른 퍼티 조각들이 창틀 위로 후두둑 떨어지는 소리가 들렸다. 잭이 올가을에 유리창을 전부 교체하려고 했었던 기억이 나면서 이런 생각이 들었다. 그이가 유리창을 교체하려고 온 것 아닐까? 물론 말도 안 되는 소리고 그는 바다에 수장됐지만 그래도…….

그녀는 고개를 모로 꼬았다. 뜨개감은 그녀의 손안에서 꼼짝하지 않았다. 조그만 분홍색 양말이었다. 파란색은 이미 떠놓았다. 문득 들리는 소리가 너무 많아졌다. 바람 소리. 파도가 벼락처럼 크리켓 레지를 두드리는 희미한 소리. 침대에 몸을 눕히려는 할머니처럼 집이 내는 조그만 신음 소리. 복도에 달린 시계가 째깍거리는 소리.

"잭?" 그녀는 더이상 고요하지 않은 고요한 밤에 대고 물었다. "당신이야?" 순간 거실 창문이 안으로 쏟아졌고 잭이 아니라 썩어가는 살덩어리 몇 점이 주렁주렁 매달린 해골이 등장했다.

목에 아직까지 나침반을 걸고 있었다. 거기에서 이끼가 수염처럼 자랐다.

대자로 쓰러진 그의 머리 위로 구름처럼 드리워진 커튼이 바람에 펄럭거렸다. 그는 손과 무릎을 딛고 일어나 따개비 집이 된 시커먼 구멍으로 그녀를 쳐다보았다.

그가 으르렁거리는 소리를 냈다. 살점 하나 없는 입을 벌렸다가 쩝쩝거리며 다물었다. 그는 배가 고팠지만…… 이번에는 치킨 누들 수프로 해결될 일이 아니었다. 깡통에 담긴 어떤 제품으로도 해결될 일이 아니었다.

따개비로 덮인 시커먼 구멍 뒤에서 회색의 무언가가 대롱거렸다. 알고 보니 잭의 뇌에서 남은 부분이었다. 그녀가 얼어붙은 채 앉아 있는 동안 그는 몸을 일으켜 손을 앞으로 내밀고 카펫에 시커먼 물자국을 남겨가며 그녀를 향해 다가왔다. 그에게서 소금과 천릿길 바다 냄새가 났다. 그는 손을 쫙 폈다. 입을 기계적으로 벌렸다가 다물었다. 그는 매디가 지난해 크리스마스에 L.L. 빈스에서 사준 검은색과 빨간색 체크무늬 셔츠의 남은 부분을 걸치고 있었다. 거금이 들었지만 그는 얼마나 따뜻한지 모른다고 누누이 강조했는데, 이제 보니 내구성이 얼마나 좋은지 그 오랜 시간 동안 물속에 있었는데도 남은 부분이 많았다.

거미줄처럼 차가운 뼈만 남은 그의 손가락이 그녀의 목을 건드린 순간 뱃속에서 처음으로 태동이 느껴졌고 그녀는 평정심으로 착각했던 충격이 가시자 뜨개바늘을 그것의 눈에 꽂았다.

그는 구정물을 빨아들이는 펌프처럼 걸쭉하게 켁켁거리는 끔찍한 소리를 내고 비틀비틀 뒷걸음질을 치며 뜨개바늘을 할퀴었다. 반쯤 뜨다 만 분홍색 양말은 코가 있었던 구멍 앞에서 흔들거렸다. 그녀는 그 콧구멍에서 해삼이 꿈틀꿈틀 기어 나와 끈적끈적한 흔적을 남기며 양말 위로 기어 올라가는 것을 바라보았다.

잭은 그녀가 결혼 직후에 야드 세일에서 장만한 작은 테이블에 걸려서 넘어졌다. 그걸 살 때 그녀가 마음을 정하지 못하고 괴로워하자 잭이 말하기를, 사다가 거실에 놓지 않으면 그걸 내놓은 노파에게 그녀가 부른 값의 두 배를 치르고 들고 가서 박살낸 다음…….

—박살낸 다음—

그의 허술한 몸이 바닥에 부딪히자 쩍 하는 소리와 함께 두 동강 났다. 그는 오른손으로 뜨개바늘을 뽑아서 끈적끈적하게 썩어가는 뇌의 일부를 매단 채 옆으로 던졌다. 상반신만으로 그녀를 향해 기어왔다. 그러는 동안 계속 이를 갈았다.

그녀는 그가 웃으려 하는가 보다고 생각하다가 다시 태동이 느껴지자 그날 메이벨 핸래티의 야드 세일장에서 그가 평소답지 않게 얼마나 피곤하고 몸이 안 좋아 보였는지 기억이 났다. 제발 그냥 사, 매디! 피곤해! 집에 가서 저녁 먹고 싶어! 당신이 계속 그렇게 꾸물거리면 저 할망구한테 달라는 돈의 두 배를 주고 사 가서 박살낸 다음…….

차갑고 축축한 손이 그녀의 발목을 붙잡았다. 더러운 이가 물어뜯으려고 자세를 잡았다. 그녀와 아이를 죽이려고 자세를 잡았다. 그녀가 발을 잡아 빼자 그의 손에는 슬리퍼만 남았다. 그는 슬리퍼를 씹었다가 뱉었다.

그녀가 밖으로 나갔다가 돌아와보니 그가 나침반을 타일 위로 질질 끌어가며 하릴없이 부엌으로 기어 들어가고 있었다. 적어도 상반신은 그랬다. 그녀의 소리가 들리자 그가 고개를 들었다. 시커먼 구멍만 남은 눈으로 바보 같은 질문을 하는 듯이 느껴졌지만 그녀는 도끼를 휘둘러 그가 거실 테이블을 박살내겠다고 협박했듯이 그의 두개골을 박살냈다.

두 동강이 난 머리가 바닥으로 떨어지자 엎어진 오트밀처럼 타일 위로 뇌가 쏟아졌다. 민달팽이와 젤리 같은 바다 벌레들이 그 안에서 꿈틀거렸고 한여름 풀밭에서 빵빵하게 썩어가던 마멋이 터졌을 때 날 법한 냄새가 풍겼다.

그래도 그의 손은 딱정벌레 같은 소리를 내며 부엌 타일 위에서 달그락거렸다.

그녀는 도끼를 휘두르고…… 휘두르고…… 또 휘둘렀다.

마침내 모든 움직임이 멎었다.

날카로운 통증이 복부를 관통하자 그녀는 순간 끔찍한 공포에 사로잡혔다. 유산이 되는 걸까? 아이가 유산이 되는 걸까? 하지만 통증은 사라졌고 전보다 더 강하게 태동이 느껴졌다.

그녀는 이제 내장 냄새를 풍기는 도끼를 들고 거실로 돌아갔다.

그의 다리가 용케 일어나 있었다.

"잭, 나는 당신을 정말 사랑했어. 하지만 이건 당신이 아니야."

그녀는 바람 소리와 함께 포물선을 그리며 도끼를 휘둘렀다. 도끼는 그의 골반을 박살내고 카펫을 뚫고 그 아래의 단단한 오크 바닥 깊숙이 꽂혔다.

분리된 다리는 거의 오 분 동안 미친듯이 부들거리다 잠잠해지기 시작했다. 이윽고 발가락까지 경련을 멈추었다.

그녀는 오븐용 장갑을 끼고 잭이 창고에 사다 놓은 단열 담요로 그의 잔해를 한 조각씩 싸서 지하실로 들고 갔다. 추운 날 바닷가재가 얼지 않도록 통발을 덮으려고 산 담요였다.

잘린 손이 그녀의 손목을 한 번 움켜쥔 적이 있었다. 쿵쾅거리는 심장을 달래며 가만히 서서 기다리자 마침내 손에서 힘이 풀렸다. 그걸로 끝이었다. 그것이 그의 마지막이었다.

집 아래에 쓰지 않는 더러운 물탱크가 있었다. 잭이 메우려고 했던 거였다. 매디가 묵직한 콘크리트 뚜껑을 옆으로 밀자 흙바닥에 부분 일식처럼 그림자를 드리워졌고, 그의 잔해를 던지자 풍덩 하는 소리가 들렸다. 전부 처리가 됐을 때 그녀는 묵직한 뚜껑으로 물탱크를 다시 덮었다.

"편히 쉬길 바랄게." 그녀가 속삭이자 머릿속에서 그녀의 남편은 산산조각이 난 채로 쉬게 됐다는 속삭임이 들렸다. 그녀는 울음을 터뜨렸고 울음소리는 어느덧 히스테릭한 비명으로 바뀌었다. 그녀는 머리칼을 잡아당기고 피투성이가 되도록 가슴을 쥐어뜯으며 생각했다. 나는 미쳤어, 이게 바로 미친 게 아니면…….

그 생각이 미처 끝나기도 전에 그녀는 기절해 그대로 깊은 잠 속으로 빠져들었다. 다음날 아침에 일어났을 때는 머릿속이 맑았다.

하지만 아무한테도 얘기할 수는 없었다.

아무한테도.

"감당할 수 있어요." 그녀는 한때 남편이었고 뱃속에 든 아이의 아빠였던 그것의 축축하고 끈적끈적한 눈구멍에 뜨개바늘이 꽂혀 그 끝에서 양말이 대롱거리던 광경을 애써 떨치며 데이브 이먼스에게 같은 말을 반복했다. "진짜예요."

데이브는 누구에게든 털어놓지 않으면 미쳐버릴 것 같았기에 그녀에게 얘기를 하기는 했지만 가장 끔찍한 부분은 각색을 했다. 죽은 자의 땅으로 돌아가길 결단코 거부하는 시신을 전기톱으로 잘랐다고만 하고, 계속 꿈틀거리던 토막—팔에서 잘려나와 하릴없이 덥석거리던 손, 다리에서 떨어져나와 도망이라도 치려는 듯 총알 자국으로 뒤덮인 묘지의 흙을 파던 발—에는 기름을 흠뻑 뿌려서 불을 질렀다는 얘기는 하지 않았다. 매디도 굳이 들을 필요가 없었다. 그녀의 집에서도 장작 더미가 보였다.

상쾌한 동풍이 불똥을 바다 쪽으로 날렸기 때문에 불이 번질 가능성이 거의 없긴 했지만 그래도 나중에 제니솔트 섬에 딱 한 대 있는 소방차가 출동해서 꺼져가는 장작불 위로 물을 뿌렸다. 냄새가 코를 찌르는 기름 덩어리(피곤한 근육이 경련을 일으키듯 계속 어쩌다 한 번씩 불룩거렸다)만 남자, 매트 아스놀트가 D-9 불도저를 몰고 와서—홈이 파인 강철 블레이드와 빛바랜 엔지니어 모자 사이로 보이는 그의 얼굴이 코티지 치즈처럼 하얬다—그 혐오스러운 덩어리를 밀어버렸다.

달이 뜨기 시작했을 때 프랭크가 밥 대거트, 데이브 이먼스 그리고 캘 파트리지를 한쪽으로 데려갔다. 그러고는 데이브를 붙잡고 얘기했다.

"아까부터 조짐이 느껴지더니 시작됐어."

"그게 무슨 말씀이세요. 프랭크 할아버지?"

밥이 물었다.

"내 심장. 그 빌어먹을 게 고장이 났다고."

"아니, 프랭크 할아버지……."

"프랭크 할아버지 어쩌고, 프랭크 할아버지 저쩌고 하지 마라. 네 하모니카 삑삑대는 소리 들을 시간 없으니까. 내 친구 절반이 이걸로 죽었어. 별로 재미없는 일이긴 하지만 이만하길 다행이지. 암으로 똥 빠지게 고생할 수도 있었으니까.

그런데 처리해야 하는 성가신 일이 또 하나 생겨버렸구먼. 이 문제에 대해서 한마디만 하자면 나는 죽으면 그대로 누워 있고 싶다. 칼, 총을 내 왼쪽 귀에 갖다 대. 내가 왼팔을 들면 데이브, 자네는 내

겨드랑이에 총을 대고. 그리고 바비, 너는 내 심장을 바로 겨누어라. 내가 주기도문을 외우고 아멘 하면 셋이 동시에 방아쇠를 당겨."

"할아버지……."

밥이 가까스로 말문을 열었다. 그는 발뒤꿈치로 서서 휘청거리고 있었다.

"그 소리 그만하랬지. 그리고 내 앞에서 기절할 생각은 하지 마라, 이 계집애 같은 녀석아. 이리 가까이 와."

밥은 그가 시키는 대로 했다.

프랭크는 세 사람을 둘러보았다. 그들은 매트 아스놀트가 반바지와 롤칼라 셔츠를 입고 다닌 어린시절부터 알고 지냈던 사람들을 불도저로 밀어버렸을 때 그랬듯이 얼굴이 새하얬다.

"조지면 안 돼." 프랭크가 말했다. 그 셋 모두에게 하는 말이었지만 그의 시선은 특별히 조카 손자에게 꽂혀 있다고 할 수 있었다. "못 하겠다 싶거든 나라면 입장이 바뀌었을 때 그렇게 했을 거라는 걸 기억하고."

"이제 말씀 그만하세요." 밥이 쉰 목소리로 말했다. "사랑해요, 프랭크 할아버지."

"바비 대거트, 너는 네 아비하고는 다르지만 나도 사랑한다." 프랭크는 침착하게 얘기하더니 비명을 질렀고, 급히 택시를 잡아야 하는 뉴요커처럼 왼손을 들고 마지막 기도를 시작했다. "하늘에 계신 우리 아버지—망할, 아프잖아!—이름이 거룩히 여김을 받으시오며—이런, 젠장!—나라에 임하옵시며, 뜻이 하늘에서 임한 것같이…… 같이……."

위를 향한 프랭크의 왼팔이 미친듯이 떨렸다. 데이브 이먼스는 영감의 겨드랑이에 총을 꽂고 벌목꾼이 못된 마음을 먹고 엉뚱한 쪽으로 쓰러지려 하는 큰 나무를 지켜보듯 예의 주시했다. 이제 섬의 모든 남자들이 지켜보고 있었다. 노인의 창백한 얼굴에 굵은 땀방울이 맺히기 시작했다. 입술이 뒤로 당겨지면서 고르고 누르스름한 로버커스 의치가 드러났고 데이브는 그의 입에서 풍기는 폴리덴트 의치 세정제 냄새를 맡을 수 있었다.

"……땅에서도 이루어지이다!" 노인이 쏘아붙였다. "우리를 시험에 들게 하지 마옵시고 다만악에서구하옵소서대개나라와권세와영광이아버지께영원히있사옵나이다아멘!"

세 사람은 총을 발사했고 캘 파트리지와 밥 대거트는 기절했지만 프랭크는 일어나서 걸으려고 하지 않았다.

프랭크 대거트는 계속 누워 있기로 마음먹었고 마음먹은 대로 했다.

데이브는 일단 이야기를 시작했다 하면 중간에 멈출 도리가 없었기 때문에 자기 자신을 저주했다. 그가 처음에 한 생각이 맞았다. 이건 임산부에게 들려줄 만한 이야기가 아니었다.

하지만 매디는 그의 뺨에 입을 맞추면서 잘했다고, 프랭크 대거트도 잘했다고 했다. 그는 처음 보는 여자에게 볼 뽀뽀를 받은 듯 살짝 멍한 기분을 느끼며 그녀의 집을 나섰다.

어떻게 보면 맞는 말이었다.

그녀는 데이브가 오솔길을 따라 제니에 두 개밖에 없는 대로 중

하나인 흙길까지 내려가서 왼쪽으로 방향을 트는 것을 지켜보았다. 그는 달빛을 받으며 살짝 비틀거렸다. 피곤 때문이겠지만 충격으로 휘청거리는 것이기도 했다. 그가 안됐다는 생각이…… 그들 모두가 안됐다는 생각이 들었다. 매디는 데이브에게 사랑한다고 얘기하고 뺨이 아니라 입술에 입을 맞추고 싶었지만 그랬다가는 오해를 살 수도 있었다. 그는 기진맥진한 상태이고 그녀는 거의 육 개월로 접어든 임산부였지만, 오해를 살 수도 있었다.

하지만 그녀는 그를 사랑했고 그들 모두를 사랑했다. 대서양을 사이에 두고 육지와 육십 킬로미터 떨어져 있는 이 조그만 섬이 그들 덕분에 안심할 수 있는 곳이 되었다.

안심하고 아이를 낳을 수 있는 곳이 되었다.

"가정 분만을 할 거야." 데이브가 펄시퍼 부부의 시커멓고 큼직한 위성 안테나 뒤로 사라지는 동안 그녀는 나지막이 중얼거렸다. 눈을 들어 달을 쳐다보았다. "가정 분만을 할 테고…… 잘될 거야."

옮긴이 **이은선**

연세대학교에서 중어중문학을, 국제학대학원에서 동아시아학을 전공했다. 편집자, 저작권 담당자를 거쳐 전문 번역가로 활동중이다. 코넬 울리치의 『환상의 여인』과 『상복의 랑데부』, 애거서 크리스티의 『끝없는 밤』, 스티븐 킹의 『11/22/63』, 『악몽을 파는 가게』, 『미스터 메르세데스』. 마거릿 애트우드의 『그레이스』, 프레드릭 배크만의 『베어타운』 등을 비롯하여 다양한 소설을 번역하고 있다.


악몽과 몽상 1

NIGHTMARES & DREAMSCAPES

**1판 1쇄** 2019년 3월 25일
**1판 4쇄** 2021년 1월 4일

**지은이** 스티븐 킹
**옮긴이** 이은선
**펴낸이** 염현숙

**책임편집** 이송 | **편집** 임지호 지혜림
**표지디자인** 이경란 | **본문조판** 최미영
**저작권** 한문숙 김지영
**마케팅** 정민호 정진아 김혜연 김수현 | **홍보** 김희숙 김상만 함유지 김현지 이소정 이미희
**제작** 강신은 김동욱 임현식 | **제작처** 영신사

**펴낸곳** (주)문학동네
**출판등록** 1993년 10월 22일 제406-2003-000045호
**임프린트** 엘릭시르

**주소** 10881 경기도 파주시 회동길 210
**문의** 031-955-1918(편집) 031-955-8896(마케팅) 031-955-8855(팩스)
**전자우편** editor@elmys.co.kr | **홈페이지** www.elmys.co.kr

엘릭시르는 출판그룹 문학동네의 임프린트입니다.